BASTEI
LÜBBE

Die Katastrophen-Thriller von JON LAND
im BASTEI-LÜBBE-Taschenbuchprogramm:

13 135 Das Omega-Kommando
13 148 Der Rat der Zehn
13 164 Im Labyrinth des Todes
13 169 Das Vortex-Fiasko
13 186 Die Lucifer-Direktive
13 199 Der Alabaster-Agent
13 223 Der Alpha-Verrat
13 252 Die achte Fanfare
13 303 Die Gamma-Option
13 344 Das Walhalla-Testament
13 377 Die Omnicron-Legion
13 410 Die neunte Gewalt
13 573 Der Tag Delphi
13 655 Die Rache des Tau
13 759 Die Verschwörung der Sieben

JON LAND

DAS DISNEY WORLD KOMPLOTT

KATASTROPHEN-THRILLER

INS DEUTSCHE ÜBERTRAGEN
VON MARCEL BIEGER

BASTEI LÜBBE

BASTEI-LÜBBE-TASCHENBUCH
Band 13 883

Erste Auflage: Juli 1997

Deutsche Lizenzausgabe 1997 by
Bastei-Verlag Gustav H. Lübbe GmbH & Co.,
Bergisch Gladbach
Originaltitel: The Fires of Midnight
Lektorat: Stefanie Rahnfeld/Dr. Edgar Bracht
Titelbild und Umschlaggestaltung:
ART Studio/Armin Leckelt
Satz: KCS GmbH, Buchholz/Hamburg
Druck und Verarbeitung: Brodard & Taupin,
La Flèche, Frankreich
Printed in France
ISBN 3-404-13883-X

Der Preis dieses Bandes versteht sich einschließlich der
gesetzlichen Mehrwertsteuer.

Danksagung

Diese Danksagung muß bei Toni Mendez, meiner Agentin, beginnen, die mich von Anfang an bei allen Mühen begleitet hat, an dessen Ende dieses höchst aufregende Buch steht. Natürlich wäre es nie so weit gekommen, wenn der redaktionelle Sachverstand von Ann Maurer und Natalia Aponte (Tor Books) nicht gewesen wäre, die mich dazu gedrängt und schließlich auch dazu gebracht haben, mehr aus dieser Geschichte zu machen. Tom, Linda, John, Yolanda und alle anderen, die in der Tor/Forge-Familie etwas zu sagen haben, stellen nie das Produkt vor den Menschen – der Rest unserer Branche kann einiges von ihnen lernen.

Die Herausforderung, *Das Disney World Komplott* technisch und wissenschaftlich präzise zu gestalten, war eine der größten, der ich mich je zu stellen hatte, und ich hätte sie nie bezwungen ohne das Genie und die Weitsicht von Dr. Alvan Fisher, Emery Pineo (der auf einen bloßen Anruf hin das Unmögliche möglich zu machen versteht) und ganz besonders John Signore, der einem das Blut noch besser erklären kann als Hämo der Prächtige.

Mein Dank geht auch an John Rizzieri für seine Recherchen bezüglich Brookhaven, Michael Sherman für die Kenntnis der Örtlichkeiten in Cambridge, desgleichen Dr. David Bindleglass für Harvard, Watt Mattison für Waffenberatung (er ist außerdem mein Tutor auf dem Gebiet der Spezialsichtgeräte), Dr. Mort Korn für sein ungemein klares kritisches Auge und Caroline Oyama von der New Yorker Stadt-Bibliothek.

Ich darf Ihnen versichern, daß die Rezepte, die in diesem Buch auftauchen, nicht in meiner Küche entstanden sind. Wer sie einmal ausprobieren möchte, kann sie und tausend andere im *The New York Times Cook Book* (New York 1990) finden.

Mein besonderer Dank gebührt schließlich Gordon Kinder, dem Urheber des Gedichtes ›Die Feuer der Mitternacht‹. Er hat es mir für zwei Eintrittskarten zu einem Pearl-Jam-Konzert verfaßt. Ich wette, wir werden seinen Namen irgendwann wieder gedruckt sehen – und dann zu einem für ihn hoffentlich angemessenen Honorar.

Für Toni

PROLOG

BRANDWACHT
Cambridge, Massachusetts; Sonntag, 15 Uhr

»Wir gehen jetzt runter, Doktor.«

Susan Lyle nickte dem Piloten zu und lehnte sich im Sitz zurück, während der Hubschrauber sich zum Edwin-H.-Land-Boulevard hinabsenkte. Der Rotor wirbelte auf der normalerweise stark befahrenen, zur Zeit jedoch leer daliegenden Cambridger Hauptverkehrsstraße Schmutz und Unrat auf; nur Polizisten und Beamte der Massachusetter Staatspolizei waren unten zu sehen, die sich wacker alle Mühe gaben, eine wimmelnde Menschenmenge zurückzuhalten. Aus größerer Höhe hatte die Menschenmasse wie ein über die benachbarten Straßen gebreiteter Teppich gewirkt, der sich ständig ausdehnte und wellenförmig bewegte, weil Leute sich nach vorn drängten und schoben, um einen Blick auf den Schauplatz des Geschehens werfen zu können.

Unterwegs waren Susan ein Stadtplanausschnitt und ein Bauplan des Einkaufszentrums zugefaxt worden, und auf dieser Grundlage hatte sie ihre vorläufige Strategie festgelegt; vor drei Stunden hatte sie an den Verantwortlichen vor Ort ihre Instruktionen übermittelt. Demgemäß war das gesamte Gebiet um die Cambridge-Citypassage, von der Nordseite des Charles-Parks bis zur Monsignor O'Brien Street im Süden, abgesperrt worden. Im Westen verwehrte der Charles River als natürliches Hindernis den Zugang, und Susan konnte aus der Luft erkennen, daß im Osten Polizeisperren die First Street komplett abriegelten. Für den Fall, daß noch jemand durch diese undurchdringlich scheinende Linie schlüpfen sollte, bewachte ein Ring von Polizisten in Kampfausrüstung den Haupteingang des Einkaufszentrums.

Die über der Straße aufgehängten Verkehrsampeln schaukelten, als der Hubschrauber vor dem Royal-Sonesta-Hotel mitten auf dem Land-Boulevard aufsetzte. Susan sah einen Mann in der Uniform der Massachusetts Staatspolizei sich nähern. Mit einer Hand überschattete er die Augen, mit der anderen hielt er seinen Hut fest. Sie stieg aus dem Hubschrauber und ging dem Beamten entgegen, der die Hand von den Augen nahm. Offenbar überraschte ihn Susans Erscheinung. Sie trug eine braune Hose und unter einem leichten Sommerjäckchen eine cremefarbene Bluse. Ihr blondes, von den Umdrehungen des Rotors rücksichtslos aufgewirbeltes Haar wippte, während sie auf den Polizisten zuging. Sie hatte helle Haut, ihre Augenfarbe lag irgendwo zwischen blau und grün. Bis sie den Umkreis der Rotorblätter verließ, schien sie von durchschnittlicher Körpergröße zu sein, doch sobald sie gerade stand, schaute sie dem Polizeibeamten fast direkt in die Augen.

»Dr. Susan Lyle«, sagte sie mit erhobener Stimme, um durch das Motorengebrumm des Hubschraubers und das ununterbrochene Stimmengewirr der Schaulustigen verständlich zu sein, und streckte die Rechte aus. »Sonderabteilung Brandwacht.«

»Captain Frank Sculley«, antwortete der Polizeibeamte, ergriff die angebotene Hand. »Ich habe in dem Park auf der anderen Straßenseite eine Befehlsstelle eingerichtet.«

»Sind meine Anweisungen befolgt worden, Captain?« erkundigte sich Susan, während sie zusammen über die Straße gingen.

»So gut wir's konnten.«

»Und die Zeugen?«

»Alle noch da.«

»Hier?«

Sculley deutete auf drei Busse, die weiter unten auf dem Land-Boulevard geparkt standen, umgeben von Polizeifahrzeugen. »Die Busse habe ich von einer Touristengruppe beschlagnahmt. Ich dachte mir, darin sind die Zeugen nicht schlechter untergebracht als anderswo.«

»Was ist mit den Hotelgästen?«

»Da gab's Schwierigkeiten. Ein paar sind weg.«

»Ein paar?«

»Dutzende. Eine ganze Menge, um ehrlich zu sein. Gäste einer Hochzeitsfeier, die gestern abgereist sind. Tut mir leid, Doktor. Als ich hier eingetroffen bin ...«

Auf dem Bürgersteig blieb Susan vor den Bereitschaftspolizisten stehen, die den Haupteingang zur Cambridge-Citypassage bewachten. »Die Leute müssen unbedingt ausfindig gemacht und in Quarantäne gebracht werden, verstanden? Es kommt ein zweiter Hubschrauber mit Experten nach, die die Einzelheiten regeln können. Ich möchte, daß Sie in dieser Hinsicht mit der Hoteldirektion zusammenarbeiten.«

Captain Sculley zuckte die Achseln.

Dr. Susan Lyles Blick schweifte über den Cambridger Platz zu einem im Erdgeschoß des Einkaufszentrums gelegenen Restaurant namens Rayz, das einen Eingang zur Straße und einen zur Passage hatte. »Das Restaurant dort war geöffnet, nehme ich an.«

»Bis die hiesige Polizei es geschlossen hat.«

»Und die Gäste?«

Captain Sculley schwieg.

»Ich hatte Anweisung erteilt, alles abzusperren, Captain«, sagte Dr. Lyle streng. »Niemand sollte fort dürfen.«

»Als Ihre Anweisungen kamen, war es schon zu spät. Falls Sie es nicht bemerkt haben sollten, in den letzten Stunden hat sich hier reichlich viel Verrücktes abgespielt.« Sculleys Blick fiel auf ein zweites Restaurant an der Ecke des Land-Boulevards. »Aber im Papa Razzi hat es niemanden erwischt, soweit sich das sagen läßt.«

Susan erinnerte sich an den Bauplan. »Da gibt es keine Verbindungstür zur Passage, stimmt's?«

»Ja, genau. Inwiefern ist das von Bedeutung?«

Susan gab keine Antwort. Je weniger die lokalen Behörden erfuhren, um so besser. Noch vor einigen Stunden hatten sie nicht einmal gewußt, daß so etwas wie die Sonderabteilung Brandwacht überhaupt existierte, und erst recht nicht, daß vor dem Seuchenbekämpfungs- und Verhütungsinstitut in Atlanta ein Hubschrauber in permanenter Startbereitschaft stand. Der Diensthabende konnte nach Auslösung eines Alarms innerhalb von sechs Stunden überall im Land sein, wurde mit einer Düsenmaschine hingeflogen, die man täglich vierundzwanzig Stunden aufgetankt auf dem Hartsfield-International-Flughafen bereithielt und laufender Wartung unterzog. In den fünf Jahren seit der Gründung der Sonderabteilung Brandwacht hatte es bis zum heutigen Tag nur zweimal Alarm gegeben: einmal einen Fehlalarm, und das zweite Mal hatte man die Ursache mühelos auf ein Leck in einem nur wenige Kilometer vom verseuchten Gebiet entfernten Chemikalientanklager zurückführen können. Falls aber die ersten Meldungen den Tatsachen entsprachen, mußte man davon ausgehen, daß sich hier in der Cambridge-Citypassage tatsächlich etwas ereignet hatte, das den ersten wirklich totalen Großalarm rechtfertigte. Die Entscheidung darüber würde Susan treffen müssen.

»Wie viele Menschen haben die Einkaufspassage nach dem Vorfall betreten?« fragte sie Sculley.

»Ich habe sie nicht gezählt. Die Cambridger Streifenbeamten, die als erste hier waren, und die rund neunzig Zeugen, die jetzt in den Bussen sitzen. Fast alle kamen aus dem Parkhaus, bevor wir es geschlossen haben.«

»Fast alle?«

»Einige sind durch den Haupteingang gekommen.«

Bei Sculleys Antwort lief es Susan kalt über den Rücken. »Dann standen die Türen also offen.«

»Nur für kurze Zeit.«

»Sind bei den Personen, die durch die Türen kamen,

irgendwelche Symptome oder sonstige Auswirkungen beobachtet worden?«

»Sie haben sich gerade so lange drinnen aufgehalten, um zu sehen, was …«

»Beantworten Sie ganz einfach meine Frage, Captain.«

Sculleys Hals rötete sich. »Nicht, daß wir was bemerkt hätten, nein.«

»Und die Ausrüstung, die aus der Landesklinik von Massachusetts geliefert werden sollte?«

»Ist in dem Ambulanzfahrzeug.«

Sculley wies hinter sich, auf die im Charles-Park eingerichtete Befehlsstelle, die nicht mehr umfaßte als vier Streifenautos, die man im Viereck um einen Ambulanzwagen und ein kleines, im Blau und Weiß der Polizei lackiertes Kommandomobil geparkt hatte. Davor war ein Tisch aufgeklappt worden, an dem zwei Beamte saßen und hektisch Verstärkung zu den Abschnitten der Absperrung schickten, an denen die Menschenmenge durchzubrechen drohte. Verzerrte Stimmen erfüllten die Luft mit Lageberichten, vermischten sich krächzend mit dem Genuschel, das aus dem an Sculleys Gürtel gehakten Funksprechgerät drang. Schließlich schaltete er es ab.

»Ich muß wohl annehmen, Doktor, daß das in der Ambulanz etwas ist, was in der Klinik für den Fall bereitsteht, daß jemand wie Sie es braucht.«

»Ganz genau, Captain«, bestätigte Susan und überquerte die Straße.

Sculley blieb an ihrer Seite. »Wahrscheinlich heißt das, viele andere Krankenhäuser halten so was auch ständig bereit?«

»In jeder Großstadt.«

»Als ob Sie so etwas erwartet hätten.«

»Wir sind darauf vorbereitet, um genau zu sein.«

»Sie haben Ihre Probleme, ich habe meine. Wir standen verflucht dicht vor einer ausgewachsenen Panik. Mir fehlen die Leute, um so viele Menschen zurückzudrängen.

Eine ganze Anzahl hat sich durchgemogelt. Einige sind ziemlich nah ans Einkaufszentrum rangekommen.«

Susan horchte auf. »Aber nicht hinein?«

»Nein«, antwortete Sculley, »hinein nicht.«

»Was ist denn mit der Nationalgarde?«

»Der Gouverneur hat sie angefordert. Aber das dauert seine Zeit.«

»Und die Medien?«

»Absolute Nachrichtensperre, so wie von Ihnen angeordnet. Natürlich sickert manches durch, es kursieren Gerüchte. Ein derartiges Vorkommnis kann man nicht völlig verheimlichen. Aber wenn Sie mich fragen ...«

»Ich habe Sie nicht gefragt«, unterbrach Susan ihn. »Wir unternehmen nichts und wir sagen nichts, bevor wir nicht das Ausmaß der Kontamination ermittelt haben.«

Sculley wandte den Blick in die Richtung der Menschenansammlungen, die sich auf der anderen Seite des Parks und auf der First Street gegen die Absperrgitter preßten, als warteten sie auf eine Parade oder einen Umzug. »Wollen Sie denen das sagen, Doktor? Viele Leute haben Verwandte im Einkaufszentrum. Ich meine überwiegend Eltern. Sonntags ist die Passage immer voller Kinder und Jugendlicher. Verstehen Sie, worauf ich hinaus will?«

»Warum warten wir nicht ab, bis wir ihnen etwas Aussagekräftiges mitteilen können? Warum lassen wir uns nicht Zeit, bis wir uns die Passage von innen angesehen haben?«

Der Racal-II-Weltraumanzug paßte Susan schlecht, er hatte mittlere Größe, aber sie hätte eine kleine gebraucht. Der Schutzanzug verfügte über eine batteriebetriebene Luftversorgung und konnte daher auch unter den vermuteten Bedingungen eines Bio-Störfalls benutzt werden. Mit Ausnahme des Helms und des Sauerstoffsystems war der Schutzanzug biologisch abbaubar – eine Notwendigkeit bei Ereignissen, in deren Verlauf schnelles Handeln den Verzicht auf komplizierte Dekontaminationsprozeduren erforderte. Die ursprünglichen Racal-Anzüge waren leuchtend orange gewesen, die neuen jedoch waren weiß, damit die Anwesenheit von Krisenbewältigungspersonal in potentiell verseuchten Zonen weniger Aufmerksamkeit erregte.

Im Polizei-Kommandomobil hatte Susan den Schutzanzug über Hose und Bluse gezogen und dann die unmittelbar über die Sichtscheibe in den Helm integrierte Miniaturkamera gecheckt. Die Kamerabedienung erfolgte durch eine transistorisierte, ans Handgelenk schnallbare Fernsteuerung. Susan befestigte sie am linken Ärmel und überzeugte sich von ihrer Funktionstüchtigkeit, bevor sie aus dem Kommandomobil stieg. Draußen wartete Sculley auf sie; durch den Park begleitete er sie zum Ring der vor dem Haupteingang der Cambridge-Citypassage aufgestellten Wachtposten.

»Kann ich irgendwas erledigen, während Sie drinnen sind?« fragte Sculley.

»Ich habe im Kommandomobil ein Funksprechgerät hinterlegt, damit Sie mithören können, was ich nach Atlanta durchgebe. Sollte mir etwas … zustoßen, wird Ihre Entscheidungsfähigkeit auf die Probe gestellt.«

»Wir schaffen das schon, Doktor.«

Susan nickte und ließ die Helmscheibe einrasten. Die Reihe der auf dem Cambridger Platz vor dem Haupteingang postierten Polizisten teilte sich und ließ ihr eine Lücke. Sie stapfte zwischen zwei hinter der Postenkette aufgestellten Sägeböcken hindurch und näherte sich dem vakuumversiegelten Verschluß, den man unter dem großen Glitzerschriftzug CITYPASSAGE vor den Glastüren angebracht hatte.

Das dicke, luftdichte Plastik der vorgefertigten Verschlußvorrichtungen bewegte sich leicht im Wind. Auch die beiden anderen Außenzugänge der Einkaufspassage waren durch solche Verschlüsse versiegelt worden und standen unter starker Bewachung. Als Einstieg diente nichts anderes als ein Reißverschluß im Plastik. Susan öffnete ihn, trat hindurch und schloß ihn hinter sich, ehe sie den Weg durch die Glastüren der Cambridge-Citypassage fortsetzte.

Sie schaltete die ans Handgelenk geschnallte Kamerafernsteuerung ein und achtete darauf, den Helm nicht nur nach links und rechts, sondern auch nach oben und unten zu bewegen, damit möglichst ein Gesamteindruck der jetzigen Verhältnisse im Einkaufszentrum auf Band aufgezeichnet wurde. Später konnte man per computerisierter Bildbearbeitung und Vergrößerung gewisse Einzelheiten oder Bereiche eingehender untersuchen, die sie bei der gegenwärtigen Ortsbesichtigung vielleicht übersah. Das Helmfunkgerät übermittelte ihre mündlichen Kommentare – wegen der Verschlüsselung mit geringer Verzögerung – direkt an die Leitung der Abteilung Brandwacht, wo man eine Bewertung ihrer Analyse vornahm; sollte die Funkverbindung plötzlich abbrechen, fielen dort die weiteren Entscheidungen.

Fast augenblicklich sah Susan die ersten Toten. Sie lagen der Länge nach auf dem Boden, als hätten sie mit letzter Kraft die Arme nach den Türen ausgestreckt. Draußen hatte Susan innere Distanz bewahrt, als Sculley sich über die Opfer und ihre Verwandten äußerte; da waren sie noch nichts als eine Abstraktion gewesen. Jetzt aber hatte sie diese Opfer – oder was von ihnen übrig war – real vor Augen. Sie spürte, daß sich ihr die Kehle zuschnürte und ihre Atmung sich beschleunigte.

Sie stellte sich vor, wie es in diesem Einkaufszentrum normalerweise aussah, wie massenhaft Kunden durch die Gänge schlenderten und in den Händen pralle Einkaufstüten trugen. Wahrscheinlich erklang gedämpfte Hintergrundmusik, klickten Absätze auf dem Fliesenboden. Die

Kunden waren noch da, aber vermutlich alle in demselben Zustand wie das Grüppchen, vor dem Susan jetzt stand. Unheimliche Stille herrschte und schuf eine bedrückende Atmosphäre; kein Geräusch war zu hören außer einem mechanischen Surren – einer Art bizarrer Kontrapunktierung des Schweigens –, das nur von den immer noch funktionierenden Aufzügen stammen konnte.

Susan zwang sich, weiter in die Passage vorzudringen, gelangte in die aufwendig mit Stahlträgern und Glas als Innenhof angelegte Mitte des Gebäudes. In drei spiralförmig emporgebauten Stockwerken gab es über hundert Geschäfte. Ein bekannter Firmenname reihte sich an den anderen, aber Susan nahm sie nicht richtig zur Kenntnis. Zwei Verkaufsstände waren von den Fliehenden umgestoßen worden. Plüschtiere und die Scherben von Glasbläserartikeln bedeckten die Fliesen. Die Sonne schien durch das Dach, brach sich in der Glasarchitektur und warf ein gespenstisches Leuchten auf die Szenerie. Auf Susan wirkte es wie ein Expreß-Aufzug ins große Nichts, der wegen Überlastung den Dienst versagte.

Beim Gehen hörte sie jeden ihrer Atemzüge im Helm rauschen. Der Takt ihres Herzschlags verwandelte sich in ihrem Kopf in einen dunklen, schnellen Paukenrhythmus, schien mit jedem Pochen die Begrenzung des Schutzhelms auszudehnen. Das Schlimmste kam, als sie die Lebensmittelabteilung am hinteren Ende des Erdgeschosses erreichte. Wirr übereinander liegend stapelten sich die Leichen zu wahren Hindernissen. Susan wollte nicht weitergehen. Ein ungeschickter Fehltritt konnte einen Sturz verursachen und eventuell den Racal-II-Schutzanzug beschädigen; ein Riß brächte sie in die sehr ernstzunehmende Gefahr, sich mit dem zu infizieren, was dieses Unheil ausgelöst hatte. Susans durchaus vorsichtige Anfangsschätzung, die sich auf das stützte, was sie gesehen hatte, als sie sich zum Weitergehen entschloß, bezifferte die Zahl der Opfer auf ungefähr siebzehnhundert Tote.

»Beschriebener Zustand der Opfer kann bestätigt werden«, erklärte sie in das dicht unter der inzwischen leicht beschlagenen Helmscheibe installierte Mikrofon. »Ebenso die Angaben zum Unglücksort. Tödliche Auswirkung im Erdgeschoß ... einhundert Prozent. Gehe nun ins erste Stockwerk.«

Vorsichtig ging Susan auf dem Weg, den sie zuvor genommen hatte, zu den Rolltreppen zurück. Am Boden der nach unten kommenden bemerkte Susan, als sie nach oben fuhr, ein ganzes Knäuel von Leichen; jedesmal, wenn die Stufen mit einem der Toten kollidierten, gab es ein dumpfes halblautes Wummern. Als Susan das erste Stockwerk betreten hatte, beugte sie sich über einen Leichnam, um Atlanta Nahaufnahmen zu zeigen.

»Alle Anzeichen deuten auf das Vorhandensein eines überaus virulenten biologischen Typ-Vier-Agens hin«, gab sie durch. »Das Agens hat eine Vermehrung geradezu beispiellosen Ausmaßes vollzogen.«

Sie schritt langsam einen Gang entlang, der in Richtung des Haupteingangs verlief, und ging auf eine gläserne Liftkabine zu, an deren Scheiben sich reglose Gliedmaßen preßten. Hände schienen nach dem Sonnenschein zu haschen, der durch das Innenhof-Glasdach des Einkaufszentrums strömte.

»Höchste Alarmstufe«, sprach Susan weiter. »Sämtliche ...« Sie unterbrach sich mitten im Satz und blieb stehen. Ein Geräusch ließ sie aufhorchen. Etwas bewegte sich, raschelte.

Etwas, das lebte.

»Einen Moment«, sagte sie ins Mikrofon. »Ich glaube, ich habe etwas gehört ...« Vorsichtig schlich sie in die Richtung, aus der das Geräusch gekommen war, und wandte sich, als sie es ein zweites Mal hörte, nach rechts. Mit ihr schwang die Miniaturkamera herum, erfaßte einen Laden. »Aus dem Geschäft da, glaube ich ...«

Eine Gestalt schleuderte sich ihr entgegen, schien ihr

geradewegs an die Helmscheibe zu springen. Erschrocken hob Susan die vom Handschuh umhüllte Faust vors Gesicht, aber zu spät, um den Stoß abwehren zu können, der sie rücklings auf den Fußboden schleuderte.

In Atlanta trafen verzerrte Fernsehaufnahmen ein, ehe die Bildübertragung ganz endete. Ein Krachen erscholl, danach ersticktes Geschrei; dann verstummte beides, als die Funkübertragung schlagartig abbrach.

I

ALTE KAMERADEN

Cardenas, Kuba; Montag, 13 Uhr

Kapitel
1

Blaine McCracken hatte schon ein ungutes Gefühl, bevor er den Weißhaarigen bemerkte, der am anderen Ende der Theke saß. Sein erster Gedanke galt einem sofortigen Rückzug aus dem Lokal, bevor sich eine gefährliche Situation ergeben konnte. Man hätte denken können, der Weißhaarige hätte ihn nicht gesehen, aber McCracken wußte es besser. Die Wege der zwei Männer hatten sich bisher nur einmal gekreuzt, und das war bei einer Gelegenheit gewesen, bei der jeder der beiden den Befehl gehabt hatte, den anderen zu töten.

Aber das Lokal zu verlassen, könnte das Scheitern des Auftrags bedeuten, den er in Cardenas zu Ende bringen sollte. Erst in der vergangenen Nacht hatte ein ehemaliger KGB-Mitarbeiter der Abteilung Wet Affairs ihn kontaktiert und behauptet, er hätte Informationen über nordkoreanische Raketenanlagen. Er hatte McCracken instruiert, in der Hotelbar der Buena Vista auf einen Telefonanruf zu warten, durch den er den Treffpunkt erfahren sollte, und wenn McCracken nun von dieser Planung abwich, war es voraussichtlich unmöglich, den Kontakt wieder anzuknüpfen.

Letzten Endes gab diese Tatsache den Ausschlag für seinen Entschluß zu bleiben. Er hielt die Hände so, daß sie sichtbar blieben, und hatte gleichzeitig die 9-mm-SIG-Sauer unter dem weißen Leinenjackett leicht greifbar, während er die langgestreckte Theke umrundete.

Vor Jahren war das Buena Vista eines der modernsten Hotels in dem am Meer gelegenen Ferienort Cardenas gewesen, bis schließlich der Zahn der Zeit und die Politik dieser Touristenregion einiges an Glanz genommen hatten. Vernagelte Fenster und rissige Mauern verunstalteten die anderen Strandhotels, so daß das Buena Vista das letzte

Prunkstück aus Kubas verruchter Zeit war, in der Menschen in die Spielkasinos und Nachtklubs gedrängt waren. Die Spielhöllen und Nachtklubs existierten nicht mehr, doch im Buena Vista verwies nicht nur das auf Hochglanz polierte Mahagoni der Theke auf ein beharrliches Festhalten an einstigen Traditionen. Die Stuckfassade des Hotels war kürzlich frisch gestrichen worden, und die davor angepflanzten Palmen gediehen in prallem Grün, statt wie überall sonst in moderigem Braun vor sich hinzukränkeln. Den Fußboden des Foyers zierte ein Schachbrettmuster aus italienischem Marmor, die Wände waren mit glänzendem Mahagoni getäfelt, dem Holz, dem man auch bei der Gestaltung der Hotelbar den Vorzug gegeben hatte.

Während McCracken die Spiegelwände hinter der Theke passierte, an denen in Regalen unzählige Flaschen mit hochprozentigen Getränken aufgereiht standen, verglich er unwillkürlich sein Spiegelbild mit dem Anblick, den der Weißhaarige bot. Andrej Marokows Schultern waren gebeugt und steif und zeigten an, daß er nicht mehr die Fähigkeit hatte, die blitzschnellen Bewegungen auszuführen, die man in seiner Profession zum Überleben brauchte. Seine Augen blickten trüb, und Altersflecken übersäten die Hand, die das Glas hielt.

Der Blick, den McCracken im Spiegel auf sich selbst warf, fiel hingegen auf einen durch die Jahre im großen und ganzen unverändert gebliebenen Mann. Bei der ersten Begegnung mit Marokow war sein gewelltes, schwarzes Haar kürzer gewesen, und sein stark gestutzter Bart hatte noch keine grauen Strähnen gehabt. Die damalige Leere seiner Augen war mit Reife und Klugheit ausgefüllt worden. Sein Brustkorb war breiter als früher, die Arme hatten mehr Muskeln, ein Ergebnis des täglichen dreistündigen Trainings, das sich zum Ritual entwickelt hatte. Und die Narbe, die seine linke Braue kreuzte, hatte bis zu dem Tag seiner ersten und einzigen Begegnung mit Marokow noch gar nicht existiert.

Der Russe hockte an der Theke und rührte mit einem Strohhalm in seinem Drink, der weitgehend aus Eis bestand, während er nach dem Barkeeper Ausschau hielt. Marokow saß allein an dieser Seite der Theke, bis McCracken sich zwei Barhocker neben ihn setzte, gefaßt auf alles, was da kommen möge.

»Tag, Kumpel«, sagte Marokow und wechselte über auf den freien Barhocker.

Halb rechnete McCracken damit, ein Schießeisen in Marokows Faust zu sehen, doch der Russe hatte nichts als das fast leere Glas in den Fingern. »Lang, lang ist's her, würde ich sagen, aber …«

»Nun ja, wir sind uns ja nie offiziell vorgestellt worden.«

»Wir waren mal im selben Dschungel in ein und demselben brennenden Dorf. Das verbindet.«

Marokow schmunzelte knapp und nickte. »Dann wollen wir auf die alten Zeiten einen heben, was?«

Er hob das Glas und schlürfte den Rest des Getränks aus dem Eis. Die Eiswürfel sammelten sich an seinen Lippen, und nun erst fühlte sich McCracken sicher: Hätte der Russe feindselige Absichten gehabt, wäre er auf keinen Fall so lang in einer derart schutzlosen Position geblieben. Marokow setzte das Glas ab, die Eiswürfel schlugen klirrend gegeneinander.

»Ich würde Ihnen 'nen Drink spendieren, Kumpel, aber es ist allgemein bekannt, daß der große McCracken keinen Alkohol trinkt.«

»Damals habe ich welchen getrunken.«

»Wir beide haben damals drüben Sachen getan, über die wir am besten nicht mehr reden. Da wir gerade beim Thema sind, ich muß Ihnen wohl gratulieren. Immerhin haben Sie ja gesiegt.«

Marokow hob nochmals das Glas, als wollte er McCracken zuprosten, stellte es jedoch auf die hölzerne Theke zurück, ohne es an den Mund zu setzen. Erneut schaute er sich nach dem Barkeeper um und schien verärgert, daß der Mann sich nicht blicken ließ.

»Ich meine, Kumpel, darum hat's sich ja gedreht während unserer Jahre im Dschungel, um die Frage, wer siegt. Es konnte nur eine Seite als Gewinner hervorgehen. Es kann immer nur einen Sieger geben.«

Blaine musterte ihn. Seit beinahe fünf Jahren hatten ihm keine aktuellen Informationen über Marokow vorgelegen, und offensichtlich war der Russe noch stärker gealtert, als es auf den ersten Blick den Anschein gehabt hatte. Seine Augen sagten alles. Sie waren blutunterlaufen, bewegten sich langsam und hatten jeden Ausdruck von Lebendigkeit oder Gefühl verloren – als sähen sie nichts mehr außer dem, was sich dicht vor ihnen befand.

»Nicht unbedingt«, widersprach McCracken.

»Was uns beide betraf, sehr wohl. Sie mit Ihrer Operation Phönix, ich mit meinen Spetsnatz-Einsatzgruppen. Wir waren nun einmal Gegner, stimmt's, Kumpel?«

»So ungefähr.«

»Wenn Ihre Kommandeure wüßten, was für einen Ärger sie uns mit ihren Killerteams verursacht haben ... Schade, daß sie damit nicht 'n paar Jährchen früher angefangen haben. Dann wäre mir die Zeit bei den Wilden erspart worden.«

»Die Wilden gab's auf beiden Seiten.«

»Und trotzdem haben wir gemeinsam mit ihnen gekämpft.«

»Da waren wir noch jünger.«

»Und die Zeit, Kumpel ...«

»Sie war eben völlig anders.«

»Ja, alles war einfacher und klarer. Das vermisse ich heute oft. Vor allem im Moment. Ich hänge hier rum, weil ich nicht nach Hause kann. Ach, natürlich könnte ich nach Rußland zurückkehren, nur ist es für mich keine Heimat mehr. Schätzen Sie sich glücklich, weil Sie noch etwas haben, für das Sie kämpfen können.«

Marokow warf dem Barkeeper, der sich inzwischen wieder hinter der Theke eingefunden hatte, einen ungeduldigen Blick zu und deutete auf sein Glas. Der Barkeeper goß neuen Scotch über die Reste der Eiswürfel. Als der Mann Blaine anblickte, winkte der ab.

»Auf die einfacheren Zeiten«, sagte Marokow, hob nochmals das Glas an, als hätte er vor, McCracken zuzuprosten.

In Wahrheit, erinnerte sich Blaine, waren die alten Zeiten keineswegs so einfach gewesen. Der Russe hatte nicht erwähnt, daß erst McCrackens Anwesenheit in Vietnam Marokows dortigen Einsatz zur Folge gehabt hatte. Die Killerteams der Operation Phönix hatten die Kommandostruktur des Vietkong so erheblich beeinträchtigt, daß die sowjetischen Militärberater keine andere Wahl sahen, als ihrerseits ähnlich effiziente Spetsnatz-Einsatzgruppen zu schicken. Zur gleichen Zeit, als man McCracken über Marokows Ankunft unterrichtete, hatte der Russe eine über McCracken angelegte Geheimdienstakte sowie den Befehl erhalten, ihn zu liquidieren. Keiner von beiden hatte über die Instruktionen des anderen Bescheid gewußt, aber beide waren in für sie typischer, professioneller Weise an die Erfüllung der Aufgabe gegangen, den anderen zu beseitigen.

Dabei standen sie nicht allein. Jeden von ihnen hatte ein Team begleitet. In McCrackens Fall waren es Südvietnamesen gewesen, die ihn zu der nördlich der Fernstraße 9 gelegenen Region um Khe Sanh eskortierten. Marokows Spetsnatz-Männer sprachen perfekt Englisch und waren als amerikanische Soldaten getarnt, wie US-Landser uniformiert und ausgerüstet. Allem Anschein nach war diese Tarnung zu perfekt, denn die Gruppe wurde das Opfer eines Überfalls junger Vietkong-Guerillas, die auf eigene Faust operierten. Marokow und zwei weitere Überlebende suchten Zuflucht in einem kleinen Dorf, dem sich zu der Zeit auch Blaine mit seinem Team näherte.

Selbstverständlich wußte niemand etwas über McCrackens Gegenwart; kein Militärkommandeur war je darüber informiert, wo er sich eigentlich aufhielt. Deshalb ordnete man, nachdem mit den USA kollaborierende Nachbarn aus der Umgebung des Dörfchens den Überfall auf sowjetische Spezialisten in US-Uniformen gemeldet hatten, einen Luftangriff auf die an der Fernstraße 9 gelegene Ortschaft an, in deren Richtung die Überlebenden sich abgesetzt hatten. So kam es, daß plötzlich, Sekunden nachdem Blaine das Dorf betreten hatte, riesige orangerote Feuerbälle die Bambushütten und Holzbauten verschlangen. Kurz hintereinander dröhnten ohrenbetäubende Detonationen, fraßen den Sauerstoff und hinterließen wie Pockennarben Trichter in der Dschungelerde.

Gerade hatte McCracken Deckung gefunden, da hasteten vor ihm drei Gestalten durch den Qualm, die wie US-Soldaten aussahen, zwei von ihnen schleiften zwischen sich den verwundeten dritten Mann mit. Als Blaine ihnen zu Hilfe eilen wollte, raste die zweite Welle Jagdbomber heran, und weitere Teile der Ortschaft verglühten in orangeroter Feuersbrunst. Blaine ging zurück in Deckung, und ehe er Gelegenheit hatte, zum zweitenmal aufzuspringen, hörte er das Trio ›amerikanischer‹ Soldaten verzweifelt Worte in russischer Sprache wechseln. Er duckte sich, um sie näher herankommen zu lassen. Der Rauch verbarg ihn vor ihren Blicken. Die erste Jabo-Welle kehrte zurück, und das Heulen der Triebwerke durchdrang die Luft, während die Maschinen heranbrausten; doch da hörte McCracken noch etwas anderes.

Nicht weit entfernt weinten Kinder.

Blaine drehte sich um und erspähte sie durch die Rauchschwaden. Es waren zwei, vielleicht sechs oder sieben Jahre alt. Sie kletterten aus einem Erdtunnel, dem schwarzer Qualm entquoll. Die Gesichtchen der Kleinen waren verrußt und blutig. Das eine stützte das andere Kind.

Die Jagdbomber flogen rasend schnell an.

McCracken zögerte nicht. Er schulterte sein Gewehr, rannte zu dem Erdtunnel und hob beide Kinder gleichzeitig hoch. Der weitgestreute Bordwaffenbeschuß zwang ihn zu einem Dauerlauf, bis er schließlich den Rand des Dschungels erreichte – genau in dem Moment, als das Trio der Russen in US-Uniformen aus den Rauchwolken zum Vorschein kam.

Die Russen, die den verletzten dritten stützten, hatten ihre M-16-Gewehre schußbereit, bevor McCracken die Kinder absetzen und zur Waffe greifen konnte. Doch da riß der Mann in der Mitte mit raubkatzenhafter Geschmeidigkeit, als wäre er unverletzt, dem einen die Waffe aus den Fäusten und stieß den anderen mit einem derart schnellen Hieb beiseite, daß Blaine ihn wegen des Qualms kaum wahrnehmen konnte. Aus der Waffe des zweiten Mannes löste sich ein Schuß, die Kugel streifte schmerzhaft McCrackens linke Braue. Sofort sickerte ihm Blut ins Auge, und während der darauffolgenden Sekunden konnte er nur mit dem rechten Auge flüchtig den Mann sehen, der ihn gerettet hatte: Andrej Marokow. McCracken hatte den stahlharten Blick kurz erwidert, ehe er sich wieder die Kinder griff und mit ihnen in den Wald lief.

Damals hatte er in die härtesten Augen geblickt, die er je gesehen hatte; jetzt jedoch, eine Generation später, hatten sie alles verloren, hatten sie ihre Entschlossenheit gegen einen Scotch-Schleier ausgetauscht. Falls Augen wirklich Fenster der Seele waren, mußte der Russe auch sie verloren haben. Das Land, dem er sein Leben verschworen hatte, war zerfallen, und Marokow dadurch zur beklagenswertesten Art von Entwurzeltem geworden: ein Mensch, der nicht nur seine Vergangenheit verloren hatte, sondern auch noch seine Zukunft.

»Etwas wollte ich Sie schon immer mal fragen«, sagte Blaine. »Haben Sie je gemeldet, daß Sie mich gesehen haben?«

Der Russe ließ das Glas auf der Theke stehen. »Dazu hatte ich keine Lust.«

»Und Ihre Untergebenen?«

»Leider haben sie den für unseren Rückzug vereinbarten Treffpunkt nicht lebend erreicht«, antwortete Marokow. Für einen Sekundenbruchteil flimmerte alte Kraft in seinen Augen. »Ich habe mir eine Meldung zurechtgesponnen. Es stand irgendein ungeheuerlicher Unfug drin, und von da an waren Sie bei den Verantwortlichen noch gefürchteter als vorher.«

»Sicher haben Sie ihnen angekündigt, Sie würden sich unerbittlich an meine Fersen heften.«

»Woher wissen Sie das?«

»Weil ich das gleiche getan habe.«

»Um die Angelegenheit unter uns zu belassen, was, Kumpel?«

»Unsereins hat auch ohne zusätzliche Anforderungen reichlich zu tun, Andrej.«

Bei der vertraulichen Verwendung seines Vornamens drehte Marokow den Barhocker in McCrackens Richtung. »Vorhin habe ich noch gehofft, Sie fragen mich etwas anderes, Kumpel.«

»Sie meinen, warum Sie mich nicht haben erschießen lassen? Ich mußte nicht fragen, weil ich die Antwort kenne. Wäre die Situation umgekehrt gewesen, hätte ich genauso wie Sie gehandelt.«

»Aus Gründen der Ehre?«

»Und aus Respekt. Unsere Anstandsregeln machen uns zu dem, was wir sind. Außenstehende können das nicht nachvollziehen und halten uns wahrscheinlich für verrückt, aber es ist eine Tatsache, daß wir noch leben. Nach fünfundzwanzig Jahren Dienst sind wir immer noch am Leben.«

Marokow schenkte seine Aufmerksamkeit wieder dem Scotch. »Manche mehr, manche weniger.«

»Sie hatten nie die gleichen Chancen, Andrej.«

Der Russe drehte sich wieder in Blaines Richtung. »Die Wahrheit ist, daß ich heutzutage gelegentlich sogar Aufträge für die Amerikaner übernehme. Für einen Ihrer vielen Geheimdienste, ich glaube, die CIA, aber ich will nichts gesagt haben. Ich warte hier gerade auf einen Anruf.«

McCracken knickte einen Strohhalm, mit dem er gespielt hatte. Gedanken durchströmten seinen Kopf wie Fluten einen geborstenen Damm.

»Ich soll eine Kleinigkeit erledigen«, sagte Marokow, zog ein gefaltetes Foto aus der Tasche. »Ich glaube, Sie kennen diesen Mann.«

Zerstreut betrachtete Blaine das Foto, registrierte es, aber seine Gedanken waren bei etwas anderem. Ausgerechnet sie beide trafen sich zur selben Zeit im selben Lokal. Beide in Cardenas. Und beide ... warteten sie.

»Was ist, Kumpel?«

McCrackens Blick fiel auf den Barkeeper, den Mann, der für etliche Minuten von seinem Arbeitsplatz verschwunden war, nachdem Blaine die Hotelbar betreten hatte. Er unterhielt sich jetzt mit zwei Männern, die ungefähr in der Thekenmitte saßen, gegenüber den Spiegelwänden. Sie waren eben hereingekommen, hatten die Barhocker auf größeren Abstand von der Theke geschoben, um Bewegungsfreiheit zu haben; zweifellos aus dem Foyer geholte Verstärkung, da die Sache nicht nach Plan ablief. Diese Leute wußten nichts über McCrackens und Marokows Vorgeschichte, und nun mußten sie wohl oder übel die Folgen ihrer Unwissenheit tragen.

Blaine stieß Marokow vom Barhocker auf den Fußboden neben der Theke und zog im selben Augenblick die SIG-Sauer. Er schoß, während die zwei Männer sich noch umdrehten, um auf ihn anzulegen. Blaine war es nicht möglich gewesen, genau zu zielen, und so mußte er mit den Schultertreffern zufrieden sein, die die zwei Revolvermänner von der Theke zurücktaumeln ließen, bevor sie abdrücken konnten. Als Blaine die Waffe neu auf sie richtete, hörte er das vertraute Klick-Klack, das beim Spannen einer Flinte entstand. Er sah noch rechtzeitig, daß der Barkeeper eine abgesägte Mossberg-Flinte hochriß, um sich an Marokows Seite vor der Bar niederzuducken. Mit zittriger Hand versuchte Marokow eine alte Greysa-Pistole in Anschlag zu bringen. Der erste Gewehrschuß sprengte ein großes Stück Holz aus der Theke, das zweite Ballern überschüttete Blaine und Marokow mit einem Hagel von Holzsplittern. McCracken lugte über den Thekenrand und sah, daß die zwei angeschossenen Revolvermänner heranwankten. Ihre Kanonen spien Feuer. Es brauchte vier weitere Schüsse, um sie endgültig zu fällen. Allerdings geriet er, während er die beiden umnietete, ins schönste Schußfeld, das sich der Barkeeper wünschen konnte. Der Kerl hatte ihn mit der Mossberg aufs Korn genommen, aber da stolperte Marokow dazwischen. Das Geschoß der Flinte zerfetzte dem Russen in derselben Sekunde die Brust, in der er aus seiner altbewährten Zimmerflak einen Schuß abfeuerte. Der Treffer warf dem Barkellner den Kopf in den Nacken. Marokow prallte gegen McCracken, und sie schlugen beide wuchtig auf den Fußboden.

Blaine kroch unter dem Russen hervor, beugte sich über ihn. »Andrej ...!«

Zu spät. Im Tode standen die Augen des Russen offen, ihr Ausdruck ähnelte an seinem Ende auf seltsame Weise dem, den sie damals, an dem Tag im Dschungel nahe der vietnamesischen Fernstraße 9, hatten.

Blaine rappelte sich gerade auf, als drei Burschen mit Ingram-Maschinenpistolen in die Hotelbar gepoltert kamen. Er entleerte den restlichen Inhalt des Pistolenmagazins in ihre Richtung, hastete währenddessen zu der Schwingtür, die in die Küche führte. Er jagte hindurch und hörte, daß Leute ihn auf Spanisch anschrien, doch das Gezeter verstummte, als die Hotelangestellten sein Schießeisen sahen. Er rannte an ihnen vorbei, ohne auf das

Durcheinander der Herdplatten und Arbeitstische zu achten, an denen Chefköche Mahlzeiten zubereiteten. Der Fluchtweg führte ihn durch einen weitläufigen Lagerraum voller reichlich gefüllter Regale. In den unteren Fächern standen mehrere Propangasflaschen.

Zwei davon stellte Blaine vor die Tür des Lagers, wo die Verfolger, wenn sie ihm hinterher kamen, sie bestimmt umwerfen mußten. Er lief durch den Flur zum Hinterausgang, lud unterwegs seine Waffe neu; dann wartete er ab, bis die Tür aufflog. In diesem Augenblick schoß McCracken zweimal, einen Schuß für jede der beiden umgekippten Propangasflaschen.

Die doppelte Explosion erschütterte den ganzen Korridor. Mauerwerk krachte aus beiden Wänden herab, und die Decke stürzte ein. Blaine war nahe genug, um noch die Hitze der Detonationen zu spüren, ehe er durch die Hintertür aus dem Buena Vista floh.

Mittlerweile waren drei Jeeps mit kubanischen Milizionären vorgefahren, und soeben stürmten die letzten Uniformierten zum Hoteleingang. McCracken wartete, bis alle im Gebäude verschwunden waren, dann stieg er in einen der mit Maschinengewehren ausgestatteten Jeeps. Mit der SIG-Sauer durchlöcherte er den anderen Fahrzeugen je zwei Reifen, ehe er rasant abfuhr.

Er hatte vor, schleunigst von der Hauptstraße zu verschwinden und Nebenstraßen zu benutzen, um den Treffpunkt auf einem fünfundzwanzig Fahrtminuten entfernten Flugplatz zu erreichen. Aber da alles ein abgekartetes Spiel war, stand zu befürchten, daß kubanische Miliz vor ihm auf dem Flugplatz eintraf, und kein Pilot, der bei klarem Verstand war, würde unter solchen Umständen landen.

Doch Blaine hatte keine Wahl. Der Flugplatz war seine einzige Chance.

Er brachte den Jeep auf Höchstgeschwindigkeit. Noch schneller kreisten seine Gedanken um die Ereignisse im

Buena Vista. Man hatte ihn und Marokow getäuscht, sie waren von Leuten in das Hotel gelockt worden, die unterstellt hatten, daß zwei scheinbar unversöhnliche Feinde der Versuchung nicht widerstehen könnten, endlich die so lang aufgeschobene Abrechnung vorzunehmen. Hätten sie nur die Wahrheit geahnt …

Jetzt zählte nur noch die Tatsache, daß McCracken nach Kuba gelockt worden war, um einen Job zu tun, den irgend jemand erledigt haben wollte. Marokow hatte erwähnt, er sei für eine CIA-Abteilung tätig. Vielleicht hatte er keinen Wert mehr für die dortigen Kissenfurzer gehabt, und das war ihre Weise gewesen, ihm ihren Dank zu zeigen. Blaine in diese Sauerei hineinzuziehen, war ein Fehler gewesen, den sie noch bereuen sollten.

McCracken bog von der Hauptstraße ab, und das Fahrzeug holperte durch eine Reihe von Gassen. Er hoffte, daß er der Verstärkung, die die Milizionäre bestimmt vom Hotel aus alarmiert hatten, zuvorkommen konnte. Die Fahrt verlief ohne Zwischenfälle, und Blaine wurde ruhiger, als die schlecht asphaltierte Ausfallstraße schließlich auf den letzten Streckenabschnitt zum Flugplatz mündete.

Plötzlich trat er brutal auf die Bremse, die Reifen quietschten, der Wagen kam am Straßenrand zum Stehen.

Genau vor ihm versperrte auf einer kleinen Anhöhe ein quer geparkter Schützenpanzer den Weg. Blaine sah Uniformierte im Gelände in Deckung gehen und die Waffen feuerbereit machen. Er wendete das Fahrzeug und sah in einem halben Kilometer Entfernung zwei mit Soldaten bemannte LKWs heranrasen.

Schon hatte er sich damit abgefunden, sich mit Hilfe der im Jeep montierten MGs durchschlagen zu müssen, da drang von fern ein Surr- und Brummgeräusch an seine Ohren. Es war ein altbekannter, halb vergessener Klang, so unwahrscheinlich wie der Anblick, der sich ihm nun vom Westen her bot.

Ein alter Transporthubschrauber des Typs Helio-Courier, den er seit der Zeit in Vietnam nicht mehr gesehen hatte, orgelte von der Bergkette herab und senkte sich zur Landstraße. Das war keineswegs die zu seiner Abholung bestellte Maschine und genausowenig der richtige Pilot. Helio-Courier-Hubschrauber waren in Vietnam verwendet worden, um Operation Phönix-Kämpfer an unmögliche Einsatzorte zu befördern, und ebenso, um sie wieder herauszubringen. Dabei war ihr Tiefflugvermögen und die Fähigkeit, praktisch keine Landefläche zu brauchen, ausschlaggebend gewesen; sie hatten viele Leben gerettet, und ihre Piloten – wie der berühmte Harry Lime – galten damals als so wahnsinnig wie die Männer, die sie transportierten.

Der Helio-Courier schien in der Höhe zu verharren, dann schwebte er senkrecht nach unten. Mit lautem Heulen zerteilten die Rotorblätter die Luft. Die Maschinengewehre in den seitlichen Stummeltragflächen knatterten, schossen dicht vor den LKWs, die auf Blaine zurollten, Asphaltbrocken aus der Straße. Der vordere Laster schwenkte zur Seite, um dem Kugelhagel auszuweichen, und wurde vom nachfolgenden Transporter gerammt. Blaine sah beide LKWs in den Straßengraben rauschen, während hinter ihm die Milizionäre zurück zu ihrem Schützenpanzer liefen, um die Verfolgung aufzunehmen.

Aber der Helio-Courier sank rasch abwärts und landete nur zwei Meter neben McCrackens Wagen auf der Straße, als käme überraschend ein alter Freund zu Besuch. Die Cockpit-Luke öffnete sich und gab den Blick auf einen Mann frei, der ein Polyester-Hawaiihemd mitsamt Blütenkette trug.

Das konnte doch nicht wahr sein!

Und doch sah Blaine es mit eigenen Augen.

»Zur Stelle, Captain!« brüllte Harry Lime zu McCracken heraus, mimte spaßhaft einen zackigen Gruß. »Jetzt aber flott an Bord.«

Blaine zwängte sich ins Cockpit und auf den Copilotensitz und fügte sich in die Zuschauerrolle. Der Wind kräuselte leicht Harrys Blütenkette, fuhr unter sein bauschiges Hawaiihemd und blähte es, bis Blaine die Luke zuknallte. Anschließend schaute er zu, wie Harry die alte Mühle routiniert durchstartete und über die verunglückten LKWs hinwegsteuerte, während das MG des Schützenpanzers den Helikopter unter Beschuß nahm. Falls die Kugeln Harry Lime beunruhigten, ließ er sich nichts anmerken. Abgebrüht flog er so dicht über den Baumwipfeln, daß Zweige den Lack an der Rumpfunterseite des Helio-Couriers zerkratzten, und steuerte ihn im Zickzackkurs, bis er zur Atlantikküste gelangte. Dort beschleunigte er den Helikopter auf maximale Geschwindigkeit und überquerte das Meer so tief über dem Wasserspiegel, daß Gischt gegen die Cockpitscheiben spritzte.

»Du fliegst besser denn je, Harry.«

Lime bemühte sich zu lächeln, wurde beinahe rot, schob eine unangezündete Zigarette vom einen in den anderen Mundwinkel. »Schön zu erfahren, daß jemand wie du noch immer einen wie mich gebrauchen kann, Captain.«

»Ohne dich würde Castro mich jetzt in der Pfeife rauchen, wäre er kein Zigarrenraucher.«

»Offen gestanden, es gibt einen bestimmten Grund für mein Aufkreuzen.«

Jetzt erst bemerkte Blaine die sorgenvolle Miene Harry Limes. »Dann mal raus mit der Sprache.«

»Du mußt mir helfen. Deshalb habe ich diesen Flug übernommen. Darum habe ich dich rausgeholt. Hätte Castro dich eingelocht, wäre ich genauso aufgeschmissen, wie du.«

»Das ist schwer zu glauben, Harry.«

»Durchaus nicht, verlaß dich drauf. Es ist da nämlich etwas vorgefallen, Captain ...«

Kapitel
2

Susan Lyle hatte schon viele Male in der Isolationsstation Laborarbeiten verrichtet. Aber nichts hatte sie auf die Autopsien vorbereiten können, die sie nach der Rückkehr aus Cambridge nach Atlanta – am frühen Montagmorgen – persönlich durchführen wollte. In einem Tiefkühlraum der SKZ-Düsenmaschine, de facto längst Susans Flugzeug, waren fünf Leichen mitbefördert worden. Normalerweise übernahm ein Spezialist diese Aufgabe, ein Pathologe, nachdem Susan die Vorarbeiten abgewickelt hatte, und den Rest erledigte ein Medizinerteam der Sonderabteilung Brandwacht. Diesmal jedoch stand Susan unter dem Bann von einer Art Hauptverantwortlichkeitswahn. So lange und so gründlich hatte sie sich für den Krisenfall geschult, daß es ihr jetzt widerstrebte – zumal in einer dermaßen heiklen Angelegenheit –, Verantwortung zu delegieren. Zudem mußte der Risikofaktor berücksichtigt werden. Beide Pathologen der Sonderabteilung Brandwacht hatten Familie, und nach Susans Auffassung verbot es sich daher, sie der Ansteckungsgefahr durch Leichen von Cambridge auszusetzen.

Die Katastrophe vermittelte ihr eine gewisse Vertrautheit mit Risiken. Das Geschöpf, das sie im Einkaufszentrum angesprungen und ihr die Helmplatte zerschlagen hatte, war ein Hund gewesen: ein von Angst geschüttelter, schreckerfüllter, aber quicklebendiger Hund. Susan hatte vor Panik der Atem in der Kehle gestockt, als die potentiell verseuchte Luft durch das zerbrochene Plastik in den Schutzhelm drang.

Jetzt ist es passiert, hatte sie gedacht. Mein Gott, es hat mich erwischt!

Als der Hund ihr mit der Zunge das Gesicht leckte, hatte sie gemerkt, daß sie noch lebte. Sie schaffte es, sich so weit zusammenzunehmen, um das Tier zu beruhigen. Anschließend war sie noch eine halbe Stunde lang in der Passage geblieben, bis von einem der sechs regionalen SKZ-Krisenmanagementzentren – aus Connecticut – eine Dekontaminationsmannschaft eingetroffen war. Mit einer an Irrsinn grenzenden Ruhe hatte sie ihre qualvolle Besichtigung der Einkaufspassage fortgesetzt. Dem Tod ins Auge geblickt zu haben gab ihr das Gefühl, dem noch unbekannten Biotyp-4-Agens, das dieses Gebäude heimgesucht hatte, überlegen zu sein. Es versteckte sich vor ihr; das Agens hatte Furcht. Die erste Runde hatte sie gewonnen.

Sie betrachtete die erforderlichen Autopsien als die zweite Runde. Vor dem Betreten des Isolationstrakts, wo die Leichen lagen, mußte sie sich zur Vorbereitung mehreren Sicherheitsvorkehrungen unterziehen, die ihr maximalen Schutz garantieren sollten. Susan wurde mit Wasser und Chemikalien geduscht, per Gebläse heißluftgetrocknet, eingepudert und in mehrere Monturen Schutzkleidung gehüllt, die man nach Abschluß ihrer Arbeit vollständig verbrennen würde.

Susan war der Meinung gewesen, sich innerlich genug für die Herausforderung gesammelt zu haben, doch als der Zeitpunkt kam, an dem sie den Trakt betrat, litt sie unter einer derartigen Anspannung, daß sich die schweren Handschuhe noch klobiger anfühlten und ihr in der Schutzkleidung zumute wurde wie in einem Ofen. Der Anzug hatte keinen eigenen Sauerstofftank, sondern bezog Atemluft durch einen Schlauch an der Wand, dessen Düse in seinen Einfüllstutzen paßte. Wohin sie sich auch wandte, der Schlauch hing an ihr wie eine Kette. Jeder Atemzug war eine Anstrengung, und die Helmscheibe beschlug sich, bis es ihr zu guter Letzt gelang, sich zu beruhigen.

Als sie die erste Autopsie begann, konnte sie durch die Scheibe wieder deutlich genug sehen. Ihr Skalpell zertrennte das tote Fleisch in der Oberkörpermitte des Leichnams wie zerknitterten Karton. In früheren Jahren war bei Vorliegen eines Biotyp-4-Agens der Gebrauch von Skalpellen oder sonstigen scharfen Schneidinstrumenten untersagt gewesen, weil ein Aufschlitzen eines Handschuhs oder Ärmels eine eventuelle Infektion und vielleicht den Tod bedeutet hätte. Doch inzwischen wiesen die von der Sonderabteilung Brandwacht verwendeten Schutzanzüge in Handschuhen und Ärmeln zur Verstärkung eine dünne Schicht aus Kevlar auf, dem Material, aus dem man kugelsichere Westen herstellte.

Genau wie während der Ortsbesichtigung in der Citypassage von Cambridge war Susans Schutzhelm mit Funk ausgestattet und wurden ihre Beobachtungen aufgezeichnet. Sie brauchte nur ins Mikrofon zu sprechen.

»Leichnam Nummer eins, männlich, Alter einunddreißig Jahre, Körpergewicht laut geborgener Ausweispapiere einundachtzig Kilogramm, Körpergewicht bei Anlieferung ins Labor fünfunddreißig Kilogramm. Körpergröße laut Ausweispapiere ein Meter zweiundsechzig, Körpergröße bei Anlieferung ein Meter neunundzwanzig ...«

Susan betastete die Rippen und bemerkte, daß die Knochen die Konsistenz von Knetmasse hatten. Sie konnte den Brustkorb ohne Schwierigkeiten mit den Händen öffnen und die inneren Organe freilegen, indem sie die Rippen beiseiteklappte und festklemmte.

»Die inneren Organe sind ausnahmslos unversehrt, aber im selben Zustand der Dehydration wie die Haut. Ich fahre mit der genaueren Untersuchung fort.«

Als erstes schnitt Susan das Herz heraus. Sie konnte es ohne weiteres mit einer Hand umfassen; es war in Umfang und Aussehen auf etwas geschrumpft, das einer tennisballgroßen Pflaume ähnelte, und so trocken wie ein zusammengeknülltes Stück Papier. Sie legte es in die in Augenhöhe aufgestellte Digitalwaage.

»Gewicht des Herzens ein Fünftel des durchschnittlichen Normalgewichts. Anzeichen für Hämoglobinverlust nicht nur im Gewebe, sondern auch in den Muskeln und Organen. Das Knochengerüst ist in vergleichbar geschrumpftem Zustand.«

Susan nahm vom nebenstehenden Tisch einen Objektträger – ein ausreichender Stapel lag bereit – und plazierte darauf ein Knochenstückchen. Dann ging sie damit ans Elektronenmikroskop und fand bald heraus, was sie interessierte.

»Gesamtes Kapillarsystem des Brustbeins zusammengebrochen. Keinerlei lebendes Gewebe mehr vorhanden, weder Stammzellen noch vermehrungsfähige Blutzellen. Als Folgen sind Entkalkung und Zersetzung des Knochengerüsts eingetreten.«

Susan wandte sich vom Elektronenmikroskop ab und kehrte zu der Leiche auf dem Untersuchungstisch zurück. Es war seltsam, wie sehr das Fehlen sämtlicher Gerüche, vom antiseptischen Aroma des Schutzanzugs abgesehen, ihrer Tätigkeit eine traumähnliche Aura gab. Im Laufe der Zeit hatte sie sich angewöhnt, Autopsien mit mancherlei zu assoziieren, vor allem mit Gerüchen. Dieses Mal dagegen konnte sie sich auf nichts anderes als auf die Verrichtungen selbst konzentrieren, und darum hatte sie, als sie schließlich auch mit dem fünften Leichnam fertig war, bereits eine gewisse Routine. Irgendwann fiel ihr auf, daß sie zu spät zu der von ihr selbst beantragten Leitungskonferenz der Sonderabteilung Brandwacht zu kommen drohte. Sie hatte nicht bedacht, daß die anschließende Wiederholung der Dekontaminationsprozeduren ebenfalls Zeit beanspruchte, und obwohl sie sich den unumgänglichen Verfahren in äußerster Eile unterzog, mußte sie doch das letzte Stück zur Kommunikationszentrale im Laufschritt zurücklegen.

Die Kommunikationszentrale hatte keine Fenster, und die Türen ohne Klinken schlossen sich, sobald Susan hineingeeilt war, automatisch hinter ihr. Auf einem einzelnen, schmalen Tisch in der Mitte des Raumes befanden sich ein Monitor und eine Computertastatur. Dahinter war ordentlich ein Stuhl an den Tisch geschoben. Zwölf Fernsehmonitore füllten die ganze Wand gegenüber dem Tisch aus; jeder war dem Computer angeschlossen, so daß Susan anhand der Tastatur jeden Monitor kontrollieren konnte. Sie hatte die Möglichkeit, damit die Auswahl der Aufnahmen zu bestimmen, die die Konferenzteilnehmer sehen sollten, ihre Bildschirme in vier Segmente zu unterteilen und sogar ein Bild über das andere zu projizieren.

Die Lautsprecherboxen, die jeweils einem Konferenzteilnehmer zugeordnet waren, standen links und rechts von Susans Platz auf ganz normal aussehenden, schiefergrauen Digitalverstärkern aufgereiht, sechs an jeder Wand. Über jedem Lautsprecher glomm auf einer kleinen Leuchtdiodenanzeige eine Identifikationsnummer. Die Stimmen, die gleich aus den Lautsprechern dringen sollten, gehörten Mitgliedern der für die Leitung der Sonderabteilung Brandwacht zuständigen Kontrollkommission, die die Aufgabe hatten, Susans Bericht zu beurteilen und entsprechende Maßnahmen zu veranlassen. Noch nie war sie einem Kommissionsmitglied persönlich begegnet, kannte allerdings vier oder fünf der Stimmen. Die Identität der Personen, denen sie sie zuordnen zu können glaubte, flößten ihr wahre Ehrfurcht vor der eigenen Position ein. Tatsächlich genoß Susan für die Dauer der bevorstehenden Sitzung das Gehör der gesamten Regierung.

Nie hätte sie mit so etwas gerechnet, als sie in die Dienste des SKZ trat. Nachdem sie im Anschluß an ihr Medizinstudium an der Duke University ein dreijähriges Praktikum in Innerer Medizin an der Brown University Rhode Islands absolviert hatte, war sie zum Seuchenkontroll- und Verhütungszentrum in Atlanta, kurz SKZ, übergewechselt und hatte dort freudig eine Tätigkeit aufgenommen, die ihre Kollegen und Kolleginnen als elend langweilig abwerteten. Beim Bewerbungsgespräch hatte sie auf diesbezügliche Fragen geantwortet, für sie sei Forschung eine ebenso spannende wie aufregende Sache. Dächten die Leute denn gar nicht daran, daß die Diagnosefähigkeit eines Arztes überhaupt nichts bedeutete, würden keine wirksamen Behandlungsmethoden und Medikamente entwickelt? Die Laborarbeit würde es ihr möglicherweise eines Tages erlauben, argumentierte sie, in einer Woche mehr Menschen zu retten, als ihre Kolleginnen und Kollegen während ihres ganzen Lebens. Und die SKZ-Verantwortlichen schenkten ihr Glauben. Susan konnte sehr überzeugend auftreten.

Dennoch war alles erlogen. Ihre wirkliche Motivation war von zu geheimer, schmerzlicher Natur, als daß sie sich leicht hätte darlegen lassen. Susan wollte nicht den Eindruck erwecken, sich in einen privaten Kreuzzug verrannt zu haben, der die Klarheit ihres Urteilsvermögens trüben könnte. Dennoch war ›Kreuzzug‹ genau die richtige Bezeichnung.

Dank ihres Fachgebiets Infektionskrankheiten hatte das SKZ allemal für sie Verwendung und folglich eine Stellung. Aber es war vielmehr ihre Begabung, sowohl in einer Führungsposition wie auch in Verwaltungsfragen mit anderen Mitarbeitern reibungslos zusammenzuarbeiten, die dazu geführt hatte, daß man sie in das Brandwacht-Programm einbezog. Die Sonderabteilung Brandwacht war aus der auf unbekannte Viren spezialisierten SKZ-Spezialpathologie hervorgegangen. Der Pathologie hatte es an der Fähigkeit zu schnellem Handeln gemangelt, einer Eigenschaft, die die SKZ-Verantwortlichen jedoch als zunehmend wichtiger erachteten; denn heutzutage traten in rascher Folge immer neue Viren und Bakterien auf, die der Welt wenig bis gar nicht bekannt waren, so daß zu ihrer Bekämpfung schlechte bis miserable Voraussetzungen herrschten. Die Sonderabteilung Brandwacht kam zum Einsatz, wenn es um Minuten ging, möglichst in der Anfangsphase einer Krise.

Deshalb mußte eine Brandwacht-Feldexpertin zur

Teamarbeit fähig sein und das Talent haben, im Krisenfall in ihrer Führungsfunktion die Übersicht über die Lage zu behalten, ganz gleich wie viele Anforderungen auch zu bewältigen sein mochten. Susan hatte die Position hauptsächlich deshalb angenommen, weil sie ihr die Aussicht auf möglichst zügige Fortschritte auf dem Gebiet bot, dem ihr wahres Interesse – ihre Besessenheit – galt. Und wenn sie sich hinsichtlich der Cambridge-Katastrophe gut bewährte, konnte sie vielleicht schneller als erwartet ihr Ziel erreichen.

Susan hob den Blick zu der Kamera, die in der rechten Ecke der Kommunikationszentrale unter der Decke hing. Das rote Licht darunter wurde grün und zeigte an, daß man die Verbindung geschaltet hatte.

»Fangen wir an.«

»Ich sehe gerade Ihr Gesicht, Doktor«, konstatierte aus Lautsprecherbox 5 eine Männerstimme, zu der ihr kein Name einfiel. »Der schriftliche Bericht, den Sie uns gestern gefaxt haben, enthält zu den Umständen Ihrer Verletzung nur vage Angaben.«

»Durchaus absichtlich, Sir. Ein Hund hat mich angesprungen und umgeworfen, und dann ist er auf meinen Schutzhelm geprallt. Dabei ist die Helmscheibe zu Bruch gegangen. Es ist nicht so schlimm, wie es aussieht.«

»Ein Hund, sagen Sie?« fragte die Stimme aus Lautsprecher 2. Die Stimme, wie Susan wußte, von FBI-Chef Ben Samuelson.

»Was für ein Tier es war«, ertönte die Stimme aus Lautsprecherbox 1, »ist wohl unerheblich. Meine Frage lautet, wieso hat der Hund überlebt?«

»Da bin ich mir noch nicht sicher. Es dürfte das Beste für Sie – und auch für mich – sein, die Ereignisse des gestrigen Tages in der Reihenfolge ihres Ablaufs durchzugehen. Selbstverständlich beantworte ich alle Ihre Fragen, aber viele Antworten wird Ihnen bereits mein Bericht geben.«

Im Stehen tippte Susan auf der Computertastatur Befehle ein und schickte den Konferenzteilnehmern die am Vortag mit der Helmkamera angefertigte Aufzeichnung auf die Bildschirme. »Sie schauen sich nun auf Ihren Monitoren genau das an, was ich gestern nachmittag während meines Gangs durch die Cambridge-Citypassage zu sehen bekommen habe.«

Susan erlebte jeden Schritt, den sie dort getan hatte, noch einmal, und die Bilder verursachten ihr nicht weniger Grausen als bei den vorangegangenen Sichtungen. Nur die Episode mit dem Hund hatte sie gelöscht. Das Resultat war ein surrealer Spaziergang durch einen Friedhof des Irrsinns.

»Mein Gott«, drang die Stimme aus Lautsprecher Nummer 9, als die Aufnahmen erschienen, die entstanden waren, während sich Susan über eines der Opfer gebeugt hatte, um es näher in Augenschein zu nehmen.

»Das möchte ich noch mal sehen«, meldete sich Lautsprecher Nummer 6.

»In Zeitlupe bitte«, fügte eine Stimme hinzu, von der Susan wußte, daß sie Clara Benedict gehörte, der Stellvertretenden Nationalen Sicherheitsberaterin des Präsidenten.

In rascher Folge tippte Susan vier Tasten. Sofort spulte sich das Band zurück und zeigte die Szene in Zeitlupe ein zweites Mal. Mittlerweile hatte Susan die Aufnahmen schon hundertmal gesehen, aber sie erschreckten sie noch immer. Der Leichnam ähnelte keinem normalen Toten, sondern einem Strunk verdorrten, buchstäblich versteinerten Fleischs. Die Zeitlupenaufnahme fing vom Kopf abwärts an. Der Mund war in der verhutzelten Haut völlig zusammengeschrumpft, die Nase fast in den Schädel gesunken, während die Augen infolge der starken Schrumpfung der Lider, Brauen und Wangenknochen schaurig hervorquollen. Die Haut war von geisterhaftem Weiß, beinahe wie Kalk, und hatte die Beschaffenheit rissigen Leders.

Hals und Oberkörper mußten vor der Versteinerung zu formlosen Massen abgesackt sein. Arme und Beine, die vorher aus Fleisch und Blut bestanden hatten, glichen länglichen Streifen aus geschmolzenem Wachs.

»Wir müssen also davon ausgehen, Doktor«, erklang eine Frage aus Lautsprecher 4, »daß alle Toten, die Sie in dem Einkaufszentrum gefunden haben, in diesem Zustand sind?«

»Ja, das stimmt.«

»Wie hoch ist die Zahl der Opfer?« erkundigte sich die Stimme aus Lautsprecher 6.

»Rund eintausendsiebenhundert.«

»Wie kommt die Identifizierung voran?« fragte Clara Benedict.

»Vorerst müssen wir uns auf den Inhalt der Brieftaschen und Geldbörsen verlassen. Wegen der nötigen Sicherheitsmaßnahmen verlaufen die Ermittlungen langsam.«

»Bitte stoppen Sie das Band«, sagte Clara Benedict. »Dr. Lyle«, fügte sie hinzu, nachdem Susan die Anweisung befolgt hatte, »was ist von dem, das Sie uns da zeigen, zu halten? Was ist passiert?«

Susan räusperte sich. »Den Betroffenen ist das Hämoglobin entzogen worden.« Kurz zögerte sie. »Mit anderen Worten: das Blut.«

»Ich hoffe, Sie werden uns nicht gleich etwas über Vampire erzählen«, ertönte eine andere Stimme, die Susan kannte: Sie gehörte Daniel Starr, dem Vorsitzenden der Vereinten Stabschefs aller Waffengattungen.

»Nein, unsere bisherige Untersuchung der Leichen hat bei keinem Toten eine äußere Verletzung festgestellt, durch die das Blut hätte abgesaugt werden können. Beachtet man zudem die Tatsache, daß am Katastrophenort nicht ein Tropfen Blut gefunden worden ist, wird deutlich, daß wir mit einem völlig anderen Phänomen konfrontiert sind.«

»Und was käme als Ursache in Frage?«

»Einwirkung eines fremden Organismus, der sämtliches im Einkaufszentrum vorhandene Blut aufgezehrt hat.«

»In Ihren ersten Meldungen ist von einem fremden *Agens* die Rede«, sagte General Starr. »Inwiefern besteht da ein Unterschied?«

»Kein anorganisches Agens könnte so selektiv wirken.«

»Sie meinen, wir haben es mit einem Virus oder einer Bakterienart zu tun?«

»Höchstwahrscheinlich, allerdings mit einem Typus, dessen Verhalten von allen wissenschaftlich erfaßten Erregern abweicht.«

»Also einer der alles Blut angreift«, resümierte General Starr, »und es vollständig auffrißt.«

»Nicht alles Blut«, berichtigte Clara Benedict. »Denken Sie an den Hund, der in der Zoohandlung überlebt und Dr. Lyle angesprungen hat. Wie erklären Sie in Anbetracht der Tatsache, daß die übrigen Tiere der Zoohandlung samt und sonders tot aufgefunden wurden, diese Ausnahme, Dr. Lyle?«

»Dafür habe ich keine Erklärung, wenigstens bis jetzt nicht.«

»Mich interessiert mehr dieser Organismus, Doktor«, äußerte General Starr. »Ist er schon entdeckt worden?«

»Nur so weit, wie ihn seine erstaunlichen Verhaltenseigenschaften beschreiben. In den Toten ist keine Spur festzustellen, das heißt, wahrscheinlich geht der Organismus zugrunde, wenn ihm die Nahrung fehlt, in diesem Fall Blut. Er zeichnet sich durch eine bemerkenswert kurze, wenn auch für sein Umfeld tödliche Lebensspanne aus. Dafür spricht auch, daß die Gefahr schon wieder aufgehoben beziehungsweise der Ort ungefährlich war, als ich mit der Besichtigung angefangen habe.«

»Aber Sie haben trotzdem eine begrenzte Quarantäne verhängt«, stellte Clara Benedict fest.

»Das ist beim Auftreten eines virulenten Biotyp-vier-

Agens die vorschriftsmäßige Standardprozedur. Wir kennen nur Teilaspekte seines Verhaltens, und bis wir genug über ihn wissen, gehen wir lieber auf Nummer Sicher.«

»Dann läßt sich ein terroristischer Anschlag nicht vollkommen ausschließen«, meinte General Starr.

»Ebensowenig kann man von vornherein so etwas unterstellen«, gab Susan zu bedenken. »Gegenwärtig bleibt ein Anschlag nur eine von vielen vorstellbaren Möglichkeiten. Momentan ist es genauso wahrscheinlich, daß es sich bei der Katastrophe um eine lokale Masseninfektion mit bislang beispiellosen Konsequenzen handelt.«

»Terroranschlag, lokale Masseninfektion oder was auch immer«, entgegnete Starr, »wie ist dieser Agens, dieser Organismus, oder wie Sie ihn nennen wollen, in die Einkaufspassage gelangt? Und was hat ihn daran gehindert, sich darüber hinaus auszubreiten?«

»Genau das sind die Fragen, die ich als nächstes klären muß, Sir.«

Kapitel 3

»Du kommst spät«, sagte Harry Lime, auf dem Gesicht den düsteren Glanz des Videospielautomaten. »Mir gehen schon die Vierteldollarmünzen aus.«

McCracken schaute auf die Uhr. Lime hatte sich mit Blaine für neun Uhr abends im Captain Hornblower auf der Front Street in der Altstadt von Key West verabredet. Das Lokal lag ein paar Häuserblocks hinter der Duval Street am Mallory Square und war ein bißchen schäbig, nicht so trendy wie benachbarte Kneipen, und deshalb nicht so voll. So früh am Abend waren nur die Tische im

Freien besetzt. Drinnen hingegen gab es sowohl in den Nischen wie auch an der Theke noch reichlich freie Plätze. Vor dem Eingang lud ein schludrig gemaltes Schild zu Live-Jazz am gerade vergangenen Wochenende ein. Die Fassade des Gebäudes war weiß, der Anstrich jedoch stellenweise abgeblättert, so daß man darunter den alten, grauen Farbauftrag sah.

Blaine hatte das Lokal unauffällig durch den offenstehenden Eingang betreten und Harry am einzigen Videospielautomaten in Aktion erblickt. Harry kippte den Joystick ruckartig nach rechts, und Blaine sah, daß seine Digitaluhr neun Uhr dreißig anzeigte. Sie ging dreißig Minuten vor, eine Angewohnheit aus seinen alten Fliegertagen, um sicher zu gehen, daß er nie zu spät kam.

Die Fluggesellschaft Air America war in den sechziger Jahren gegründet worden, um die Gunst laotischer, kambodschanischer und vietnamesischer Militärmachthaber zu gewinnen, damit sie die amerikanischen Kriegsanstrengungen unterstützten. Piloten der Air America transportierten vom Flugplatz Ton Sun Nyut so gut wie alles, was die Militärbonzen bei Laune halten konnte, Drogen ebenso wie Waffen. Gleichzeitig fungierten sie als Piloten bei den riskanten Operationen des Phönix-Teams. Männer wie McCracken waren so verrückt, alles zu wagen, und die Air America war so verrückt, sie überall hinzufliegen.

Keiner jedoch war so verrückt wie Harry Lime. Ein anderer Pilot, ein Raumschiff-Enterprise-Fan, hatte ihn den Piloten genannt, der in Galaxien vordringt, die nie ein Mensch zuvor gesehen hat; nach südostasiatischen Maßstäben traf das durchaus zu, vor allem, als er mit dem Team zusammengearbeitet hatte, das damals Blaine McCracken und Johnny Wareagle leiteten, der riesige, mystische Indianer, der bis heute immer nur einen Telefonanruf weit von Blaine weg war, manchmal noch weniger.

Auf dem Videoschirm leuchtete GAME OVER auf, und Lime versetzte dem Apparat enttäuscht einen Stoß.

»Ich habe den Rekord gebrochen. Willst du meine Initialen sehen?«

»Vielleicht später.«

»Man muß sie bei Spielbeginn eingeben. Da, wenn wir noch ein paar Sekunden warten, erscheinen sie. Ich habe drei der fünf möglichen Höchstpunktzahlen erreicht.« Endlich drang Blaines Antwort in Harrys Bewußtsein. »Na, dann später.«

Er nahm den ordentlich aufgestapelten Rest seiner Vierteldollarmünzen an sich und führte Blaine an einen Tisch im hinteren Teil des Lokals. Soweit McCracken das erkennen konnte, trug Harry noch dasselbe Hawaiihemd wie am Nachmittag, nur diesmal ohne die Blütenkette.

»Vorsicht, wenn du dich setzt«, meinte Harry, sobald sie zu dem Tisch gelangten, der zwischen der Theke und einer Küchen-Durchreiche stand. Blaine sah, daß Harry auf dem Tisch aus symmetrisch aufgeschichteten Zigaretten ein bewundernswert detailliertes, einstöckiges Häuschen gebaut hatte. Anscheinend war er gerade damit beschäftigt gewesen, es mit einem Gartenzaun zu umgeben, als das Videospiel seine Aufmerksamkeit erregte. Außerdem standen fünf leere Bierflaschen auf dem Tisch.

»Wie lange bist du schon hier, Harry?«

»Keine Ahnung. Nach der Landung in Turnbull bin ich gleich nach Key West gefahren. Ich wollte mich nicht verspäten.«

Demnach mußte er schon seit fast drei Stunden hier warten, rechnete Blaine aus. Behutsam setzte er sich auf einen Stuhl, achtete sorgsam darauf, Harrys Marlboro-Haus nicht zum Einsturz zu bringen.

Das Lokal war vom typischen, altmodischen Key-West-Stil, an dem Hemingway seine Freude gehabt hätte. Die Speisekarte umfaßte für die Insel charakteristische Gerichte wie Kartoffel-Gratin á la Key West und Fischspezialitäten, dazu gab es eine Liste exotisch-tropischer Longdrinks, ein wirklich attraktives Angebot. Doch das alles war nichts im Vergleich zu den übrigen Gästen, die bei McCrackens Ankunft schon im Lokal gewesen waren. Er hatte ihre Blicke sofort gespürt und bemerkt, wie ihre Augen sich – entweder weil sie ihn erkannten oder aus Beunruhigung – verengten, während er auf Harry zuging. Diese Blicke, diese Augen, sagten ihm genug darüber, was für eine Sorte Männer sich da versammelt hatte; oder zumindest, was für Männer sie einmal gewesen waren.

»Kennst du einen von denen?« fragte Harry, als er bemerkte, daß Blaines Blick zum zweitenmal seine Freunde streifte.

»Müßte ich?«

»Vietnam war ein größeres Land, als den meisten Leuten klar ist.« Harry zeigte auf einen Mann, der Hemingways Zwillingsbruder hätte sein können; er saß bei einem Glas Cuba Libre an der Theke. »Das ist Papa. Seinen richtigen Namen kenne ich nicht. Er flog bei der White Star in Kambodscha.« Lime lenkte den Blick in die Richtung dreier Männer, die an einem Tisch auf ihr Essen warteten; alle drei hatten die Stühle so gedreht, daß sie McCracken beobachten konnten. »Das da sind Jim Beam, Captain Jack und Johnny Walker. Johnny rufen wir der Kürze halber Red. Sie haben ihren richtigen Namen gegen den ihres Lieblingsgetränks eingetauscht.«

Erst jetzt bemerkte Blaine, daß jeder der drei vor sich eine Flasche seines Namensvetters stehen und ein Glas in der Hand hatte.

Er kannte viele Männer, die sich seit dem Vietnamkrieg in den Alkohol gestürzt hatten, aber diese Kerle hier schwammen darin. Er hoffte, daß sie wußten, wieviel sie vertrugen, bevor sie untergingen.

»Und den Burschen dort«, erklärte Harry und sah zu einer Gestalt hinüber, die im Bademantel an einem Fachwerkbalken lehnte wie ein Säulenheiliger, »nennen wir Sandmann.«

»Wegen des Bademantels?«

»Weil er in Vietnam einer von denen war, die Leute in den ewigen Schlaf geschickt haben. Jemand wie du, Captain. Er ist allerdings ein bißchen härter abgestürzt. Die Leute hier nennen uns die Sechs Unverbesserlichen. Wir halten noch heute zusammen, kümmern uns einer um den anderen. Manchmal heißt das nur, wir sorgen dafür, daß jeder was zu trinken hat.« Allmählich klang Harrys Stimme breiig. »Aber manchmal geht's um viel mehr. Ich habe ihnen erzählt, daß du kommst. Da dachten sie wahrhaftig, ich reiß' bloß 'n Witz.«

Harry merkte, daß Blaines Blick zu der Schiefertafel mit den Menüvorschlägen des heutigen Abends abschweifte. »Stör dich nicht an diesen komischen Lockangeboten«, riet er. »Die Bude hier ist eigentlich ganz okay. Das normale Essen schmeckt, die Drinks sind gut, und man hat seine Ruhe. Auch die Touristen nerven hier kaum, außer mitten in der Hauptsaison.« Harry rückte seinen Stuhl etwas näher an den Tisch. »Es ist eben so, daß jedes Lokal, in dem's sich lohnt, was zu trinken, auch 'n bißchen an den Touristen verdienen muß, sonst kann's die Miete nicht bezahlen.«

»Und womit verdienst du heute deine Miete?«

»Ich habe 'n Pilotenschein für die Zivilluftfahrt. Was sagst du dazu?«

McCracken versuchte sein Entsetzen zu verbergen. Bei der Vorstellung, daß Crazy Harry ein Flugzeug voller Passagiere steuerte, stockte ihm das Blut in den Adern.

»Keine Sorge, Captain.« Harry lächelte, als hätte er Blaines Gedanken gelesen. »Ich fliege keine Passagiere. Ich habe einen Exklusivvertrag bei Zantop Airlines.«

»Ach so«, sagte Blaine.

Zantop mochte ordnungsgemäß als Fluggesellschaft im Handelsregister stehen, aber die Fluglinie hatte noch nie einen einzigen Passagier befördert. Statt dessen betätigte sie sich als Nachfolgeorganisation der alten Air America, transportierte vom Luftwaffenstützpunkt Patrick auf Florida Drogen und Waffen in diverse Gegenden Mittel- und Südamerikas. Wieder einmal gab es wichtige Leute, deren Wohlwollen man gewinnen wollte. Manche Länder dieser Region waren Pulverfässer, die jeden Moment explodieren konnten, und wenn es knallte, wollten bestimmte Leute in den Vereinigten Staaten bestimmte Leute dort auf ihrer Seite haben. Schließlich lagen diese Länder, so lautete das Argument der alten Betonköpfe, wesentlich näher als Südostasien.

»Es war 'n Glück für dich, daß ich heute keinen Flug hatte«, sagte Harry und nahm vom Dach seines Zigarettenhäuschens eine Marlboro. Er steckte sie sich zwischen die Lippen und schob sie vom einen in den anderen Mundwinkel. »Zu hören, daß du drüben bist, und abzufliegen, war für mich eins. War genau wie in den alten Zeiten, was, Captain?«

»Ganz genau so, Harry.«

»Wir haben die Sache gedeichselt, stimmt's? Hätte ich nicht mitgekriegt, daß du 'ne Kiste brauchst, die dich abholt, würdest du jetzt in Castros finsterstem Loch sitzen.«

»Das kann man wohl sagen, Harry.«

Lime fummelte an dem Zigarettenbauwerk, war sich wohl nicht sicher, wie er die Unterhaltung fortsetzen sollte. Er zappelte und wand sich auf dem Stuhl und drehte sich unvermittelt um, als hätte er vergessen, wo er war. Als es ihm wieder einfiel, entkrampfte er sich und lehnte sich zurück.

»Hör mal, willst du was zu trinken? Ich hab' hier 'n Deckel.«

»Erst sollten wir mal zur Sache kommen.«

»Sicher.«

»Im Hubschrauber hast du erwähnt, es sei etwas vorgefallen.«

Harrys Miene blieb ausdruckslos. »So, habe ich ...?«

»Ja.«

»Ich hätte die Klappe halten sollen. Ist ja mein Problem.«

»Wir sind doch alte Kameraden. Also ist es auch mein Problem.«

»Im Ernst?«

»Ja, ganz im Ernst.«

»Was habe ich dir eigentlich schon erzählt?« fragte Harry mit leicht zur Seite geneigtem Kopf.

»Nichts weiter. Im Grunde genommen nur, daß etwas vorgefallen ist. Bei mir ist der Eindruck entstanden, du könntest meine Hilfe gebrauchen.«

Lime schüttelte den Kopf und senkte den Blick; das Kinn sank ihm auf die Brust. Als er hochschaute, waren seine Augen feucht.

»So was ist wahrhaftig 'ne Schande. Und einfach falsch. Was man da verbrochen hat.«

»Wieso, was hat man denn getan? Was war falsch?«

»Die Sache mit meinem Sohn«, antwortete Harry. »Mit Josh.«

Blaine stutzte.

»Er ist verschwunden. Sie haben ihn entführt.«

Stumm hörte McCracken zu.

»Allein ein Kind großzuziehen, ist echt 'ne schwierige Aufgabe. Maggie ist ja gestorben, bestimmt erinnerst du dich an sie. Du bist ja auf der Beerdigung gewesen.«

»Beerdigung ...«

»Ja ...«

»Stimmt. Trauriger Tag.«

»Das Schlimmste, was man erleben kann. Aber der Junge brauchte ja 'n Vater, deshalb bin ich dann doch drüber weggekommen. Zum Teufel, was soll man anderes machen, stimmt's, Captain? Man hält die Ohren steif. Man steht's durch und verwindet es, und das Leben geht weiter.«

»Tja, mehr kann man nicht tun.«

Ein Lächeln zuckte um Harrys Lippen, aber in seinen Augen standen immer noch Tränen. »Alle waren auf der

Beerdigung, der ganze alte Haufen. Es war wieder wie damals in dem scheißverdammten Ton Sun Nyut. Ein regelrechtes Wiedersehenstreffen. Statt Key-West-Limettenkuchen hätte Khe Pan serviert werden können. Mann, wär's nicht so ein trübseliger Anlaß gewesen, hätten wir richtig ein Faß aufgemacht.«

»Was ist denn nun mit dem Jungen passiert?« hakte Blaine nach.

»Ein gescheites Kerlchen, das kann ich dir sagen, schlauer als sein armer, alter Vater.« Auf einmal flatterten Harrys Lider; abrupt sagte er: »Ich muß noch 'n Bier trinken.« Eine Kellnerin sah Harrys unsicher hochgereckte Hand und kam an den Tisch. Er bestellte zwei Rolling Rock. »Mir gefällt die Farbe der Flasche«, erklärte er McCracken. »Grün. Wenn man so 'n Bier trinkt, kann man sich einbilden, 's wär auch grün.«

»Leuchtet mir ein.« Blaines Befremden wuchs.

»Ich vermisse Maggie, Captain, aber daran habe ich mich inzwischen gewöhnt. Daß mir Josh fehlt, bin ich noch nicht gewöhnt.«

»Was ist passiert?«

»Sie sind gekommen und haben ihn mitgenommen. Gestohlen. Ein paar Monate, bevor ich hierher kam.«

McCracken holte tief Atem und straffte sich. »Also, Harry, ich ... ich ...« Seine Stimme verklang.

»Ja, Captain, was willst du sagen?« fragte Harry mit hoffnungsvoller Miene.

Blaine seufzte. »Ich wüßte gerne ... äh ... Wer hat den Jungen mitgenommen?«

»Ich habe keinen blassen Schimmer. Er war ... einfach weg. Du müßtest mal bei mir daheim vorbeikommen, dir sein Zimmer angucken. Ich habe ihm geholfen, Videospiele zu lernen. Irgendwann hat er mich dann so oft besiegt, daß mir die Lust vergangen ist. Danach hat er mich ab und zu gewinnen lassen, und von da an machte es mir noch weniger Spaß. Hast du nie geheiratet?«

»Nein.«

»Du bist mir ja 'n Drückeberger.« Harrys Gesichtsausdruck wechselte jetzt praktisch jede Sekunde, als könnte er sich nicht entscheiden, wie er sich fühlen sollte. »Noch ist es nicht zu spät. Aber erst mußt du mir helfen, Josh zu finden. Mir helfen, ihn zurückzuholen.«

Blaine nickte so lange, bis sein alter Freund sich beruhigt hatte. »Ich telefoniere ein bißchen herum und ziehe Erkundigungen ein.«

»Ehrlich?«

»Klar, sag ich doch.«

»Und wann?«

»Noch heute abend. Sobald ich mich in Ruhe an ein Telefon setzen kann.«

Jetzt waren es Freudentränen, die in Harrys Augen schimmerten.

»Du bist der Größte, Captain. Du bist immer der Größte gewesen. Komm morgen früh gleich zu mir und verrat mir, was du rausfinden konntest.«

»Na sicher.«

»Hab' ich dir meine Adresse gegeben? Ich kann mich gerade nicht daran erinnern.«

»Nein, noch nicht.«

»Ich schreib' sie dir auf.« Lime tastete seine Taschen nach einem Stift ab. »Mensch, das wäre doch was, wenn unsere alte Truppe vollzählig nach meinem Jungen auf die Suche gehen würde, was? Du, ich, dein Freund, dieser lange Lulatsch, der Indianer, ich meine … ähm …«

»Johnny Wareagle«, half Blaine ihm.

»Ja richtig, Johnny.« Harry geriet zusehends in Fahrt. »Ich kann uns 'n Flugzeug beschaffen.«

»Ich hoffe, so dramatisch wird's nicht, Harry.«

»Ja, vielleicht nicht. Schließlich leben wir heute in anderen Zeiten.«

Harry schlug kräftig genug mit der Faust auf den Tisch, um das Marlboro-Häuschen einstürzen zu lassen. Er spuckte die Zigarette aus seinem Mund auf die Überreste. »Für dich opfere ich mein letztes Hemd und gebe noch meine Zuckerwürfelsammlung dazu, Captain. Harry Lime dringt in Galaxien vor, die nie ein Mensch zuvor gesehen hat, und du fliegst noch einmal mit.«

»Das ist ein Wort«, sagte Blaine und hoffte, daß Harry das Unbehagen in seiner Stimme nicht bemerkte.

»Scheiße, was gibt's denn?«

»Das ist ja 'ne nette Begrüßung«, meinte Blaine zu Sal Belamo.

»Bist du das, Boss?«

»Und es ist nett, mal wieder deine Stimme zu hören.«

»Weißt du, Boss, es ist so: Ich kriege jetzt vier Spielfilmsender per Kabel rein und habe außerdem Pay-TV. Das ist Fortschritt, wenn du mich fragst. Aber ich kann nicht mal einen einzigen Film zu Ende gucken, weil andauernd das verdammte Telefon bimmelt. Also wirklich, ich hatte mehr Freizeit, als ich noch in der Tretmühle war. Was bezahle ich ...? Ich glaube, ich bleche jeden Monat fünfzig Mäuse für diesen Quark. Und ich habe noch keinen Film von vorn bis hinten gesehen.«

»Na, dann muß es doch heute auch nicht sein, oder?«

»Worum geht's denn?«

»Du mußt was für mich rauskriegen.«

»Ach, scheiß der Hund drauf ... Na gut, leg los.«

»Habe ich schon einmal einen gewissen Harry Lime erwähnt?«

»Klar. Ein alter Air-America-Pilot, der deinen Arsch schon häufiger gerettet hat als ich.«

»Und heute hat er ihn wieder gerettet. Melk seine Daten, möglichst vollständig und auf aktuellem Stand.«

»Bist du hinter was Speziellem her, Boss?«

»Psychiatrische Gutachten und Beurteilungen. Behandlungs- und Therapieempfehlungen.«

»Wieso, Boss?«

»Vorhin habe ich mich mit Crazy Harry in einer Kneipe in Key West getroffen. Er hat mir erzählt, irgendwer hätte seinen Sohn gekidnappt, das Kind von seiner Frau Maggie. Seit ihrer Beerdigung hätte er mich nicht mehr gesehen, hat er behauptet.«

»Na und?«

»Tja, weißt du, Sal, so eine Beerdigung hat nie stattgefunden. Es kann auch keine Entführung gegeben haben. Harry Lime war nie verheiratet, und er hat keine Kinder.«

Kapitel 4

»Ich glaube, jetzt ist die Sache geklärt«, begrüßte Alan Killebrew am Dienstagmorgen Susan, als sie in das Wohnmobil stieg, das vor Ort die Leitstelle der Sonderabteilung Brandwacht war. Es parkte nach wie vor gegenüber der Cambridger Citypassage im Charles-Park.

Killebrew war Susans tüchtigster Mitarbeiter im Brandwacht-Team. Am Sonntag war er nur vier Stunden nach ihr eingetroffen und seitdem geblieben; und er würde den Katastrophenort nicht verlassen, bevor sich die Hinweise, Spuren und Theorien nicht zu Fakten erhärteten.

Killebrew lenkte seinen Rollstuhl an die Arbeitsfläche vor den Computermonitor; sein fettiges Haar und die müde Stimme bewiesen, daß er Montag nacht durchgearbeitet hatte. »Ich meine die Weise, wie der Organismus sich in der Passage verbreitet hat. Das habe ich herausgefunden, glaube ich.« Er schwieg einen Augenblick lang. »Das, und wie er hineingelangt ist.«

Ehe Susan Fragen stellen konnte, drückte er Tasten, und auf dem Monitor erschien in simulierter Dreidimensionalität eine Animationsgrafik des Ladenzentrums. Sie war einem Computerspiel nicht unähnlich. Killebrew kontrollierte sie mit der Computermaus.

»Anhand einer Analyse der Aufnahmen, die die Überwachungskameras der Passagen angefertigt haben, und einer Untersuchung der Verteilung der Leichen in allen drei Etagen ist ersichtlich geworden, daß die Opfer nicht alle gleichzeitig infiziert worden sind. Was sie getötet hat, mußte erst in der Passage um sich greifen. Der Zeitunterschied ist minimal, aber meßbar und von wesentlicher Bedeutung. Ich zeige Ihnen ein Modell der Ausbreitung des Organismus.«

Die Darstellung fing in der dritten Etage an. Weiße Blinkpünktchen kennzeichneten die Kunden des Einkaufszentrums. Während sich der Cursor an ihnen vorbeibewegte, stoppte das Blinken der Markierungen, sie verfärbten sich rot. Der Vorgang wiederholte sich in jeder Etage bis zum Erdgeschoß.

»Der Ausbreitungsweg verlief vom dritten Geschoß hinab ins Erdgeschoß«, faßte Killebrew zusammen. »Bleibt der Ausnahmeüberlebende, dieser Hund. Der Raum, in dem er eingeschlossen war, war in dem ursprünglichen Bauplan der Passage nicht vorgesehen. Die Raumtemperatur dort betrug über dreißig Grad, dagegen lag die Außentemperatur bei dem Vorfall bei rund achtundzwanzig Grad. Nun verhält es sich wohl so, daß die Türen der Passage irgendwann nach Freisetzung des Organismus geöffnet worden sein müssen. Also ist es an sich unvorstellbar, daß die Ansteckung sich nicht wenigstens in gewissem Umfang über das Gebäude hinaus verbreitet hat. Trotzdem sind ausschließlich im Innern der Passage Tote gefunden worden. Und zwar, weil der Organismus durch einen bestimmten Faktor an den Türen buchstäblich eliminiert worden ist.«

»Durch die Temperatur«, schlußfolgerte Susan und begriff sofort die Zusammenhänge. »Gütiger Himmel ...«

»Dank der Klimaanlage herrschten in der Passage angenehme zweiundzwanzig Grad«, erläuterte Killebrew und schaute ihr aus dem Rollstuhl ins Gesicht. »Die Computersimulation der Ausbreitung des Organismus stimmt genau mit dem Verlauf der Luftzirkulation in den Gängen der Passage überein. Weil der Raum, in dem sich der Hund aufhielt, nicht zur gleichen Zeit wie die übrige Passage gebaut wurde, hat er keinen Anschluß an die Klimatisierung.«

»Wirklich hervorragende Arbeit, Killebrew.«

»Es kommt noch besser. Die zur Klimatisierung erforderlichen Kompressoren stehen im Heizungskeller des Gebäudes, das heißt, hier.« Killebrew sauste mit dem Cursor durch das Computermodell der Passage bis ins Untergeschoß, zu einem rotblinkenden Quadrat. »Da war der Ausgangspunkt des Organismus.«

»Dann wollen wir uns dort mal umsehen.«

McCracken hatte mit Harry Lime vereinbart, ihn am Dienstag als erstes morgens zu besuchen – das hieß für Harry, um neun Uhr. Lime hatte eine Parterrewohnung in einem der sechs Häuser der sogenannten Südpark-Residenz. Mit ihrem pseudospanischen Kolonialstil ähnelten die Häuser einem Großteil der restlichen Bauten des Viertels, zeichneten sich jedoch durch den Vorzug aus, lediglich drei Blocks vom Meer entfernt zu stehen. Blaine konnte sich vorstellen, daß Harry die Geräuschkulisse und die Gerüche des Ozeans als Labsal für die Seele empfand.

Als nichts geschah, nachdem McCracken mehrmals den Klingelknopf betätigt hatte, drückte er zwei andere Klingeln, und ihm wurde, wie erwartet, ohne Umstände geöffnet. Er hatte die SIG-Sauer unter einem weiten, um die Taille herum schon fadenscheinigen Leinenhemd umgeschnallt; das war nicht seine Lieblingsart, eine Waffe zu verstecken, sondern ein Kompromiß, zu dem ihn Key Wests Temperatur von 38° nötigte.

An der Wohnungstür läutete Blaine erneut einige Male und klopfte, aber wieder ohne Erfolg. Er hielt es für denkbar, daß Harry in der Wohnung, Apartment 1A, seinen Rausch ausschlief, oder daß die Kopfhörer eines Computerspiels seine Aufmerksamkeit ablenkten. Blaine seufzte und ging mit den Drähten, die er immer dabei hatte, ans Knacken der Schlösser. Für das Sicherheitsschloß brauchte er dreißig Sekunden, für das Türschloß nicht einmal die Hälfte. Obwohl beides Schlage-Fabrikate waren, das beste auf dem Markt, forderten sie einem echten Profi nur wenige Sekunden Mehrarbeit ab.

»Harry«, rief McCracken, als er die Wohnung betrat. »Harry?«

Blaine bekam keine Antwort, er ging weiter. Das Wohnzimmer machte einen ordentlichen, sauberen Eindruck, angesichts der im allgemeinen ungepflegten Erscheinung Harrys eine Überraschung. Noch verwunderlicher war allerdings die völlige Kahlheit der Wände. McCracken hatte erwartet, sie mit allerlei Postern, Fotos und Andenken vollgehängt zu sehen – ein Zustand, wie er in Harrys stets etwas wirrem Hirn herrschen mochte.

Auch in der Küche war keine Spur von Harry. Blaine besah sich das auf dem Küchentisch stehende Faxgerät. Es erstaunte ihn nicht, daß es kein Papier enthielt. Er warf einen Blick in die beiden Zimmer. Harrys Schlafzimmer wirkte schlicht und konservativ, wiederum gänzlich anders, als Blaine es sich vorgestellt hatte; er fand dort ein unbenutztes, säuberlich gemachtes Bett vor. In den Schubladen der Kommode lag penibel aufgestapelte, sortierte Wäsche, hinter den Türen des Kleiderschranks hing Harrys spärliche Garderobe, überwiegend Blumenhemden und weite Hosen.

Nach einem kurzen Abstecher ins Bad besah sich McCracken das zweite Zimmer. Bis auf einige wenige Möbelstücke stand es leer. Falls Harry tatsächlich einen Sohn hatte, mußte hier sein Schlafzimmer gewesen sein. Es hätten Poster an den Wänden, ein Kinder- oder Jugendbett und ein Schülerschreibtisch da sein müssen. Und Platz für einen Computer.

Nichts dergleichen war vorhanden. Nur Möbel, die niemand benutzte, und ein paar Kisten, die auszupacken Harry anscheinend keine Zeit gehabt hatte. Wie lange wohnte er schon hier und arbeitete für die Nachfolgerin der Air America? Diese Frage war gestern ungeklärt geblieben.

Blaine ging noch einmal durch die ganze Wohnung. Aus irgendeinem Grund lief es ihm hier kalt über den Rücken. Die Zimmer bereiteten ihm ein ungemütliches Gefühl, sie waren viel zu steril. Sogar der Teppichboden war gründlich gesaugt worden – man konnte auf dem Grau noch die Streifen des Saugers erkennen.

Vielleicht um verräterische Fußabdrücke und die Spuren eines Handgemenges zu vertuschen.

Warum denke ich an so etwas?

Überhaupt nichts rechtfertigte einen derartigen Verdacht; wahrscheinlich kam es in so mancher Nacht vor, daß Harry Lime nicht nach Hause fand, egal wo er sein Zuhause haben mochte.

McCracken setzte sich im Wohnzimmer auf die weiße Couch und holte das vierseitige psychologische Gutachten über Harry Lime aus der Tasche, das ihm Sal Belamo heute ins Hotel gefaxt hatte. Das Resümee lief weitgehend auf das hinaus, was er schon befürchtet hatte: Harry Lime hatte einen knallharten Defekt und war eigentlich nur bei Verstand, wenn er in der Luft sein durfte. Im Flugzeug bewährte er sich als der beste Pilot, den man sich wünschen konnte, doch außerhalb der Flugkanzel hatte er selten einen klaren Begriff von der Wirklichkeit.

So lautete, obwohl es darin noch mehr zu lesen gab, die

Kernaussage des Gutachtens. Wahrscheinlich hätte man Harry längst den Pilotenschein entzogen, wäre seine Begabung als Flieger nicht dermaßen wertvoll gewesen. Für die Air-America-Nachfolgerin war er schlichtweg der ideale Mitarbeiter. Leistungsfähig und unbedingt verläßlich bei der Ausführung eines Auftrags; gleichzeitig konnte man den Umgang mit ihm leicht leugnen und ihn vergessen, falls er geschnappt wurde.

Andererseits wußte McCracken, daß es sich umgekehrt ähnlich verhielt. Niemand mutete Harry etwas zu, was er nicht wollte. Das Fliegen war sein Leben, das einzige in seinem Dasein, das ihm ein gewisses Gespür für die Realität und inneres Gleichgewicht verlieh.

McCracken blätterte als nächstes die auf den neuesten Stand gebrachte Akte durch, die die Regierung über Harry führte. Für ein Jahrzehnt, bis ungefähr 1985, deckten die Informationen sich im wesentlichen mit dem, was Blaine über ihn wußte oder sich von ihm vorstellen konnte. Die Daten aus dem nachfolgenden Jahrzehnt mußten hingegen als purer Routinekram eingestuft werden. Sie enthielten detaillierte Angaben über Harrys Aufträge und Einsatzorte, fast durch die Bank so öde Angelegenheiten, daß Blaine sie keine Stunde lang verkraftet hätte. Langweilige Geschichten. Frachttransporte. Im Golfkrieg ein paar Versorgungsflüge für hinter den feindlichen Linien aktiven Spezialeinheiten. Erkundungseinsätze nach Panama und Grenada. Absolut nichts Außergewöhnliches.

Und nichts davon entsprach Harrys wahrem Niveau. Es lag nicht daran, daß er abenteuerliche Aufträge gescheut hätte. Der Grund war, daß die heutigen Militärs ihm nicht trauten. Er hatte einen zu starken Hang, die Dinge kreativ anzugehen und unterwegs laufend zu improvisieren. Er wollte nur wissen, wohin, wann und was – alles andere betrachtete er als sein Bier. Darum ergingen mittlerweile sämtliche auf dem Dienstweg zu erteilenden Aufträge an andere Leute.

Blaine nahm das Telefon vom Beistelltisch und rief Sal Belamo an.

»Hat's mit dem Fax geklappt, Boss?«

»Besser als mit Harry, Sal.«

»Gibt's Ärger?«

»Er ist verschwunden, und irgendwer hat ziemlich viel Aufwand betrieben, um die Spuren zu verwischen. Die Wände sind blitzblank, und vom Teppichboden hat man das letzte Staubkörnchen gesaugt.«

»Möglicherweise, damit jemand wie du keine Hinweise entdeckt. Heiliger Strohsack, glaubst du, Harry hat wirklich ein Kind, das verschleppt worden ist?«

»Falls ja, müssen in diesem Zusammenhang Telefongespräche geführt worden sein.«

»Das läßt sich ohne weiteres nachprüfen.«

»Ich rufe in einer Stunde noch mal an.«

Obwohl alle Untersuchungen darauf hindeuteten, daß die Luft im Einkaufszentrum keinerlei Risiko mehr darstellte, verpflichteten die Vorschriften Susan und Killebrew vor Aufsuchen des Gebäudes zum Anlegen von Recal-II-Schutzanzügen. Für Susan war damit ein mulmiges Déjà-vu-Erlebnis verbunden, obwohl man inzwischen die Toten aus den Gängen und Geschäften geborgen und zum SKZ-Quarantäneinstitut in den Ozark-Bergen gebracht hatte.

In einem Lastenaufzug fuhren sie ins Kellergeschoß hinunter. Killebrew blieb mit seinem Rollstuhl an Susans Seite und überholte erst, als sie die Tür zum Heizungskeller erreichten.

»Sind hier Tote gefunden worden?« erkundigte sich Susan, sobald sie beide in dem Heizungsraum waren.

»Nein. Wir haben die Leichen der drei diensthabenden Hausmeister unter den Toten oben in den Gängen identifiziert. Schon das muß an und für sich als absonderlich bewertet werden.«

Dank der unter den Helmscheiben installierten Mikrofone konnten sie sich gegenseitig hören. Durch Umstellung des Helmfunks auf eine andere Frequenz bestand die Möglichkeit zur wechselseitigen Verständigung, anstatt den Funkkontakt zur Sonderabteilung beizubehalten; allerdings geboten die Vorschriften, daß die mobile Leitstelle ihre Unterhaltung aufzeichnete. Daß ihre Stimmen weniger rauh und heiser klangen, gelang der Technik jedoch nicht.

»Wieso?«

»Weil nach dem Dienstplan einer von ihnen eigentlich immer im Heizungskeller anwesend sein soll.«

Killebrew stieß die Tür auf und rollte voraus. Sie kamen in einen High-tech-Raum, zu dem die Bezeichnung Heizungskeller nicht so recht passen wollte. Es gab keine Heizkessel im eigentlichen Sinne, sondern moderne Heizelemente, Pumpen und Klimaanlagen-Kompressoren. Letztere hatte man bis auf weiteres abgeschaltet, so daß die Temperatur in der Ladenpassage gegenwärtig knapp unter dreißig Grad lag.

Nichts davon interessierte Susan so sehr wie eine der Wände, an die von Tischplattenhöhe bis unter die Decke Schwarzweiß-Beobachtungsmonitore, 24 mal 24 cm groß, montiert waren.

»Das sieht gar nicht aus, als gehörte es in einen Heizungskeller«, sagte sie.

»Ursprünglich sollte hier eine Wachdienstzentrale eingerichtet werden. Nachträglich haben die Verantwortlichen dann beschlossen, sie im Dachgeschoß unterzubringen, aber da war hier unten die Montage schon durchgeführt worden.«

»Funktionieren diese Monitore?«

»Das weiß ich nicht genau.«

»Nehmen wir mal an«, meinte Susan, »daß das der Fall ist.«

»Ist das wichtig?«

»Allmählich neige ich zu der Ansicht, es könnte bedeutsam sein. In welche Richtung gehen bisher die Ermittlungen?«

»Lokale Masseninfektion mit einem noch unbekannten Virus oder Bakterium.«

»Als rein zufälliges Unglück?«

»Jedenfalls denken wir an einen unbeabsichtigten Vorfall.«

»Unterstellen wir einmal einen Terroranschlag.«

Susan sah Killebrew das Unbehagen sogar durch seine beschlagene Helmscheibe an. »Sie vertreten die Regierung«, wich er aus, »nicht ich.«

»Nun spielen Sie ruhig mal mit. Was wissen wir, was können wir beweisen?«

»Daß derjenige, der hier Dienst tun sollte, während des Vorfalls abwesend war. Das ist eine nachweisbare Tatsache.«

»Wenn er nicht selbst der Täter war. Aber gehen wir einmal von der Annahme aus, daß der wirkliche Täter ihn fortgelockt hat.«

»Das wäre nur eine Hypothese«, wandte Killebrew mit Nachdruck ein.

»Dadurch hätte der Täter oder die Täterin dafür gesorgt, sich ungestört im Heizungskeller aufhalten zu können.« Susans Blick schweifte über die Wand mit den Monitoren. »Er oder sie hätte hier Gelegenheit gehabt, die Wirkung des Anschlags an Dutzenden von verschiedenen Stellen live zu beobachten und zudem genau abzusehen, wann es Zeit zur Flucht ist.« Susan betrachtete die in die Decke integrierten Ventile der Klimaanlage. »Sie sagen, die gekühlte Luft kam von der dritten Etage. Folglich ist der Heizungskeller der Ort im Einkaufszentrum, an den der Organismus zuletzt kam. Bleiben wir mal bei dieser Vorstellung. Auf welchem Weg könnte der Täter oder die Täterin dann geflohen sein?«

»Geht man in dem Korridor, den wir eben durchs

Untergeschoß zum Heizungskeller genommen haben, ein Stück weiter, gelangt man zu einem Eingang ins Parkhaus.« Plötzlich erstarrte Killebrew in seinem Rollstuhl. »Da … fällt mir ein, genau dort ist etwas gefunden worden …«

»Was denn?«

»Es ist besser, ich zeig's Ihnen.«

Kapitel 5

McCracken ließ sich Zeit auf dem Weg zum Captain Hornblower, von wo aus er Harry Limes Spuren des gestrigen Abends verfolgen wollte. Auf der Duval Street spazierte er an endlosen Reihen von Kneipen, Restaurants und Boutiquen mit den neuesten Trend-Kollektionen vorbei zum Mallory Square. Hier gab es zahlreiche Einkaufspassagen, in Massen Straßenhändler, die Kunstgewerbliches verkauften, und praktisch an jeder Ecke eine Bude, wo man Touristen zu verlocken versuchte, sich zu den unterschiedlichsten Wassersportaktivitäten anzumelden.

Blaine sah zu, wie ein Traktor, den man zu einer falschen Lokomotive aufgemotzt hatte, eine Anzahl mit Segeltuchdächern überspannter Wagen zog. Die Waggons waren kaum zu einem Drittel gefüllt mit Touristen, die pausenlos Fotos schossen. Dahinter folgte ein altmodischer Bus, gleichfalls nur zu einem Drittel belegt. Die Insassen wirkten insgesamt gelangweilt und lustlos, als hätten sie nur daran Interesse, die Rundfahrten möglichst schnell hinter sich zu bringen, ehe der Tag zu heiß wurde, um sich weit vom Wasser zu entfernen.

Das Captain Hornblower hatte gerade geöffnet, als

Blaine dort eintraf. Drinnen beschäftigten sich ein Barkellner und eine Kellnerin, die Blaine schon vom Vorabend kannte, mit den Vorbereitungen für den kommenden Betrieb. Beide erinnerten sich, daß Harry am Montagabend das Lokal erst mehrere Stunden nach McCracken verlassen hatte, nachdem es ihm durch Einsatz noch einer Handvoll Vierteldollarmünzen und gestärkt durch sein übliches Quantum Rolling Rock, gelungen war, am Spielautomaten den eigenen Rekord zu brechen.

McCracken wollte sich gerade verabschieden, da bemerkte er, daß einer der Sechs Unverbesserlichen, derjenige, den Harry Sandmann genannt hatte, an demselben Fachwerkbalken stand, an dem er gestern gelehnt hatte. Man hätte meinen können, er wäre gar nicht fort gewesen; allerdings war sich Blaine sicher, daß er heute einen anderen Bademantel trug.

»Ich kenne Sie«, sagte Sandmann, als McCracken zu ihm trat.

»Ich glaube, wir sind uns noch nie begegnet.«

»Sind wir auch nicht. Aber ich kenne Sie trotzdem.«

»Ich suche Harry.«

»Dann kommen Sie später noch mal rein.«

»Ich bezweifle, daß er später hier auftaucht.«

»Harry ist viel unterwegs.«

»Mein Eindruck ist, daß diesmal jemand nachgeholfen hat.«

Der karge Rest von Lebendigkeit in Sandmanns Augen drückte Besorgnis aus. »Haben Sie schon Papa gefragt?«

»Wo finde ich ihn?«

»Im Hafen. Auf Kundenfang für sein Boot.«

Papas Boot hatte den Namen ›Die Stunde schlägt‹. Wie er da auf Deck saß, sah er Hemingway noch ähnlicher als am Vorabend im Captain Hornblower. Er wirkte nicht so, als wäre ihm sonderlich daran gelegen, Leute anzulocken, die sein Boot chartern sollten. Vielmehr zog er es anscheinend vor, den Tag damit herumzubringen, sich aus einer Karaffe Cuba Libre in einen Plastikbecher zu füllen.

»Hallo, Papa«, rief Blaine und sprang vom Kai an Bord, ohne eine Erlaubnis abzuwarten.

Der Grauhaarige setzte den Becher ab und drehte den Kopf. »Kenne ich Sie?«

»Sie kennen Harry.«

Eine Erinnerung durchzuckte die blutunterlaufenen Augen. »Sie waren gestern abend in unserem Stammlokal.«

»Harry brauchte meine Hilfe. Und jetzt ist er fort.«

»So was kommt vor, meistens dann, wenn er irgendwas im Kopf hat, über das er länger nachdenken muß.«

»Und im Moment hat er so eine Nuß zu knacken?«

Papa hob die Schultern. »Wahrscheinlich. Er setzt sich dann spät abends noch in 'n Boot. Den erstbesten Kahn, den er sieht. Betrunken oder nüchtern, ganz egal. Er schätzt, wieviel Benzin im Tank ist, und fährt so weit hinaus, wie er kann, bis er umkehren muß. Er treibt alles gern auf die Spitze, auch sein Glück. Aber bis jetzt ist er jedesmal wiedergekommen.«

»Gibt es ein Boot, das er häufiger benutzt?«

»Ja, mein Schlauchboot.«

»Darf ich es mal sehen?«

»Klar, dürfen Sie, wenn's da wär. Als ich heute früh nachgesehen habe, war's weg.«

»Das haben wir unmittelbar hinter der Ausgangstür der Kellerräume gefunden«, sagte Killebrew zu Susan. Auf dem Tisch des Wohnmobils lagen die verschiedensten Gegenstände verstreut.

Zwei davon rochen durchdringend nach Seife und einem scharfen Desinfektionsmittel, weil sie in einem in der Nähe abgestellten Anhänger unter der mobilen Dekontaminationsdusche gelegen hatten. Susans Haar trocknete zu filzigen, strähnigen Zotteln, aber sie scherte sich nicht darum. Killebrew saß momentan in einem Ersatzrollstuhl, sein eigentlicher Rollstuhl wurde noch der Dekontaminierung unterzogen. Susan wartete gespannt, während er sich vorbeugte und einen verschlissenen, abgetragenen Rucksack aus blauem Nylon vom Tisch nahm.

»Ich habe den Inhalt aufgelistet«, fügte Killebrew hinzu. »Die Liste ist da auf dem Klemmbrett vor Ihnen.«

Susan überging seinen Vorschlag und griff statt dessen in den Rucksack. Er enthielt vier Bücher, ziemlich dicke Schwarten. Susan holte das oberste heraus, einen schweren Band mit dem Titel *Fortgeschrittene organische Chemie*. Das zweite, fast ebenso dicke Buch hieß *Molekularphysik und Quantenmechanik*. Das dritte und vierte Buch, *Zellphysiologie*, und *Angewandte Chemie*, waren großformatige Paperbacks. Die letzten beiden waren Susan bekannt; sie hatte sie in älteren Auflagen während ihrer Zeit als Medizinstudentin gelesen.

»Lehrbücher«, sagte sie, betastete den jetzt flachen Rucksack. Ihre Finger strichen über das rauhe, blaue Material. »Nirgends ein Name drin?«

»Nein, ich habe schon nachgesehen.«

Susan schob die Hand in den Rucksack und brachte mehrere lose Zettel ans Licht.

»Kassenzettel«, konstatierte sie, während sie diese glättete und vor sich ausbreitete. »Von einem Supermarkt in Harvard. Gehe ich richtig in der Annahme, daß der Rucksack, da er hier auf dem Tisch liegt, keinem der Augenzeugen gehört, deren Personalien festgestellt wurden?«

Killebrew sah zu ihr hoch. »Es hat sich niemand gefunden oder gemeldet. Und es sind darauf nur die Fingerabdrücke einer Person entdeckt worden. Das FBI hat sie schon überprüft, aber ohne Ergebnis.«

Susan betrachtete die vor ihr ausgelegten Papierchen. »Und das sind Kassenzettel über Barkäufe, also helfen sie uns auch nicht weiter. Na, wenigstens stehen Datum und Uhrzeit drauf. Vielleicht haben wir Glück.«

»Die Einkäufe liegen aber schon ein paar Wochen zurück«, meinte Killebrew skeptisch. »Ob wir uns davon etwas versprechen können, ist zweifelhaft. Allerdings werden in Harvard im Sommersemester nur wenige Studenten zugelassen, also dürfte es nicht zu schwierig sein, die Studenten ausfindig zu machen, deren Fächer die Lektüre dieser Lehrbücher erfordern. Wahrscheinlich stellt sich der Eigentümer als irgendein ängstliches Bürschchen heraus, das lieber verduftet ist, statt sich, wie die anderen Zeugen, von der Polizei vernehmen zu lassen.«

»Kann sein«, räumte Susan ein und betrachtete nun drei identische, vierzig Zentimeter lange, mit ultramodernen Meßinstrumenten gekoppelte Röhren, die neben dem Rucksack auf dem Tisch lagen. Die Meßgeräte hatten sowohl Digitalanzeigen als auch Skalen und waren in versiegelte Kästen eingebaut, die an jeder Seite mehrere symmetrisch angeordnete Löcher besaßen. Auf Dreibeinen am Unterende konnten die Vorrichtungen aufgestellt werden.

»Diese Dinger haben wir gestern abend gefunden«, erklärte Killebrew. »Wir wissen noch nicht so recht, was das sein soll.«

»Sparen Sie sich die weitere Mühe«, antwortete Susan. »Solche Apparate habe ich schon gesehen, nicht genau die gleichen, aber ähnliche. Das sind Meßgeräte zum Prüfen der Luftqualität. Man läßt sie für längere Zeit in geschlossenen Räumen, um eventuell auftretende toxische Gase zu messen. Die Resultate solcher Langzeituntersuchungen waren es hauptsächlich, die zum Rauchverbot in Restaurants und Geschäften geführt haben, um die Folgen des Passivrauchens zu mildern.«

»Dann können wir wohl annehmen, daß sie zur Ausstattung dort gehören.«

Doch Susans Gedanken drehten sich schon um etwas anderes. »Wo steckt im Moment die Suchmannschaft?« fragte sie Killebrew. Sie meinte damit das Team, das vor Ort nach Material suchte.

»Es untersucht gerade das Einkaufszentrum noch einmal, für den Fall, daß gestern etwas übersehen worden ist.«

»Geben Sie durch, die Kollegen sollen runter in den Heizungskeller. Sie möchten ihn ein zweites Mal durchsuchen.«

»Auf was sollen sie denn achten?«

»Auf etwas, von dem ich vermute, daß es ihnen bis jetzt nicht aufgefallen ist.«

»Die Sache sieht so aus, Boss«, erklärte Sal Belamo, als Blaine wenige Minuten, nachdem er sich von Papas Boot verabschiedet hatte, mit ihm telefonierte. »Anscheinend bleibt dein Freund Harry gerne für sich. Er hat fast nie jemanden angerufen und nur wenige Anrufe erhalten.«

»Irgend etwas Verdächtiges dabei?«

»Nein. Aber fast alle eingegangenen Anrufe kamen von einem Anschluß in Cambridge. Aus Massachusetts, Boss, aus Harvard, um genau zu sein.«

»Jemand hat Harry aus Harvard angerufen?«

»Aus einem Studentenwohnheim. Der letzte Anruf kam ... Moment mal ... Am Sonntagnachmittag um ungefähr vierzehn Uhr. Es war ein langes Gespräch, rund zwanzig Minuten. Ach, da fällt mir was ein. Hat Harry ein Faxgerät?«

»Ja, aber es war kein Papier drin.«

»Das paßt zu dem, was du erzählt hast. Leider unterscheiden die Aufzeichnungen nicht zwischen einem Fax und einem normalen Anruf. Möglicherweise ist irgendwas Aufschlußreiches per Fax gekommen.«

»Das heißt«, sagte Blaine zu Sal Belamo, »ich muß wohl das nächste Flugzeug nach Boston nehmen.«

»Du willst nach Harvard? Nach Cambridge?«

»Du klingst plötzlich so komisch, Sal. Was ist los?«

»Vor ein paar Tagen ist dort etwas passiert, über das du besser Bescheid wissen solltest, Boss ...«

Der Mann, der die auf dem Gehweg zum Verkauf ausgestellten Original-Ölgemälde betrachtete, wartete ab, bis Blaine McCracken sich ein ganzes Stück weit entfernt hatte, ehe er weiterschlenderte und sein Handy an die Lippen hob.

»McCracken hat angebissen«, berichtete er, als sich am anderen Ende jemand meldete.

Susan sichtete gerade die neuen Daten, als ein gedämpftes Piepsen ertönte. Sie drehte den Kopf und sah Killebrew den Telefonhörer von dem Apparat nehmen, über den er mit der vor einigen Minuten in den Heizungskeller geschickten Suchmannschaft Kontakt hielt. Er hörte kurz zu, ohne den Blick von Susan zu wenden.

»Sie hatten den richtigen Riecher«, teilte er ihr mit. Seine Stimme sank deutlich, als sein Blick auf den Rucksack fiel, dessen Inhalt Susan rasch wieder hineingepackt hatte. »Im Heizungskeller sind Fasern von blauem Nylongewebe gefunden worden.«

Kapitel 6

»Doktor?«

Die zusammengesunkene Gestalt Dr. Erich Haslangers hinter dem Schreibtisch rührte sich nicht.

»Wir werden auf dem Testgelände erwartet. Es dürfte ratsam sein, wenn wir uns nun auf den Weg machen.«

In dem hochlehnigen schwarzen Ledersessel regte Erich Haslanger sich langsam. Unter großer Anstrengung stand er auf und schlurfte mit knackenden Gelenken auf Colonel Fuchs zu. Demnächst wurde er dreiundsiebzig, und damit viel zu alt für diese Art von Arbeit. Doch er wußte keine andere, geschweige denn bessere Alternative. Ohne Beschäftigung hätte er zuviel Zeit, und Zeit fürchtete er mehr als alles andere, ausgenommen den Schlaf. Der Schlaf flößte ihm das größte Entsetzen ein. Darum hatte er vor fast zwei Jahren das Schlafen gänzlich aufgegeben. Dafür hatte er einen guten Grund: Einmal hätte Schlaf ihn fast das Leben gekostet.

Haslanger blieb vor Colonel Fuchs stehen. Sein Haß auf diesen Mann war heute noch größer als sonst. In tadellos geschneiderter Uniform, in vollem Wichs, stand er da. Fuchs' Haut umspannte ihn so straff, als müßte sie jeden Moment abspringen. Haslanger stellte sich gerne vor, daß Fuchs sich seinen Gesichtsausdruck morgens als Maske aufs Gesicht sprühte und den ganzen Tag zur Schau trug. Normalerweise zeigte seine Uniform um diese Zeit bereits ein paar Knitterfalten, und sein altmodischer Bürstenhaarschnitt mußte vor der hohen Luftfeuchtigkeit Long Islands kapitulieren. Aber heute nicht. Heute statteten hohe Tiere des Pentagons der Gruppe Sechs einen Besuch ab, und deshalb hatte Colonel Lester Fuchs dafür gesorgt, daß er taufrisch wie sonst nur am frühen Morgen aussah.

»Haben Sie gehört, Doktor?«

»Wie? Verzeihung, was ist?«

Inzwischen hatten er und Fuchs den Lift am Ende des Korridors erreicht. Wie er dort hingelangt war, wußte Haslanger schon nicht mehr, weil er sich in einem der Dämmerzustände befand, von denen er annahm, daß sie ihm den Schlaf ersetzten. Die blank polierte Stahltür des Aufzugs zeigte ihm sein Spiegelbild – ein erschreckender Anblick.

Sehe ich wirklich so gräßlich aus?

Ein lebender Leichnam, etwas anderes war er nicht mehr. Sein Gesicht war hager wie ein Totenkopf. Unter der bleichen, runzeligen Haut zeichneten sich Wangenknochen, Kiefer und Kinn schroff ab. Die Augen stierten grau und leblos, das weiße Haar bildete einen wilden Schopf. Dauernd schmerzten seine Gelenke, und er hatte ständig einen steifen Nacken.

»Ich habe Sie nach dem abschließenden Durchlauf gefragt, den Sie gestern für den heutigen Test machen wollten«, sagte Fuchs.

»Ja. Alles bestens.«

»Bestimmt?«

»Völlig.«

Fuchs schlug einen eisigen Ton an. »Ich entsinne mich daran, daß Sie vor der Panne in Reyvastat auch fest davon überzeugt waren.«

»Gar kein Vergleich«, erwiderte Haslanger ohne zu zögern. »Heute findet das Experiment unter vorher festgelegten Bedingungen statt, nicht in Kriegsgebiet.«

»Jedenfalls noch nicht«, entgegnete Fuchs grimmig.

Haslanger überhörte die Bemerkung. Er dachte schon an das ewig gleiche, salbungsvolle Gerede, das Fuchs seinen neugierigen Besuchern aus dem Pentagon auch heute wieder bieten würde: die ganze Geschichte der Gruppe Sechs, angefangen bei ihrer Entstehung. Wie die Organisation hier in der Abgeschiedenheit der entlegensten Kiefernwälder, nämlich im Regierungslaboratorium Brookhaven in Upton auf Long Island, tätig wurde, und schon damals ihre Ziele mit einzigartiger Hingabe und Entschlossenheit verfolgt hatte … Gruppe Sechs war so benannt worden, weil sie vom Pentagon ursprünglich als die sechste Abteilung der Streitkräfte vorgesehen war. Im Pentagon war man, allen voran General Starr, der Vorsitzende der Vereinigten Stabschefs, zu der Auffassung gelangt, aufgrund der hohen Bedeutung von Technologie und Technik sei es erforderlich, ihre Entwicklung zu zentralisieren. In Laboratorien wie Los Alamos, Lawrence Livermore oder Aragon verliefen häufig parallele Forschungen, so daß für dieselben Forschungsziele zahllose Arbeitsstunden doppelt und dreifach anfielen. All das sollte Gruppe Sechs ändern und im Rahmen dieser Umstellungen zu einer ganz neuen Institution heranwachsen.

Das war der Teil der Geschichte, den Fuchs am liebsten und am längsten breittrat. Haslanger wurde schlecht, wenn er nur daran dachte.

Die fünf Institutionen, die gegenwärtig damit betraut waren, die Interessen der Nation zu wahren, sahen sich dabei mit immer größeren Schwierigkeiten konfrontiert. Heer, Marine und Marinekorps, Luftwaffe und genauso das neu gegründete Spezialoperationen-Kommando, die Special Forces, mußten sich in der Welt nach dem Kalten Krieg behaupten, in der sich die Verhältnisse schneller änderten, als sie die Fähigkeit zur Anpassung entwickeln konnten. Brandherde flammten plötzlicher auf, als man sie löschen konnte, und eine Anzahl neuer Staaten hielten in einer Hand Brandfackeln und in der anderen Hand Atombomben.

Gruppe Sechs hatte anfangs den Auftrag erhalten, Waffen nichttödlicher Natur zu entwickeln. Allerdings betraf das jetzige, als bedeutsamer eingestufte Projekt des Brookhaven-Labors die Konstruktion einer Waffe mit dem

Effekt, auch die modernsten nuklearen Systeme zu neutralisieren. Das Problem war allerdings, daß dieses Projekt – unter der administrativen Leitung Colonel Fuchs' – bisher kläglich gescheitert war. Noch komplizierter wurde die Angelegenheit dadurch, daß die quasi-geheime Existenz von Gruppe Sechs in letzter Zeit Gegenstand mehrerer Enthüllungen in den Medien gewesen war. Der Präsident war wütend. Der Kongreß verlangte eine gründliche Untersuchung. In Washington waren einige der wichtigsten Förderer von Gruppe Sechs nach und nach auf Distanz gegangen; sie wollten nicht mit Projekten in Verbindung gebracht werden, die Hunderte Millionen von Dollars verschlangen, aber häufig nur die verheerendsten Ergebnisse erzielten.

Das jüngste Beispiel dieser Art war gleichzeitig das blamabelste: ein unsichtbares, nicht meßbares Gas mit der Bezeichnung GL-12, das in der Luft – oder im Trinkwasser, wenn man es in flüssigen Zustand brachte – die Wirkung hatte, jeden Betroffenen in Schlaf zu versetzen. Stellen Sie sich die Möglichkeit vor, hatte Haslanger stolz geprahlt. Denken Sie sich nur, wie leicht ein halsstarriger Gegner überwältigt werden kann, während die Verluste unserer Truppen auf Null reduziert werden. Mit Unterstützung der Armee hatte Gruppe Sechs eine Erprobung in Bosnien vorgenommen, in der moslemischen Kleinstadt Reyvastat, die unter dem rücksichtslosen Beschuß einer auf den umliegenden Hügeln eingegrabenen serbischen Panzereinheit stand.

Planmäßig hatte man über diesen Hügeln unbemerkt GL-12 abgeworfen. Dummerweise hatte Haslanger es versäumt, ein eventuelles Drehen des Windes in Betracht zu ziehen; deswegen wehte der Wind das Gas in den belagerten Ort. Als Ergebnis fielen die Bewohner in unvorhergesehenen Schlaf, aus dem aufgrund des anhaltenden Granatfeuers der Serben Hunderte nie mehr erwachten.

An Gruppe Sechs, an Erich Haslanger und an Colonel

Lester Fuchs, haftete jetzt der Ruch des Massenmords. Obwohl die Umstände der Erprobung gewährleisteten, daß sie in Washingtoner Kreisen nie zum Gesprächsstoff wurde, ließ man von da an die Finger vom so verheißungsvollen GL-12. Haslanger führte den Fall GL-12 und andere Peinlichkeiten auf Colonel Fuchs' Hang zurück, eine Unmenge verschiedenster und großangelegter Projekte zu verfolgen, anstatt sich geduldig auf einige wenige ausgesuchte, aber erfolgversprechende Vorhaben zu konzentrieren. Fuchs warf seinerseits Haslanger vor, nicht die Erwartungen zu erfüllen, die Gruppe Sechs in ihn gesetzt hatte.

Trotz allem war Haslanger die beste Chance für Fuchs, irgendwann an die Generalstreifen zu gelangen, und er wußte das. Alle seine Hoffnungen stützten sich auf die durchaus nachgewiesene, und dennoch umstrittene Genialität des Alten. Ein halbes Jahrhundert lang hatte Haslanger frappierende Resultate geliefert. Doch seine Tätigkeit bei Gruppe Sechs hatte bisher nicht die eine, überzeugende Superwaffe hervorgebracht, die sich eignen könnte, die Effizienz der Organisation zu bestätigen und ihr Fortbestehen zu sichern. Der heutige Test war ein neuer Versuch in einer langen Reihe solcher Anstrengungen und die erste neue Bemühung seit dem vernichtenden Versagen in Reyvastat.

Haslanger sehnte sich zurück nach den einfacheren Zeiten kurz nach dem Zweiten Weltkrieg, als die Amerikaner ihn in ihre Dienste übernommen hatten. Früher hatte ihn nie jemand mit dummen Fragen belästigt. Man hatte ihm eine Aufgabe gestellt und sich um die Methoden, mit denen er sie löste, nicht geschert. Fehlschläge galten als unvermeidliche Etappen auf dem Weg zum letztendlichen Erfolg. Nie wurde ihm zugemutet, sich für irgend etwas rechtfertigen zu müssen.

Dafür mußte er jetzt bezahlen. Er büßte jedesmal, wenn er die Augen schloß und die Erinnerungen ihn heimsuchten, bevor es ihm gelang, den Schlaf zu verscheuchen. Gelegentlich holten vergangene Taten ihn fast ein, so wie es ihm noch vor zwei Jahren ergangen war, bis er begriffen hatte, daß Schlaf und Tod ein und dasselbe waren.

Haslanger hielt sich selbst für unschuldig an all dem, was er vor seiner Tätigkeit bei Gruppe Sechs verbrochen hatte, er kannte keine Gewissensbisse. Er war seiner Zeit voraus, sagte er sich immer wieder. In früheren Zeiten hatten Technologie und Technik schlichtweg noch nicht die Voraussetzungen zur vollkommenen Verwirklichung seiner visionären Vorstellungen geboten. Heutzutage waren sie vorhanden, aber es gab für ihn kein Zurück mehr, selbst wenn das Pentagon es Haslanger erlaubt hätte. Zu viele Schatten und Schemen lauerten in seiner Vergangenheit, grauenvolle Gefährten der Nacht, die ihn zu einem Leben im Wachzustand verurteilten.

Ab und zu fragte sich Haslanger, was aus seinen Schöpfungen geworden sein mochte. Doch seit er auf Schlaf verzichtete und die Kreaturen aus seinem Dasein verbannt hielt, fiel es ihm zusehends leichter, sie zu vergessen.

Am heutigen Nachmittag lag die Testzone auf einem großflächigen, freien Gelände zwischen dem Gruppe-Sechs-Hauptquartier und dem Begrenzungszaun des Brookhavenlaboratoriums. Künstlich angelegte Hügel und Mulden simulierten Gefechtsfeldbedingungen. Zwischen zwei Anhöhen waren drei Jeeps und ein Dutzend Rekruten positioniert worden. Die Soldaten waren Freiwillige aus einem nahen Armeestützpunkt, die daran Spaß hatten, an einem hochgeheimen Forschungsprojekt der Regierung mitzuwirken.

Sechshundert Meter von ihnen entfernt standen fünf Männer in Sommeruniformen neben einem M1A2-Kampfpanzer und hörten sich den Schluß von Colonel Fuchs' Gerede an, bei dem Haslanger wieder einmal die Haare zu Berge zu standen.

»Sieht völlig normal aus, nicht wahr, Gentlemen?«

meinte Fuchs und wandte sich nach Beendigung seiner weitschweifigen Faseleien dem Panzer zu.

Die fünf Männer aus dem Pentagon folgten seinem Beispiel und hefteten den Blick auf den M1A2.

»Aber diesem Kampfpanzer ist ein von Gruppe Sechs konstruierter Laser in die Bugwanne installiert worden«, erklärte Fuchs. »Er gibt, je nach den Umständen, eine breit- oder enggestreute Reihe von Laseremissionen ab. Der gewünschte Effekt besteht, wie Ihnen bekannt ist, in der vorübergehenden Erblindung des Gegners. Diese Entwicklung entspricht unseren Bestrebungen, die moderne Kriegsführung immer weiter zu verbessern. Dabei ist unser Ziel nichts Geringeres, als für amerikanische Truppen hundertprozentige Nullverluste zu garantieren.«

Auf seinen Wink hin verteilte ein Techniker in weißem Laborkittel, der soeben dem Panzer entstiegen war, schwarzgefärbte Schutzbrillen an die Anwesenden.

»Würden Sie nun bitte mit mir hier rüber kommen und die Schutzbrillen aufsetzen?«

Die Männer aus dem Pentagon folgten dem Colonel und setzten die Schutzbrillen auf. Währenddessen tappte Haslanger an ihnen vorbei, schaute hinüber zum Panzer und nickte den beiden Technikern zu, die auf dem Fahrzeug kauerten. Sie stiegen hinein und schlossen die Luke. Haslanger hörte ein scharfes Sirren, das anzeigte, daß der Generator des Lasers eingeschaltet worden war. Er drehte sich um und blickte in Fuchs' Richtung.

»Feuer frei, sobald Sie fertig sind«, sagte der Colonel in das Funksprechgerät, durch das er Kontakt zu den Männern im Panzer hatte.

Fuchs hob den Feldstecher an die Schutzbrille und beobachtete, daß die in sechshundert Metern Abstand stehenden Soldaten die vorgesehenen Positionen einnahmen und der Befehlshabende das Funksprechgerät an den Gürtel zurückhängte. Bei einem solchen Experiment lebende, ungeschützte Menschen einzusetzen, wäre in Los Alamos oder Lawrence Livermore undenkbar gewesen – bei Gruppe Sechs dagegen war alles möglich, weil man von ihr alles erwartete.

Fuchs hielt das Fernglas fest in den Händen.

Wie aus einem großen Stroboskop schossen in rasanter Folge blendenhelle Lichtstrahlen aus dem Laser. Im ersten Moment schien alles glänzend zu gelingen, und Fuchs fühlte sich in Hochstimmung und dachte schon ans Feiern. Aber dann entfuhr ihm bei dem Anblick, der sich ihm durch das Fernglas bot, ein vernehmliches Keuchen.

Die Uniformen der Soldaten brannten lichterloh. Selbst über die Entfernung hinweg konnte Fuchs ihre Schreie hören, während sie zusammenbrachen und sich in Qualen auf der Erde wälzten. Diese Schlappe war mindestens so übel wie der Fall Reyvastat und zog voraussichtlich noch mehr negative Aufmerksamkeit auf Gruppe Sechs, weil sie sich hier ereignete, wo sich Geheimhaltung und Schadensbegrenzung viel schwieriger gestalteten. Als er daran dachte, wie der Kongreß reagieren mochte, brachen seine Enttäuschung und Wut sich endlich Bahn. Sein Blick fiel auf Haslanger, der wahrhaftig wirkte, als ob er schmunzelte.

»Was haben Sie denn jetzt wieder für einen Murks gemacht?« brüllte Fuchs und packte den Greis am Arm.

Haslanger stand mit aufgerissenen Augen da, als empfände er höchste Ehrfurcht, und konnte den Blick, während er antwortete, nicht von den Flammen wenden.

»Nicht ganz so, wie wir es geplant haben, aber genauso effektiv, würde ich sagen. Mit ein paar Verbesserungen ...«

»Verflucht noch mal!« wetterte Fuchs.

»Wundervoll«, raunte Haslanger und konnte die zufällige, erstaunliche Entdeckung dieses Todesstrahls noch nicht so recht fassen. »Einfach wunderbar.«

Kapitel 7

»Ich vermute, Sie kommen von der Regierung«, begrüßte Robert Mulgrew, der Registrator der Universität Harvard, Susan, als sie in der zweiten Etage des Universitätsgebäudes sein Büro betrat.

Susan legte ihm ihren Ausweis vor. »Ich bin vom Seuchenkontroll- und Verhütungszentrum.«

»Furchtbar, was sich in der Ladenpassage zugetragen hat. Mehrere unserer Sommersemester-Studenten sind dort umgekommen, ist mir erzählt worden. Bestätigt hat es sich aber bisher noch nicht. Die Identifizierung der Opfer ist offenbar noch nicht abgeschlossen. Ich nehme an, daß Sie diejenige sind, die sich damit beschäftigt.«

»Ich bin eine davon.«

Mulgrew nickte, als wisse er Bescheid. »Wahrscheinlich suchen Sie nach den Adressen und sonstigen Daten einiger Opfer, von denen Sie nur die Namen kennen.«

»Ich suche nur eine Person.«

»Nur eine, sagen Sie?«

Susan nickte. »Und mir fehlt der Name«, sagte sie und holte die Liste der in dem blauen Rucksack entdeckten Bücher hervor. »Diese Publikationen sind im Einkaufszentrum gefunden worden.«

Mulgrew nahm die Liste und griff nach seiner Brille. »Ach, jetzt verstehe ich«, sagte er, als wäre das tatsächlich der Fall.

»Ich wüßte gerne, in welchen Kursen diese Bücher erforderlich sind und wer dafür in Frage käme, sie alle zum Studium heranzuziehen.«

Mulgrew warf noch einen Blick auf die Liste. »Das werden nicht besonders viele sein.« Er griff nach einigen Schnellheftern, die vor ihm auf dem Tisch lagen. Doch ehe er sie aufklappte, schaute er Susan noch mal an. »Wissen

Sie inzwischen, was es war? Ich meine, woran die Menschen gestorben sind?«

»Die Untersuchungen dauern noch an.«

»Sehen Sie, ich habe natürlich Gerüchte gehört. Es soll eine Krankheit gewesen sein, sagen die Leute, etwas Ansteckendes. Daß sich Opfer in Quarantäne befinden. Kranke, deren Verwandten man keine Besuche gestattet.«

»Ich bedaure, aber ich darf Ihnen keine Auskunft geben.«

»Aber bedenken Sie, die Menschen haben Angst. Sie fragen sich, ob sie in Gefahr sind. Wegen dieser Panik haben wir jetzt schon zwei Drittel unserer Sommersemester-Studenten verloren. Es ist nicht ganz einfach, die Leute zu beschwichtigen.«

»Es ist keine Epidemie ausgebrochen, soviel kann ich Ihnen verraten.«

»Na, das ist doch immerhin schon beruhigend«, sagte Mulgrew in einem Ton, als meinte er es ernst.

Inzwischen hatte er das Vorlesungsverzeichnis des Sommersemesters herausgekramt. Er notierte sich die aktuellsten wissenschaftlichen Vorlesungsangebote und verglich sie mit den Buchtiteln auf Susans Liste. Danach schaltete er seinen Computer ein und startete einen Suchbefehl nach den Studenten, die sich zu den betreffenden Kursen angemeldet hatten.

»Da haben wir jemanden«, stellte Mulgrew ohne den geringsten Anklang von Zufriedenheit in seinem Tonfall fest.

Auf dem Monitor war ein einziger Name erschienen: Joshua Wolfe.

»Es ist wirklich schrecklich«, sagte Mulgrew ganz leise.

»Könnten Sie mir seine komplette Datei ausdrucken, alles was über ihn vorhanden ist?«

»Ja, selbstverständlich.«

Der Ausdruck der Angaben dauerte mehrere Minuten.

Währenddessen las Mulgrew Informationen vom Bildschirm ab.

»Ist es nicht schrecklich?« meinte er ein zweites Mal so verhalten, daß man ihn durch das Rattern des Druckers kaum verstehen konnte. »Er ist einer unserer ständigen Studenten und ist inzwischen im Doktorandenförderungsprogramm, nachdem er sämtliche erforderlichen Scheine in nur …«

Plötzlich stutzte Mulgrew, stand auf und lief zum Drucker. Er nahm den Blätterstapel und betrachtete die erste Seite.

»Ich dachte, ich hätte es auf dem Monitor nicht richtig gesehen. Ich dachte … habe gehofft …«

»Was denn?« fragte Susan.

Mulgrews Augen wurden trüb vor Entsetzen. »Joshua Wolfe ist erst fünfzehn Jahre alt.«

»Ich müßte mich mal in seinem Zimmer umschauen«, sagte Susan.

»Natürlich, das verstehe ich. Ich veranlasse, daß der Wachdienst Ihnen Zutritt verschafft.«

Wenig später begleiteten Mulgrew und ein uniformierter Sicherheitsbeamter Susan über das Universitätsgelände zu Apartment 21, einem Zimmer im sonst von Studienanfängern bewohnten, jetzt dem Sommersemester zur Verfügung gestellten Studentenwohnheim.

»Falls ich Ihnen noch irgendwie behilflich sein kann«, äußerte Mulgrew, »finden Sie mich in meinem Büro.«

»Danke«, antwortete Susan und schloß die Türe hinter sich.

Der Raum bestand eigentlich aus zwei Zimmern und wäre während des Studienjahrs normalerweise von zwei oder drei Studenten bewohnt gewesen. In diesem Sommer war er jedoch offensichtlich nur von einer Person benutzt worden. In der Schlafnische standen nur ein Bett, ein Stuhl und ein Fernsehapparat, sonst nichts. An den Wänden hingen keine Poster, eine Stereoanlage mit bombastischen Lautsprechern fehlte, und auch sonst sah Susan nichts, was auf die Lebensweise eines Teenagers hingewiesen hätte. Das einzige, was eventuell auf einen Jugendlichen hindeutete, waren die halboffenen Schubladen und die überall verstreuten Kleidungsstücke. Es sah aus, als wäre Joshua überstürzt abgereist. Im Schrank stand kein Koffer. Mehrere Drahtkleiderbügel lagen auf dem stumpfen Fliesenboden.

Das zweite Zimmer bot dagegen ein völlig anderes Bild.

Dort gab es praktisch nur Computer. In einem Gerät erkannte Susan den Power Macintosh II 8100/80, den schnellsten und leistungsfähigsten aller zur Zeit erhältlichen Rechner. An einer anderen Wand standen zwei kleinere Computer, jeder ergänzt um externe Festplattenlaufwerke hoher Kapazität. Vollgestopfte Bücherregale bedeckten jedes freie Stückchen Wand.

Langsam und aufmerksam sah Susan sich in dem Raum um. Sie wußte nicht genau, was sie überhaupt suchte, und nahm erst einmal zur allgemeinen Orientierung alle möglichen Gegenstände vom Schreibtisch oder aus den Regalen, bis ihr Blick auf ein dickes, sauber in einen Plastikrücken gebundenes Heft fiel. Sie schlug es auf und las das Titelblatt.

Joshua Wolfe
Irreversible Effekte der Umweltverschmutzung und potentielle Lösungsmöglichkeiten
Erster Entwurf der Dissertationsarbeit

Im selben Regal befanden sich zahlreiche Kladden und Notizbücher. Susan zog eines heraus und blätterte es durch; danach ein zweites und drittes Notizheft.

Die gesamten wissenschaftlichen Aufzeichnungen und

theoretischen Überlegungen des Jungen drehten sich um Luftverschmutzung. Ein Notizbuch betraf ausschließlich den globalen Erwärmungsprozeß, ein anderes den Treibhauseffekt.

Bei Durchsicht der nächsten drei Regalfächer setzte sich Susan auf den mit solider Rückenlehne ausgestatteten Schreibtischstuhl. Der Inhalt anderer Kladden begründete die Notwendigkeit drastischer, einschneidender Schritte zur Behebung des Verschmutzungsproblems und beschrieb in allen Einzelheiten die Folgen für die Menschheit, sollte das Problem nicht bald mit vollem Nachdruck angegangen werden. Susan wußte, daß Genies häufig bestimmte Fragen mit wahrer Besessenheit verfolgten, und Joshua Wolfes Form der Besessenheit hatte in diesen vielen Kladden und Heften ihren Niederschlag gefunden.

Sie ging zu dem Tisch, auf dem der Macintosh stand, zog den einzigen Stuhl mit. Sie schaltete den Rechner ein und sah sich den Datenmanager an. Es überraschte sie nicht, daß alle nicht zum Betriebssystem zählenden Dateien gelöscht worden waren. Enttäuscht durchsuchte sie in der Hoffnung, vielleicht doch noch irgendeine Art von Hinweis zu entdecken, die Schubladen des Computertischs.

Tatsächlich stieß sie in der zweiten Schublade auf etwas, das ihre Erwartungen übertraf: eine Box aus Plastik, die unbeschriftete Disketten enthielt. Susan entnahm aufgeregt eine, schob sie ins Laufwerk und lud die einzige auf der Diskette gespeicherte Datei.

Auf dem Bildschirm erschien ein Gedicht, das erste einer ganzen Sammlung – die Datei umfaßte ausschließlich Gedichte. Sie waren in der chronologischen Reihenfolge ihrer Entstehung geordnet. Susan betätigte die Bild-Lauf-Taste, um wieder zum ersten Gedicht zurückzukommen. Über dem Titel fand sich der Vermerk: Josh, 3 Jahre.

Der Titel lautete: DIE FEUER DER MITTERNACHT. Es folgten elf Strophen.

Wir wissen, wie beim Weinen zumute ist
Und greifen doch oftmals zu Lüge und List

Viele sind es, deren Mut geschwunden
Weil nie sie des Lebens Sinn gefunden

Aber es gibt einen Weg zu beschreiten,
Den ich zu gehen gedenke beizeiten

Das eine, was die Welt bewundern muß,
Bin bald ich, dank der holden Musen Kuß

Und kurz vor Beginn der Mitternacht
Werden im Innern Feuer entfacht

Was ohn' Ahnung du hast, laß dich bekehren
Ist doch alles, was ich je könnte begehren

Doch hattest du jemals, wie ich, keine Wahl
Ersehnst du ein Ende der ewigen Qual

Groß wärst du nicht, dein Sein wär bescheiden
Groß wären nur deine künftigen Leiden

Nur kurze Zeit in meiner Haut
Und vor den Feuern es dich graut

Niemals kannst du den Feuern ganz entkommen
Von der Brunst bleibt niemand ausgenommen

Um die Welt weine ich
Und ich weine um dich

Wir leben alle in dem selben Reich
Und einmal sind wir auf ewig gleich

Die Zeilen erschütterten Susan trotz ihrer Holprigkeit, denn ›*Die Feuer der Mitternacht*‹ waren von einem Dreijährigen geschrieben worden. Allerdings wohl von keinem gewöhnlichen Dreijährigen. Vielmehr von einem, der die Tatsache seines Andersseins schon kannte und den sie verbitterte. Ein Dreijähriger, der ein Außenseiter gewesen sein mußte und der sich verzweifelt gewünscht hatte, normal zu sein, ohne es je sein zu können.

Susans Herz hämmerte, als sie die Diskette aus dem Rechner nahm und eine andere hineinschob. Auf dieser befand sich eine Dateiliste. Susan sah sich etliche Dateien an. Joshua Wolfes nahezu manische Beschäftigung mit der Luftverschmutzung ging weit über die potentiell katastrophalen Auswirkungen hinaus und erstreckte sich auch auf die Erarbeitung grundlegender Lösungsvorschläge. Alle Dateien schilderten seine Experimente mit diversen Agens, die allesamt das Unheil auf der molekularen Ebene angehen sollten. Einige technologische Verweise deuteten eindeutig darauf hin, daß der Junge mit irgendeiner Art von gentechnisch erzeugtem Organismus hantierte, um luftverschmutzende Stoffe der Luft sozusagen direkt zu entziehen ...

Susan stoppte den Bildlauf und starrte auf den Monitor. Fast hätte sie eine Datei übersprungen, wäre da nicht plötzlich ein Erinnerungsfetzen gewesen.

Baupläne, Blaupausen ...

Vor nur wenigen Stunden hatte sie diese Konstruktionszeichnungen schon einmal gesehen. Und zwar in der mobilen Leitstelle der Sonderabteilung Brandwacht.

Es waren die Konstruktionspläne der Citypassage von Cambridge.

Susan versuchte Ruhe zu bewahren, aber ihre Gedanken überschlugen sich. Sie dachte an die Luftmeßinstrumente, die im Einkaufszentrum gefunden worden waren. Ein

Zusammenhang mit Joshua Wolfes Forschungen lag unweigerlich nahe.

Was weiß ich? Was kann ich beweisen?

Zunächst die Hypothese. Angenommen, Joshua Wolfe ist im Heizungskeller gewesen, dann konnte das Vorhandensein der Meßgeräte in der Passage darauf hindeuten, daß er dort ein Experiment durchgeführt hatte. Angenommen, er hat einen Organismus oder ein Enzym eigener Schöpfung freigesetzt, um die lokale Luftverschmutzung zu bekämpfen.

Aber es lief nicht wie geplant, und das Ergebnis war ...

Und kurz vor Beginn der Mitternacht
Werden im Innern Feuer entfacht

Die *Feuer der Mitternacht*, dachte Susan. War es das, was Joshua Wolfe vor zwei Tagen in der Cambridger Citypassage unbeabsichtigt auf die Menschheit losgelassen hatte?

In den nächsten Dateien stieß Susan auf eine vorläufige Antwort. Obwohl sie überwiegend mathematische Formeln und Gleichungen enthielten, mit denen Susan wenig anfangen konnte, entdeckte sie schließlich in einer Datei einen Hinweis auf die Substanz, die der Junge anscheinend im Rahmen seines Tests in der Einkaufspassage hatte erproben wollen: Clear Air – saubere Luft.

Diese Schreibweise erschien ausschließlich in der Überschrift, danach hatte Joshua Wolfe nur noch die Zusammenziehung CLAIR verwendet. Susan ging noch mal ein paar Dateien zurück und stellte fest, daß er allen seinen experimentellen Formeln Frauennamen gegeben hatte. Allem Anschein nach war er ebenso ein Meister des Worts wie auch des Reagenzglases – ein wahrer Poet.

Im Moment jedoch interessierten Susan seine Experimente mit dem Reagenzglas mehr. Falls sie Joshua Wolfes Gleichungen richtig interpretierte, mußten für die Räume der Einkaufspassage zwei Ampullen mit CLAIR erforderlich gewesen sein. Diese Angabe wurde später auf eine Ampulle reduziert, offenbar in letzter Minute, vielleicht erst am Sonntagvormittag.

Dieses Faktum lenkte Susans Überlegungen in eine andere Richtung. Was, wenn nun …

Sie griff nach dem Telefon, schloß die Lider, um sich auf die von Mulgrew genannte Rufnummer zu besinnen.

»Ich muß noch etwas wissen«, erklärte Susan ihm. »Hat Joshua Wolfe in den Forschungslabors, zu denen er Zugang hatte, den Empfang von Substanzen quittieren müssen? Ich meine, kann man nachprüfen, was er entnommen hat?«

»Darüber weiß ich nicht genau Bescheid«, antwortete Mulgrew und schwieg kurz, als erwartete er, daß Susan ihre Frage näher begründete. »Aber ich kann nachfragen.«

»Falls darüber Unterlagen existieren, bräuchte ich eine Kopie.«

»Gerne.«

»So schnell wie möglich.«

Susan legte den Telefonhörer auf, lehnte sich zurück und bemühte sich darum, ihre Gedanken zu ordnen und sich auf die nächsten Schritte zu konzentrieren. Sämtliche Studien- und Forschungsmaterialien in diesem Zimmer mußten beschlagnahmt und zur gründlichen Untersuchung durch die Sonderabteilung Brandwacht nach Atlanta gebracht werden. Und dort …

Susan spürte einen schwachen Luftzug im Rücken, drehte den Kopf und sah, wie sich die Tür zu Joshua Wolfes Unterkunft öffnete. Ein breitschultriger, bärtiger Mann trat ein und schloß die Tür, während Susan vom Stuhl aufsprang.

»Wer sind Sie?«

»Bitte entschuldigen Sie die Störung«, sagte Blaine McCracken.

Kapitel 8

»Ich habe Sie gefragt, wer Sie sind.« Susans Stimme war ruhig, ihre Haltung jedoch blieb angespannt, als sie zum Telefon herübersah.

McCrackens Blick schweifte durchs Zimmer. »Sie haben sich hier umgesehen, was? Und mit einigem Erfolg, habe ich den Eindruck.«

»Und was suchen Sie hier?«

»Das gleiche wie Sie, vermute ich.«

»Wer hat Sie geschickt?« fragte Susan. »Washington? Atlanta?«

Blaine schaute sich im Zimmer um, sah sich alles aufmerksam an.

»Na, aus Atlanta kommen doch Sie«, gab er zur Antwort. »Ich glaube, davon können wir mal ausgehen.« Er erwiderte ihren Blick. »Den Jungen haben Sie nicht angetroffen, denke ich, oder?«

Susans Augen weiteten sich, und ihre Wangen liefen in immer dunklerem Rot an. »Wer sind Sie? Was tun Sie hier?«

»Mein Name ist Blaine McCracken. Vielleicht wollte ich schon immer einmal miterleben, wie das SKZ, vor allem die Sonderabteilung Brandwacht, eine Krise meistert.«

Mit Mühe verbarg Susan ihre Verblüffung. »Sie wissen verdammt viel, wovon der Durchschnittsbürger keine Ahnung hat.«

»Als durchschnittlich wurde ich bisher von noch niemandem bezeichnet, Miss … Verzeihung, Doktor. Es muß doch *Doktor* heißen, stimmt's?«

»Sonst scheinen Sie ja über alles informiert zu sein.«

»Ein Freund hat mir mitgeteilt, was hier los ist, hatte aber keine Zeit zu so tiefschürfenden Recherchen.«

»Was hat er Ihnen erzählt?«

»Citypassage von Cambridge. Reicht das als Stichwort?«

»Durchaus, aber das erklärt nicht, was Sie in dieser Studentenbude suchen.«

»Wie erwähnt, das gleiche wie Sie. Ich suche den jungen Mann, der hier wohnt.« Wieder wanderte sein Blick durchs Zimmer. »Oder gewohnt hat.«

»Und sein Name? Seinen Namen haben Sie nicht genannt.«

»Josh. Zufrieden?«

»Susan Lyle.«

»Was?«

»Das ist mein Name. Ich bin Susan Lyle.«

Als nächstes erledigte McCracken, was sein mußte: Er schaute in die Schreibtischschubladen, ohne den Inhalt durcheinanderzubringen.

»Sie haben schon alles durchgesehen.«

»Unten nicht«, sagte Susan Lyle in einem Tonfall, als wisse sie nicht, weshalb sie ihm eigentlich Auskunft erteilte.

McCracken durchsuchte die unteren Schubladen.

»Wenn Sie wirklich wissen, warum ich hier bin«, meinte Susan, »wäre es ja wohl nur fair, mir zu sagen, was Sie hier wollen.«

McCracken hatte gefunden, was er suchte. Er richtete sich auf. »Das«, sagte er und betrachtete einen Schnappschuß, auf dem Harry Lime den Arm um einen etwa vierzehn- oder fünfzehnjährigen Jungen legte. Beide lächelten. Harry trug ein Tropenhemd, das ihm über den Gürtel hing; der Junge hatte lange, dunkle Haare, und sein Lächeln wirkte irgendwie unecht.

Blaine widerstrebte es, das Foto aus der Hand zu geben, als verliere er dadurch Harry zum zweitenmal binnen vierundzwanzig Stunden. Er betrachtete das leicht verschwommene, lächelnde Gesicht des Jungen. Die langen Haare standen ihm gut. Sogar auf dem Foto hatten seine

Augen einen seltsam durchdringenden, aber gleichzeitig merkwürdig unreifen Ausdruck. Mit einemmal machte Harrys verrückte, unglaubhafte Geschichte irgendwie Sinn. Es kostete Blaine ziemliche Überwindung, die Aufnahme Susan Lyles ausgestreckter Hand zu überlassen.

»Joshua Wolfe«, sagte sie, als sie das Bild zwischen die Finger nahm.

»Sie kennen ihn?«

»Von einem Foto im Büro des Registrators.«

»Bis vor einem Moment hatte ich noch meine Zweifel, ob es ihn überhaupt gibt.«

Susan Lyle hob den Blick von der Fotografie. Verwirrung vertiefte das anhaltende Schwelen ihres Argwohns. »Was soll das heißen?«

»Der Mann auf dem Bild ist der Grund, weshalb ich hier bin.«

»Dann sind wir doch nicht aus demselben Grund hier, oder?«

»Ich glaube doch, wir hatten nur verschiedene Ansätze.«

»Reden Sie den ganzen Tag über so unverständliches Zeug?« giftete Susan.

»Bis ich meinen Gesprächspartner vertraue, ja.«

»Ich bin hier diejenige, die im Ungewissen ist. Von Ihnen weiß ich nur den Namen, während Sie anscheinend so gut wie alles wissen.«

»Bloß nicht, wo ich Joshua Wolfe finden kann.«

Susan Lyles Miene lockerte ein wenig auf. »Ihnen ist bekannt, was sich in der Einkaufspassage ereignet hat. Der junge Mann könnte unter den Opfern sein.«

»Denkbar wäre es, aber ich halte das für eher unwahrscheinlich. Am Sonntagnachmittag hat jemand zwei Stunden nach dem Zeitpunkt der Katastrophe von dieser Studentenwohnung aus ein Telefonat geführt.«

»Mit Ihrem Freund, dem Mann auf dem Foto?«

»Das ist ja das Komische an der Sache, Doktor. Als ich mit meinem alten Bekannten gesprochen habe, ist kein

Wort über ein Telefongespräch gefallen. Ganz im Gegenteil, er hat eindeutig gesagt, er hätte seit längerer Zeit nichts von dem Jungen gehört. Er ist sogar der Ansicht, man hätte ihn entführt.«

»Und er möchte, daß Sie ihn aufspüren.«

»Richtig.«

»Und er hält Sie für den geeigneten Mann.«

»Ich schulde ihm einen Gefallen. Einen ziemlich großen, kann man sagen.«

»Deswegen sind Sie jetzt hier.«

»Ich bin hier, Doktor, weil mein Bekannter gestern abend verschwunden ist und der Junge der einzige Anhaltspunkt für den möglichen Grund ist. Bloß sieht es jetzt so aus, als wäre Joshua Wolfe ebenfalls verschwunden.«

Susan wirkte perplex. »Weshalb beantworten Sie so bereitwillig meine Fragen und erzählen mir das alles?«

»Weil ich meinerseits ein paar Fragen an Sie habe und mir denke, daß unseren jeweiligen Interessen mit einem Informationsaustausch am besten gedient sein dürfte.«

»Zufällig vertrete ich die Interessen der Regierung der Vereinigten Staaten.«

»In der Sonderabteilung Brandwacht. Mir ist klar, daß Sie Ihre Vorschriften und Weisungen beachten müssen, und ich kann mir denken, daß Sie alle keinen Aufwand scheuen, um über das, was passiert ist, nichts durchsickern zu lassen. Aber das funktioniert ja doch nicht. So etwas gelingt in den seltensten Fällen.«

»Na gut, sagen wir mal, wir sind beide dabei, ein Rätsel zu lösen.«

»Und das Rätsel dreht sich um einen verschwundenen Jungen.«

»Er ist fünfzehn«, konkretisierte Susan Lyle. »Im September wird er sechzehn.«

»Und den Sommer verbringt er in Harvard.«

»Nicht nur den Sommer, er ist ganzjährig da.« Blaine merkte auf. »Seit wann?«

»Seit vergangenem Herbst.«

»Das bedeutet ungefähr seit der Zeit, als nach Harrys Meinung die Entführung stattgefunden hat.«

»Und in welchem Verhältnis steht er zu Ihrem Bekannten?«

»Harry behauptet, der Vater dieses Burschen zu sein.«

»Nein, ausgeschlossen, der Familienname lautet ...«

»Glauben Sie nicht alles, was Sie lesen.«

»Immerhin steht der Name auf dem Immatrikulationsformular des Jungen.«

»Das ist die Art, in der sie so was handhaben.«

»Wie wer es handhabt?«

»Sie haben Harry nach Key West aufs Altenteil abgeschoben und ihn dann verschwinden lassen, nachdem die Erinnerungen dort ihn eingeholt hatten. Möglicherweise waren sie auch hinter dem Jungen her. Vielleicht ist er deswegen verschwunden.« Diese Möglichkeit, befand McCracken, machte aber nur auf den ersten Blick Sinn. »Das erklärt allerdings Ihre Anwesenheit noch nicht, stimmt's, Doktor? Eine leitende Mitarbeiterin der Sonderabteilung Brandwacht verläßt den Katastrophenort und verbringt den Nachmittag in einer Studentenbude der Universität Harvard. Dafür haben Sie doch sicher wichtige Gründe, nehme ich an.«

»Selbst wenn es mir gestattet wäre, Sie einzuweihen, was bringt Sie zu der Auffassung, ich sei dazu bereit?«

»Inzwischen dürften Sie gemerkt haben, daß ich Ihnen dabei behilflich sein kann, der Angelegenheit auf den Grund zu gehen. Aber wenn Sie mir nicht helfen, wüßte ich nicht, warum ich nicht einfach meiner Wege gehen sollte, wenn ich gesehen habe, was es hier zu sehen gibt.«

»Sie arbeiten für Washington.«

»Früher einmal. Heute nicht mehr. Ich werde aber bei den Geheimdiensten nach wie vor in der Kategorie *Unbedenklich* geführt.« Blaines Blick fiel auf das Telefon. »Wenn

Sie wollen, gebe ich Ihnen eine Telefonnummer, unter der Sie meine Angaben nachprüfen können.«

»Ich kenne die Nummer.«

»Also rufen Sie an.«

»Nicht nötig.«

»Dann verraten Sie mir, was Sie hier machen.« Susan Lyle zögerte, aber nur für einen Moment. »Ich glaube, daß Joshua Wolfe der Urheber dessen ist, was in der Citypassage von Cambridge passiert ist«, erklärte sie. »Und ich bin der Ansicht, daß es sich dabei um einen Unfall gehandelt hat.«

»Und was nun?« fragte Susan, nachdem sie ihre Schlußfolgerungen dargelegt hatte. Aufgrund ihrer inzwischen gewonnenen Einsicht, daß es nichts mehr zu verschweigen gab und dieser Fremde namens McCracken ihr tatsächlich eine Hilfe sein konnte, hatte sie ihn in alles, was sie herausgefunden hatte, eingeweiht. Als sie geendet hatte, empfand sie ihn nicht mehr als Fremden. Irgend etwas an ihm erweckte ihr Vertrauen und zerstreute ihren Argwohn. In seinen Augen stand Überzeugungskraft, ebenso wie in jedem Wort, das er von sich gab.

»Sie erledigen, was Sie tun müssen«, antwortete er, »und ich erledige, was ich zu tun habe.«

»Wie bleiben wir in Verbindung?«

»Ich kann Ihnen zwei streng private Telefonnummern nennen, unter denen ich erreichbar bin. Bei der einen ist jemand auf Posten, bei der anderen nicht.«

»Was meinen Sie damit, *auf Posten?*«

»Es sitzt jemand am Apparat. Betrachten Sie ihn als Verbündeten. Ich vermute, Sie können keine ähnliche Vorsichtsmaßnahme treffen?«

Kurz dachte Susan Lyle nach. »Ich könnte einen privaten Anrufbeantworter einrichten. Wäre das annehmbar?«

»Solange Sie die Nummer nur mir geben.«

»Ist das wirklich notwendig?«

»Wenn wir verhindern wollen, daß diejenigen, die hinter Harrys Verschwinden stecken, zwischen uns beiden einen Zusammenhang herstellen, ja.«

»Das kommt mir ein bißchen paranoid vor.«

»Zwischen Paranoia und Vorsicht verläuft eine feine Grenze, Doktor«, versicherte McCracken. »Ich habe sie schon kennengelernt.«

»Ich nicht.«

»Bis jetzt.«

Kapitel 9

Wie gewohnt wartete Hank Belgrade auf den Stufen des Lincoln-Denkmals, als McCracken eintraf. Belgrade war ein großer, fleischiger Mann und zählte zu den wenigen Auserwählten in Washington, die Einkommen bezogen, ohne auf einem offiziellen Posten zu sitzen. Er stand auf der Gehaltsliste des Innen- und ebenso des Außenministeriums, arbeitete jedoch für keines von beiden; statt dessen betätigte er sich als ihr Mittelsmann und erledigte für beide Institutionen die Schmutzarbeit. Belgrade hatte Zugang zu Daten und Informationen, von denen selbst in Washington kaum jemand etwas ahnte.

Während des Kalten Krieges hatte Blaine einmal Belgrades Karriere gerettet; er hatte einen sowjetischen Überläufer sicher in die USA befördert, nachdem wegen einer undichten Stelle im Geheimdienst sämtliche Sicherheitsvorkehrungen zusammengebrochen waren. Aus Dankbarkeit war Belgrade heute immer für McCracken da, wenn er Informationen brauchte. Dann verabredeten sie sich auf der Treppe des Lincoln-Denkmals, und jedesmal war Belgrades Miene mißmutig, denn er freute sich nie, Blaine zu sehen. Hank hockte auf einer Stufe und hatte einen dicken Pappschnellhefter unters Knie geschoben.

Belgrade blieb stumm, während er Blaine entgegenblickte.

»Wenn Sie nichts dagegen haben, setze ich mich«, sagte McCracken zur Begrüßung.

»Wenn's sein muß ...«

»Schlecht gelaunt heute, wie?«

»Erst seit Ihrem Anruf. Sie haben wirklich den Bogen raus, wie man voll in die Scheiße tritt, McBeknackt, wissen Sie das?«

»Vielen Dank.«

»Keine Ursache. Es ist nämlich so, daß Sie mit Ihrem geradezu unglaublichen und unheimlichen Talent mal wieder zielsicher ins Klo gegriffen haben. Wie schaffen Sie das bloß?«

»Mir läuft das Unglück eben nach, Hank.«

»Mir wär's lieber, Sie würden aufhören, mir nachzulaufen. Wann sind wir endlich quitt?«

»Wann Sie wollen. Sofort, wenn Sie darauf bestehen. Von mir aus verziehen Sie sich. Nehmen Sie die Akte ruhig mit.«

»Lecken Sie mich am Arsch.«

»An so historischer Stätte?«

»Es ist das letzte Mal, McBeknackt. Jetzt reicht es.«

»Klar.«

»Das hier ist die bislang größte Scheiße überhaupt. Absolut oberste Güte.« Belgrade legte die Stirn in Falten und senkte die Stimme. »Ihrem Kameraden Harry Lime sind rund zehn Jährchen aus dem Leben gestrichen worden. Ihm und vielleicht einem Dutzend weiterer Kerle, die ins gleiche Profil passen.«

»Welches Profil?«

»Ausgerastet genug, um sie an der Kandare halten zu müssen, aber nicht so kaputt, daß sie als unzuverlässig gelten. Ich bin auf keine konkreten Zahlen oder Daten gestoßen und kann mich nur auf Hörensagen, Andeutungen und ein paar Querverweise stützen, bei denen man allerdings 'ne Gänsehaut kriegt. Angefangen hat alles mit einer Einrichtung, die man ›Die Fabrik‹ nannte. Je was davon mitbekommen?«

»Nein.«

»Wir reden von einer ganz üblen Geschichte, soviel kann ich Ihnen sagen. Die Fabrik hat sich schon vor zwanzig Jahren mit Scheiße beschäftigt. Sie haben dort Scheiße getrieben, die wir uns heute gar nicht mehr vorstellen können. Irgendwelche Bedenken wegen der möglichen Folgen oder gar moralische Skrupel gab es nicht. Irgendwelche Arten kreuzen, um zu sehen, was sich ergibt? Warum nicht? Ein paar Geisteskranke verstrahlen? Wen schert's schon, wenn wir dadurch eine bessere Vorstellung von dem bekommen, was Fallout heißt? Soldaten tödlichem Gift aussetzen? Gute Idee, wenn's uns irgendwann mal hilft, in der chemischen und biologischen Kriegsführung die Oberhand zu behalten.

Der Kalte Krieg war auf dem Höhepunkt, und die Macher in der Fabrik arbeiteten auf Hochtouren. Zumindest bis Ende der siebziger Jahre, da hat Jimmy Carter per Unterschrift einen Schlußstrich gezogen. Reagan hat sie noch für eine Weile weiterwursteln lassen, aber nach dem ersten Jahr seiner Amtszeit war dann endgültig Feierabend. Zum Leidwesen einer Menge Leute, würde ich wetten; denn inzwischen hatten sich die Eierköpfe dort nämlich auf etwas Tolles, Neues verlegt, auf die Gentechnik.«

»Oh oh …!«

»Jawohl, McBeknackt, Sie haben richtig gehört. Alle Forschungsberichte und Akten über das, was eigentlich genau dort angestellt worden ist, sind restlos vernichtet worden. Wir dürfen aber ohne weiteres davon ausgehen, daß man mit der DNS gearbeitet hat wie sonst in der Küche mit dem Gewürzregal. Das letzte verzeichnete Projekt fand neunzehnhundertneunundsiebzig statt, und es ist die Geschichte, in der Harry und die anderen, über die in dieser Akte einiges steht, dringesteckt haben.«

Belgrade schwieg lange genug, um Blaine den Schnellhefter unauffällig zuzuschieben. »Operation Offspring«, sagte er. »Alles, was ich darüber kriegen konnte, steht da drin, und das ist nicht viel. Beurteilungen über Harry Lime und die anderen. Begründungen, weshalb man sie als die besten Kandidaten eingeschätzt hat.«

»Kandidaten wofür?«

»Das ist die Frage, bei der ich nur Nieten gezogen habe, McBeknackt. Da muß ich passen.«

Operation Offspring, dachte Blaine.

»Neunzehnhundertneunundsiebzig war das, Hank?«

»Oder neunzehnhundertachtzig. So ungefähr um die Zeit.«

McCracken dachte an das Foto, das er in Harvard gefunden hatte; das Bild, auf dem Harry den Arm um einen Jungen legte, der heute fünfzehn Jahre alt war.

Operation Offspring …

»Sie halten mich in dieser Sache auf dem laufenden, ja, McBeknackt?«

»Das ist das erste Mal, Hank, daß Sie darauf Wert legen.«

»Weil die Sache so enorm stinkt.«

»So ist es immer, wenn unschuldige Menschen umgebracht werden.«

»Harry Lime war vielleicht kein Unschuldiger. Möglicherweise hat er sich freiwillig gemeldet.« Belgrade starrte in den Himmel.

»Er und die anderen wurden dafür ausgewählt, Freiwillige zu sein, Hank. Um mir darüber im klaren zu sein, brauche ich nicht erst diese Unterlagen durchzuackern.«

»Um so wichtiger ist es, mich fortlaufend zu informieren. Eines habe ich gelernt, was Institutionen wie die Fabrik betrifft. Werden sie ausgeknipst, sind sie nicht für immer dahin, sie bleiben bloß für einige Zeit im Winterschlaf, bis sie eines Tages unter neuem Namen wiedergeboren werden. Diese verdammte Stadt ist wie eine riesige Drehtür.«

»Nur gut für uns«, meinte Blaine zu Belgrade, »daß sie sich in beide Richtungen dreht.«

»Ich habe das unterste nach oben gekehrt, was Operation Offspring angeht, Boss«, erklärte Sal Belamo mehrere Stunden später am Telefon, »aber überall nur ins Leere gegriffen. Nichts. Nada. Du verstehst, was ich meine. Aber bei den Namen, die der dicke Hank freundlicherweise herausgerückt hat, hatte ich mehr Erfolg.«

Seit er mit McCracken zusammenarbeitete, hatte Belamo sich als tüchtiger und vertrauenswürdiger Nachrichtenlieferant erwiesen. Irgendeine offizielle Position konnte er aufgrund dessen nicht mehr einnehmen. Aber dank seiner Vergangenheit hatte er ein weitverzweigtes Netz von Kontaktleuten, die ihm entweder Gefälligkeiten schuldeten oder umgekehrt ihn wiederum zu Gefälligkeiten verpflichten wollten. Darum gab es bei der Regierung kaum Informationen, die er nicht auftreiben konnte, selbst wenn sie in vielen Fällen als geheim oder sogar streng geheim galten. Und wenn er sie nicht selbst beschaffen konnte, kannte er jemanden, der sie zu besorgen verstand.

»Eine Spur?« fragte Blaine.

»Mehrere. Zunächst mal ist bemerkenswert, daß keiner von denen noch als aktiv geführt wird. Du sagst, Harry Lime fliegt von Süd-Florida aus für die Air America, aber in den Datenbanken des Militärs steht er bei den Ausgeschiedenen, wird nur als Ehemaliger geführt. Mit den anderen ist es genauso. In den Akten ist einfach Schluß, ab einem gewissen Zeitpunkt ist nichts mehr dazugekommen.«

»Seit wann?«

»Neunzehnhunderteinundachtzig.«

»Also etwa um die Zeit, als Feierabend war für die Fabrik.«

»Damit war die Tür zu. Aber du weißt, wie ich bin, wenn die Vordertür zu ist, nehme ich die Hintertür. Und ist die auch zu, versuche ich's bei einem Fenster. Dieses Mal mußte ich erst einen Riß in der Wand finden. Ich habe mich ganz dünn machen müssen, ehe ich mich hindurchzwängen konnte.«

»Und was gab es da zu sehen?«

»Fette Beute. Ich habe die Namen, die dir Hank genannt hat, auf gemeinsame Bekannte überprüft. Und sieh an, es war nur ein Name auffindbar, eine Frau namens Gloria Wilkins-Tate.

Weißt du, Harry Lime und die anderen waren alle als Söldner fürs Militär aktiv, die Sorte Anhängsel, die sich nicht einfach an den Veteranenverband wenden kann, wenn ein Problem auftaucht, oder mit fünfundsechzig Jahren ihre Rente beantragen darf. Und alle, die auf der Liste stehen, hatten psychische Probleme. Gloria Wilkins-Tate war ihre Betreuerin. Witzig daran ist, daß sie ungefähr so gut geeignet ist, irgendwelchen Spinnern zu helfen, wie ich dazu, Kindern gute Manieren einzutrichtern. Mrs. Wilkins-Tate ist selbst ein extremer Fall. Ihre Karriere geht zurück bis zur OSS, als an Langley noch keiner gedacht hat. Sie war die einzige Frau im ursprünglichen Kader. Gerüchten zufolge soll sie eine Affäre mit dem wilden Bill Donovan höchstpersönlich gehabt haben. Ihre eigentliche Spezialität war aber das Anwerben von Nazi-Wissenschaftlern und deren Integration in unsere Institutionen. Sie hat sogar eigens eine Einrichtung für sie geschaffen.«

»Sag nichts, laß mich raten ... Die Fabrik.«

»Gloria Rendine gehörte zu den Gründern.«

»Ich dachte, sie heißt Wilkins-Tate.«

»So hieß sie auch, bis sie sich vor rund fünfzehn Jahren aus diesen Sachen zurückgezogen und eine völlig neue Laufbahn in der Raritätenabteilung der New Yorker Stadt-Bibliothek angefangen hat. An deiner Stelle würde ich nicht anrufen, bevor du hingehst.«

Kapitel 10

Am frühen Dienstagabend hatte sich Erich Haslangers Begeisterung über die Resultate des Tests zur Besessenheit gesteigert. Die Uniformen der Testpersonen waren als erstes in Brand geraten, ein Zeichen dafür, daß das gebündelte Licht mit dem Material der Kleidungsstücke reagierte; gleichzeitig auch eine Erklärung, wieso dieser Effekt bei Tierversuchen nie aufgetreten war. Diesmal war er auf etwas wirklich Umwerfendes mit unbegrenztem Entwicklungspotential gestoßen.

Beiläufig hörte Haslanger, daß das Telefon seines Privatlabors läutete, und griff nach dem Hörer.

»Haslanger.«

»Wir haben uns lange nicht gesprochen, Doktor«, sagte eine wohlbekannte Stimme.

»Was wollen Sie, Larkin?«

»Was ich will? Nichts. Ich rufe an, um Sie zu warnen. Da stellt jemand Nachforschungen an. Irgendwer hat sich mehrmals für den Namen Wilkins-Tate interessiert.«

»Das sind doch alte Geschichten«, meinte Haslanger.

»Hoffen wir es für Sie. An sich kann es keine nachvollziehbaren Verbindungen geben, keinerlei Hinweise, die auf Sie hindeuten. Andernfalls wäre es zweckmäßig, sie jetzt zu vernichten.«

»So etwas ist Ihre Aufgabe.«

»Ich bin auch längst ein Teil der alten Geschichten, Doktor. Ein Informant, sonst nichts. Der Vorgang lag heute auf meinem Tisch. Ich dachte mir, Sie sollten Bescheid wissen.«

»Vielen Dank.«

»Wie kommt Ihre Arbeit voran?«

»Ziemlich gut.«

»Mir ist Gegenteiliges zugetragen worden.«

»Ein paar Rückschläge, mehr nicht.«

»Freut mich zu hören. Wir sind ja beide auf der Endstrecke. Neues ist für uns nicht mehr drin. Wir müssen aus dem, was wir haben, das Beste machen.«

»So halte ich es immer.«

»Dann hoffen wir, daß ich Sie nicht noch einmal anrufen muß.«

Haslanger legte den Hörer auf und versuchte, seine Aufmerksamkeit wieder auf die Vervollständigung seiner Analyse der Blendwaffe zu richten; er konnte sich jedoch immer weniger konzentrieren und beschloß, ins Büro zurückzukehren. Er öffnete die Tür und blieb wie angewurzelt stehen. Im Büro brannte kein Licht. Dabei schaltete er die Beleuchtung nie aus, weil ihm im Dunkeln Gedanken an Schlaf kommen könnten, und die mußte er um jeden Preis vermeiden. Er tastete nach dem Lichtschalter. Da umfaßte eine kraftvolle Faust sein knochiges Handgelenk, und an sein Ohr drang eine rauhe Stimme.

»Hallo, Vater.«

»Dr. Lyle«, äußerte General Starr, Vorsitzender der Vereinten Stabschefs, in provokativem Ton, nachdem Susan den wesentlichen Kern ihrer Erläuterungen vorgetragen hatte, »verlangen Sie etwa wirklich von uns zu glauben, daß die

Krise, mit der wir uns momentan konfrontiert sehen, nichts anderes ist als ein von diesem Jungen verursachter Unfall, wie Sie es nennen?«

Starrs Reaktion überraschte Susan keineswegs. Sie hatte sich darauf vorbereitet. »Das ist in der Tat meine Ansicht, Sir, weil alle Indizien auf genau diese Schlußfolgerung hinweisen. Joshua Wolfe hatte sich in die Vorstellung verrannt, er müsse die Welt von der Luftverschmutzung befreien. Der Junge hatte beschlossen, unbedingt etwas dagegen zu unternehmen.«

»Und was hat er genau gemacht, Doktor?« erkundigte sich Clara Benedict. »Oder sollte ich besser fragen: Was hat er falsch gemacht?«

»Der weit überwiegende Teil der Luftverschmutzungen – Autoauspuffgase, Fabrikqualm, auch die Abgase von Rasenmähern – besteht hauptsächlich aus Sulfaten und Nitraten. In diesen Substanzen gibt es Molekülketten. Der Sauerstoff und Stickstoff, die sie konstituieren, zeichnet sich durch eine spezielle, enge Verbindung aus.«

»Würden Sie das bitte so formulieren, Doktor«, forderte jemand Susan auf, »daß es auch für Laien verständlich ist.«

»Die Sulfate und Nitrate sind anhand der SWS-Anteile identifizierbar – Sauerstoff, Wasserstoff, Stickstoff –, die ihre Moleküle bilden. Ließe sich ein gentechnisch produzierter Organismus mit der Fähigkeit ausstatten, diese für die Molekülketten charakteristische Verbindung zu erkennen und zu attackieren, wäre es möglich, sie im molekularen Bereich zu zerstören.«

»Und das ist diesem jungen Mann gelungen, sagen Sie?«

»Er hat es versucht, sage ich. Aber ihm ist ein Fehler unterlaufen.«

»Ganz offensichtlich.«

»Für ihn war es keinesfalls offensichtlich. Joshua Wolfe muß der Überzeugung gewesen sein, einen lebenden Organismus geschaffen zu haben, der nach Freisetzung in der Luft die in den Verschmutzungspartikeln vorhandene Stickstoff-Sauerstoff-Verbindung löst. Dadurch sollte der Verschmutzungseffekt auf molekularer Ebene unmöglich gemacht und beseitigt werden.«

»Aber das ist nicht passiert«, sagte die Stimme aus Lautsprecher Nummer 3.

»Doch, dieser Effekt ist tatsächlich eingetreten, aber die Wirkung ging noch weiter.« Susan sammelte ihre Gedanken, weil sie ohne Notizen und völlig aus dem Stegreif referierte. »Die normale Eiweißstruktur besteht aus verschlungenen Fasersträngen, in denen eine Vielfalt von Atomen die unterschiedlichsten Moleküle bilden. Unglücklicherweise enthält das menschliche Hämoglobin mehrere komplizierte Aminosäuren, die zur zusätzlichen Verschlingung der Eiweißfasern beitragen und dadurch die Sauerstoff- und Stickstoffmoleküle um so stärker verbinden. Und zwar sogar bis zu einem Grad, der nahezu genau mit der molekularen Dichte übereinstimmt, für deren Erkennung in den Sulfaten und Nitraten der Luftverschmutzungspartikel Joshua Wolfe den Organismus konzipiert hat.«

»Mit anderen Worten«, versuchte General Starr es mit einer Zusammenfassung, »nachdem der Organismus sein Hauptziel erreicht hatte, hat er die nächsten Partikel beseitigt. Ich kann mich des Eindrucks nicht erwehren, daß dieser Organismus allzu arbeitswütig ist.«

»Wahrscheinlich kommt Ihre Einschätzung der Wahrheit sehr nahe, Sir. Um sich zu vermehren, benötigt der Organismus Stickstoff. Seine Rolle und Existenz läßt sich nicht von einer Art des Selbsterhaltungsdrangs trennen. Also hat er, als er etwas Neues identifizierte, das die gleiche Zielstruktur aufwies, seine Aktivität weiterbetrieben und griff das menschliche Blut an, das heißt, effektiv hat er es verzehrt. Das erklärt den Zustand, in dem die Leichen aufgefunden wurden, ihre Austrocknung und den allgemeinen Verlust an Konsistenz.«

»Und das hat Joshua Wolfe nicht vorausgesehen? Sie behaupten, er sei ein Genie, aber er hat vorher keine Experimente an Versuchstieren durchgeführt, nicht ausprobiert, wie ... Wie haben Sie den Organismus genannt?«

»Er heißt CLAIR«, antwortete Susan. Auch auf diese Frage war sie vorbereitet; dennoch verlor ihre Stimme einiges an Selbstsicherheit, als sie antwortete. »Aus seinen Aufzeichnungen geht hervor, daß er ihn erprobt und sämtliche Eventualitäten in Erwägung gezogen hat. Alle vorangegangenen Versuche mit CLAIR verliefen völlig ohne gefährliche Zwischenfälle. Trotzdem sind in der Cambridger Citypassage alle Tiere, mit Ausnahme des Hundes in dem Lagerraum, in der gleichen Verfassung wie die Menschen aufgefunden worden. Ich wollte, ich hätte eine Erklärung dafür, aber ich habe sie nicht.« Für einen Moment verstummte Susan. »Der Junge hatte alles bis in die kleinste Einzelheit geplant. Die Meßinstrumente zur Ermittlung der Luftqualität waren an genau den richtigen Stellen installiert. Irgendwie hat er es fertiggebracht, die Hausmeister aus dem Heizungskeller zu locken. Er wußte bis ins letzte, wie er die Klimaanlage zur Verbreitung des Organismus benutzen konnte. Auf den Monitoren hat er die Passagengänge beobachtet, und als er merkte, daß etwas schiefgegangen war und sich etwas Schreckliches ereignete, ist er weggelaufen.« Susan schwieg kurz. »Und das tut er jetzt wohl immer noch.«

Stille herrschte in der Enge der Kommunikationszentrale, während die Teilnehmer der Audiokonferenz sich über die Tragweite der Erkenntnisse erst einmal klar werden mußten.

»Haben Sie herausfinden können«, wollte schließlich General Starr wissen, »wodurch die Ausbreitung des Organismus auf das Einkaufszentrum begrenzt worden ist?«

»Nach den Unterlagen des Jungen war die Wirksamkeit auf ein bestimmtes Temperaturspektrum beschränkt. Das Überleben des Hundes bestätigt diesen Ansatz. Der Organismus sollte ausschließlich innerhalb eines ziemlich schmalen Temperaturbereichs aktiv werden und oberhalb von, sagen wir, fünfundzwanzig Grad Celsius unwirksam bleiben. Zur Zeit der Katastrophe wurden im Innern der Ladenpassage konstant zweiundzwanzig Grad gemessen. Der Hund überlebte, weil er sich in einem Raum mit einer Temperatur von deutlich über fünfundzwanzig Grad aufgehalten hat.«

»Wir sprechen hier über die Lufttemperatur, oder?« vergewisserte sich Clara Benedict.

»Ja, genau.«

»Aber die menschliche Körpertemperatur liegt elf Grad über Ihrer Wirksamkeitsobergrenze des Organismus von fünfundzwanzig Grad. Wie konnte er dann im Körper der Opfer überleben?«

»Was das betrifft, so bin ich mir nicht sicher. Die Ursache dürfte in einem Faktor der gentechnischen Konzeption liegen, den Joshua Wolfe nicht vorhergesehen hat. Da das Element des Organismus die Luft ist, geht meine Mutmaßung dahin, daß eine chemische Reaktion mit den Schleimhäuten in Mund und Nase eine Veränderung der Wärmetoleranz verursacht hat.«

»Einen Moment mal«, sagte die Stimme aus Lautsprecherbox 1. »Wenn diese Änderung sich in der von Ihnen vermuteten Weise abgespielt haben sollte, weshalb hat sich der Organismus dann trotzdem nicht über die Citypassage hinaus verbreitet?«

»Höchstwahrscheinlich weil die Transformation nur bei den ersten aktiv gewordenen Zellen erfolgte. Sobald die Zellteilung einsetzte, behauptete sich ihre ursprüngliche Programmierung wieder. Mein Mitarbeiter Dr. Killebrew ist unterwegs zu unserem Quarantäneinstitut in den Ozark-Bergen – im Mount Jackson –, um weitere Untersuchungen vorzunehmen, anhand derer wir den genauen pathologischen Typus des Organismus bestimmen wollen.«

»Programmierung …« wiederholte General Starr, den der Gebrauch des Worts offenbar besonders faszinierte. »Sie reden so, als hätte der Junge an einem Computer gearbeitet.«

»Genau das hat er mit Hilfe einer außerordentlich ausgefeilten gentechnischen Methodik eben wirklich getan, Sir. Dieser Organismus ist von Joshua Wolfe für eine ganz spezifische Aufgabe geschaffen worden, nur ist er – ich meine jetzt den Organismus – weit übers Ziel hinausgeschossen.«

»Könnte er ihn mit Absicht darauf programmiert haben, Menschen zu töten, Doktor?«

»Wenn er gewollt hätte, ja, aber ich bezweifle …«

»Welche Schritte sind eingeleitet worden«, unterbrach General Starr die Unterhaltung in scharfem Ton, »um den Jungen zu finden?«

»Bis jetzt keine. Bis zur Stunde habe ich außer Ihnen noch niemandem seine Existenz enthüllt.«

»Gut. Dann überwache ich die Fahndung persönlich. Ich gehe davon aus, daß mir alle weiteren relevanten Informationen inzwischen zugegangen sind.«

»Selbstverständlich, Sir. Allerdings …«

»Was, Doktor?«

»Ich sehe Grund zu der Annahme, General, daß er auf dem Weg nach Key West ist.«

»Welchen Grund?«

»Hinweise, die im Zimmer des Jungen an der Harvard-Universität entdeckt wurden, Sir«, log Susan.

Sie hatte lange überlegt, ob sie McCrackens Angaben und seine hartnäckige Behauptung, Joshua Wolfes Universitätsakten seien manipuliert worden, der Konferenz mitteilen sollte. Seine Warnung, sie solle vorsichtig sein, mit wem sie Informationen austauschte, belastete sie. Doch sie hatte das Gefühl, schweigen zu müssen und keine andere Wahl zu haben. Kurz nachdem McCracken Joshua Wolfes Zimmer verlassen hatte, hatte sich Mulgrew gemeldet und Susan am Telefon die von ihr gewünschte Liste des wissenschaftlichen Forschungslabors vorgelesen. Joshua Wolfe hatte sich zwei Ampullen aushändigen lassen, die alle Inhaltsstoffe der Substanz enthielten, die er als CLAIR bezeichnet hatte. Bei seiner anfänglichen Planung war er der Auffassung gewesen, zwei zu brauchen. Die späteren Analysen ergaben jedoch, daß nur eine Ampulle erforderlich war. Eine davon hatte er in der Cambridger Citypassage verbraucht.

Das bedeutete, eine Ampulle CLAIR war übrig. Und die einzige Möglichkeit, an sie zu gelangen, bestand darin, Joshua Wolfe aufzuspüren.

»Ich bin nicht dein Vater«, brachte Haslanger mühsam hervor und sparte sich die Zeitverschwendung eines Versuchs, sich aus dem Griff zu winden.

»Aber so was Ähnliches. Mach die Tür zu.«

Die Worte klangen, als wurden sie durch zwischen die Zähne geklemmte Murmeln gepreßt; verzerrt, aber doch verständlich. Sie drangen aus einem gräßlich verwucherten Mund mindestens dreißig Zentimeter über den Ohren des Doktors.

»Erst Licht bitte«, murrte Haslanger, als die Gestalt zurückwich.

»Natürlich. Darin unterscheiden wir uns, stimmt's? Du scheust die Dunkelheit, wogegen ich im Dunkeln und für das Dunkel lebe.«

Mühevoll schluckte Haslanger und schüttelte den Kopf. Flüchtig fragte er sich, ob er eingenickt sein könnte und nur träumte, daß eine seiner Schöpfungen zu ihm zurückkehrte. Aber er wußte nur zu gut, daß diese Kreatur nicht Teil eines Alptraums, sondern ein Produkt der Wirklichkeit war.

In den Augenblicken, bevor seine Schreibtischlampe aufflammte, wurde Haslangers Atmung flach, und es rann ihm eiskalt den Rücken hinab. Obwohl nach unten gerichtet, gab die Glühbirne genügend Licht, um seine Nerven zu beruhigen. Ein Knarren ertönte, als der riesige Schatten sich in den Schreibtischsessel setzte. Haslangers Augen gewöhnten sich ans Halbdunkel, und er konnte die Umrisse der Gestalt ausmachen, unter der der große Sessel fast völlig verschwand. Er schloß die Tür.

»Du bist früh da. Zwanzig Uhr, hatte ich gesagt.«

»Ich wußte, daß du eher kommst. Immer wenn meine Dienste nötig sind, lenkt dich das von der Arbeit ab.«

»Es ist eine leichte Aufgabe. Bloß hatte ich gehofft, darauf verzichten zu können ...«

»Erzähl noch nichts ... Vater«, entgegnete die Gestalt. Bei der nochmaligen Erwähnung seiner *Vaterschaft* grauste es Haslanger. »Ein Mensch wie ich muß solche Momente auskosten. Sie geben mir die Rechtfertigung meines Daseins.«

Mühsam schluckte Haslanger.

»Aber natürlich bin ich gar kein richtiger Mensch, oder?«

Haslanger schwieg, während die Hand der Gestalt sich langsam der Tischlampe näherte.

»Antworte mir, Vater, sonst mache ich vielleicht das Licht aus.«

»Doch, du bist ein Mensch, und sogar noch mehr, viel mehr.«

»Wie ist mein Name?«

»Dein Name ...«

»Ja.«

»Krill.«

»Warum?«

Haslanger blieb stumm.

»Sag es, oder« – ein überlanger, knochiger Finger kratzte am Lichtschalter – »dein geliebtes Licht ist weg.«

»Weil du das Wort nicht aussprechen konntest.«

»Welches Wort?«

»Killen.«

»Weshalb nicht?«

»Wegen ... deines Mundes.«

»Konnte es nicht aussprechen, ja? Fügte immer ein r ein, wo keines hingehörte, dadurch wurde *killen* zu *krillen*, obwohl du es nicht so geplant hattest. Ähnlich wie bei meinen Augen. Helles Licht bereitet ihnen Schwierigkeiten. Im Dunkeln sehe ich besser.«

Krills gedämpfte, rauhe Atemzüge wurden im Büro zum einzigen Geräusch. Mittlerweile hatten Haslangers Augen sich den Lichtverhältnissen vollends angepaßt, so daß er Krills ganze Erscheinung und einen Großteil seines Gesichts sehen konnte. Die Kreatur hatte ein großes, langes Pferdegesicht, das auf einem dicken, mit starken, überentwickelten Muskelsträngen durchzogenen Hals saß. Der Schädel war zu groß für die ihn umgebende Haut, so daß in den Wangen, der Stirn und den beiden Kieferseiten Krater, Spalten und Lücken klafften. Krills Mund stand offen, denn die Zähne vereitelten jeden Versuch, ihn zu schließen. Der Haarwuchs beschränkte sich auf wenige Stellen der Kopfhaut und sah eher wie Schorf aus.

Trotz der schrecklichen Entstelltheit des Gesichts waren Krills Augen das Schlimmste. Sie quollen aus zu kleinen Höhlen, die Lider konnten sie fast nicht bedecken; sie ähnelten fetten Golfbällen, in deren Mitte man schwarze Löcher gebohrt hatte. Sie standen fast immer offen und brannten mit unglaublicher Intensität. Peripher war das Blickfeld auf nahezu zweihundertsiebzig Grad erweiterbar, so daß ihnen nichts entging, außer wenn sie zu plötzlich oder zu hellem Licht ausgesetzt wurden.

Langsam hob sich die Gestalt aus dem Sessel und blieb hinter dem Schreibtisch stehen. Haslanger mußte den Kopf in den Nacken legen, um den ungeheuer kolossalen Brustkasten und die enorm breiten Schultern sehen zu können. Er betrachtete diesen Anblick mit längst gewohnter Ehrfurcht. Aus Krills Schultern ragten derartig lange

Gliedmaßen, daß er im Stehen die massigen Unterarme in ganzer Länge auf die Schreibtischunterlage legen konnte.

»So, Vater ... Was möchtest du denn dieses Mal von mir?«

Kapitel 11

Am Mittwochmorgen traf Colonel Lester Fuchs ganz früh, während die Korridore noch gähnend leer waren, im Gruppe-Sechs-Hauptquartier ein. Er schloß seine Bürotür hinter sich und trat an den begehbaren Kleiderschrank. Darin bewahrte er eine schon komplett mit Generalssternen versehene Uniformjacke auf, die in einem Wäschebeutel versteckt war. Er tauchte sie gegen die Colonel-Uniformjacke aus, die er trug, und setzte sich an den Schreibtisch.

Ein mieser Tag stand ihm bevor, einer der schlimmsten überhaupt. Heute mußte er sich für das gestrige Debakel rechtfertigen. Fünf Freiwillige waren gestorben. Drei weitere würden für den Rest ihres Lebens von schrecklichen Brandnarben verunstaltet bleiben. Fuchs rechnete damit, daß man die Gruppe-Sechs-Aktivitäten zumindest drastisch einschränkte. Im schlimmsten Fall aber drückten seine Widersacher im Kongreß ihren Willen durch, und man servierte ihn ab. Die Kräfte in Washington, deren Rückhalt Gruppe Sechs genoß, konnten nur geringe Schadensbegrenzung betreiben. Irgendwann mußte jemand als Sündenbock herhalten. Und dieser Jemand würde wahrscheinlich er sein. Fuchs erschrak, als auf seinem Schreibtisch das Telefon klingelte. Wer glaubte, daß er so früh im Büro zu erreichen war?

»Ja?« meldete er sich, preßte den Hörer ans Ohr.

»Es gibt eine Neuigkeit«, sagte General Starrs Stimme. »Und zwar etwas, das es uns eventuell ermöglicht, der Pechsträhne, in der wir momentan feststecken, ein Ende zu machen.«

Erstarrt kippte Fuchs gegen die Rückenlehne des Sessels, als befürchte er, Starr könnte seine unrechtmäßig angezogene Generalsjacke sehen.

»Gruppe Sechs muß sich unverzüglich um die Sache kümmern«, fuhr der General fort. »Da bieten sich immense Aussichten. Ich faxe Ihnen zu, was uns an bisherigen Erkenntnissen vorliegt. Das Fax müßte jeden Augenblick bei Ihnen eingehen.«

»Einen Moment bitte, Sir.«

Fuchs sprang auf und eilte zu der in die Rückwand des Büros integrierten Kommunikationsanlage. Außer vier abhörsicheren Telefonen umfaßte die Ausstattung drei Faxgeräte. Fuchs' Hand schwebte schon über dem Apparat, als aus dem für Mitteilungen aus Washington reservierten Faxgerät das erste Blatt zum Vorschein kam. Das Fax war nur drei Seiten lang. Während das zweite und dritte Blatt hervorsurrten, las sich Fuchs bereits die erste Seite durch. Seine Hand zitterte, als er den Telefonhörer wieder ans Ohr hob.

»Wie vertraulich sind diese Informationen, Sir?«

»Sie sind als streng geheim zu betrachten.«

»Diesen Jungen müssen wir unbedingt haben, Sir.«

»Mein Stab hat die Aufgabe übernommen, ihn zu schnappen. Ich glaube, ich kann es so arrangieren, daß keine juristischen Bedenken entstehen.«

»Und die Frau, diese ...« Fuchs mußte auf dem Blatt nachschauen. »Ich meine Dr. Lyle. Mit ihrem Fachwissen könnte sie uns ebenfalls nützlich sein. Wäre es möglich, sie zu versetzen?«

»Warum nicht?« gab General Starr gelassen zurück. »Schließlich ist sie für denselben Brötchengeber wie wir tätig.«

Die Tür zu Colonel Fuchs' Büro stand offen, als sich wenige Minuten später Erich Haslanger dort einfand. Der Anruf des Colonel hatte ihn in einem Labor der Gruppe Sechs erreicht. Fuchs hatte einen Ton angeschlagen, den Haslanger seit Wochen nicht mehr gehört hatte. Der Colonel saß am Schreibtisch, als Haslanger eintrat, hatte die Hände unter dem Kinn gefaltet, und die Andeutung eines Lächelns umspielte seine Lippen. Noch nie hatte Haslanger ihn so erregt gesehen, und endlich leuchtete ihm einmal etwas anderes als Verzweiflung aus den Augen.

Über den Tisch hinweg drückte Fuchs ihm das Fax in die Hand. »Das ist vorhin aus Washington gekommen«, sagte er und versuchte seine Aufgeregtheit im Zaum zu halten. »Ich möchte, daß Sie dazu Ihre Meinung äußern.«

Als er die Blätter entgegennahm, sah Haslanger, daß der Colonel eine Generalsuniform trug. Fuchs bemerkte seinen Blick auf die Generalssterne, doch anscheinend war ihm im Moment alles egal. Haslanger las; nach der Hälfte der ersten Seite und der erstmaligen Erwähnung Joshua Wolfes weiteten sich seine Augen. Er spürte, wie ihm die Farbe aus dem Gesicht wich, und fühlte sich benommen. Mit einer Hand klammerte er sich an die Rückenlehne des Stuhls, der vor Fuchs' Schreibtisch stand.

»Na?« drängte Fuchs.

»Im Effekt ist diese Substanz eine gut regulierbare Tötungsmaschine.« Haslanger hörte die eigenen Worte, als spräche die ein anderer. »Theoretisch kann das Zielgebiet so klein wie ein Häuserblock oder so ausgedehnt wie eine ganze Großstadt sein.«

»Wieso?«

»Wenn die Temperaturempfindlichkeit sich zur Ausbreitungsregulierung einsetzen läßt, dann ist das auch mit der Zellteilung möglich. Dafür bedarf es nur einer relativ simplen Berechnung, man muß ermitteln, wie oft die Zellen des Organismus sich teilen müssen, um ein bestimmtes Gebiet zu erfassen.«

»Ein Gebiet beliebiger Größe?«

»Fast jeder Größe.«

Fuchs beugte sich in seinem Sessel vor. »Das könnte unsere Rettung sein, Doktor. Auf genau so etwas haben wir gewartet. Es wurde bereits veranlaßt, den Jungen in Gewahrsam zu nehmen und uns zu überstellen ...«

Erst jetzt fiel dem Colonel die gespenstische Blässe auf, die Haslangers Gesicht überzog. Sein Gesicht glich noch stärker einem Totenkopf. Er wirkte, als hätte ihm etwas den Atem geraubt.

»Was ist los, Doktor?«

»Dieser Junge ...«

»Raus mit der Sprache.«

Haslanger schob sich auf den Stuhl vor dem Schreibtisch, der absichtlich niedriger war als Fuchs' Sessel. »Es gibt etwas, das Sie wissen sollten ...«

Der dicke Mann auf der Parkbank beugte sich vor, um mit den Brotkrümeln, die er den Tauben zuwarf, besser zielen zu können.

»Wissen Sie, eigentlich soll man das nicht tun, Thurman«, meinte er zu dem Mann, der neben ihm saß. »Die Vögel sind angeblich alle verseucht. So was gibt mir doch sehr zu denken.«

Thurman zappelte ungeduldig, obwohl er sich bemühte, ruhig zu sein. Er war groß und breitschultrig und zu stark mit Muskeln bepackt, als daß ihm Anzüge je bequem passen konnten. Die Sehnenstränge an seinem Hals zuckten jedesmal, wenn sein Gesichtsausdruck wechselte. Er hatte einen kantigen Quadratschädel, der wegen des blonden Borstenschnitts um so wuchtiger wirkte. Seine augenfälligste Eigenschaft war jedoch die häßliche Narbe, die auf der linken Gesichtshälfte von der Wange bis zum Kinn verlief.

»Wir haben nämlich mit Tauben experimentiert, Thurman«, erklärte der Dicke, dessen kahle Schädelwölbung dichte Haarbüschel umkränzten. »Auch mit Sperlingen. Wir dachten, sie wären unter Umständen das perfekte Übertragungssystem für eine lokale biologische Kriegsführung. Stellen Sie sich nur mal vor, was sich uns für Möglichkeiten geboten hätten! Aber die Viecher erwiesen sich als zu unzuverlässig. Sie sind weggeflogen und nie wieder aufgekreuzt.« Er warf den Vögeln zu seinen Füßen noch mehr Krumen zu. »Das hier könnten ihre Nachkommen sein.«

»Sie wollten wohl Freiheit und Abenteuer genießen.«

»Wissen Sie, sie sind eine ziemlich leckere Delikatesse«, sagte der Dicke und lehnte sich mit einem Aufseufzen des Behagens ein Stück weit zurück. »In diesem Alter natürlich nicht mehr. Nein, sie haben nur als Nestlinge, also bevor sie fliegen können, diesen wunderbaren Geschmack. Dann kann man sie mit einer Füllung braten. Besonders köstlich sind sie, wenn man sie mit der Leber in Madeirasoße zubereitet. Aber man darf nicht vergessen, sie zuzunähen. So etwas findet man heutzutage bei keinem Fleischer mehr. Am allergelungensten ist es, sie auf Toast zu servieren. Das kennen nur noch die Spitzenköche. So geht der Saft nicht verloren. Dann hat man etwas wirklich Wunderbares, einer guten Sache geopferter Nachwuchs ...«

»Da wir gerade von Nachwuchs reden ...«

»Die Sache in Cambridge wird als Unfall eingestuft, genau wie wir es vorausgesehen haben. In dieser Beziehung brauchen wir uns keine Sorgen zu machen. Und wie ist es bei Ihnen?«

»McCracken ist noch dran an der Angelegenheit«, sagte Thurman.

»Behalten wir ihn im Auge?«

»Wenn wir ihm zu nah auf die Pelle rücken, merkt er es sofort.« Eine unangenehme Erinnerung kam Thurman, und seine Finger strichen über die Narbe. »Das Risiko dürfen wir nicht eingehen.«

»Aber es war doch schon ein Risiko, ihn überhaupt für uns einzuspannen, und trotzdem haben wir es stillschweigend in Kauf genommen.«

»Das war ein überstürzter Entschluß. Wir haben nicht lange genug darüber nachgedacht ... nicht die Nachteile erwogen.«

»Für den Fall seines Scheiterns, meinen Sie?«

»Nein«, antwortete Thurman. »Für den Fall, daß er uns auf die Schliche kommt.«

II

OPERATION OFFSPRING

Philadelphia; Mittwoch, 7 Uhr

Kapitel
12

»Möchten Sie bestimmt nicht, daß ich es Ihnen nach oben stelle?« Die Frage der Stewardeß schreckte Joshua Wolfe aus seiner Benommenheit. Nervös drehte er sich in ihre Richtung.

»Ihr Handgepäck«, sagte sie, senkte den Blick auf den schwarzen Rucksack zu Joshuas Füßen, der ein wenig in den Mittelgang ragte. »Vielleicht hätten Sie es dann bequemer.«

»Nein.« Josh räusperte sich. »Ist schon gut.«

Die Stewardeß lächelte und ging weiter. Josh bückte sich und schob den Rucksack tiefer unter den Sitz. Er hatte die Ampulle geschützt in der Mitte verstaut, zwischen Notizheften und, soweit sie noch Platz hatten, einigen Kleidungsstücken. Er versuchte von außen die Umrisse zu fühlen – eine vergebliche Mühe.

Sonntagnacht hatte er in einem Hotel in Boston geschlafen und war am Montag nach New York gereist. Mit dem Zug war er am Dienstag nach Philadelphia gefahren und hatte wieder in einem Hotel übernachtet, diesmal im Airport Hilton, so daß er die Möglichkeit hatte, die erste Maschine nach Miami zu nehmen.

In Bewegung sein, immer in Bewegung bleiben …

An drei Tagen drei Hotels in drei Städten, ohne daß er etwas anderes hätte tun können, als zu grübeln und die Tür anzustarren: Sicher stürmte jeden Moment die Polizei herein. Schlaf hätte ihn erlöst, aber ihm war kein Schlummer vergönnt. Nur sekunden- oder minutenweise döste er vor sich hin, jedes Mal nur so lange, wie es dauerte, bis die Erinnerungen an das Erlebnis in der Citypassage von Cambridge wiederkehrten. Er sah sie so wie beim wirklichen Ablauf der Tragödie am Sonntag: lange Reihen von Toten, Leichen in aufgeschichteten Stapeln.

Er konnte es einfach nicht begreifen.

Alle seine Forschungsergebnisse waren doch fehlerfrei gewesen. Bei seinen Laborversuchen hat keiner der CLAIR ausgesetzten Versuchstiere auch nur das geringste negative Symptom gezeigt. Zeitungsberichten zufolge, die sich auf ›ungenannte Quellen‹ beriefen, sollten die Leichen der Opfer *blutleer* aufgefunden worden sein. Josh zog daraus den Rückschluß, daß CLAIR irgendwie das Blut mit den Zielmolekülen verwechselt haben mußte. Das hätte selbstverständlich nie geschehen dürfen.

Das Problem war vermutlich, daß er CLAIR zu *intelligent* gemacht hatte, zu effizient. Die Programmierung sah vor, daß die Substanz den in gewissen molekularen Verkettungen enthaltenen Stickstoff aufzehrte. Josh war davon ausgegangen, daß sie den zwar feinen, aber klaren Unterschied zwischen menschlichem Blut einerseits sowie Sulfaten und Nitraten andererseits erkannte. Aber sobald eine Identifikation stattgefunden hatte, konnte sich CLAIR – bei Strafe des eigenen Untergangs – nicht mehr vom Ziel abwenden. Die Substanz hatte genau das getan, wofür sie geschaffen worden war, nur war sie dabei geringfügig von den vorgeschriebenen Parametern abgewichen.

Doch warum hatte sie während der Testphase nicht ebenso reagiert?

»Verzeihung«, schnaufte eine übergewichtige Frau, die ihr Flugticket in der Hand hielt und den Blick auf den Fenstersitz neben Joshua richtete. »Ich muß auf diesen Platz.«

Josh stand auf und stellte sich in den Mittelgang, um die Frau durchzulassen. Während sie sich durchzwängte, streifte ihr Schuh Joshuas Rucksack. Kurz stockte Josh das Herz. Als die Dicke endlich saß, nutzte er die Gelegenheit, um sich hinzukauern und einer Außentasche des Rucksacks ein Notizbuch zu entnehmen.

In dem Notizbuch hatte er Eindrücke und analytische Überlegungen zu der Frage aufgeschrieben, was schiefgelaufen sein mochte. Vielleicht waren sie der Weg zu einer Antwort. Kein noch so angestrengtes Nachdenken jedoch konnte irgend etwas an einer längst offenkundigen Einsicht ändern: CLAIRs Fertigstellung war ihm wichtiger als seine Unbedenklichkeit gewesen.

Zu selbstsicher war er vorgegangen, zu verbohrt hatte er bei der Konzipierung gehandelt, zu versessen nach Erfolg gegiert. Schließlich war ihm vorher nie etwas mißlungen. Der Sprung vom theoretischen Konzept zum Endpunkt hatte sich für Joshua Wolfe stets als reibungsloser Vorgang gestaltet. Weshalb also hätte er sich mit dem normalen Verfahren abgeben wollen, das vorschrieb, eine Forschungsstudie einzureichen und die Durchführung einer seitens der Universität abgesegneten Erprobung zu beantragen? Selbst wenn das Projekt genehmigt worden wäre, hätte es bis dahin Jahre gedauert. Die Bürokratie blieb immer bei ihrem Schneckentempo. Ehe sie zu einer Entscheidung gelangte, hatte Joshua sich gedacht, konnte die Luftverschmutzung den gesamten Planeten verpestet haben.

Er hatte nichts anderes als eine höchst erstaunliche Leistung vollbringen und den Wert seiner verdienstvollen Entdeckung unwiderleglich beweisen wollen. Es wollte seine eigene Studie durchführen, Beweise sammeln und die Ergebnisse als Bestandteil eines offiziellen Papiers sämtlichen Medien gleichzeitig zugänglich machen.

Die Idee dazu hatte Josh schon vor Jahren gehabt, nachdem er im Labor eine umfassende Untersuchung eines künstlichen Enzyms vorgenommen hatte, das den Zusammenhalt von Öl im Molekularbereich zersetzte. Der Gebrauch dieses Enzyms hatte zu wesentlichen Fortschritten bei der Bekämpfung von Ölpestfällen geführt und in der Nordsee ebenso wie vor Alaska bei Ölkatastrophen ungezählte Tierleben gerettet; folglich hatte er sich gefragt, ob man das gleiche Prinzip nicht gegen Luftverschmutzung und Wasserverunreinigung anwenden könne.

Als erste hatte Josh sich dem Problem der Luftverschmutzung zugewandt.

Viel Zeit war bis zu seiner Entdeckung verstrichen; die dafür notwendige Arbeit hatte er neben seinem normalen Studium gemacht. Er stand wie unter einem Bann, alles andere war ihm gleichgültig gewesen. Ihm wurde selbst nie klar, warum er so mühelos sämtliche Kurse absolvierte, ohne sich überhaupt für sie zu interessieren.

Die ganze Wahrheit, die dem Unheil zugrunde lag, war schlichtweg: Josh hatte, als er fertig war, nicht warten können. Er wollte CLAIR erproben, sich Gewißheit verschaffen, er wollte … Erfolg.

Er wäre zu gern ein Held geworden. Und es hätte ihm gelingen können, wäre es in der Citypassage richtig gelaufen, wäre alles gutgegangen …

Joshua hatte unbeschränkten Zugang zu den modernsten Laboratorien des wissenschaftlichen Forschungsinstituts in Harvard gehabt. Und im Sommersemester waren die Wartezeiten bei den begehrtesten Materialien erheblich kürzer. Am Ende des zweiten Semesters hatte Josh sich ausschließlich auf die abschließenden Tests und die Herstellung des angestrebten Organismus konzentriert. Und als CLAIR sich bei allen Labortests bestens bewährte, hatte er nicht der Versuchung widerstehen können, in der Citypassage von Cambridge die Eigenschaften des Organismus einer größeren Erprobung zu unterziehen.

Zunächst hatte alles tadellos geklappt. Er hatte den diensthabenden Hausmeister aus dem Heizungskeller gelockt, indem er ihm eine fingierte Textnachricht aufs Digitaldisplay seines Piepers schickte: ›Sie werden im dritten Stock gebraucht. Bitte kommen.‹

Der Mann war sofort gegangen. Ein Metallstück, das Josh, als der Mann das letzte Mal in den Heizungskeller kam, zwischen Tür und Türrahmen geklemmt hatte, ließ das Schloß nicht richtig einrasten. Als erstes hatte Joshua sämtliche Überwachungsmonitore aktiviert. Dann hatte er seinen Rucksack auf den Tisch gestellt und eine Ampulle herausgeholt. Ihr Gegenstück hatte er jetzt bei sich.

Aus der Endfassung der Citypassage-Konstruktionspläne wußte er, welcher Typ von Klimaanlagen-Kompressoren hier verwendet wurde, und hatte sich wochenlang ähnliche Modelle genau angesehen. Folglich brauchte er jetzt nur zu wiederholen, was er oft geübt hatte: Er öffnete eine 20 mal 20 cm große Klappe, schob den Arm hinein und kippte den Ampulleninhalt in die Luftumwälzung der Klimaanlage.

Er hatte die leere Ampulle in die Tasche gesteckt und seine Aufmerksamkeit den Monitoren zugewandt; dann sich vorgestellt, wie CLAIR, jetzt in Gasform, mit der frisch gekühlten Luft durch das Röhrensystem wehte, sich bis zum x-ten Grad verdünnte und in der Einkaufspassage verbreitete. Vierzig Sekunden verstrichen, bevor die unbeabsichtigte Wirkung einsetzte.

Josh sackte auf seinem Sitz zusammen und fing an zu zittern, während das Flugzeug durchstartete und von der Startbahn abhob. Die fette Frau neben ihm warf ihm einen Seitenblick zu und glotzte wieder in ihr Billigmagazin. Joshua versuchte sich zu beruhigen, aber die Erinnerung war noch zu deutlich und flößte ihm erneut Grauen ein.

Das gleiche Grauen hatte ihn gepackt, als er in der dritten Etage des Ladenzentrums die ersten Menschen ins Torkeln geraten sah. Sie griffen sich an die Kehle, dann wurden sie von gräßlichen Krämpfen geschüttelt, als ob sie Marionetten an den Drähten eines betrunkenen Puppenspielers wären. Wellenförmig breitete das Verderben sich aus, Josh verfolgte an den Monitoren, wie es in der Einkaufspassage durch die Etagen nach unten um sich griff. In der zweiten und ersten Etage schafften es wohl ein paar, in Richtung der Ausgänge zu flüchten, aber der Tod holte sie unterwegs ein, und sie brachen mitten im Lauf zusammen.

Josh hatte sich mit den Zähnen die Zunge aufgebissen. Aus Furcht, die eigene Kreation könnte ihn selbst das Leben kosten, hatte ihm der Atem gestockt. Er war aus dem Heizungskeller in den Korridor gestürzt.

Als er ins Parkhaus rannte, begegnete er mehreren Personen. Er warnte sie nicht, wäre physisch gar nicht dazu in der Lage gewesen: Der Schrecken hatte ihm die Stimme geraubt, und er schaffte es nur mit Mühe, nach Atem zu japsen. Ihm war klar, daß die Menschen starben. Joshua wußte, daß er dafür die Verantwortung trug. Er war zum Mörder geworden.

Und hätte er es jemandem zu erklären versucht, wäre er nicht verstanden worden. Nie hatte irgend jemand ihn verstanden, und jetzt ließen ihn seine verzweifelten Versuche, etwas daran zu ändern, endgültig zum Ausgestoßenen werden. Er war schon einen Häuserblock von der Citypassage entfernt, als er merkte, daß er seinen Rucksack verloren hatte.

Weil er sich darüber im klaren gewesen war, daß er ihn nicht zurückholen konnte, war er in seine Studentenwohnung gegangen und hatte an Wichtigem in seinen anderen Rucksack gepackt, was hineinpaßte – der Rucksack, der jetzt unter seinem Sitz lag. Aber er wollte nicht mit der kompletten CLAIR-Formel erwischt werden, sei es in Schriftform oder auf Diskette.

Doch eine Vernichtung der Formel hätte – zumindest für die absehbare Zukunft – ihren Verlust bedeutet. Also hatte er sie Harry Limes ewig papierlosem Faxgerät in Key West zugefaxt; er wußte, daß der Apparat sie im Speicher ablegen würde und er sie sich daraus jederzeit wiederbeschaffen konnte.

Da keine Fahndung nach ihm ausgelöst worden war, fiel es ihm nicht schwer zu verschwinden. Seine Sorge, daß der Inhalt des in der Citypassage zurückgebliebenen Rucksacks auf seine Spur führen könnte, verflog in dem Moment, als ihm einfiel, daß auf keinem einzigen Gegenstand sein Name vermerkt war. Möglicherweise ermittelte man, daß er Student an der Universität Harvard war, auf alle Fälle jedoch hatte er, wenn schon nichts anderes, so doch Zeit gewonnen.

Seine Kreditkarte hatte ein Bargeld-Depot von dreihundert Dollar. Allerdings ließen sich Geldautomaten von jemandem, der wußte, wie man die Magnetstreifen manipulierte, ohne weiteres überlisten. Für Josh war das eine der leichtesten Übungen. Er entlockte einem Geldautomaten in Cambridge dreitausend Dollar in Zwanzigdollarscheinen.

Mit dem Geld hatte er die Zugfahrten nach New York und Philadelphia und die Hotelzimmer bezahlt, außerdem heute das Flugticket nach Miami. Er hatte die Hotelzimmer kein einziges Mal verlassen und die Tür ausschließlich für den Zimmerservice geöffnet. Wenn er gegessen und sonst nichts mehr zu tun gehabt hatte, quälte er sich, statt sich von Erinnerungsbildern martern zu lassen, mit den Worten in seinem Notizbuch. Sein Geist war völlig ausgelaugt. Er brachte keinen vernünftigen Satz zustande.

Darum schrieb er zum ersten Mal seit langem wieder ein Gedicht. Das Verseschreiben hatte ihm als Kind geholfen, seine Verbitterung und seinen Zorn zu verarbeiten, nachdem ihm deutlich geworden war, wie sehr er sich von seinen Altersgenossen unterschied. Gedichte boten ihm eine Möglichkeit der Problemlösung, denn beim Dichten durchschaute er die Natur seiner Schwierigkeiten und zudem sich selbst.

Er hatte kein einziges der Gedichte weggeworfen, sondern irgendwann eine Sammlung seiner Werke auf Diskette gespeichert. Nach seinem Empfinden waren sie dort gut aufgehoben.

Plötzlich hatte Josh sich darauf besonnen, wie es gewesen war, drei Jahre alt zu sein, dann vier, fünf und so weiter. Das Dichten weckte seine Erinnerungen. Sein früherer

Zorn war verschwunden. Das Bekenntnis zu sich selbst und zu dem, was er war, hatte ihn verdrängt. Doch auch die aufs Blatt gekritzelten Verse bedeuteten diesmal nur Papierverschwendung. Sie funktionierten nicht mehr.

Die Maschine ging in gleichmäßigen Flug über, und Josh entspannte sich ein wenig. Die Fette auf dem Nebensitz hatte sich in ein Kreuzworträtsel verbissen, erzielte aber nur minimale Fortschritte. Joshua schielte auf die Stichwörter zwischen den Kästchen und löste das ganze Rätsel in nicht einmal einer Minute.

Er strich sich mit der Hand durch das lange, braune Haar und schaute wieder in sein Notizbuch. Vielleicht hatte man den verlorenen Rucksack schon vernichtet, in der Annahme, er gehöre einem der Opfer oder einem der späteren Augenzeugen, der ihn nicht zurückforderte. Irgendwie störte ihn die Furcht vor Entdeckung nicht, denn sie überlagerte das Gefühl der Schuld. Mit Furcht konnte er leben. Furcht gab ihm das Gefühl, ein Opfer zu sein, ein Verfolgter, Gehetzter. Die Schuld dagegen erinnerte ihn daran, daß er Opfer – und zwar zu Hunderten – auf sein Gewissen geladen hatte, ehe er selbst zum Opfer geworden war. Er verdiente, was mit ihm geschah, egal was noch kommen mochte; denn er war …

Na los, sag es! Denk es zu Ende!

Ein Mörder war er. Er konnte sich der Polizei stellen und ein Geständnis ablegen. Was könnte man schon mit ihm machen? Josh war kein Rechtsexperte, obwohl er sich, wie mit allem, auch mit juristischen Fragen beschäftigt hatte. Man müßte ihm, soviel wußte er, ein Motiv nachweisen. Ohne bewiesenen Vorsatz mußte man ihm mildernde Umstände zubilligen, eventuell sogar Bewährung. Seine eigentliche Strafe wäre etwas ganz anderes. Schande.

Könnte er irgendwem das Wunderbare an seinem Versuch vermitteln, die Bedeutsamkeit, die dahintersteckte? Könnte er irgend jemandem einsichtig machen, wie exakt seine umfangreichen Untersuchungen waren, die die unerfreulichen Zustände auf der Welt nach der nächsten Generation schilderten, die Verhältnisse, die unabwendbar eintreten mußten, wenn man nichts tat, um die Qualität der Luft zu verbessern? Würde man ihm glauben, daß er jede erdenkliche Vorsichtsmaßnahme getroffen hatte, bevor er CLAIR in der Citypassage von Cambridge erprobte?

»Aber warum, Mr. Wolfe, haben Sie eine derartig hohe Verantwortung auf sich geladen?«

»Weil ... weil ...«

»Bitte sprechen Sie, Mr. Wolfe. Das Gericht ist gespannt auf Ihre Antwort.«

»Eigentlich, weil ich schon immer gerne ...«

»WAS, Mr. Wolfe?«

»Weil ich schon immer gern anerkannt werden wollte.«

Josh müßte ihnen zu erklären versuchen, wie es sein Leben lang gewesen war; wie er sich schon immer fehl am Platz gefühlt hatte. Wie er von fünf oder sechs Jahre älteren Kindern angestarrt worden war, während er in ihrer Klasse vorn in der ersten Reihe saß, damit sie ihm nicht die Sicht versperrten. Ein Erfolg in der Citypassage hätte alles geändert. Er wäre als Held gefeiert und seine Formel als eine der größten wissenschaftlichen Entdeckungen aller Zeiten gerühmt worden.

Nun mußte er damit rechnen, von allen Seiten als Mörder geschmäht zu werden, ausgenommen natürlich von Harry Lime. Harry verstand ihn; Harry würde ihm helfen.

Aber Harry ging nicht mehr ans Telefon. Vielleicht war er gar nicht mehr in der Wohnung in Key West, in der er untergebracht worden war, nachdem man Josh das letzte Mal geholt hatte. An sich sollte Josh nicht erfahren, was mit Harry geschah, aber er hatte schon vor Monaten die entsprechenden Datenbahnen angezapft und herausbekommen, wohin sie Harry gebracht hatten.

Nach zahlreichen vergeblichen Anrufen hatte er Harry

das Fax mit der CLAIR-Formel geschickt. Jetzt flog er hin, um den Chip, auf dem sie gespeichert war, an sich zu bringen. Er hoffte, Harry war inzwischen wieder zu Hause.

Josh merkte, daß er eindöste, schrak plötzlich zusammen und hatte das untrügliche Gefühl, daß etwas Schreckliches passiert war. Er schaute nach rechts.

Die fette Frau neben ihm war eingenickt und schnarchte. Eines ihrer massigen Beine war unter Joshs Sitz gerutscht und der Fuß stemmte sich gegen den Rucksack. Joshua sah, daß sich ein dunkler Fleck im Stoff ausbreitete. Er wußte sofort, daß die zweite CLAIR-Ampulle zerbrochen war. Im nächsten Moment fingen die ersten Flugpassagiere an zu keuchen.

Josh sprang vom Sitz auf, um die anderen zu warnen, doch auch er bekam keine Luft mehr. Er konnte nur noch mitansehen, wie ihr Fleisch bleich wurde und schrumpfte und wie ihnen die Augen, indem rundum die Haut schrumpelte, aus dem Kopf quollen. Sie schrumpften einfach zusammen, geradeso wie die böse Hexe im Zauberer von Oz. Vor Joshs Augen sanken ihre Kleider auf entstellten, teil in den Mittelgang gekippten Überresten zusammen …

»Entschuldigen Sie …«

… während er sich wunderte, wieso er noch lebte. Er wünschte, er wäre schon tot …

»Entschuldigen Sie bitte …«

Mit einem Ruck fuhr Josh aus dem Halbschlaf hoch. Etwas preßte sich wie ein aufdringlicher Hund gegen seine Wade.

Seine Platznachbarin war aufgestanden und wollte vorbei. Josh zog die Beine an.

»Danke«, sagte sie, ohne ihm zuzulächeln.

Joshua sank zitternd zurück in den Sitz, der Alpdruck des Schlafes war noch ganz nahe bei ihm.

Kapitel
13

»Gleich da durch die Tür.«

»Vielen Dank«, sagte McCracken zu dem Wärter, der ihn im Hauptgebäude der New Yorker Stadtbibliothek auf der Zweiundvierzigsten Straße in ein Untergeschoß des in Richtung Bryant-Park gelegenen Archivanbaus geführt hatte. Gloria Rendine war die Assistentin des Kurators für Manuskript- und Buchraritäten. Als Blaine sie unter dem Vorwand anrief, er hätte vor, der Bibliothek eine ziemlich große Sammlung historischen Materials zu schenken, hatte sie höchst erfreut einen Termin mit ihm vereinbart. Blaine fragte sich, wie es ihr wohl gefallen würde, wenn ihr aufging, daß er statt in alten Schwarten in ihrer Vergangenheit stöberte.

McCracken trat ein und traf Gloria Rendine dabei an, wie sie Seite um Seite ein kostbar gebundenes Buch übergroßen Formats durchblätterte.

»Verzeihung.«

»Entschuldigen Sie«, antwortete die alte Frau leicht verdutzt. »Ich habe Sie nicht hereinkommen gehört. Sie sind bestimmt ...« Sie blickte auf einen Zettel, der rechts neben ihr lag. » ... Mr. McCracken.«

»Ganz richtig.«

»Nehmen Sie bitte Platz.«

Sie stand auf und bot Blaine den Stuhl vor ihrem Schreibtisch an. Über einem schlichten Kattunkleid trug sie eine leichte Jacke. Ihr silbriges Haar war zu einem Knoten hochgesteckt. Doch beim Nähertreten sah Blaine in ihren wachsamen Augen beharrliche Vitalität. Es hatte den Anschein, als hätten weder Alter noch Umwelteinflüsse ihrer Haut etwas anhaben können. Mit anderer Haarfarbe und neuer Frisur hätte sie ohne weiteres zwanzig Jahre jünger ausgesehen.

»Ich kann Ihnen gar nicht sagen, wie sehr wir Ihre Großzügigkeit zu schätzen wissen.«

Blaine näherte sich dem Schreibtisch, blieb jedoch stehen. »Leider hat sie ihren Preis. Eigentlich komme ich, müssen Sie wissen, weil ich etwas Ausgefallenes suche.«

Die Frau wirkte verwirrt. »Ich wüßte nicht, wie wir ...«

»Genaugenommen suche ich eine Frau. Sie war jahrelang auf gewissen Gebieten überaus aktiv, bis sie sich auf einen ruhigeren Posten zurückgezogen hat. Man kannte sie früher unter dem Namen Gloria Wilkins-Tate.«

Welche Reaktion Blaine sich auch immer vorgestellt hatte, es erfolgte gar keine. Die Bibliothekarin befeuchtete sich nur mit der Zunge die Lippen und betrachtete ihn etwas eindringlicher.

»Was wollen Sie?« fragte sie unumwunden.

»Mich über bestimmte Aktivitäten informieren, die mit der Operation Offspring zusammenhängen.«

Gloria Rendine-Wilkins-Tates bisher beherrschte Miene entgleiste. Sie wollte zur Seite schauen, doch McCrackens fester Blick bohrte sich in ihre Augen und bannte sie wie die Schlange das Kaninchen.

»Ich muß wissen, worum es da ging«, drängte Blaine. »Was abgelaufen ist.«

Die alte Frau senkte den Blick auf das Buch, das noch aufgeklappt auf dem Schreibtisch lag, als könnte sie darin Zuflucht finden.

»Ich glaube», sagte Blaine, »in dem Wälzer steht nichts über die Operation Offspring. Vielleicht läßt sich darüber gar nichts Schriftliches finden.«

»Ich könnte abstreiten, je davon gehört zu haben.«

»Könnten Sie.«

»Und selbst wenn ich je davon gehört haben sollte, Mr. McCracken, bräuchte ich einen sehr guten Grund, um mit Unbefugten darüber diskutieren zu dürfen.«

»Versuchen wir es als Grund einfach einmal mit einem alten Bekannten, Harry Lime.«

Gloria Rendine bemühte sich um ein Pokerface, aber es war zu lange her, daß für sie eine Notwendigkeit dazu bestanden hatte – sie war außer Übung. »Und angenommen, ich kenne den Mann?«

»Dann interessiert es Sie eventuell zu erfahren, daß er nicht mehr aufzutreiben ist, einfach von der Bildfläche verschwunden. Irgendwelche tüchtigen Leute haben sehr geschickt dafür gesorgt, daß alles völlig harmlos aussieht und bei den Behörden keinerlei Verdacht erregen wird.«

»Dann darf ich wohl vermuten, daß Sie für keine Behörde arbeiten.«

»Nicht im herkömmlichen Sinn, Ma'am. Manche Stellen wären wohl der Meinung, in gar keinem Sinn. Für mich geht es darum, daß Harry Lime mir neun- oder zehnmal das Leben gerettet hat, das letzte Mal erst vor zwei Tagen. Ich bin es ihm einfach schuldig, daß ich kläre, was ihm zugestoßen ist.«

Die alte Frau seufzte. »Bedauerlicherweise kann ich Ihnen nicht im geringsten behilflich sein.«

»In einer Washingtoner Datenbank werden Sie als Harry Limes Betreuerin genannt.« McCracken benutzte jeden Satz wie einen Dolch. »Möchten Sie, daß wir uns lieber über die Ergebnisse meiner Nachforschungen unterhalten? Zum Beispiel, daß Sie ebenfalls Betreuerin eines weiteren Dutzends Männer und Frauen gewesen sind. Das ist die *Sammlung*, die ich am Telefon erwähnt habe.«

Die Tür zum Büro wurde geöffnet, und eine junge Frau kam herein und schob einen Bücherwagen vor sich her. Schüchtern lächelte sie Blaine zu und rollte den Wagen zu dem Schreibtisch auf der anderen Seite des Zimmers.

»Es gibt einige spezielle Archive am Ende des Korridors«, sagte Gloria Rendine fast im Flüsterton. »Ich glaube, wir setzen unser Gespräch dort fort.«

Krill benutzte nie den Haupteingang eines Gebäudes, am wenigsten bei hellem Tag. Im Schatten fühlte er sich wohler; die Schatten waren sein Element. Hintereingänge in engen Gassen oder entlegenen Winkeln entsprachen mehr seinem Geschmack. Die New Yorker Stadt-Bibliothek bot ihm keine solche Möglichkeit, aber es gab mehrere Türen an den Laderampen in der Einundvierzigsten Straße.

Er schlich zu einem Zugang zwischen zwei abgestellten Lieferwagen, betrat den Bau und gelangte in einen düsteren Gang. Krill war froh, die schwarze Sonnenbrille, die im Tageslicht seine empfindlichen Augen gegen die Helligkeit beschirmte, absetzen zu können.

Die Gläser verminderten die Probleme, die sein Äußeres ihm in der Öffentlichkeit verursachte. Zudem hatte er gelernt, die überlangen Arme an den Körper zu ziehen, die Lippen über den zerklüfteten Zahnreihen zusammenzupressen und gebeugt zu gehen, um seine tatsächliche Körpergröße zu kaschieren. Im allgemeinen erregte er damit nur selten Aufmerksamkeit, und wenn doch, stieß er auf Abscheu oder Mitleid. Die Blicke stellten lediglich klar, daß er eine Mißgeburt war, doch das wußte er auch ohne sie; nur wenige Menschen würdigten ihn eines zweiten Blicks.

Und bei Erfüllung seiner heutigen Aufgabe drohte kaum eine Konfrontation mit Neugierigen. In Bibliotheken war das Licht meistens trübe und die Räume waren in einem höhlenähnlichen Labyrinth schmaler, langer Gänge zwischen hohen Regalen voller ordentlich aufgereihter Bücher. Noch günstiger war der Umstand, daß die Frau, der er hier einen Besuch abstatten sollte, ihre Räumlichkeiten im Kellergeschoß hatte. Das hieß, er brauchte sich keine Sorgen um Fenster zu machen.

Krill hatte sich den Lageplan des unterirdischen Irrgartens aus Korridoren genau eingeprägt, der sich an der Rückseite des Bibliotheksgebäudes bis unter den Bryant-Park erstreckte. Er gelangte zu einer Tür mit der Beschriftung Manuskript- und Buchraritäten-Archiv. Langsam betrat er den Raum dahinter. An einem Schreibtisch war eine junge Frau mit der Katalogisierung von Büchern beschäftigt.

»Verzeihen Sie«, sagte er so wohlklingend, wie es ihm möglich war und hielt den Blick auf den Fußboden gesenkt. »Ich habe einen Termin bei Miss Rendine.«

Die junge Bibliothekarin blickte kaum auf. »Sie muß jeden Moment wiederkommen.«

Krill tat, als schaue er auf seine Armbanduhr, und hoffte, daß der Frau der Umfang seines Unterarms nicht auffiel, der ihm das Tragen einer Uhr unmöglich machte. »Ich bin zeitlich sehr knapp dran«, seufzte er. »Könnten Sie mir vielleicht verraten, wo sie ist? Es dauert bestimmt nicht lange.«

In dem Archiv roch es nach Leder. Die dunklen Bücher an den Wänden verliehen dem klimatisierten Raum eine düstere Atmosphäre.

»Erzählen Sie mir, was es mit diesen Leuten, zu denen auch Harry Lime gehörte, auf sich hatte«, forderte Blaine, während Gloria Rendine sich an das hinterste Regal lehnte. »Erklären Sie mir, um was es sich bei der Operation Offspring gehandelt hat.«

»Dafür muß ich sehr weit ausholen«, gab sie zur Antwort.

»Sicherlich bis zu Ihrer Rekrutierung von Nazi-Wissenschaftlern für die sogenannte Fabrik. Das war wohl Ihre erste *Sammlung*, nehme ich an.«

»Stören Sie sich daran? Wer von sich behauptet, etwas von Geschichte zu verstehen, sollte sich darüber nicht wundern. Sie waren uns weit voraus. Unter diesen Umständen wäre es Dummheit gewesen, sie und ihre herausragenden Fähigkeiten nicht zu unserem Vorteil zu nutzen.«

»Zumal sie sicher dafür dankbar waren, nicht eingesperrt oder hingerichtet zu werden.«

»So haben wir ihre Loyalität gewonnen. Wir haben sie gerettet.«

»Und umgekehrt dachten Sie, könnten Sie von ihnen gerettet werden.«

»Nicht wir, die Nation.« Gloria Rendine trat zu dem einzigen Schreibtisch in dem Raum und stützte die Hände auf die Tischplatte. »Es kommt immer auf die Perspektive an.« Sie zögerte. »Reden wir doch ein bißchen über Ihren Anteil an der Geschichte dieses Jahrhunderts, über die Kämpfe, an denen Sie teilgenommen haben. Sie waren in Vietnam.«

»Man sieht es mir an, was?«

»Ich jedenfalls bemerke so etwas gleich. Sie haben geglaubt, daß Sie dort drüben das Richtige tun. Andernfalls wäre es Ihnen unmöglich gewesen, die Pflichten, die Sie hatten, zu erfüllen.«

»Völlig klar.«

»Na, und wir haben damals auch geglaubt, das Richtige zu tun. Wir standen einem anderen Feind gegenüber, in einem anderen Konflikt. Aber auch wir meinten, es läge die dringende Notwendigkeit vor, den Gegner zu schlagen oder wenigstens daran zu hindern, daß er siegt. Denken Sie daran, was in den fünfziger Jahren hier los war, an die McCarthy-Paranoia oder an die Kommunistenpanik. Die Kommunisten, hieß es, landen nicht eines Tages in Flugzeugen, sie beziehen die Nachbarwohnung. Solchen Unfug haben wir damals ernstgenommen. Nackte Hysterie, das war es doch?«

McCracken nickte.

»Dann müßten Sie doch verstehen, daß wir sämtliche Maßnahmen für angebracht hielten, daß uns jedes Mittel recht war, um die Gefahr abzuwenden. Und wenn das hieß, deutsche Wissenschaftler für uns zu verpflichten, die uns mit bedeutendem Fachwissen auf Gebieten helfen konnten, auf denen wir noch im dunkeln tappten, dann mußte es eben so sein.«

»Und so hat man den deutschen Wissenschaftlern die Fabrik gebaut.«

»Sie machen sich davon eine völlig falsche Vorstellung«, entgegnete die Frau. Sie sprach schnell und mit brüchiger Stimme, der man inzwischen die Jahre anhörte. »Es gab nie eine einzige, bestimmte *Fabrik*. Vorwiegend arbeiteten die Wissenschaftler voneinander unabhängig, und sie merkten in den seltensten Fällen, wie sehr wir uns bald auf ihre Gesamtheit verließen. Jeder hielt sich für eine besondere Ausnahme, nicht für den Mitwirkenden an etwas Größerem, sondern für ein einsames Genie.«

»Ich denke mir, daß Sie sogar darauf Wert gelegt haben, sie voneinander zu isolieren. Gemeinsam hätten sie ganz schön schwierige Gegenspieler abgegeben.«

»Natürlich wußten wir, was wir taten. Ich war Chefkoordinatorin und habe in dieser Eigenschaft entschieden, welche Projekte die Weiterverfolgung lohnten und welche man einstellen sollte.«

»Und dazu zählte auch die Operation Offspring.«

»Es war das letzte Projekt, das von mir genehmigt wurde«, erklärte Gloria Rendine. »Ich hätte ihm meinen Segen nicht erteilt, wäre der Wissenschaftler, von dem der Vorschlag stammte, nicht gleichzeitig der Urheber unserer wichtigsten wissenschaftlichen Fortschritte gewesen. Dieser Mann hatte uns schon vorher den Weg zu unbegrenzten Aussichten und Möglichkeiten gewiesen. Ich spreche von Dr. Erich Haslanger.«

Kapitel 14

»Sie hätten mich früher einweihen sollen, Doktor«, meinte Colonel Fuchs und hob den Blick von dem Stapel Schnellhefter, den Haslanger ihm vorgelegt hatte.

»Das ging Sie nichts an. Das sind ... alte Geschichten.«

»Abgesehen von den neueren Leistungen Ihres Wunderkinds, würde ich sagen.« Die Aufregung, die Fuchs angesichts des Potentials der Operation Offspring verspürte, milderte etwas die Schärfe seines Tonfalls. »So etwas zu verschweigen, ist unklug, Doktor.«

»Seit sie Kleinkinder waren, habe ich mit Joshua Wolfe und den anderen nichts mehr zu tun gehabt.«

Doch anscheinend verliefen Fuchs' Überlegungen in eine andere Richtung. »Ich bin neugierig zu erfahren, warum Sie den Jungen und die anderen mit ihren Aufsichtspersonen in ein Leben außerhalb des Laboratoriums entlassen haben.«

»Genies kann man nicht im luftleeren Raum erzeugen, Colonel. Sie müssen die Welt kennen, um die Folgewirkungen ihrer Entdeckungen zu sehen. Auf der anderen Seite aber muß ihr Heranwachsen überwacht werden. Ich habe mich mit den Aufsichtspersonen erst einverstanden erklärt, nachdem mir die für die Auswahl zuständigen Verantwortlichen versichert hatten, daß sich die Kandidaten tatsächlich zur Ausübung der von uns gewünschten Überwachung eignen.«

Über den Schreibtisch hinweg funkelten Fuchs' sonst stumpfe Augen Haslanger an. »Kann ich Ihnen noch vertrauen, Doktor? Wenn Sie weitere Geheimnisse haben, die Sie mir offenlegen sollten ... dann ist jetzt dafür der richtige Zeitpunkt.«

»Da wäre bloß noch Krill.«

»Der ist wohl kaum ein Geheimnis, sondern eher ein

Malheur. Er fällt im Vergleich zu Joshua Wolfe und den anderen weit zurück.«

»Nein, nur hinter Wolfe. Leider haben sich die anderen nicht unseren Hoffnungen entsprechend entwickelt.«

»War das nicht zu erwarten?«

»Wir hatten überhaupt keine Ahnung, was zu erwarten war, Colonel. Das war für uns alle völliges Neuland.«

»Wie haben Sie das betrieben?« fragte Fuchs unvermittelt.

»Was?«

»Sie haben ihn doch im Laufe Ihrer Tätigkeit in der Fabrik geschaffen, oder? Ich bin neugierig, wie die Verfahren durchgeführt wurden, welchen Ursprung das Ganze hat.«

»Es ist durch Zuchtauswahl erreicht worden«, antwortete Haslanger mit absichtlicher Untertreibung.

»Ohne Zweifel haben Sie das Rüstzeug dafür während Ihres Wirkens für ein anderes Regime erlernt, wie?«

Haslanger leugnete es nicht. »Das züchtbare Genie hat immer zu den hoffnungsvollen Vorstellungen jedes Regimes gehört, um seine künftige Vorherrschaft zu sichern. Wir hatten das Ziel, Verstand zu erzeugen, den wir beeinflussen und lenken konnten.«

»Wen meinen Sie mit *wir*, Doktor?«

Haslanger beachtete ihn nicht. »Oppenheimer, Teller, solche Männer hätten darüber entscheiden sollen, welche Lebensweise gedeihen und blühen sollte. Sie planten längst über die Wasserstoffbombe und die chemische Kriegsführung hinaus. Ständig habe ich mit Spermaproben der größten Denker dieser Nation arbeiten dürfen. Wer sie waren, erfuhr ich nicht, und es ist mir gleichgültig gewesen ...«

»Und wie steht es mit Ihnen?« unterbrach ihn Fuchs. »Ich meine, Sie haben sich selbst doch bestimmt auch als Genie betrachtet.«

»Ja.«

»Nur nicht so bescheiden, Doktor. Sie haben auch eine Spermaprobe dazugetan, nicht wahr? Möglicherweise ist Joshua Wolfe Ihr ...«

»Eine außerordentlich hohe Wahrscheinlichkeit spricht dagegen«, beteuerte Haslanger, nachdem Fuchs' Stimme verklungen war.

»Aber auf alle Fälle hat er Ihre Erwartungen erfüllt.«

»Er hat sie übertroffen.«

»Inwiefern?«

Haslanger nickte vor sich hin. »Was ihm im Rahmen des Forschungsförderungsprogramms in den Labors der Harvard-Universität gelungen ist, zeigt an, daß er Konzeptionen gemeistert hat, von denen wir in Gruppe Sechs noch mindestens ein Jahrzehnt entfernt sind.«

»Das erklären Sie mir bitte mal genauer.«

Haslanger zögerte mit der Antwort. Fuchs war kein Wissenschaftler und verstand selten etwas außer den grundlegendsten Prinzipien. Das hieß, Haslanger mußte seine Formulierungen sehr sorgfältig wählen.

»Ich höre, Doktor.«

Haslanger seufzte auf. »Ich rede von Nanotechnologie.«

»Was für ein Ding?«

»Ein neuer Wissenschaftszweig, in dem der Junge ganz offensichtlich tätig geworden ist.«

»Nanotechnologie«, wiederholte Fuchs, als wüßte er, wovon Haslanger sprach.

»Dabei handelt es sich im wesentlichen um ein Verfahren, Atom um Atom Moleküle so aufzubauen, daß sie einem bestimmten Zweck oder einer vorausbestimmten Aufgabe dienen. Bis jetzt hat sich die einzige ernstzunehmende Nanotechnologieforschung um die Reparatur geschädigter menschlicher Zellen gedreht, eigentlich um die Herstellung von molekularen Strukturen, die in solche Zellen vordringen und Defekte korrigieren sollen, beispielsweise Enzymmangel oder Formen der DNS-Schädigung. Für die Zukunft erhofft man sich, daß sie Krebs heilen oder angeborene Mißbildungen schon im Fötus beseitigen können. Die Forschungen, mit denen der Junge sich offenbar befaßt hat, lassen auf signifikante Durchbrüche bei der Anwendung dieser Methode schließen.«

»Aber das steht ja wohl in keinem Zusammenhang mit dem, was er in Cambridge verbrochen hat.«

»Doch, durchaus. Joshua Wolfe hat eine molekulare Vorrichtung konstruiert, eine organische Maschine, die darauf programmiert ist, Luftverschmutzung nicht nur zu erkennen, sondern auch zu beheben, indem sie in die Sulfat- und Nitratmoleküle eindringt und darin den Zusammenhalt zwischen Sauer- und Stickstoff auflöst. Was in dem Einkaufszentrum vorgefallen ist, war die Folge des Phänomens, daß der Organismus diese Verbindungen auch im menschlichen Blut aufgebrochen hat.«

»Warum ist es dazu gekommen?«

»Ich vermute, wegen eines kleinen Fehlers in der Formel für den Organismus.«

»Ein Fehler, der sich auch vorsätzlich wiederholen ließe?«

»Wenn man die Originalformel hat, ja.«

Diese Mitteilung behagte Fuchs. Seine Stimme klang nach wachsender Geistesabwesenheit, während er laut nachdachte. »Man stelle sich vor, was das Gehirn dieses Burschen unter den richtigen Bedingungen noch an Wundern für uns aushecken könnte, ... natürlich nur dank der grandiosen Voraussetzungen, die Sie ihm mit auf den Lebensweg gegeben haben.«

»Da sehe ich das wahre Problem: in seinem Werdegang, wie er in dem Ihnen von General Starr zugeleiteten Bericht beschrieben steht.«

»Was gefällt Ihnen daran nicht?«

»Er ist ziemlich genau, mit nur geringen Abweichungen, nach meinen Voraussagen verlaufen. Schon mit acht Jahren hat er mit dem Studium begonnen und sich an der Universität Stanford eingeschrieben, und drei Jahre später

Diplome in Chemie, Biologie und Maschinenbau erworben. Danach studierte er Medizin und bewältigte ein vierjähriges Curriculum in nur zwei Jahren.«

»Offensichtlich war aber nicht geplant, daß er Arzt wird.«

»Nein. Ich wollte lediglich, daß er die Funktionsweise des menschlichen Körpers vollkommen durchschaut.«

»Mit Sicherheit, um ihn noch besser zum Ausbrüten der verschiedenartigsten Mittel zur Vernichtung dieses Körpers zu befähigen.«

»Ganz richtig. Aber wer hat dafür gesorgt, daß meine ursprüngliche Planung beibehalten wurde, Colonel? Wer hat da weitergearbeitet, wo ich aufgehört hatte?«

»Zu dumm, daß wir nicht diesen ...« Fuchs starrte auf die vor ihm auf dem Schreibtisch ausgebreiteten Faxblätter. » ... diesen Harry Lime fragen können.«

»Ich habe den Eindruck, Sie sehen in all dem überhaupt keinen Anlaß zur Beunruhigung.«

»Egal, wer dahintersteckt, er hat offensichtlich seinen Schützling aus den Augen verloren, und dadurch bietet sich nun Ihnen die Gelegenheit, ihn wieder unter Ihre Fittiche zu nehmen. Sie behaupten, der Junge hätte Ihre Erwartungen übertroffen, Doktor. Das bedeutet, wir können endlich ernsthaft an die Entwicklung der ultimativen Waffe denken, die für Gruppe Sechs und damit für uns die Rettung verheißt.«

»Sie meinen den im Einkaufszentrum eingesetzten Organismus.«

»Ich meine Joshua Wolfe selbst, Doktor, aber selbstverständlich müssen wir auch diesen Organismus haben.« Fuchs nahm einen dünnen Schnellhefter zur Hand und blätterte darin. »Zu diesem Zweck, habe ich mir überlegt, spannen wir den gegenwärtig in Cambridge tätigen Teamleiter der Sonderabteilung Brandwacht vor unseren Karren. Die Akte ist höchst interessant.« Fuchs reichte Haslanger den Schnellhefter über den Tisch.

Haslanger warf einen kurzen Blick in die Akte. »Eine Frau?«

»Eine für unsere Bedürfnisse ganz besonders geeignete Frau.«

Haslanger überflog Susan Lyles Lebenslauf. »Ach, jetzt verstehe ich ...«

»Dachte ich mir.«

Kapitel 15

»Haslanger war also ein Wunderkind«, faßte Gloria Rendine zusammen.

»Tüchtigstes und intelligentestes Mitglied der gesamten Hitler-Jugend ...«

»Er entstammt einer Gruppe von Hochbegabten, die man damals durch Tests, die an jedem Kind im Reich vorgenommen wurden, zusammengestellt und dann besonderen Schulen und Einrichtungen zugeführt hatte. In den ersten Kriegsjahren war Haslanger erst Mitte Zwanzig, hatte aber schon einen Doktortitel und durfte an den zentralen Nazi-Forschungslaboratorien in Düsseldorf tätig sein, der Schaltstelle aller fortgeschrittenen wissenschaftlichen Forschungen, die Hitler als sein Hobby betrachtete. Zuchtauswahl, künstliche Befruchtung, sogar Kreuzung unterschiedlicher Spezies ... An all dem hat man sich, mit wechselndem Erfolg, hinter verschlossenen Türen versucht.«

»Was, Kreuzung verschiedener Spezies?«

»Da Watson und Krick die Existenz der DNS erst etliche Jahre später entdeckten, beschränkten sich diese Versuche naturgemäß auf äußerst unausgereifte Bemühungen, und die Resultate sollen nach den vorliegenden Informationen grauenvoll gewesen sein. Aber es genügt, um zu sagen, daß die Nazis im allgemeinen und Haslanger im besonderen ihrer Zeit deutlich voraus gewesen sind.«

»Und die Fabrik gestattete es ihm und den übrigen Forschern, die Sie rekrutiert haben, der Zeit voraus zu bleiben.«

»Ja, Mr. McCracken, allerdings mit einem gänzlich anderen Ziel im Hinterkopf.«

»Sieg um jeden Preis, meinen Sie?« fragte Blaine provokativ. »Da besteht kein großer Unterschied.«

»Genauer gesagt, Überleben um jeden Preis. Damals konnte sich kein Mensch ein unblutiges Ende des Kalten Kriegs vorstellen. Wir sahen nur, daß er sich immer mehr verschärfte, und das vermutlich bis zum Dritten Weltkrieg. Für diesen Krieg wollten wir gerüstet sein.«

»Also ließen Sie Haslanger und den Rest ihre Blankoschecks behalten.«

»Mit gewissen Einschränkungen und Vorgaben haben wir genau das getan, jawohl. Sie waren alle brillant, aber Haslanger hatte den schärfsten Verstand. Außerdem war er der einzige, der ihn mit völliger Skrupellosigkeit vereinte. Seine anfänglichen Arbeiten machten einen vielversprechenden Eindruck, resultierten allerdings in keinerlei praktisch nutzbaren Ergebnissen.« Gloria Rendines Stimme sank deutlich. Sie zog ihre Jacke enger um sich. »Bis die Existenz der DNS bestätigt wurde. Für Haslanger war das so, als wäre ihm eine Schatzkammer geöffnet worden. Er vermischte und verknüpfte die DNS-Stränge verschiedener Spezies und forschte nach der richtigen Kombination, aus der ein Idealsoldat hervorgehen sollte, der vollkommene Kämpfer. Es fehlten ihm allerdings die Möglichkeiten der Genidentifikations- und Isolierungsmethoden, die man heute kennt. Bei ihm lief jeder Versuch auf Erfolg oder Mißerfolg hinaus, und die Endprodukte waren unbeschreiblich, Alptraumgestalten der Gentechnik. Die meisten von ihnen wurden schon Minuten nach der Geburt getötet.«

»Auch Menschen?«

»Eben die Menschenversuche waren es, die dazu führten, daß man diesen Teil seiner Tätigkeit dann nicht mehr genehmigt hat. Er experimentierte mit dem menschlichen genetischen Code herum, lange bevor er fertig war … ich weiß nicht, was er da zusammenmixte oder was er damit erzeugen wollte. Ich weiß nur, daß die Monstrositäten, die er schuf …«

Die Frau verstummte; sie zitterte, als sie in Gedanken noch einmal die Resultate von Haslangers Gen-Experimenten vor sich sah. Nach einer Reihe tiefer Atemzüge hatte sie ihre Fassung wieder. »Das ist meine Geschichte, Mr. McCracken. Ich habe ihn zu lange nach Lust und Laune herumpfuschen lassen, bis in die siebziger Jahre hinein, in denen er seine gesamten Anstrengungen auf Zuchtwahl konzentrierte.«

»Nun kommen wir zur Operation Offspring.«

»Sie beruhte auf einer viel schlichteren, weniger dramatischen Konzeption. Uns war klar, daß sich die Kriege der Zukunft nicht auf dem Schlachtfeld, sondern im Labor entscheiden würden. Unter diesem Gesichtspunkt strebte Haslanger die planmäßige Züchtung von Genies an. Wenn sowohl der Vater als auch die Mutter einen weit über dem Durchschnitt liegenden IQ haben, kann man sich leicht ausrechnen, wie ihr Nachwuchs wird. Und natürlich brauchten die Eltern sich überhaupt nicht zu kennen, das war an allem der beste Aspekt. Haslanger benötigte nur ihren Samen und die Eizellen. Er hat weibliche Mitarbeiter dafür bezahlt, die Kinder auszutragen. In den Jahren neunzehnhundertneunundsiebzig und neunzehnhundertachtzig sind von Haslanger auf diese Weise über achtzig Kinder in die Welt gesetzt worden, eine neue Wunderkinder-Generation. Anfangs wurden sie gemeinsam aufgezogen, um sie unter permanenter Beobachtung zu haben und sofort erkennen zu können, welche von ihnen die Anlage zum Genie zeigten. Kurz vor ihrem dritten Geburtstag sind vierzehn Kinder ausgesucht und der Vormundschaft von Personen unterstellt worden, die wir aus unterschiedlichsten Gründen an der Kandare hatten.«

»Also neunzehnhunderteinundachtzig«, rechnete McCracken. »Oder neunzehnhundertzweiundachtzig.«

»Ja.«

»Und was für eine Rolle spielte dabei Harry Lime?«

»Ihr Bekannter war einer der von uns ausgesuchten Vormunde.«

»Obwohl er längst nicht mehr ganz richtig im Kopf war«, konstatierte Blaine vorwurfsvoll, »und Sie das ganz genau gewußt haben dürften.«

Gloria Rendine-Wilkins-Tate ersparte sich jedes Leugnen. »Unsere Auswahl orientierte sich auch an anderen Faktoren als geistiger Stabilität.«

»O ja, Sie wollten dafür Leute haben, von denen sich, wie bei Harry, leicht vortäuschen ließ, es gäbe sie gar nicht. Personen mit engen, aber mühelos kappbaren Beziehungen zur Regierung. Harry Lime erfüllte alle diese Anforderungen. Und wer hat schließlich den Laden dichtgemacht?«

»Gerüchte sind durchgesickert, und es gab peinliche Vorfälle. Unter Präsident Carter ging es uns wirklich schlecht. Das erklärt die Aktenlage bei Ihrem Bekannten und meinen ... Rückzug aus diesem Tätigkeitsbereich.«

»Und was ist aus den Kindern geworden?«

»Nach der Einstellung von Operation Offspring wurden sie ihren Vormunden weggenommen und unauffällig in Waisenhäusern untergebracht.«

»Aber Joshua Wolfe nicht.«

»Nein, anscheinend nicht«, antwortete die Frau mit verwirrter, stockender Stimme. Ihr Blick wurde schärfer, verriet auf einmal Furcht. »Jemand anderes muß die Aufgabe übernommen haben, ihn zu observieren und seinen weiteren Werdegang zu steuern ... Dieser Jemand hat die Arbeit dort fortgesetzt, wo wir aufhören mußten.«

»Ich vermute, Sie wissen nicht zufällig, wer dafür in Frage käme?«

»Es könnte jeder sein, der Zugriff auf unsere Forschungsunterlagen hat. Die Liste der Leute, auf die das zutrifft, ist sehr kurz, aber ich muß Ihnen wohl nicht erst erklären, daß sie in Washington nicht unbedingt so blieb.«

»Wäre es möglich, daß es Haslanger ist?«

»Nicht er allein. Es ist ausgeschlossen, daß er über die entsprechenden Mittel für eine solche Unternehmung verfügt.«

»Ich könnte mir denken, daß er einen Sponsor gefunden hat.« Blaine schwieg für einen Moment. »Es wäre ja nicht das erste Mal.«

Er zog das Foto aus der Tasche, das er an der Harvard-Universität in Joshua Wolfes Studentenquartier gefunden hatte, und hielt es Gloria Rendine hin. Sie löste ihre in die Jacke gekrallten Finger, nahm das Foto, hob die an einer Kette befestigte Brille vor die Augen und betrachtete die Aufnahme Harry Limes, der mit einem Lächeln den Arm um die Schulter eines langhaarigen Teenagers gelegt hatte.

»Joshua Wolfe«, erklärte Blaine knapp.

Als die alte Frau aufschaute, schien ihr Blick sich in weiten Fernen zu verlieren. »Zur leichteren Kennzeichnung und Unterscheidung bekamen alle Kinder einen Tiernamen. Ich hätte nicht geglaubt, daß ich eines von ihnen je wiedersehen würde, nicht einmal Wolfe.« Ihre Augen belebten sich wieder. »Was sagten Sie, wo er jetzt ist?«

»Ich habe es nicht erwähnt, aber er studiert an der Harvard-Universität. Jetzt ist er allerdings nicht mehr dort. Schließlich hat sich ja eine ziemliche Katastrophe ereignet.«

»Wovon reden Sie? Sie tun so, als ob ich darüber Bescheid wissen müßte.«

»Ich bin mir sicher, daß Sie längst davon erfahren haben. Die ganze Nation weiß es. Es geht um die Katastrophe im Einkaufszentrum von Cambridge, Miss Rendine. Siebzehnhundert Menschen sind ums …«

»Nein!«

»Joshua Wolfe trägt dafür die Verantwortung, glauben Sie mir. Bisher neigt man zu der Ansicht, es sei ein tragischer Unfall gewesen, ein fehlgeschlagenes Experiment. Aber falls Haslanger im Hintergrund die Fäden zieht, sind tatsächlich Zweifel berechtigt. Und wenn er den Jungen als erster in die Finger kriegt …«

»Das kann doch nicht wahr sein …!« stöhnte die Frau.

»Es ist aber wahr, verlassen Sie sich darauf. Und ich habe noch ein größeres Problem, nämlich Harry Limes Verschwinden. Irgendwer hat ihn kassiert, nachdem er mir sein Herz ausgeschüttet hat.

Sie haben ihm das Kind angehängt, Miss Rendine. Sie haben Harry zum Witwer erklärt, um das Szenario zu komplettieren, und er fing irgendwann an, sich einzubilden, er hätte wirklich einmal eine Ehefrau gehabt; ja, er glaubte sogar, ich wäre bei ihrer Beerdigung dabeigewesen. Dann kreuzte eines schönen Tages derjenige auf, der Ihre Arbeit weitergeführt hat, wer auch immer er ist, und holte den Jungen auf Nimmerwiedersehen fort.

Harry wurde nach Florida geschickt und bei Zantop Airlines beschäftigt. Aber in Key West lief alles aus dem Ruder. Harry redete sich ein, der Junge sei verschleppt worden, gekidnappt. Wer die Operation Offspring an sich gerissen hat, will nicht nur die Genies für sich haben, er verwischt auch sorgfältig ihre Spuren.

All das stinkt doch gewaltig nach Haslanger, nicht? Er hat doch in so etwas seit langem einschlägige Erfahrungen gesammelt, nicht wahr?«

»Denken Sie wirklich, Sie könnten daran etwas ändern?«

»Jedenfalls kann ich herausfinden, von wem Harry aus

dem Verkehr gezogen worden ist. Das wäre ein guter Einstieg. Wo steckt Haslanger heute, Miss Rendine? Wo kann ich ihn finden?«

»Ich habe keine Ahnung. Das müssen Sie mir glauben. Wenn ich es wüßte, würde ich …«

Sie beendete den Satz nicht. In dem Archivraum erlosch die Beleuchtung. Schlagartig herrschte völlige Finsternis.

»Nehmen Sie meine Hand«, sagte McCracken leise zu Gloria Wilkins-Tate. Unter der Tür drang nicht der schwächste Lichtschein herein, ein Zeichen dafür, daß der Strom im ganzen Kellergeschoß ausgefallen sein mußte.

Starre Finger drängten sich in seine Faust. Behutsam umfaßte McCracken sie, während er mit der anderen Hand nach der Türklinke tastete.

»Das ist nichts Ungewöhnliches«, versicherte die Frau, »vor allem im Sommer nicht. Stromausfälle, meine ich.«

Lautlos hatte Blaine die Tür geöffnet. »Die Notbeleuchtung ist auch aus.«

»Ach«, stieß Gloria Rendine hervor und begann zu verstehen.

»Hier können wir nicht bleiben. Wir müssen weg.«

Blaine führte sie aus dem Archivraum nach rechts auf den Korridor, während er gleichzeitig seine SIG Sauer entsicherte. An der Wand entlang tappten sie langsam durchs Dunkel bis ans Ende des kurzen Gangs und bogen dann um die Ecke. McCracken erinnerte sich daran, daß rechts moderne Roll-Regale standen und direkt vor ihnen eine beträchtliche Anzahl herkömmlicher Bücherregale.

Aus nicht allzu großem Abstand ertönte ein Schlurfen, gefolgt von einem leisen Rums.

»Wer …?«

Das eine Wort war heraus. Zu spät verschloß McCrackens Hand den Mund der Frau. Vor ihnen bewegte sich ein Schatten, wirbelte auf sie zu. Blaine spürte ihn zunächst nur, dann sah er einen verschwommenen Umriß. Er feuerte mit der SIG Sauer in die Richtung der wirbelnden Gestalt und suchte nach Gloria Rendines Hand, die sich beim ersten, ohrenbetäubenden Knall der Pistole seinem Griff entwunden hatt. McCracken versuchte noch, die Hand der Frau zu ergreifen, da sprang die Gestalt, eine dunkle, sich bewegende Masse inmitten der Finsternis, zwischen ihn und sie. Blaine schwenkte die SIG Sauer herum, behielt die Gestalt im Schußfeld, aber weil er nicht wußte, wo die Frau geblieben war, feuerte er nicht.

Ein Keuchen und ein Knacken ertönten. Dann schlug etwas auf den Fußboden. McCracken packte die Pistole fester und gab vier Schüsse ab. Das Mündungsfeuer der ersten drei Schüsse erhellte eine Person, die bis in Dreiviertelhöhe der Bücherregale aufragte, aber sich nun zwischen den ordentlich einsortierten Buchreihen blitzschnell duckte.

Blaine kauerte sich nieder und tastete auf dem Fußboden umher. Seine Hand berührte Gloria Wilkins-Tates Arm, fuhr hinauf zu ihrem Hals. Kein Pulsschlag. Und noch etwas, erkannte McCracken, hatte sich schrecklich verändert.

Der Kopf der Frau war gänzlich in den Nacken gedreht, ihr Hals so mühelos gebrochen worden wie ein Zweig.

Blaine richtete sich auf und verhielt sich für einen Moment vollkommen still. Der nächste Ausgang, wäre er daran interessiert gewesen, lag geradeaus und dann rechts; doch ihm war vollauf klar, daß er hinter der Ausgangstür keine Erklärung finden würde für das, was sich hier abspielte. Die Antworten waren hier zu suchen, bei demjenigen, der soeben Gloria Rendine-Wilkins-Tate ermordet hatte. Also wich McCracken zwischen die dichtgefüllten Bücherregale zurück und machte sich an die Verfolgung des Mörders.

Krill verstand das Dunkel, das ihm so wunderbare Vorteile gewährte, vorzüglich zu nutzen. Seine Augen, diese häßlichen, hervorquellenden Kugeln, die ihm im Licht das Leben erschwerten, durchdrangen mit ihrer Sicht ohne jede Mühe die Schwärze und sahen alles, was sich darin verbarg. Unter diesen Bedingungen funktionierten seine Augen ähnlich wie bei einem Tier, nahmen weniger Umrisse als Bewegung wahr.

Und Bewegung verriet ihm, daß der Pistolenschütze sich vorsichtig durch den Gang schlich, in den er gewichen war, nachdem er das tote Weibsbild abgetastet hatte. Auf beiden Seiten standen hohe Regale voller Erstausgaben, einige von ihnen Jahrhunderte alt. Sie bewirkten eine Art von Tunneleffekt, der Krills nächstem Opfer die Sicht zusätzlich behinderte.

Krill wartete in der Absicht, den Mann herankommen zu lassen, verwarf den Plan dann jedoch zugunsten einer schöneren Idee.

Er sah den Mann auf halber Länge des Gangs dahinschleichen, eine Neun-Millimeter-Pistole vor sich ausgestreckt. Krill tat einen Schritt nach rechts und ging geräuschlos in den benachbarten Gang. Langsam bewegte er sich vorwärts.

Blaine schob sich vorsichtig durch die Dunkelheit und hoffte auf irgendeinen schwachen Lichtschein, um wenigstens etwas besser sehen zu können. Der trübe Schein eines Leuchtschildchens, das auf den Weg zum Ausgang hinwies, erregte seine Beachtung, als er den Gang zwischen den Bücherregalen gerade zur Hälfte durchquert hatte. Eine große Hilfe war das Glimmen nicht, doch zumindest erlaubte es ihm eine gewisse Orientierung.

Ohne Zweifel hatte der Mörder den Stromausfall vorsätzlich verursacht und war mit irgendeinem Nachtsichtgerät ausgerüstet, das ihm einen enormen Vorteil bot. Wie merkwürdig, daß er sich zuerst auf die Frau gestürzt hatte, obwohl er genauso leicht sofort McCracken hätte angreifen können, statt ihn in Alarmbereitschaft zu versetzen.

Es sei denn, Gloria Rendine-Wilkins-Tate war sein auserkorenes Hauptopfer gewesen, und die Erfordernis, Blaine umzubringen, bloß eine Nebensache. Aber wer sollte ...

Bücher hagelten auf McCracken herab. Er wirbelte, die SIG Sauer voran, zu der Stelle herum, von der sie aus dem Regal prasselten. Um sein Handgelenk, das die Waffe hielt, klammerte sich eine Faust, die zupackte, wie Blaine es noch nie erlebt hatte – wie ein Schraubstock, der sich sofort vollkommen schloß. McCrackens Hand zitterte und die Pistole entglitt seinen Fingern und krachte auf den Fußboden.

Eine zweite Faust fuhr in Blaines Kopfhöhe durch das Wirrwarr der im Regal umgekippten Bücher und wollte sich in seine Kehle krallen. McCracken konnte sie gerade noch mit der freien Hand abwehren. Sein Gegner riß mit heftigem Ruck an Blaines anderem Arm, so daß er gegen das Regal prallte, an dem wieder eine ganze Menge Bücher krachten. Verzweifelt schlug er um sich, um zu verhindern, daß die stahlharten Finger seine Kehle erreichten. Zwischen ihm und seinem Widersacher stand das Regal , also konnte er seine Beine nicht als Waffe verwenden. Ihm blieb zur Verteidigung nur die eine Hand.

Die Augen ... Greif das, was er auf den Augen trägt.

Auf diese Taktik verlegte er sich aus purer Not; freiwillig hätte er sich nicht dafür entschieden, weil sie dem unmenschlich starken Griff des Gegners seine Kehle entblößte. McCracken wartete, bis er am Arm einen zweiten Ruck spürte. Im selben Moment stieß er die freie Hand aufwärts, in die Höhe, wo er das Gesicht des Mörders vermutete.

Der Hieb traf einen Kopf, der ein Totenschädel hätte sein können, so wenig Fleisch umhüllte ihn. Die zwanzig

Zentimeter, um die sich die Augen des Fremden über Blaines Scheitel befanden, erlaubten den Rückschluß, daß er mindestens zwei Meter maß, also die Körpergröße Johnny Wareagles hatte. Blaine merkte, wie der große Kopf zurückzuckte, während seine Finger über die Stirn glitten.

Der Killer trug gar kein Nachtsichtgerät. Er hatte nur ... seine Augen. Blaines Finger schrammten über das eine Auge, und er versuchte den Daumen anzusetzen, um Druck ausüben zu können. Vor Schmerz gab der Gegner ein Brummen von sich, und sein Griff um Blaines Handgelenk lockerte sich so weit, daß McCracken sich losreißen konnte. Durch den Schwung prallte er rücklings gegen das gegenüberstehende Regal, so daß auch dort mehrere Reihen Literatur von den Brettern rutschten und auf den Boden polterten.

Blaine hörte einen zweiten Laut, ein rauhes Knurren, dem fast augenblicklich das Berstgeräusch von Metall folgte. Im Dunkeln nach wie vor unsicher, spürte Blaine mehr, als daß er sah, wie ein großes Regaloberteil auf ihn herunterkippte, und schon hagelte es erneut Bücher. Er sprang zur Seite, schaffte es, der Lawine auszuweichen, bemerkte dann aber, daß das benachbarte Regaloberteil sich ebenfalls vornüber neigte. Das Geschehen hatte eine gewisse Ähnlichkeit mit dem Dominoeffekt und holte Blaine schnell ein, als er den Gang entlangrannte. Bücher überschütteten McCracken, schließlich traf die Kante eines schweren Regals seine Schulter, und er wurde darunter begraben.

Kapitel 16

Wild fuchtelte McCracken, um sich aus dem Wust von Holztrümmern und Büchern zu befreien. Er schaffte es, einen Großteil zur Seite zu schieben, doch ein Regal, das auf ihm lag, widerstand seinen sämtlichen Bemühungen, es hochzustemmen. Es lag im falschen Winkel, die erforderliche Hebelwirkung war nicht möglich.

Leise Schritte näherten sich, glitten regelrecht über den Fliesenboden und streiften dabei kein einziges hingefallenes Buch.

Er kann mich sehen, begriff Blaine. Ich weiß nicht, was für ein Dreckskerl das ist, aber er kann mich im Stockfinstern sehen …

In rasender Hast tastete McCracken durch das Durcheinander auf dem Fußboden, suchte die SIG Sauer und gab schließlich auf, als er die Sinnlosigkeit seiner Bemühungen einsah. Er spürte die Augen des Killers, die keine normalen Augen waren, spürte, wie er sich Zeit ließ. Blaine bearbeitete wieder das Regal und stellte fest, daß er es ein Stück wegschieben konnte. Jetzt wäre es ihm möglich, seine Beine darunter hervorzuzerren und zu dem schwachleuchtenden Ausgangsschild zu flüchten.

Und was hätte er davon?

Ein Fuß trat ein Buch aus dem Weg, und es schlitterte über den Boden. McCracken blieb, wo er war, und täuschte vor, verzweifelt unter dem umgekippten Regal hervorkriechen zu wollen.

Die Gestalt regte sich. Blaine erahnte Bewegung in der Luft, er nahm an, daß der Mörder sich über ihn beugte, und wartete. Atem berührte ihn. Ein Arm, der eher ein Tentakel war, griff durch die Finsternis nach McCracken.

Blaine stemmte sich hoch und stieß sich mit Beinen ab, von denen er vorgetäuscht hätte, sie seien noch eingeklemmt. Sein Kopf traf den Riesen am Kinn und warf ihm den knochigen Schädel rückwärts. Er nutzte die gewonnene Zeit, um sich vollends aufzurappeln.

Etwas schlug gegen Blaines Schläfe, das sich eisenhart anfühlte und ihn ins Taumeln brachte. Die düstere Gestalt sprang auf ihn zu, aber McCracken duckte sich und huschte unter den ausgestreckten Armen durch. Er drosch dem Koloß die verschränkten Fäuste in die Nierengegend und versuchte als nächstes, Kehle oder Unterleib zu treffen. Doch die Gestalt fuhr schnell herum, und ein unglaublich langer Arm packte Blaine am Hals und hob ihn hoch.

Ich muß seinen Schwachpunkt finden ... Er muß eine verwundbare Stelle haben ...

McCracken dachte an die Augen des monströsen Kerls, die ihm in der Dunkelheit solchen Vorteil verschafften. Während sich in seiner Brust der Atem staute, fuhr seine Hand in die Tasche und wühlte nach dem Schlüsselbund mit der daran befestigten Mini-Taschenlampe. Seine Finger bekamen sie zu fassen. Er riß sie heraus und ertastete den Schalter. Er fand ihn in der Sekunde, als er endgültig keinen Boden mehr unter den Füßen fühlte. Er schob ihn herunter und versuchte den Strahl direkt ins Blickfeld des Killers zu richten.

Der Lichtstrahl zerteilte die Finsternis wie eine Gewehrkugel die Luft. Die Gestalt schrie auf und schleuderte Blaine von sich – schmetterte ihn wuchtig genug gegen ein Bücherregal, um es zum Einsturz zu bringen. Blaine rappelte sich hoch und erhaschte menschliche Umrisse, aber das war so gut wie alles, was man bei ihm als normal hätte bezeichnen können. Die Gliedmaßen waren zu lang, und über dem hageren, knochigen Gesicht wölbte sich eine Schädeldecke mit spärlichem Haarwuchs. Am schlimmsten jedoch waren seine Augen. Ihre Höhlen waren viel zu klein, so daß die Augäpfel herauszuquellen schienen.

Halb geblendet, prügelte das Monster wie rasend auf

Blaine ein und zwang ihn zurückzuweichen, bis er mit dem Rücken gegen ein anderes Bücherregal stieß. McCracken lenkte den Lichtstrahl noch einmal direkt ins Gesicht des Gegners, der die Hände vor die Augen riß, um sich vor dieser Qual zu schützen. McCracken ergriff die Gelegenheit, um sich rasch vor dem entschlossenen, aber unkonzentrierten Angriff des Mißgebildeten wegzuducken. Er nutzte den gegnerischen Schwung und stieß das Monster roh vornüber gegen einen Stahlträger, so daß es mit dem Gesicht aufprallte.

Der Killer brüllte auf, rammte die Ellbogen nach hinten und schüttelte Blaine ab. Als McCrackens Taschenlampenlicht ihm erneut in die Augen drang, schrak er mit nochmaligem gräßlichen Knurren heftig zurück. Ein abermaliges, heiseres Aufschreien ging einer Attacke aus dem Dunkel voraus, die Blaine nicht kommen sah. Die Faust des Entstellten traf Blaines Handgelenk; seine Finger wurden taub, Schlüsselbund und Taschenlampe flogen in hohem Bogen in die Finsternis.

Die Lampe leuchtete weiter, während sie über den Fliesenboden rollte, und gab Blaine genügend Licht, um ihm den Rückzug zu ermöglichen, ehe der Mörder wieder ganz zu sich kam. Aber die überall verstreuten Bücher behinderten sein Vorankommen und raubten ihm wertvolle Sekunden. Und gerade als er das Ende des Gangs erreichte, grub sich eine kraftstrotzende Hand von hinten in seine Schulter.

Jetzt hatte der Mörder offenbar keine Lust mehr zu kleinen Spielchen. Blaine trudelte rückwärts durch die Luft und prallte unweit der Stelle, wo Gloria Wilkins-Tates Leiche lag, gegen die Wand. Bevor er wieder Luft bekam und das Gleichgewicht zurückerlangte, klammerte das Scheusal beide Pranken an seine Jackenaufschläge und riß ihn zu sich heran. Blaine fühlte, wie seine gesamten inneren Organe durchgeschüttelt wurden, und ihm knickten die Beine ein. Der Killer schlug mit der Faust zu, aber Blaine konnte sich noch mit knapper Not ducken. Hinter ihm barst die Wand, und Putz rieselte herab.

Um McCracken schienen Nebel zu wallen, und er nahm alles nur noch undeutlich wahr. Er wehrte den nächsten und auch einen weiteren Schlag ab. Dann jedoch hatte das menschenähnliche Monstrum ihn fest im Griff, und seine Finger drückten ihm die Kehle zu, genau an der Halsschlagader. Da flammte plötzlich, ehe Blaine sich irgendeine Verteidigungsmöglichkeit überlegen konnte, die Beleuchtung auf.

Gequält heulte das Monster auf, löste die Hände von McCrackens Hals und bedeckte die Augen. Es torkelte rückwärts. Blaine schnappte nach Luft und sah, bevor er sich hochrappeln konnte, wie der Killer zum nächstgelegenen Ausgang rannte und verschwand.

Der fette Mann meldete sich mit kaum hörbarer Stimme am Telefon.

»Hallo?« fragte Thurman.

»Ich bin da«, ertönte die diesmal etwas deutlichere Antwort. »Sie haben mich mit vollem Mund erwischt. Anguilles Quo Vadis. Sie wissen, was das ist, oder?«

»Nein, weiß ich nicht.«

»Wir sollten Ihnen ein bißchen Kultur vermitteln, Thurman, das müssen wir wirklich mal angehen. Anguilles Quo Vadis sind Aale in einer besonderen, grünen Kräutersoße aus Schnittlauch, Minze und Petersilie, die ich selber anrühre. Natürlich muß man in der jetzigen heißen Jahreszeit für Aale eine besondere Lieferquelle kennen. Meine werden im Winter in Italien eingefroren und in Spezialbehältern versandt. Ein Anruf, und binnen vierundzwanzig Stunden sind sie hier.«

»Da wir gerade von Anrufen reden …«

»Fassen Sie sich kurz. Warm schmecken die Aale nämlich am köstlichsten.«

»Mir ist es gelungen, dafür zu sorgen, daß McCracken am Leben bleibt«, sagte Thurman.

»An sich zählt er eigentlich nicht zu den Leuten, die dafür Hilfe benötigen.«

»Dieses Mal hatte er sie nötig. Er ist im Hauptgebäude der New Yorker Stadt-Bibliothek einer der ... Kreaturen Haslangers in die Arme gelaufen.«

»Ach, dann ist der alte Eierkopf wohl leicht nervös geworden.«

»Dazu hat er allen Anlaß, wenn McCracken ihm nachschnüffelt.«

»Wie wir es erwartet haben.«

»Aber es gibt noch mehr Komplikationen. Gruppe Sechs interessiert sich für Harry Limes Wohnung.«

Die Stimme des fetten Mannes wurde leicht besorgt. »Damit haben wir nicht gerechnet. Wieso?«

»Der Vorfall in Cambridge war wohl eine zu große Versuchung für diese Typen. Sie haben die Zusammenhänge schneller durchschaut, als wir dachten.«

Thurman hörte, daß der Fette wieder kaute. »Dumme Sache ... Ich war der Meinung, die hätten inzwischen gar kein Personal mehr.«

»Was sie noch haben, sitzt in Key West. Auf die schnelle können wir ihnen, selbst wenn wir es wollten, nichts entgegensetzen.«

»Es wäre ja Ironie, wenn unsere Aktivitäten dahin führten, daß Gruppe Sechs doch noch ihre Ziele erreicht. Das muß um jeden Preis verhindert werden.«

»Ich kann mir eine Lösung vorstellen«, äußerte Thurman.

»Heraus mit der Sprache.«

»Wir lassen sie glauben, sie hätten gewonnen. Sollen sie sich den Jungen ruhig schnappen.«

»Ein höchst unpassender Vorschlag.«

»Eigentlich nicht. Wir haben ja McCracken.«

Kapitel 17

Joshua Wolfe sah die Männer sofort, die Harry Limes Wohnung belauerten, als er in Key West die South Street hinabradelte. Ihr Anblick überraschte ihn nicht, aber es waren mehr, als er erwartet hatte, und zudem taten sie nichts, um ihre Überwachungstätigkeit zu kaschieren. Sie hatten drei Ford-Taurus-Limousinen, und in jeder saßen zwei Männer; dazu kam eine Gruppe Straßenbauarbeiter, ein Postbote, der so tat, als sortiere er in seinem abgestellten Lieferwagen Postsendungen, und drei Gärtner, die zwischen den Sträuchern vor dem Gebäude der Südpark-Residenz, in der Harrys Wohnung lag, Geschäftigkeit vortäuschten. Und zweifellos lungerten noch zwei oder drei weitere Männer im Haus herum.

Entmutigt radelte Josh vorbei, ohne das Tempo zu vermindern. Bisher hatte er gehofft, daß niemand einen Zusammenhang zwischen ihm und der Katastrophe in Cambridge herstellen würde. Aber wenn man so viele Leute auf die Lauer legte, bedeutete das, man wußte, wer für das Unheil im Einkaufszentrum die Verantwortung trug. Der verfluchte Rucksack, den er auf der Flucht verloren hatte, mußte den Hinweis auf ihn gegeben haben, und den Machern war klar gewesen, daß er zu guter Letzt in Key West auftauchen würde.

Die Macher ... das war die Bezeichnung, die er den emotionslosen Männern gegeben hatte, die von Zeit zu Zeit in seinem Leben aufkreuzten, und die selbst dann, wenn sie sich nicht blicken ließen, nicht weit weg waren. Er kannte keinen von ihnen mit Namen. Früher hatte er in ihnen seine Beschützer und Förderer gesehen. Sie waren immer zur Stelle gewesen, sobald ein Problem auftauchte.

Er erinnerte sich daran, wie er eines Tages, als er sieben Jahre alt war, von der Schule nach Hause gekommen war und ein verbeulter Chevrolet ratternd am Straßenrand gehalten hatte. Mit einem Quietschen war die Beifahrertür aufgeflogen, und ein widerlicher, unrasierter Kerl hatte nach ihm geschnappt. Josh war starr vor Schreck gewesen und hatte den Mief gerochen, den der Mann ausdünstete, während seine schmierige Pfote Joshuas Hemd streifte.

Im nächsten Augenblick hatte hinter dem Chevy ein anderes Auto am Bordstein eine Vollbremsung hingelegt. Zwei Männer in Anzügen waren herausgesprungen und zu ihm gelaufen. Einer hatte Josh dem Griff des Widerlings entwunden, während der andere den Schuft aus dem Wagen gezerrt und ihm die Beine weggetreten hatte. Bei seinem Sturz hatte er sich das Gesicht aufgeschlagen. Mehr hatte Josh nicht sehen können, bevor die beiden Retter ihn in ihr Fahrzeug schoben.

Damals hatte er begriffen, daß die häufigen Umzüge von Harry und ihm auf die Macher zurückgingen. Fast sofort nach dem Zwischenfall mit dem Mann im Chevrolet wurde der nächste Umzug fällig. In der Begründung dafür fiel mehrmals der Ausdruck *Sicherheitslücke*.

Als Joshua älter wurde, traten die Macher immer seltener in Erscheinung, und nach seiner Immatrikulation an der Universität Stanford schienen sie gänzlich verschwunden zu sein. Doch er wußte, daß sie noch da waren. Vielleicht gehörte der Hausmeister des Wohnblocks zu ihnen, oder im Studentenheim der ältere Kommilitone in dem Zimmer weiter unten im Korridor. Josh hätte gern auch weiterhin geglaubt, ihnen sei ausschließlich an seinem Schutz gelegen, aber eigentlich war ihm mittlerweile klar, daß es wahrscheinlich nie so gewesen war. Man beobachtete ihn, weil er einen bestimmten Weg gehen sollte. Falls er davon abwich oder eine unerwünschte Richtung einschlug, konnte man sofort eingreifen und ihn auf den rechten Pfad zurückbringen.

So blieb die Situation, bis er das Medizinstudium beendet hatte und nach Harvard ging; da hatte man versucht, ihn endgültig von Harry Lime zu trennen. Josh war nie darüber informiert worden, daß Harry sich in Key West niederlassen mußte, aber er machte nie ein Geheimnis daraus, daß er es trotzdem erfahren hatte. Vielmehr wollte er sogar, daß die Macher es merkten, und nach seiner Überzeugung konnten sie nicht lange dazu gebraucht haben. Um sie noch mehr zu provozieren, hatte er Harry zu Weihnachten besucht.

Seitdem hatte er jedoch keinen Kontakt mehr zu ihm gehabt, und Josh fühlte sich deswegen nicht ganz wohl in seiner Haut. Immer wieder hatte er sich vorgenommen, Harry anzurufen; er hatte wirklich den festen Vorsatz gehabt. Aber die Arbeit an CLAIR hatte ihn so stark beansprucht, daß er kaum noch irgendwo anders als im Labor gewesen war.

Er hatte sein Äußerstes getan, um den Machern CLAIRs Existenz zu verheimlichen, und für seine Aufenthalte im wissenschaftlichen Forschungszentrum und im Malinkrodt-Laboratorium falsche Gründe vorgeschoben. Seine Angaben in den Protokollbüchern erweckten den Anschein, als befasse er sich mit eher alltäglichen Dingen, und niemand hatte irgendeine Veranlassung, daran zu zweifeln. Sollte irgendwer ihm am Sonntag in die Citypassage gefolgt sein, war derjenige jetzt tot und das einzige Opfer, für das Josh kein Bedauern empfand.

Am dringendsten war es jetzt nötig, wieder Ordnung in sein Leben zu bringen, und den Anlauf dazu konnte er nur bei Harry machen. Das Fahrrad hatte er sich vor der Jugendherberge unten an der Straße ›geliehen‹, wo es von jemandem unabgeschlossen stehengelassen worden war. Wenn er radfuhr, so seine Überlegung, erschwerte er es den Beobachtern, auf ihn aufmerksam zu werden. Außerdem fast alle fuhren in Key West Fahrrad – zumindest die, die nicht die pinkrosa und gelbgestrichenen Mopeds vorzogen, die man überall auf der Insel sah. Nachdem er an Harrys Wohnung vorübergestrampelt war, radelte Josh, während er sein weiteres Vorgehen plante, die South Street hinab auf eine Verkehrsampel an der Ecke zur Simonton Street zu.

Die Anwesenheit so vieler Macher sprach dagegen, daß sich Harry Lime wohlbehalten in seiner Wohnung aufhielt. Bestimmt hatte man ihn fortgebracht, damit Josh keine Hilfe bekam oder sich von Harrys Freunden und Bekannten keine Hilfe besorgen konnte. Die schreckliche Furcht, Harry möglicherweise nie wiederzusehen, ließ in Joshuas Hals einen Kloß entstehen. Er mußte mit allem rechnen, und das flößte ihm neue Entschlossenheit ein. Daß die zweite CLAIR-Ampulle im Rucksack versteckt war, den er während des Flugs nach Miami und der Busfahrt nach Key West nie aus den Augen gelassen hatte, spendete ihm eigenartigen Trost.

Natürlich mußte er sich als erstes unbemerkt Zutritt zu Harrys Wohnung verschaffen; das war an sich schon eine beachtliche Herausforderung, aber Josh war darauf vorbereitet. Höchstwahrscheinlich wußten die Macher nicht, daß in jedem Gebäude der Südpark-Residenz die vier Wohneinheiten so konstruiert waren, daß man sie auf Wunsch durch leichte Umbauten zusammenlegen konnte. In einem Einbauschrank der an der Hausrückseite gelegenen Nachbarwohnung gab es eine Verbindungstür zu einer Speisekammer direkt neben Harrys Küche.

Joshua bog in die Alberta Street ein und von da aus in die Washington Street ab, die parallel zur South Street verlief. Wie erhofft, entdeckte er auf der Straße und an der Hausrückseite keine Beobachter. Er fuhr zurück bis zum Washington Street Inn und stellte das Fahrrad dort auf dem Gehweg ab. Dann huschte er in eine Gasse, die das Inn von dem Wohnhaus trennte. Ein Zaun umgab das Grundstück, und die schon im Dezember, bei Joshs Besuch, morschen Latten waren seither noch lockerer geworden. Er schlüpfte durch den Zaun und betrat den

Rasenstreifen zwischen dem Zaun und der rückwärtigen Nachbarwohnung.

Eines der hinteren Fenster stand offen – nur der Rollladen war halb heruntergelassen. Josh glaubte sich daran zu erinnern, daß diese Wohnung saisonweise vermietet wurde. Er konnte nur hoffen, daß die momentanen Mieter gerade nicht zu Hause waren. Er schob den Rolladen ein Stück weit hoch und schwang sich über das Fenstersims in die Wohnung. Eine Sportskanone war Josh nicht, aber immerhin geschickt genug, um lautlos auf den Teppich zu hüpfen, der den ausgetretenen Spaniolen-Fliesenboden bedeckte. Schnell verschaffte er sich einen Überblick und schlich zu dem Einbauschrank mit der Verbindungstür zu Harrys Speisekammer.

Er fand den Einbauschrank unverschlossen vor und tastete sich durch ein Sammelsurium von Mänteln und Kleidersäcken. Anscheinend hatte niemand den gegenwärtigen Bewohnern erzählt, was für ein Sommerwetter in Key West herrschte. Hinter der Textiliensammlung tastete er nach dem Türgriff. Er spürte den Riegel, der die Tür verschloß, schob ihn beiseite, drehte den Türknauf und drückte vorsichtig. Zunächst sperrte sich die Tür, gab dann aber doch mit einem vernehmlichen Scharren über den gefliesten Fußboden nach.

Josh öffnete sie weit genug, um das in der Speisekammer aufgebaute Vorratsregal sehen zu können. Er lauschte so lange, bis er sicher war, daß niemand in der Küche war. Anschließend räumte er das größte Regalfach leer und setzte seinen Rucksack auf den Fußboden. Danach zwängte er sich selbst zwischen den Regalbrettern in die Speisekammer und richtete sich auf.

Joshuas Herz wummerte schneller. Seine Brust zog sich zusammen. Hier war sein Zuhause, soweit er überhaupt ein Zuhause haben konnte. Vielleicht bestätigte das Fehlen jeglicher Gerüche mehr als alles andere, daß Harry fort war. Man roch weder Pizzareste noch Aftershave, nichts von alldem, auf das Josh an Harry ungern verzichten würde. Seine Füße schienen bleischwer zu sein, während er sich durch die Speisekammer vorwärtstastete. Es grauste ihm vor dem, was ihn erwarten mochte; oder vielmehr davor, was er vermissen würde.

Er stand an der Tür zur Küche, als ihn eine Stimme aus dem Wohnzimmer erstarren ließ.

»Irgendwas bemerkt?«

»Hier nicht«, antwortete eine knisternde Stimme, vermutlich aus einem Sprechfunkgerät.

»Ich glaube nicht, daß er kommt.«

»Fürs Denken wirst du nicht bezahlt, also wart es ab. In zwanzig Minuten wirst du abgelöst.«

»Gut, ich könnte mal wieder etwas Sonne vertragen.«

Lautlos durchquerte Josh die Küche und näherte sich vorsichtig dem breiten Durchgang zum Wohnzimmer. Es gab auch eine Eßecke, aber Harry hatte dort nur einen kleinen Küchentisch stehen. Josh flitzte am Wohnzimmereingang vorbei zu dem Faxgerät auf dem Küchentisch. Den Macher sah er nicht; er konnte nur hoffen, daß der Mann nicht plötzlich auf die Idee verfiel, in die Küche zu kommen.

Als Josh vor dem papierlosen Faxgerät stand, wurde ihm bewußt, daß er den Schraubenzieher, den er brauchte, um den Apparat aufzuschrauben, vergessen hatte. Aber egal: In Harrys Kram-Schrankfach würde sich bestimmt ein Kreuzschraubenzieher finden lassen. Langsam öffnete er es, eine Aufgabe, die durch das Durcheinander im Innern beträchtlich erschwert wurde. So leise wie möglich tastete er sich durch das Wirrwarr und entdeckte tatsächlich hinter einer Plastikflasche Pfeffersoße einen Kreuzschraubenzieher, einen von mehreren, die Harry für alle Fälle an verschiedenen Stellen der Wohnung für Josh bereitliegen hatte. Daß Josh das letzte Mal nicht mit umgezogen war, hatte er wohl ganz vergessen.

Josh widmete sich dem Faxgerät. Er drehte es um und

besah sich die Hinterseite. Mit dem Kreuzschraubenzieher entfernte er das erste der kleinen Schräubchen. Im Dezember hatte er Harry gefragt, warum er nie mehr Papier in das Gerät legte, und Harrys Antwort war ungefähr darauf hinausgelaufen, daß er es nur angeschafft hätte, um Leuten, die ihm eine Nachricht schicken wollten, das Leben zu erleichtern. Ob er eingehende Faxe zu sehen bekam oder nicht, war ihm egal. Er hatte sich nicht einmal die Fax-Mitteilungen angesehen, die ihn erreichten.

Josh legte die Schrauben zu einem ordentlichen Häufchen zusammen und nahm die Rückabdeckung des Geräts ab. Die inneren Bestandteile waren mühelos zugänglich. Alles war aus solidem Material und für jemandem, der es sich schon einmal genau angeschaut hatte, leicht erkennbar. Josh kannte den Zweck jedes Schaltkreises, jeder Diode und jedes Chips, und wußte, wo sie zu finden waren. Er lokalisierte den gesuchten Chip und löste ihn heraus. Zur vorläufigen Verwahrung hatte er einen verschließbaren Plastikbeutel dabei.

Während er die Abdeckung wieder am Apparat befestigte, rutschte ihm der Schraubenzieher aus der Hand. Er versuchte, ihn in der Luft zu erwischen, und es gelang ihm fast, ihn am Küchenschrank abzufangen. Doch das Werkzeug entglitt ihm noch mal und fiel klirrend auf den Fliesenfußboden. Ein Moment völliger Stille folgte.

Panik verengte Joshua die Kehle. Dann hörte er Schritte, die sich der Küche näherten. Innerhalb eines Sekundenbruchteils schätzte er den Abstand zur Speisekammer als zu groß ein, um noch rechtzeitig aus der Küche flüchten zu können. Schon fiel der erste Zipfel eines Schattens auf die weißen Küchenfliesen, da fuhr Joshuas Hand in das Schrankfach und packte die Plastikflasche mit der Pfeffersoße. Seine Finger tasteten nach dem Bügel der Spritzvorrichtung. Er hatte sie noch nie verwendet und deshalb keine Ahnung, was zu erwarten war. Aber dann überraschte ihn die Hochdruck-Spritzkraft des rötlichen Strahls doch ziemlich.

Der Soßenstrahl hatte eine erstaunliche Dicke und traf den Mann mitten ins Gesicht. Er schrie, griff unwillkürlich an seine Augen und geriet auf dem Fliesenboden ins Taumeln. Bei dem Versuch, sein Funksprechgerät aus der Tasche zu reißen, faßte seine Hand versehentlich eine dünne Brieftasche, die im nächsten Moment ins Küchenbecken flog. Mit der Schulter prallte er gegen einen Küchenschrank, und als dessen Inhalt auf ihn herabprasselte, torkelte er gegen den Herd.

Der Mann stieß ein wahres Geheul aus, und sein Gesicht war brandrot geworden. Er versuchte verzweifelt, zurück ins Wohnzimmer zu kommen. Josh nahm die Brieftasche, ehe er zurück in die Speisekammer sprang.

Er schob den Rucksack durchs Regal in den Einbauschrank der Nachbarwohnung und kletterte dann selbst rüber. Nachdem er sich davon überzeugt hatte, daß er den versiegelten Plastikbeutel mit dem Faxgerät-Chip tatsächlich in der Tasche hatte, rannte er zu dem Fenster, durch das er in die Wohnung eingestiegen war; diesmal kletterte er reichlich überstürzt übers Fensterbrett und kam ziemlich unsanft auf dem Rasen auf. Mühsam rappelte er sich hoch, bekam zunächst keine Luft und mußte sich erst einmal an die Hausmauer lehnen, um zu verschnaufen. Als er wieder atmen konnte, drosch er die morschen Latten aus der Einzäunung und rannte in die Gasse hinter dem Washington Street Inn.

In der Nähe quietschten die Bremsen eines grünen Ford Taurus. Josh wirbelte herum und floh in die Gegenrichtung. Ein verrotteter Maschendrahtzaun säumte den Hinterhof der benachbarten Häuser. Joshua schwang sich über den Draht. Er lief durch den Hinterhof und stieg an der anderen Seite durch ein Loch in der Umzäunung. Das nächste Grundstück, ein Garten, hatte an drei Seiten einen gut zwei Meter hohen Palisadenzaun. Allerdings stand das Gartentor einen Spaltbreit offen. Josh benutzte diesen Ausgang und gelangte auf die Washington Street.

Er lief auf ein heruntergekommenes Motel zu, auf dessen Parkplatz mehrere Mietfahrzeuge der Firma Casa Key West Vacation Rentals parkten. Dazu gehörten auch reihenweise auf dem Gehweg abgestellte Mopeds, die von Touristen wie auch von Einheimischen gemietet werden konnten. Josh hielt es für das erfolgversprechendste Mittel zur Flucht, sich so ein Moped zu schnappen, überlegte es sich jedoch anders, als er einen zweiten grünen Ford Taurus vorbeirasen, ruckartig bremsen und im Rückwärtsgang heranbrummen sah.

Nun rannte Josh blindlings drauflos, seine Lungen brannten, und das Pochen in seinem Schädel mahnte ihn zum Aufgeben. Doch der Gedanke an Harry und an die Macher, die ihn abgeholt haben mußten, rief bei ihm den Zorn hervor, den er zum Durchhalten brauchte. Er hörte, daß wenigstens eines der Autos ihm ständig hinterhersauste, während er durch eine Reihe nebeneinanderliegender Gärten hetzte, durch Sträucher jagte und Zäune übersprang. Schließlich gelangte er an ein Haus, das kaum mehr war als eine Bruchbude. Zwei verrostete Jeeps ohne Reifen verstellten die an die Waddell Street grenzende Zufahrt. Direkt vor Josh erstreckten sich sattgrüne Tennisplätze, deren hohe Maschendrahtzäune ihm den Weg verwehrten. Falls seine Orientierung stimmte, lag der Strand nur einen Häuserblock entfernt, doch selbst wenn er die Absicht gehabt hätte, zum Wasser zu fliehen, wäre ihm der direkte Zugang versperrt gewesen.

Als er das inzwischen schon bekannte Brummen eines Taurus-Motors hörte, verdrückte er sich in das dichte Grün der Sträucher und Hecken vor dem Coconut Beach Club. Er brach sich Bahn wie durch einen Dschungel, in diesem Fall ein Dschungel, der an eine Tiefgarage grenzte, und ihm blieb keine andere Wahl, als hineinzuflüchten. Er rannte durch die hell erleuchtete Betongarage und verließ sie an der anderen Seite. Hier war wieder der Dschungel, und Joshua war darüber heilfroh, denn gleich darauf rumorte ein Ford Taurus vorbei, fast direkt gefolgt von einem zweiten.

Während er Atem holte, spähte er durch die Sträucher. Die Straße endete an der Ecke Vernon Street, an der ein kleines Lokal oder Restaurant mit dem Namen Louie's Backyard lag. Ganz konnte er das Schild nicht erkennen, weil davor ein roter Lieferwagen parkte. Ein Mann in blauer Montur schleppte einen vollgestopften, weißen Sack die Stufen herab, warf ihn ins offene Fahrzeugheck und ging dann ins Gebäude zurück.

Josh beobachtete, wie die beiden Ford Taurus auf der Waddell Street hin und her fuhren. Er sah, daß nur ein paar Macher in den Autos saßen; offenbar war die Mehrzahl zu Fuß nach ihm auf die Suche gegangen. Sie wußten, in welchem Gebiet sie nach ihm suchen mußten, und es war lediglich eine Frage der Zeit, bis sie ihn in die Enge trieben und sich griffen.

Er mußte sofort weg hier. Aber wohin?

Der Mann in der blauen Montur kam zum zweitenmal mit einem weißen Sack aus Louie's Backyard und schmiß ihn ebenfalls in den Laderaum des Lieferwagens. Auch dieser Sack war prall gefüllt, aber womit? Joshs Augen weiteten sich.

Natürlich!

Joshua handelte, ehe er überhaupt Zeit zum Zögern hatte. Ein kurzer, höchstens drei Sekunden langer Sprint, und er hechtete in den Laderaum des Fahrzeugs, plumpste auf die Wäschesäcke, die voller dreckiger Tischdecken, schmutziger Dienstkleidung und bekleckerter Servietten aus dem Lokal sein mußten. Der Fahrer brachte einen dritten Sack, bevor er die Hecktür schloß und Josh in Dunkel hüllte.

Der rote Wäschewagen war längst abgefahren, als der grüne Ford Taurus, in dem Sinclair, der Teamchef, saß, das nächste Mal vorbeibretterte. Er ordnete noch einige Beobachtungsfahrten mehr an, kam danach jedoch ziemlich rasch zu der Einsicht, daß der Junge irgendwie entwischt war. Trotzdem ließ er das Team die Suche noch eine halbe Stunde lang fortsetzen, bevor er Gruppe Sechs anrief.

»Verbinden Sie mich mit Colonel Fuchs«, sagte er. »Und zwar sofort.«

Kapitel 18

Killebrew lenkte den Rollstuhl zu dem LED-Monitor, der die Bilder des Elektronenmikroskops zeigte. In Schutzkleidung zu arbeiten, machte jede Bewegung umständlich, aber langsam gewöhnte er sich daran. Und wenn er sich jetzt noch nicht so recht darauf eingestellt hatte, bald mußte er sich eingewöhnt haben: Seine momentane Aufgabe würde sich voraussichtlich über mehrere Monate erstrecken, vielleicht bis zu einem Jahr dauern.

Die Arbeit mit einem Biotyp-4-Agens über eine längere Zeitspanne hinweg erforderte tatsächlich eine besondere Sorte Mensch. Klaustrophobie galt als einer von mehreren Faktoren, die selbst die ehrgeizigsten biologisch-technischen Assistenten davon abhielten, sich öfters damit zu befassen. Der Hauptnachteil für viele jedoch war der Umstand, daß man sich kaum bewegen konnte. Stundenlang hintereinander, ohne Pause, an seinem Platz sitzen zu können, war unbedingt erforderlich, denn jedesmal, wenn man die Arbeit unterbrach, mußte man die Dekontaminationsprozedur wiederholen.

Da er ohnehin an den Rollstuhl gefesselt war, hatte Killebrew nie Probleme mit dem Sitzen gehabt. Wenn überhaupt, dann war das das einzig Positive seiner Behinderung, an der er litt, seit er im Kindesalter an multipler Sklerose erkrankt war. Er drang in die Welt der Viren und Bakterien ein, sah sie auf den Objektträgern umherwimmeln und erkundete ihr wildes Getümmel – eine Bewegungsart, die ihm für immer unmöglich blieb. Wegen der potentiellen Gefahr, durch eine neue MS-Attacke auch den Rest seiner motorischen Fähigkeiten zu verlieren, schätzte er seine Tätigkeit um so mehr; er verrichtete ohne weiteres gerne die Routineaufgaben, die andere Mitarbeiter anödeten, und scheute nicht die Risiken gefahrvoller Herausforderungen, vor denen alle anderen Bammel hatten.

Den Killerorganismus aus der Citypassage von Cambridge zu finden, fiel eindeutig in die letztere Kategorie. Sämtliche Opfer waren ins hochmoderne SKZ-Quarantänezentrum im Innern des in den Ozark-Bergen gelegenen Mount Jackson gebracht worden. So viele Leichen sprengten fast die Kapazitäten der Einrichtung, zumal bei Berücksichtigung des Umstands, daß sie alle tiefgefroren aufbewahrt werden mußten. Gegenwärtig lagen sie in speziell konstruierten Fertigcontainern im sporthallengroßen Hauptlagerraum des Quarantänezentrums.

Killebrew stand vor der Aufgabe, jede Facette der metastasischen Ausbreitung des Organismus vollkommen zu analysieren. Weil das Institut jetzt zum erstenmal Erfahrungen mit einer gentechnisch erzeugten, programmierten, organischen Struktur sammeln konnte, konnten daraus grenzenlose Aussichten resultieren. Erstens war es denkbar, daß Killebrews Untersuchungen zu einem Durchbruch im Bereich der Krebsvorbeugung und -heilung führten. Zweitens gewann er vielleicht darüber Erkenntnisse, wie man gegen einen solchen Organismus angehen konnte, sollte die Menschheit je wieder von ihm bedroht werden.

Er begann seine Arbeiten an drei Leichen, deren Identität man unzweifelhaft geklärt hatte. Er arbeitete abwechselnd an den drei Toten, untersuchte Gewebeproben aus gleichen Körperteilen, um aufzudecken, wie der Organismus sich in einem Wirt fortpflanzte und verbreitete. Die nächste Aufgabe betraf die Feststellung von Randfaktoren, damit man wußte, wie der Organismus auf gewisse Stimuli reagierte. Wie, zum Beispiel, beeinflußten Nebenfaktoren wie Alter, Geschlecht, Größe, Blutzusammensetzung und diverse sonstige Variablen die Erkrankung, sobald sie den Körper befallen hatte?

Natürlich hatte Killebrews erster Schritt darin bestanden, den Organismus selbst zu isolieren und zu identifizieren. Damit hatte er den ganzen ersten Tag im Mount Jackson zugebracht; auf dem Monitor gab es momentan eine einzelne Zelle zu sehen, vom Elektronenmikroskop in voller Pracht entlarvt.

»Das vom Organismus isolierte Partikel«, sagte Killebrew in das in seinem Schutzhelm integrierte Mikrofon, »scheint neun verschiedene Proteine zu besitzen, neun verschiedene Moleküle, die ich nicht identifizieren kann. Es hat die genetische Struktur eines Bakteriums, ähnelt in Form und Verhalten der Milzbrandbakterie. Dadurch wird die ursprüngliche Hypothese hinfällig, die davon ausging, der Organismus sei ein ansteckendes Virus, das ein ähnliches, allerdings stärkeres Ausbluten der Erkrankten wie das Ebola-Virus verursacht …«

Er verstummte und ordnete seine Gedanken.

»Dagegen bestätigt der genetische Aufbau die gegenwärtige These, daß es sich um keinen neuentdeckten, sondern einen künstlich erschaffenen Organismus handelt. Weil der Organismus aber nicht in lebendem, organischem Zustand vorliegt, lassen sich keine konkreten Aussagen darüber machen, welche Eiweißketten in Interaktion treten, um bei Einflußnahme gewisser Stimuli eine Metastasierung im Wirt hervorzurufen …«

Wieder schweiften Killebrews Gedanken zu den *Wirten*, siebzehnhundert an der Zahl, alle binnen einer Minute in der Citypassage von Cambridge dahingerafft. Im Anschluß daran hatte keine weitere Verwesung eingesetzt. Susan Lyle hatte sie in genau der Verfassung vorgefunden, die sie während der Stunden vor ihrer Ankunft gehabt hatten.

»Die Geschwindigkeit, mit der die in den Stickstoff-Sauerstoff-Verbindungen befindlichen Blutenzyme verzehrt wurden, steht zu allem im Widerspruch, was man in dieser Hinsicht bisher als möglich erachtet hat. Der Organismus war dazu in der Lage, in den Opfern sämtliche entsprechenden Stellen gleichzeitig zu attackieren, wie auch aus dem Fehlen erkennbarer Indizien für Verkrampfungen oder Spasmen in den Überresten des Muskelgewebes hervorgeht. Dies widerlegt Dr. Lyles vorläufig postulierte Meinung, der Organismus habe die Lungen der Opfer als Vehikel benutzt. Als logischer muß nach dem jetzigen Stand der Untersuchungen ein transdermaler Eintritt angenommen werden, da die Petrifikation der Extremitäten, also der Hände und Füße, die als letztes vom Blut erreicht werden, ohne signifikante Verzögerung erfolgte. Um diese Einschätzung zu untermauern …«

An dieser Stelle steuerte Killebrew den Rollstuhl weg vom Monitor und zu der Leiche, die man ihm auf einen niedrigen Labortisch gelegt hatte.

» … entnehme ich Gewebeproben aus den Extremitäten eines als fünfundsiebzigjähriger Weißer identifizierten Opfers, das nachweislich zu Lebzeiten an Arteriosklerose gelitten hat. Falls diese Proben vergleichbare Konzentrationen des eingedrungenen Organismus enthalten wie die in anderen Körperbereichen gewonnenen Proben, wäre damit die These von der transdermalen Penetration bestätigt.«

Die Tiefkühlaufbewahrung hatte die Verdorrtheit der Leichen noch wesentlich verstärkt; daher waren sie jetzt in dermaßen sprödem und brüchigem Zustand, daß das Entnehmen von Gewebeproben Schwierigkeiten bereitete. Darum benutzte Killebrew statt eines Skalpells ein Elektromesser, das Ähnlichkeit mit einem Lötkolben hatte. Mit diesem ›erhitzbaren Skalpell‹ entnahm er vier Gewebeproben aus Händen und Füßen des toten Fünfundsiebzigjährigen. Er legte sie in seine Laborschale, trennte mit einem normalen Skalpell winzige Stücke ab, brachte sie auf vier Objektträger und rollte wieder in Richtung des Elektronenmikroskops.

Plötzlich klemmte das rechte Rad des Rollstuhls, und die frischen Gewebeproben rutschten von Killebrews Schoß auf den Fußboden.

»Verdammt noch mal«, schimpfte er, kehrte an den Labortisch zurück, um von den Proben neue Stücke abzuschneiden.

Aus der Laborschale stieg Dampf auf, und Killebrew sah, daß er vergessen hatte, den erhitzbaren Elektroschneider abzuschalten. Schnell schaltete er das Gerät aus und stellte dann erfreut fest, daß das Fleisch von der heißen Schneide nur erwärmt worden war, aber nicht verschmort. Er trennte vier weitere Gewebestücke ab, rollte damit zum Elektronenmikroskop und schob die Objektträger in die dafür bestimmten Schlitze. Anschließend plazierte er sich wieder vor dem Monitor und gab den Aktivierungsbefehl ein.

Auf dem Bildschirm erschienen vergrößert die Moleküle des in das Opfer eingedrungenen Organismus.

»Die aus den Extremitäten entnommenen Moleküle scheinen in jeder Beziehung identisch zu sein mit denen, die in größerer Nähe zu Herz und Lungen gewonnen wurden. Um diese Tatsache zu illustrieren, werde ich die Moleküle aus den Extremitäten deckungsgleich auf die Moleküle aus den anderen Körperteilen desselben Opfers projizieren.«

Killebrew gab die entsprechenden Befehle ein. Der

Bildschirm teilte sich. In jeder Hälfte erschien ein Molekül. Der Computer rückte beide aufeinander zu, bis er das eine Molekül über das andere verlagert hatte.

»Abgesehen von minimalen Abweichungen an den Rändern, die durch herkömmlichen Gewebeverfall erklärbar sein dürften, scheinen die Moleküle in jeder Beziehung gänzlich gleichartig beschaffen ...«

Killebrew unterbrach sich mitten im Satz. Irgend etwas auf dem Bildschirm störte ihn bei seinen Überlegungen. War es ein Computerfehler, oder trogen ihn seine ermüdeten Augen?

Er rieb sich die Augen, bemühte sich um eine entspannte Haltung und schaute noch einmal hin.

Da war es wieder. Oder vielmehr, da war es noch immer.

»Das kann doch nicht sein«, murmelte er. »Das ist doch nicht ...«

Schnell rollte er zurück zum Labortisch, blickte in die Laborschale, in der er unbeabsichtigt das heiße Schneidegerät hatte liegen lassen.

»O mein Gott ...«

Seine Hände in den Kevlarhandschuhen zitterten jetzt. Er lenkte den Rollstuhl zur Hauptarbeitsfläche und hob den Hörer des Telefons ab, das ihn direkt mit der SKZ-Direktion in Atlanta verband. Er legte den Hörer in die Mulde eines Übertragungsmoduls, das es ihm digital ermöglichte, Telefonate per Helmfunk zu führen.

»Geben Sie mir sofort Dr. Lyle.«

Während die Sekunden verstrichen, blieb Killebrews Blick auf den Monitor geheftet, der unverändert die beiden aufeinanderprojizierten Moleküle zeigte.

»Was soll das heißen, Sie können sie nicht erreichen? Sie müssen doch dazu in der Lage sein, mich mit ihr zu verbinden. Sie ist was ... Was meinen Sie damit, versetzt worden? Wo zum Teufel ist sie? Ach was, ich will's gar nicht wissen, Hauptsache ist, Sie verbinden mich mit ihr, und zwar schleunigst ... Ein Notfall?« Ehe er weitersprach, fiel Killebrews Blick erneut auf die Mattscheibe. »Das kann man wohl sagen«

Kapitel 19

»Vielen Dank, daß Sie gekommen sind, Dr. Lyle«, sagte Colonel Fuchs zur Begrüßung, als man Susan in sein Büro führte. Er zupfte am Saum seiner Uniformjacke, um die Falten zu glätten.

»Man hat mir keine Wahl gelassen, Mr. Fuchs.«

»Colonel Fuchs, Doktor.«

»Verzeihung.«

»Abtreten«, befahl Fuchs dem Untergebenen, der Susan vom Haupteingang des Laboratoriums Brookhaven bis zu ihm begleitet hatte. »Und schließen Sie die Tür. So, Doktor, wenn Sie nun Platz nehmen möchten, kann ich Ihnen sicherlich sämtliche Fragen beantworten, die Sie wahrscheinlich an mich haben.«

Susan hatte jede Menge Fragen. Ihre Vorgesetzten waren ungewöhnlich verschlossen gewesen, als sie sie über ihre zeitweilige Versetzung informiert hatten. Sie hatten ihr für die ausgezeichnete Arbeit in Cambridge gratuliert und gemeint, auf dieser hervorragenden Grundlage könnte jemand anderes sie leicht erfolgreich beenden. Sonst hatte man ihr lediglich eine sehr karge, allgemein formulierte Begründung gegeben sowie den Einsatzort genannt, eben das Laboratorium Brookhaven in der Ortschaft Upton auf Long Island.

»Mir ist mitgeteilt worden«, sagte sie, um das Gespräch überhaupt irgendwie anzufangen, »ich hätte vorübergehend in Brookhaven tätig zu sein, um neu veranlaßte Forschungen nach der Todesursache der in der Cambridge-Citypassage gefundenen Opfer zu überwachen.«

»Genau so ist es, Doktor.«

»Nein, so ist es nicht, denn hier, wo man mich hingeführt hat, befindet sich strenggenommen gar kein Teil des Brookhaven-Labors, oder?«

»Sie sind eine gute Beobachterin.«

»Ich bin nicht blind. Wo bin ich hier wirklich, Colonel?«

»Bei Gruppe Sechs. Wir sind eine hundertprozentige Regierungsinstitution, und das erklärt, weshalb Ihre Versetzung so kurzfristig und unkompliziert vonstatten gehen konnte.«

Verwirrt rutschte Susan auf ihrem Stuhl hin und her. »Und wofür ist die Gruppe Sechs zuständig, Colonel?«

»Oh, für vieles. In diesem Fall könnte man sagen, wir knüpfen an Unfälle und Forschungsergebnisse an, die sich nicht ganz so bewährt haben, wie es sein sollte. Dann verbessern wir sie so, daß sie sich für unsere Ziele eignen.«

»Und was sind das für Ziele?«

»Wir verfolgen die gleichen Zwecke wie Sie in Atlanta, Doktor. Wir dienen dem Vaterland.«

Susan beugte sich vor. »Colonel, was hat das mit dem Vorfall in Cambridge zu tun?«

Fuchs spielte mit einer Akte auf seinem Schreibtisch. »Ich habe Ihren Bericht gelesen.«

»Das ist ein vorläufiger Bericht. Er war ausschließlich für Atlanta bestimmt.«

»Das ist bloß eine Formalität. Sie haben da unten herausragende Arbeit geleistet, Doktor. Ich bin darauf aufmerksam geworden, weil sich die Möglichkeit bietet, sie hier bei Gruppe Sechs fortzusetzen.«

»Wozu?«

»Dr. Lyle ...«

»Beantworten Sie meine Frage, Colonel. Wozu?«

»Weshalb beantworten Sie sie nicht selber?«

Susan gab sich alle Mühe, ihren Ärger zu verbergen. »Ich muß wohl annehmen, daß Sie Forschungen betreiben.«

»Völlig richtig.«

Sie betrachtete Fuchs' Uniform. »Und die Tatsache, daß Sie der Armee angehören, verweist auf eine gewisse Richtung Ihrer Forschungen.«

»Mich hat man mit diesem Posten betraut, damit ich dem Vaterland in anderen Belangen, aber auf ähnliche Weise diene, wie Sie es bisher getan haben, Doktor. Fällen Sie über unsere Tätigkeit kein voreiliges Urteil. In diesem Haus werden unerhört bedeutsame Projekte angepackt, die sich bahnbrechend auf die Zukunft auswirken können ...«

»Waffen«, unterbrach Susan ihn. »Die Forschungen von Gruppe Sechs betreffen Waffen.«

»In der Hauptsache, Doktor«, fügte Fuchs seinen Darlegungen hinzu, als hätte Susan kein Wort gesagt, »gilt unser Interesse einer geregelten Zukunft.« Er deutete auf die Weltkarte, die hinter seinem Schreibtisch an der Wand hing. »Die Gebiete, die ich rot markiert habe, sind die Krisenzentren der Erde, Dr. Lyle, Hexenkessel, in denen es nahezu täglich zu Gewaltausbrüchen kommt. Ich brauche Ihnen keine Namen zu nennen. Aber beachten Sie die Vielzahl der Unruheherde und außerdem die in Gelb markierten Stellen, die Anlaß zur Sorge geben und zur Zeit eine ständige Beobachtung erfordern. Die Gesamtzahl geht in die Hunderte. Fortwährende Instabilität bedroht die Welt, Doktor, und sollte einmal der Tag kommen, an dem alle diese Markierungen rot sind, könnte die Schwelle überschritten werden, hinter der das endgültige Verderben wartet.«

»Nach dem, was Sie da sagen, engagiert sich Gruppe Sechs also für Stabilität.«

»Für die Erhaltung der Stabilität, ja.«

»Durch Waffenforschung.«

»Mit allen Mitteln, derer es bedarf, und leider spielen Waffen nun einmal eine große Rolle bei der Bewahrung der Stabilität.«

»Das ist kein wissenschaftliches, sondern militärisches Denken, Colonel.«

»Es ist beides, und ersteres dient dem letzteren.« Er starrte Susan jetzt unverhohlen aggressiv an, die Maske des freundlichen Hausherrn mitsamt dem falschen Lächeln eines Fremdenführers hatte er endgültig abgestreift. »Sie sprechen, als hätten Sie eine Wahl, Doktor. Aber Sie sind dienstlich zu uns versetzt worden. Ehe Sie sich zu irgendwelchen Protesten hinreißen lassen, möchte ich klarstellen – Ihnen zusichern –, daß Ihre Aktivitäten bei uns enden, sobald Sie Ihre Untersuchungen rundum abgeschlossen haben und uns Ihr kompletter Schlußbericht vorliegt. Das könnte innerhalb weniger Tage, höchstens einiger Wochen erledigt sein. Ich bitte Sie, uns eine Chance zu geben. Möglicherweise werden Sie letzten Endes erkennen, daß unsere Zusammenarbeit zum beiderseitigen Nutzen geschieht.«

Susan merkte, daß ihr Gaumen vollkommen ausgetrocknet war. »Wie Sie schon sagten, Colonel, mir bleibt keine Wahl.«

Fuchs lächelte und beugte sich über das Mikrofon seiner Sprechanlage. »Dr. Haslanger, würden Sie bitte hereinkommen?«

Die Bürotür wurde geöffnet, und ein erschreckend ausgemergelter Mann, der über siebzig sein mußte, trat ein. Seine Haut hatte einen kränklich-hellgelben Farbton, als wären Frischluft und Sonnenschein für ihn nichts anderes als längst vergessene Erinnerungen. Er hatte ein leichenhaftes Gesicht, und Wangen- und Kieferknochen zeichneten sich so schroff ab, daß es schien, als müßten sie jeden Moment die Haut durchstoßen.

»Ich darf Ihnen Dr. Erich Haslanger vorstellen«, sagte Fuchs, »den Leiter unserer Abteilung Spezialprojekte.«

Susan nickte dem Greis zu. »Ich dachte, Sie beschäftigten sich ausnahmslos mit *speziellen* Projekten.«

»Manche sind speziellerer Natur als andere. Dr. Haslanger hat ein paar Fragen an Sie, Doktor.«

»Ich habe Ihre Berichte über den Vorfall in Cambridge und die dazugehörige Analyse gelesen», begann Haslanger gleich. »Sie sind nicht ganz zu Ende geführt ...«

»Weil es sich dabei um vorläufige Ausarbeitungen handelt.«

»Ich meine nicht die wissenschaftliche Seite der Arbeit. Was sie anbelangt, ist alles beinahe vollständig und nicht zu beanstanden. Nein, ich rede von der Person. Ich wüßte gerne, warum Sie glauben, daß dieser junge Mann sich solcher Mühe unterzogen und weshalb er nicht gewartet hat, bis er seine Entdeckung als unbedenklich einstufen und davon ausgehen konnte, daß der Effekt sich mit seinen Absichten deckte.«

»Zunächst einmal hatte er seinen Forschungsunterlagen zufolge überhaupt keinen Grund zu der Befürchtung, es könnte sich ein anderer als der gewünschte Effekt einstellen. Ich habe die Vermutung, er wollte ein Held werden, etwas Bedeutendes tun, um Anerkennung zu erwerben.« Susan sprach ohne zu stocken, als hätte sie nur darauf gewartet, jemandem ihre Theorien unterbreiten zu dürfen. »Er wollte sich sozusagen bei den Normalbürgern *eingliedern*.«

»Soviel Aufwand, nur um sich *eingliedern* zu können?«

»Ja, denn das war es, was Joshua Wolfe sich mehr als alles andere gewünscht hat. Er ist völlig isoliert von anderen Kindern seines Alters aufgewachsen und konnte nur seine intellektuellen Aspekte entfalten. Ich glaube, daß er in der Citypassage von Cambridge die große Gelegenheit gesehen hat, seine persönliche Situation nachhaltig zu verändern. Wäre alles gutgegangen, hätte sein Organismus die Luftverschmutzung beseitigt, wäre er, wie er es sich erträumt hat, der Held des Tages gewesen.«

»Und hat es geklappt?« Fuchs erhob sich vom Schreibtisch. »Die Beseitigung der Luftverschmutzung, meine ich.«

»Es ist ihm gelungen, ja.«

»Aber zum Helden ist er dadurch nicht geworden.«

»Jedenfalls noch nicht«, warf Haslanger ein.

Susan wandte sich wieder ihm zu. »Ich glaube, ich verstehe nicht, was Sie damit andeuten wollen.«

»Ich denke, Sie verstehen mich sehr wohl, Doktor«, entgegnete Haslanger. »Was Sie sagen, läuft darauf hinaus, daß Joshua Wolfe trotz seiner wunderbaren Begabungen nie etwas anderes wünschte, als normal zu sein. Aber selbst wenn das vorher möglich gewesen sein sollte, so ist es inzwischen auf alle Fälle vollkommen ausgeschlossen. Nach dem Ereignis in dem Einkaufszentrum kann er seinen Wunsch begraben. Der Tod von rund eintausendsiebenhundert Menschen hat ihm das alles unmöglich gemacht. Stellen Sie sich nur vor, wie ihm zumute sein dürfte. Was für Schuldgefühle er haben, wie erbärmlich er sich fühlen muß. Wie kann er jemals verwinden, was er am Sonntag angerichtet hat?« Der alte Mann musterte Susan lange genug, um sicher sein zu können, daß sie sich einer Antwort enthielt. »Doch nur, indem er nachträglich beweist, daß sein Experiment einen Sinn hatte, daß sich daraus hinterher etwas Gutes ableiten läßt.«

»Sie meinen, was Sie hier so unter gut verstehen«, schlußfolgerte Susan, die endlich verstand.

»Wir möchten, daß Joshua Wolfes Talent angemessen genutzt wird«, beteuerte Fuchs. »Wir sind die einzigen, die ihm aus der Patsche helfen können, Doktor. Nur wir haben die Mittel, um sicherzustellen, daß diese Tragödie seine Zukunft nicht beeinträchtigt oder womöglich ganz zerstört. Wir können diese Sache für den Jungen einfach aus der Welt schaffen. Man kann den Medien ohne weiteres eine völlig andere Erklärung des Unglücks in der Citypassage von Cambridge liefern.«

Die Vorstellung, daß die Gruppe Sechs über soviel Macht verfügte, jagte Susan eine Gänsehaut über den Rücken. »Mit anderen Worten, eine Lüge.«

»Wenn Sie es unbedingt so nennen wollen.«

»Und natürlich brauchen Sie dafür meine Mithilfe.«

»Und ich nehme an, daß Sie sie uns bereitwillig und ohne zu zögern gewähren.«

»Aus welchem Grund sollte ich das tun?«

»Weil ich den Eindruck habe, daß Ihre Hauptsorge inzwischen dem Schicksal Joshua Wolfes gilt, und genauso verhält es sich auf unserer Seite.« Fuchs' Gesicht trug wieder das Fremdenführerlächeln, eine Fassade des Mitgefühls, die überhaupt nicht zu ihm paßte. »Ich möchte, daß Sie uns behilflich sind, wenn wir den Jungen finden.«

»Warum gerade ich?«

»Anscheinend verstehen Sie ihn gut. Ich bin der Auffassung, Sie sind in einem so schwierigen Abschnitt seines Lebens besser als irgendein Mitglied meines Stabs dazu imstande, sein Vertrauen zu gewinnen.«

»Weil ich eine Frau bin?«

»Weil sein Schicksal Ihnen nicht gleichgültig ist. Also, ja oder nein?«

»Ich wüßte nicht, was ich ...«

»Geben Sie mir eine Antwort. Ja oder nein?«

»Ja.«

Fuchs trat näher. »Sie mußten selbst einmal eine schwere Tragödie durchstehen, nicht wahr?«

Susan zuckte wie von plötzlichem Schmerz getroffen zusammen.

»Für uns gibt es keine Geheimnisse, Dr. Lyle. Wir versuchen nie, irgend jemanden für die Mitwirkung an unserer Arbeit zu gewinnen, ohne über den Betreffenden vollständig Bescheid zu wissen. Ihre Akte enthält alles, sogar Informationen, von denen Sie vermuteten, daß nicht einmal Ihre Vorgesetzten beim SKZ Zugang zu ihnen hatten. Verraten Sie mir eines, Doktor, wie haben Sie es geschafft, sich nach einem so katastrophalen Verlust wieder aufzurappeln?«

Jede Antwort, die Susan jetzt in den Sinn kam, erstickte gleich in ihrer Kehle.

»Ich sage Ihnen, was ich glaube«, fuhr Fuchs fort. »Daß Sie nämlich Ihrem Leben einen neuen Sinn verliehen haben. Ich denke auch, daß dieser neue Sinn Sie zum Durchhalten befähigt und zu der starken Persönlichkeit weiterentwickelt hat, die Sie heute sind. Und ich bin der Überzeugung, daß Joshua Wolfe nun nichts dringender braucht, als einen neuen Sinn in seinem Leben zu finden. Dem werden Sie wohl kaum widersprechen können.«

Susan schwieg.

»Und wenn es uns gelingt, ihm zu zeigen, daß sich aus dieser Tragödie doch noch etwas Gutes machen läßt«, sagte Haslanger, »wenn wir ihm verdeutlichen, daß all die Toten nicht vergeblich waren, sondern einem höheren Zweck dienten, kann er voraussichtlich verkraften, was ihn jetzt so quält, so wie Sie Ihren Schicksalsschlag gemeistert haben. Nur hier bei Gruppe Sechs wird Joshua Wolfe nicht der gesellschaftliche Außenseiter sein, der er immer gewesen ist. Hier – und nur hier – würde er dazugehören.«

Fuchs versuchte seine verkrampften Gesichtszüge zu lockern. »Ihnen ist die Tragweite seiner Entdeckung klar, oder?«

»Ich ...«

»Sie kennen die Grundlagen und das Potential der Nanotechnologie, nicht wahr?«

Susan nickte.

»Das läßt die Mutmaßung zu, daß auch Ihr Interesse an Joshua Wolfe nicht ganz so selbstlos ist. Molekulare Organismen, die schadhafte einzelne Zellen reparieren können ... Malen Sie sich ruhig einmal die Möglichkeiten aus!« Fuchs starrte sie wieder kalten Blicks an. »Denken Sie an die Krankheiten, die besiegt werden könnten. Die Menschenleben, die sich retten ließen.«

»Möchten Sie mir einen Handel vorschlagen, Colonel?«

»Ich mache Sie lediglich darauf aufmerksam, daß das Gute, was Joshua Wolfe bei Gruppe Sechs tun könnte, keineswegs auf Waffensysteme beschränkt bleiben muß, Doktor. Ich kann durchaus veranlassen, daß die Forschungen, die Sie zu überwachen haben, sich auch auf andere wissenschaftliche Bereiche erstrecken. Es ist überflüssig, das Bundesgesundheitsamt oder das SKZ mit der Nase auf Ihre wahren Fähigkeiten und Neigungen zu stoßen. Ich kann es in die Wege leiten, daß Ihre Wünsche schon morgen wahr werden.«

»Und als Gegenleistung müßte ich nur ...«

»Sie brauchen nur dafür zu sorgen, daß Joshua Wolfe sich hier bei Gruppe Sechs wohl fühlt. Uns dabei helfen, ihm klarzumachen, daß er hierher gehört und daß er hier erfolgreich sein wird.«

Susan war sprachlos. Das Schnurren eines zweiten Telefons auf Colonel Fuchs' Schreibtisch ersparte ihr die Suche nach einer Antwort.

»Was soll das heißen, Sie haben ihn aus den Augen verloren?« brüllte der Colonel ins Telefon.

»Er muß noch hier im Viertel sein, Sir«, versicherte Sinclair in Key West. »Nach meiner Lagebeurteilung ...«

»Ihre Lagebeurteilung interessiert mich keinen Deut, Sinclair! Sie haben den Jungen im Netz gehabt und ihn durch die Maschen schlüpfen lassen?!«

»Unsere Leute durchkämmen das Viertel, Sir. Ich wollte Sie um die Genehmigung für eine Verstärkung ersuchen.«

»Sie haben doch schon fünfzehn Mann da unten im Einsatz. Ich kann nicht noch mehr abkommandieren, jedenfalls nicht rechtzeitig genug, daß sie Ihnen noch von Nutzen wären.«

»Ich habe daran gedacht, ein paar Einheimische miteinzubeziehen.«

»Einheimische?!«

»Unter glaubwürdigem Vorwand. Ich bin sicher, daß ich alles unter Kontrolle behalten kann.«

»Sie waren auch sicher, daß Sie den Jungen erwischen, Sinclair. Das haben Sie behauptet, sobald wir wußten, wohin er geht.«

»Da ist noch etwas, Sir.«

»Raus damit.«

»Einer meiner Mitarbeiter ist von dem Jungen angegriffen worden und hat mir das Fehlen seiner Brieftasche gemeldet.«

»*Angegriffen*, sagen Sie?«

»Jawohl, Sir. Ich schreibe alles in meinen Bericht.«

»Auf den freue ich mich schon. Und der Inhalt der Brieftasche?«

Der Reihe nach zählte Sinclair die Gegenstände auf.

»Ist es eine Angewohnheit Ihrer Männer, ständig mit solchen Sachen durch die Gegend zu laufen?«

»Das Team wurde in größter Eile zusammengestellt. Ein paar meiner Mitarbeiter sind praktisch von der Straße weg herbeordert worden. Meines Erachtens besteht aber kein Anlaß zur Beunruhigung. Der Mann ist eine Spitzenkraft. Der Inhalt seiner Brieftasche kann niemanden auf irgendwelche Spuren bringen.«

»Sehen Sie zu, daß Sie sich den Jungen greifen, Sinclair. Finden Sie ihn, bevor er die Gelegenheit erhält, das Gegenteil zu beweisen.«

Susan Lyle saß in dem Gruppe-Sechs-Büro, das Colonel Fuchs ihr zur Verfügung gestellt hatte, und dachte über ihr weiteres Vorgehen nach. Am liebsten wäre sie augenblicklich aus dieser Einrichtung hinausmarschiert; einfach aufgestanden und durch alle Türen gegangen, die man durchqueren mußte, um diesen miesen Stall zu verlassen – sogar auf Kosten ihrer Karriere.

Joshua Wolfe jedoch machte ihr das unmöglich. Sie

konnte ihn nicht einfach Fuchs und Haslanger überlassen. Ihr war völlig klar, daß Gruppe Sechs sich nicht an dieselben Regeln hielt wie normale Regierungsinstitutionen. Zur Erfüllung ihres Auftrags waren die Verantwortlichen dieser Organisation buchstäblich zu allem fähig, und dieser Umstand verhieß nichts Gutes für einen knapp Sechzehnjährigen, der zufällig etwas entdeckt hatte, das Fuchs und Haslanger dringend brauchten.

Aber das war noch nicht alles. Susan wünschte, es hätte damit nicht mehr auf sich; doch der Fall lag leider anders.

»Sie mußten selbst einmal eine schwere Tragödie durchstehen, nicht wahr?«

Genaugenommen wäre Absurdität die passendere Bezeichnung dafür gewesen. Während sie noch die High School besuchte, waren ihre Eltern binnen sechs Monaten nacheinander an Leberkrebs gestorben. Die Ärzte hatten dazu gemeint, die Wahrscheinlichkeit für ein derartiges Vorkommnis läge bei fünfzig Millionen zu eins. Als man jedoch zwei Jahre später bei Susans Bruder Leukämie diagnostizierte, bezifferte man die Wahrscheinlichkeit, daß sie in ihrem späteren Leben daran oder an einem anderen tödlichen Krebs erkranken werde, auf über fünfundsiebzig Prozent.

»Verraten Sie mir, Doktor, wie haben Sie es geschafft, sich nach einem so katastrophalen Verlust wieder aufzurappeln?«

Susan hatte Fuchs keine Antwort gegeben, und sie bezweifelte, daß ihm wirklich daran gelegen gewesen war. Der Colonel hatte ihr lediglich klarmachen wollen, daß er informiert war – daß er die Möglichkeit hatte, alles zu erfahren. Die wahre Antwort lautete, daß der Kampf sie zum Durchhalten und Weitermachen befähigt hatte, ein Ringen, das in Labors stattfand, bei dem als Waffen Mikroskope und Reagenzgläser dienten, und in dessen Verlauf sie eine innige Vertrautheit sowohl mit ansteckenden als auch mit nicht ansteckenden Krankheiten erlangt hatte.

Dank dieser Arbeit hatte sie die Stellung beim SKZ in Atlanta erhalten, wo sie das Aufgabengebiet Seuchenbekämpfung und danach die Sonderabteilung Brandwacht von Anfang an als Sprungbrett zu einer wirklich einflußreichen Position betrachtet hatte. Beispielsweise als Leiterin der Genforschungsabteilung eines großen biotechnischen Unternehmens. Irgendwo in dieser Wissenschaft verbarg sich das Heilmittel gegen Krebs, so wahrscheinlich, wie das Gespenst ihrer Erkrankung in der Zukunft auf sie lauerte, und Susan wünschte sich verzweifelt, an der Forschung mitzuwirken, die dieses Heilmittel entdeckte.

»Das läßt die Mutmaßung zu, daß auch Ihr Interesse an Joshua Wolfe nicht ganz so selbstlos ist ...«

Fuchs hatte recht, und die Vorstellung, deswegen nicht besser zu sein als er, erweckte in ihr Selbstabscheu. Sie mußte beweisen, daß sie mehr als er taugte, indem sie dem Jungen half. Sie wußte, wie es war, wenn man unter dem Bann einer Besessenheit stand. Falls Joshua Wolfe das Desaster in der Citypassage von Cambridge den Rest seines Lebens bestimmen ließ, fiele er ihm irgendwann ebenso zum Opfer, wie Susan Leidtragende des Krebses war, ohne bis jetzt selbst daran erkrankt zu sein. Er würde sein Dasein im Zustand emotionaler Leere verbringen, in dem sich jede mögliche Beziehung auf die Erinnerung an Verlust und Schmerz reduzierte, statt zu einer Aussicht auf Hoffnung zu werden.

Trotzdem ging ihr der Gedanke nicht mehr aus dem Kopf, daß Joshua Wolfe jetzt ihre Hoffnung war. Aus diesem Grund wollte sie ihn genau so dringend hier haben wie Fuchs. Vielleicht lohnte es sich, das Angebot des Colonels zu überdenken. Es konnte sein, daß der Junge tatsächlich die besten Chancen hatte, wenn er ...

Nein! Nein!

Um das zu bekommen, was sie wollten, würden Fuchs und Haslanger den Jungen zugrunde richten oder ihn, was noch schlimmer war, dahin bringen, sich selbst zu vernichten. Sie waren zu egozentrisch, um zu erkennen, welche emotionalen Folgen das hatte, was sie von ihm forderten: neue, zielsichere Methoden des Tötens zu entwickeln. Ihnen war nicht klar, daß er dabei die Cambridge-Katastrophe immer wieder aufs neue erleben würde. Sie würden so viel wie möglich aus ihm herausholen, bis er schließlich völlig durchdrehte.

Das durfte sie nicht zulassen. Den Jungen vor der Gruppe Sechs zu schützen, bedeutete für sie, wenigstens einen Teil ihrer selbst zu bewahren. Susan mußte ihn in Sicherheit bringen, ehe Fuchs die Klauen so tief in ihn krallte, daß er sich nie wieder davon befreien könnte.

Aber wie?

Als Haslanger in sein nur vom matten Schein der Schreibtischlampe erhelltes Büro zurückkehrte, lümmelte sich dort Krill im Sessel.

»Ich nehme an, es hat alles gut geklappt«, begrüßte der Doktor sein Geschöpf.

»Die Frau war nicht allein«, antwortete Krill und reichte Haslanger etwas.

Es dauerte einen Moment, bis Haslanger in dem trüben Licht erkannte, daß es sich um einen Schnellhefter handelte, auf dessen Vorderseite ein Schwarzweißfoto geklebt war.

»Dieser Mann war bei ihr«, erklärte Krill. »Ich habe ihn anhand der Informationen aus einer Washingtoner Datenbank identifiziert – das heißt, sogar aus mehreren Datenbänken. Sein Name ist Blaine McCracken.«

Haslanger betrachtete das körnige Foto. Dann schlug er die Akte auf. »Du hast gewußt, wo du suchen mußtest?«

»Das war nicht schwierig. Man könnte sagen, er ist ein Unikum. McCracken-Sack.«

»Was?«

»Seite drei. Blätter weiter. Er wird von einigen Leuten McCracken-Sack genannt. Interessiert es dich, warum?«

Haslanger sparte sich die Mühe, Seite drei aufzuschlagen.

»Er hat vor Jahren in London dem Denkmal Winston Churchills den Sack abgeschossen, weil die Briten ihn geärgert hatten. Ich habe den Eindruck, er läßt sich nur ungern ärgern.« Kurz schwieg Krill. »Momentan ist er bestimmt ziemlich sauer.«

»Du hast ihn am Leben gelassen?«

»Irgendwer in der Bibliothek hat ihm geholfen.«

»Ein Kumpan McCrackens?«

»Kann sein. Spielt keine Rolle.«

Haslanger seufzte. Die Akte wog schwer wie Blei in seiner Hand. »Es spielt sehr wohl eine Rolle, wenn dadurch jemand auf Gruppe Sechs aufmerksam wird. Und wenn wir dadurch mehr als nur einen einzelnen gegen uns stehen hätten.«

Haslanger hätte schwören können, daß jetzt die Andeutung eines Schmunzelns Krills fleischige Lippen umzuckte.

»Lies erst mal weiter.«

»Sie sind 'ne echte Nervensäge«, meinte Hank Belgrade, der wie üblich auf der Treppe des Lincoln-Denkmals kauerte. »In Zukunft lasse ich nur noch den Anrufbeantworter laufen.«

Ungeduldig hockte McCracken sich neben ihn auf die Stufe. »Erzählen Sie mir lieber was über Erich Haslanger, Hank.«

Belgrade zeigte die Handteller vor. »Wie Sie sehen, komme ich mit leeren Händen. Dafür gibt's einen Grund. In Haslangers Akte steht nämlich, daß er im Jahre neunzehnhundertdreiundachtzig gestorben sein soll.«

»Aber Sie und ich wissen es besser.«

»Wie Sie es hinbiegen, immerzu dermaßen voll in die Scheiße zu treten, ist mir einfach ein Rätsel, McBeknackt. Und jedes Mal wird der Haufen größer.« Er schaute Blaine verkniffen an. »Je von Gruppe Sechs gehört?«

»Das eine oder andere.«

»Strengen Sie mal 'n bißchen Ihre Phantasie an.«

»Haslanger?«

»Toller neuer Posten für den Dreckskerl. Ich habe keine Ahnung, wo Sie das alles ausgegraben haben, was Sie über ihn wissen, aber eines steht fest: mit diesen Informationen könnten Sie jede Menge Leute in Verlegenheit bringen, die es gar nicht gerne sehen, wenn sie in die Schlagzeilen kommen.«

»Wie stehen die Aussichten, daß ich mal mit ihm plaudern könnte?«

Belgrade setzte eine düstere Miene auf. »Da stünde die Wahrscheinlichkeit besser, 'ne Audienz beim Herrgott zu kriegen. Zu Gruppe Sechs kommt niemand, der nicht die Sorte Sondergenehmigungen vorweisen kann, für die Sie sich schon vor längerem endgültig disqualifiziert haben.«

»Auch wenn dort jemand am größten Massenmord in der Geschichte der Vereinigten Staaten schuld sein könnte?«

»Was?«

»Gestern war ich in Cambridge ...«

Belgrades übergroße Backen gerieten ins Schlottern. »Ach du Scheiße ...«

»Ich weiß, wer das Desaster in der Einkaufspassage von Cambridge verursacht hat. Ich bin in seiner Studentenbude an der Harvard-Universität gewesen. Ein ungefähr neunzehnhundertachtzig geborenes Wunderkind. Kommt Ihnen das bekannt vor?«

»Operation Offspring ...«

»Sie ist noch nicht beendet, Hank. Ich habe sogar den Verdacht, daß Haslanger nie damit aufgehört hat. Und daß er jetzt für Gruppe Sechs weitermacht.«

»Dieses Jüngelchen hat das Ding gedreht?«

»Genau. Und Harry Lime war bis zum vergangenen Herbst, als der Junge an der Harvard-Universität eine Tätigkeit im Rahmen des Forschungsförderungsprogramms aufnahm, sein Vormund. Alles andere ist noch reichlich schleierhaft, deutet allerdings auf Gruppe Sechs hin, denn dort steckt Haslanger heute.«

»Und der Junge?«

»Weg. Verschwunden.«

»Sie behaupten, Gruppe Sechs hätte die Schuld an dem Vorfall?«

»Falls ja, würde mir das zu einer Kontaktmöglichkeit verhelfen?«

Belgrade schüttelte den Kopf. »McBeknackt, hören Sie mir eigentlich nicht zu? Gruppe Sechs genießt die Protektion allerhöchster Kreise. Jeder Mist, den sie baut, unterliegt der strengsten Geheimhaltung. Wenn Sie also hinausposaunen, daß Sie sich mit ihr anlegen möchten, warnen Sie sie höchstens.«

»Es wäre ja denkbar, daß Haslanger allein der Schuldige ist. Wäre das ein Unterschied?«

»Ja, damit würde alles noch schlimmer. Das Pentagon hat keinen Aufwand gescheut, um Haslangers Mitarbeit zu verheimlichen. Wenn Sie nun in Ihrem typischen McBeknackt-Stil Staub aufwirbeln, hat das kein anderes Ergebnis, als daß Ihnen erst recht sämtliche Türen verschlossen bleiben.«

»Tja, ich glaube, dann muß ich mir wohl auf meine Art einen Weg zu diesen Zeitgenossen suchen, Hank.«

»An Ihrer Stelle würde ich schlicht und einfach die Finger von der Sache lassen.«

Blaines Brauen ruckten empor. »Sie sind aber nicht an meiner Stelle.«

»Ich weiß, und mir ist klar, daß Sie nie die Pfoten von irgend etwas Brandheißem lassen können. Aber wenn Sie sich in diese Scheiße hineinreiten, kennt Sie hier keiner mehr. Im guten, alten Washington haben die Leute ein kurzes Gedächtnis. Wenn Sie Gruppe Sechs an den Karren pinkeln, erinnert sich niemand mehr daran, Ihnen eine Gefälligkeit zu schulden, dann haben Sie keine Freunde mehr, das garantiere ich Ihnen.«

»Ich werde versuchen, keinem auf die Füße zu treten.«

Kapitel 20

Joshua Wolfe wartete, bis das Zimmermädchen in dem Raum im zehnten Stock des Hyatt Grand Cypress Hotels fertig war, bevor er durch die geöffnete Tür trat.

»Na, da komme ich ja genau richtig«, sagte er und streifte den Rucksack ab, als wäre er der rechtmäßige Gast dieses Zimmers.

Die Frau lächelte ihm zu und ging.

Knapp fünf Stunden war es her, daß er den Männern, die Harrys Wohnung überwacht hatten, entwischt und zum Flughafen Key West entkommen war, wo er sich an Bord eines US-Pendlerflugzeugs nach Orlando schlich. Zwanzig Minuten lang hatte er sich in der einzigen Toilette versteckt, bis die Fluggäste kamen. Dann hatte er einen Sitz belegt, während die Flugbegleiterin den Passagieren ihre Plätze zuwies. Er nahm einen Platz in der vordersten Reihe, weil er sich dachte, es wäre einfacher, falls der echte Sitzinhaber kam, sich weiter hinten einen anderen Sitz zu suchen. Zum Glück beanspruchte niemand den Platz, und die Flugbegleiterin dachte sich anscheinend nichts bei Joshuas Anwesenheit.

In Orlando angekommen, ließ er sich einfach mit dem Menschenstrom treiben und gelangte in einer futuristischen Bahn voller müder oder erlebnishungriger Reisender, überwiegend Familien mit Kindern, zum Hauptterminal. Das Gedränge schob ihn zur Gepäckausgabe, wo sein Blick über die vielen verschiedenen Reisetaschen schweifte, die die Reisenden trugen oder über die Schulter hängten. Er suchte nach einem Laptop-Koffer, möglichst mit einem Laptop, in das ein Modem eingebaut war. Sobald er die Sorte Köfferchen erspäht hatte, schloß Josh sich im Gewimmel unauffällig dem Mann an, der es trug. Eine Frau begleitete den Mann, zwei Jungen und ein Mädchen folgten dichtauf. Eine fünfköpfige Familie also, das bedeutete viel Gepäck und für Josh die erwünschte Gelegenheit.

Die Familie erreichte das Verteilerband, wo ihr Gepäck zum Vorschein kommen sollte. Wie Josh gehofft hatte, setzte der Mann den Laptop-Koffer auf dem Boden ab, ließ ihn beim restlichen Handgepäck stehen. Dann stellte er sich ganz vorn am Fließband an, noch ehe sich dort etwas tat. Die beiden Jungs vertrieben sich die Zeit mit einem Gameboy, das Mädchen stand zwischen ihren Brüdern und der Mutter und hielt deren Hand. Schließlich ertönte lautes Gequietsche, das Fließband rollte an, die ersten Gepäckstücke näherten sich ihren Eigentümern. Nach der Anzahl der Leute zu urteilen, die sich um das Fließband drängten, mußte ihr Flugzeug voll ausgebucht gewesen sein. Alle versuchten sich gleichzeitig auf das Gepäck zu stürzen, ausgenommen die zwei Jungs, die sich nur für ihren Gameboy interessierten.

Josh ging direkt auf die Laptop-Tasche zu, kniete hin und täuschte vor, seinen Schnürsenkel zu binden; als er sich wieder aufrichtete, hatte er den Laptop-Koffer in der Hand und den eigenen Rucksack über der Schulter. Ohne sich umzuschauen, ging er auf einen der Ausgänge zu. Schnurstracks suchte er einen Taxistand auf und nannte dem Fahrer als Ziel Disney World. Erst als das Taxi abfuhr, blickte Josh sich zum ersten und einzigen Mal um und überzeugte sich davon, daß ihm niemand gefolgt war.

Als er eine halbe Stunde später aus dem Taxi stieg, hatte er dem Rucksack ein Sweatshirt entnommen und statt dessen das Laptop hineingezwängt. Er kaufte eine Eintrittskarte und fuhr mit der Monorail, der Einschienenbahn, zum eigentlichen Haupteingang des Disney-Parks. Die riesige Ausdehnung des Geländes erstaunte ihn und schüchterte ihn gleichzeitig ein. Allerdings beruhigte ihn die Gegenwart der zahlreichen anderen Teenager: Selbst wenn es den Machern gelang, ihm bis nach Disney World zu verfolgen, könnten sie ihn in einer solchen Menschenmenge nie finden. Er hatte die Absicht, so lang im Magic Kingdom zu bleiben, bis er die zweite CLAIR-Ampulle sicher versteckt hatte. Sie dauernd bei sich zu tragen, machte seine Lage noch komplizierter, und je weniger er mitschleppte, desto besser. Zwar wog die Ampulle nur einige Gramm, aber sie lastete immer drückender auf ihm.

Es war kaum eine Stunde vergangen, bis er das perfekte Versteck entdeckt hatte und mit dem hoteleigenen Bus ins Hyatt Grand Cypress Hotel gefahren war. Es hätte manches vereinfacht, in einem der Disney-World-Hotels zu wohnen, doch ihm war klar, daß die Macher, hatten sie seine Spur erst einmal nach Orlando verfolgt, dort mit der Suche beginnen würden.

Kaum hatte im Hyatt Grand Cypress Hotel das Zimmermädchen die Tür von außen geschlossen, warf Josh seine Sachen auf das Doppelbett und legte im Halbkreis um das Laptop den Inhalt der von dem Macher erbeuteten Brieftasche aus.

Neun verschiedene Ausweise mit sechs verschiedenen Namen. Die Aufgabe, die sich Josh vorgenommen hatte, würde langwierig und riskant sein – eine Herausforderung, wie der von ihm bevorzugte Begriff lautete, und er stand gerne vor Herausforderungen. Daß man solchen Leuten wie den Machern nicht auf die Spur kommen könne, hielt Josh für reinen Quatsch. Jeder hinterließ irgendwelche Spuren, besonders dann, wenn eine Behörde Mitarbeiter an eine andere Behörde auslieh, und Josh hegte den Verdacht, daß das gestern der Fall gewesen war.

Er stöpselte das Netzteil des Computers in eine Wandsteckdose und verband per Kabel das integrierte Modem mit der Telefonbuchse.

»Der Bengel ist in Orlando«, meldete Sinclair.

»In Orlando?« wiederholte Fuchs.

»Er ist gesehen worden, wie er in Key West zu einem Pendlerflugzeug nach Orlando schlich. Wir sind zu spät gekommen, um ihn in Orlando abzufangen, haben aber an der Gepäckausgabe mitangehört, wie ein Mann angab, ein Jugendlicher habe ihm den Computer gestohlen. Seine Beschreibung paßte haargenau auf Joshua Wolfe.«

»Einen Computer hat er geklaut?«

»Wohin er vom Flughafen aus verschwunden ist, wissen wir nicht, aber wir befragen alle Bus- und Taxifahrer, um das herauszufinden.«

»Und die Mietwagenfirmen, Sinclair.«

»Aber der Junge ist doch erst …«

»Mit einem Computer und einem Modem kann er sich jedes gewünschte Alter geben, einen Mietwagen ordern und bereitstellen lassen. Und die Kreditkarte des Präsidenten mit den Kosten belasten. Oder meine, Sinclair, oder Ihre, wenn er uns kennen würde.«

»Ich überprüfe das sofort, Sir.«

»Halten Sie mich auf dem laufenden.«

Josh kannte die Paßwörter für den Zugang zu sämtlichen Haupt-Datenbanken der Nation. Er hatte vor, die Personaldateien der diversen Geheimdienste nach den sechs Namen zu durchkämmen, die in den Ausweisen des

Machers standen. Wenn er Erfolg hatte, konnte Josh aufdecken, wer den Mann nach Key West geschickt hatte und wer – letzten Endes – die Verantwortung für Harry Limes Verschwinden trug.

In mancher Hinsicht erwies sich diese Aufgabe als leichter, als Joshua erwartet hatte, in anderer Beziehung als schwieriger: einfacher wegen der Mühelosigkeit, mit der er Zugriff auf die entsprechenden Datenspeicher erlangte, langwieriger aufgrund der vorhandenen Informationsmassen. Die Personaldateien der aktiven Agenten, die sich für die verschiedenen geheimdienstlichen Organisationen Washingtons betätigten, hatten einen immensen Umfang. Josh versuchte es mit jedem der sechs Namen, die er aus der Brieftasche des Machers kannte. Nach einer Stunde wurde er beim FBI fündig.

Unter dem Decknamen Cole Chaney hatte sich der Mann bei der Sprengung eines großen internationalen Drogenhändlerrings als Überwachungsspezialist bewährt. Auf der Gehaltsliste des FBI stand Chaney nicht, jedoch war seine reguläre Mitarbeiterschaft genehmigt und aktenkundig gemacht worden.

Bei den weiteren Nachforschungen hielt Josh sich an diesen Namen und recherchierte danach in sämtlichen Datenspeichern, auf die er Zugriff bekam. Wie sich herausstellte, hatte Chaney im Laufe der Zeit schon für so gut wie jeden Dienst gearbeitet, und eine gründlichere Suche ergab, daß seine gesamten übrigen Decknamen bei der CIA registriert waren und in einer Dateiliste mit der Bezeichnung ›Cousins‹ standen. Cousins waren wohl Gelegenheitsagenten, die die CIA nur in bestimmten Fällen heranzog, wenn Sie mehr Leute brauchte, als sie permanent bezahlen konnte; festangestellte Agenten und Agentinnen waren dagegen unter ›Brüder‹ beziehungsweise ›Schwestern‹ verzeichnet.

Als nächstes ging Josh chronologisch vor um zu klären, wer Chaney eigentlich für seinen heutigen Einsatz in Key

West angefordert hatte. Auf dem Laptop-Monitor erschien der Hinweis WIRD BEARBEITET und blieb für lange Minuten stehen, während Joshua geduldig das Ergebnis abwartete. Selbst für die ausgeklügeltsten Computer waren solche Recherchen eine schwierige Aufgabe. Zudem war es sehr gut möglich, daß Chaneys heutiger Einsatz noch nicht vermerkt worden war oder man ihn eventuell überhaupt nie speicherte.

Allmählich legte sich Joshuas Angst, und Aufregung verdrängte sie vollends, als der Monitor neue Informationen anzeigte. Umfangreich waren sie nicht, nur wenige Zeilen lang, aber sie erregten Joshs Neugier.

CHANEY COLE: ABBEORDERT GRUPPE SECHS
6/30/96
CODE ZO-9XR-57 TRANSFER VON DALLAS
KEINE RESTRIKTIONEN

Da hatte er es! Was *KEINE RESTRIKTIONEN* besagen sollte, wußte er nicht; doch sein Hauptaugenmerk galt einem anderen mysteriösen Begriff.

Gruppe Sechs.

Von einer derartigen Organisation hatte er noch nie gehört. Er hatte nicht einmal eine Ahnung, was sie sein sollte. Aber jetzt stand nahezu mit Gewißheit fest, daß sie nicht nur mit Chaney, sondern auch mit ihm, den Machern und folglich auch mit Harrys Verschwinden etwas zu tun hatte.

Gespannt tippte Josh den genannten Code ein. Das allerdings half ihm nicht weiter, denn die Buchstaben- und Zahlenfolge lieferte lediglich zusätzliche Informationen über Chaney. Für Gruppe Sechs hatte er kein Paßwort, darum konnte er nicht ins Innere ihrer Datenbanken eindringen.

Josh versuchte es nochmals mit dem Code, benutzte die vorangestellten Buchstaben ZO, variierte aber die Anordnung der nachfolgenden Buchstaben und Ziffern. Als das zu nichts führte, wiederholte er seine Bemühungen, indem er die 57 an den Anfang setzte, jedoch wieder ohne Ergebnis. Als letzten Versuch tippte er den mittleren Teil des Codes ein: 9XR. Sein Herz hüpfte, als auf der Bildfläche eine Aufforderung erschien: BITTE SPEZIFIZIEREN.

Er war drin! Oder jedenfalls fast. Joshua tippte ein zweites Mal 9XR sowie die spontan erdachte Zeichenfolge 1XA ein. Es dauerte ein paar Sekunden, bis die Gruppe-Sechs-Datenbank die Eingabe mit dem Hinweis BEREIT quittierte.

Er hatte es geschafft! Die Hauptdatenspeicher der Gruppe Sechs, was immer sie auch sein mochte, standen ihm offen.

Aufs äußerste gespannt beugte Josh sich vor und hämmerte auf die Tastatur ein.

»Ja, was gibt's?« fragte Fuchs in seine Gegensprechanlage.

»Hier ist Larsen, Colonel, Kommunikationszentrale. Ich bedaure, daß ich Sie stören muß, Sir, aber wir haben hier so eine Art Notfall.«

Fuchs sah Haslanger an und drückte die Taste für Mithören. »Wieso, Larsen?«

»Eben bin ich von unserem Computernetzwerk auf das Eindringen eines Hackers aufmerksam gemacht worden, Sir. Jemand schnüffelt von außen in unseren Systemen herum. Ich hätte gern Ihre Erlaubnis zum Abschalten und Neuladen.«

Eisige Kälte griff nach Fuchs. »Können Sie den Ursprungsort des Eindringens feststellen?«

»Ja, aber das dürfte ein paar Minuten dauern, Sir. In dieser Zeit könnte der Hacker unermeßlichen Schaden anrichten.«

»Lokalisieren Sie ihn«, befahl Fuchs.

»Sir, aber ...«

»Finden Sie ihn!«

Joshua Wolfe befaßte sich nur noch mit den Informationen, die der Laptop-Monitor ihm zeigte. Für ihn existierte rundum kein Zimmer mehr, und unter ihm stand kein Bett. Es gab für ihn lediglich den Bildschirm und seine Finger, die über die Tastatur flitzten und der Mattscheibe Leben einhauchten.

Er hatte sich einen Weg in die Datenspeicher der Gruppe Sechs gebahnt und war von ihrem Inhalt höchst fasziniert. Wenn sie nicht die hochentwickeltste, modernste und am besten ausgestattete Forschungseinrichtung war, die er je kennengelernt hatte, blieb sie jedenfalls nicht weit davon entfernt. Die herausragendsten Labors der Universität Harvard waren Kinkerlitzchen gegen die Laboratorien dieser geheimnisvollen Organisation, von der er bis vor wenigen Minuten noch nie etwas gehört hatte. Mit ihrer Ausstattung könnte er analysieren, welche Eigenschaft CLAIRs das Unheil in Cambridge verursacht hatte, er könnte den speziellen Bestandteil der Formel identifizieren, der den Fehler enthielt, und ihn korrigieren.

Allerdings dämpfte die Realität ein wenig Joshs Enthusiasmus über die Informationen auf dem Monitor. Wenn Gruppe Sechs Chaney angefordert hatte, mußte es Gruppe Sechs sein, die hinter ihm her war, und dann hatte sie auch Harrys Verschwinden veranlaßt. Aber warum? Was machte Gruppe Sechs eigentlich?

Josh widmete seine Aufmerksamkeit wieder dem Laptop und studierte die weiteren Informationen.

Die Kommando- und Kommunikationszentrale von Gruppe Sechs befand sich in der dritten Etage. Als Fuchs hereinstürzte – und hinter ihm Haslanger –, hatte Larsen gerade den Aufenthaltsort des ins Computernetzwerk eingedrungenen Störenfrieds lokalisiert.

»Wir haben ihn, Sir, er sitzt in Orlando, Florida, im

Hyatt Grand Cypress Hotel.« Larsen wandte den Blick vom Bildschirm. »Sir, bitte erlauben Sie mir, die Systeme abzuschalten. Er ist tief drin und er sieht sich die geheimsten Dateien an.«

»Nein«, entgegnete Haslanger. »Erst wenn er gefaßt ist.«

»Denken Sie an den Zeitfaktor, Sir. Noch ein paar Minuten, und er kann sich jeden Teil unseres Netzwerks anschauen, den er will. Er könnte unsere Datenbanken löschen!«

Fuchs drückte schon einen Telefonhörer ans Ohr. »Verbinden Sie mich mit Sinclair. Er ist in Orlando im Einsatz, und er hat ein Handy.«

Josh starrte auf den Monitor. Während der letzten Minuten hatte er sein Tempo deutlich verlangsamt; er war beeindruckt von dem, was Gruppe Sechs schon alles erreicht hatte, aber das Gebiet, auf dem sie sich betätigte, flößte ihm Schaudern ein.

Waffen. Gruppe Sechs konzipierte Waffen. Sie verfügte über die beste Ausstattung, die beste Technik und die beste Hard- und Software, die man sich vorstellen konnte, und benutzte das alles, um sich Waffen auszudenken.

Was wollte sie von ihm? In welchem Verhältnis stand Gruppe Sechs zu den Machern? Josh kannte die Antwort nicht, und seine Gedanken drifteten in eine andere Richtung.

Die beste Ausstattung ...

Nach seiner Kenntnis waren Inventar und Ausrüstung ihrer Laboratorien ohne Beispiel; im Vergleich dazu wirkten die Labors, in denen er an der Harvard-Universität hatte arbeiten müssen, wie Chemiebaukästen für Schulkinder.

Josh sah immer neue Dateien durch. Es kam ihm eigenartig vor, daß er Zugriff auf die am strengsten gehüteten Geheimnisse der Gruppe Sechs hatte, doch in keinem Datenspeicher eine Anschrift der Organisation entdeckte.

Aber vielleicht, dachte er, kann ich mir die Mühe sparen.

»Wir gehen nun in Position, Sir«, gab Sinclair durch.

»Jetzt sitzt er in der Falle, Doktor«, meinte Fuchs zu Haslanger.

»Da ist doch irgend etwas faul«, sagte der Greis. »Der Junge muß doch wissen, daß wir ihn ausfindig machen können.«

Der Colonel blickte Larsen an. »Ist er immer noch drin?«

Larsen schaute auf den Bildschirm, tippte einige Tasten. »Ja, Sir.«

»Kann man feststellen, was er sich ansieht?« fragte Haslanger.

»Ich glaube ja. Lassen Sie mich mal eben umschalten und was probieren ... Ja, da ist es. Während der letzten Minuten hat er sich die Aufzeichnungen über unsere Experimente in der Molekulartechnik angeschaut.«

Haslanger und Fuchs tauschten einen Blick aus.

»Doktor, was sucht er?«

Haslanger starrte den Bildschirm an. »Ich weiß es nicht.«

Sinclairs Team umfaßte unverändert fünfzehn Mann, zu wenig, um das weitläufige Grundstück des Hyatt Grand Cypress Hotels abzuriegeln, aber vollauf ausreichend, um den Jungen festzunehmen, der sich nach aktuellen Meldungen noch immer in Zimmer 1063 aufhielt. Das Zimmer hatte Ausblick auf den großen Pool-Komplex des Hotels, der aus drei separaten, aber miteinander verbundenen

Wasserbecken bestand, die in einer künstlich angelegten Hügellandschaft mitsamt Wasserflächen, Kaskadentunneln und Wasserrutschbahnen lagen.

Erst nachdem der Agent, der mit einem Fernglas am künstlichen Strand postiert war, die Anwesenheit Joshua Wolfes in dem Zimmer bestätigt hatte, entschloß sich Sinclair zum endgültigen Zuschlagen. Er verteilte den Rest seines Teams strategisch über das zehnte Stockwerk. Drei Männer mußten sich Schulter an Schulter einen Meter vor der Tür von Zimmer 1063 aufstellen, während ein vierter daran ein ultramodernes, mit Kopfhörern gekoppeltes Abhörgerät befestigte. Er horchte kurz, ehe er sich an Sinclair wandte.

»Der Junge arbeitet nicht mehr am Computer«, teilte der Beamte mit dem Abhörgerät mit. Er entfernte es von der Tür, und ein breitschultriger, muskelbepackter Agent nahm seinen Platz ein. »Aber anscheinend hat er seinen Standort nicht verändert.«

Sinclair trat beiseite und kontaktierte per Sprechfunkgerät den Mitarbeiter am Strand. »Können Sie ihn noch sehen?«

»Nein, Sir.«

Sinclair hatte das Gefühl, daß seine Nerven bald versagen mußten, und entschied, nun keine Zeit mehr zu vergeuden.

»Vorwärts«, befahl er dem Muskelmann, der direkt vor der Tür stand.

Ein harter Tritt mit dem stahlkappenbewehrten Stiefel, und die Tür flog ins Zimmer. Sie knallte gegen die Wand, wäre vielleicht abgeprallt und wieder zugefallen, hätten sich nicht die drei Männer mit den Betäubungspistolen vor Sinclair über die Schwelle gedrängt. Sie verharrten in aufeinander abgestimmten Schußpositionen. Ihre geduckte Haltung ermöglichte es Sinclair, über sie hinweg eine einzelne Gestalt auf dem Bett sitzen zu sehen, einen ausgestöpselten Laptop auf der einen sowie einen schwarzen Rucksack auf der anderen Seite. Die Person stand auf und griff lässig nach dem Rucksack. Die Kiefer malmten einen Kaugummi von Wange zu Wange.

»Wo waren Sie so lange?« fragte Joshua Wolfe.

III

CLAIR

Washington; Mittwoch, 10 Uhr

Kapitel 21

»Da sind wir auf was wirklich ganz Übles gestoßen, Boss«, meinte Sal Belamo grimmig, als er in das Zimmer im Washingtoner Watergate Hotel kam. Unter einen Arm hatte er zusammengerollte Blaupausen geklemmt, in der anderen Hand trug er einen Diplomatenkoffer. »Ich habe alles besorgt, was du wolltest, sogar mehr«, teilte er McCracken mit. »Satellitenaufnahmen, Originalentwürfe, Endfassungen der Konstruktionspläne, vertrauliche Etataufstellungen, Entwicklungsvorgaben, Personallisten. Jawohl, alles da, und es will mir überhaupt nicht behagen.«

McCracken stand mitten im Zimmer und schaute zu, wie Belamo die Rollen auf das Doppelbett warf und den Aktenkoffer neben sie legte. Von den leicht narbigen Ohren und der knorpeligen, deutlich nach rechts geknickten Nase abgesehen, war Sal Belamo eine ziemlich unauffällige Person. Die Nase verdankte er Carlos Monzon, der sie ihm beide Male gebrochen hatte, als Sal den Fehler begangen hatte, mit ihm in den Ring zu steigen. Belamo war auf der Straße großgeworden, hatte Boxen und Töten gleichzeitig gelernt. Ähnlich wie Blaine schien er sich nie zu verändern. Sicher, die kahle Stelle in seinem kurzen, nach hinten gekämmten Haar war etwas größer geworden, und die Fältchen unter seinen wäßrigen Augen neigten merklich dazu, sich zu richtigen Furchen zu vertiefen. Seine wirklich wichtigen Kennzeichen jedoch, etwa der verwegene Ausdruck um die Augen und das ständige, ironische Feixen, blieben, wie Blaine vermutete, sogar im Schlaf erhalten.

»Was weißt du über Gruppe Sechs, Boss?«

»Außer Name und Funktion kaum etwas. Aber ich habe mitgekriegt, daß es schon eine Menge Ärger gegeben hat, seit ihre Existenz öffentlich bekannt geworden ist.«

»Ihre Existenz ist auch so gut wie alles, was die Öffentlichkeit über sie weiß. Was Gruppe Sechs macht, hängt davon ab, bei wem man sich in Washington danach erkundigt. Jeder halbwegs Informierte weiß etwas über sie, nur hängt der jeweilige Kenntnisstand von der Position des Befragten ab. Verschiedene Darstellungen zur Deckung verschiedener Informationsbedürfnisse, du verstehst, was ich meine.«

»Klingt ganz nach der gewohnten Vernebelungstaktik der Regierung.«

»Vernebelungstaktik ist das, sicher, klar, aber sie geht weit übers gewohnte Maß hinaus. Wir stehen hier umfassender Verdunklung gegenüber. Die zweitbeste Lösung nach dem Verschweigen der Existenz von Gruppe Sechs ist natürlich, über ihren Zweck völlige Verwirrung zu stiften. Fragt man zehn verschiedene Leute, bekommt man mindestens fünf verschiedene Antworten und fünf Wiederholungen offiziösen Unsinns zu hören.«

McCracken nickte. »Ist ja nicht das erste Mal, daß es so läuft.«

»Nein, die gleiche Politik ist damals bei Los Alamos und dem Manhattan-Projekt verfolgt worden. In Gruppe Sechs steckt der größte wissenschaftliche Aufwand, den die Regierung seitdem betrieben hat, und das schließt, je nach dem, wie man die Buchhaltung interpretiert, auch die NASA mit ein. Herrje, Gruppe Sechs könnte sich das Geld für einen Marsflug an Land ziehen, wenn die Aussicht bestehen würde, daß die Astronauten mit neuen Waffen fürs einundzwanzigste Jahrhundert zurückkehren.«

»Schön zu wissen, daß unsere Zukunft in guten Händen liegt.«

»Ja ... Tja, auf alle Fälle hat Gruppe Sechs so viele unterschiedliche Abteilungen, daß wahrscheinlich die einen nicht mal von der Existenz der anderen wissen.«

»Genau wie beim Manhattan-Projekt.«

»Und genauso paßt auch diesmal alles nahtlos zusammen.« Belamo zeigte auf den Aktenkoffer. »Die Personallisten sind da drin, aber du kannst es dir sparen, sie durchzugucken. Von den hohen Tieren ist niemand aufgeführt, auch dein Nazi Haslanger nicht. Der Gruppe-Sechs-Oberbonze ist ein Colonel namens Lester Fuchs, der während seiner gesamten Laufbahn immer knapp am großen Aufstieg vorbeigeschrammt ist. Die Orden an seiner Brust hat er sich alle durch hartes Durchhalten am Schreibtisch verdient. Dieser Hurensohn hat nie im Krieg gekämpft und will neu bestimmen, wie Kriege geführt werden sollen. Tatsache ist aber, daß er selbst tief in der Scheiße sitzt. Ich habe ganz den Eindruck, als ob die wirklich Mächtigen, die hinter Gruppe Sechs stehen, allmählich die Geduld mit ihm verlieren, weil als Gegenleistung für ihre gigantischen Investitionen nichts Konkretes geliefert wird. Für die vielen Nullen auf ihren Schecks erhalten sie ausschließlich Nullergebnisse. Die letzte größere Panne hat sich erst gestern ereignet.«

»Gestern?«

»Ein Dutzend Rekruten hat durch irgendeine Art von Strahl, der unvorhergesehene Wirkungen hatte, Verbrennungen davongetragen. Sechs davon tödlich.«

McCracken hob die Brauen, dann senkte er den Blick auf den Stapel Blaupausen. »Wo befindet sich denn diese Gruppe Sechs?«

»Auf dem Gelände des Regierungslaboratoriums Brookhaven in Upton, Long Island.«

»Und ich hatte wahrhaftig früher mal mit dem Gedanken gespielt, mir dort ein Ferienhaus zu kaufen.«

»Auf dem Brookhaven-Gelände hättest du lange suchen können, Boss. Schau dir bloß das hier mal an.«

Belamo entrollte die erste Blaupause, kramte im Aktenkoffer nach den entsprechenden 8 x 10-Fotografien – Abzüge von Satellitenaufnahmen, die er irgendwie beschafft hatte – und breitete sie auf dem großen Bogen aus. »Brookhaven ist im Grunde genommen eine Ortschaft für sich, mit ungefähr zwanzig Quadratkilometern Ausdehnung. Es befindet sich auf dem Gebiet, wo im Zweiten Weltkrieg die Uptoner Kaserne stand. Siehst du den dichten Sichtschutz, den diese Bäume der Anlage gegen Passanten auf dem William Floyd Parkway bietet? Das ganze Ding steht innerhalb einer Kiefernwaldung mit einer ganzen Anzahl Bäche. Heute gäb's für so was wahrscheinlich keine Baugenehmigung mehr. Aber schließlich reden wir über Brookhaven. Es gibt dort ein eigenes Postamt, einen Supermarkt und für Güterzüge einen Gleisanschluß zur Long-Island-Eisenbahnstrecke. Personenzüge fahren nicht hin. Also mach dir keine falschen Hoffnungen.«

Inzwischen hatte McCracken sich die von Sal ausgebreiteten Fotos angesehen. »Ziemlich viele Häuser. In welchem ist Gruppe Sechs untergebracht?«

»In keinem dieser Gebäude. Ein paar davon sind alt, aber die meisten neu. Jedes hat seinen eigenen Sinn und Zweck. Eines ist eine Wetterstation, in einem anderen Bau steht ein Partikelbeschleuniger, und in diesem Riesenklotz da steht ein nuklearer Brutreaktor. Der Rest entfällt auf Gentechnik, hochmodernen Molekularscheiß und diversen sonstigen biotechnischen Krempel, von dem ich nicht mal die Bezeichnungen aussprechen kann.« Sal tippte mit dem Finger auf eine Stelle in der Mitte der Blaupause. »Und da haben wir eine hauseigene, ganz gewöhnliche, hochgiftige Sondermülldeponie. Die Anwohner sind richtiggehend begeistert. In den vergangenen fünf Jahren haben sich die Beschwerden über Grundwasserverunreinigung verzehnfacht.«

»Sag nichts. Seit Gruppe Sechs dort aktiv ist?«

Sal lächelte und nickte. Nun wies sein Finger auf eine zerknitterte Stelle in der oberen rechten Ecke der Gesamtübersicht. »Ihr Hauptquartier ist im nordöstlichen Winkel Brookhavens eingerichtet. Man kann vom übrigen Gelände aus nicht mal den Zaun drumherum sehen, außer vielleicht von diesem Acker aus, auf dem wer weiß was gezüchtet wird. Die Kiefern geben eine natürliche Tarnung ab. An der Rückseite, auf dem alten Truppenübungsplatz, ist reichlich Platz für Waffentests jeder Art.«

McCrackens Blick wanderte über den Plan. »Na schön, und wie komme ich hinein?«

»Gar nicht«, entgegnete Sal. »Was Gruppe Sechs innerhalb ihres Zauns an Schutzvorkehrungen hat, verleiht dem Begriff *Hochsicherheit* eine völlig neue Bedeutung.«

Belamo entrollte auf dem Bett drei andere Blaupausen, entnahm dem Aktenkoffer weitere Abzüge vergrößerter Satellitenaufnahmen und legte sie unordentlich auf den Zeichnungen aus.

»Gruppe Sechs hat ihren Standort zwar auf dem Brookhaven-Grundstück«, erläuterte er, »aber damit hört die Gemeinsamkeit auch schon auf. In Wirklichkeit ist sie eine Institution innerhalb einer anderen Institution. Daß Gruppe Sechs überhaupt dort sitzt, ist tatsächlich nur darauf zurückzuführen, daß Brookhaven die zusätzlichen, neuen Gebäude hingestellt bekam, kurz bevor die Verantwortlichen zu der Einsicht gelangten, daß sie kein Geld und keinen Bedarf an Experimenten mehr hatten. Gruppe Sechs dagegen hatte beides. Sie wurde dort in Rekordzeit eingerichtet, und ihre Sicherheitsanlagen waren schon komplett, als gerade mal die ersten Aktenschränke eintrafen. So was an Hochsicherheit kannst du dir gar nicht vorstellen.«

»Und ich dachte, in dieser Hinsicht könnte ich keine Überraschung mehr erleben ...«

»Heute hat das Leben gleich einige Überraschungen für uns auf Lager, Boss. Weißt du, normalerweise werden keine dreifach gestaffelten Hochsicherheitsanlagen installiert, um einzelne Eindringlinge abzuwehren. Sie dienen zur Verteidigung gegen Überfälle bewaffneter Kommandogruppen oder terroristische Aktionen. Aber bei Gruppe Sechs verhält es sich anders. Dort sorgt man sich hauptsächlich wegen Sabotage und Spionage, und bei solchen

Unternehmungen sind einzelne oder zwei Leute effektiver als eine größere Gruppe. Sämtliche Sicherheitssysteme sind darauf abgestellt. Wirf mal einen Blick auf das hier, dann kapierst du, was ich meine.«

Sal beugte sich vor, um Blaine zu zeigen, was ihn beeindruckte. Belamos Knie knackten, und sein Rücken wurde bucklig.

»Wir haben es da, wie erwähnt, mit einer dreifach gestaffelten Hochsicherheitsanlage zu tun, allerdings weicht sie von herkömmlichen Modellen ab. Den Elektrozaun rund um den Komplex zähle ich nicht mit, das heißt, die erste Abwehrzone liegt in diesem schraffierten Bereich.« Belamos Hand strich über einen blauen Streifen, der sich auf der Gesamtübersicht rings um das Gruppe-Sechs-Hauptquartier erstreckte. »Dort sind Sensoren versteckt, Bewegungsmelder mit unterirdisch verlegten Kabeln, die auf Veränderungen an der Oberfläche ansprechen. Du tust einen Schritt, wühlst dabei ein bißchen Erde auf, und schwupp!, schon merkt man, daß du dich da herumtreibst.«

Sals Finger deutete auf einen roten Ring innerhalb des blauen Streifens. »Hier sind die üblichen Lichtschranken, man geht hindurch, und schon ist man erkannt. Aber das Raffinierte daran ist, daß sie asymmetrisch angeordnet sind und einem ständigen, computergesteuerten Kombinationswechsel unterliegen. Damit verhindert man, daß ein Insider das Schaltschema an Interessenten wie uns verscherbelt. Mit anderen Worten, da ist nichts zu machen.«

»Und du hast mich erst über zwei der drei Zonen aufgeklärt.«

»Glaub mir, Boss, die dritte Zone ist fast zu schrecklich, um darüber zu reden.«

McCracken betrachtete die entrollten Lagepläne und sah, daß keine dritte Farbe das Blau und Rot ergänzte. »Wo ist sie denn?«

»Überall.«

»Was soll denn das heißen?«

»Ich habe dir ein Bild mitgebracht, damit du es selber siehst.« Sal wühlte im Aktenkoffer und holte eine an ein Schriftstück geheftete 8x10-Fotografie heraus. »Da, schau's dir an.«

Blaine nahm die Unterlagen entgegen und besah sich das Foto. Darauf war ein Gegenstand abgelichtet, der einem großen stählernen Pilz ähnelte: auf einem etwa dreißig Zentimeter hohen Zylinder saß eine Art von Deckel in Form eines geöffneten Regenschirms.

»Das sieht ja aus wie ein Gartensprenger.«

»Und es funktioniert auch ungefähr nach dem gleichen Prinzip, Boss. Ich glaube, in dem Papier steht sogar irgendwo, daß die Idee durch Berieselungsanlagen angeregt worden ist, nur kommt aus diesen Dingern kein Wasser, sondern der Tod. Um die fünfhundert Stück sind in der Erde installiert und mit den Bewegungsmeldern und Lichtschranken gekoppelt.«

»Und was tun sie?«

Sal holte noch mehr vergrößerte Satellitenaufnahmen aus dem Köfferchen. »Erst möchte ich, daß du mal einen Blick auf diese Bilder wirfst. Sag mir, was du darauf nicht siehst.«

»Was ich nicht sehe?«

»Jawohl. Dauert bestimmt nicht lang.«

McCracken sah die Fotos durch; sie zeigten einen großen, dunklen Kasten von Gebäude, aufgenommen aus verschiedenen Perspektiven. Es stand auf einer Lichtung. Belamo hatte recht. Blaine brauchte nur wenige Augenblicke, um zu erkennen, was fehlte.

»Wachtposten«, stellte er fest. »Es sind keine Patrouillengänger zu sehen.«

»Genau. Bei Gruppe Sechs gehört dergleichen der Vergangenheit an. Es ist, kann man sagen, überflüssig geworden.«

»Wegen dieser Metallpilze?«

»Die Pilze verschießen Laserstrahlen. Wenn die Bewegungsmelder oder die Lichtschranken – oder beide – einen Eindringling ertappen, wird sofort die Laserkontrolle alarmiert. Dann fahren diese Pilzgebilde aus dem Erdboden aus, peilen den Eindringling an und feuern automatisch, wenn er ins Schußfeld kommt. Da bleibt kein Auge trocken.«

Blaine sah sich nochmals die Gesamtübersicht an; dann schob er sie beiseite und betrachtete einen detaillierten Bauplan des Gruppe-Sechs-Hauptquartiers. »Wie wär's, Sal, wenn man aus der Luft auf dem Dach landet. Vielleicht mit einem Drachengleiter oder einem leisen Hubschrauber?«

Belamo schüttelte den Kopf. »Zwecklos, Boss. Es ist auf den Plänen nicht ausdrücklich vermerkt, aber das Dach steht unter Strom.«

Bedächtig nickte McCracken, während er die Blaupausen gründlich anschaute. »Woher bezieht Gruppe Sechs ihren Saft?«

»Spielt keine Rolle. Es sind Notstromgeneratoren vorhanden, die das Weiterfunktionieren der gesamten Sicherheitsvorrichtungen mit achtzigprozentiger Effizienz garantieren. Ganz davon zu schweigen, daß bei einem Stromausfall automatisch alle Türen mit Kobaltriegeln gesperrt werden. In diesem Fall eher eine Maßnahme, um jemanden drinnen festzuhalten. Man ist wohl von der Überlegung ausgegangen, ein Stromausfall wäre das ideale Ablenkungsmanöver für einen Eindringling, der sich aus dem Staub machen will.«

Blaine betrachtete die Pläne wie die Seiten eines Buchs, das er schon ein Dutzend Mal gelesen hatte. »Ein Ablenkungsmanöver dürfte genau das sein, was wir brauchen.«

»Dazu müßte uns aber ein echt durchschlagender Trick einfallen, wenn du mich fragst.«

»Bei welcher Gelegenheit wird das Sicherheitssystem abgeschaltet?«

»Einigen Jungs im Pentagon zufolge, die es aus eigener

Erfahrung kennen, schaltet man es nie ganz ab, nicht einmal, wenn jemand Befugtes kommt oder geht.«

»Diese Strecke da ...« McCracken wies auf eine Straße, die sich vom Haupttor aus durchs Brookhaven-Gelände schlängelte.

»Ja?«

»Wird hier angeliefert?«

Sal Belamo schüttelte den Kopf. »Lieferfahrzeuge kommen nicht einmal in die Nähe des Hauptquartiers. Alles wird auf Brookhaven-Gelände abgeladen und von Gruppe-Sechs-Personal abgeholt.«

»Jede Sicherheitsanlage kann durchbrochen werden, Sal. Eine Schwachstelle gibt's immer. Man muß sie nur finden.« McCracken betrachtete die Pläne noch mal. »Hieraus geht hervor, daß das Gruppe-Sechs-Gebäude drei Tiefgeschosse und drei geheime unterirdische Lagerräume hat ... Da, da und da.« Seine Hand wanderte von dem Grundriß des Gebäudes seitwärts. »Und dort sind unterirdische Gänge, die unter Brookhavens Grundstücksgrenze hindurchführen. Wie's aussieht, sind sie nicht fertiggestellt worden, weil Brookhaven das Gebäude, das später Gruppe Sechs belegt hat, nicht mehr brauchte. Ich glaube, man kann die halbe Sperrzone unterqueren, bevor man vor einer Wand steht.«

»Das ist zuwenig, wenn du mich fragst.«

»Einen Moment«, sagte McCracken plötzlich. Sein Blick fiel abermals auf eine Blaupause, auf der man sowohl die Sondermülldeponie als auch die Sicherheitszone des Gruppe-Sechs-Hauptquartiers erkennen konnte. Sein Finger zeigte auf eine rot markierte Stelle. »Sieh dir mal das an.«

»Heilige Scheiße«, murmelte Sal, während er Blaine über die Schulter schaute. »Daran hätte ich nie gedacht ...«

»Glaubst du, da paßt ein Mensch durch?«

»Und selbst wenn? Es ist doch klar ersichtlich, daß es nicht weit genug verläuft.«

»Ich will nur wissen, ob es groß genug ist.«

»Hast du irgendwas entdeckt, Boss?«

McCracken verglich die Zeichnungen mit einigen der Fotos. Anschließend kehrte sein Blick an dieselbe Stelle zurück. »Es könnte gehen«, sagte er. »Wie lautet deine Antwort auf meine Frage?«

Belamo blätterte in einer dicken Sammlung gebundener Computerausdrucke. »Ich weiß es nicht. Zu den ursprünglichen Spezifikationen für Brookhaven gehörte es nicht, und Gruppe Sechs hat es nie gebraucht, also ...«

»Kannst du mich nach Brookhaven hineinbringen, Sal?«

Belamo zuckte mit den Schultern. »Ich kann da eventuell einiges drehen. Nur mußt du nachher auch den Weg zurück nach draußen finden.«

»Also ein Job für zwei Mann.«

»Bestimmt, Boss.«

»Johnny ist schon auf der Anreise.«

Bei dieser Aussicht lachte Belamo gedämpft. »Dann muß ich mich wohl ein bißchen kräftiger ins Zeug legen, aber zum Henker, was soll's? Es wäre nett, du verrätst mir, wie du vorgehen willst, ehe ich anfange.«

McCracken schmunzelte. »Gut, daß du fragst ...«

Kapitel 22

»Sie kommen gerade durchs Brookhaven-Haupttor, Sir«, meldete Larsen, als Colonel Lester Fuchs die Kommando- und Kommunikationszentrale von Gruppe Sechs betrat.

Einer der zwei Dutzend Monitore, die in der Mitte des Raumes in eine enorme Konsole integriert waren, zeigte eine Kolonne aus drei Wagen, die auf dem Weg zu Gruppe Sechs gerade die ersten Forschungsgebäude Brookhavens passierte. Auf drei weiteren Monitoren mit erheblich höherer Bildqualität und besseren Darstellungsmöglichkeiten ließ sich beobachten, wie die Kolonne die insgesamt sieben Minuten lange Fahrt fortsetzte.

»Ich gehe hinunter«, sagte Fuchs und rückte sich in der Ohrmuschel einen Miniatur-Ohrhörer zurecht, über den er mit der Kommando- und Kommunikationszentrale in Verbindung blieb.

Auf dem Weg zur Tiefgarage dachte Fuchs erneut darüber nach, wie er am besten mit Joshua Wolfe umgehen sollte. Vor vier Stunden hatte er sich mit Haslanger beraten, nachdem der Doktor seine Untersuchung des Faxgeräts, das in Key West aus Harry Limes Wohnung geholt und unverzüglich zur Gruppe Sechs geflogen worden war, beendet hatte.

»Brillant«, war Haslangers wiederholter Kommentar gewesen, während er sich in seinem Privatlabor über einen mit Werkzeugen übersäten Tisch beugte. Mitten auf dem Tisch hatte das Faxgerät gestanden, dessen Rückseite abgeschraubt war. »Eindeutig brillant, genau wie ich es erwartet habe.« Er richtete den Blick auf Fuchs. »Er fehlt.«

»Wer fehlt?«

»Der Chip. Sehen Sie, Colonel, ein Faxgerät beruht auf den gleichen Prinzipien wie ein Computer. Das Gerät, das ein Fax sendet, digitalisiert die Mitteilung und schickt sie durch die Leitung zum Empfängergerät, das sie rückverwandelt und druckt. Bei diesem Apparat hat Joshua Wolfe den für die Rückverwandlung zuständigen Chip entfernt.«

»Weshalb?«

»Was habe ich Ihnen gesagt, als ich dem Gerät die Rückseite abschraubte?«

»Daß kein Papier drin ist.«

»Genau. Und weil die eingegangene Mitteilung darum nicht ausgedruckt werden konnte, ist sie im Gerät auf dem

Chip gespeichert geblieben. Als der Junge den Chip entnommen hat, sind von ihm praktisch alle Faxtexte, die seit Ausgehen des Papiers eingegangen sind, entfernt worden. Wenn er also die CLAIR-Formel der Adresse in Key West zugefaxt hat, mußte er persönlich hin, um sie wieder an sich zu bringen.«

»Reichlich gewagt.«

»Die Sache war das Risiko wert, oder etwa nicht?«

Trotz Sinclairs gründlicher Suche war der Chip weder im Gepäck des Jungen noch in dem Hotelzimmer in Orlando gefunden worden. Aber das beunruhigte Fuchs nicht. Er rechnete vollauf damit, daß Joshua Wolfe, sobald er bei Gruppe Sechs eintraf, ihm das Versteck des Chips verraten würde.

»Abschaltung Sicherheitssysteme, Sir«, drang Larsens Meldung aus dem Ohrhörer, während Fuchs im Lift ins dritte Tiefgeschoß hinabfuhr. »Tor wird geöffnet.«

Kurzes Schweigen folgte.

»Zufahrtstraße beleuchtet.«

Das Abschalten der Sicherheitsanlagen erstreckte sich ausschließlich auf die schmale, zweispurige Zufahrtsstraße, die vom Elektrozaun rings um das Gruppe-Sechs-Hauptquartier bis zur Abfahrt in die Tiefgarage verlief. Auf dem übrigen Grundstück blieben alle Sicherheits- und Abwehrsysteme in Betrieb. Unter diesen Umständen war es unbedingt nötig, daß die Autokolonne sich sorgfältig zwischen den Leuchtmarkierungen beiderseits der Zufahrt hielt und auf keinen Fall davon abwich.

»Geben Sie Dr. Haslanger durch, daß es soweit ist«, befahl Fuchs, als im Tiefgaragengeschoß die Lifttür aufrollte.

Haslanger hatte die Ankunft der Wagenkolonne auf dem Monitor seines Büros mitverfolgt. Er stand beinahe im gleichen Augenblick auf, in dem Fuchs sich auf den Weg zur Garage machte. Er griff nach der Fernbedienung, um den Monitor auszuschalten, als eine Stimme hinter ihm ihn verharren ließ. »Wenn du nichts dagegen hast, möchte ich gerne zuschauen.«

Krill …

Die Stille im Zimmer und die Aufregung hatten Haslanger wahrhaftig die Anwesenheit Krills vergessen lassen.

»Nein, natürlich nicht«, gab er voller Unbehagen zur Antwort.

»Das ist das erste Mal, was?«

Haslanger drehte sich um zu Krills wuchtiger, unförmiger Silhouette, die sich vor dem matten Licht des Bildschirms nur schwach abzeichnete. »Was meinst du?«

»Daß zwei deiner Geschöpfe gleichzeitig am selben Ort sind. Ich dachte, das wäre dir klar.«

Haslanger wünschte, er wäre schon zur Tür hinaus. Auch Krill war sein Geschöpf, gewiß, aber im Vergleich mit Joshua Wolfe schnitt er schlecht ab. Immerhin war Joshua in der normalen Gesellschaft funktionsfähig. Krills Äußeres dagegen machte das unmöglich. Beinahe hätte Haslanger ihn damals eliminiert, so wie er mit der überwiegenden Mehrheit der anderen Retortenkinder kurz nach der Geburt verfahren war; erst auf den zweiten Blick hatte Krill ausreichende Eigenschaften erkennen lassen, die zumindest eine gewisse Hoffnung rechtfertigten.

Krill war nicht der einzige gewesen, der der umgehenden Eliminierung entging, jedoch der erste Sprößling, der nicht in der Kindheit mit zahllosen körperlichen Schwierigkeiten zu kämpfen gehabt hatte. Vom ersten Tag an hatte er einen hartnäckigen Willen zum Leben bewiesen und ihn beharrlich beibehalten.

Aber was Haslanger am stärksten überrascht hatte, war die Gehirnkapazität dieses Wesens. Er zeigte eine eindrucksvolle Begabung zum Lesen und begann schon als Kleinkind, Musik zu schätzen. Normaler Schulunterricht war nie für ihn geplant gewesen, doch im Laufe der vielen, langen Stunden der Einsamkeit, die das Dasein für Krill bereithielt, hatte er sich selbst enorm viel beigebracht. Er war das Produkt eines Experiments, das ihn zu einem Leben im Labor verurteilte, nachdem man die Forschung längst beendet hatte. Bei Gruppe Sechs war ihm durch Haslanger eine Unterkunft eingerichtet worden; dort saß Krill herum und las im Dunkeln. Er kam im allgemeinen nur zum Vorschein, wenn der Doktor ihn zu sich bestellte.

»Und es ist ein wirklich interessantes Ereignis«, fügte Krill hinzu. »Immerhin verkörpern dieser Junge und ich die Gesamtsumme deines Lebenswerks. Ich würde mich gerne mal mit ihm zusammensetzen und über unsere Gemeinsamkeiten diskutieren. Aber das ist sicher nicht der Grund, warum du mich von meinen Büchern weggerufen hast.«

Haslanger öffnete die Tür, schirmte jedoch mit seiner Gestalt einen Großteil des Lichts ab, das aus dem Korridor hereinfiel. »Ich habe mich über den Mann informiert, dem du bei deinem Besuch in der New Yorker Stadtbibliothek in die Arme gelaufen bist … Über diesen McCracken.«

»Ich mich auch.«

»Er ist gefährlich.«

»Ich weiß.«

»Allerdings wissen wir nicht genau, ob seine Kontaktaufnahme mit Gloria Wilkins-Tate im Zusammenhang mit mir stand.«

»Falls ja, spürt er dich auf.«

»Mich gibt es nicht mehr.«

»Das gleiche galt für Gloria Wilkins-Tate.«

»Du glaubst also, er kann mich hier bei Gruppe Sechs finden?«

»Ich bin mir sicher, daß er kommt. Es ist unabwendbar.«

Haslanger fühlte Krills Blick auf sich ruhen.

»Das war das erste Mal, daß ich bei meiner Arbeit versagt habe, Vater. Darum will ich hier sein, wenn er kommt.«

Einer der in Zivil gekleideten Sicherheitsleute Fuchs' führte Dr. Susan Lyle in die Tiefgarage.

»Ah, vielen Dank, daß Sie sich zu uns bemühen, Doktor«, begrüßte der Colonel sie geradezu überschwenglich. Offenbar fühlte er sich in seiner Galauniform richtig wohl. »Ich hoffe, es stört Sie nicht, daß ich Ihnen einen Begleiter geschickt habe, aber ich wußte nicht, ob Sie den Weg kennen.«

»Ich weiß Ihre Umsicht zu schätzen.«

Kurz nach Susan traf Haslanger ein; sie bemühte sich, ihn keines Blicks zu würdigen.

»Ich habe vor, Sie beide dem Jungen gleich vorzustellen«, erklärte der Colonel und wandte sich dann an Susan. »Es wäre sehr hilfreich, wenn Sie so tun, als gehörten Sie schon lange zu uns. Weitere Verwirrung könnte nur dazu beitragen, dem ohnehin angeschlagenen Gemüt des Jungen noch stärker zu schaden. Er braucht klare Verhältnisse, Ordnung, um sich freudig auf das einlassen zu können, was wir ihm zu bieten haben.«

»Er wird nichts anderes von mir hören«, antwortete Susan und versuchte, ihrem Tonfall die Schärfe zu nehmen.

Plötzlich hob sich ein Tor, das eigentlich ein Teil der Wand war, und das Scheinwerferlicht eines Fahrzeugs stach in den Einfahrtsbereich der Tiefgarage. Der Wagen rollte weit genug herein, um auch den beiden nachfolgenden Autos die Einfahrt zu ermöglichen. Aus dem mittleren Fahrzeug stieg niemand. Erst als die Insassen der beiden anderen Wagen herausgesprungen waren und in steifer Haltung, als müßten sie Wache stehen, Aufstellung bezogen hatten, wurde eine hintere Tür des dritten Autos geöffnet. Ein weiterer Mann schwang sich heraus, und hinter ihm folgte Joshua Wolfe.

Die Jeans und das Hemd, die er trug, unterschieden ihn nicht im geringsten von anderen Jugendlichen seiner Altersstufe; zusammen mit dem modisch-langen Haar und der weißen Holzperlenkette um seinen Hals hätte er irgendein x-beliebiger Fünfzehnjähriger sein können.

Doch er hatte nicht die Augen eines Teenagers. Da endete, erkannte Susan, jeder Vergleich. Die tiefblauen Augen hatten wegen ihrer eindringlichen Ausdruckskraft etwas nahezu Bedrohliches. Ihrer Aufmerksamkeit entging nichts. Sie kamen Susan fast frech oder arrogant vor, aber sie wußte, daß sein Blick lediglich eines der Hilfsmittel war, mit denen dieser Junge mit einem IQ von über zweihundert seinem Wunderhirn Informationen zuführte. Er saugte alles auf, was er sah, vor allem, wenn er sich in neuer Umgebung befand. Trost fand sich in Vertrautem, und eben danach war Joshua Wolfe gegenwärtig auf der Suche.

»Guten Abend, Mr. Sinclair«, empfing Fuchs den vor Joshua Wolfe aus dem Wagen gestiegenen Mann. »Ich hoffe, die Reise ist gut verlaufen.«

»Ohne besondere Vorkommnisse«, sagte der Mann und wandte nur widerwillig den Blick von dem Jungen.

Joshua Wolfe war zwischen dem Auto und dem Colonel stehengeblieben und betrachtete Fuchs nicht aufmerksamer, als er den ganzen Rest der neuen Umgebung musterte. Fuchs ging auf ihn zu und streckte ihm die Hand entgegen.

»Ich bin Colonel Lester Fuchs, Leiter von Gruppe Sechs.«

Joshua Wolfe nahm die Hand mit lockerem Griff, während sein Blick unvermindert das Umfeld erkundete. Dann besah er sich den Colonel von oben bis unten und war offenbar nicht im mindesten beeindruckt.

»Ich erinnere mich an Ihren Namen aus den Dateien, die ich mir angeschaut habe.«

»Bestimmt haben die Dateien Ihr Interesse geweckt, Josh. Ich darf Sie doch Josh nennen?«

»Klar. Auf die wirklich interessanten Sachen konnte ich aber nicht zugreifen ...« Josh schwieg einen Atemzug lang. » ... Lester ...«

Fuchs räusperte sich unbehaglich. »Das läßt sich ändern, wenn Sie es möchten, wir können Ihnen jede Datei, jede Apparatur und jedes Laboratorium verfügbar machen, die wir hier haben.« Er drehte sich nach Susan und Haslanger um. »In diesem Zusammenhang würde ich Ihnen gerne zwei andere Personen vorstellen.« Der Blick des Jungen schwenkte in Susans und Haslangers Richtung. Joshua Wolfes Augen verengten sich.

Haslanger nickte; anscheinend faszinierte es ihn, einer Kreatur seiner Labor-Experimente zu begegnen – doch gleichzeitig wirkte er, als wäre er auf der Hut.

Susan zwang sich zu einem Lächeln und erinnerte sich an das Foto, das Blaine McCracken in Wolfes Studentenbude gefunden hatte. Obwohl es erst vor ungefähr einem Jahr aufgenommen worden war, machte Joshua Wolfe jetzt einen merklich älteren, reiferen Eindruck. Es mußte an den Augen liegen, überlegte Susan. Das bißchen Unschuld, das man ihm auf dem Foto noch hatte ansehen können, war dahin, und das weit gründlicher, als es sich durch das Verstreichen nur eines Jahrs erklären ließe. Der lächelnde Mann, der auf dem Bild neben dem Jungen stand, fiel Susan ein – der Mann, dessen Verschwinden McCracken in die Geschehnisse verwickelt hatte. Susan fragte sich, welche Ausreden Fuchs wohl für den Fall ausgebrütet haben mochte, daß Joshua Wolfe nach dem Verschwundenen fragte.

»Dr. Haslanger ist Chef der Forschungs- und Entwicklungsabteilung«, konstatierte Joshua Wolfe in sachlichem Ton. »Aber ich habe aus seiner Personaldatei nichts über seine Tätigkeit vor der Arbeitsaufnahme bei Gruppe Sechs ersehen können.« Leicht befremdet sah der Junge Susan an. »Und Ihr Name ist überhaupt nicht verzeichnet.«

»Ich bin erst jetzt hierher versetzt worden«, antwortete Susan mit Hochgenuß. Sie konnte geradezu spüren, wie Colonel Fuchs innerlich zu kochen begann.

»Von woher?«

»Vom Seuchenkontrollzentrum.«

»Ach so«, sagte der Junge und ließ ein wenig den Kopf sinken. Er hob ihn so weit wieder an, daß er scheu Susans Blick erwidern konnte. »Dann weiß ich, warum Sie hier sind. Es gibt noch keine Datei darüber, aber vermutlich dachten sie zunächst, daß ... daß das, was ich angestellt habe, eine Seuche sei.«

»Unsere erste Annahme ging davon aus, ja«, bestätigte Susan. »Aber wir mußten bald umdenken.«

»Sie sind es gewesen, die herausgefunden hat, daß ich schuld bin, nicht wahr?«

»Ja.«

»Und wie? Es muß an dem Rucksack gelegen haben. Hätte ich ihn nicht verloren, wäre ich jetzt nicht hier bei Ihnen, stimmt's?«

Susan schaute Lester Fuchs an; sein Gesicht war vom Uniformkragen bis zu den Haarwurzeln rot angelaufen. »Das gilt für uns alle.«

»Aber mich haben Sie nur wegen des Rucksacks finden können. Als ich gemerkt habe, daß ich ihn nicht bei mir hatte, hätte ich umkehren sollen. Überlegt hatte ich es mir ja, aber ... Na, ich habe es eben nicht getan.« Nun bekamen seine nahezu unheimlich eindringlichen Augen einen sanfteren Ausdruck und glichen zum erstenmal Kinderaugen. »Es war eben ein schwarzer Tag.«

Fuchs hatte sich an Susans Seite geschoben. »Wir wissen, was Sie dort zu leisten versucht haben, Josh«, sagte er. Susan hörte, wie die Leere der weiträumigen Tiefgarage seinen Äußerungen einen hohlen Klang verlieh. »Es war ein bewunderungswürdiges, lobenswertes Projekt.«

Blitzartig gewannen Wolfes Augen ihren genialischen Glanz zurück. »Aber es hat keinen Bezug zu dem, was Sie hier bei Gruppe Sechs tun, oder, Lester?«

»Nein, wie Ihnen genau bekannt ist, nicht.«

»Was soll dann an der Sache in Cambridge so lobenswert sein? Was ich erreichen wollte, oder was ich bewirkt habe?«

»Es liegt mir fern, den Tod unschuldiger Menschen als etwas Erstrebenswertes zu bezeichnen, aber ebensowenig halte ich es für wünschenswert, daß ihr Ableben ohne Sinn bleiben soll.« Fuchs musterte Joshua Wolfe fest. »Vor allem, junger Mann, wenn ihr Tod den Nutzen erbringen kann, in der Zukunft Abertausende von Toten zu vermeiden.«

»Ist das ein von Ihnen verfolgtes Ziel?«

»Sie haben unsere Daten gesehen. Geben Sie sich selbst die Antwort.«

»Genau darum dachte ich mir, ich frage mal lieber nach.«

Fuchs blieb ruhig. »Ja, das ist unser Ziel.«

»Und was wollen Sie in diesem Zusammenhang von mir? Was kann ich Ihrer Ansicht nach dazu beitragen?«

»Ist das nicht offensichtlich?«

»Nein.«

»Erst einmal möchten wir CLAIR in der Originalform, genauer gesagt, so wie der Organismus in der Citypassage von Cambridge freigesetzt wurde.«

»Ich bezweifle, daß Sie daraus für Ihre Arbeit einen Nutzen ziehen können.«

»Das kommt auf die Betrachtungsweise an«, erwiderte Fuchs. »Denken Sie daran, daß wir an der Entwicklung von Waffen arbeiten, deren Wirkung sich auf ein begrenztes Gebiet beschränkt.«

»Waffen, die töten.«

»Nur wenn nötig.«

»Ist es letzten Endes nicht immer nötig?«

Fuchs trat einen Schritt vor. »Nicht unbedingt. Eben deshalb möchte ich, daß Sie uns die Gelegenheit geben, Ihnen einige der Projekte zu erläutern, mit denen wir uns beschäftigen.«

»Ihnen die Gelegenheit geben? Habe ich eine Wahl?«

»Sie sind kein Gefangener, Josh. Ein Wort von Ihnen, und ich lasse Mr. Sinclair Ihre Abreise nach Cambridge arrangieren.» Der Colonel sah ihm direkt ins Gesicht. »Allerdings denke ich, daß wir nicht die einzigen sind, die an Ihnen interessiert sind. Fest steht aber, daß wir Ihnen am verständnisvollsten gegenüberstehen.«

»Und wenn ich nun dorthin will, wohin Sie Harry Lime gebracht haben?«

»Mir ist nicht recht klar, wovon Sie sprechen.«

»Sie kennen meine Akte, Lester, so wie ich Ihre kenne.«

Susan wartete nicht weniger gespannt als Josh auf Fuchs' Antwort.

»Oh, selbstverständlich weiß ich über die verdienstvolle Rolle Bescheid, die Harry Lime in den Jahren Ihres Heranwachsens hatte«, sagte der Colonel. »Aber leider weiß ich nichts über die Gründe seiner gegenwärtigen Abwesenheit. Wir haben Nachforschungen eingeleitet. Es kann sein, daß er zur Zeit einen Regierungsauftrag ausführt. Wenn dabei keine formelle Befehlserteilung erfolgt, ist so etwas sogar für uns schwer nachprüfbar.«

»Das waren heute Ihre Männer in seiner Wohnung.«

»Ja.«

»Und Sie haben ihn nie gesehen?«

»Nein.«

»Mir ist es wirklich sehr wichtig, daß Sie ihn finden, Lester.»

»Wie gesagt, wir versuchen es.«

»Ich hätte gerne, daß Sie ihn herholen, damit wir zusammensein können.«

»Eine gute Idee. Lohnt sich ohne weiteres, darüber nachzudenken. Aber was halten Sie davon, sich erst einmal von Dr. Haslanger alles zeigen zu lassen? Wäre das ein Problem, Doktor?«

Nervös schüttelte der Alte den Kopf. »Nein.«

Joshua Wolfes Blick streifte nochmals Susan. »Und was ist mit Dr. Lyle?«

»Sie stößt später dazu, junger Freund. Ich muß vorher noch etwas mit ihr besprechen.«

»Wie lautet Ihre Einschätzung, Doktor?« fragte Fuchs, nachdem ein nervöser Haslanger den Jungen fortgeführt hatte.

»Welche Einschätzung?« stellte Susan die Gegenfrage.

»Des Jungen.«

»Ich bin Spezialistin für Infektionskrankheiten, Colonel, keine Psychologin. Ich dachte, das hätten wir geklärt.«

»Und welches Urteil geben Sie als Mensch über ihn ab?« wollte Fuchs erfahren. »Und als Frau.«

Bei der letzten Bemerkung zog Susan die Brauen hoch. »Sie sind es wohl nicht gewöhnt, mit Frauen zusammenzuarbeiten, stimmt's, Colonel?«

Fuchs zuckte mit den Schultern. »Wenn man schon so lange wie ich beim Militär ist …«

»Ich nehme an, den Umgang mit Kindern sind Sie noch weniger gewöhnt.«

»Also betrachten Sie Joshua Wolfe als ein Kind.«

»Allerdings als ein höchst außerordentliches Kind. Aber gefühlsmäßig ist er den gleichen Stimmungsschwankungen und Gemütswallungen wie alle Kinder seines Alters unterworfen.«

»Erwarten Sie, daß daraus Schwierigkeiten entstehen?«

»Ich verstehe nicht ganz, worauf Sie hinauswollen.«

Fuchs maß sie vorwurfsvollen Blicks. »Dr. Lyle, ich hatte vor, noch einmal mit Ihnen über unser gemeinsames Hauptanliegen zu sprechen. Joshua Wolfe hat etwas, das wir hier bei Gruppe Sechs haben wollen. Wir haben uns dafür entschieden, ihn nicht zu verhören, ihn zu nichts zu zwingen, überhaupt nichts gegen seinen Willen zu unternehmen. Unser Bestreben ist, daß er sich uns aus freien Stücken anschließt, und wir bauen auf Ihre Unterstützung, um ihn davon zu überzeugen, daß es so für ihn am vorteilhaftesten ist.«

»Und wie soll ich nach Ihrer Vorstellung dabei vorgehen?«

Der Colonel lächelte. Er senkte seine Stimme und

schlug einen beinahe liebenswürdigen Tonfall an. »Dr. Lyle, die Gründe für Ihren Ehrgeiz, Ihre hochgesteckten Ziele und die Verzweiflung, die Sie dabei antreibt, sind mir vollkommen verständlich. Aber wie weit sind Sie noch von der Art führender Forschungsposition entfernt, die Ihnen vorschwebt? Gruppe Sechs hat in Washington einflußreiche Freunde. Wenn Sie uns in dieser Angelegenheit behilflich sind, würden wir Ihnen bestimmt unsererseits in jeder gewünschten Hinsicht weiterhelfen.«

»Ich habe nie behauptet, ich wäre dort, wo ich bisher war, unzufrieden gewesen.«

»Das hätte sich erübrigt. Mir ist gänzlich klar, daß Sie das SKZ und die Sonderabteilung Brandwacht immer nur als Sprungbrett angesehen haben. Beides die Mühe wert, versteht sich, aber kaum anspruchsvoll genug für Ihre Fähigkeiten und Ihre Zukunftsvorstellungen. Warum stufen Sie Ihren Aufenthalt bei uns nicht einfach als eine weitere, höhere Stufe Ihres Aufstiegs, einen wahren Glücksfall für Sie ein?«

Er kam Susan unangenehm nah, so daß sie am liebsten vor ihm zurückgewichen wäre. »Ich kann Ihre Wunschvorstellungen verstehen. Was die Strebsamkeit angeht, sind wir beide gar nicht so verschieden. Daß unsere Beweggründe sich unterscheiden, läßt sich nicht leugnen. Aber wir haben es beide auf höhere Positionen abgesehen, an denen wir unsere Fähigkeiten besser entfalten können. In dieser Beziehung kann Joshua Wolfe uns beiden eine Hilfe sein, Doktor, und wir können Joshua Wolfe helfen.«

»Ist es das, wovon ich ihn überzeugen soll?«

»Die Macht solcher Organisationen wie der unseren kann vieles bieten, aber einer der wertvollsten Vorteile ist ihre Schutzfunktion, der Schutz vor Mißverständnissen, Benachteiligung und vor herkömmlicher Strafverfolgung. Am Eingangstor zu Gruppe Sechs läßt ein Mensch alles zurück, was vorher gewesen ist. Von da an wird er nur noch anhand des Beitrags beurteilt, den er zur gemeinsamen Arbeit leisten kann.«

Ein paar Sekunden lang schwieg Fuchs. »Wir haben die Möglichkeit, Joshua Wolfe vor den Konsequenzen dessen zu schützen, was sich in Cambridge ereignet hat. Wir können seine Verantwortung für den Tod von über siebzehnhundert Menschen aus den Geschichtsbüchern streichen, mehr noch, wir sind dazu in der Lage, zur Beruhigung seines Gewissens dafür eine nachträgliche Rechtfertigung zu finden. Ihm muß gezeigt werden, daß zum Schluß doch immer etwas Positives herauskommt, und ich glaube, dank Ihrer Mitwirkung, Doktor, kann es uns gelingen, ihm diese Wende zum Guten zu verdeutlichen.«

In diesem Moment, als Susan Colonel Lester Fuchs' vielsagenden Blick erwiderte, begriff sie endgültig. Sie hatte es womöglich von Anfang an geahnt, gestand es sich jedoch erst jetzt unzweideutig ein: Egal, was passierte, Joshua Wolfe gehörte von nun an zur Gruppe Sechs.

Man würde sein gesamtes restliches Leben nach den Bedürfnissen dieser Organisation verplanen. Sein Genie war zu kostbar und außerdem ein zu großes Gefahrenpotential, um ihn je wieder eigene Wege gehen zu lassen. Alles andere, Susans Anwesenheit eingeschlossen, war pure Heuchelei.

Doch während Fuchs den Jungen ihrer *Überzeugungskraft* anvertraute, war ihm nicht bekannt, daß sie durch Blaine McCracken über die wahren Vorgänge um Harry Lime informiert war und folglich wußte, daß der Colonel vor nichts zurückschreckte, um seine Absichten zu verwirklichen. Dieser Umstand bestärkte sie in ihrer Entschlossenheit, dem Jungen wirklich zu helfen, nämlich ihn darüber aufzuklären, daß alles besser war, als den Vorschlag, bei Gruppe Sechs zu bleiben, anzunehmen.

»Ich werde sehen, was ich tun kann«, sagte Susan zu Fuchs.

In den Ozark-Bergen, im Quarantänezentrum des Seuchenkontrollzentrums im Mount Jackson, war alle Arbeit, seit Killebrew am Vortag seine bestürzende Entdeckung gemacht hatte, zum Stillstand gekommen. Er hatte beschlossen, sämtliche weiteren Untersuchungen der Opfer des Desasters in der Citypassage von Cambridge und die damit zusammenhängenden Experimente auszusetzen, bis er Susan Lyle erreicht hatte.

Killebrew empfand ebensoviel Erbitterung wie Furcht. Seine gesamten Bemühungen, Susan Lyle zu kontaktieren, waren erfolglos geblieben; er hatte lediglich erfahren, daß ein SKZ-Direktor, den er nur aus einem SKZ-Selbstdarstellungsfilm kannte, sie zur zeitweiligen Leiterin eines Forschunsprojekts ernannt hatte. Aber Killebrew wollte seine schockierende Entdeckung nicht völlig fremden Leuten anvertrauen; er wollte niemand anderem als Susan mitteilen, was er am Vortag herausgefunden hatte:

Der Organismus namens CLAIR war nicht abgestorben.

Kapitel 23

»Doktor?« hakte Joshua Wolfe noch einmal nach.

»Wie bitte?«

»Sie wollten etwas sagen ...«

Haslanger hatte vergessen, was er sagen wollte, und versuchte den roten Faden wiederzufinden. Seit nunmehr zwanzig Minuten führte er Joshua Wolfe durch die Laboreinrichtungen von Gruppe Sechs. Dem Jungen mußte nur selten etwas erklärt werden. Er erkannte und verstand von sich aus auf den ersten Blick, was er zu sehen bekam, äußerte sich oft selbst dazu und sah Haslanger nur an, um von ihm eine Bestätigung zu erhalten.

Anscheinend konnte er sich noch genau an alles erinnern, was er bei seinem kurzen Einblick in die Datenspeicher von Gruppe Sechs gesehen hatte. Haslanger brauchte lediglich Informationslücken zu füllen oder auf Zusammenhänge zwischen bestimmten Projekten und gewissen Forschungsarbeiten hinzuweisen.

Ja, da hatte ihr Gespräch geendet, entsann sich Haslanger. Er hatte die Vorzüge von Gruppe Sechs gepriesen und eine langsame Indoktrination des Jungen begonnen, um ihn dazu zu bringen, die Bedeutsamkeit der hier betriebenen Forschungen anzuerkennen.

»Ich wollte den Punkt klarstellen«, fuhr Haslanger fort, »daß weite Bereiche unserer Tätigkeit, auch wenn ein Großteil der Informationen, die Sie in den Datenbanken gefunden haben, vielleicht einen anderen Eindruck erwecken, sich mit der Entwicklung nichttödlicher Kriegswaffen befassen.«

Skeptisch drehte sich der Junge um. »Für mich klingt das wie ein Widerspruch in sich.«

»Das scheint so, weil Gruppe Sechs darauf hinwirkt, die Grundlagen der Kriegsführung gänzlich neu zu definieren. Was mich betrifft, ich bin sogar der Auffassung, sie haben sich längst gewandelt, und wir vollziehen nur eine nachträgliche Anpassung. Ich will Ihnen zeigen, was ich meine.«

Gemeinsam setzten sie den Weg durch das ausgedehnte, weitläufige Laboratorium fort. An einem langen, schwarzen Tisch blieb Haslanger stehen und reichte Joshua Wolfe ein Stück silberglänzenden Materials.

»Wie fühlt sich das nach Ihrem Empfinden an?«

Der Junge befühlte es mit den Händen. »Schwer zu sagen. Wie Alufolie, würde ich sagen. Nur knittert es nicht.«

»Sie sind dicht dran«, lobte Haslanger. »Das Material,

das Sie da in der Hand halten, bildet eine Umhüllung mit dem Zweck, ein feindliches Fahrzeug vollständig zu immobilisieren, sogar einen Panzer. Die Substanz schmiegt sich an die Umrisse des Zielobjekts und bleibt haften, und damit ist das Fahrzeug, oder was auch immer, sofort bewegungsunfähig.«

Als Haslanger verstummte, nahm Josh von einem Stapel Papier eine große Metallklammer und umwickelte sie mit dem folienähnlichen Material. Genau wie Haslanger gesagt hatte, ließ es sich anschließend nicht mehr ablösen.

»Diese Substanz kann auf verschiedenerlei Weise verschlossen werden«, erläuterte der Greis. »Die Geschwindigkeit, die nach Verlassen des Laufs erreicht wird, liefert die Kraft, die sie braucht, um sich auszubreiten und sich um das Zielobjekt zu legen. Eine Nebenform dieses Stoffes haben wir dazu benutzt, ein neuartiges Netz zu konstruieren, das sich über größere Zusammenrottungen von Unruhestiftern werfen läßt. Damit werden die Leute dort festgehalten, wo sie sich gerade befinden, erleiden aber buchstäblich keinen körperlichen Schaden.«

Haslanger erkannte, daß der Junge ihm inzwischen sehr aufmerksam zuhörte, und genoß die Situation. Mehr als alles andere ersehnte er Joshua Wolfes Beifall, wünschte er von dem Jungen anerkannt, als Ebenbürtiger akzeptiert zu werden.

»Der Sinn solcher Erfindungen liegt darin«, versicherte Haslanger, »daß die Vereinigten Staaten sich nicht mehr gezwungen sehen, ihr volles Militärpotential zu aktivieren, wenn es irgendwo einen Putschisten oder eine aufmüpfige Regierung in die Schranken zu verweisen gilt. Im allgemeinen stellt das Terrain uns vor zu große Schwierigkeiten, und Abschreckungswaffen sind viel zu verbreitet und zu kompliziert. Deshalb müssen die Prinzipien der Kriegsführung umgeschrieben werden. Die Projekte, an denen wir – in unterschiedlichen Stadien der Entwicklung – ständig arbeiten, gehen wahrhaftig in die Hunderte. Manche beschäftigen sich mit tiefgreifenden Veränderungen der sensorischen Erfassung von Licht, Geruch oder Geräuschen. Andere sind chemischer oder organischer Natur, beispielsweise entwickeln wir Mikroben, die Schläuche, Keilriemen und Isolationsmaterial auffressen.«

»Aber Sie sind nicht immer erfolgreich«, bemerkte Joshua Wolfe unvermittelt. »Die Dateien, die ich gesehen habe, enthielten in dieser Hinsicht ziemlich detaillierte Angaben. Einige Ihrer Experimente sind nicht wie geplant verlaufen. Zum Beispiel GL-12.«

Die Schlafgas-Pleite, erinnerte Haslanger sich mit kaltem Grausen.

»Sämtliche Einwohner einer Ortschaft sind letztendlich durch dieses Mittel ums Leben gekommen, wenn ich richtig informiert bin. Können Sie mir von GL-12 eine Probe beschaffen?«

Mißmutig nickte Haslanger.

»Ich glaube, ich kann es für Sie stabilisieren. Nach allem, was ich gesehen habe, steckt dort der Fehler. Und diese Woche, erst gestern, glaube ich, gab es noch einen Vorfall ... Die Daten sind etwas rätselhaft, aber auf alle Fälle ist klar, daß Ihre Blendwaffe noch erheblich überarbeitet werden muß.«

Unwillkürlich fragte sich Haslanger, ob der Junge ihn zum Narren hielt. Schließlich enthielten die Datenbanken nichts über das verheerende Resultat des letzten Versuchs. Das konnte nur bedeuten, daß Wolfe, so wie im Fall GL-12, allein durch Analyse des vorhandenen Datenmaterials den Rückschluß gezogen hatte, daß etwas schiefgegangen sein mußte. Haslanger bemühte sich sehr, sich nichts von seinen Gedanken und Gefühlen anmerken zu lassen. Er ersparte sich die Mühe, Joshua Wolfes Schlußfolgerungen abzustreiten. Statt dessen verlegte er sich angesichts des peinlichen Themas auf eine andere Argumentation.

»In der Wissenschaft, junger Mann, gehen das Entdecken und der Fortschritt oft nur unter heftigen Geburtswehen voran. Sie sind nur um einen Preis zu erlangen, den wir als Forscher zu zahlen bereit sein müssen. Wir testen und analysieren, aber das einzig wahre, wirklich verläßliche Testgelände ist die Realität. Fehlschläge schließen den Erfolg keineswegs aus, er wird nur aufgeschoben. Wir müssen mit Fehlschlägen leben und den manchmal hohen Preis, der uns abgefordert wird, als normalen Begleiter auf dem Wege zu neuen Entdeckungen verstehen.«

»Aber alles, womit Sie sich hier abgeben, hat mit Krieg zu tun, nicht mit Wissenschaft.«

»Ich ziehe die Auslegung vor, daß unser Wirken auf das Überleben abzielt. Wie denken Sie über die Abschreckungsstrategie, junger Mann?«

»Sie hat einen dritten Weltkrieg verhindert.«

»Warum?«

»Weil beide Supermächte befürchteten, durch die gewaltigen Atomwaffenarsenale der Gegenseite vollkommen vernichtet zu werden.«

Haslanger nickte. »Tja, und genau diese Atomwaffenarsenale sind heute wegen ihrer Overkillkapazität ineffizient geworden. Tausend Atomsprengköpfe sind ein unpraktisches Mittel gegen einen Staat, eine Terroristengruppe oder einen Irren mit einer einzigen Atomwaffe. Ich vermute, daß um die Jahrtausendwende Dutzende von Ländern über Nuklearwaffen verfügen werden – entweder zum eigenen Gebrauch oder um damit auf dem Waffenmarkt Handel zu treiben.«

»Dagegen können aber Laser, Schlafgas und Metallfolie auch nicht viel ausrichten.«

»Genau meine Meinung. Wir brauchen etwas anderes, etwas ... Neues.«

Der Gesichtsausdruck des Jungen änderte sich; er wirkte plötzlich unsicher. »CLAIR sollte keine Menschen töten, sondern sie vor einer Gefahr schützen.«

»Und was ist bei der einzigen Anwendung geschehen?« hielt Haslanger, die Gelegenheit nutzend, ihm vor.

»Das wissen Sie doch genausogut wie ich.«

»Und soll das alles umsonst gewesen sein? Für nichts? Wollen Sie sich damit abfinden?«

»Haben Sie sich mit dem Tod der vielen Menschen in der bosnischen Ortschaft abgefunden?«

»Mein Versuch hatte zum Ziel, sie zu schützen, junger Mann.« Für einen kurzen Augenblick schwieg Haslanger. »So wie Sie die Absicht hatten, die Leute in dem Einkaufszentrum vor der Umweltverschmutzung zu schützen.«

Haslanger verstummte. Weiter wollte er nicht gehen. Die Wahrheit lautete, daß die Kenntnisse des Jungen auf dem Gebiet der Nanotechnologie und seine Erarbeitung der ersten wirklich funktionierenden organischen Maschine eine Tragweite erreicht hatten, die wesentlich über CLAIR hinausging. Eine völlig neue Generation von Waffen, die Mittel zur weltweiten Hegemonie und Einflußnahme, zeichneten sich am Horizont ab.

Das Potential war unbegrenzt. CLAIR verkörperte, als ein Zufallsprodukt, nur den Anfang. Doch was Joshua Wolfe während kommender Jahre in Gruppe-Sechs-Laboratorien leisten konnte …

»Aber es hat sie nicht geschützt«, sagte der Junge plötzlich. »Es hat sie umgebracht.«

Haslanger verlieh seiner Stimme den bislang strengsten Tonfall. »Für mich zählen die Absichten und ausschließlich die letztendlichen Ergebnisse, die aus den Absichten resultieren. Alles andere kann man als überflüssige Beiläufigkeiten und Nebensächlichkeiten bewerten, über die nachzugrübeln der Durchschnittsmensch sein Leben vergeudet.

Der Außergewöhnliche verschreibt sich ganz dem Großen, das er erstrebt. Ihm ist alles einerlei außer dem, was er will und was er zum Schluß erreicht. Andernfalls geht man nämlich das Risiko ein« – den letzten Satz fügte er hinzu, obwohl er wußte, daß er damit zuviel von sich selbst preisgab – »sein Leben lang von Geistern verfolgt zu werden.«

Josh erinnerte sich an den Traum, den er auf dem Flug von Philadelphia nach Miami gehabt hatte, in dem CLAIR alle Passagiere getötet hatte und er das tatenlos hatte mitansehen müssen.

»Welches sind Ihre Geister?« fragte er Haslanger.

»Verraten Sie mir, was Sie glauben.«

»Sie haben einen deutschen Akzent und sind wahrscheinlich über siebzig, also denke ich mir, daß Sie schon für die Nazis tätig gewesen sind.«

»Sehr gut überlegt, aber damit haben meine Geister wenig zu tun, junger Mann. Sie sind erst später gekommen, weil niemand dazu imstande gewesen ist, mir so zu helfen, wie ich nun Ihnen helfen möchte. Der Erfolgsdruck war enorm, aber meine Intelligenz und die Theorie überstiegen die Grenzen der verfügbaren Technik.«

Haslanger ließ einen stolzen Blick durchs Labor schweifen und merkte mit Genugtuung, daß der Junge ihn dabei beobachtete. »Hätten mir von Anfang an solche Arbeitsmöglichkeiten zur Verfügung gestanden, gäbe es heute keine Geister.«

Josh zuckte die Achseln. »Für mich ist der Anfang auch schon vorbei.«

»Noch ist die Lage zu retten, junger Mann. Die Geister lassen sich bannen. Lassen Sie zu, daß wir ... daß ich Ihnen helfe, und Sie werden ...«

»Ich weiß, was mit CLAIR nicht stimmt«, sagte Josh unvermittelt und unterbrach damit Haslangers Worte. »Denn ich weiß, wie ich es einrichten kann, daß der Organismus die Stickstoff-Sauerstoff-Verbindung der Moleküle präziser differenziert, daß er zwischen Sulfaten und Nitraten auf der einen und menschlichem Blut auf der anderen Seite unterscheidet. Wenn Sie mir helfen wollen, dann lassen Sie mich das tun. Hier in diesen Labors.«

»Selbstverständlich muß ich erst Colonel Fuchs' Genehmigung einholen.«

»Machen Sie ihm klar, daß Sie andernfalls keine Unterstützung von mir erwarten können. Das gilt auch für die Herausgabe der Originalformel. Dann verabschiede ich mich und stelle mich lieber den Konsequenzen und den Geistern.«

»Ich bin ganz sicher, daß er seine Einwilligung erteilt. Ihm ist genausoviel wie mir daran gelegen, daß Sie bei uns bleiben.«

Haslanger sah, wie sich die Haltung des Jungen verkrampfte, er fast mit Tränen rang. Er widerstand der Versuchung, ihn in den Arm zu nehmen. Statt dessen senkte er die Stimme. »Wir wissen beide, daß Sie für Ihre wundervollen Talente und Fähigkeiten Ihr ganzes bisheriges Leben lang immer nur bestraft worden sind. Sie sind ein Ausgestoßener gewesen, so wie es schon vielen ergangen ist, die allen anderen haushoch überlegen waren. Aber bei Gruppe Sechs haben Sie keine derartigen Probleme. Hier können Sie ein Zuhause finden. Sie dürfen sein, wer und was Sie sind, und Ihren Beitrag dazu leisten, die Zukunft dieses Landes und des gesamten Planeten zu erhalten.«

Dr. Lyle kam herein. Haslanger glaubte zu bemerken, daß der Gesichtsausdruck des Jungen sanfter wurde, als die Frau das Labor betrat.

»Ich hoffe, ich störe nicht.«

»Nein, überhaupt nicht«, versicherte Haslanger und versuchte, seine Erregung zu verheimlichen.

»Colonel Fuchs hat mich gebeten, unserem Gast seine Unterkunft zu zeigen, sobald Sie mit der Führung fertig sind.«

»Ich glaube, fürs erste hat er genug gesehen.«

»Ich möchte gleich morgen mit der Arbeit anfangen,

Doktor«, sagte Joshua Wolfe in ernstem Ton. »Als allererstes.«

»Darüber spreche ich gleich mit dem Colonel.«

Haslanger begleitete die beiden auf den Flur hinaus und entfernte sich dann in entgegengesetzter Richtung.

»Mit was möchtest du anfangen?« fragte Susan, sobald sich der Doktor außer Hörweite befand.

»Mit der Arbeit an CLAIR«, gab Josh zur Antwort.

Susan beschloß, darüber keine Diskussion anzufangen. »Es dauert fünf Minuten, bis wir bei deiner Unterkunft sind. Mehr Zeit haben wir nicht, um miteinander zu sprechen. Die Wohnräume hier werden mit Sicherheit alle abgehört.«

Langsam gingen sie den Flur hinab.

»Ich muß dir etwas sagen, weiß aber nicht genau wie ... Über deinen Freund. Über Harry.«

Joshuas Blick bohrte sich in ihre Augen.

»Ich bin jemandem begegnet, einem Bekannten Harrys. Die Spur, die er auf der Suche nach Harry verfolgte, hat ihn in deine Studentenbude an der Harvard-Universität geführt ... Zur gleichen Zeit, als ich dort war.«

»Was für eine Spur?«

»Limes Spur. Harry dachte, dir wäre etwas zugestoßen, deshalb hat er seinen Bekannten um Hilfe gebeten.«

»Das ist typisch Harry«, meinte Josh mit schwachem Lächeln.

»Dann ist er mit einemmal verschwunden, und sein Bekannter hat ihn zu finden versucht. Allerdings hatte er, glaube ich, die Hoffnung schon aufgegeben. Er suchte nämlich nach den Verantwortlichen für Harrys Verschwinden.«

»Fuchs und Haslanger ...«

»Dafür spricht jedenfalls, daß du jetzt hier bist. Egal was die beiden dir versprechen, egal was sie reden, du kannst ihnen nicht trauen. Haslanger und Fuchs lassen dich unter gar keinen Umständen je wieder von hier gehen.«

Josh dachte nach. »Und Sie haben mich ihnen ausgeliefert.«

»Als ich meinen Bericht über Cambridge nach Atlanta weitergeleitet habe, wußte ich noch nicht einmal, daß Gruppe Sechs überhaupt existiert. Man hat mich auf ganz ähnliche Tour wie dich hergeholt.«

»Also sind wir beide Gefangene.«

»Könnte sein. Ich weiß zuviel.« Für einen Moment schwieg Susan. »Sogar mehr, als ich denen erzählt habe.«

Sie erreichten den Lift. Josh musterte Susan.

»Ich weiß, daß es eine zweite Ampulle CLAIR gibt, die du irgendwo versteckt haben mußt.«

Die Türen des Lifts rollten auf und gaben den Blick in eine leere Aufzugkabine frei. Susan ging hinein. Leicht unwillig folgte Josh ihr. Mit einem Fauchen schloß sich der Lift. Susan beugte sich vor und drückte die Taste mit der Ziffer fünf. Die Kabine setzte sich nach oben in Bewegung.

»Ich möchte vermeiden, daß Gruppe Sechs die Ampulle in die Finger bekommt«, fuhr Susan ganz leise fort. »Ich arbeite hier nicht. Und ich denke gar nicht daran, für solche Leute zu arbeiten, weil ich weiß, auf was man es hier abgesehen hat. Gegenwärtig ist CLAIR das einzige, was Gruppe Sechs vor dem Skandal retten kann, der sich in Washington zusammenbraut. Sie braucht etwas, um es ihren Förderern vorzuzeigen, und du hast genau das.

Davon abgesehen, alles was du hier an Forschungstätigkeit leisten könntest, liefe darauf hinaus, Gruppe Sechs auf eine Stufe mit der CIA zu erheben. Deshalb kann man dich hier nie mehr fortlassen. Du bist zu wertvoll. Man will dich ganz für sich allein haben, darum darf niemand erfahren, daß es dich überhaupt gibt. Das heißt, du darfst den Standort der Gruppe Sechs künftig nicht mehr verlassen. Du bist Fuchs' Garantie für seine heißersehnten Generalssterne und Haslangers Garant für die schon immer erträumte ultimative Waffe. Der Mistkerl will immer noch den Zweiten Weltkrieg gewinnen. Er hat bloß die Seite gewechselt.«

Die Aufzugkabine stoppte in der fünften Etage, und die Türen öffneten sich. In Sichtweite hielt sich niemand auf. Weder Susan noch Joshua Wolfe machten Anstalten, den Aufzug zu verlassen.

»Weshalb sollte ich ausgerechnet Ihnen vertrauen?«

»Weil ich dir helfen werde, von hier zu verschwinden.«

»Ich habe ein paar deiner Gedichte gelesen«, sagte Susan, als sie und Josh den Flur in der fünften Etage entlanggingen. »Sie haben mir gefallen«, fügte sie rasch hinzu, als sie sah, daß Josh das Gesicht verkniff und sich verkrampfte. »Ich habe durch diese Verse das Gefühl bekommen, dich zu kennen. Oder wenigstens zu wissen, was für ein Mensch du bist.«

Josh nickte. »Eben deshalb habe ich mit dem Schreiben aufgehört. Ich habe dabei zuviel über mich nachgegrübelt. Es war zu schmerzhaft. Nicht nachzudenken ist einfacher.«

Er verstummte, dann blickte er Susan an. »Welches hat Ihnen am besten gefallen?«

»Das erste«, sagte Susan ohne zu zögern. »*Die Feuer der Mitternacht*.«

»Ich weiß noch, wie unglücklich ich gewesen bin, als ich es geschrieben habe, und wie wütend. Ich glaube, es war das erste Mal, daß ich gemerkt habe, wie anders ich eigentlich bin. Ich haßte deswegen alles und jeden. Die Feuer in dem Gedicht waren meine Wut. Ich mußte sie irgendwie rauslassen, sie brennen lassen …«

Wieder verstummte er für einen Moment. »Und seitdem brennen sie ständig. CLAIR sollte sie löschen, aber statt dessen sind sie davon nur noch größer geworden, so groß, daß ich sie vielleicht nie mehr löschen kann. So was Ähnliches hat mir auch Haslanger erzählt. Und er hat recht.«

»Die Feuer werden niemals erlöschen, wenn du bei Gruppe Sechs bleibst. Dafür wird man hier schon sorgen, Josh.«

Schließlich standen sie vor der Tür zu Joshs Unterkunft; Susans Zimmer lag unmittelbar hinter der Ecke des Korridors.

»Können Sie das schaffen? Mich hier rauszukriegen?«

»Ich weiß es nicht. Ich glaube, ja. Ich glaube, es gibt einen Weg. Aber du mußt mir helfen.«

»Und wann?«

Susan schob die codierte Plastikkarte, die Fuchs ihr ausgehändigt hatte, in den dafür bestimmten Schlitz. Die Tür öffnete sich. »Je früher, desto besser. Morgen nacht.«

»Dann hätte ich einen Tag im Labor.«

»Ja.«

»Den brauche ich unbedingt.«

»Wieso?«

»Zur Sicherheit«, lautete Joshuas Antwort.

Alan Killebrew war damit beschäftigt, nochmals die erarbeiteten Daten zu überprüfen und Tests zu wiederholen, um seine anfänglichen Feststellungen zu verifizieren und eventuell neue Beobachtungen zu machen, die sein Verständnis des Organismus CLAIR vervollständigen konnten.

Weil die Citypassage von Cambridge nach der Katastrophe als ungefährlich eingestuft werden konnte, war allgemein davon ausgegangen worden, daß CLAIR – wie jeder Parasit – nach Ableben der Wirte gleichfalls abgestorben sein mußte. Jetzt jedoch verwiesen alle Anzeichen darauf, daß er statt dessen in einen schlafenden Zustand übergewechselt war; ohne Nahrung hatte er sich in einen zeitlich unbegrenzten Winterschlaf zurückgezogen, aus dem Killebrew ihn unbeabsichtigt geweckt hatte.

Killebrew rollte zur Computerkonsole und lud erneut

das Programm. Er hatte Moleküle des Organismus durch Übereinanderlagern verglichen, um zu klären, ob sie, obwohl sie aus verschiedenen Körperzonen stammten, die gleiche Form hatten. Nun hörte er die letzten Worte seines Diktats ab.

»Abgesehen von minimalen Abweichungen an den Rändern, die durch herkömmlichen Gewebeverfall erklärbar sein dürften, scheinen die Moleküle in jeder Beziehung gänzlich gleichartig beschaffen ...«

Ihm hatte es die Sprache verschlagen, als eines der Moleküle auf dem Bildschirm begonnen hatte, sich zu teilen. Es war weit über den Umfang des überlagernden Exemplars hinaus gewuchert. An diesem Punkt hatte er die Bildfläche wieder halbiert.

Das Molekül in der rechten Hälfte, das er aus den arteriosklerotischen Extremitäten des Opfers gewonnen hatte, war vor seinen Augen unablässig weitergewachsen; es war Teil eines Stücks Gewebe gewesen, das er mit dem erhitzten elektrischen Skalpell abgetrennt und versehentlich, weil er das Werkzeug liegengelassen hatte, in der Schale hatte schmoren lassen.

Sein nächster Schritt bestand darin, die Temperatur der restlichen Gewebeprobe zu messen. Sie betrug nur noch 39°, war also schon erheblich gesunken. Weil die anderen entnommenen Proben dem heißen Skalpell für eine weit kürzere Zeitspanne ausgesetzt gewesen waren, lag ihre Temperatur deutlich unter diesem Wert. Bei 35° C zeigte der Organismus keinerlei Zeichen der Wiederbelebung. In Zehntelgradstufen erhöhte Killebrew die Temperatur. Es trat kein neues Wachstum unter einer Temperatur von 36,9° auf, einem Wert, der die durchschnittliche menschliche Körpertemperatur nur um 0,1° überstieg. Bei höherer Wärme erwachte CLAIR zu neuem Leben und entfaltete mit erschreckender Schnelligkeit wiedererwecktes Wachstum, das sogar anhielt, als die Temperatur unter die festgestellte Schwelle zurücksank.

Der Schlüssel war ... die Körpertemperatur!

Bei der Transformation zur Anpassung an den menschlichen Körper hatte CLAIR einen Weg gefunden, auch dann weiterzuleben, wenn sein Wirt tot war. Nach dem Tod sank die Körpertemperatur fast augenblicklich. Um nicht zu verhungern, hatte CLAIR die Fähigkeit entwickelt, bei Wärmeverlust in einen schlafenden Zustand überzugehen, in dem der Organismus dann auf eine Erwärmung und die Gelegenheit zu weiterer Nahrungsaufnahme warten konnte. Der Organismus wußte nicht, daß so etwas bei Toten unter normalen Verhältnissen ausblieb. Bar jeder Kreativität hatte er rein logisch reagiert.

Genau wie es einer Maschine entsprach, dachte Killebrew. Während er auf dem Monitor noch einmal den Zellteilungsvorgang mitansah, nahm er das Diktat wieder auf.

»... Mittlerweile hat sich bestätigt, daß der durch das erhitzte Skalpell verursachte Temperaturanstieg in der Gewebeprobe den Organismus in den aktiven Zustand zurückversetzt hat. Wahrscheinlich fällt der Organismus in den schlafenden Zustand, wenn der Wirtstoffwechsel zum Erliegen kommt.

Daraus leite ich die Dr. Lyles erster Annahme widersprechende Theorie ab, daß CLAIRs bei Temperaturen oberhalb von 36,9 Grad Celsius auftretender Verstoß gegen die Originalprogrammierung nicht aus einem Kontakt mit in den Schleimhäuten der Nase und des Munds enthaltenen Aminosäuren resultiert. Vielmehr ist er höchstwahrscheinlich die Folge eines Kontakts mit einem Protein, den der Organismus in den oberen Hautschichten erhielt, während er die Körperflüssigkeiten der Opfer von der Körperaußenseite her aufzehrte ...«

Killebrew unterbrach das Diktat erneut und überdachte die Tragweite seiner Worte.

»Ferner werden durch die aus dem Proteinkontakt entstandenen Umwandlungen eben die Temperaturen, die

CLAIR in der Originalform eliminieren würden, zum Anstoß der Wiederbelebung.

Ich habe den Organismus isoliert und in einen Vakuumbehälter verschlossen. Befindet der mutierte Organismus sich nicht unter Verschluß und wird er höheren Temperaturen ausgesetzt, müßte er sich mit exzeptioneller Wachstumsgeschwindigkeit vermehren, ohne daß gegenwärtig eine wirksame Eindämmungsmethode bekannt wäre.

Ich beabsichtige die Tests weiterzuführen, indem ich die wiederbelebten Exemplare einer allmählichen Temperatursenkung unterziehe, um zu ermitteln, bei welcher Temperatur das Wachstum aufhört und der Organismus in den schlafenden Zustand zurückfällt. Sollte allerdings der Organismus in mutierter Form nicht mehr durch Temperaturveränderungen kontrollierbar sein ...«

Killebrew stoppte abrupt, als er die Bedeutung seiner Worte begriff. Er erkannte, daß hier im Mount Jackson eine Macht schlummerte, die die Menschheit ausrotten konnte.

Kapitel 24

»Sie stehen auf keiner meiner Listen«, sagte der Wachtposten am Haupttor zum regierungseigenen Laboratorium Brookhaven am Donnerstagnachmittag zu Blaine McCracken.

»Das versteht sich doch wohl von selbst. Darum heißt es ja *Überraschungsinspektion.*« Blaine schwieg kurz und hoffte, daß seine Behauptung durch die bedeutungsschwere Pause überzeugender wirkte. »Es genügt, wenn Sie sich unsere Papiere ansehen.«

Genau das tat der Wachtposten nun, und Blaine wandte sich währenddessen seinem Beifahrer zu. Johnny Wareagle hatte die Beine unters Armaturenbrett geklemmt, seine Knie schabten am Handschuhfach. Trotzdem stieß er mit dem Kopf ans Fahrzeugdach. Kein Auto war für seine Zweimeterlänge und Hundertkilostatur konzipiert. In der Enge der Limousine sah Johnny steif und lahm aus; doch dieser Eindruck würde verfliegen, sobald er ausstieg und sich frei bewegen konnte. Blaine war nie einem Menschen begegnet, der schneller war als der Indianer oder mehr bewirken konnte, wenn es hart auf hart kam.

Sal Belamo hatte ihnen eine der wenigen Tarnungen verschafft, die sofortigen Zugang nach Brookhaven garantierten. Sie hatten Dienstausweise von Inspektoren der Umweltschutzbehörde sowie den schriftlichen Auftrag, wegen andauernder Beschwerden von Anwohnern über giftige Chemikalien im Grundwasser einen Kontrollbesuch in Brookhaven vorzunehmen. Und falls jemand die Umweltschutzbehörde anrief, um sicherheitshalber nachzufragen, würde er die Auskunft erhalten, daß man tatsächlich zwei Inspektoren mit der Durchführung genau dieser Maßnahme betraut hatte. Wenn Sal Belamo etwas machte, machte er es richtig.

Der Wachmann lehnte sich, den Telefonhörer noch am Ohr, aus dem Schiebefenster des kleinen Wachhäuschens. »Es kommt gleich jemand und holt Sie ab. Entschuldigen Sie die Umstände.«

Blaine nickte dem Posten zu. Er und Johnny brauchten nicht lange zu warten. Auf der anderen Seite des Tors fuhr ein gelbbraunes Fahrzeug vor. Es war mit der gleichen Kennzeichnung versehen, die der Wachtposten am Hemd trug. Die Beifahrertür sprang auf, und heraus stieg ein Mann in einem Anzug.

»Ich bin Dr. Childress, Brookhavens Verwaltungsdirektor«, stellte er sich vor, als er an McCrackens offenem

Wagenfenster stand. »Ich war gerade in einer Konferenz. Sonst hätte man Sie nicht so lange warten lassen.«

»Wir würden nun wirklich gerne an die Arbeit gehen, Doktor«, antwortete Blaine mit einem Anklang von Ungeduld in der Stimme. »Wir haben noch einen langen Nachmittag vor uns.«

»Na, ich kann Ihnen sagen, das wird pure Zeitverschwendung sein. Bei der letzten Inspektion sind keine ausgetretenen toxischen Substanzen nachgewiesen worden, und genauso war es bei der vorletzten Kontrolle.«

»Erzählen Sie das mal den Leuten, die ihr Trinkwasser nicht mehr nutzen können. In deren Interesse sind wir gekommen.«

Versöhnlich nickte Childress. »Wenn Sie damit einverstanden sind, Ihren Wagen auf dem Besucherparkplatz abzustellen, fahren wir zusammen zum Hauptgebäude.«

»Wir haben eine Menge Geräte mit«, meinte Blaine.

»Dann fahren Sie mir einfach nach«, sagte Childress und ging zu dem gelbbraunen Schutzdienstfahrzeug.

Colonel Fuchs hatte Joshua am Donnerstagnachmittag die Neuigkeit persönlich mitgeteilt, nachdem er ihn den Morgen über hatte warten lassen in der Hoffnung, er würde seine Zurückhaltung aufgeben vor lauter Begeisterung, weil er an die Arbeit gehen durfte.

»Ich habe Ihnen für den Rest des Tages die Labors Eins und Zwei reserviert. Es tut mir leid, daß es so lange gedauert hat, sie freizubekommen.«

Ungerührt betrachtete ihn der Junge. »Ich habe ja genügend Zeit.«

»Für die Verbesserung CLAIRs, meine ich natürlich. So habe ich das Gesuch verstanden, daß mir Dr. Haslanger von Ihnen ausgerichtet hat.«

Josh nahm alles stoisch zur Kenntnis. »Ich möchte allein arbeiten. Ohne Zuschauer.«

»Dr. Haslanger hat darum gebeten, daß er …«
»Allein«, wiederholte Joshua.
»Aber es könnte doch der Fall sein, daß Sie etwas brauchen, und …«
»Dann besorgt Dr. Lyle es mir.«
»Na gut. Wie Sie wollen.«

»Es ist nie fertiggestellt worden«, beharrte Childress, nachdem ihm McCracken mitgeteilt hatte, daß er die Absicht habe, das mit Brookhavens Sondermülldeponie verbundene, große Abflußrohr zu inspizieren. Es war das Rohr, das Blaine auf Sal Belamos Bauplänen gesehen hatte. Childress' Worte galten McCracken, aber es fiel ihm sichtlich schwer, den Blick von Johnny Wareagle zu wenden. »Wir konnten doch damals vom Umweltministerium gar keine Baugenehmigung dafür erhalten.«
»Es mag sein, daß Sie es nicht fertiggestellt haben«, entgegnete Blaine.
Childress erwiderte McCrackens festen Blick. »Sie meinen …?«
»Sehen Sie, Mr. Childress …«
»Doktor.«
»Dr. Childress, an Gruppe Sechs komme ich nicht ran. Ich weiß das und Sie wissen das. Und Sie und ich, wir wissen beide, daß die Gundwasserverunreinigung von irgendwo dort ausgeht. Also, ich habe eine Theorie, und ich möchte, daß Sie mir dabei behilflich sind zu überprüfen, ob sie stimmt. Ich bin der Auffassung, daß die Abwasserleitungen im geheimen fertiggestellt wurden, und zwar zur gleichen Zeit, als man den von Ihnen aufgegebenen Rohbau zu Ende gebaut hat. Wenn ich beweisen kann, daß das der Ursprung der Kontamination ist, werde ich, falls Gruppe Sechs sich nicht kooperativ zeigt, Himmel und Hölle in Bewegung setzen, ganz zu schweigen von der

Alarmierung der Öffentlichkeit, um zu erreichen, daß ihr der Laden dichtgemacht wird.«

Offenbar überzeugte Blaines tiefernster Tonfall Childress. »So weit würden Sie gehen?«

»Jemand muß es tun.«

»Warum?«

»Weil mit dieser Sauerei hier Schluß sein muß.«

Die Kooperation des Brookhavener Verwaltungsdirektors war McCracken als unerwarteter, nicht einkalkulierter Vorteil zugefallen. Abhängig war sein Plan davon nicht gewesen, obwohl dienstliche Berichte von Childress – auch sie waren von Sal Belamo besorgt worden – regelmäßig sehr kritische Stellungnahmen zu Gruppe Sechs enthielten.

Die Tatsache, daß das Pentagon diese Abteilung ausgerechnet hier stationiert hatte, war von vielen Mitarbeitern des Laboratoriums Brookhaven mit Mißfallen aufgenommen worden, eine Situation, die sich seit längerem infolge der wiederholten Klagen über die Umweltverschmutzungen verschärfte, für die man Brookhaven die Schuld gab. Außerdem hatten unbestätigte Gerüchte über menschliche Versuchskaninchen und gräßliche Tierversuche die Spekulation über die Frage angeheizt, was sich wohl eigentlich hinter den geschlossenen Türen und Fenstern des Gruppe-Sechs-Gebäudes abspielte.

»Sogar ich bin noch nie bei denen im Hauptquartier gewesen«, bekannte der Verwaltungsdirektor. »Keiner hier in Brookhaven hat es je betreten dürfen. Wir haben im Grunde genommen nicht mehr mit ihnen zu tun, als daß wir ihre … ihre Gäste durch unser Gelände zu ihnen fahren.«

»Ach so ist das.«

Johnny und Blaine trugen ihre schweren Ausrüstungstaschen durch einen langen Flur im zweiten Untergeschoß der Müllbeseitigungsanlage Brookhavens. Der Gang führte zur Anschlußstelle des unvollendeten Abwasserrohrsystems. Sie hatten fast den vollen Mittwochabend und einen Teil des heutigen Tages damit zugebracht, die Ausrüstung zu beschaffen und sich mit ihrem Gebrauch vertraut zu machen. Natürlich bestand die Möglichkeit, daß der gesamte Aufwand vergeblich war und sie am anderen Ende des Abflußrohrs, von dem Blaine sich so sicher war, daß Gruppe Sechs es benutzte, gar nichts vorfanden. Aber falls sein Verdacht sich als richtig erwies, hatten er und Johnny freien Zugang unter das ansonsten unerreichbare Grundstück von Gruppe Sechs, und Zutritt zu allem, was sich dort verbarg.

Blaine ging außerdem davon aus, daß sie bei Gruppe Sechs auch Erich Haslanger finden würden. Alles an Harry Limes Verschwinden deutete auf eine Verantwortung Haslangers und eine Komplizenschaft der Gruppe Sechs hin. Es paßte einfach alles zu gut zusammen.

Als man die Fabrik schloß, hatte Haslanger mit dem Rückhalt General Starrs, dem gegenwärtigen Vorsitzenden des Vereinten Stabschefs, an Operation Offspring weitergearbeitet. Und General Starr war es auch gewesen, der Jahre später Haslangers Versetzung zu Gruppe Sechs veranlaßt hatte.

Wenn sich hier die Gründe für das aufdecken ließen, was Harry Lime eventuell das Leben gekostet hatte, dann sollten Haslanger und Gruppe Sechs dafür noch schwer büßen.

»Bisher wollte noch keiner der Inspektoren diesen Teil der Anlage sehen«, meinte Childress, während er Johnny und Blaine durch den unbenutzt wirkenden, nur spärlich beleuchteten Flur führte.

»Weil sie bloß das Routine-Programm abgezogen haben. Damit gebe ich mich nicht zufrieden.«

Sie kamen zu einer schweren Stahltür und blieben stehen. Childress tippte einen Code in das Kombinationsschloß, und die Stahltür rollte beiseite. Der Raum dahinter roch muffig wie alle unbenutzten Räumlichkeiten. Diverse Maschinen und Geräte stapelten sich auf dem Fußboden. Manche befanden sich noch in den Originalkartons. Tische und offenbar speziell angefertigte Untergestelle standen leer da.

»Hier sollte sich, bevor das Umweltministerium uns den Hahn zugedreht hat, der Zugang zu einer neuen, sichereren Deponie befinden«, erläuterte Childress und führte sie hinein.

»Das da sollte den Einstieg in das Leitungssystem ermöglichen.«

Er führte die beiden zu einer Luke, deren Durchmesser kaum über achtzig Zentimeter betrug. Sie erinnerte Blaine an die Art von Luken, die man sonst bei U-Booten kannte, und schon bei dem Gedanken, sich da hindurchzwängen zu müssen, befiel ihn eine klaustrophobische Anwandlung. Childress drehte das Handrad und öffnete die Luke. Durch das Loch sah man nur Dunkelheit.

»Der Stollen verläuft im Fünfundvierziggradwinkel einhundertfünfzig Meter weit abwärts.«

»Also bis unters Gruppe-Sechs-Grundstück.«

»Ganz knapp.«

»Dann werden wir uns«, sagte McCracken, »die Sache mal anschauen.«

»Er vertraut Ihnen, Dr. Lyle«, meinte Colonel Fuchs zu Susan. »Das müssen wir zu unseren Gunsten ausnutzen.«

»Was glauben Sie, Colonel, auf welcher Seite ich stehe?«

»Ausschließlich auf Ihrer eigenen Seite, genau wie ich. Sie sollten es besser wissen und sich nicht etwa einbilden, Sie stünden auf der Seite des Jungen. Sie wollen Abhilfe, eine Heilmethode, bevor Ihr Leib innerlich zerfressen wird, so wie es Ihren Eltern passiert ist. Es ist hart, so dicht vor der potentiellen Lösung all Ihrer Probleme zu stehen und sie nicht greifen zu können, nicht wahr? Mit mir und Joshua Wolfe zusammenzuarbeiten, wird uns beiden, Ihnen ebenso wie mir, von Vorteil sein.«

Susan schüttelte den Kopf. »Sie sollten sich wirklich einmal selbst reden hören.«

»Ich bin nichts anderes als ein Realist, so wie Sie. Die Molekulartechnik, die der Junge beherrscht, umfaßt auch das Potential zur Reparatur einzelner Zellen ... das Heilmittel gegen Krebs, Doktor. Ein hohes Ziel, und ich bin vollauf dazu bereit, den Jungen darauf anzusetzen, sobald er uns das verschafft hat, was Gruppe Sechs braucht.«

»Ihnen geht es doch nur darum, sich selbst zu retten.«

»Auch etwas, das wir gemeinsam haben und das der Junge für uns leisten kann. Lassen Sie uns mit diesem Geschwafel aufhören und statt dessen einfach feststellen, daß er uns liefern muß, was wir benötigen. Soviel ist uns doch beiden klar. Es kann alles einfach oder schwierig ablaufen, aber sollte es für uns problematisch sein, dann wird es doppelt so problematisch für Ihren jungen Freund.«

Fuchs verstummte und rückte Susan näher. »Bringen Sie ihn zum Plaudern, Dr. Lyle. Überreden Sie ihn, uns die Originalformel von CLAIR zu verraten.«

»Und was dann?«

»Sie bleiben seine Betreuerin und Überwacherin, während ich Ihnen eine hohe Position beim Bundesgesundheitsamt besorge. Sobald Sie dort etabliert sind, erlaube ich Joshua Wolfe, einen Teil seiner Tätigkeit in die Erarbeitung einer Krebsheilmethode zu investieren, für die anschließend Sie das Verdienst einheimsen.«

»Was wird mit ihm?«

»Seine Beteiligung muß geheim bleiben.«

»Dahin ging meine Frage nicht.«

»Er bleibt hier.«

»Für immer?«

»Solange ich das wünsche. Natürlich wird er für uns beide arbeiten. Ich will wirklich fair sein.«

»Kann sein, Colonel, und ich will auch fair zu Ihnen sein. Darum möchte ich, daß Ihnen eines vollkommen klar ist: Sollten Sie, wenn ich nicht mehr hier bin, irgend etwas, auch nur das kleinste bißchen tun, das dem Jungen das Leben noch schwerer macht, höre ich nicht auf zu reden, bis die ganze Nation die volle Wahrheit darüber weiß, was sich in dieser angeblichen Forschungsstätte abspielt.«

Fuchs musterte sie für eine längere Weile, ehe er antwortete. »Sie haben es hier mit den allerhöchsten Instanzen der Macht zu tun, Doktor. Es wäre klug von Ihnen, das zu beachten.«

»Vielen Dank für den Rat.«

Johnny und Blaine zogen kontaminationssichere Schutzanzüge an, in deren Helmen hochwertige Luftfilter eingebaut waren und die für den Fall, daß das nicht genügte, über einen Sauerstoffvorrat für fünfzehn Minuten verfügten. Die beiden ließen Childress im Vorraum stehen und stiegen mit einer der Werkzeugtaschen in den schräg nach unten verlaufenden Stollen. Darin war es zu eng, um die Tasche über der Schulter tragen zu können. Darum schob Johnny, der Blaine ins Dunkel folgte, sie auf dem Boden vor sich her.

Mit dem Vorankommen hatten sie keine Probleme. Der mit kaltem, glänzendem Stahl verkleidete Gang ließ sich, zumal abwärts, mühelos begehen. Licht spendeten ihnen zwei starke Stablampen. Unterwegs versuchte Blaine die tatsächliche Länge der Strecke abzuschätzen.

Childress hatte erklärt, daß der Stollen an einer zweiten, automatischen Luke endete, durch die man in das Abflußrohr gelangte, das fast einen Kilometer tief in die Erde verlief. Falls Blaine dort in der Richtung zum Gruppe-Sechs-Hauptquartier in eine Sackgasse geriet, war seine Theorie widerlegt; dann müßten Johnny und er den Rückzug antreten.

»Wir sind gleich am Ende des Stollens, Indianer«, rief er Wareagle über die Schulter zu. »Ich glaube, ich sehe die Luke.«

McCracken leuchtete mit der Stablampe weiter voraus. Die von Childress beschriebene Luke, durch die man tiefer in die Erde vordringen konnte, war wirklich vorhanden. Aber das war auch schon alles. Wo Blaine gehofft hatte, ein Rohr zum Gruppe-Sechs-Gebäude zu entdecken, stand er plötzlich vor einer festen Erdwand.

»Tja, das sieht so aus, als wären wir schon am Ende angelangt, Indianer.«

»Vielleicht nicht, Blainey. Hier fehlt was.«

McCracken lenkte den Lichtkegel der Lampe rundherum und überlegte, was Wareagle meinte. »Staub«, konstatierte er einen Moment später.

Er untersuchte die Umgebung der Luke und stemmte sich gegen die Erdwand. »Reich mir doch mal …«

McCracken drehte sich um und sah, daß Wareagle ihm schon einen Hammer entgegenstreckte. Blaine nahm ihn und klopfte die unregelmäßig beschaffene Erdwand ab – erst leicht, dann kräftiger. Kein Staub rieselte herab, keine Brocken brachen heraus. Einige Male schlug Blaine so kraftvoll zu, wie er konnte. Wiederum entstand keinerlei Staub.

»Eines muß man der Gruppe Sechs lassen, Indianer«, meinte McCracken anerkennend. »Sie leistet verdammt gute Arbeit.«

Wareagle schob sich neben ihn und tastete die Wand ab. »Mit Epoxy überzogener Stahl.« Er befühlte und befingerte die Wand. »Auf dieser Seite gibt's keine Schalter zum Öffnen der Luke, Blainey.«

»Wenn das Stahl ist, läßt er sich schmelzen, Indianer«, antwortete Blaine. »Hol die Schweißbrenner raus, wir fangen sofort an.«

Am Nachmittag durfte Joshua Wolfe sich zwar allein in den Labors aufhalten, doch er tat nicht, ohne dabei beobachtet zu werden. Kameras verfolgten jede seiner Bewegungen, ja buchstäblich alles, was in den beiden für Gen- und Molekulartechnik bestimmten, modernsten Labors der Gruppe Sechs geschah. Das Gruppe-Sechs-Forschungsteam sah in ehrfürchtigem Staunen zu und konnte kaum nachvollziehen, was dort passierte.

Die meiste Zeit hatte der Junge damit zugebracht, einem der Cray-Computer von Gruppe Sechs Informationen einzugeben.

Erich Haslanger sah am Monitor alles mit an, und auf seinem Bildschirm erschienen dieselben Daten wie auf Wolfes. Doch sie änderten sich zu zügig, als daß er hätte mithalten oder gar verstehen können, woran der junge Mann arbeitete.

Nach ein paar Stunden war Joshua Wolfe in die Labors gegangen und hatte dann die meiste Zeit am Elektronenmikroskop gesessen. Gleichzeitig hatte er Roboter-Arme bedient, die in einer luftdicht verschlossenen Kammer mit mechanischen Händen und Fingern Handlungen und Verrichtungen mit einer Genauigkeit ausführten, die die Fähigkeiten der menschlichen Gliedmaßen um das Tausendfache übertrafen.

»Was macht er denn gerade?« erkundigte sich Fuchs bei Haslanger. Sie beide hielten Wolfe über einen Monitor unter Beobachtung.

»Ich glaube, er schließt soeben eine weitere Phase einer Verbindung ab, die er mit der jetzigen Form von CLAIR mischen will«, antwortete Haslanger.

»Zu welchem Zweck?«

»Er will den Fehler korrigieren, der verursacht hat, daß die Originalformel menschliches Blut mit Sulfaten und Nitraten verwechselt hat. Die Verbindung, die er da erzeugt, muß genetische Markierer enthalten, um die Wirkungsweise des Organismus genauer zu spezifizieren.«

Fuchs konnte seine Verärgerung nicht verbergen. »Ich hatte es so verstanden, daß er die Originalformel preisgeben muß, um diese Veränderung zustandezubringen. Sie ließen mich das so verstehen.«

»Ich habe mich getäuscht. Die Daten, die wir bisher gesehen haben, umfassen lediglich die Teile der Formel, die durch die Verbindung, an der er momentan arbeitet, direkt beeinflußt werden sollen.« Der Wissenschaftler schüttelte langsam den Kopf.

»Ihr gestriger Vorschlag, Doktor, lautete doch, wenn ich mich recht entsinne, dem Jungen unsere Labors in der Erwartung verfügbar zu machen, daß er uns im Verlauf seiner Arbeit die komplette CLAIR-Formel verrät.«

»Ich habe von Hoffnung gesprochen, Colonel, nicht von Erwartung.«

Fuchs' Aufmerksamkeit war wieder auf den Bildschirm gerichtet, auf dem zu sehen war, wie Joshua Wolfe mit einem Fläschchen klarer Flüssigkeit hantierte. »Ihre Einstellung in dieser Angelegenheit gefällt mir immer weniger, Doktor.«

»Leider verstehe ich nicht, was Sie meinen.«

»Nun machen Sie aber mal einen Punkt, Doktor. Daß der Junge Ihr *Geschöpf* ist, gibt Ihnen kein Recht, hier den sentimental verblödeten Papi zu spielen. Wenn Sie auf ihn und seine Leistungen stolz sein möchten, muß der Junge CLAIRs Originalformel rausrücken.

General Starr hat sich bezüglich der Konsequenzen, die der am Dienstag gescheiterte Test haben wird, ganz unmißverständlich geäußert. Uns bleibt nur noch wenig Zeit, um den Fortbestand von Gruppe Sechs zu sichern. Zeit ist jetzt überaus kostbar. Wir können sie nicht damit verplempern, den Bengel zu verhätscheln und zu umschmeicheln.«

»Meine Bestrebungen sind langfristiger Natur, Colonel.« Haslanger sprach, ohne den Blick vom Monitor zu wenden. Er behielt jede Bewegung Joshua Wolfes mit höchster Achtsamkeit im Auge.

»Wenn Verhätscheln und Schmeicheln dazu beiträgt, daß sich der Junge bei uns wohl fühlt, werden die Leistungen, die er für uns erbringt, keine Grenzen kennen.«

Fuchs' Miene wechselte zwischen Feixen und Schmunzeln. »Ach, er wird schon was leisten, darauf können Sie sich verlassen, und zwar bald. Wissen Sie, ich habe mir nämlich eine neue Strategie überlegt ...«

Kapitel 25

»Sie wollten mich sprechen?« fragte Susan von der anderen Seite der Trennscheibe des isolierten Laborraums, in dem Joshua Wolfe arbeitete.

Er sah sie durch das dicke Glas an. »Ich brauche einiges aus dem Materiallager.« Unsichtbare Mikrofone übertrugen seine und Susans Stimme durch die Glaswand.

Wie sie es abgesprochen hatten, setzte sich Susan vor einen Computer, der von Josh zuvor an seinen Rechner angeschlossen worden war, so daß ein geheimes Netzwerk sie verband.

Da sie sich darüber im klaren waren, daß Fuchs und Haslanger alles sehen und hören konnten, was sie und Josh taten und sagten, legte Susan die Hände unschuldigharmlos auf die Tastatur. Der Monitor stand in einem derartigen Winkel zur Videokamera, daß der Bildschirm nicht frontal erfaßt wurde.

Josh wußte, daß alles, was sich auf seinem Monitor zeigte, auch auf Fuchs' und Haslangers Bildschirm erschien, und hatte deshalb gleich am Anfang ein kleines Tarnprogramm geschrieben. Es versorgte die Computer der Beobachter mit zufällig gestreuten Wiederholungen seiner Arbeit und kaschierte so, was er währenddessen wirklich eintippte. Er brauchte das Programm nur zu aktivieren, und die elektronische Observation durch Gruppe Sechs setzte vorübergehend aus.

»Wie kommen Sie mit der Arbeit an der Formel voran?« fragte Susan.

In scheinbarem Desinteresse huschten Joshs Finger über die Tasten. Er blickte auf und nickte andeutungsweise.

»Ich bin soweit«, antwortete er. Nur Susan verstand den wahren Sinn der Äußerung.

Sie schrieb eine Mitteilung, die sofort auch seinen Monitor erreichte.

Wann bist du fertig?

In dreißig Minuten, tippte Josh.

Also um Punkt zwanzig Uhr, rechnete Susan, hielt die Finger schon an der Tastatur bereit, während der Rechner Joshs nächste Sätze auf den Monitor projizierte.

Sie müssen besorgen, was wir brauchen. Mir überläßt man es wahrscheinlich nicht. Aber keine Sorge, Ihnen geben sie bestimmt alles, was ich verlange.

Susan äußerte in lockerem Plauderton belangloses Zeug, während sie auf mehr wartete. Doch Josh fügte nichts mehr hinzu.

Wieviel Zeit haben wir?

Josh antwortete sofort. *Elf Minuten.*

Susan wartete, bis er die Liste mit seiner Materialbestellung ausgedruckt hatte und ging zur Tür.

Unter dem Druck von McCrackens Schulter gab die Luke nach und offenbarte wie erwartet einen im spitzen Winkel zum Stollen verlaufenden, ganz ähnlich beschaffenen Kanal. Blaine untersuchte die Wände mit einem Chemosensor und besah sich die Meßwerte auf der winzigen LED-Anzeige.

»Alles sauber, Indianer«, sagte er zu Wareagle. »Muß eine Weile her sein, daß hier was durchgeflossen ist. Anscheinend ist heute unser Glückstag. Das ist der Zugang.«

Wie sich erwies, war es allerdings ein schwieriger Zugang, denn den kalten glatten Boden hinaufzusteigen, fiel erheblich mühsamer aus als der Abwärtsgang. Blaine merkte bald, daß sie nur sehr langsam vorankamen, weil sie nur an den Seitenwänden Halt fanden. Es dauerte eine halbe Stunde, bis sie den ersten heimlich von Gruppe Sechs angelegten Anschluß an Brookhavens vorzeitig aufgegebenes zweites Abwasserrohrsystem entdeckten. Geradeaus war eine dritte Luke, während der Kanal scharf nach links abknickte.

Blaines Hand strich um die Luke. »Was hältst du davon, wenn wir uns mal dahinter umschauen?«

Johnny hatte schon einen Schweißbrenner in der Hand und kam nach vorn, um als erster an die Arbeit zu gehen. Er schaltete das Werkzeug ein und setzte die Flamme am Lukenrand an. Weitere dreißig Minuten vergingen, in denen Blaine und Johnny sich abwechselten. McCracken hatte das Gerät in der Faust, als die blaue, heiße Flamme die Luke endlich herausgeschmolzen hatte.

Diesmal war es unnötig, sich dagegenzustemmen; die Luke kippte einfach nach hinten. Blaine leuchtete mit der Stablampe durch die Öffnung in einen Raum, der wie ein Zwischenlager aussah. An allen vier Wänden waren zusammengebaute Waffenmodelle gestapelt. McCracken erkannte sofort, daß diese sich dank der Nähe zur Luke leicht aus der Welt schaffen ließen. Und Verklappung war vermutlich der Sinn der Klappe. Im Fall eines Angriffs oder einer Besetzung des Hauptquartier-Gebäudes konnte der Inhalt des Lagerraums zusammen mit dem übrigen Abfall der Gruppe-Sechs-Labors einfach weggespült werden.

»Dieser Raum ist auf den Plänen nicht verzeichnet, Indianer.«

»Wir sind hier unter dem tiefsten Kellergeschoß des Gebäudes, Blainey. Zu diesem Raum muß es einen Gang geben, der unter dem gesamten Komplex verläuft.« Johnny leuchtete mit der Lampe umher. »Und zwar dahinter.«

McCrackens Blick folgte der Richtung des Lichtkegels. »Das sieht mir aber gar nicht gut aus.«

Die einzige Tür des Raumes ähnelte der Stahltür eines Tresorraums und war offensichtlich viel zu dick, als daß sie mit den Schweißbrennern oder dem Sprengstoff, den sie dabeihatten, hätte geöffnet werden können.

Blaine trat dicht vor die Tür und leuchtete sie langsam von oben nach unten mit der Stablampe ab. »Ein elektronisches Schloß, vermute ich, das man nur von innen betätigen kann. Außer wir schaffen es irgendwie, hier einen Kurzschluß zu verursachen.«

»Die Schalttafel muß irgendwo in der Wand sein.«

»Dann laß uns mal versuchen, sie zu finden, Indianer.«

Susan ging den Korridor entlang und war sich der Observationskameras vollauf bewußt, die zweifellos jeden ihrer Schritte verfolgten. Mit der Liste der Gegenstände, die Josh angeblich zur Vollendung seiner Arbeit brauchte, ging sie zur Materialausgabe. Dort las der Angestellte die Liste, hob die Brauen und las sie ein zweites Mal. Ein atemberaubender Augenblick verzweifelter Spannung folgte, als der Mann einen Vorgesetzten um Genehmigung anrief. Als er den Hörer auflegte, hatte sich seine Miene nicht verändert.

»Das wird ein Momentchen dauern.«

»Ich hab's nicht eilig«, antwortete Susan.

Der Karton, den er ihr einige Minuten später aushändigte, war leicht genug, daß Susan ihn durch den Korridor in das Labor tragen konnte, in dem Joshua Wolfe an der Arbeit saß. Unterwegs befürchtete sie, jede Sekunde könnten Fuchs oder Haslanger sie abpassen und verlangen, den Karton zu öffnen. Vielleicht hatten sie sie aber auch die ganze Zeit auf die Probe gestellt und warteten jetzt vor dem Labor auf sie.

Aber sie gelangte ohne Zwischenfall zum Labor, und Josh öffnete ihr per Tastendruck die Tür. Sie schloß sie von innen und schob den Karton auf den nächstbesten Tisch.

»Machen Sie sich fertig«, empfahl Josh leise.

Seine Finger flogen über die Computertastatur, während Susan den Karton aufklappte. Sie hatte gerade zwei Nachtsichtbrillen herausgenommen – dank Gruppe Sechs weniger unhandlich und unförmig als herkömmliche Exemplare –, da drückte Josh die Befehlstaste.

McCracken hantierte ergebnislos mit den Kabeln hinter einer Wandklappe neben der Stahltür, als die Deckenlampe, die sie entdeckt hatten, erlosch. In derselben Sekunde, als er die Stablampe ergriff und anknipste, ertönte ein metallisches Klicken.

»Stromausfall, Blainey«, stellte Wareagle fest und schaltete seine Lampe ebenfalls ein.

»Das Knacken war sicher ein automatisch aktiviertes Sekundärsicherheitssystem, das die Flucht von Eindringlingen durch diese Tür verhindern soll.«

»Aber uns nicht am Hineinkommen hindert.«

»Genau meine Meinung«, sagte Blaine und widmete sich wieder den Kabeln.

Keine Minute später hatte er Erfolg: Er verband die beiden richtigen Drähte. Mit einem zweiten Knacken wurde das Sekundärsicherheitssystem abgestellt, und das elektronische Schloß öffnete sich. Wareagle konnte die Tür ohne größere Mühe aufschieben. Sie mündete, wie erwartet, in einen schmalen Gang, der tunnelartig unter dem Gebäude verlief.

»Ich habe keine Ahnung, wo der Gang hinführt, Indianer, aber es ist besser, wir nehmen ihn, als uns hier die Beine in den Bauch zu stehen.«

Blaine bemerkte, daß die Werkzeugtasche jetzt übervoll war mit Ausrüstung, die Wareagle aus dem Bestand der Waffenkammer zusammengesucht hatte.

»Das Zeug brauchen wir womöglich, wenn wir da sind, Blainey«, meinte Johnny und schwang sich die Tasche mühelos über die Schulter.

Das Gruppe-Sechs-Hauptquartier war vollkommen ohne Strom. Die von Josh am Computer getroffenen Vorbereitungen und die zuletzt eingegebenen Befehle hatten auch die Abwehrsysteme der Sicherheitszonen von der Notstromanlage getrennt. Zwar waren die Generatoren automatisch angeworfen worden, aber der erzeugte Strom erreichte nicht die Zufuhrkabel.

Die plötzliche Finsternis lähmte Susan, obwohl sie sich darauf vorbereitet hatte. Joshua Wolfe war nur einen Meter von ihr entfernt, aber sie hatte völlig die Orientierung verloren, und Panik drohte sie zu überwältigen.

»Hier«, rief die Stimme des Jungen. »Ich bin hier.«

Susan bezwang ihre Panik und tastete sich hinüber zu Josh. Er nahm aus ihrer Hand eine der Nachtsichtbrillen entgegen und setzte sie auf, dann half er Susan beim Aufziehen der zweiten Brille. Da durch die abgedunkelten Fenster nur wenig Licht eindrang, war selbst der Nutzen der modernisierten Nachtsichtbrillen gering. Doch immerhin konnten Josh und Susan, das was unmittelbar vor ihnen war, sehen und noch einen Meter darüber hinaus.

»Kommen Sie«, rief Josh, faßte Susans Hand und ging auf die Tür zu.

Sie hatte vorgesorgt und die Tür nur angelehnt, so daß sie nicht, im Gegensatz zu so gut wie dem gesamten Gruppe-Sechs-Personal, eingesperrt waren. Unter den richtigen Umständen ließ sich das Gebäude aufgrund der elektronischen Schlösser an jeder Tür in ein Gefängnis verwandeln. Diese Situation war jetzt eingetreten, und das machte Josh hinsichtlich seines Fluchtplans so zuversichtlich. Seine Elfminutenschätzung betraf die Zeitspanne, die die Techniker von Gruppe Sechs brauchten, um ein Notkabel zu verlegen und seine Befehle an die Computersteuerung der Anlagen rückgängig zu machen.

Im Flur begegneten Susan und Josh, während sie Hand in Hand losrannten, keinem Menschen. Sie nahmen den Weg zur Tiefgarage, den sie sich gut gemerkt hatten. Die Garage ließ sich durch ein Treppenhaus erreichen, dessen Türen keine Kombinations- oder Kartenschlösser hatten. Zudem hatte Josh am Computer mehrere Trenntüren im dritten Untergeschoß auf Handbedienung umgeschaltet. Unten könnten sie dann jedes der geparkten Fahrzeuge als Fluchtauto nehmen, die steile Auffahrt hinauffahren, und durch den Zaun brechen, ohne befürchten zu müssen, daß die Infrarotsensoren den Laserbeschuß auslösten.

Susan schätzte, daß sie das Treppenhaus knapp nach der dafür gesetzten Zweiminutenfrist erreichten. Wenn sie unten in der Garage waren, blieben ihnen noch acht Minuten. Rechnete man drei Minuten, um einen Wagen auszusuchen und ein Ausfahrtstor zu öffnen, standen ihnen zum Schluß fünf Minuten zur Verfügung, um vom Gruppe-Sechs-Gelände zu fliehen.

Genug Zeit, befand sie, während sie durch den Korridor rannte.

Johnny und Blaine folgten dem gekrümmten Verlauf des dunklen Kanals und suchten unterwegs nach Luken, die Zutritt ins eigentliche Gruppe-Sechs-Gebäude bieten könnten. McCracken vermutete, daß man diese unterirdischen Gänge auch dazu benutzte, gefährliche Substanzen von einem in einen anderen Teil des Komplexes zu befördern, um das Verseuchungsrisiko für das Hauptquartier zu minimieren. Falls er recht hatte, mußten in regelmäßigen Abständen Zugänge vorhanden sein.

»Blainey ...« Johnny Wareagle winkte, als er die erste Luke gefunden hatte: dreißig Zentimeter über seinem Kopf in der Decke, erreichbar durch eine in der Wand verankerte Eisenleiter.

McCracken erklomm die Sprossen und hielt oben wackelig die Balance. Er drehte das Handrad der Klappe, bis er ein Klicken hörte. Langsam ließ er den Lukendeckel herabsinken. Ein altbekannter Geruch drang ihm in die Nase.

»Ich glaube, ich weiß, wo wir ...«

Unvermittelt strahlte Licht durch die Lukenöffnung und zwang ihn dazu, sich mitten im Satz zu unterbrechen. Er sprang von der Leiter, drückte sich Johnny gegenüber an die Wand und hatte die Pistole schon schußbereit in der Faust, als er eine Stimme hörte.

Joshua Wolfe und Susan Lyle hasteten die Treppe hinab. Die Nachtsichtbrillen, kaum größer als Taucherbrillen, verliehen dem dunklen Treppenhaus eine mattorange Farbtönung. Drei Etagen tiefer stieß Susan die Tür auf, die in den Gang zu den Parkdecks führte. Als sie den Ausgang am anderen Ende erreichte, holte Josh sie ein. Susan stemmte sich mit der Schulter gegen die Tür. In der orangegetönten Finsternis ließ sich eine Vielzahl von Fahrzeugen erkennen. Da stach ihr auf einmal ein unerhört greller Lichtschein in die Augen, als würde ein ultrahelles Blitzlicht betätigt. Sie geriet ins Taumeln, während sie mit den Händen nach der Nachtsichtbrille griff, sie herunterriß und die normale Garagenbeleuchtung brennen sah. Ihre Augen schmerzten und füllten sich mit Tränen.

Als sie wieder einigermaßen klar sehen konnte, standen Lester Fuchs und Erich Haslanger vor ihr, flankiert von zwei breitschultrigen Männern in Sportjacketts. Hinter ihnen, in den Schatten an der Mauer, ragte die wuchtige Erscheinung eines Ungeheuers auf, das man kaum als menschlich bezeichnen konnte.

»Ich habe Sie auf die Probe gestellt«, sagte der Colonel. »Sie haben sie leider nicht bestanden.«

Kapitel 26

»Dafür werden Sie mir büßen«, hörte Blaine die Stimme nach kurzem, nur von Schritten durchdrungenem Schweigen. »Sie, Dr. Lyle, und auch der Junge.« Susan Lyle – die Teamleiterin der Sonderabteilung Brandwacht, die er in Joshua Wolfes Studentenwohnung kennengelernt hatte. Nun kreuzten ihre Wege sich zum zweiten Mal, und dieses Mal war der Junge bei ihr.

McCracken schaute Wareagle an, dessen Blick unverwandt auf die Luke gerichtet war. Offenbar rechnete er jeden Moment mit einer Auseinandersetzung. Doch niemand zeigte sich, die Konfrontation blieb aus. Die Personen oben in der Garage waren so auf sich selbst konzentriert, daß sie die offene Bodenklappe nicht bemerkten.

»Ich glaube, wir können mit den Höflichkeiten Schluß machen«, fuhr die Stimme fort, diesmal weiter weg von der Luke. Wahrscheinlich gehörte sie Fuchs oder vielleicht auch Haslanger. »Krill«, befahl der Mann, »bring sie her.«

Reglos lauschte Blaine, während kaum hörbar Schritte über den Betonboden tappten. Er erkannte sie wieder: Es waren die Schritte des greulichen Mutanten, der ihn in der New Yorker Stadtbibliothek angegriffen hatte. Höchstwahrscheinlich handelte es sich um ein lebendiges Laborgeschöpf Haslangers.

McCracken wartete, bis keine Schritte oder anderen Geräusche mehr zu hören waren, ehe er ein zweites Mal den Fuß auf die Leiter setzte. Bevor er jedoch hinaufkletterte, sah er Johnny an. »Stell uns einen brauchbaren Schlitten bereit, Indianer, und mach dich auf eine rasante Spritztour gefaßt.«

»Was soll ich nun mit Ihnen anfangen?« wandte Colonel Fuchs sich in vorwurfsvollem Ton an Joshua Wolfe und Susan und schüttelte den Kopf, während er die Tür der Testkammer von innen schloß. »Obwohl Sie mein Vertrauen mißbraucht haben, möchte ich natürlich nichts Unvernünftiges tun.«

Der Raum, in den Susan und Josh gebracht worden waren, war ein kleines Beobachtungszimmer, mit einer Glaswand, durch die man in die gegenwärtig dunkle Testkammer sehen konnte.

»Bitte nehmen Sie Platz«, sagte Fuchs.

Susan und Josh setzten sich auf die Stühle am einzigen Tisch des Beobachtungszimmers.

Die breitschultrigen Wachmänner stellten sich in starrer Haltung neben ihnen auf, und Haslanger hielt sich hinter Fuchs' Rücken; doch es war das mißratene menschliche Wesen, unter dessen Aufsicht Susan und Joshua aus der Garage heraufbegleitet worden war, das Josh offensichtlich als gleichermaßen faszinierend wie abstoßend empfand.

»Wie ich sehe, junger Freund«, meinte Fuchs zu Josh, »stößt Krill bei Ihnen auf großes Interesse.«

»Ich finde ihn eklig.«

»So sollten Sie aber nicht über ihn reden. Sie und er sind gewissermaßen Verwandte.«

Joshuas Miene spiegelte äußerstes Befremden.

»Sie gehören zu uns, mein Junge, so wie er«, erklärte Fuchs. »Sie sind genauso ein Resultat unserer Arbeit wie alle unsere übrigen Experimente. Man könnte sagen, Sie verkörpern ein Erbe unserer Vergangenheit.«

»Warum erzählen Sie ihm nicht die Wahrheit, Colonel?« brauste Susan auf. »Weshalb erzählen Sie ihm nicht, daß er nur hier ist, um Ihren Kopf zu retten? Washington ist drauf und dran, Sie rauszuwerfen und Ihren Saustall zu schließen.« Susan warf Josh einen kurzen Blick zu. »Du brauchst deine Sachen nicht auszupacken.«

Wütend funkelten Fuchs' Augen sie an. »Sehr beeindruckend, Doktor. Anscheinend endet Ihre Forschungstätigkeit nicht bei den Reagenzgläsern.«

»Sie haben sich über meine Vorgeschichte informiert, und ich mich über Ihre.«

»Und es hängt vieles von der Vorgeschichte ab, nicht wahr? Ihrer, meiner ...« Fuchs heftete den Blick auf den Jungen. »Seiner.«

Wortlos erwiderte Josh den Blick.

»Kommen Sie, junger Freund, es kann doch unmöglich sein, daß Sie selbst nach dem Gespräch mit Dr. Haslanger am gestrigen Abend die Wahrheit nicht einmal ahnen? Denken Sie mal an seine Vorgeschichte.«

Joshuas Blick huschte von Fuchs zu Haslanger und zurück zu dem Colonel. Er wirkte völlig entgeistert. Seine Lippen zitterten.

»Für jemanden mit Ihrer Intelligenz müßte der Zusammenhang eigentlich offensichtlich sein. Dr. Haslanger ist Ihr Erzeuger. Sie sind das Produkt seiner früheren Experimente, die er betrieb, ehe er sich Gruppe Sechs angeschlossen hat. Das Projekt hieß Operation Offspring. Ihr Zweck war die Erzeugung von Genies, die ihren Erzeugern willig jeden Dienst erweisen sollten.«

»Mein Gott«, stöhnte Susan halblaut.

Fuchs beachtete sie nicht, sondern schaute nun Haslangers Ungeheuer an. »Krill dagegen wurde für einen ganz anderen Zweck geschaffen. Geeignete genetische Elemente anderer Spezies wurden identifiziert, erhielten eine neue, gemeinsame Form … Welche, sehen Sie ja selbst. Nicht alle Produkte unseres guten Doktors haben den Wunschvorstellungen entsprochen, aber Krill war schon ziemlich nahe dran.«

»Das wahre Ungeheuer sind Sie, Colonel«, sagte Susan in scharfem Tonfall.

Fuchs würdigte sie keines Blicks. »Sie hingegen, junger Mann, entsprechen voll und ganz seinen Erwartungen. Leider haben ihn die Umstände gezwungen, auf die Beeinflussung Ihrer weiteren Entwicklung zu verzichten, auf die sorgfältige Erziehung und Schulung, die gesichert hätten, daß Ihre Fähigkeiten noch umfangreicher entfaltet worden wären. Das war bedauerlich, aber unvermeidlich.«

»Quatsch«, widersprach Joshua Wolfe. »Sie steuern mein Leben schon, solange ich mich erinnern kann.«

»Das waren nicht wir, leider. Wir hätten die Situation mit entschieden mehr Takt und Verantwortungsbewußtsein gehandhabt als Dr. Haslangers Nachfolger. Außerdem wären Ihnen von uns die Mittel zur Verfügung gestellt worden, die es Ihnen erlaubt hätten, Ihr eigenes Potential besser zu erkennen. Als Beweis führe ich das hier an.«

Fuchs legte eine kleine Ampulle, die in Joshs Tasche gefunden worden war, vor den Jungen auf den Tisch. »Dank der wundervollen Einrichtungen, die wir hier besitzen«, stellte er fest, »hatten Sie heute einen höchst produktiven Tag.«

Joshua Wolfe gab keine Antwort.

»Ich vermute, diese Ampulle enthält das Ergebnis Ihrer Bemühungen, CLAIR zu korrigieren.«

Der Junge nickte.

»Wir sind natürlich der Auffassung, daß CLAIR ganz in Ordnung ist. Aus unserer Sicht hat es sich in Cambridge bestens bewährt, und wir möchten es für uns in genau dieser Version haben. Deshalb muß ich Sie jetzt bitten, uns die Formel bekanntzugeben.«

»Damit Sie noch selektiver töten können als bisher«,

mischte sich Susan ein. »Dummerweise haben Sie keine sonderlich eindrucksvolle Erfolgsbilanz vorzuweisen. Wo würden Sie CLAIR zuerst testen, Colonel? Wo wollen Sie das nächste Mal Murks machen?«

Endlich sah Fuchs sie doch an. »Ich rate Ihnen dringend davon ab, weiter in diesem Ton zu sprechen. Sie haben Ihren Mutterinstinkt zu weit getrieben, Dr. Lyle, und Sie sind mir in die Quere gekommen. Ich habe Ihnen vertraut, und Sie haben mein Entgegenkommen schlecht gelohnt.«

»Sie haben mich von Anfang an über den Tisch gezogen.«

»Reine Sicherheitsvorkehrung, sonst nichts.«

»Ihnen war klar, daß ich dem Jungen zur Flucht verhelfen wollte. Sie wußten, daß ich ihn auf keinen Fall hier bei Ihnen lassen konnte.«

In diesem Moment bemerkte Josh, daß der Blick aller Anwesenden auf Susan ruhte. Bevor irgend jemand ihn wieder anschauen konnte, schnappte er sich die Ampulle mit der klaren Flüssigkeit vom Tisch; erst legte er sie in seinen Schoß und hielt eine Hand darüber, dann schob er sie in die Tasche.

»Weil Sie hundertprozentig berechenbar sind. Selbstverständlich war der Plan, den Sie und der Junge sich ausgedacht hatten, leicht zu durchschauen. Wir brauchten nur abzuwarten, bis Sie sich selbst verraten.«

»Unser Fluchtversuch war vollkommen gerechtfertigt. Ihr Verhalten beweist es.«

»Und was hat der Unfug Ihnen eingebracht? Fühlen Sie sich jetzt wohler, vielleicht mütterlicher? Ist dadurch etwa der kleinste Schritt getan worden, um die gefürchtete Krankheit Krebs zu besiegen, die sich bei Ihnen eventuell schon in mikroskopisch kleinen Zellanomalien zeigt, die noch niemand entdecken kann? Auf eine solche Weise können Sie weder sich retten, Doktor, noch Joshua Wolfe. Es gibt Größeres als Sie beide.«

»Sie zum Beispiel?«

»Ich? Nein. Die Gruppe Sechs – ja. Um zu erreichen, was unser Vaterland zum Überleben benötigt, gibt es keine Regel, die nicht gebrochen werden dürfte, kenne ich keine Maßnahme, die ich nicht ergreifen würde.« Zur Bekräftigung nickte Fuchs und wandte sich erneut an Joshua Wolfe. »Und nun die CLAIR-Formel bitte.«

In abweisendem Trotz schüttelte der Junge den Kopf. »Die kriegen Sie nicht. Von mir kriegen Sie überhaupt nichts.«

»Bitte überlegen Sie sich das noch mal.«

Joshua schüttelte erneut den Kopf.

Fuchs seufzte in aufrichtigem Bedauern auf und nickte den beiden breitschultrigen Wachmännern zu. Vor Joshs Augen packten sie Susan, zerrten sie vom Stuhl und trugen sie zu einem anderen, vom Tisch entfernten Stuhl. Der eine Mann drückte sie auf den Sitz, während der andere ihr die Hände auf dem Rücken fesselte.

»Was soll denn das?« rief Josh. »Lassen Sie sie los!«

»Gerne, junger Freund«, beteuerte Fuchs. »Sie müssen sich nur zur Zusammenarbeit entschließen.«

»Lassen Sie sie in Frieden!«

Krill trat vor und holte aus seiner Tasche einen sonderbar aussehenden Gegenstand, der einer Pistole ähnelte, die statt des Abzugs eine Taste hatte. Das Gerät war rund dreißig Zentimeter lang und glänzte in dem trüben Licht des Beobachtungszimmers.

»Sie wissen, was das ist?« meinte Fuchs.

»Nein«, antwortete Josh.

»Dr. Haslanger, wenn ich bitten darf …«

Der Greis kam näher. »Ich nehme an, das Taser-Elektroschockgerät ist Ihnen ein Begriff. Dieses Exemplar ist eine von uns entwickelte Variante mit stufenweise verstellbarer Voltstärke. Der Lauf schickt zwei Sonden über eine Distanz, die wir auf rund zehn Meter erweitert haben. Die Schockwirkung reicht so vom Lähmungseffekt bis zum Tod.«

»Es gibt zehn Stufen«, ergänzte Fuchs die Darlegungen Haslangers. »Wir fangen bei Stufe fünf an.«

Krill schaltete die Elektroschock-Pistole auf die gewünschte Voltstärke.

»Sie müssen hier jetzt nicht die Heldenhafte spielen, Dr. Lyle«, sagte Fuchs. »Sie sind unter Freunden.«

Drei Meter trennten Krill von Susan; damit befand er sich in optimaler Schußentfernung

»Ich schlage vor, Dr. Lyle, Sie empfehlen nun Ihrem jungen Freund, uns zu überlassen, was wir haben möchten. Ich gebe Ihnen den Rat, ihm zu sagen, er soll uns den Chip aus dem Faxgerät aushändigen, auf dem wir die CLAIR-Formel finden können.«

»Rutschen Sie mir den Buckel runter«, entgegnete Susan, die sich angestrengt bemühte, nicht zu Krill hinüberzublicken.

»Junger Mann«, sagte Fuchs zu Josh, »ich hoffe, Sie zeigen die Reife, an der Dr. Lyle es eindeutig fehlen läßt. Und Ihr Bruder Krill hat weniger Geduld als ich. Bitte geben Sie uns, was wir verlangen.«

Josh zitterte und sah hilfesuchend zu Susan. Ihre starre Miene sagte ihm, was er zu tun hatte.

»Von mir bekommen Sie nichts.« Joshua strich sich mit der Hand durchs Haar und merkte, daß sie zitterte.

»Krill«, sagte Fuchs.

Der Riese zielte mit der Schockwaffe auf Susan.

»Halt, warten Sie!« schrie Josh und beugte sich vor, ohne vom Stuhl aufzustehen.

»Haben Sie es sich anders überlegt, junger Mann?«

»Ich, ich ...«

»Abfeuern!«

Krill drückte die Taste.

McCracken preßte die Schultern gegen die Mauer. Er stand an der Ecke des Korridors, der zu dem Raum führte, in den Susan Lyle und Joshua Wolfe gebracht worden waren, und beobachtete die Wächter neben der in rund sechs Metern Abstand gelegenen Tür. Die Entfernung war zu groß, um sie mit einem Sprung zu überwinden. Blaine überdachte andere Möglichkeiten, da hörte er einen Schrei – den Schrei einer Frau, ein schrilles, durch schrecklichen Schmerz verursachtes Aufheulen.

Susan Lyle …

Damit hatte er nur noch eine Möglichkeit.

McCracken rannte in den Korridor, Waffe und Augen von den Wächtern abgewandt. Er näherte sich den beiden, als wäre er einer von ihnen und befände sich in heller Panik.

»Ist der Colonel da drin?« rief er und streifte sie nur mit halbem Blick.

Die zwei Männer schauten sich an, die Hände dicht an den Waffen, offensichtlich unsicher, wie sie reagieren sollten.

»Ob der Colonel …«

Mehr brauchte McCracken nicht an Ablenkung, um nahe genug an die Wächter heranzukommen und sie auszuschalten. Er stieß dem näherstehenden Mann den Pistolenlauf gegen das Kinn und attackierte sofort den zweiten Wächter, der gerade die Waffe gezückt hatte. Blaine hieb die Knöchel seiner hart geballten Faust gegen dessen Luftröhre und zerquetschte sie. Der Mann griff sich an die Gurgel, die Augen quollen ihm hervor, und er sackte zu Boden.

Der andere Wächter, dessen Gesicht nur noch aus blutigem Fleisch bestand, wollte auf ihn losgehen, doch McCracken knallte ihm den Griff der SIG-Sauer auf den Nasenrücken. Blaine spürte, wie die Knochen zerkrachten und die Splitter sich in den Schädel bohrten. Der Mann brach zusammen.

Augenblicklich wandte sich McCracken der Tür zu und holte eine zündfertig vorbereitete Ladung C-4-Plastiksprengstoff aus der Tasche. Er zog die Schutzhülle von der Zündvorrichtung und klebte die Ladung neben dem Türrahmen an die Tür. Dann drückte er den Knopf. Die Verzögerung betrug zwanzig Sekunden, genug Zeit für Blaine, sich in sicherer Entfernung an der Wand, die Pistole in der Faust und die Ohren zugestopft, bereitzuhalten.

Die Schock-Pistole hatte sich in der Hand des Riesen nicht im mindesten bewegt. Er aktivierte den Einholmechanismus, und die beiden winzigen Elektroden wurden an ihren Drähten aufgespult. Susan wand sich auf dem Stuhl. Zuckungen schüttelten ihren Körper. Weil sie sich infolge der Konvulsionen auf die Zunge gebissen hatte, sickerte ihr Blut aus dem Mundwinkel. Schließlich sank sie so weit vornüber, wie die Fesseln es zuließen.

Verzweifelt versuchte Josh, in ihren glasigen Augen Leben zu entdecken.

»Hören Sie damit auf«, sagte er. »Hören Sie auf«, wiederholte er lauter.

»Wir wollen die Formel haben, junger Freund«, hielt Fuchs ihm entgegen. »Geben Sie sie uns.«

Josh sah Fuchs an, dann wieder Susan. »Krill«, befahl der Colonel, »stell den Schocker auf Stufe sieben.« Sein Blick fiel zurück auf Joshua. »An Ihrer Stelle würde ich jetzt zu reden beginnen, junger Mann.«

Josh sah, daß der Riese den Schocker ein zweites Mal auf Susan richtete. »Er ist hier«, sagte er, die Worte sprudelten heraus, bevor er sie denken konnte.

Fuchs schaute kurz zu Haslanger. »Was soll das heißen, *er ist hier*?«

»Der Faxchip. Er ist in meinem Zimmer. Ich habe ihn aus Florida mitgebracht.«

»Sie sind im Hotel gründlich durchsucht worden. Das hat Sinclair mir glaubhaft versichert.«

»Nicht gründlich genug. Ich habe den Chip in einen Kaugummi eingewickelt und ihn im Mund behalten. In der Flugzeugtoilette habe ich ihn rausgenommen.«

»Wo in Ihrem Zimmer, junger Freund?«

Mühsam schluckte Josh. »Dr. Lyle braucht ärztliche Behandlung. Ich will, daß Sie erst einen Arzt rufen.«

Fuchs wandte sich an den Riesen. »Krill …«

Josh sprang vom Stuhl auf. »Er ist in der Bonbondose. Ganz unten. In Bonbonpapier eingewickelt.«

Fuchs lächelte. »So gefällt mir das schon besser.«

»Und jetzt rufen Sie einen Arzt!«

Fuchs' Mundwinkel verzogen sich zu einem bösartigen, hämischen Grinsen. »Überflüssig. Sie müssen eine Lektion erhalten. Mr. Wolfe, Sie sollen eine deutliche Vorstellung davon bekommen, was Ihnen droht, wenn Sie sich künftig meinem Willen widersetzen.«

»Nein!«

»Stell Stufe zehn ein«, sagte Fuchs zu Krill, »und mach sie fertig.«

Ratlos stand Josh da und konnte keinen klaren Gedanken fassen. Jetzt war er bereit, alles aufzugeben. »Es existiert noch eine Ampulle! Eine zweite Ampulle CLAIR!«

»Sie behaupten, es …«

Josh sah Krill die Schockwaffe heben und einen riesigen, überlangen Finger auf die Auslösetaste legen. Er machte einen Satz in Susan Lyles Richtung, um sie aus der Schußbahn der Sonden zu reißen.

Als er sie gerade erreicht hatte, hörte er einen gedämpften Knall, und in derselben Sekunde trafen ihn die Sonden. Die Wirkung fühlte sich an, als wäre er gegen eine glühendheiße Wand gelaufen und käme nicht mehr von ihr weg. Mitten im Atemzug schien alles ringsum zur Bewegungslosigkeit zu erstarren. Sogar seine Augen blieben offen und sahen, wie die Tür explosionsartig ins Zimmer geschleudert wurde.

Unter der Wucht der Detonation stürzte Susans Stuhl um und riß Josh mit sich. McCracken registrierte es aus den Augenwinkeln, als er hinter den Trümmern der Tür in das Zimmer sprang. Der Sturz hatte Susan vom Stuhl getrennt. Blaine streifte die Fesseln von ihren Handgelenken und zog sie vom Fußboden hoch.

Joshua Wolfe lag reglos auf den Fliesen. Blaine schob Susan hinter sich und deckte sie mit seinem Körper, als er das Feuer auf die beiden Männer eröffnete, die durch die Explosion gegen eine Glaswand geworfen worden waren.

Sie hatten ihre Waffen gerade gezogen, als Blaines Treffer sie zum zweitenmal gegen das Glas taumeln ließen, diesmal mit solcher Gewalt, daß es zersprang. Sofort war Blaines Aufmerksamkeit bei den zwei anderen Gestalten, die die Detonation ebenfalls zu Boden geworfen hatte und die jetzt hastig in Deckung krochen.

»Vorsicht!«

Susans Zuruf ließ ihn nach rechts schauen, als er gerade die Waffe auf die beiden am Boden richten wollte, die nur Fuchs und Haslanger sein konnten. Das Ungeheuer, mit dem er schon in der New Yorker Stadtbibliothek unangenehme Bekanntschaft gemacht hatte, zielte mit irgendeinem Ding auf ihn. Er duckte sich, und mit Geknister sauste etwas über ihn hinweg.

Geduckt verschoß er das restliche Magazin der SIG-Sauer auf den Riesen. Seine Kugeln gingen daneben, zwangen aber die Kreatur, hinter einem umgekippten Tisch in Deckung zu gehen.

Blaine nutzte die Gelegenheit, um ein neues Magazin nachzuladen, und feuerte auf die dicke Tischplatte, um das Scheusal unten zu halten. Dadurch hatte er Zeit, mit einem Arm die schlaffe Gestalt Joshua Wolfes zu sich heranzuziehen.

»Los, raus!« rief Blaine Susan zu. Obwohl sie noch unsicher auf den Füßen war, wankte sie in den Flur hinaus.

Sobald er ihr auf den Gang gefolgt war, nahm Blaine Joshua Wolfe, den er hinter sich her geschleift hatte, über die linke Schulter, so daß er die Rechte weiterhin zum Schießen benutzen konnte. Genau in diesem Moment stürmte durch den Korridor ein halbes Dutzend Wachleute mit gezogenen Waffen auf sie zu.

»In Deckung!« schrie er Susan an und schoß das zweite Magazin leer.

Mit fast unheimlicher Präzision stürzten die Männer der Reihe nach vor ihm zu Boden, so daß McCracken sein Tempo kaum verringern mußte, sondern zügig über sie hinwegsetzen konnte. Der Junge, den er von Harry Limes Foto kannte, baumelte ihm über der Schulter.

»Dort nach links«, rief McCracken Susan zu. »Dann zweite Treppe rechts! Wir müssen in die Tiefgarage zurück.«

Er bemerkte, daß sie stutzte, als er die Garage erwähnte, sparte sich aber fürs erste umständliche Erklärungen. Gerade waren sie zum Treppenabsatz gelangt, da heulten im gesamten Bereich des Gruppe-Sechs-Hauptquartiers die Alarmsirenen auf.

In der Tiefgarage wartete Johnny Wareagle neben einem sechsrädrigen Fahrzeug, wie es sonst beim Militär zu Aufklärungszwecken Verwendung fand, einem Panzerwagen aus solidem, schwarzem Stahl. Die Luke oben stand offen, der Motor lief warm, und die Nase zeigte schon in Richtung Auffahrt.

»Die Karre war das Beste, was ich auftreiben konnte, Blainey«, sagte Wareagle und nahm Joshua Wolfe von Blaines Schulter.

»Bring den Jungen rein! Und sie auch.«

»Du fährst, Blaine.«

»Wir müssen durch die Laser, Indianer.«

»Deshalb sollst du ja fahren.«

»Schnell«, flehte Susan Lyle verzweifelt. »Ich glaube, er atmet nicht mehr.«

Blaine sah, daß Joshua Wolfes Lippen blau anliefen, während Johnny ihn in das Fahrzeug hinunterließ. Speichel rann ihm aus den Mundwinkeln, und Krämpfe schienen ihn zu schütteln.

Susan Lyle war als erste in den gepanzerten Wagen geklettert und half Johnny, den Jungen auf einen Sitz zu legen. Sein Körper blieb jetzt vollkommen still.

»Nein«, stöhnte Susan, »nein ...!«

»Fahr los, Blainey!« drängelte Johnny, kaum saß Blaine am Lenkrad. Die großen Reifen rollten ruckartig und quietschend an, als McCracken den Gang einlegte und Gas gab. Wareagle bückte sich und nahm eine gewehrähnliche Waffe, die an der Mündung eine Art Sprühdüse aufwies. Außerdem hängte er sich zwei Apparate um, die auf den ersten Blick nach Funkgeräten aussahen, bei denen es sich aber vermutlich um etwas ganz anderes handelte. Blaine entsann sich, daß sie zu den Gegenständen gehörten, die Wareagle in dem unterirdischen Waffenlager eingepackt hatte. Offenbar hatte er inzwischen ihren Zweck und die Bedienungsweise herausgefunden. Die Adrenalinschübe, die Susan durchströmten, ließen sie allmählich die Folgen des Elektroschocks überwinden. Sie begann an Joshua Wolfes Brustkorb Herzmassagen. Zwischendurch bog sie seinen Kopf immer wieder nach hinten und beatmete ihn Mund zu Mund.

»Komm schon! Los doch! Laß mich jetzt bloß nicht im Stich!« Während sie die Herzmassage unermüdlich fortsetzte und seinen Kreislauf zu stabilisieren versuchte, rang sie selbst nach Atem.

McCracken steuerte den Panzerspähwagen durch das Parkdeck und die steile Rampe hinauf, die nach oben führte.

»Oh oh«, murmelte er, als er am Ende der Rampe eine zweiflügelige, schwere Tür sah, die Johnny offensichtlich nicht hatte öffnen können. »Festhalten!«

Blaine raste mit dem Fahrzeug direkt auf das Tor zu und trat das Gaspedal bis zum Anschlag durch. Das Tor barst nicht, als McCracken es rammte, flog aber aus den Angeln und zur Seite. Der Spähwagen rumpelte auf das flache, grasige Feld vor dem Gruppe-Sechs-Gebäude.

Susan hielt Josh fest, aber die holprige Fahrt schüttelte seinen schlaffen Körper durch. Seine Gliedmaßen hüpften wie bei einer Marionette, deren Drähte durchtrennt worden waren. Im Rückspiegel sah Blaine, daß Susan weiterhin zwischen Herzmassage und Beatmung abwechselte. Währenddessen traf Johnny Vorbereitungen für die nächste Phase der Flucht.

»Sie sind draußen«, meldete Sinclair aus der Tiefgarage.

Völlig außer Atem war Colonel Fuchs soeben in der Kommando- und Kommunikationszentrale eingetroffen. Er drückte sich ein Taschentuch an den Kopf, um den Blutfluß einer Verletzung zu stillen, die er durch umherfliegende Glassplitter erlitten hatte.

»Nicht verfolgen!« ächzte der Colonel. »Ich wiederhole, keine Verfolgung aufnehmen! Wir lassen sie von den Lasern erledigen.«

»Alle Abwehrsysteme in Funktion, Sir«, meldete Larsen von seinem Platz. »Alle Lichter grün.«

»Prüfen, ob Automatikstatus in Betrieb.«

»Bestätige Automatikstatus in Betrieb, Sir.«

Fuchs stützte sich auf die Rücklehne eines Stuhls und wandte sich den Observationsmonitoren zu. Gerade übertrugen die Kameras der Sicherheitszonen, wie ein Radpanzerwagen das Feld entlangraste.

Johnny Wareagle hatte die Dachluke des Panzerfahrzeugs aufgeklappt und sich halb hinausgezwängt. Laue Abendluft umwehte ihm Gesicht und Oberkörper.

»Die Laser, Indianer«, rief Blaine vom Fahrersitz zu ihm hinauf. »Sie werden rausfahren.«

Wareagle betätigte am einen der beiden unidentifizierbaren Apparate einen Schalter und schleuderte ihn nach vorne links. Dann tat er das gleiche am zweiten Gerät und warf es nach vorne rechts. Anschließend duckte er sich ins Fahrzeuginnere zurück und knallte die Luke zu.

Es folgten keine Explosionen, sondern nur ein kurzes, äußerst durchdringendes Zwitschern, das eine Gänsehaut hervorrief, ganz ähnlich wie das Kratzen von Fingernägeln auf einer Schiefertafel. Blaine spürte, wie der Panzerspähwagen bockte, langsamer wurde und der Motor beinahe ausging. Am Armaturenbrett spielten die Instrumente verrückt. Die Uhr blieb stehen.

»Na, das ist ja 'n Ding«, meinte er, bevor er das Fahrzeug mit neuer Beschleunigung durch die Nacht lenkte.

Sämtliche Monitore, die den vorderen Abschnitt der Sicherheitszonen des Gruppe-Sechs-Komplexes zeigten, fielen mit einem Schlag aus. Gleichzeitig flackerte die Beleuchtung, um danach leicht trüber weiterzubrennen.

»Was ist passiert?« wollte Fuchs von Larsen erfahren. »Was ist los?«

»Sie müssen die NEPPs benutzt haben«, sagte Haslanger, der gerade die Kommando- und Kommunikationszentrale betreten hatte. Er lehnte sich an die Wand. Eine Vielzahl kleiner Schnittwunden und Abschürfungen verunstalteten sein Gesicht.

»Die was?«

»Die Nonnuclear Electromagnetic Pulse Packs. Damit haben sie die Bewegungsmelder und Infrarotsensoren der Sicherheitszone lahmgelegt.«

»Und wie steht's mit den Lasern?«

»Sie werden von hier aus mit Strom versorgt«, erklärte Larsen. »Sie dürften noch einsatzbereit sein, Sir.«

»Dann setzen Sie sie ein!« befahl Fuchs. Er vergaß die Schnittwunde an seinem Kopf und ließ das Blut über den Kragen auf den Uniformrücken sickern. »Schalten Sie auf manuelle Bedienung um!«

»Wir müßten aber blind feuern, Sir.«

»Ist mir egal. Feuern Sie! Schießen Sie auf alles, was sich bewegt! Eröffnen Sie augenblicklich das Feuer! Verstanden? Sofort ...!«

Kapitel 27

Susan Lyle unterbrach die Herzmassage lange genug, um an Joshua Wolfes Brustkorb zu lauschen.

»Er atmet. Er atmet!«

Plötzlich verfiel der Junge in neue Konvulsionen, sein Körper zuckte und wand sich, als wollte er Susans entschlossenen Griff abschütteln. Sie zog ihn an sich und hielt ihn fest, während seine angegriffenen Nervenenden wieder das Leben aus ihm herausschütteln wollten.

Vor ihnen hatte Johnny Wareagle erneut Kopf und Schultern zur Luke hinausgeschoben und die seltsam aussehende Waffe angelegt, als wäre es ein gewöhnliches Gewehr. Sie war mit einem Infrarotzielfernrohr ausgestattet, das wie die Zoomfunktion einer Videokamera arbeitete.

Ohne die hochmodernen Sensorsysteme mußte das Gruppe-Sechs-Personal nun die Laser per manueller Steuerung abfeuern. Zusammen mit der Motorleistung und der Panzerung des Spähwagens ergab sich eine relativ günstige Situation, so daß Johnny gute Aussichten hatte, ihnen mit Hilfe der Waffe die Flucht vom Gruppe-Sechs-Gelände zu ermöglichen.

Sie verschoß aus einer Sprühkopf-Mündung einen Aerosolstrahl, der Metall bei Kontakt sofort brüchig und daraus gefertigte Gegenstände unbrauchbar machte. Und die pilzförmigen Laser, die aus der Erde ausfuhren, bestanden aus Metall.

Das Aerosol war in einem dicken, kanisterartigen Druckbehälter unmittelbar vor dem Abzugbügel der Waffe. Johnny hatte sich drei Reservekanister leicht greifbar um die Taille geschnallt. Er suchte mit den bloßen Augen, das Aerosolgewehr in Bereitschaft, die Umgebung ab, als rechts von ihnen eine Reihe von Lasern wild das Feuer eröffnete und praktisch nach allen Seiten schoß.

Zwei Strahlbahnen streiften den vorderen Kotflügel sowie die Heckpanzerung und hinterließen einen Streifen versengten Metalls. Johnny schwang das Aerosolgewehr in die Richtung der Pilze, zielte und drückte ab.

Ein dünner Strahl der augenblicklich korrosiv wirkenden Substanz sauste durch die Luft. Es bedurfte nur eines kurzen Strahls, um einen Laser außer Gefecht zu setzen, und Johnny hatte bald den Dreh raus, wie er das Aerosolgewehr am effektivsten benutzte. Da es keinen Rückstoß verursachte, mußte er nur zielen und draufhalten. Der Strahl traf immer in Blickrichtung.

»Rechts, Indianer!« brüllte Blaine. »Da fahren die Laser aus.«

Wareagle drehte sich und schwenkte die Waffe mit herum. Die Strahldicke ließ sich verstellen, so daß er mit einem Schuß mehrere Laser beschießen konnte, was allerdings auf Kosten der Reichweite ging. Unerwartet entdeckte er jedoch einen anderen Vorteil: Mit der Strahldicke erweiterte sich in proportionalem Verhältnis auch das Sichtfeld des Zielfernrohrs. Als er das nächste Mal schoß, zerstörte er mit ein und demselben, breit gefächerten Strahl ein ganzes Nest von Lasern, deren Schüsse den Spähwagen gerade knapp verfehlt hatten. Während ihre blauen Strahlbahnen mörderischen Lichts schlagartig verloschen, richtete Johnny die Waffe auf eine andere, soeben aus dem Boden gefahrene Gruppe von Metallpilzen.

Ein einzelner Laserschuß traf ein Radlager und einen Reifen. Der Spähwagen schlingerte und ratterte, fuhr aber weiter. Wareagle brauchte den restlichen Kanisterinhalt bei der Vernichtung weiterer Laser auf – darunter auch des Lasers, der das Fahrzeug beschädigt hatte – und befestigte schnell einen neuen Behälter an der Waffe.

»Vorn, Indianer«, warnte Blaine. »Links und rechts!«

Etwa fünfzehn Meter vor ihnen hatten weitere Laser von beiden Seiten kreuz und quer zu schießen angefangen. McCracken vollführte eine Vollbremsung, um nicht mittendurch fahren zu müssen und Wareagle mehr Zeit zu verschaffen. Zuerst schoß Johnny nach links, und sofort zerfraß das Aerosol die Stahlpilze. Grauer Qualm quoll hervor, und anstatt bläulicher Lichtstrahlen sah man nur noch zernagtes Metall. Johnny drehte sich gerade zur anderen Seite, als drei Laserstrahlen den Panzerspähwagen frontal trafen. Ein zweiter Reifen platzte, und der Motor stotterte.

»Nana, was denn, was denn«, schimpfte Blaine. »Nun mach mal keine Zicken!«

Das Fahrzeug gehorchte, war aber deutlich angeschlagen. Ein normales Auto aus dünnem Blech und mit herkömmlichen Reifen wäre gar nicht so weit gekommen. Doch die Panzerplatten hatten den Motorraum ausreichend geschützt. Inzwischen war der Begrenzungszaun in Sicht, und Blaine lenkte den Panzerspähwagen frontal auf das Maschendrahthindernis zu.

Direkt vor dem Fahrzeug nahm eine neue Gruppe von Lasern den Beschuß auf, und McCracken konnte sich gerade noch ducken, bevor ein Laserstrahl sich sauber durch die Windschutzscheibe bohrte.

Es mußte eine Sicherung erwischt haben, denn auf einmal war es im Fahrzeuginnern völlig dunkel. Aber Johnny stellte sich der Herausforderung. Ruhig visierte er die Metallpilze durch das Zielfernrohr an und besprühte sie treffsicher mit Aerosol. Und wieder zischten und qualmten die Pilzgebilde, bevor sie erstarben.

McCracken steuerte den Panzerspähwagen direkt auf den Zaun zu, das Gaspedal erneut bis zum Anschlag durchtretend. Die restlichen Laser feuerten unentwegt, waren jedoch mittlerweile außerhalb der Reichweite Johnnys. Blaine konnte nur hoffen, daß sie keine wichtigen Fahrzeugteile trafen. Ein Laserschuß in den Benzintank beispielsweise hätte eine sofortige Explosion zur Folge gehabt.

Aber die Laserstrahlen trafen lediglich das Fahrzeugheck und zersprengten die hintere Sichtscheibe, so daß ein Hagel von Glassplittern Joshua Wolfe und Susan Lyle überschüttete. Susan versuchte Joshua mit ihrem Körper zu schützen so gut es ging. Splitter blieben in ihrem Rücken und den Oberarmen stecken.

»Jetzt sind wir außer Schußweite, Blainey.«

»Dann komm jetzt runter, Indianer, und halt dich fest.«

Die von Johnny benutzten Nonnuclear Elektromagnetic Pulse Packs hatten die Observationskameras auf dem Zaun nicht außer Funktion gesetzt. In der Kommando- und Kommunikationszentrale von Gruppe Sechs zeigten drei Bildschirme, wie das instituteigene, für Geländebeobachtungen bestimmte Panzerfahrzeug auf den Zaun zuraste. Hilflos mußte Fuchs mitansehen, wie der Maschendraht unter dem Fahrzeug nachgab und plattgewalzt wurde.

»Sinclair!« schrie er in die Sprechanlage.

»Hier, Sir.«

»Sie sind ausgebrochen. Sämtliche Abwehrsysteme sind beschädigt. Machen Sie sich an die Verfolgung.«

»Jawohl, Sir.«

Sofort fuhren die vier Wagen an, die Sinclair für eine Verfolgung bereits mit etlichen Männern bestückt hatte, und rollten zur Garagenausfahrt. Mit einemmal stotterten ihre Motoren und gingen aus.

»Verflucht noch mal, was ...?« Sinclair hob das Funkgerät an den Mund. »Colonel Fuchs!«

»Wir können Sie nicht sehen, Sinclair. Wo sind Sie?«

»Wir sitzen fest, Sir. Es muß irgendwas mit den Motoren angestellt worden sein, Sabotage. Mit diesen Kisten kommen wir nirgends hin.«

»Verdammt«, wetterte Fuchs. Er vermutete, daß die beiden Eindringlinge, wer auch immer das war, auch etwas von den bei Gruppe Sechs entwickelten Substanzen an sich gebracht hatten, die Diesel und Benzin in Gallert verwandelten. Aber er war sicher, daß die Organisation zuwenig davon gelagert hatte, um damit sämtliche Fahrzeuge lahmlegen zu können. »Hören Sie zu, Sinclair. Überprüfen Sie alle Fahrzeuge. Es müssen noch einige fahrbereit sein.«

»Bei den anderen sind die Reifen zerstochen, Sir.«

»Laufen Sie mit acht Mann nach hinten zur Besucherparkzone. Dort stehen zwei Autos, an die der Saboteur bestimmt nicht rangekommen ist. Ich schicke Leute zum Reifenwechseln hinunter.«

»Verstanden, Sir.«

»Also los!«

Fuchs drückte eine Kurzwahltaste des Telefons, das vor ihm stand. »Werkschutz Brookhaven, bitte melden.«

»Werkschutz Brookhaven am Apparat.«

»Hier spricht Colonel Fuchs, Gruppe Sechs. Eindringlinge haben eines unserer Fahrzeuge gestohlen und befahren damit Ihr Gelände. Riegeln Sie das Haupttor ab, aber halten Sie sich von dem Wagen fern. Ich wiederhole, halten Sie Abstand!«

Der Panzerspähwagen holperte und schlingerte auf Brookhavens Haupttor zu.

»Jetzt ist es soweit«, rief Blaine seinen Begleitern zu. »Festhalten!«

Das Fahrzeug donnerte gegen das Tor und brach es auf. Wüst flogen die Flügel nach hinten. Es gelang McCracken, den Spähwagen einigermaßen gerade zu steuern, obwohl er mittlerweile einen starken Linksdrall hatte. Er mied den stärker frequentierten William Floyd Parkway und fuhr statt dessen auf die Longwood Road, eine zwischen Wohnanlagen verlaufende Durchfahrtsstraße.

»Uns folgen zwei Wagen, Blainey«, berichtete Johnny Wareagle aus dem Heck des Fahrzeugs.

»Abhängen können wir sie auf keinen Fall. Diese alte Schaukel verreckt uns jeden Moment.« Blaine drehte sich kurz zu Susan Lyle um, die sich nach wie vor um Joshua Wolfe kümmerte. »Wie es aussieht, hätten wir auch zu Fuß keine großen Aussichten.«

Nun schleuderte der Panzerspähwagen von einer zur anderen Seite, und es war McCracken unmöglich, ihn in der Spur zu halten.

»Das heißt, wir müssen die Sache auskämpfen, Blainey.«

»Ganz schön riskant ohne …« Blaine verstummte, als er am Straßenrand ein Schild sah. »Was hältst du davon, Indianer?«

»Unter diesen Umständen können wir wohl nicht mehr erwarten.«

McCracken riß das Fahrzeug herum und hielt auf ein langgestrecktes, rechteckiges Gebäude zu. An der Vorderseite des Dachs erhellten Neonbuchstaben die Nacht: LONGWOOD CENTRAL MIDDLE SCHOOL.

Fuchs betrachtete das Foto eines Bärtigen, das die Observationskameras aufgenommen und die digitalen Bildbearbeitungsprogramme der Gruppe Sechs qualitativ verbessert hatten.

»Sein Name lautet Blaine McCracken«, sagte Haslanger hinter Fuchs' Rücken. »Krill hatte schon gestern mit ihm einen Zusammenstoß. Ich glaube, seine Akte wird Sie sehr interessieren.«

Es dauerte nur Sekunden, die Datei zu laden, und Fuchs hatte gerade zu lesen angefangen, da meldete sich Sinclair.

»Sie haben was?« zeterte der Colonel.

»Sie sind hinter das Schulgebäude gefahren und bis auf weiteres außer Sicht, Sir«, wiederholte Sinclair.

»Und was ist mit dem Panzerwagen?«

»Defekt, Sir. Ich bin mir ganz sicher.«

Fuchs hätte Triumph empfunden, wenn er nicht gerade den Inhalt der McCracken-Akte vor sich auf dem Monitor gelesen hätte. »Sinclair, ich schicke Ihnen unverzüglich den Großteil unserer Wachleute als Verstärkung nach, um zu garantieren, daß wir keine weiteren unliebsamen Überraschungen erleben. Vierzig Mann.«

»Ich bezweifle, daß ich so viele benötigen werde, Sir.«

Fuchs las unablässig neue Informationen vom Monitor. »Sie werden, glauben Sie mir.«

Kapitel 28

Johnny Wareagle hatte Joshua Wolfe in einem Laborraum der menschenleeren Schule auf einen Tisch gelegt. Unterwegs waren sie an dem für die Nacht abgesperrten Krankenschwesternzimmer vorübergekommen; Blaine hatte das Schloß aufgeschossen und die Erste-Hilfe-Tasche herausgeholt.

»Da, bitte«, sagte er und reichte sie Susan Lyle.

Sie hob nicht einmal den Blick von Joshuas reglosschlaffem Körper. »Wenn es hier keinen tragbaren Defibrillator gibt, können Sie sich jede Mühe sparen.«

Sie setzte die Herzmassage fort, während Blaine sich an Joshuas Kopf stellte und die Beatmung übernahm.

»Es nutzt nichts«, sagte Susan und atmete selbst angestrengt. »Er stirbt uns.«

»Einen Defibrillator haben die hier bestimmt nicht, so leid mir das tut.«

»Jedenfalls im Moment nicht«, meinte Susan Lyle und schaute sich suchend in dem Raum um, bis ihr Blick auf Johnny Wareagle fiel. »Lösen Sie mich bitte ab.«

Johnny nahm ihren Platz ein, ohne daß der Rhythmus der Herzmassage unterbrochen wurde und führte die Bewegungen trotz seiner gewaltigen Kraft äußerst behutsam fort.

Susan verschwand kurz in einen angrenzenden Lagerraum zwischen diesem und dem nächsten Labor. Als sie zurückkehrte, hielt sie etwas in der Hand, das wie ein langes, schwarzes Kästchen aussah.

Blaine erkannte einen gewöhnlichen Spannungskondensator, wie man ihn in Schullabors für Versuche mit Elektrizität stapelweise einsetzte.

Er beobachtete, wie Susan an der Rückseite die Drähte freilegte, zwei bis auf die Farbe völlig identische Paare. Sie legte den Kondensator auf einen Tisch bei der nächsten Steckdose und zog die roten und blauen Drähte in Joshuas Richtung heraus. Johnny Wareagle stellte die Herzmassage gerade so lange ein, daß Susan dem Jungen das Hemd aufreißen und die Enden der Drähte an den Seiten seiner schmalen Brust plazieren konnte.

Blaine traute seinen Augen nicht. »Sie haben doch wohl nicht vor …?«

»Er stirbt, wenn wir es nicht wenigstens probieren.«

Johnny nahm die Herzmassage wieder auf, Blaine die Beatmung. Susan lief zu dem Kondensator und hielt das weiße und das schwarze Kabel an die Steckdose.

»Treten Sie vom Tisch zurück, wenn ich *jetzt* sage. Achtung … Jetzt!«

Ein kurzes Knistern ertönte, und die Beleuchtung trübte sich für eine Sekunde, als Joshuas Körper sich aufbäumte. Sofort machte Blaine sich wieder an die Beatmung. Johnny fühlte nach dem Herz des Jungen, sah Susan an und schüttelte den Kopf.

»Wir machen es noch mal. Achtung … Jetzt!«

Zum zweiten Mal schob sie das weiße und das schwarze Kabel in die Steckdose und zog sie gleich wieder heraus.

Wieder krümmte sich der Körper des Jungen, als der Strom hindurchjagte. Dieses Mal seufzte Johnny Wareagle hörbar auf und nickte.

»Er atmet«, stellte Blaine fest, während Susan zu dem Jungen zurücklief.

»Normaler Herzrhythmus«, konstatierte sie froh, als sie das Ohr von Joshs Brust hob.

Ihr zuzuschauen, wie sie zur Rettung des Jungen nutzte, was sich gerade anbot, weckte bei McCracken unheimliche Erinnerungen.

In Vietnam hatte er viele Sanitäter im Feld ähnlich arbeiten gesehen. Schlecht ausgerüstet und unter unerträglichen Bedingungen hatten sie es geschafft, junge Burschen, denen ein Stück des Magens oder Schädels fehlte, mit nichts als dem, was sie in den Rucksäcken hatten, zu retten. Sie hatten sie festgehalten, sie mit Worten beruhigt, bis die Wirkung der Medikamente einsetzte. Sie waren Wundertäter im wahrsten Sinne des Wortes. Fleisch zu zerfetzen, war ein Kinderspiel. Die wirklichen Helden waren die Menschen, die es wieder zusammenfügen konnten.

Daran mußte McCracken denken, während er Susan

Lyle zusah. Sie bewegte sich mit der gleichen überlegt-sachkundigen Dringlichkeit, die Blaine bei den Sanitätern und Ärzten in Vietnam beobachtet hatte. Sie hatte die gleichen Augen, professionell und unerschrocken. Solche Menschen konnten Grausamkeiten wie eine Granatsplitterverletzung oder einen versengten Einschuß kaltblütig untersuchen und zerrissene Arterien notfalls mit einem Schnürsenkel abbinden.

»Er ist noch nicht über den Berg«, meinte sie. »Noch längst nicht.«

»Falls der Indianer und ich nicht auch ein paar Wunder zustandebringen, ist das sowieso einerlei«, antwortete McCracken.

»Hier hinein, Blainey«, sagte Johnny vom Eingang des Lagerraums herüber.

McCracken ging zu ihm nach nebenan. Vom Fußboden bis unter die Decke standen Regale mit Gefäßen und Behältern voller Chemikalien.

»Holzkohle ... Schwefel ... und ... Salpeter.« Blaine nannte den Namen jeder Substanz, die er aus den Regalfächern nahm. »Alles vorhanden, was wir brauchen, Indianer.«

»Fast, Blainey.«

McCracken nickte. Er dachte dasselbe wie Wareagle. »Es müssen noch Drei-Zentimeter-PVC-Rohre her, am besten Dreißigzentimeter-Verbindungsstücke, und irgend etwas, um sie zu verschließen.«

»Und starke Kordel für die Zündschnüre«, ergänzte Johnny.

»Wahrscheinlich ist das alles im Werkraum aufzutreiben«, mutmaßte McCracken.

Johnny lief hinaus und überließ Blaine seinem Teil der Arbeit. Wie lange es noch dauerte, bis die Gruppe-Sechs-Mannschaft die Schule stürmte, konnte man nicht genau vorhersehen. Eine gewisse Zeit würde es beanspruchen, bis Fuchs' Männer sich gesammelt, bewaffnet und den

Weg zur Schule zurückgelegt hatten. Möglicherweise eine halbe Stunde, vielleicht aber nur zwanzig Minuten.

Blaine räumte in der Mitte des Lagers einen Tisch frei und stellte darauf die drei Behälter, die er aus den Regalen genommen hatte.

An der Tür erschien Susan Lyle und las die Beschriftung der Behälter. »Sie mischen Schießpulver?«

»Wie geht's dem Jungen?«

»Im Moment verhält sich alles normal. Vorerst ist sein Zustand stabil.«

»Das ist gut, ich brauche nämlich Ihre Hilfe. Da irgendwo rechts liegen Kerzen.« Susan hatte sie schnell gefunden. »Zerbrechen Sie sie in kleine Stücke, während ich das hier zusammenmische. Dann schmelzen Sie sie. Dort hinten stehen, glaube ich, Bunsenbrenner ...«

»Ich sehe sie.«

Aus den Augenwinkeln verfolgte McCracken, wie Susan mit einem Bunsenbrenner die Kerzenstücke schmolz. Die blaue Flamme war so heiß, daß das Wachs fast augenblicklich zerlief.

Zufrieden konzentrierte er sich darauf, die richtigen Mengen Schwefel, Holzkohle und Salpeter in eine Plastikschüssel zu füllen und durch Umrühren zu mischen. Danach suchte er sich ein Gestell mit einem Dutzend größerer Reagenzgläser und setzte es neben der jetzt mit Schießpulver halbvollen Plastikschüssel auf den Tisch.

Die Reagenzgläser klirrten im Gestell aneinander. Er steckte einen Trichter in das erste Reagenzglas und hielt ihn fest, während Susan Pulver hineinschüttete. Auf gleiche Weise verfuhren sie anschließend mit weiteren Reagenzgläsern. Das Pulver reichte für zehn Füllungen aus.

Als sie fertig waren, kramte Blaine in den Regalen, bis er ein Glasbehältnis mit Kaliumnitrat fand.

»Wofür ist das?« erkundigte sich Susan.

»Mit dem Zeug verwandeln wir die Kordel, sobald der Indianer damit aufkreuzt, in Zündschnur.«

Er hatte gerade das Kaliumnitrat in eine Edelstahlschale gegeben, da kam Johnny Wareagle zurück und stellte eine Kiste auf die Werkbank neben dem Tisch.

»Acht Stück PVC-Rohr«, verkündete er und zeigte ein Exemplar vor. Es hatte eine Länge von fünfundzwanzig und einen Durchmesser von zweieinhalb Zentimetern. McCracken legte die Rohre in einer Reihe vor sich aus, während Wareagle anfing, sie unten mit Hartgummipfropfen zu verschließen.

Unterdessen bereitete Susan das Umfüllen des Pulvers aus den Reagenzgläsern in die Rohre vor.

»Noch nicht«, meinte Blaine, und sein Blick wanderte wieder die Regale entlang. »Vorher brauchen wir noch eine Kleinigkeit ...«

Als Wareagle alle Rohre verschlossen hatte, hatte McCracken gefunden, was er suchte: einen Behälter mit Phosphor. Er nahm das erste fertiggestellte Rohr und füllte es zu einem guten Viertel mit dem grauglänzenden Pulver; das gleiche tat er mit den übrigen sieben. Wareagle träufelte ein wenig Wasser auf das Phosphorpulver. Dann goß Susan Lyle aus einem Kännchen geschmolzenes Wachs auf das Wasser in jedem der acht Plastikrohre.

Während Susan damit beschäftigt war, befaßte Blaine sich mit der Kordel, die Johnny mitgebracht hatte. Er und Wareagle schnitten acht Stücke von je einem halben Meter Länge ab und legten sie in die Schale mit Kaliumnitrat, damit sie es aufsaugten und dadurch leichter brannten.

Mittlerweile hatte sich das Wachs erhärtet und Phosphor und Wasser in den Rohren eingeschlossen, so daß die Trennung von dem Schießpulver gewährleistet war, das sie jetzt mit Hilfe von Trichtern in die Rohre füllten.

Inzwischen hatte Susan acht Reagenzglasstöpsel aus Hartgummi gefunden, die für die Rohre den passenden Durchmesser aufwiesen. Die Stöpsel hatten eine Öffnung, so daß sie nicht erst ein Loch hindurchbohren mußten.

Blaine zwängte die Stöpsel in die oberen Enden der Rohre und drückte sie so tief wie möglich hinein.

Johnny hatte schon die halbmeterlangen Kordelstücke aus der Schale mit dem Kaliumnitrat genommen und sie auf dem Tisch auf Papierhandtücher gelegt.

»Fünf Minuten zum Trocknen, Indianer.«

»Genug Zeit für die weiteren Vorbereitungen.«

»Weitere Vorbereitungen?«

»Heute abend sind die Geister uns wohlgesonnen, Blainey. Ich habe im Werkraum noch was gefunden, das uns nützlich sein kann.«

»Nicht übel, Indianer«, meinte McCracken, als er sah, was Johnny im Foyer der Schule aufgestellt hatte.

Die baulichen Gegebenheiten der Schule machten eine ausgeklügelte Verteidigung so gut wie unmöglich. Der zweistöckige Hauptflügel des Gebäudes, in dem auch die Labors und das Foyer waren, verlief nord-südlich; ein Paar einstöckiger Anbauten in Höhe des Foyers und des Sprechzimmers der Schulkrankenschwester verlief von Nord nach West. Das Haupthaus war dem Wald am nächsten, der die parallel zu den Anbauten gelegenen Sportplätze säumte, die sich bis zur Straße erstreckten, an der sich ohne Zweifel schon die Sturmtrupps sammelten.

Unter den gegebenen Verhältnissen gab es drei logische Angriffspunkte: den Haupteingang und die beiden Flure, die einen zweiten Eingang hatten, der zu weit entfernt lag – zu nah an der Straße –, als daß er sich hätte verteidigen lassen.

Es war eindeutig unmöglich, den Gegner am Eindringen ins Gebäude zu hindern; folglich empfahl sich die Strategie, ihm den Zugang zum Hauptflügel zu verwehren. Und dabei konnte der Doppeltank, den Johnny Wareagle aus dem Werkraum angeschleppt hatte, bestimmt von großem Nutzen sein.

»Acetylen«, sagte Blaine, während er die Tanks betrachtete.

Johnny hatte die Tanks an die Ecke des Flurs gestellt, an der der rechte Gebäudeflügel ins Foyer mündete. Vom oberen Absatz der Treppe aus, die ins Obergeschoß führte, waren die Behälter sichtbar, nicht jedoch – und das war wichtiger –, vom Haupteingang aus, der sich rechts befand, direkt neben dem Sekretariat.

Wareagle zog einen Hammer aus der Gesäßtasche und fing an, die Ventile des Doppeltanks sorgsam lockerzuklopfen. Zu schwaches Hämmern hätte zu lange gedauert. Zu kräftiges Klopfen hätte sie zu früh geöffnet. Bald hatte Johnny seinen Rhythmus gefunden, und das Klingklangklingklang hallte nicht lauter als das Ticken einer Uhr durchs Foyer.

»Noch ein tüchtiger Schlag, und sie gehen auf, Blainey«, sagte er, als McCracken mit zwei dicken Wörterbüchern aus der Schulbücherei zurückkehrte.

Blaine sah den Flur entlang, der zur Bibliothek und zum Nebengebäude führte. Am anderen Ende des Flurs, vielleicht neun oder zehn Meter entfernt, ging es über eine Stufe hinunter zu einer zweiflügeligen Tür. Wer das Gebäude von der Seite aus über den Flur betreten wollte, mußte durch diese Tür.

Johnny schaute in dieselbe Richtung und vollzog Blaines Gedankengänge mühelos nach. »Die Tür öffnet sich nach außen, Blainey.«

»Das heißt, wer dort das Haus betritt, muß daran ziehen ...«

Blaine und Johnny wechselten einen letzten Blick, dann erübrigte sich jede weitere Diskussion. Mit vereinten Kräften bugsierten sie den Doppeltank durch den Flur bis zur Stufe und stellten ihn direkt gegenüber der Tür auf. Während Johnny den Behälter stützte, schob Blaine die beiden dicken Schwarten so unter die Vorderkante, daß die gelockerten Ventile auf die Bücher prallen mußten, wenn die Behälter kippten. Anschließend befestigte er ein Ende der dicken Kordel, die sie für die Rohrbomben-Zündschnüre gebraucht hatten, an der Oberseite des Acetylen-Doppeltanks; gleichzeitig ging Johnny mit dem anderen Ende der Kordel zu der geschlossenen Tür. Er knotete es an beide Handgriffe und zog die Schnur straff, während McCracken die Tanks so weit festhielt, daß sie durch den Zug nur leicht wackelten.

»So, diesen Zugang hätten wir denen gründlich verbaut, Blainey.«

»Und ich habe noch eine ...«

»Hallo«, rief Susan Lyle von der Treppe zum Obergeschoß herunter. In jeder Hand hielt sie einen großen Glasbehälter, ihr Gesicht rot vor Anstrengung. »Ich dachte mir, Sie könnten das Zeug eventuell gebrauchen.«

Blaine sah Johnny kurz an, ehe er den Mund öffnete. »Was ist das denn?«

»Das hier«, antwortete Susan und blickte auf den rechten Behälter, »ist Ammoniumhydroxid. Verträgt sich schlecht mit Sauerstoff. Treffen die beiden aufeinander, bekommt jeder, der in der Nähe ist, eine Menge Probleme.« Sie richtete den Blick auf den linken Behälter. »Das ist Schwefelsäure. Sie mag kein Wasser. Wenn sie damit in Berührung kommt ...«

»Alles klar, schon kapiert«, sagte McCracken. »Hält der Junge noch durch?«

»Im Moment ja, aber wie ernst sein Zustand ist, klärt sich erst, wenn er wieder bei Bewußtsein ist. Man weiß von starken Elektroschocks, daß sie ...« Ihre Stimme verklang, erstickte zum Schluß fast.

»Was ist?«

»Eigentlich sollte ... ich getroffen werden. Von dem Stromstoß ... Er ist dazwischengesprungen.«

»Sie haben ihm vorhin das Leben gerettet. Also sind Sie quitt.«

»Nicht, wenn er doch noch stirbt.«

»Dann ist Fuchs daran schuld.«

»Ein Trost wäre mir das nicht.«

»Es muß Ihnen dann ein Trost sein, Doktor. Anders steht man das Leben nicht durch.«

»Wir sprechen über mich, nicht über Sie.«

»Ich habe reichlich einschlägige Erfahrung. Ich dachte, Sie könnten davon profitieren.«

Wareagles Blick wurden von irgend etwas angezogen, wie ein Hund von einem Geruch, und streifte über die sich die gesamte Länge des Flurs entlangstreckende Fensterfront.

»Sie sind da, Blainey.« Mehr sagte er nicht.

»Kann ich sonst noch irgend etwas tun?« fragte Susan Lyle.

Blaine sah Johnny an, bevor er antwortete. »Ja, das können Sie.«

Wie von Colonel Fuchs versprochen, waren vierzig Mann zu Sinclair vorgestoßen und standen jetzt an der Straße außerhalb des Sichtbereichs der Longwood Central Middle School. Seit seinem letzten Gespräch mit Fuchs waren zwanzig Minuten vergangen, doch nach Angaben der in sicherem Abstand rings um das Gebäude postierten Männer hatte niemand die Schule verlassen. Das bedeutete, daß McCracken und die anderen immer noch drin waren. Entweder versteckten sie sich oder sie stellten sich auf die unabwendbare Auseinandersetzung ein.

Für letztere hatte Sinclair alle Vorkehrungen getroffen. Sämtliche abkommandierten Gruppe-Sechs-Wachmänner trugen Kampfjacken. Fast alle hatten M-16-Gewehre, einige davon mit Zielfernrohren. Ein paar hatten das M-79-Modell mit integriertem Granatwerfer. Anderen baumelten Spreng- und Blendgranaten an den Gürteln oder Jackengurten. Weil das Gefecht auf begrenztem, geschlossenem Raum und in ständiger Bewegung stattfinden würde, gab es keinen Grund für den Einsatz schwererer Waffen.

Colonel Fuchs hatte das Personal für den Gruppe-Sechs-Wachdienst aus den besten und kampferprobtesten Reservisten ausgewählt. Viele von ihnen hatten bei verdeckten CIA-Operationen mitgewirkt. Andere hatten sich als Söldner für die Länder verdingt, die am meisten zahlten.

Als die Männer an der Schule eintrafen, waren sie schon gemäß Sinclairs Anforderungen ausgerüstet und in Gruppen eingeteilt worden. Er rief die Truppführer zu seinem Wagen, in dem er über eine Direktverbindung zu Colonel Fuchs im Gruppe-Sechs-Hauptquartier Kontakt hielt.

»Colonel?«

»Hier, Sinclair.«

»Sir, ich werde jetzt anordnen, daß die Truppführer mit ihren Trupps Position einnehmen.«

Er hielt das Mikrofon so, daß Fuchs auch seine nächsten Worte hören konnte, die den Truppführern galten. »Gentlemen, gehen Sie mit Ihren Leuten an die Ausgangspositionen und melden Sie per Sprechfunk auf der C-Frequenz Ihre Bereitschaft.« C war eine Gruppe Sechs vorbehaltene Frequenz, auf der eine automatische Ver- und Entschlüsselung der Übertragungen erfolgte, so daß McCracken, falls er ein Funkgerät dabei hatte, nicht mithören konnte. »Bleiben Sie dort, bis Sie von mir weitere Anweisungen erhalten. Ist das klar?«

Fünf Männer nickten bestätigend.

»Unter gar keinen Umständen darf von den Maßgaben der Planung abgewichen werden, die ich Ihnen erläutert habe. Ich weiß, mit wem wir es hier zu tun haben. Sie wissen das noch nicht. Meine Befehle haben ausschließlich den Zweck, den vollständigen Erfolg der Aktion sicherzustellen.«

Wieder fünffaches Nicken. Sinclair war heilfroh, daß keine Zeit geblieben war, die ihm zugeteilten Männer genauer über Blaine McCracken und seinen indianischen Freund zu informieren.

»Na dann, Bewegung«, befahl Sinclair. Die Truppführer trennten sich und liefen zu ihren Untergebenen.

Wieder im Laborraum untersuchte Susan Lyle abermals Joshua Wolfe, während McCracken und Wareagle im Lager die Rohrbomben fertigstellten, indem sie die inzwischen trockenen, brennbaren Zündschnüre ins Pulver schoben.

Ehe sie den Lagerraum verließen, steckte sich jeder vier Rohrbomben unter den Gürtel. Abschließend prüften sie die Funktionstüchtigkeit der Feuerzeuge, die Blaine erstaunlicherweise im Sprechzimmer der Krankenschwester gefunden hatte – gleich neben der von Susan Lyle als unnütz zurückgewiesenen Erste-Hilfe-Tasche.

Susan fühlte gerade Joshua Wolfes Puls, als Blaine und Johnny zu ihr kamen.

»Warten Sie, bis Sie die ersten Explosionen hören, Doktor«, erinnerte Blaine sie, nachdem sie den Puls gemessen hatte.

»Machen Sie sich um mich keine Sorgen. Die Hauptsache ist, Sie kommen wieder.«

»Darauf können Sie sich verlassen.« Blaine trat zu Johnny. »Auf, auf, Indianer, an die Arbeit.«

Kapitel 29

»Trupp Eins, Meldung«, sprach Sinclair in sein Funksprechgerät.

»Trupp Eins in Position an Gebäudevorderseite.«

»Trupp Zwei, Meldung.«

»Trupp Zwei in Position an Gebäuderückseite rechts.«

»Trupp Drei, Meldung.«

»Trupp Drei in Position an Gebäuderückseite links.«

»Trupp Vier, Meldung.«

»Trupp Vier in Stellung an der Westseite.«

»Trupp Fünf, Meldung.«

»Trupp Fünf in Stellung an der Ostseite.«

»Scharfschützen, Meldung.«

»Rot in Position.«

»Blau in Position.«

»Grün in Position.«

»Weiß in Position.«

Hochzufrieden mit dem reibungslosen Ablauf, nickte Sinclair vor sich hin. »Trupp Zwei und Drei vorrücken!«

An der Rückseite des der Straße nächststehenden Gebäudeteils schlichen sechzehn schwarze Gestalten vorwärts, acht an jeder Seite. Sie gingen nach der üblichen militärischen Methode vor: jeweils zwei Mann huschten voran und gaben dann dem nachfolgenden Paar Kämpfer Feuerschutz.

So erreichten sämtliche Angehörigen beider Trupps die zum endgültigen Sturm der Eingänge geeignete Position.

»Trupp Zwei bereit zum Angriff.«

»Trupp Drei bereit zum Angriff.«

Ausgezeichnetes Timing, sagte sich Sinclair, als er das

Funksprechgerät erneut an die Lippen hob. »Dann vorwärts zum Angriff!«

Kurzes Schweigen folgte.

»Trupp Zwei eingedrungen. Keine Gegenwehr.«

»Trupp Drei eingedrungen. Keine Gegenwehr.«

»Weiter zum Hauptflügel«, befahl Sinclair, der jetzt leichter atmete. »Trupp Eins vorrücken!«

Die acht Mitglieder von Trupp Eins sprangen vor und besetzten Positionen beiderseits des Haupteingangs, durch den man ins Schulfoyer gelangte.

»Trupp Eins bereit zum Angriff.«

»Trupp Eins vorwärts!«

Der Truppführer gab einem Mann mit einem M-40-Granatwerfer Zeichen. Der Kämpfer vollführte einen Satz vor die Glastüren und feuerte dicht hintereinander zwei Geschosse ab: Zuerst ein Standardprojektil, das Türen, Türrahmen und alles übrige aus den Eingangsmauern sprengte und Glassplitter durchs ganze Foyer hageln ließ. Das zweite Geschoß verströmte dichten, grauen Rauch, der genügte, um den Vorstoß von Trupp Eins ins Gebäude vollkommen zu verdecken.

»Trupp Eins dringt ins Haus ein«, meldete der Truppführer leise. Dann stieß seine Hand durch die Luft und gab den Männern das Zeichen.

McCracken lauerte am oberen Treppenabsatz, hielt wegen des widerwärtigen Qualms, der aus dem Foyer heraufquoll, den Atem an und gab sich alle Mühe, nicht zu husten. Er wußte, daß die Soldaten erwarteten, mit Kugeln empfangen zu werden, und der dichte Rauch sie beim Angriff schützen sollte.

Diesen Zweck erfüllte das Gewaber durchaus. Blaine erahnte die Gestalten, die durchs Foyer hasteten, mehr, als daß er sie sah. Allerdings hatte er nicht die Absicht, sie mit Kugeln zu beschießen. Statt dessen hob er das Glas mit dem

Ammoniumhydroxid hoch, das Susan Lyle besorgt hatte, und schleuderte es übers Geländer mitten ins Foyer hinab.

Beim Aufprall zerklirrte das Glas, der Inhalt mischte sich mit Sauerstoff, und die Wirkung setzte sofort ein. Sehen konnte Blaine zwar so gut wie nichts, doch die furchtbaren Hust-, Würge- und Röchellaute sagten ihm alles über den Effekt, den die giftigen Dämpfe auf Nase und Bronchien der Eindringlinge hatten.

Ihm selbst brannten schon Augen und Kehle, als er zwei der so sorgsam zurechtgebastelten Rohrbomben aus dem Gürtel zog. Er flammte die Zündschnüre an und zählte die Sekunden. Unten im Foyer rappelten sich undeutliche Gestalten von den Knien auf und behandschuhte Finger betasteten Gesichter. Manche tappten blindlings umher und versuchten aus dem Gebäude herauszukommen.

Blaine warf die erste Bombe zwischen diese Bewaffneten und den Ausgang. Die zweite Bombe flog ins dichteste Wallen des Qualms, wo sich immer noch der größere Teil der Männer aufhielt.

Die Explosionen verursachten dank des Phosphors grelles Aufblitzen, und Schreie zeigten an, daß auch der restliche Inhalt funktionierte. Blaine zog sich vom Treppenabsatz zurück, bedeckte die Augen und versuchte durch Schlucken die Schmerzen in seinem Hals zu lindern.

»Einsatzleitung, bitte melden!«

»Trupp Eins, was ist pas ...«

»Wir sind getroffen worden, schwer getroffen. Granaten und irgendein chemischer Scheiß.«

Sinclair fühlte, wie sich alles in ihm zusammenzog. »Aber sie haben überhaupt keinerlei ...«

»Ich habe Verwundete. Verluste! Hier herrscht das reinste Chaos.«

»Trupps Zwei und Drei, Ihr Ziel ist jetzt die Gebäudevorderfront. Verstärkter Einsatz am Hauptflügel!« Sinclair beschloß, auf die Übermacht zu bauen, obwohl ihn tief im Innersten eine Ahnung plagte, daß Rückzug nun vielleicht der klügere Entschluß wäre.

»Sinclair!« schnauzte Fuchs' Stimme aus dem Funkgerät. »Was geht da vor? Sinclair, hören Sie mich?«

Bevor er sich melden konnte, schossen aus dem langgestreckten, einstöckigen Anbau der Schule mit fürchterlichem Donnern, das die folgenden Schreie übertönte, hellorangefarbene Stichflammen empor.

Trupp Zwei war durch den linken Korridor von der Rückseite der Schule nach vorn zum zweistöckigen Haupthaus vorgedrungen. Als die Männer die Glastür erreichten, hinter der der letzte Abschnitt des Flurs zum Foyer lag, schickte der Truppführer mit einem Wink zwei Soldaten vor. Der Rest hielt sich im Hintergrund, bis die beiden Männer die Türflügel aufrissen. Anschließend hatten die Truppmitglieder nacheinander – in versetzten Abständen, um die Folgen eines Hinterhalts zu minimieren – durch den Flur ins Foyer stürmen sollen.

Der Zug an den Türgriffen und damit an der Kordel, die die Tür mit den Acetylentanks verband, hatten die Behälter umkippen und die Stufe hinunterrutschen lassen. Die Kante mit den von Johnny Wareagle schon weitgehend gelockerten Ventilen war auf die Bücher gekippt.

Mit lautem Fauchen entwich der in den Behältnissen angestaute Druck, die Tanks wuchteten mit heftigem Ruck vorwärts, ihr dampfender Inhalt schwappte heraus und floß zusammen. Ein paar der vorderen Männer drückten unwillkürlich die Abzüge ihrer M-16-Gewehre durch. Sofort lieferten Hitze und Mündungsfeuer den Funken, den es zur Entzündung brauchte.

Die Detonation erschütterte das gesamte Schulgebäude, und ein langer Riß lief durch den Korridor. Flammen loderten in die Höhe. Auf die heiße, blaue Glut, die sich rasch orangerot färbte, prasselte die Decke herab. An beiden Seiten des Flurs barsten die Mauern und stürzten ein. In dem Krachen und Rumpeln gingen die Schreie der Opfer unter. Eine Druckwelle erhitzter Luft erreichte McCracken sogar im Obergeschoß, und er schnappte nach Luft, taumelte fast zu Boden. Er lehnte sich kurz zum Verschnaufen an die Wand, bevor er weiterlief.

»Trupp Zwei!« schrie Sinclair ins Funkgerät. »Trupp Zwei, melden Sie sich! Trupp Zwei, wo stecken Sie?«

Das Feuer, das den Mittelabschnitt des langgestreckten Nebengebäudes verschlang, gab ihm die Antwort. Womit McCracken auch zugeschlagen haben mochte, es hatte den Trupp vollzählig erwischt.

»Einsatzleitung! Einsatzleiter, bitte melden!«

Sinclair hob das Funksprechgerät wieder an die Lippen. »Trupp Drei, hier spricht die Einsatzleitung.«

»Was zum Teufel ist da eigentlich los? Irgendwelche dicken Knaller haben das Gebäude demoliert.«

»Wo sind Sie, Trupp Drei?«

»Wir nähern uns dem Hauptflügel … Wir sind fast an der Bücherei.«

»Seien Sie äußerst vorsichtig, Trupp Drei. Ich wiederhole, höchste Vorsicht ist …«

»Verdammt noch mal, was …«

»Trupp Drei?!«

»Scheiße …! Feuer! Feuer frei!«

»Trupp Drei, was geht da vor?«

Sinclair hörte neue Schreie, und das Funksprechgerät in seiner Hand zitterte.

Die Schutzbrille ordnungsgemäß aufgesetzt, sprühte Johnny Wareagle den Inhalt des Feuerlöschers auf die Schwefelsäure, die er gleichmäßig auf den Fußboden des Flurs ausgegossen hatte. Ehe er den Auslöser betätigte und die Löscherfüllung hervorspritzen ließ, hatte er abgewartet, bis sämtliche Angreifer mit den Stiefeln durch die Säure getrampelt waren.

Die Plötzlichkeit der Wirkung überraschte selbst Johnny. Weiße Wolken stiegen auf, die wie gewöhnlicher Dampf aussahen, aber toxische Dünste verbreiteten. Sobald Johnny den Dampf die Füße des Sturmtrupps umwehen sah und umzischen hörte, suchte er Deckung im Türrahmen zur Bibliothek.

Die Männer fingen an zu taumeln, griffen in höchster Qual nach ihren Augen und rieben sie sich verzweifelt. Erst stießen sie gellende Schreie aus, aber rasch klangen ihre Stimmen heiser, weil die beißend-scharfe Verbindung ihnen die Schleimhäute wegbrannte. Vom Eingang der Bücherei aus beobachtete Johnny, daß einige sich ins Gesicht krallten, als wollten sie das verätzte Fleisch herunterreißen.

Weiter hinten hatten einige wieder so weit die Orientierung, daß sie wilde Feuerstöße auf die Bibliotheksfenster abgaben, um Johnny zu erledigen. Wareagle hielt ein Feuerzeug an die Zündschnur einer Rohrbombe und warf sie einem Trio entgegen, das auf die Tür zurannte.

Die Bombe fiel auf den Fußboden, rollte ein Stück weit und explodierte mit grellweißer Glut, die zwei der Männer rückwärtsschleuderte. Bücherregale brachen zusammen. Einer der Verletzten schrie noch aus vollem Hals, da schwang sich der dritte Mann zur Tür herein und feuerte pausenlos aus seinem Sturmgewehr. Johnny ließ sich fallen und kugelte sich beiseite. Gleichzeitig schoß er aus seiner Desert-Eagle-Pistole, bis ein Knacken anzeigte, daß er das Magazin geleert hatte. Der Mann sackte vornüber zu Boden, Blut spritzte auf die Glastür hinter ihm.

Wareagle rappelte sich auf und lief zur rückwärtigen Tür der Bibliothek.

»Trupp Drei! Trupp Drei ...!«

Als klar war, daß er keine Antwort mehr erhalten würde, wußte Sinclair, daß es nun galt, seinen letzten Trumpf auszuspielen.

»Trupps Vier und Fünf, melden!«

»Hier Trupp Vier.«

»Hier Trupp Fünf. Könnten Sie uns vielleicht mal verraten ...«

»Der Anbau des Schulgebäudes ist abgeschnitten. Konzentrieren Sie alle Anstrengungen auf den Hauptflügel, beide Etagen. Vorwärts!«

Sinclair war froh, daß er vorsichtshalber zwei Sturmtrupps von je sechs Mann in Reserve gehalten hatte. Und falls diese beiden Einheiten es schafften, die Gegner aus dem Gebäude zu treiben, gaben McCracken und seine Begleitung für die vier Scharfschützen ein leichtes Ziel ab.

»Sinclair!« plärrte Colonel Fuchs' Stimme aus dem Funksprechgerät. »Antworten Sie, Sinclair!«

»Sir, wir sind auf stärkeren Widerstand als erwartet gestoßen.«

»Lassen Sie die Bande ja nicht entwischen, Sinclair! Auf keinen Fall dürfen Sie zulassen, daß die Burschen uns entkommen!«

»Wir haben sie so oder so in der Falle sitzen, Sir«, beteuerte Sinclair, fühlte sich jedoch seiner Sache weit weniger sicher, als er es gerne gewesen wäre.

Seine Streitmacht, sagte er sich, war noch immer im Vorteil. Er hatte die Scharfschützen an drei Seiten des Schulgebäudes positioniert, wo sie auf die Flucht McCrackens und seiner Begleiter warteten. Da sie keine Möglichkeiten hatten, schnell zu fliehen, hieß das, sie würden überhaupt nirgendwo hingelangen.

Im Obergeschoß hatte McCracken gerade die Tür zum Treppenhaus geöffnet, als er das leise Scharren von Menschen hörte, die wußten, wie man sich nahezu lautlos fortbewegte. Mehrere Personen kamen ihm auf der Treppe herauf entgegen.

Blaine ließ die Tür langsam zugehen, die SIG-Sauer in der Faust. Er hatte noch das in der Waffe steckende sowie ein zweites Magazin, dazu zwei Rohrbomben. Schnell wich er durch den Flur zurück, erreichte die Verbindungstür an der anderen Seite und schlüpfte hindurch.

Im Korridor wartete Johnny Wareagle auf ihn und hielt sich im Dunkeln an die gekachelte Wand gepreßt. Das einzige Licht drang durch die Fenster der Klassenzimmer herein, der Strahl einer der Sicherheitsleuchten außerhalb des Gebäudes. Johnny lehnte an einer Stelle des Korridors, die das Licht nicht erreichte.

»Zwölf Mann, Blainey«, sagte er. »So bewaffnet wie die anderen.«

»Wollen sie uns in die Enge drängen?«

»Oder aus dem Haus treiben.«

»Scharfschützen?«

»Wir hätten jedenfalls welche postiert, wenn die Situation umgekehrt gewesen wäre.«

Am anderen Ende des Flurs kamen die ersten Gestalten aus dem Treppenhaus zum Vorschein und drangen ins Obergeschoß vor.

»Sieht so aus, als müßten wir unsere Strategie ändern, Indianer. Kannst du dich um die Scharfschützen kümmern?«

»Wenn ich genug Zeit habe, ja.«

»Wie lange brauchst du?«

»Kommt drauf an, wie weit auseinander sie postiert sind. Zehn Minuten, wenn die Geister mir gnädig sind.«

»Dann zieh los. Aber halte Abstand vom Haus.«

»Warum, Blainey?«

»Wir wollen doch mal sehen, wer hier wen raustreibt.«

Johnny überließ Blaine zwei seiner Rohrbomben und verschwand ins nächstliegende Klassenzimmer, um durch ein Fenster ins Freie zu kommen. Möglicherweise geriet er dabei in das Schußfeld eines der Scharfschützen, aber Blaine wußte, daß Johnny in das Dunkel der Nacht eintauchte, ehe jemand richtig auf ihn zielen konnte. Das hatte er mehr als einmal erlebt.

An den breiten Rahmen einer Klassenzimmertür gepreßt, hörte Blaine, wie ein zweiter Sturmtrupp sich auch vom Ende dieses Flurs näherschlich. Die Angreifer kamen also jetzt von beiden Seiten, so daß als Rückzugsweg nur die Treppe hinter ihm blieb, an der die zwei Flure zusammentrafen. McCracken wartete so lange es ging, ehe er ein Feuerzeug anknipste und die Flamme gleichzeitig an die Zündschnüre von Johnnys beiden Rohrbomben hielt.

Dann sprang er aus der Deckung und ließ die Bomben den Sturmtrupps entgegenrollen. Ein Kugelhagel aus automatischen Waffen pfiff auf ihn zu, während er die Stufen hinuntersprang. Mehrere Angreifer nahmen die Verfolgung auf.

Die Sprengkörper detonierten schon, bevor er das halbe Treppenhaus hinuntergehastet war – früher als angenommen. Einige Schreie erschollen, aber zu wenige. Ein paar Männer waren außer Gefecht gesetzt, aber der Rest war noch kampffähig.

Vom Fuß der Treppe rannte er durch das Foyer und in Richtung des Labors, wo Susan Lyle gegenwärtig die letzte Überraschung vorbereitete.

Kapitel 30

Als Susan das zweite Mal Schreie gehört hatte, war sie unter genauer Befolgung der Instruktionen McCrackens an die Arbeit gegangen. Josh hatte sie bereits in einen mit Rollen versehenen Stuhl gehoben, um ihn, sobald es an der Zeit war, schnell wegbringen zu können.

Sie ließ ihn im Lagerraum sitzen und ging in das Labor zurück. Hier gab es – ebenso wie in den fünf anderen auf diesem Flur – einen Leitungshahn, aus dem sich für die Abwicklung gewisser Versuche Gas zapfen ließ. Die Gashähne befanden sich an der Vorderseite der Labors, in der Nähe der hohen Werkbänke, an denen die Lehrer die Experimente vorführten. Susan lief zum ersten Hahn und öffnete ihn mit wenigen schnellen und kräftigen Drehungen. Sofort strömte mit gedämpftem Zischen Gas aus.

Danach ging sie in das nächste Labor. Dort fand sie die gleichen Verhältnisse vor: Direkt gegenüber der Tür standen ordentlich Tische mit schwarzen Schieferplatten aufgereiht. Sie lief darauf zu. Das Licht, das von draußen hereinfiel, half ihr ein wenig dabei, den Hahn zu ertasten, und sie öffnete ihn ebenfalls.

Diesen Vorgang wiederholte sie in den drei anderen Labors. Dann eilte sie zu dem Jungen zurück, um die kommende Flucht vorzubereiten.

»Josh?« Sachte rüttelte sie ihn. »Josh …«

Er stöhnte, rührte sich aber nicht.

Susan faßte ihn an den Schultern und rollte ihn mitsamt dem Stuhl aus dem Lagerraum ins Labor. Die Rollen quietschten leise, und sie drosselte das Tempo, als sie in den Korridor kamen, um jedes Geräusch zu vermeiden. An der rechten Rückseite des Schulgebäudes gab es einen Hinterausgang. Dort wollte McCracken auf sie warten. So leise wie möglich schob sie den Stuhl durch den fast finsteren Korridor.

»Susan …«

Als sie McCracken halblaut ihren Namen rufen hörte, wandte sie den Kopf und schaute in Richtung des Dienstzimmers der Schulkrankenschwester. Einen Moment lang hatte sie ein Lächeln auf dem Gesicht – ehe ein Arm grob ihren Hals umschlang und sich eine Pistolenmündung gegen ihre Schläfe drückte.

Als Blaine den Mann hinter Susan auftauchen sah, war es schon zu spät, einen Schuß abzufeuern. Ruckartig blieb McCracken stehen, in einer Hand die SIG-Sauer, in der anderen eine der letzten zwei Rohrbomben.

»Fallenlassen!« befahl der Mann, der Susan gepackt hatte. Blaine sah die Angst in ihrem Gesicht. Josh saß in einem Schreibtischstuhl, der jetzt hinter ihr stand. »Sonst niete ich sie um.«

Es schien, als ob der Stuhl sich … bewegte. Nein, sah Blaine, es war Joshua Wolfe, der eine Hand ausstreckte und nach dem Mann faßte, der Susan Lyle umklammerte.

Blaine ließ die SIG-Sauer an einem Finger baumeln und ging langsam in die Knie, um vorzugeben, daß er die Waffe auf den Fußboden legen wollte. Die Pistole berührte die Fliesen, als Joshuas Hand an der Kampfjacke des Mannes einen Gurt zu fassen bekam und daran zog.

Im selben Augenblick riß Blaine die SIG-Sauer vom Boden hoch und zielte auf den Mann, der Susan wieder in den Würgegriff zu bekommen versuchte.

Susan Lyle duckte sich.

Blaine schoß.

Die Kugel warf dem Mann den Kopf in den Nacken und schleuderte ihn gegen Joshua Wolfe, so daß beide auf den Fußboden polterten.

»Josh!« schrie Susan.

Gerade kam McCracken wieder hoch, da tauchten mehrere Gruppe-Sechs-Männer am anderen Ende des Erdgeschoßflurs nahe dem verwüsteten Foyer auf. Er entflammte die Zündschnur der vorletzten Rohrbombe und schleuderte sie den Angreifern entgegen.

Während der nun folgenden Explosion rannte Blaine zu Susan Lyle und Josh und richtete unterwegs zur Sicherheit die SIG-Sauer auf die Zugänge der Labors. Er nahm schwachen, leicht süßlichen Gasgeruch in der Luft wahr. Also war sein Plan verläßlich ausgeführt worden.

Kaum hatte er Susan das nächste Mal in die Augen geblickt, als ein Geräusch vom anderen Ende des Flurs ihn herumfahren ließ. Ein von der Detonation verschont gebliebener Bewaffneter war hinter einer Wand in Deckung gegangen, hatte die Waffe angelegt und eröffnete das Feuer. Blaine gab vier Schüsse aus der SIG-Sauer ab, um den Angreifer und andere, die hinter ihm lauerten, fernzuhalten.

»Sofort da hinein!« keuchte er Susan zu und deutete in das nächste Labor, das an der dem Wald zugewandten Seite der Schule lag.

McCracken feuerte noch fünf Schüsse den Korridor hinab, um Susan Lyle das rasche Überwechseln in den Laborraum zu ermöglichen, dann zerrte er, während er den Rest des Magazins verschoß, den wieder besinnungslosen Josh hinterher.

Blaine schlug die Tür zu und verriegelte sie. Anschließend stieß er das letzte Magazin in die SIG-Sauer. Susan half ihm dabei, Josh an das Fenster zu den Sportplätzen zu schaffen. Soeben schmetterte er mit einem Stuhl die Fensterscheibe ein, als hinter ihm Garben aus Maschinenpistolen die Tür zersiebten.

»Raus!« brüllte er Susan zu und erwiderte das Feuer mit einer Anzahl rascher Schüsse, um die Gruppe-Sechs-Schützen noch einmal in Schach zu halten. »Ich reiche ihn Ihnen hinaus.«

Flink kletterte Susan durch die zerbrochene Fensterscheibe, ohne auf die gezackten Scherben zu achten. Ihre Füße hatten kaum den Boden berührt, da hob McCracken Joshua Wolfe durchs Fenster und ließ den Bewußtlosen in ihre Arme herab.

»Scharfschütze Rot an Einsatzleiter. Ich habe drei Zielpersonen im Visier. Zwei davon klar. McCracken sehe ich noch nicht.«

»Scharfschütze Blau an Einsatzleitung. Ich habe auch drei Ziele im Visier, zwei ebenfalls ganz klar. Aber bisher keinen McCracken.«

Sinclair traute seinen Ohren kaum. Aus dem drohenden Fehlschlag erblühte unversehens die Hoffnung auf einen erfolgreichen Abschluß der Aktion.

»Sobald Sie drei Ziele klar haben, schießen Sie! Gehen Sie hundertprozentig sicher, daß Sie McCracken eliminieren! Vollkommen sicher!«

»Roger«, gab Scharfschütze Rot durch.

»Verstanden«, meldete Scharfschütze Blau.

»Bringen Sie ihn fort!«

Susan schleifte Josh vom Schulgebäude über den ersten einer Reihe von Sportplätzen auf den Wald zu. Sobald er sich sicher war, daß sie weit genug weg war, wandte Blaine sich vom Fenster ab und sah im folgenden Moment die Labortür aufbersten.

Er schoß das ganze letzte Magazin der SIG-Sauer leer, so daß die Angreifer in den Flur zurückflüchteten. Dann hechtete er durch das zertrümmerte Fenster hinaus. Sobald er auf dem Rasen lag, hielt er die Flamme des Feuerzeugs an die Zündschnur der letzten Rohrbombe. Er mußte aufstehen, um sie durch das zerborstene Fenster ins Innere des Gebäudes werfen zu können. Ihm entging der rote Leuchtpunkt, der von einer im Wald verborgenen Scharfschützenposition auf ihn fiel.

»Scharfschütze Blau an Einsatzleiter. Ich habe McCracken im Visier.«

»Verstanden, Blau«, antwortete Sinclair. »Rot, haben Sie noch die Frau und den Bengel?«

»Ja, ich sehe ...«

»Scharfschütze Rot, bitte wiederholen ... Einsatzleitung an Scharfschütze Rot, bitte wiederholen Sie Ihre Durchsage. Haben Sie die Frau und den Jungen im Visier?«

Keine Antwort.

»Scharfschütze Blau, hier spricht die Einsatzleitung.«

»Ich warte auf Befehle, Einsatzleitung.«

»Legen Sie McCracken um!«

Scharfschütze Blau hatte in einem Baum Position bezogen, die ihm einen klaren Ausblick auf die den Sportplätzen zugekehrte Seite des Schulgebäudes bot. Durch sein Zeupold-Nachtsichtfernrohr sah er McCracken einen Satz aus dem Fenster vollführen. Anschließend richtete er sich sofort auf und warf etwas durchs Fenster ins Haus. Dann drehte er sich um und floh.

Scharfschütze Blau legte den Zeigefinger fester um den Abzug und verfolgte das Ziel mit dem roten Laserstrahl, um es genau aufs Korn zu nehmen, bevor er abdrückte. Endlich blieb der Laserstrahl auf McCrackens Brustkorb gerichtet, und der Scharfschütze bereitete sich aufs Feuern vor. Er wollte mit dem Ende des jetzigen Atemzugs abdrücken.

Ein stechender Schmerz zwischen seinen Schulterblättern riß den Gewehrlauf aufwärts, und der rote Lichtstrahl geisterte empor in die bewölkte Nacht. Ein einzelner Schuß löste sich, ehe ihm die Waffe entglitt, weil seine Hände nach der Wunde in seinem Rücken suchten. Doch bevor seine Finger sich so weit tasten konnten, verkrampften sie sich spasmisch, und er stürzte vom Baum. Er war tot, ehe er auf den Boden prallte.

Sekunden später sprang Johnny Wareagle herunter und riß das Messer aus dem Rücken des Toten. Das war der vierte und letzte Scharfschütze gewesen, den Johnny seit Verlassen des Schulgebäudes aufgespürt und unschädlich gemacht hatte. Die zwei ersten Scharfschützen hatten – sicher, wie sie glaubten – in dichtem Unterholz und Gestrüpp versteckt gelegen. Sie auszuschalten war so einfach gewesen, wie sie zu finden. Die höheren Schußpositionen des dritten und vierten Scharfschützen hatten jedem von ihnen ein 70-Grad-Schußfeld auf mögliche Fluchtwege aus der Vorderseite der Schule geboten. Und an genau solchen Stellen hatte Johnny Wareagle sie zu finden erwartet.

»Scharfschütze Blau«, quäkte ein Funksprechgerät am Gürtel des Erstochenen. »Scharfschütze Blau, melden Sie sich! Scharfschütze Blau, hören Sie mich?«

Gerade hielt Johnny Ausschau nach McCracken, als eine furchtbare Explosion durch die Nacht donnerte.

Achtzig Meter vom Schulgebäude entfernt fühlte Blaine die ohrenbetäubende Wucht der Detonation die Luft erschüttern. Die letzte Rohrbombe hatte das ausgeströmte Gas zur Explosion gebracht. Die Druckwelle schleuderte ihn vornüber. Zum Glück milderte der Rasen seinen Sturz, und er ließ den nachfolgenden Hitzeschwall über sich hinwegfegen.

Zehn Meter weiter fühlte sich Susan Lyle, als würde ihr der Boden unter den Füßen weggezogen. Ein flammend-orangegelber Feuerball, der schwarzen Rauch nach allen

Himmelsrichtungen spuckte, verschlang den gesamten Hauptflügel der Schule. Trümmer segelten durch die Luft, Steinbrocken und Scherben hagelten auf die Umgebung herab und hinterließen im sommerlich üppigen Gras schwarze Krater. An verschiedenen Stellen brachen Brände aus und glommen in dunklem Rot, das einen unheimlichen Kontrast zu dem gelben Flammenmeer bildete, das die Überreste des Bauwerks verzehrte.

Susan tastete sich nach Wunden oder Verletzungen ab. Ihre Haut war heiß und versengt, doch anscheinend war ihr, abgesehen von dem Klingeln in ihren Ohren und den grellen Nachbildern auf ihren Augen, Schlimmeres erspart geblieben. Im Feuerschein sah sie Josh reglos auf dem Bauch liegen.

Susan kroch auf ihn zu. Da taumelte aus den Schatten außerhalb des Flammenwaberns eine Gestalt heran, die eher einem Geist als einem Menschen ähnelte. Die Gestalt verharrte, und ein zweiter Schatten kam an ihre Seite. Die beiden Silhouetten liefen auf sie zu, und Susan konnte McCracken und Wareagle erkennen. In der Ferne hörte sie lautes Sirenengeheul, das sich der Schule näherte.

»Du nimmst sie, Indianer«, hörte Susan McCracken sagen. »Ich trage den Jungen.«

Susan spürte, wie Johnny Wareagle sie mühelos auf die Beine stellte und stützte. Sekunden später stand Blaine neben ihr und hatte Joshua Wolfe auf den Armen, sein Blick auf den nahen Wald gerichtet.

»Kommen Sie, Doktor. Wir verschwinden hier.«

IV

DAS TAL DER TOTEN

Gruppe Sechs; Freitag 1 Uhr nachts

Kapitel 31

»Sagen Sie mir, daß das kein totales Fiasko gewesen ist, Doktor«, rief Fuchs und störte Haslanger bei seiner Arbeit am Computer. »Bestätigen Sie sofort, daß die Informationen auf dem Chip, den wir in der Bonbondose im Zimmer des Jungen gefunden haben, genau die waren, nach denen wir suchten.«

»Unsere Computer analysieren die Formel gerade«, antwortete Haslanger und drehte sich mit seinem Stuhl zu dem Colonel um.

»Aber das ist doch die Original-Formel von CLAIR. Soviel haben Sie bereits feststellen können.«

»Ja. Alles deutet darauf hin.«

Fuchs entspannte sich sichtlich. Sein Blick wanderte zu dem Bildschirm, vor dem Haslanger saß. »Ich nehme an, daß Sie das gerade überprüfen.«

»Nein, tue ich nicht«, erklärte Haslanger und drehte den Monitor so, daß Fuchs draufschauen konnte. »Was wir hier vor uns haben, ist das, woran Joshua Wolfe heute nachmittag im Labor gearbeitet hat. Er hat geglaubt, er hätte die Daten gelöscht, aber unsere Computer sind etwas zu schlau für ihn.«

»Doktor, ich glaube, es wäre ratsamer für Sie, sich mit der CLAIR-Formel zu befassen.«

»Das hier gehört dazu. Wolfe wollte das beheben, was mit CLAIR in Cambridge schiefgelaufen ist.«

»Wir haben das Fläschchen mit dem Zeugs gefunden, das er hergestellt hat, als wir ihn in der Garage erwischt haben«, meinte Fuchs. »Und während des Verhörs stand es vor ihm auf dem Tisch.«

»Aber nach seiner Flucht haben wir den ganzen Raum durchsucht und kein Fläschchen gefunden. Das kann nur bedeuten, daß es mit ihm von hier verschwunden ist.«

»Ich verstehe nicht ...«

»Dann will ich Ihnen mal erzählen, was es hier zu verstehen gibt«, unterbrach Haslanger ihn und zeigte auf den Bildschirm. »Die Gleichungen und Theoreme hier haben absolut nichts mit der CLAIR-Formel zu tun, und erst recht nicht damit, sie zu überarbeiten, um weitere Tragödien auszuschließen ...« Der Doktor legte eine kurze Pause ein, in der der Computer weiter leise vor sich hin surrte. »Oder, anders ausgedrückt, Joshua Wolfe hat gelogen. Ich weiß nicht, Colonel, was sich in dem Fläschchen befand, das er von hier mitgenommen hat, aber es war ganz bestimmt nicht das, was er uns weismachen wollte.«

Nach einem zwanzigminütigen Marsch durch den Wald fanden sich McCracken und die anderen inmitten des Straßengewirrs einer Wohngegend von Middle Island wieder. Johnny Wareagle hatte Blaine Joshua Wolfe abgenommen und ihn den Rest des Weges getragen. Als er den Jungen jetzt im Schatten eines Hinterhofzauns absetzte, atmete der Indianer nicht einmal schwer von der Anstrengung.

Zu dieser nächtlichen Stunde kam ihnen jeder Wagen, der vor einem Haus abgestellt war, gerade recht. Blaine entschied sich für einen kleinen Lieferwagen, weil in ihm ausreichend Platz für den Jungen war. Er schraubte zusätzlich an drei Autos die Nummernschilder ab, um die des Transporters während der langen Fahrt in regelmäßigen Abständen auszutauschen.

»Wie geht es ihm?« fragte er dann Susan Lyle.

»Seine lebenswichtigen Organe sind alle in Ordnung. Aber mehr kann ich wirklich nicht sagen. « Sie sah Blaine McCracken an. »Wir müssen ihn dringend in ein Krankenhaus bringen.«

Blaine schüttelte den Kopf. »Tut mir leid, Doc, aber unser Freund Colonel Fuchs wird bereits jedes Krankenhaus im Umkreis von fünfhundert Meilen alarmiert haben, weil er genau das von uns erwartet.«

»Wenn man Sie so reden hört, könnte man glauben, der Colonel befehlige eine ganze Armee.«

»Es ist die Landes-Armee und er hat Zugriff auf sie. Nicht das Land, das Sie kennen, sondern das, in dem der Indianer und ich zu überleben gelernt haben. Wo es so dunkel ist, daß niemand weiß, was dort wirklich vor sich geht.«

»Aber Sie wissen es.«

»Ich kenne mich auf dem Gelände aus.«

Susan warf einen Blick auf Josh. »Er wäre trotzdem besser in einem Krankenhaus aufgehoben.«

McCracken nickte. »Ich werde gleich mal irgendwo anrufen und zusehen, ob ich nicht ein paar Dinge in unserem Sinne geraderücken kann. Wenn wir ihn dann in ein Krankenhaus bringen, wird diese Armee ausnahmsweise einmal auf unserer Seite sein.«

Susan stimmte achselzuckend zu.

Die erste Etappe ihrer Fahrt war vierzig Minuten lang und endete vor einer Telefonzelle, die sich am Eingang eines geschlossenen Drogeriemarkts befand, von dem ein Riesenplakat verkündete, er habe rund um die Uhr geöffnet.

»Morgen, Sal«, grüßte Blaine Belamo.

»Wie ist es mit Gruppe Sechs gelaufen?«

»Etwas anders als erwartet. Ich habe mir soviel Mühe gegeben, aber Haslanger habe ich nicht erwischt. Dafür waren zwei andere da.«

»Schlechter Tausch?«

»Nicht unbedingt. Einer von den beiden ist Harry Limes nicht vorhandener Sohn.«

»Wow!«

»Und das ist noch nicht alles. Es gäbe noch eine Menge zu erzählen, aber es hat keinen Zweck, etwas von der wertvollen Zeit zu vergeuden, die du besser dafür nützen könntest, mich sicher nach Washington zu bringen. Man muß dieser Gruppe Sechs endlich den Stecker herausziehen, und zwar hier und jetzt.«

»Du hast sicher schon damit angefangen, was?«

»Ihre Anlage hat schon einmal besser ausgesehen, und sie haben heute nacht eine Menge Leute verloren.«

»Zu traurig.«

»Wirklich einen ganzen Haufen Leute. Söldnertypen.«

»Das riecht mir nach Komplikationen.«

»Ich sag's dir ja auch nur, damit du auf dem laufenden bist.«

»Ruf mich in einer Stunde wieder an. Bis dahin habe ich sicher ein paar Reservierungen für dich.«

»Die Reservierung ist leider rückgängig gemacht worden«, verkündete Belamo gut sechzig Minuten später.

»Du bist ein lausiger Reiseveranstalter, weißt du das, Sal«, entgegnete McCracken.

»Und du bist ein noch schlechterer Geschichtenerzähler, wenn man gewissen Leuten in Washington, D. C., Glauben schenken darf. Anscheinend wollen sie dich jetzt drankriegen, weil du ihnen eine Armee von Typen ausgeschaltet und der Gruppe Sechs Schäden in Höhe von vielen Millionen Dollar zugefügt hast. Damit bist du dort zur unerwünschten Person erklärt worden, und das drückt es noch milde aus. Die Leute hier in der Hauptstadt denken, du führst wieder einen deiner Kreuzzüge.«

»Das heißt, keine Hilfe von drinnen?«

»Scheiße, Boss, das einzige Ticket, das ich dir zur Zeit besorgen könnte, ist das zu deiner eigenen Hinrichtung. Diesmal haben sie es wirklich auf dich abgesehen. Eine Menge Leute sind schon unterwegs und suchen nach dir. Würde mich nicht überraschen, wenn bald überall Steckbriefe von dir aufgehängt werden.«

»Oder mein Foto wie das anderer vermißter Personen

auf Milchtüten erscheint. Würde mich nicht wundern, so wie diese Herrschaften vorzugehen pflegen.«

»Wenn ich du wäre, würde ich die Finger von der Sache lassen.«

»Nein, würdest du nicht.«

»Hast ja recht.« Blaine konnte sich jetzt genau das Lächeln seines Freundes vorstellen. »Aber ich dachte, ich könnte es ja mal probieren.«

McCracken fiel Joshua Wolfe wieder ein. »Wie steht's mit den Krankenhäusern, Sal? Wir brauchen dringend eins.«

»Tja, das dürfte ein ziemliches Problem werden. Nur für den Fall, daß du mich eben nicht ganz richtig verstanden hast, du wirst landesweit gesucht. Sie haben auch Bilder und Beschreibungen von deiner Freundin und dem Jungen herausgegeben, und zwar an alle Krankenhäuser und an alle Kliniken, die in irgendeinem Telefonbuch aufgeführt sind. Wenn du auch nur einen Fuß in ein Spital setzt, hängen sie dich gleich an deinem Hosenboden auf.«

»Da bleiben mir nicht allzu viele Möglichkeiten.«

»Laß mich weiter dran arbeiten, Boss. Bis dahin hältst du dich besser in Bewegung. Und melde dich wieder, wenn du irgendwo angekommen bist.«

Susan war überhaupt nicht begeistert von diesen Neuigkeiten, insbesondere davon, kein Krankenhaus betreten zu können.

»Ohne richtige Diagnoseausrüstung kann ich für den Jungen nichts mehr tun.«

»Sie werden noch viel weniger für ihn tun können, wenn Gruppe Sechs Josh wieder in die Finger bekommt, Doc. Bei gewissen Stellen genieße ich einen schlechten Ruf, und Colonel Fuchs und die Leute, die hinter ihm stehen, nutzen das gerade zu ihrem Vorteil aus. Sie haben die eine Hälfte des Landes dazu gebracht zu glauben, ich könne Gruppe Sechs nicht leiden und führe einen Kreuzzug gegen sie. Und die andere Hälfte denkt, jemand hätte den Indianer und mich dafür bezahlt, Kleinholz aus der Anlage zu machen.

Mit anderen Worten, es gibt für uns keinen sicheren Zufluchtsort, solange sich die Lage nicht wieder beruhigt hat. Und das heißt, daß wir weiterhin nach meinen Regeln spielen.«

»Ich hätte da eine Idee, Blainey«, sagte Johnny Wareagle.

Der fette Mann saß bereits auf der gewohnten Bank, als Thurman in den Park kam. Für die Taubenschwärme war es noch zu früh am Morgen. Nur ein paar Unentwegte versammelten sich vor der Bank und hofften, daß ein paar Brocken oder auch mehr vom Schoß des Dicken fallen würden.

Als Thurman näher kam, sah er, daß der Fette sich mit einem Picknickkorb bewaffnet hatte, aus dem er sich reichlich bediente. Er hatte sich eine große Serviette umgebunden, die die ganze Vorderseite seines Jacketts bedeckte.

»Ich wußte, daß Sie zu spät kommen würden«, grüßte der Fette, »und da dachte ich mir, pack dir ein paar leckere Sandwiches ein, damit dir die Zeit nicht zu lang wird.« Er griff in den Korb und hielt Thurman ein eingewickeltes Brot hin. »Kann ich Sie zu einem überreden?«

»Nein, danke.«

»Schade, ich habe nämlich eine ziemliche Auswahl dabei. Im Grunde genommen sind es gar keine Sandwiches, sondern eher Smörebröds. Die haben nur eine Scheibe Brot und keine zweite obendrauf, sind aber toll belegt, das kann ich Ihnen versichern. Ursprünglich stammen sie aus Dänemark. Wir können eine Menge von den Menschen jenseits der Grenzen lernen, die wir so wild entschlossen verteidigen.«

Er kramte wieder im Korb. »Mal sehen, ich habe hier noch Hähnchen, dänischen Käse und Kaviar ...« der Fette sah Thurman mit fast traurigem Gesicht an. »Ich vermute, Schinken mit Ei wäre wohl mehr Ihr Fall gewesen.«

»Sie haben sicher die Nachricht gehört.«

»In ganz Washington redet man nur noch von dem Pech, das über Gruppe Sechs gekommen ist«, antwortete der Dicke fröhlich und schob sich ein neues Smörebröd in den Mund. »Deswegen veranstalte ich ja hier auch meine kleine Feier. Vielleicht hat sich McCracken endlich einen Bonus für seine Bemühungen verdient.«

»Fuchs gibt nicht so schnell auf«, erklärte Thurman ihm. »Ich habe gerade einen Anruf erhalten. Er sucht nach Spezialisten, die die Verfolgung aufnehmen können. Deswegen habe ich mich auch verspätet.«

»Und was haben Sie ihm gesagt?«

»Daß ich an einem anderen Fall sitze.«

Der Dicke biß ein großes Stück aus dem belegten Brot, kaute rasch und schluckte es hinunter. »Zu schade, daß ich Sie nicht für die Vorzüge des Außendienstes begeistern kann.«

»McCracken ist isoliert. Mehr hätten wir uns kaum wünschen können.«

»Etwas mehr schon.« Der Fette wischte sich mit seiner Serviette die Mundwinkel ab. »Er muß nämlich erst noch gefunden werden.«

Kapitel 32

Wareagles Plan verlangte es, daß sie praktisch nonstop durchfuhren. Nur die Landschaft und die Außentemperaturen änderten sich. Alles andere nahmen sie nur nebenbei wahr, wenn sie mal wieder den Wagen wechselten und hin und wieder bei Sal Belamo anriefen, um ihm von ihrem Vorankommen zu berichten. Sie ernährten sich unterwegs in Raststätten, hielten sich dort nie lange auf. Dreißig Minuten Stop waren die längste Pause, die sie sich gönnten.

Joshua Wolfe kam nicht wieder zu sich und zeigte auch keine Anzeichen einer deutlichen Besserung. Susan Lyle befürchtete bald, er habe sich einen Gehirnschaden zugezogen. Trotz ihrer Sorge nickte sie immer wieder ein. Ihre Erschöpfung war einfach zu groß, als daß sie ununterbrochen an seiner Seite hätte wachen können.

»Was geht dir gerade durch den Kopf, Indianer?« fragte Blaine Wareagle, als er festgestellt hatte, daß Susan eingeschlafen war. Die beiden Männer hatten sich am Steuer abgewechselt, und Johnnys Schicht näherte sich ihrem Ende.

»Die Gegebenheiten im allgemeinen, und im besonderen, ob der Kurs, den wir eingeschlagen haben, auch wirklich der richtige ist.«

»Habe ich irgend etwas nicht ganz mitbekommen?«

»Könnte schon sein, Blainey. Diese Flucht hier mag uns zwar vertraut vorkommen, unterscheidet sich aber doch erheblich von früheren.«

»Kannst du dich etwas genauer ausdrücken?«

»Eine Frage: Worum hat sich der Großteil unserer Arbeit im letzten Jahrzehnt gedreht?«

»Irgendwelche Wahnsinnigen aufzuhalten, die glaubten, sie allein wüßten, was für die Welt oder für dieses Land das Beste sei.«

»Und welche Mittel hatten sie?«

»Nun, meistens irgendwelche neuartigen Technologien. Waffen hauptsächlich, oder eine Entdeckung, aus der sich eine furchtbare Waffe herstellen ließ.«

»Und solche Leute vernichten wir.«

»Das müssen wir sogar.«

»Und wie sieht es in diesem Fall aus?«

»Hm, da gibt es weder einen Größenwahnsinnigen noch eine todbringende Waffe.«

Johnny wandte den Blick von der Straße ab und sah McCracken an. »Ersteres ist richtig, zweiteres falsch.«

»Spielst du etwa darauf an, daß Josh CLAIR entdeckt hat?«

»Nein, ich meine den Jungen selbst. Aufgrund dessen, wozu er in der Lage ist, müssen wir ihn selbst als die tödliche Waffe ansehen, Blainey.«

McCracken wußte jetzt, worauf Johnny hinauswollte. »Aber er ist doch unschuldig. Und zu unseren Aufgaben gehört es auch, das Leben von Unschuldigen zu schützen.«

»Ist er wirklich so unschuldig?«

»Meinst du damit seine geistigen Fähigkeiten, Indianer?«

»Wir haben nicht einmal eine Vorstellung von seinen Möglichkeiten.«

»Aber das ist doch nicht seine Schuld. Und er hat nicht um das gebeten, was man mit ihm angestellt hat. Genauso wenig wie viele von den anderen, die wir unter Einsatz unseres Lebens gerettet haben. Nicht mehr als …« Blaine schwieg und war noch nicht in der Lage, seine Gedanken zu artikulieren. Er war froh, daß Johnny ihm das Weiterreden ersparte.

»Wenn der Junge schon durch Zufall eine Formel entwickelt hat, hinter der die Gruppe Sechs wie der Teufel her ist, wozu mag er dann erst in der Lage sein, wenn er sich bewußt an eine Aufgabe macht?«

»Du meinst, wenn er in die falschen Hände gerät. Nun, unsere Arbeit besteht eben darin, das zu verhindern.«

»Und wenn wir scheitern, Blainey? Wie weit wird er gehen, wenn man ihn erneut verletzt? Was wird er dann aus dem Wissen machen, das er bereits besitzt? Mittlerweile ist auch seine Seele verwundet.

Harry Lime ist tot, und er ist auch nur knapp mit dem Leben davongekommen. Der Junge wird so, wie wir einmal waren, nur bringt er ein ganz anderes Reaktionspotential mit. Vom Verstand her mag er durchaus schon erwachsen sein, aber seine Emotionen hat er noch lange nicht unter Kontrolle, da ist er noch ziemlich unreif. Und wir dürfen auch nicht vergessen, auf welche Weise er die Bühne betreten hat.«

»Was meinst du damit?«

Wareagle atmete tief ein. »Wir sind in unsere Arbeit hineingewachsen. Der Junge ist dazu geboren worden.«

McCracken gefiel es nicht, diese Vorstellung weiterzuspinnen. Er suchte nach einem Argument, um Johnnys Ansicht zu widerlegen, aber wie üblich waren die Gedanken des Indianers von einer nicht zu erschütternden Logik.

»Er hat in der Passage so viele Menschen umgebracht«, fuhr Wareagle fort, »und das nur, weil er etwas Gutes tun wollte. Wer weiß, was er das nächste Mal beweisen möchte? Es gibt so viele Ziele, Gelegenheiten und Begründungen.«

»Hört sich nach einer harten Nuß an.«

»Die allerhärteste, Blainey.«

Alan Killebrew war in seinem ganzen Leben noch nicht so nervös gewesen. Alle seine Versuche, Susan Lyle zu erreichen, waren fehlgeschlagen, und seine Vorgesetzten im SKZ verloren allmählich die Geduld, weil von ihm immer noch keine Erfolgsmeldung gekommen war.

»Teilen Sie alles, was Sie herausfinden, niemand anderem mit

als mir. Wir wissen nicht, wie weit diese Geschichte reicht und wem wir noch trauen dürfen.«

Das waren die Instruktionen, die Susan ihm bei ihrem letzten Zusammentreffen gegeben hatte; und Killebrew nahm sie sehr ernst. Die tödlichste Macht, die die Menschheit je bedroht hatte, lag tiefgefroren im Innern des Mount Jackson. Die Temperatur dort mußte lediglich siebenunddreißig Grad übersteigen, damit sie aktiviert wurde. Er durfte diese Information nicht weitergeben, ehe er nicht mit Susan darüber gesprochen hatte.

Aber wie konnte er jetzt noch mehr Zeit herausschlagen? Wie sollte er zusätzliches Personal aus dem Isolations-Labor auf Ebene Vier und dem gesamten Flügel heraushalten, von dem aus man dorthin gelangte?

Killebrew fiel nur eine Lösung für beide Probleme ein. Er rollte mit seinem Stuhl zur Wand und zielte mit dem Zeigefinger auf einen von den sechs Knöpfen, die mit Ebene Vier verbunden waren. Er drückte ihn hinein und zog dann den Finger so hastig wieder zurück, als sei der Knopf glühend heiß. Sofort begann ein elektronischer Alarm zu heulen. Rote Lämpchen, die in die Decke eingelassen waren, fingen an zu blinken, und eine dumpfe mechanische Stimme verbreitete im ganzen Mount Jackson die Warnung:

»Stufe Rot. Ebene Vier wurde kontaminiert. Alle Notfallregelungen sind ab sofort in Kraft.

Stufe Rot. Ebene Vier wurde kontaminiert ...«

Magnetische Verriegelungen versperrten alle Türen, durch die man in diesen Flügel gelangen konnte, und schnitten Killebrew hermetisch vom Rest der Welt ab.

»Wir sind da, Blainey«, verkündete Wareagle am späten Freitagabend. Er saß hinter dem Steuer des Jeep Cherokee, mit dem sie den Großteil der Reise westwärts nach Oklahoma zurückgelegt hatten.

McCracken bemerkte den leisen Unterton in Johnnys

Stimme. Nach so langer Zeit nach Hause zurückzukehren machte ihn wohl genauso nervös wie jeden anderen auch.

Die Sioux hatten sich auf etlichen Hektar in den wogenden Hügeln und Ebenen dieser Gegend ausgebreitet und eine Gemeinschaft aufgebaut, die sich selbst versorgen konnte. Der Stamm hatte sich unbeirrbar an die alten Traditionen und an seinen Stolz festgeklammert und litt deshalb nicht an den beschämenden Stereotypen, die man aus anderen Reservaten kannte. Blaine entdeckte, daß sie dennoch ein Zugeständnis an die modernen Zeiten gemacht hatten: Ihre Unterkünfte waren keine Zelte mehr, sondern Hütten. Sie säumten die Straße, die durch das Zentrum des Reservats führte, das dank der Beleuchtung auch in der Nacht von weitem auszumachen war. Hier gab es weder Läden noch Handelsposten der Weißen, und die von der Regierung unterstützte Versorgungsstelle war längst dichtgemacht und stellte nur noch ein Relikt aus alter Zeit dar.

Traditionelle Tipis erhoben sich fast neben jeder Hütte. Gelegentlich sah man auch eine Kochstelle, bei der es sich in der Regel lediglich um einen Grillständer über einem Lagerfeuer handelte.

McCracken rechnete, daß dieses Dorf etwa fünfhundert Menschen aufnehmen konnte, wohl vor allem solche, die die Aussicht anlockte, wie in alten Zeiten zu leben.

Johnny stoppte den Jeep vor einem Tipi, das McCracken das größte am Ort zu sein schien. Ein alter Mann, dessen Gesichtshaut fast so verbrannt aussah wie die Erde hier, stand vor dem Zelteingang und lächelte leise. Der Staub auf seiner Kleidung ließ darauf schließen, daß er schon länger dort stand.

Wareagle sprang aus dem Jeep und warf Blaine einen Blick zu. McCracken nickte und stieg ebenfalls aus, folgte dem Freund aber nicht, als er auf den alten Mann zuging.

»Ich habe dich früher erwartet, Wanblee-Isnala«, grüßte Johnnys spiritueller Vater, Häuptling Silver Cloud. »Ich hoffe, du hast Regen mitgebracht.«

»Tagsüber haben wir weiter im Osten ein paar dicke Wolken gesehen«, antwortete Johnny. »Aber danach nicht mehr.«

»Selbst wenn die Wolken dir gefolgt wären, wären sie vermutlich an uns vorbeigezogen. Der Frühling war zu naß, der Sommer zu trocken. Unsere Geister schaffen es nicht mehr. Ich bin froh, daß du hier bist.«

»Mir blieb keine andere Wahl.«

»Ein Heim ist nicht der Ort, bei dem man einen Grund braucht, um zu ihm zurückzukehren.«

»Du hast mich nicht richtig verstanden.«

»Ich glaube doch.«

»Es gibt ziemliche Schwierigkeiten.«

»Das war mir schon klar, als du mir dein Kommen angekündigt hast, Wanblee-Isnala. Und da sind andere, die deinem Pfad folgen. Ich habe sie auch gesehen. Ihre Seelen waren bleich. Ich kenne sie. Nicht sie, aber andere, die wie sie waren.«

Johnny warf einen Blick zurück zu McCracken, der am Jeep stand. »Krieger?« fragte er den Häuptling.

»Die Vision war nicht klar genug, um das eindeutig erkennen zu können. Aber manche Vermutungen liegen näher als andere.«

»Es tut mir leid, euch das alles antun zu müssen.«

»Was tust du uns an? Das gleiche, was wir dir so oft angetan haben? Ich freue mich, dich hier zu sehen, Wanblee-Isnala. Du hast viele Kämpfe für uns ausgetragen. Nun bekommen wir vielleicht die Chance, an deiner Seite zu stehen und ...« Er hielt inne, seine alten Augen blickten auf McCracken. »Ist dies dort das Bleichgesicht, von dem du so oft erzählt hast?«

»Ja, er ist es.«

Silver Cloud lächelte. »Es kommt mir so vor, als wären wir alte Bekannte. Er ist hier willkommen.«

»Ich habe noch zwei weitere mitgebracht, eine Frau und einen Jungen.«

»Die Geister haben mir auch ihr Erscheinen angekündigt.« Er sah Wareagle plötzlich ernst an: »Der Junge macht mir Sorgen, Wanblee-Isnala.«

»Mir auch.«

»Seine Aura ist nicht eindeutig und schwer zu lesen. Licht und Dunkel vermischen sich bei ihm und sind eins geworden, statt einander zu bekämpfen. Du weißt, was das bedeutet.«

Johnny nickte. »Er ist in der Lage, Böses zu tun, ohne das zu beabsichtigen.«

»Da ist noch mehr. Ein Abgrund in seiner Seele, in den sich das Wesen seiner Aura zurückgezogen hat. Dieser Abgrund ist tief, Wanblee-Isnala. Und so breit, daß der Rest seines Wesens ebenfalls dort hineinstürzen kann, wenn du verstehst, was ich meine.«

»Der Verlust aller Hoffnung.«

»Eine schlimme Sache für jemanden mit einer so gemischten Aura. Sein Wesen sitzt am Rand des Abgrunds. Sollte es hinabrutschen, gibt es keine Möglichkeit, es wieder herauszuholen.«

»Kann man ihn noch retten?«

Der alte Häuptling schien darauf zunächst keine Antwort zu haben, doch plötzlich zeigte sich ein Leuchten in seinen Augen. »In der Vision, die mir dein Kommen anzeigte, sah ich ihn als schwarzen Sperling. Du weißt doch noch, was dieses Symbol bedeutet, oder?«

»In einigen unserer alten Mythen gilt dieser Vogel als derjenige, der die Seele eines Mannes zu seiner letzten Ruhestätte trägt.«

»Und was bedeutet das Omen des Sperlingsnestes?«

»Es ist ein Warnzeichen, weil es schlimme Dinge mit sich bringt. Die Umwandlung der Ordnung in Chaos, vielleicht den Tod.«

»Wo hat dieser Junge sein Nest gebaut, Wanblee-Isnala?«

Als Johnny ihm keine Antwort geben konnte, drehte

Silver Cloud sich zu dem Tipi um. »Will Darkfeather, unser Medizinmann, wartet drinnen. Ich habe ihm gesagt, daß du kommen würdest.«

»Was sagen Sie da, Doktor?« rief Fuchs und sprang von seinem Stuhl.

Haslanger, der an seinem Schreibtisch stand, hob den Kopf, um ihn ansehen zu können. »Daß die Formel auf dem Chip aus dem Fax-Gerät nicht die des CLAIR-Organismus ist, den der Junge in Cambridge freigesetzt hat.«

»Soll das heißen, er hat uns schon wieder hereingelegt?«

»Das glaube ich eigentlich nicht. Er hat die Formel zu seinem eigenen Vorteil und nicht unseretwegen in Harry Limes Wohnung gefaxt. Warum hätte er da etwas zurückhalten sollen? Und wenn die Formel nicht vollständig war, warum hat er sie dann nicht schon früher weitergegeben?«

»Und was bedeutet das für uns?«

»Da bin ich mir nicht so sicher.«

»Sie sind der Ansicht, daß es zur Zeit für uns keine Möglichkeit gibt, CLAIR neu zu schaffen?«

»Das habe ich nie gesagt. Verstehen Sie, es gibt zwei gleichermaßen wichtige Stufen bei der Entstehung eines solchen Organismus. Die erste betrifft seine Konstruktion. In der zweiten geht es darum, ein Agens zu erschaffen, für gewöhnlich ein Enzym, das den Organismus dazu bewegt, sich zu teilen oder sich sonstwie zu reproduzieren. Vergessen Sie nicht, daß wir nach all der Konstruktion, Atom um Atom, immer noch nur eine einzelne Zelle haben. Doch dank des Aktivierungsagens werden aus der Zelle dann zwei, aus denen vier, dann acht und so weiter. Die Formel nun, die der Junge uns gegeben hat, identifiziert dieses Aktivierungsagens.«

»Ich begreife noch nicht ganz, was das ...«

»Die letzten Worte, die Joshua von sich gegeben hat,

ehe McCracken ungebeten auf den Plan trat, lauteten, daß er über eine weitere CLAIR-Probe verfüge, die er offenbar irgendwo versteckt hat. Wenn es uns gelingt, diese Probe in unseren Besitz zu bringen, könnten wir mit dem Aktivierungsagens eine polymere Kettenreaktion auslösen, die uns mit einem geradezu unerschöpflichen Vorrat versorgen würde.«

»Joshua Wolfe ist in Orlando gesehen worden. Unsere Leute haben sein Hotelzimmer durchsucht – und weder ein Fläschchen noch ein Reagenzglas noch sonstwas gefunden.«

»Die Suche wurde allerdings abgebrochen, als wir erfuhren, daß er sich im Hyatt aufhielt. Wo mag er sich noch aufgehalten haben? Das müssen wir herausfinden, dann finden wir auch die Probe.«

Fuchs drückte auf den Gegensprechknopf seiner Telefonanlage. »Schicken Sie bitte Mr. Sinclair herein.«

Kapitel 33

Unmittelbar vor dem Tipi nahm Wareagle den Jungen aus Blaines Armen und schlug eine Seite des Zelteingangs nach hinten.

»Ich komme mit«, beharrte Susan und folgte dicht hinter Johnny.

Wareagle warf dem Häuptling einen fragenden Blick zu. Der zögerte einen Moment und nickte dann steif. Johnny verschwand mit Susan im Zelt.

»Wanblee-Isnala hat uns viel von Ihnen erzählt, Blaine McCracken. Ich spüre, Sie sind einer von uns.«

Die Worte des alten Mannes überraschten Blaine. Er

hatte gar nicht mitbekommen, daß Silver Cloud neben ihn getreten war. »Wenn Johnny Ihnen die Wahrheit über mich gesagt hat, dann würden Sie mich bestimmt nicht bei sich haben wollen.«

»Da hat er uns etwas anderes berichtet. Er erklärte, Ihr Geist sei unseres Volkes würdig. Und er sagte, Sie hätten die Seele eines Kriegers.« Der Häuptling lächelte. »Aber er meinte, am wichtigsten von allem sei, daß Sie langsam anfingen, die Dinge zu begreifen, die er Ihnen beibringe.«

»Ich war immer schon etwas langsam im Lernen.«

Silver Cloud sagte mit Blick auf das Tipi: »Wanblee-Isnala macht sich große Sorgen.«

»Ich weiß.«

»Der Junge beunruhigt ihn.«

»Auch das ist mir klar.«

»Macht der Junge Ihnen denn nicht zu schaffen?«

»Ich bin mir nicht ganz sicher.«

Der alte Mann nickte wissend. »Mein spiritueller Sohn ist nach unseren alten Bräuchen erzogen worden und richtet sich auch heute noch danach, müssen Sie wissen. Das bedeutet, daß er immer noch die alte Geschichte von dem Krieger im Gedächtnis hat, der eines Tages herausfand, wie man Feuer als Waffe einsetzen kann. Die feindlichen Stämme fürchteten ihn deswegen und schmiedeten Pläne, um ihn unter allen Umständen zu beseitigen. Aber das erwies sich dann als nicht erforderlich. Wissen Sie, warum?«

»Weil sein eigener Stamm ihn vorher umgebracht hat.«

»Sehr gut. Und warum hat der Stamm das getan?«

»Weil der Krieger das Feuer gegen seine Brüder wandte.«

»Durch einen Unfall? Aus Böswilligkeit? Oder aus Machtstreben?«

»Das hat keine Rolle gespielt«, antwortete McCracken. »Sie hatten einfach das Gefühl, daß ihnen gar keine andere Wahl blieb.«

Will Darkfeather half Johnny, den Jungen auf die Decke zu legen, die er auf dem hartgestampften Boden im Innern des Zelts ausgebreitet hatte. Ein aromatisch duftendes Feuer brannte in der Mitte und schickte rote Flammen zum Rauchabzug empor. Der Medizinmann griff hinter sich nach einer schwarzen Tasche. Erst jetzt schien er Susan Lyle zu bemerken.

»Ich kann mich nicht daran erinnern, sie hereingebeten zu haben«, sagte er zu Wareagle. Verglichen mit Johnny war er ein kleiner Mann, der kaum etwas von einem Vollblut-Sioux an sich hatte. Er trug sein Haar kurz und ordentlich gekämmt. Seine Haut sah aus, als sei sie eher von der Sonnenbank als von Natur aus gebräunt. Seine intensiv blickenden Augen waren ständig in Bewegung.

»Ich habe mich selbst hereingebeten«, erklärte Susan.

»Tatsächlich?«

»Ich bin Ärztin.«

»Ich bin Arzt.«

»Ich meine, ich bin eine ausgebildete Ärztin.«

»Ich bin ebenfalls ausgebildet. Nun, wenn Sie schon einmal hier sind, können Sie sich auch nützlich machen und mir den Namen dieses Jungen verraten.«

»Joshua Wolfe.«

»Wie das Tier?« Darkfeather sah Joshua zweifelnd an. »Der hier ist kein Wolf. Nicht einmal ein Wolfsjunges. Ich denke, ich werde ihn trotzdem ›Junges‹ nennen.« Er zog ein Stethoskop und einen Blutdruckmesser aus seiner Tasche. »Ja, Junges ist ein guter Name für ihn.«

»Sein Zustand ist stabil«, erklärte Susan rasch. »Ich habe ihn vorhin noch überprüft. Der Puls ist etwas schwach, Pupillenreaktion in Ordnung. Aber ich glaube, er hat sich eine Gehirnschädigung zugezogen. Und auch wenn er keinen Anfall erlitten ...«

Der Medizinmann zog eines von Joshuas Lidern hoch und leuchtete ihm mit einer dünnen Taschenlampe ins Auge. »Nein, keine Gehirnschädigung«, konstatierte er.

»Wie können Sie sich da so sicher sein?«

»Ich bin Medizinmann, falls Sie das schon vergessen haben sollten. Ich weiß ein paar Dinge, die man Ihnen in der Medizinischen Fakultät nicht beibringen kann.«

»Dieser Junge braucht mehr als einen Medizinmann!« platzte es aus Susan heraus, die nicht länger an sich halten konnte. Sie trat rasch auf die Decke zu und machte Anstalten einzugreifen.

»Häuptling Silver Cloud war ebenfalls der Ansicht, daß unser Stamm mehr als einen Medizinmann braucht«, bemerkte Darkfeather, während er das linke Lid hinabsinken ließ und das rechte hochzog. Danach setzte er das Stethoskop auf Joshuas Herz. »Deswegen hat er mich zur John Hopkins Medical School geschickt. Der Staat hat mir ein Stipendium gewährt, und ich habe als Drittbester meines Seminars abgeschlossen.«

Susan blieb zwar stehen, gab sich aber noch nicht geschlagen.

»Und wissen Sie, was ich an der John Hopkins gelernt habe, Frau Doktor? Daß die alten Bräuche meines Volks manchmal wirksamer sind, als es die moderne Medizin je sein kann. Ich erkannte, daß das, mit dem ich geboren bin, und das, was mir mitgegeben wurde, eine Mischung ergeben hat, die alles übersteigt, was man mir je in irgendeinem Unterricht beibringen konnte.«

Er öffnete Joshuas Hemd und entdeckte die schwarzblauen Flecken, wo der Elektroschock die Brust des Jungen getroffen hatte.

»Wissen Sie zufällig, wieviel Volt man ihm verabreicht hat?«

»Nein. Aber genug, um ihn zu töten. Zumindest ist das an seinen Reaktionen auf diese ...«

»Dann übernehme ich die Behandlung jetzt, wenn es Ihnen nichts ausmacht.« Darkfeather betastete die Druckstellen auf der Haut. »Und damit wären wir beim Knackpunkt, Frau Doktor. Wir stehen vor der Frage: moderne

Medizin oder die alten Bräuche. Nun, ich weiß genau, was die Lehrbücher sagen, wie man ein schweres Trauma behandeln muß, das von Elektroschocks ausgelöst wurde. Und ich verfüge hier über alles, was für eine solche Behandlung erforderlich ist. Ich befürchte allerdings, Junges wird ins Koma fallen, während wir noch darauf warten, daß die Behandlung wirkt.«

»Haben Sie denn eine Alternative anzubieten?«

»Ich biete nichts an, Frau Doktor, ich heile. Zum Glück für Junges wirken unsere alten Methoden in diesem Fall nämlich auch.«

Johnny, der am Zeltausgang stand, mußte lächeln. Er ging nach draußen, als Darkfeather einen Sack aus gewobener Wolle aus einer Ecke holte, der oben mit einer Schnur zusammengebunden war. Er löste den Knoten und kippte den Sack auf dem Boden aus.

Susan kannte nichts von dem, was da zum Vorschein kam. Alles war in luftdicht verschlossene Plastikbeutel verpackt, wohl eine Konzession des studierten Medizinmannes an den Fortschritt. Einige Beutel enthielten Pulver, von denen eines die Farbe und Konsistenz von Asche hatte. Ein anderes war ebenso fein, aber hellbraun. In einem weiteren Beutel befand sich etwas, das wie Holzkohle aussah. Aber Darkfeather nahm eine Tüte zur Hand, die mit einer rötlichen Substanz gefüllt war. Sie sah aus, als habe der Medizinmann sie vom Boden abgekratzt.

»Bei diesem Pulver handelt es sich um die Rinde von einem seltenen Baum aus der Echinacea-Familie«, erklärte er Susan. »Er wächst nur an der nordwestlichen Pazifikküste. Ich habe sie mir selbst besorgt.«

»Und wozu dient diese Borke?«

»Sie läßt Menschen sich besser fühlen.«

»Menschen, die Elektroschocks verabreicht bekommen haben?«

»Menschen, die sich von ihrem Wesen gelöst haben – mitunter infolge eines Elektroschocks. Wir setzen es auch bei Fällen von Epilepsie oder Schlaganfällen ein. Die äußeren Symptome mögen sich stark voneinander unterscheiden, aber was im Innern vor sich geht, ist stets das gleiche. Diese Rinde hier wirkt von innen.«

Susan sah ihn zweifelnd an. »Wollen Sie es im oral verabreichen?«

»Nicht ganz. Sehen Sie zu.«

Darkfeather schüttete eine tüchtige Portion der zerstoßenen Borke in eine kleine schwarze Pfanne und goß ein wenig Wasser dazu. Er verrührte das Ganze, bis das rötliche Pulver sich auflöste, und gab dann noch etwas Wasser hinzu. Schließlich stellte er die Pfanne in die Aufhängung über dem Feuer in seinem Tipi.

»Dauert ein paar Minuten«, erklärte er.

»Und was passiert dann?«

»Warten Sie's ab.«

Susan beugte sich über die Pfanne, um sich den Inhalt aus der Nähe zu betrachten. Das Borkenpulver hatte sich in eine Paste verwandelt, die an feuchten Lehm erinnerte.

Darkfeather gab währenddessen noch etwas von der zerstoßenen Rinde auf einen Teller, fügte ebenfalls Wasser hinzu und verrührte die schlammige Masse mit einem Holzlöffel, bis dessen Ende davon dick überzogen war.

»Wissen Sie, warum ich das tue?«

»Sie wollen den Pfanneninhalt verrühren, aber gleichzeitig verhindern, daß Fasern des Holzes den chemischen Prozeß beeinträchtigen.«

»Sehr gut«, lobte der Indianer. »Es besteht noch Hoffnung für Sie.«

Der Medizinmann schob den Löffel in die Pfanne, deren Inhalt langsam köchelte, und fing an zu rühren. Er ging dabei sehr behutsam vor und achtete darauf, daß die unbedeckte Fläche des Löffels nicht in das Rot geriet. Die Masse sah jetzt aus wie ein wäßriger Brei. An manchen Stellen blubberte sie, an anderen gerann sie. Der Indianer versuchte, sie gleichmäßig konsistent zu halten.

Während Susan interessiert zusah, fiel ihr zum ersten Mal das Aroma auf, das der Pfanne entstieg. Susan mußte an Laub denken, das an einem Herbsttag verbrannt wurde, bis wenig später ein übelkeitserregender, süßlicher Geruch das Zelt erfüllte.

»Das Aroma ist Bestandteil der Therapie, Frau Doktor«, erklärte Darkfeather. »Fragen Sie mich nicht nach dem Warum, aber das Einatmen der Dämpfe trägt ebenso zur Heilung bei wie die äußerliche Anwendung.«

Als der Brei flächendeckend blubberte, hob er die Pfanne aus der Aufhängung und stellte sie neben Joshuas Oberkörper auf den Boden.

»Also gut«, sagte der Medizinmann, »auf geht's ...«

Er zog eine Art Pinsel aus dem Sack und tauchte ihn in die Rindenpaste. Dann zog er ihn wieder heraus, hielt ihn über die Brust des Jungen und bestrich zuerst die Male, die die Schockstöße hinterlassen hatten. Joshua zuckte zusammen, als die Masse mit seiner Haut in Berührung kam, aber Susan konnte nicht sagen, ob das an der Hitze des Breis oder an seinen Wirkstoffen lag.

Darkfeather fuhr damit fort, den Jungen zu bestreichen, und wirkte dabei ein wenig wie ein Künstler, der auf einer menschlichen Leinwand malt. Schließlich waren der Bauch und die Brust Joshuas bis zum Hals bedeckt.

Nun machte er sich über das Gesicht seines Patienten her, bestrich es zur Gänze, verrieb die Masse an den Schläfen und tief in dem Haaransatz.

»Ich glaube, ich sollte besser nicht fragen, wie das Zeug wirkt«, sagte Susan.

»Sie dürfen ruhig fragen, aber ich kann Ihnen darauf keine Antwort geben, weil ich es nicht weiß. Und wie auch bei der Schulmedizin wirkt es nicht in jedem Fall.« Er lehnte sich zurück und betrachtete sein Werk. »Bei Einbruch der Morgendämmerung wissen wir mehr, so oder so.«

Thurman traf den fetten Mann kurz nach Mitternacht. Wie üblich stopfte der Dicke wieder irgend etwas in sich hinein, und Thurman war froh, daß er sich nicht wieder über seine Genüsse ausließ.

»Wir haben McCracken gefunden«, meldete Thurman.

»Großartig. Und wie?«

»Er hat mit jemandem telefoniert, der sich nun auf dem Weg zu ihm befindet.«

»Man sollte doch annehmen, daß jemand, der für McCracken arbeitet, etwas strengere Sicherheitsmaßnahmen ergreift.«

»Seine Kontaktperson verfügt über das beste Sicherheitssystem weit und breit. Schließlich stammt es von uns. Zahlt sich eben aus, die entsprechenden Chiffres zu sammeln.«

»Und was ist mit dem Jungen?«

»Der steckt bei McCracken. Wir wissen allerdings nicht, ob er noch lebt.«

»Das spielt jetzt keine Rolle. Diese Geschichte muß zu Ende gebracht werden. Nehmen Sie das persönlich in die Hand?«

»Selbstverständlich.«

»Ich habe bereits das nötige Personal angefordert, um alle verbliebenen Spuren am Mount Jackson zu vernichten. Nichts darf dort mehr auf uns hinweisen. Kein Anzeichen dafür, daß sich dort jemals etwas abgespielt hat. Sie wissen schon, was. Haben wir uns verstanden?«

»Klar.«

Der Dicke atmete erleichtert aus. »Wissen Sie was, Thurman, ich gewinne langsam den Eindruck, daß aus der ganzen Angelegenheit doch noch so etwas wie ein Erfolg für uns werden könnte.«

»Wir müssen reden, Blainey.«

Wareagle hatte McCracken unweit des Zelts entdeckt, wo er hinaus auf die Felder des Reservats blickte.

»Wie läuft's da drinnen, Indianer?«

»Will Darkfeather behandelt den Jungen nach den alten Methoden.«

»Er wird schon wissen, was ...«

»Das ist es nicht, worüber ich mit dir sprechen wollte, Blainey.«

McCracken bemerkte den angespannten Unterton in der Stimme seines Freundes. »Dann schieß los.«

»Häuptling Silver Cloud hat uns erwartet.«

McCracken zuckte die Achseln. »Den Eindruck hatte ich auch.«

»Er erwartet auch noch andere.«

»Gruppe Sechs.«

»Da ist er sich nicht ganz sicher.«

»Glaubst du denn, daß er recht hat?«

Wareagle sah ihn mit verschlossener Miene an. »Bei uns hatte er auch recht.«

Ein heißer Wind fegte über sie hinweg. Blaine drehte sich halb, um ihn nicht ins Gesicht zu bekommen. »Wenn sie tatsächlich kommen, hast du dann so etwas wie einen Plan?«

»Ich habe einen«, ertönte hinter ihnen die ledrige Stimme von Häuptling Silver Cloud.

Alan Killebrew wachte abrupt auf und griff sofort nach seiner Tasse mit dem bitteren, starken Kaffee. Er konnte durch die Glasscheibe vor ihm erkennen, daß sich niemand im Isolations-Labor auf Ebene Vier aufhielt. Killebrew fuhr mit seinem Rollstuhl näher an das Glas heran und rieb sich mit einer Hand durch das Gesicht. Wie lange mochte er geschlafen haben?

Lange genug, daß jemand hier eindringen konnte, um

die Kontaminierung zu überprüfen, die er gemeldet hatte?

Aber nein. Wenn festgestellt worden wäre, daß keine Kontamination vorlag, hätten sie ihn längst befragt, warum er Alarm ausgelöst habe.

Davon abgesehen bezweifelte er sehr, daß jemand hier das Risiko auf sich nahm und ein kontaminiertes Gebiet betrat. Killebrew betete darum, daß er damit so lange durchkam, bis Susan endlich auf seine verzweifelten Anrufe reagierte. Sie hatte ihm klargemacht, daß er niemandem außer ihr vertrauen dürfe, und angedeutet, daß noch viel mehr an der Geschichte dran sei, über das sie aber noch nicht reden könne.

Killebrew hatte ihr einige Nachrichten aufs Band gesprochen, so wie sie es ihm aufgetragen hatte, doch bislang hatte Susan Lyle sich noch nicht wieder bei ihm gemeldet.

Vielleicht war das SKZ für ihr Verschwinden verantwortlich. Möglicherweise waren sie schon auf dem Weg zu ihm.

Er stellte die Tasse auf das Sims unter der Scheibe. Die starke Dosis Koffein zusammen mit den Geheimnissen, die er für sich behalten mußte, hatten ihn in einen zitternden Paranoiker verwandelt. Killebrew sagte sich, daß man ihn bestimmt beobachten würde, wenn es entsprechende Möglichkeiten gäbe. Und wenn das Labor auf Ebene Vier nicht abgeriegelt gewesen wäre, hätten sie sicher längst ein Notarzt-Team hereingeschickt.

Doch davon würde Dr. Furlong Gage, der Direktor des SKZ, sich sicher nicht mehr lange aufhalten lassen.

»Dr. Killebrew!«

Gage allein besaß die Codes, mit denen sich die Magnetverriegelung öffnen ließ, die zur Zeit die Ebene Vier von der Außenwelt absperrten. Bislang hatte Killebrew ihm noch keinen Anlaß gegeben, diese Codes zu aktivieren.

»Dr. Killebrew!«

Seit ihrer letzten Unterhaltung waren Stunden vergangen, und er war sich schmerzlich bewußt, daß ihm die Antworten und Erklärungen ausgingen.

»KILLEBREW!«

Er merkte, daß er wieder eingenickt war, und wurde beim Klang von Dr. Gages Stimme aus dem Lautsprecher schlagartig hellwach.

»Ich bin hier, Sir.«

»Sie werden Ebene Vier unverzüglich verlassen!«

»Sir, meine Anzeigen hier ...«

»Halten Sie sich und uns nicht mit irgendwelchen Analysen auf. Wenn Dr. Lyle Ihnen das hier befohlen hat, dann will ich das sofort erfahren!«

Killebrew erstarrte in seinem Rollstuhl.

»Sollten Sie an der Sache beteiligt sein, in die Dr. Lyle verwickelt ist, dann rate ich Ihnen dringend, jetzt reinen Tisch zu machen, solange Ihnen noch Zeit dazu bleibt.«

»Ich habe keine Ahnung, wovon Sie ...«

»Dr. Lyle befindet sich zur Zeit auf der Flucht vor dem Gesetz, Dr. Killebrew. Ich ersuche Sie, mit uns zusammenzuarbeiten, damit der Schaden wiedergutgemacht werden kann, den sie angerichtet hat. Mir wurde berichtet, sie habe vorsätzlich die Hot Zone in Cambridge kontaminiert, und zwar infolge eines unautorisierten Experiments.«

Killebrews Kinnlade fiel herab.

»Die ganze Geschichte ist schrecklich schiefgelaufen«, fuhr Gage fort. »Ich biete Ihnen hier und jetzt die Chance, Ihre eigene Haut zu retten. Die Behörden stehen bereit und warten nur auf Ihr ...«

Killebrew beendete die Verbindung und preßte die Hände auf die Räder seines Rollstuhls, um sich zur Ruhe zu zwingen. Die Sache entwickelte sich schlimmer, als Susan sich hatte ausmalen können. Sein Blick wanderte zurück zu dem Isolations-Labor hinter der Glasscheibe.

Sie wollen den Organismus. Um ihn allein geht es hier …

An die Leichen, die in einer anderen Abteilung des Komplexes lagen, kam er nicht heran. Aber er konnte seine eigenen Unterlagen und Notizen vernichten. Sollten sie doch ganz von vorn anfangen müssen. Vielleicht verschaffte das Susan die nötige Zeit, hinter die ganze Wahrheit zu kommen, ehe sie sie erwischen konnten.

Zuerst die Türen. Ein Kurzschluß im Öffnungsmechanismus, damit sie sich durch die Türen schweißen mußten. Damit würde er ein paar Minuten gewinnen.

Und mehr brauchte er nicht.

Häuptling Silver Cloud blickte nach Westen zu den Hügeln und auf das Land, das das Mondlicht der Nacht entrissen hatte. »Das Tal der Toten«, sagte er nur.

»Ein uralter Friedhof, Blainey«, erklärte ihm Johnny, »der auf einem legendären Schlachtfeld errichtet wurde. Der Ort ist heilig und besitzt eine ungeheure Macht.«

»Jahrhundertelang war er für mein Volk die letzte Verteidigungsstellung«, fuhr der alte Häuptling fort. »Demjenigen, der sich dort verschanzt, bietet er Vorteile, die kein Angreifer je überwinden kann. Wir sind auf die Schlacht vorbereitet. Seit längst vergessenen Zeiten sind wir vorbereitet.«

»Sobald es zum Kampf kommt, wird das Tal uns mit allem versorgen, was wir für die Verteidigung brauchen«, sagte Wareagle. Aber seine Miene drückte nicht nur Zuversicht aus. »Allerdings hat die Sache einen Haken, Blainey, und der wird dir sicher nicht gefallen …«

Kapitel 34

»Wollen Sie jetzt übernehmen?« fragte Darkfeather Susan.

»Aber gern«, antwortete sie froh und hoffte, daß sie den Jungen jetzt auf ihre Art behandeln konnte.

»Gut, dann erkläre ich Ihnen jetzt, was Sie zu tun haben. In zwei Stunden muß eine zweite Schicht Paste über die erste gestrichen werden.«

Er stellte die Pfanne mit der mittlerweile hartgewordenen Masse vor sie. »Erwärmen Sie das hier wieder, bis der Brei weich ist und anfängt zu köcheln. Haben Sie mich verstanden?«

Susan nickte.

»Sie brauchen nicht so viel aufzutragen wie ich beim ersten Mal, und Sie müssen auch nicht erst den alten Belag abwischen. Wenn man die Paste auf die Schicht aufstreicht, sieht sie etwas anders aus. Das ist ganz normal, und Sie müssen sich deswegen keine Sorgen machen. Das Zeug ist stark genug, um durch den alten Belag zu dringen. Ist das alles klar?«

Wieder nickte Susan.

»Überprüfen Sie alle zwanzig Minuten seine Lebensfunktionen. Und wenn Sie glauben, es gibt ein Problem, dann holen Sie mich.«

Er packte den Wollsack wieder zusammen, stand auf und schlüpfte durch die Zeltklappe nach draußen. Susan legte eine Hand auf seinen Arztkoffer, den er zurückgelassen hatte, und wollte ihn gerade öffnen, als der Medizinmann den Kopf wieder hereinschob.

»Nicht die Medizin wird ihm jetzt helfen, Doktor, und auch nicht der Borkenbrei«, erklärte er und nur sein Gesicht war zu sehen. »Ihr Geist ist seinem sehr nahe. Beide werden sich vereinigen, und er wird sich an Ihrer

Stärke nähren. Deswegen lasse ich Sie jetzt auch mit ihm allein. Keine Bange, Sie haben mehr Kraft in sich, als Sie vermutlich glauben.«

Susan zog die Hand von dem Arztkoffer zurück.

»Das heilige Land darf nicht entweiht werden«, erklärte der Häuptling.

»Mit anderen Worten, wir können keinen von ihnen töten?« fragte Blaine, obwohl er die Antwort schon kannte.

»Nicht, wenn uns die Geister, die dieses Land ihr Heim nennen, beistehen sollen«, entgegnete Wareagle. »Außerdem dürfen wir nur solche Waffen einsetzen, die auch dem Stamm zur Verfügung standen, der damals die legendäre Schlacht geschlagen hat.«

»Ich fürchte, die bösen Jungs von der anderen Seite werden sich nicht an diese Spielregeln halten wollen.«

»Das wird sich für uns als Vorteil erweisen.«

»Sie bringen aber sicher eine Menge zum Ballern mit.«

»Um so besser für uns«, sagte Silver Cloud. »In jener Schlacht haben zehn Krieger fünfhundert Feinde lange genug aufgehalten, damit der Rest des Stammes fliehen und sich in Sicherheit bringen konnte.«

»Wie viele sind wir denn auf unserer Seite?« wollte McCracken wissen.

»Acht Krieger. Zusammen mit uns beiden sind wir dann zehn.«

»Mehr braucht es auch nicht. Genausowenig wie damals in der Schlacht«, bemerkte der Häuptling.

»Und was wird aus dem Dorf?« fragte McCracken den alten Mann.

»Das untersteht meiner Verantwortung. Und es wird wieder so geschehen wie damals.«

»Sie sind darauf vorbereitet?«

»Wer in der Gegenwart überleben will, muß Vergangenes wiederholen.«

»Wäre schön, wenn es für uns auch noch eine Zukunft gäbe.«

Joshua Wolfe kam langsam wieder zu sich. Das erste, woran er sich erinnern konnte, war sein Versuch, die Lider hochzuzwingen. In diesen Minuten schienen seine sämtlichen anderen motorischen Fähigkeiten abgeschaltet zu sein. Er konnte weder seine Hände noch seine Füße spüren, und nicht einmal daran denken, sie zu bewegen. Es kam ihm so vor, als lägen seine Gliedmaßen in tiefem Schlaf.

Der Junge wollte sprechen, aber seine Lippen verweigerten den Dienst, die Zunge fühlte sich dick und geschwollen an, und jemand schien seinen Gaumen mit Sandpapier abgerieben zu haben.

»Josh? Komm schon, Junge ... Wach auf. Du kannst es. Ich weiß es.«

Eine ihm vertraute, sanfte und warme Stimme. Er fühlte ein Gewicht auf seiner rechten Hand, so als wolle jemand sie drücken. Er zwang sich dazu, auch wenn es ihn große Anstrengung kostete, den Druck zu erwidern. Dann gelang es ihm auch, die Augen zu öffnen, und er erkannte Susan Lyle, die sich über ihn beugte, um auch seine Linke in ihre Hände zu nehmen.

»Kannst du mich hören? Weißt du, wer ich bin?«

Er murmelte ihren Namen und sah, wie Tränen ihre Augen füllten, als das Leben in ihn zurückströmte.

»Wo bin ich?« brachte er schließlich hervor und hob den Kopf.

»In einem Indianer-Reservat.«

»Was?«

»Das ist eine lange Geschichte.«

»Sieht nicht so aus, als würde ich hier bald wieder wegkommen.«

Er spürte, wie Susan die Arme um ihn legte und ihn an

sich zog. Joshua erwiderte mit seinen schwachen Kräften die Umarmung, weil er nicht losgelassen werden wollte.

»Du hast mir das Leben gerettet«, erklärte sie, als sie sich endlich voneinander trennten. »Ich verdanke dir mein Leben.«

»Das war das mindeste, was ich tun konnte«, krächzte er. »Schließlich sind Sie der einzige Mensch seit Harry Lime, der mir beigestanden hat.«

»Nun, mittlerweile gibt es noch einen.«

»Harry Limes Freund«, sagte Susan, nachdem es Josh gelungen war, sich aufzurichten und die Beine zu verschränken. »Er hat uns beide aus den Klauen von Gruppe Sechs gerettet.«

»Wo ist er?«

»Draußen. Soll ich ihn holen?«

»Nein, noch nicht. Ich möchte … erst einmal nur hier sitzen.« Er rutschte näher ans Feuer heran und bemerkte erst jetzt die rote Masse auf seiner nackten Brust. »Über so etwas habe ich schon einmal gelesen. Wissen Sie, was das ist?«

»Irgendeine Rindenart.«

Joshua schnüffelte an dem Rot an seinem Arm. »Riecht stark.«

»Hauptsache, es funktioniert.«

»Genau wie CLAIR.«

Er starrte sehr lange ins Feuer, bevor er wieder sprach. »Ich habe viel nachgedacht, während ich bei Gruppe Sechs war. Das kann ich nämlich am besten, nachdenken. Ich habe keine Ahnung, wo all die Gedanken herkommen. Und ich weiß auch nicht, wie ich das mache. Zumindest wußte ich das früher nicht. Aber jetzt weiß ich von der Operation Offspring. Meine Eltern waren in Wahrheit zwei Reagenzgläser, die Dr. Haslanger zusammengekippt hat. Vielleicht ist er sogar mein Vater. In mancher Hinsicht bin ich ihm ja ähnlich. Wir beide haben ... Geister ... und wir beide sind Mörder ...«

»Das stimmt nicht ...«

»Doch. Und wir beide tun das alles im Namen der Wissenschaft und des Fortschritts. Dabei ist die Motivation nicht so wichtig, allein das Ergebnis zählt.«

Joshua schlang die Arme um sich und erschauerte leicht.

»Ich wollte alles besser machen. Alles anders. Ich wünschte mir so sehr, daß die Menschen mich mögen. Harry hat mich gemocht, aber der ist tot. Das ist mir jetzt klar. Wahrscheinlich habe ich es schon die ganze Zeit gewußt. Sie mochten mich und sind auch fast ums Leben gekommen. McCracken mag mich vielleicht, aber wenn es ihm schon nicht gelungen ist, Harry zu retten, wie kann ich dann hoffen, daß ihm das bei mir gelingt?«

»Weil das sein Job ist und er sich darauf versteht.«

»Genausogut wie ich mich auf meinen Job. Ha! Deswegen haben ich mich ja auch von ihnen schnappen und zur Gruppe Sechs bringen lassen. Ich mußte einen Weg finden, auf mich selbst achtzugeben und sie von mir fernzuhalten. Ich wollte Ihnen davon erzählen, wenn wir draußen gewesen wären, aber dann ...« Er atmete tief durch. »Niemand kann mich retten, außer mir selbst, und genau das werde ich jetzt tun.«

»Willst du dich vielleicht zu einem Leben verurteilen, in dem deine Besessenheit deine einzige Gesellschaft ist? Sie wird dir nämlich überallhin folgen und alle deine Entscheidungen beeinflussen. Glaub mir, ich weiß das.«

»Woher?«

»Ich habe es selbst erlebt. Erlebe es noch.«

»Sie waren niemals so wie ich. Nicht im entferntesten. Wenn man ein Zuhause hat, in das man zurückkehren kann, bleibt einem eine Wahl. Aber ich habe nichts mehr.

Vor Cambridge hatte ich noch eine Wahl, aber danach – alles weg. Ich kann mich nicht stellen, weil das sofort die Typen von Gruppe Sechs auf meine Fährte bringt. Was soll ich also tun? Zu Fuchs zurückgehen und mich bei der Gruppe Sechs verstecken, ihm und Haslanger dabei helfen, noch mehr Menschen zu töten?

Ich glaube, Sie verstehen mich jetzt langsam. Und Sie hatten recht: Es existiert ein zweites Fläschchen mit CLAIR. Ich habe es in Disney World versteckt, wo niemand außer mir es jemals finden kann.«

Josh griff plötzlich in seine Hosentasche und stellte erleichtert fest, daß die Phiole mit der klaren Flüssigkeit, die er bei der Gruppe Sechs hergestellt hatte, noch dort war. »Alles führt immer wieder zurück zu dem ersten Gedicht, das ich geschrieben habe und das Ihnen so gut gefällt.«

»Die Feuer der Mitternacht?«

»Ich erkenne jetzt endlich, was es mit diesen Feuern auf sich hat und wozu sie gedacht sind. Und soll ich Ihnen noch etwas verraten?«

»Ja.«

»Die Mitternacht kommt, wann immer ich das will.«

McCracken drehte sich um, als er jemanden aus dem Tipi kommen hörte. Er erwartete, Susan Lyle zu sehen, doch statt dessen schwankte Joshua wie ein Betrunkener nach draußen.

»Ich glaube, ich muß mich bei Ihnen bedanken«, sagte der Junge und blieb anderthalb Meter vor ihm stehen.

»Nur keine Umstände.«

»Ich weiß, wer Sie sind. Harry hat mir viele Fotos von Ihnen gezeigt und gesagt, Sie seien der beste Freund, den er jemals gehabt habe. Deswegen sind Sie auch zur Gruppe Sechs gekommen, nicht wahr? Sie haben nach seinen Mördern gesucht, nicht?«

»Ja.«

Tränen rannen Joshua aus den Augen, und er wischte sie fort. »Warum haben sie das gemacht? Ausgerechnet Harry ... Er hat doch niemals jemandem etwas zuleide getan ...«

»Ich glaube, sie haben gedacht, er könne ihnen schaden. Harry ist nie mit dem Alleinsein zurechtgekommen. Wenn er mit anderen zusammen war, war für ihn alles bestens ...« Blaine schüttelte den Kopf. »Zum Beispiel, wenn er im Krieg mit einem Team unterwegs war ... oder solange er mit dir zusammen sein konnte ...

Als du fort warst, hat er das irgendwie nicht richtig auf die Reihe bekommen. Am Ende hat er sogar geglaubt, man habe dich ihm gestohlen. Er ist dann zu mir gekommen, weil er Hilfe brauchte. Ich sollte dich für ihn finden. Harry sagte mir, du wärst sein Sohn, und jemand habe dich gekidnappt.«

»Wann ist er zu Ihnen gekommen?«

»Am Montag. Auf Kuba.«

»Kuba?«

»Ich hatte dort einen Auftrag zu erledigen. Harry hat mich herausgeholt, so wie er das früher schon oft gemacht hat.«

»In Vietnam?«

»Ja.«

Joshua sah ihn jetzt direkt an. »Er hat viel von Vietnam gesprochen und mir erzählt, wie sehr er es vermisse. Harry meinte, das sei die einzige Zeit in seinem Leben gewesen, in der er glücklich gewesen wäre.«

»Hm, ich weiß nicht, ich glaube, er hat sich auch ziemlich gut gefühlt, als du bei ihm warst.«

Der Junge ließ sich nicht anmerken, ob ihn dieses Lob freute. »Tja, wahrscheinlich deshalb, weil er so tun konnte, als wäre unser Zusammensein echt.«

»War es das denn nicht?«

»Es ... sollte nicht so sein ...«

»Wie meinst du das?«

»Na ja, vielleicht irgendwie doch. Er hat mich zum Angeln mitgenommen, und wir haben auch ein Menge anderer Dinge zusammen unternommen...« Joshua schwieg für einen Moment. »Harry hat immer wieder von Ihnen erzählt. Haufenweise alte Geschichten. Er sagte, Sie seien der zäheste Bursche, den er je kennengelernt habe.«

»Nur der zweitzäheste. Schließlich kannte er auch Johnny Wareagle. Hat er dir auch gesagt, daß ich gerne viele Fragen stelle?«

»Nein.«

»Hier kommt gleich die erste: Hast du, bevor du bei Gruppe Sechs gelandet bist, jemals von unserem Freund Dr. Haslanger gehört?«

»Seinen Namen kannte ich nicht. Ich wußte zwar, daß jemand hinter dem Ganzen steckte und die Fäden zog, aber irgendwie hat er mich nie richtig interessiert.«

»Hinter was hat er gesteckt?«

»Hinter mir, würde ich mal sagen. Dahinter, daß ich von einem Ort zum anderen verfrachtet wurde; daß ich ständig auf neue, spezielle Schulen mußte; daß ich mein Äußeres häufiger verändert habe, damit niemand auf die Idee käme, Nachforschungen über mich anzustellen...« Die Miene des Jungen veränderte sich. »Das Komische daran ist nur, daß sie bei Gruppe Sechs bestritten, etwas damit zu tun zu haben.«

»Haslanger hat das abgestritten?«

Der Junge nickte. »Aber wenn er es nicht war, wer dann? Ich meine, irgendwer mußte doch hinter den Machern stehen und ihnen ihre Befehle geben.«

»Macher?«

»Ja. So habe ich die Männer genannt, die ständig um mich herum waren. Die mich beobachteten, Dinge für mich arrangierten. Ich habe sie nie nach ihren Namen gefragt, und ihre Gesichter wechselten regelmäßig. Sie waren mir im Grunde egal. Wenn Harry oder ich irgend etwas gebraucht haben, haben sie es besorgt.« Joshua lächelte. »Wir haben uns oft einen Spaß daraus gemacht, uns wegzuschleichen.«

»Zum Beispiel, wenn ihr Angeln gehen wolltet.«

»Ich habe nie auch nur einen einzigen verdammten Fisch gefangen!«

»Und Harry?«

»Auch nicht. Trotzdem war es schön, mit ihm am Bach zu sitzen.« Kurz verzogen sich seine Lippen zu einem Strahlen. »Einmal haben wir auf dem Weg zurück bei einer Fischhandlung angehalten. Als wir dann nach Hause kamen, warteten da schon ganze Wagenladungen von Machern auf uns. Harry hat ihrem Anführer den Fisch, den wir vorher gekauft haben, einfach in die Hand gedrückt ...« Der Junge seufzte. »Sie waren Harrys bester Freund.«

»Das bedeutet mir sehr viel.«

»Ihm würde es sicher viel bedeuten, wenn er wüßte, was Sie gerade tun. Daß Sie hinter den Leuten her sind, die ...« Joshua suchte nach Worten, ließ den Satz unbeendet und begann einen neuen. »Sie wollten Rache, nicht wahr? Deswegen waren Sie hinter Haslanger her.«

»Manchmal, mein Junge, ist Rache das einzige, das uns bleibt.«

»Fühlt man sich danach besser?«

»Eine gute Frage. Ich glaube, ›besser‹ ist nicht das richtige Wort. Man fühlt sich danach würdiger. Ja, ›würdiger‹ trifft es eher. Man muß für die Menschen eintreten, die für einen selbst eingetreten sind. Ohne Harry wäre ich schon mindestens ein dutzendmal tot. Ich war ihm etwas schuldig. Und wenn man es ganz grundsätzlich betrachtet, basieren die meisten guten Freundschaften darauf, daß der eine dem anderen etwas schuldet.«

»Hätten Sie Haslanger getötet? Haben Sie das immer noch vor?«

»Ich weiß es nicht, ganz ehrlich.«

»Aber Sie haben ihn doch gefunden. Durch mich. Stimmt es, was Colonel Fuchs gesagt hat? Daß er mich geschafften hat, so wie dieses Ungeheuer, das Susan töten wollte?«

»Du hast ihr das Leben gerettet.«

»Sie weichen meiner Frage aus.«

»Das ist eigentlich nicht mein Stil. Ich wollte dir nur zeigen, daß das, was du getan hast, viel wert ist.«

»Schön. Dann beantworten Sie mir jetzt meine Frage.«

»Ja.«

Blaines Ehrlichkeit schien den Jungen zu verblüffen. »Die meisten anderen hätten drum herum geredet.«

»Das ist ebenfalls nicht mein Stil.«

»Wußten Sie, daß er niemals schläft?«

»Wer?«

»Haslanger. Er schläft nicht, hat das seit Jahren nicht mehr getan, seit es ihn einmal beinahe umgebracht hätte. Mir hat er gesagt, er käme mit seinen Geistern nicht mehr zurecht. Also legt er sich nicht mehr hin; denn er weiß genau, wenn er das nächste Mal einschläft, kriegen ihn die Geister, und dann wacht er nie mehr auf. Ich fürchte, ich werde genau so wie er. Die ganze Zeit nach dem Elektroschock habe ich nicht geträumt. Aber ich weiß genau, wenn ich jetzt einschlafe, gehen die Alpträume wieder von vorne los.«

»Jeder fürchtet sich vor etwas.«

»Sie auch?«

McCracken nickte. »Ich fürchte mich vor vielen Dingen. Man kann der Furcht nicht entgehen, aber man kann dafür sorgen, daß sie einem nutzt.«

»Und wie soll das gehen?«

»Indem man sie in bestimmte Bahnen lenkt. Sie in etwas verwandelt, das man einsetzen kann. Verstehst du das?«

Joshuas Hand in der Jeanstasche umschloß das Fläschchen. »Ja, ich glaube schon.«

Sal Belamo erreichte das Reservat eine Stunde nach Sonnenaufgang. Er sah genauso mitgenommen und staubig aus wie der alte Mietwagen, mit dem er gekommen war.

»War 'ne echte Höllenfahrt, Boss«, rief er beim Aussteigen. Er marschierte sofort zum Kofferraum, als Blaine und Wareagle auf ihn zukamen. Bei seinem letzten Anruf hatte McCracken ihm eine umfangreiche Einkaufsliste durchgegeben. »Hab' alles besorgt, Boss. War gar nicht so einfach, alles zu kriegen und auch noch hierher zu befördern. Wenn du das nächste Mal was brauchst, wende dich doch lieber an die Expreßgutzustellung bei der Post.«

»Wir brauchen das alles nicht mehr«, sagte Blaine mit einem Seitenblick auf Wareagle.

Belamo hatte gerade den Schlüssel in das Schloß gesteckt und hielt jetzt verblüfft inne. »Habe ich das gerade richtig gehört?«

»Hier hat sich inzwischen einiges geändert. Unter anderem auch die Rolle, die du bei uns übernehmen wirst.«

»Dann hör dir lieber erst mal an, was ich zu sagen habe, Boss, bevor du irgendwas abänderst. Zwei ziemlich finstere Typen waren am Flughafen, als ich dort ankam. Sie haben auf irgendeine Maschine gewartet. Der eine von ihnen kam mir ziemlich bekannt vor. So ein vietnamesischer Zwerg, den sie früher einmal Oberst Ling genannt haben. Zur Zeit arbeitet er mit einem Mann zusammen, dem du zu einer Behandlung in plastischer Chirurgie verholfen hast. Unser alter Freund Thurman.«

»Er hatte die Abreibung damals verdient.«

»Warum hast du ihn nicht gleich umgelegt?«

»Das ging nicht. Er war zu wichtig für das Netzwerk. Und die zweitbeste Lösung war, ihm die Visage zu verbiegen.«

»Was ist das denn für eine Geschichte, Blainey?«

»Eine, die ich dir noch nicht erzählt habe, Indianer. Thurman hat bei der Operation White Star mitgemacht. Damals, als wir aus Kambodscha abgezogen sind. Er hatte sich mit den einheimischen Drogenbaronen angefreundet. Alles lief bestens, bis er Special-Forces-Truppen eingesetzt hat, die Dörfer zu terrorisieren, in denen das Zeugs geerntet wurde. Einige von unseren vietnamesischen Verbündeten sind zu mir gekommen und haben gefragt, ob ich nicht etwas dagegen unternehmen könnte.

Thurman hat es nicht so gern gesehen, daß ich mich eingemischt habe, und hat mir ein paar von seinen Schlägern auf den Hals geschickt. Nachdem ich mit ihnen fertig war, habe ich ihm einen Besuch abgestattet. Der Bursche konnte ziemlich gut mit seinem Messer umgehen. Verdammt gut sogar.«

Belamo übernahm wieder: »Ich bin nicht lange genug am Flughafen geblieben, um auch Freund Thurman zu sehen. Aber solange ich da war, tauchte noch einer auf. In einem Laster.« Sal sah Johnny an. »Ein Indianer.«

»Ein Spurensucher, Blainey.«

»Silver Clouds Vision …«

» …trifft ein.«

»He, Auszeit, Jungs«, unterbrach Belamo die beiden. »Wäre einer von euch wohl so freundlich, mir zu erklären, was zum Himmeldonnerwetter hier eigentlich los ist?«

»Gut, dich wieder auf den Beinen zu sehen, Junges«, sagte Will Darkfeather, nachdem er Joshua gründlich untersucht hatte.

»Die Pampe war von Ihnen, nicht wahr?«

»Sie gehört den Geistern, Junges. Sie borgen sie mir manchmal für eine Weile. Sieht wirklich ordentlich aus. In ein paar Tagen bist du wieder so gut wie neu.«

»Das trifft sich ausgezeichnet«, meinte Blaine, der am Zelteingang auftauchte, »weil er nämlich von hier fort muß.«

Joshua sah ihn mit einem kalten Blick an. »Sie sind wieder hinter mir her, was?«

»Irgendwer sucht dich, und ich möchte nicht, daß du oder Susan in der Nähe sind, wenn sie hier auftauchen.«

»Sie können sie nicht stoppen. Sie können sie höchstens für eine Weile aufhalten, aber sie kommen immer wieder.«

»Hör mal, Junge ...«

»Nennen Sie mich nicht mehr so! Weder Junge noch Sohn noch sonst was.« Er zeigte auf den Medizinmann. »Der da nennt mich Junges. Wissen Sie nicht, daß ich einen Namen habe?«

»Tut mir leid, Josh«, lenkte McCracken ein. »Und jetzt laß mich bitte zu Ende reden. Ich kann es mir nicht leisten, weiter als heute in die Zukunft zu blicken. Vielleicht hast du recht, und wir können sie nie stoppen. Aber eines darfst du nicht vergessen: Ich kenne das Spiel und seine Regeln. Also spiel bitte mit.«

»Und eines sollten Sie nicht vergessen: Es ist auch mein Kampf.«

»Und du solltest auch nicht vergessen, um wen es hier geht: um Harry.«

Der Junge warf ihm einen vernichtenden Blick zu.

»Ich habe dich durch Harry gefunden, und ich werde das tun, von dem ich annehme, daß er es von mir gewünscht hätte.«

Joshua senkte den Blick. Leise sagte er dann: »Ich hätte gern, daß die ganze Geschichte damit zu Ende ist.«

»Da kann ich dir zustimmen.«

»Aber so wird es nicht kommen. Es ist niemals vorbei.«

»Das werden wir ja sehen«, entgegnete McCracken mit soviel Überzeugungskraft, wie er nur aufbieten konnte.

»Der Indianer hat in diesem Punkt recht, Boss«, erklärte Belamo, als Susan und Joshua zu seinem Wagen gingen.

»Entscheiden wir neuerdings per Handzeichen, wie vorgegangen wird?«

»Du weißt, was ich meine. Ich weiß, wie du aufgewachsen bist und was aus dir geworden ist.« Seine narbigen Gesichtszüge lockerten sich etwas auf, aber sein Blick blieb fest und entschlossen. »Aber es gibt ein paar Dinge, die ich vielleicht besser erledigen kann als du.«

»Was soll das bedeuten, Sal?«

»Das weißt du längst, Boss. Und dir ist auch klar, daß das der einzig sichere Weg ist, hier rauszukommen.«

McCracken warf einen Blick auf den Jungen. »Ich kann es trotzdem nicht akzeptieren.«

»Er ist nicht wie du.«

»Nicht wie ich? Mann, da ist genau das Problem. Du bist wie ich«, er drehte sich kurz zu Wareagle um, »und der Indianer ist wie ich. Wir leben für unsere Arbeit, und wenn sie getan ist, denken wir schon an den nächsten Auftrag. Wenn das einmal aufhört, höre ich auch zu existieren auf, denn meine Arbeit ist mein Selbst. Sie ist das einzige, an dem ich mich festklammern kann, und hinter mir kommt nichts mehr, das ich dagegen eintauschen könnte.

Wenn ich Joshua Wolfe ansehe, erkenne ich etwas Ähnliches. Er hat mit der Geschichte genausoviel zu tun wie du, Johnny und ich. Der Junge hat nicht darum gebeten, in die Sache verwickelt zu werden, aber jetzt steckt er trotzdem drin und muß versuchen, heil wieder rauszukommen.«

»Er ist verzweifelt, Blainey«, wandte Wareagle ein. »Er möchte unbedingt Verständnis und respektiert werden. Joshua verfolgt seine Interessen genauso wie wir die unseren. Aber ihm ist es vorherbestimmt, sie nie zu verwirklichen. Deswegen wächst seine Verzweiflung immer weiter, und Verzweiflung ist ein Gefühl, das uns bei unseren Taten noch nie genützt hat.«

Blaine betrachtete die Silhouette des Jungen, die durch ein Wagenfenster zu erkennen war. »Er hat aber niemanden getötet.«

»Jedenfalls nicht absichtlich«, bemerkte Belamo.

»Er ist trotzdem kein Killer«, sagte McCracken. »Und

ich kann ihn nicht im Stich lassen. Wenn ich ihn hängenlasse, gebe ich damit auch mich auf. So einfach ist das. Ich habe das noch nie getan und weiß gar nicht, wie das ist.«

»Er ist also wie wir, wie du und ich, Blainey?«

»Ja.«

»So wie wir sind, oder so wie wir waren?«

»Wo ist denn da der Unterschied, Indianer?«

»Es ist ein großer Unterschied. Ich hatte mich damals in den Wäldern verirrt, bevor du gekommen bist und mich wieder herausgeholt hat. Du selbst hast dich damals ins Exil zurückgezogen und dich auch eigener Kraft wieder zurückgebracht. Was uns damals möglich war, ist uns heute vielleicht nicht mehr möglich. Die Wut, die wir damals unterdrückt haben, ist jetzt besiegt. Davon ist der Junge aber noch weit entfernt.«

Blaine blickte immer noch auf den Wagen. »Und ich sage dir, er ist kein Killer, Indianer. Das sagt mir mein Gefühl.«

»Wir nehmen eine große Verantwortung auf uns, Blainey.«

»Gibt's noch andere Neuigkeiten?«

Killebrew sah sich auf dem Video-Monitor im Mount Jackson-Kommunikationszentrum wieder dem Gesicht von Dr. Furgon Gage gegenüber, dem Direktor der SKZ. Killebrew wurde auf beiden Seiten von einem Paar Sicherheitsmännern flankiert. Einer der Männer hatte Killebrew tatsächlich Handschellen anlegen wollen, ehe ihm bewußt geworden war, daß in diesem Fall eine Fluchtgefahr auszuschließen war. Das war vor einigen Stunden im Isolationslabor gewesen, und seitdem wurde er verhört, und zwar mit immer denselben Fragen.

»Tut mir leid, Dr. Killebrew, aber Ihr beharrliches Schweigen ist mir einfach unbegreiflich«, erklärte Gage mit angestrengter und müder Stimme. »Ich will von Ihnen doch nur wissen, ob Sie mir Ihr Verhalten irgendwie erklären können.«

Killebrew blieb stumm.

»Haben Sie mit Dr. Lyle gemeinsame Sache gemacht? Können Sie uns sagen, wo sie sich aufhält?«

Killebrew schluckte nur.

»Sie haben Ihre Daten gelöscht, Doktor«, fuhr der Leiter fort. »Ich möchte, daß Sie sie rekonstruieren. Es ist von größter Wichtigkeit, daß Sie uns alles, was Sie wissen, mitteilen, damit wir ...«

Im SKZ-Hauptquartier in Atlanta, Georgia, hielt Gage abrupt inne, als Dr. Killebrews Gesicht mit einem blendenden Lichtblitz verschwand. Im ersten Moment glaubte er, es gäbe Übertragungsprobleme, bis kurz darauf das Getöse einer schweren Explosion aus den Lautsprechern dröhnte.

»Killebrew, können Sie mich hören?«

Aber die Verbindung brach endgültig zusammen, als die SKZ-Einrichtungen zu nichts zersprengt wurden und die Trümmer in einer gigantischen Hitzewelle aus einer Seite des Mount Jackson geblasen wurden.

Kapitel 35

Der Tag war heiß und trocken geworden. Staub wirbelte auf und hing wolkenartig in der Luft. Die vier Wagen bahnten sich langsam und vorsichtig ihren Weg. Alle Insassen hatten, kaum waren sie in das Reservat gelangt, ihre Pistolen entsichert oder ihre Maschinenpistolen schußbereit gemacht.

»Halt«, sagte der indianische Spurensucher, der auf den

Namen Birdsong hörte und auf dem Rücksitz des ersten Wagens hockte.

Der Fahrer bremste den Crown Victoria ab und kam zum Stehen. Birdsong war schon vorher ausgestiegen, und Thurman folgte ihm auf den Fuß. Seine Stiefel knirschten über Kieselsteine, als er die Ansammlung kleiner, rustikaler Hütten im Zentrum des Reservats abschritt.

»Was ist denn?« wollte Thurmann wissen, als er ihn eingeholt hatte.

Der Indianer ging in die Hocke und ließ Steine und Staub durch seine Finger rinnen. Der Stetson, den er auf dem Kopf trug, verbarg sein Gesicht fast völlig, und so war es unmöglich, die Miene oder das Alter des Spurensuchers zu erkennen. Die Stimme, die aus dem Schatten unter der Krempe drang, ließ jedoch den Schluß zu, daß der Mann die Mitte seines Lebens längst überschritten hatte.

»Sie sind fort«, verkündete Birdsong.

»Was sind sie?«

Der Indianer deutete auf eine Linie von Eindrücken im staubigen Boden, und Thurman erkannte die Spur.

»Wo sind sie hin?«

Birdsong drehte den Kopf zu ihm und blickte ihn unter der Hutkrempe an. »In zwei Richtungen.« Er zeigte nach rechts. »Eine größere Gruppe ist nach Norden über die Felder dort gezogen. Die zweite, viel kleinere Gruppe ist nach Westen ins ...«

»Das sind sie!« rief Thurman und lächelte grimmig. »Hinter diesen Leuten sind wir her. Gut, wohin sind sie unterwegs?«

Der Spurensucher schaute auf den Horizont, wo flimmernde Hügel aus der Ebene aufragten. Ein Anblick wie geschaffen für ein Postkarten-Motiv. »Wie ich schon sagte, nach Westen. Ins Tal der Toten.«

»Ist daran irgendwas Besonderes?«

»Nur, wenn wir hineingehen.«

Der Spurensucher hielt den Konvoi wieder an, als die Straße anstieg und sich die Hügel hochwand, die sie vorhin aus der Ferne erblickt hatten. Die Erhebungen wirkten jetzt nicht mehr so unheilvoll, aber etwas Mysteriöses schien immer noch von ihnen auszugehen.

Birdsong suchte wieder den Boden ab.

»Wie ich befürchtet habe«, erklärte er Thurman. »Sie sind ins Tal der Toten gegangen.«

»Wie viele sind sie?«

»Ich glaube zehn.«

»Ist der Junge bei ihnen?«

»Sieht so aus.«

Thurman schritt an dem Indianer vorbei. »Was hat es mit diesem Tal der Toten auf sich?«

»Das ist ein heiliger Friedhof der Sioux«, erklärte ihm der Indianer. »Und dort wurde auch eine legendäre Schlacht geschlagen, bei der eine kleine Gruppe von Sioux eine ganze Armee von Pawnee besiegt hat.«

»Gehörst du zu den Sioux?«

»Nein, ich bin Pawnee.«

Thurman drehte sich zu der Wagenkolonne um. Seine Männer waren bereits ausgestiegen und vertraten sich ihre steifen Beine. Die meisten waren Söldner, die der fette Mann ihm zur Unterstützung geschickt hatte, um alle Aufgaben erledigen zu können. So lange unterstanden sie dem Kommando Thurmans. Um dumme Fragen nach den Hintermännern oder dem Sinn und Zweck des Unternehmens von vornherein auszuschalten, hatte der fette Mann ihm hauptsächlich Ausländer geschickt.

Der Größte unter ihnen, der Bosnier Goza, reckte gerade die Arme zum Himmel. Neben ihm stand der kleine Vietnamese Ling, der sich an seiner Seite wie ein Zwerg ausnahm. Ein Stück weiter standen die Araber Aswabi und El-Salab zusammen, wie immer schweigend. Das Paar ließ die Blicke wie hungrige Raubvögel über das Terrain wandern.

Noch ein Stück weiter bei dem Südamerikaner Guillermo Rijas standen drei der Russen, die von der Wet-Affairs-Abteilung des KGB zu Thurman gestoßen waren.

Den Rest der Truppe bildeten sieben kampferprobte amerikanische Söldner, die erst in der letzten Minute angeheuert worden waren. Der fette Mann hatte auch dafür gesorgt, daß ihnen alles zur Verfügung gestellt worden war, was sie sich an Waffen und sonstiger Ausrüstung gewünscht hatten; viel schweres Gerät, darunter Granatwerfer und großkalibrige Maschinengewehre.

»Worauf warten wir?« fragte Thurman jetzt den Spurensucher.

»Wir sind Außenseiter, die nicht hierhin gehören«, antwortete Birdsong. »Uns wird man keinen Zutritt gewähren, vor allem nicht, wenn wir ...« Seine Stimme erstarb, und er blickte zu den Kämpfern zurück.

»Wenn wir was?« wollte Thurman wissen.

»Diejenigen, die das Tal der Toten betreten, dürfen kein Gerät aus der heutigen Zeit mitbringen. Maschinen und moderne Waffen entweihen den heiligen Boden. Wer auf den Friedhof will, darf nur Vergangenes mit sich führen.«

»Quatsch!« entgegnete Thurman. »Zurück in den Wagen, Spurensucher. Führ uns!«

Birdsong drehte sich zu ihm um und sah ihm in die Augen. »Sie machen einen großen Fehler.«

»Das ist meine Sache.«

Der Weg die Hügel hinauf war kaum mehr als ein Trampelpfad und schlecht befahrbar. Die Wagen rumpelten und schaukelten im ersten Gang über den felsigen Boden und mühten sich Meter für Meter voran. Die Fahrzeuge fuhren in einer Reihe hintereinander, was den Windschutzscheiben, mit Ausnahme der der ersten Wagen, gar nicht gut bekam. Immer wieder wurden von den durchdrehenden Reifen Steine und Staub hochgeschleudert, und bald zogen sich feine Sprünge durch das Glas. Als die Wagen die Hügelkuppe erreichten, konnte man kaum noch durch die Scheiben sehen.

»Ich kann hier nichts Geheimnisvolles entdecken«, bemerkte Thurman, als der erste Wagen hinunter ins Tal fuhr.

Birdsong zuckte die Achseln und drückte den Hut fester auf den Kopf. Seine Augen schienen in alle Richtungen gleichzeitig zu blicken. Die markierten Gräber und Warn-Totempfähle, die sich früher einmal hier befunden haben mußten, existierten längst nicht mehr. Das Tal der Toten war ein wogendes, hügeliges Gelände, das im Osten und Westen von steil aufragenden Höhen begrenzt wurde. Im Norden befand sich ein schmaler Durchgang, der der Grund dafür war, daß vor vielen Jahren eine Handvoll Sioux eine ganze Armee von Pawnee hatten vernichten können.

Der Boden war erstaunlich dicht bewachsen mit Brombeersträuchern, wildem Wein und Unkraut. Hier und da ragten schmale Bäume wie Skelette aus dem Boden.

Die Hügel im Westen waren von Höhlen und Löchern übersät. Birdsong wußte, daß hier die Sioux-Krieger während der legendären Schlacht ihre Verteidigungspositionen bezogen hatten. Davon hatte er Thurman allerdings nichts erzählt.

Der Spurensucher konnte nicht ausmachen, wie man zu diesen Höhlen hochkommen sollte. Wie hatten es die Sioux vor hundertfünfzig Jahren geschafft, sich dort hinauf zurückzuziehen?

Die Bremsen kreischten, während der vorderste Wagen den Hang hinunterrollte. Wieder flogen Staubfontänen hoch und bedeckten die Windschutzscheibe mit einer dicken Schicht. Der Fahrer betätigte die Sprühdüsen, und die Scheibenwischer entfernten den braunen Dreck. Doch wenig später war das Glas wieder blind. Der Fahrer versuchte aufs neue, sie klarzubekommen, aber als das bald immer schwieriger wurde, kurbelte Thurman sein Seitenfenster herunter, um wenigstens für sich bessere Sicht zu bekommen.

Der Pfad wurde wieder eben, und der Konvoi rollte durch das Tal. Von einer Straße oder einem Weg war hier beim besten Willen nichts mehr zu erkennen, und die Wagen schwankten und holperten hin und her. Die Stoßdämpfer wurden bis an ihre Grenzen belastet und die Insassen völlig durchgeschüttelt. Immer wieder krachten die Männer mit den Köpfen an die Decke, um im nächsten Moment auf den Sitz zurückzuprallen. Der schwere Goza preßte schließlich die Hände an die Decke, um seinen Schädel vor weiteren Beulen zu bewahren.

Der Führungswagen rollte über ein Stück weichen Boden, und sofort sanken seine Räder ein. Der Fahrer drückte aufs Gas, schaltete vom ersten in den Rückwärtsgang und von dort wieder in den ersten, bis er spürte, daß die Reifen wieder festen Grund unter sich hatten und die Reise weitergehen konnte. Ein großer Teil des Tals lag unter Staubwolken begraben.

Zwanzig Meter weiter sank der ganze Wagen ein, als alle vier Reifen gleichzeitig keinen Boden mehr unter sich fanden.

»Verdammte Scheiße ...«

Der Rest von Thurmans Fluch ging unter, als der Wagen vom Boden verschluckt wurde, bis nur noch das Oberteil herausschaute.

»Die Türen gehen nicht mehr auf!«

»Dann klettert durch die Fenster. Los, durch die Fenster!«

Der Motor stotterte und lieferte kaum genug Energie für die elektrischen Fensterheber. Sehr, sehr langsam sanken die Scheiben, bis sie endlich unterhalb der Gummidichtung angekommen waren.

Thurman war der erste, der sich hindurchzwängte und die Oberfläche erreichte.

»Scheiße!« rief er. »Elende Scheiße!«

Als der Fahrer das zweiten Wagens bemerkte, daß sein Vordermann im Boden versank, trat er so abrupt auf die Bremse, daß der dritte Wagen ihm nicht mehr ausweichen konnte. Ein metallisches Krachen schüttelte die Passagiere von beiden Fahrzeugen durch, die sofort ausstiegen, um sich den Schaden anzusehen. Aus dem Kühler des dritten Wagens zischte grauer Dampf. Das Heck des zweiten Wagens war eingedrückt, der Wagen selbst in eine Senke geschlittert, aus der sein Vorderteil wie ein Ertrinkender aufragte. Der vierte Wagen hatte ebenfalls ausweichen wollen, war dabei ins Schleudern geraten und schließlich in einem Loch ähnlich dem gelandet, in dem das Führungsfahrzeug eingesunken war.

»Holt die Waffen raus!« brüllte Thurman, als seine Männer aus ihren Wagen krochen. »Holt die Waffen!«

Die Kofferraumdeckel mußten teilweise mit roher Gewalt geöffnet werden, während Rijas und die beiden Araber auf Posten standen und das Gelände nach einem möglichen Hinterhalt absuchten. Die anderen machten sich daran, ihr Gerät aus den unbrauchbaren Fahrzeugen zu bergen.

»Birdsong!« rief Thurman und spähte durch den Staub nach dem Spurensucher. »BIRDSONG!« Er schirmte die Augen mit einer Hand ab, konnte den Indianer aber nicht finden.

»Er ist verschwunden«, meldete Ling.

»Der Scheißkerl!« knurrte Thurman.

Er hörte ein Schwirren in der Luft, so, als würde ein Wind einen anderen durchschneiden. Instinktiv ließ er sich in einen Graben neben dem Loch fallen, in das sein Wagen gesunken war, und machte sein M-16 schußbereit. Vorsichtig hob er dann den Kopf und blickte durch das Visier seiner Waffe.

Von rechts ertönten Schreie. Thurman sah hinüber zu den Männern, die gerade am dritten Wagen Gerät entluden. Ein Pfeil war Goza in die Schulter gefahren, ein anderer hatte den Russen Perochin ins Bein getroffen.

Ein dritter Mann, der eine Munitionskiste trug, duckte sich, aber zu spät. Ein Pfeil fuhr ihm seitlich ins Knie. Er brach zusammen, die Kiste fiel zu Boden und flog auf. Eine Handgranate rollte heraus, deren Sicherungsstift beim Aufprall abgebrochen war.

»Alle Mann runter!« schrie Thurman.

Die Explosion zerfetzte den dritten Wagen. Er verwandelte sich in ein fauchendes Ungeheuer, das Glas- und Metallsplitter spuckte und dann Feuer vom Himmel regnen ließ, als der Benzintank sich entzündete.

Weitere Schreie waren zu hören.

Thurman sprang aus dem Graben und hechtete zu Ling und Rijas, die hinter ein paar Felsen Deckung gesucht hatten.

»Die Höhlen da!« Er zeigte auf die Hügelkette im Westen. »Von dort sind die Pfeile gekommen. Ling!«

Der kleine Vietnamese sauste schon im Zickzackkurs auf die Stelle zu, wo sich die meisten Männer befanden. Thurman verfolgte, wie er wenig später im Staub verschwand. Nach ein paar Sekunden fing eines der schweren Maschinengewehre an zu bellen. Sein Donnern hallte durch das ganze Tal wider, während es die Höhlenöffnungen beharkte. Im Schutz seines Schußhagels feuerten die Araber immer wieder die Granatwerfer in Richtung des Höhenzugs ab. Viermal fuhren ihre Ladungen direkt in die Löcher, vier weitere Male detonierten sie neben den Eingängen. Staub, Steine und Erde spritzten hoch und rollten lawinenartig die Hänge hinab.

Als die Wolken sich gelegt hatten, waren einige der Öffnungen buchstäblich verschwunden, während andere sich deutlich verbreitert hatten und wie offenen Wunden wirkten.

Thurman kroch weiter, um festzustellen, welche Verluste sie erlitten hatten. Der pfeifende Wind schien ihn zu verspotten und rief ihm immer wieder Birdsongs mysteriöse Warnungen vor der Entweihung dieses heiligen Landes ins Gedächtnis.

Er blieb für einen Moment in einer Senke liegen und zwang sich, wieder vernünftiger zu denken. Der Spurensucher hatte gesagt, daß zehn Gegner vor ihnen in dieses Tal gelangt waren. Die Bogenschützen unter ihnen, die sich in den Höhlen verborgen hatten, waren zweifelsohne in dem Maschinengewehr- und Granatwerferbeschuß umgekommen. Thurman rechnete sich aus, daß die Gegner mindestens drei Mann verloren haben mußten.

Als er seine Truppe durchzählte, kam er auf zehn Kämpfer. Zu ihnen gehörte auch Goza, der sich den Pfeil aus der Schulter gerissen hatte. Die Handgranate hatte zwei Söldnern das Leben gekostet und die Anzahl der Verwundeten auf drei erhöht. Glücklicherweise waren die Waffen und das schwere Gerät unbeschädigt geblieben. McCracken hatte seinen Überraschungsvorteil gehabt, doch damit war es nun vorbei. Das Blatt würde sich jetzt wenden.

Thurman lief geduckt weiter und half einem der Russen, sich in Sicherheit zu bringen. Dabei behielt er die ganze Zeit über die westlichen Hügel im Auge.

Alles in allem hatte McCrackens Angriff ihnen nur mäßigen Schaden zugefügt. Thurman hätte ohnehin Männer bei den Wagen zurückgelassen, während er mit dem Rest der Truppe vorrückte. Diese Aufgabe konnten nun die Verwundeten übernehmen. Er stellte sicher, daß die drei ausreichend bewaffnet und strategisch günstig positioniert waren. Ling sammelte derweil die verbliebenen Kämpfer zum Stoßtrupp.

»Ihr gebt uns Deckung«, befahl Thurman den Verwundeten, ehe zu den anderen stieß.

Häuptling Silver Cloud hockte in seinem Tipi und rauchte eine lange Holzpfeife, als der Eingang sich teilte und Birdsong eintrat.

»Setz dich, mein Freund«, forderte der Häuptling ihn auf.

Der Spurensucher nahm den breiten Hut ab. Dichtes graues Haar kam darunter zum Vorschein. »Ich habe alles genauestens erledigt.«

»Sie sind also im Tal?«

»Sie konnten gar nicht schnell genug dorthin kommen.«

»Natürlich ... Und, sind sie schwer bewaffnet?«

»Sehr schwer.«

»Bedauerlich.« Der alte Mann blies eine Rauchwolke aus.

»Ich habe ihnen gesagt, ich sei ein Pawnee.«

»Und das haben sie dir geglaubt?«

»Ich schätze«, antwortete Birdsong, »für sie sehen wir alle gleich aus.«

Kapitel 36

Die Hügelketten an den Seiten des Tals der Toten wirkten wie ein Windkanal, durch den der Wüstenstaub in alle Richtungen gewirbelt wurde. Die lange Trockenheit hatte das Land ausgedörrt, und der Boden schien seinen Zorn darüber zum Ausdruck zu bringen, indem er sich selbst in die Luft hustete.

An der Spitze des Zuges biß Thurman die Zähne zusammen und stapfte unnachgiebig voran. Seine Männer konnten nicht sehr weit sehen. Aber das Waffenarsenal, das sie mitführten, sollte diesen Nachteil mehr als wettmachen. McCrackens Indianer besaßen in diesem Terrain den logistischen Vorteil, doch sobald sie den Fehler begingen, sich zu zeigen, würden er und seine Mitstreiter sie sofort niedermähen, ganz gleich, wie viele von ihnen anrückten.

Thurmans Erfahrungen im Guerillakrieg waren zwar enorm, aber nichts im Vergleich zu denen von Ling, der es im Vietnamkrieg zu wahrer Meisterschaft im Partisanenkampf gebracht hatte. Deswegen hatte Thurman ihn auch vorausgeschickt, um die Stellungen der Gegner zu erkunden. Der Vietnamese hatte zu seiner Zeit oft genug eigene Hinterhalte gelegt, um jetzt instinktiv zu wissen, aus welcher Richtung der Feind kommen oder wo er zuschlagen würde.

Thurman konnte ihn in den Staubwirbeln und Schwaden nicht mehr ausmachen. Er spähte angestrengt nach ihm, zuckte aber doch erschreckt zusammen, als Ling unvermittelt neben ihm auftauchte.

»Es gibt Ärger«, meldete der kleine Mann.

Es war nicht schwer gewesen, die alten Vertiefungen im Boden zu tarnen. Wareagle hatte drei Krieger mitgenommen und lag jetzt mit ihnen unter Stangen und Brettern. Dabei überkam ihn das Gefühl, hier die gleiche Strategie anzuwenden, die die ursprünglichen Verteidiger dieses Tals ihrerzeit verfolgt hatten.

Der heftig wehende Wind erschwerte es ihm, zu verstehen, was die Männer miteinander beredeten, die über ihn hinwegzogen. Aber er konnte sie spüren, und er wußte, daß es seinen Mitstreitern ebenso ging.

Sie hatten kein Zeichen verabredet, wann sie aus ihrem Versteck kommen wollten, nur daß sie noch eine Weile warten würden, nachdem das letzte Stiefelpaar über die Tarnung marschiert war. Jetzt erhob sich Wareagle, und im Sekundenabstand folgten ihm die Krieger. Sie schwärmten auseinander und verschwanden im Wind, um den nächsten Teil des Plans umzusetzen.

Ling zeigte auf die Indianer, die in den Sträuchern am Hang vor dem Talende kauerten. Thurman lief noch ein paar Schritte, ehe er in die Hocke ging und mit seinem M-16 das Feuer eröffnete. Der Rest seiner Männer schoß ebenfalls, und das endlose Rattern aus den automatischen Waffen hallte von den Felsen wider.

»Feuer einstellen!« befahl Thurman schließlich, und das Echo der Schüsse ließ sich noch eine Weile vernehmen, nachdem die Söldner die Finger von den Abzügen genommen hatten. »Alle in Position bleiben. Ihr zwei da kommt mit mir.«

Thurman führte Goza und Rijas in die Wolke von Pulverrauch, die durch die Staubfahnen trieb. Der Pulvergeruch wurde mit jedem Schritt intensiver, der sie den Sträuchern näherbrachte.

»Scheiße!« murmelte Thurman.

Was noch übrig war von dem, worauf sie geschossen hatten, hing teilweise in den Bäumen, teilweise war es noch an den Sträuchern angebunden. Stroh und Kleiderfetzen flatterten durch die Luft und wurden vom Wind hin und her getrieben.

»Scheiße!« murmelte Thurman wieder.

Sie hatten auf Puppen, auf Vogelscheuchen geschossen.

»Vier Mann werden vermißt!« rief jemand aus der Truppe.

Sie haben sie ausgeschaltet, als wir die Puppen unter Feuer genommen haben, erkannte Thurman und knirschte mit den Zähnen.

»Von jetzt an wird nicht mehr gespielt«, erklärte er dem Vietnamesen. »Wir erledigen sie.«

Er führte seine Gruppe nach Süden ins Talende, das von einem ausgetrockneten Flußbett eingenommen wurde.

Thurman achtete auf seine Schritte, als die ausgetrocknete Erde unter seinen Füßen seltsam knirschte, und hielt nach möglichen Fallen Ausschau. Die Männer folgten ihm vertrauensvoll. Hinter ihm kamen die Araber, Ling und Rijas. Goza bildete die Nachhut.

Plötzlich hörte Thurman wieder das Schwirren und ließ sich sofort fallen.

»Pfeile!« rief er. »Runter!«

Thurman hatte recht gehabt mit den Pfeilen, lag aber falsch, was die Absicht seiner Gegner anging. Die Pfeile sausten mit brennender Spitze heran, landeten aber kurz vor den Männern im Boden. Thurman lachte zuerst, weil die Feinde so schlecht trafen, bis er mißtrauisch wurde und sich dann bewußt wurde, was die Brandpfeile bewirken sollten.

»Nein!« schrie er und sprang wieder hoch.

Aber es war schon zu spät.

Genau wie damals bei der schicksalsträchtigen Schlacht entzündeten die Brandpfeile auch jetzt den frisch kerosingetränkten Boden. Die ausgetrockneten Sträucher und Halme verwandelten sich sofort in ein Inferno, bis das ganze Talende brannte und Thurman und der Rest seiner Truppe von der Gluthitze eingeschlossen waren.

Die Männer wirbelten mit ihren Waffen herum und ballerten wild in die Gegend.

»Aufhören!« brüllte Thurman. »Sofort aufhören!«

Der Gegner wollte es ja gerade, daß sie in Panik gerieten, was für ihn gleichbedeutend mit einer Niederlage war. Die vordere Seite des Flammenkreises schien die Schwachstelle zu sein, sie hatte sich noch nicht vollständig geschlossen.

»Dort!« rief Thurman. »Dort müssen wir durch. Schnell, bevor sie kommen. Knallt sie ab, wenn sie angreifen, um uns den Rest zu geben. Los!« drängte er, als die Männer zögerten.

Er bildete jetzt den Schlußmann und jagte die Söldner

nach draußen. Als der letzte durch die Lücke in der Flammenwand verschwunden war, atmete er tief durch, um ihnen zu folgen.

Er trat an den Feuerkranz und spähte hinaus, um festzustellen, wohin seine Männer gelaufen waren. Von ihnen war nichts mehr zu sehen.

Thurman trat so nahe an das Feuer, daß die Flammen schon nach seiner Haut leckten. Wasser stieg ihm in die Augen und erschwerte ihm zusätzlich die Sicht. Endlich machte er einen dunklen Graben aus, der schräg zu der Feuersbrunst verlief. Dorthin mußten seine Männer sich in Sicherheit gebracht haben.

Dann krachte etwas durch die Luft. Im nächsten Moment legte sich das Ende einer Bullenpeitsche um seinen Hals, und er wurde zurückgerissen. Thurman ließ die Waffen fallen, als er mit den Händen an die Schlinge fuhr. Er taumelte rückwärts und spürte, wie seine Beine nachgaben. Dann krachte er mit dem Hinterkopf auf den harten Boden. Die Peitsche löste sich ruckartig von seinem Hals und riß ein Stück Haut mit.

»Aufstehen«, befahl eine Stimme.

Thurman rollte auf die Seite und sah McCracken, der zusammen mit ihm in dem Feuerring stand. Er hatte die Peitsche eingerollt, hielt jetzt aber etwas anderes in der Hand, das er anscheinend um sein Handgelenk gewickelt hatte.

»Hoch mit Ihnen, Thurman!«

Thurman richtete sich langsam auf und täuschte Schwäche vor. Er wollte sich in die richtige Position bringen, um seine Waffen mit einem Sprung erreichen zu können. Doch als er vorsichtig zu ihnen hinsah, waren sie verschwunden.

»Ist lange her, was?« sagte McCracken.

Thurman stand auf. Blaine warf ihm das andere Ende des Lederriemens zu, den er sich um das Handgelenk gewickelt hatte.

»Binden Sie sich das um das linke Handgelenk, genau so«, befahl Blaine und hielt die Hand hoch, damit Thurman sehen konnte, was er meinte.

Thurman nahm das Ende, hielt es aber einfach nur fest.

»Keine Spielchen mehr«, sagte er heiser und schob den Unterkiefer vor.

»So muß es enden, Thurman, genau wie schon vor über hundert Jahren.«

Thurman band sich nun das Riemenende um. McCracken warf ihm ein glänzendes, handgeschmiedetes Messer zu. Es fiel vor Thurman auf den harten Boden.

»Ihre zweite Chance«, sagte Blaine. »Geben Sie Ihr Bestes.«

Thurman bückte sich und hob das Messer auf. Die Flammen leckten an der Luft im Innern des Kreises, der so gleichmäßig und symmetrisch war, als habe ein Künstler ihn geschaffen. Der Wind blies die Hitze nach innen und hüllte die beiden Männer darin immer wieder ein.

»Wir müssen leider improvisieren, Thurman, aber ich glaube, das reicht, um die Geister zufriedenzustellen.« Blaine zeigte seinem Gegner die Klinge des Messers, das er selbst in der Hand hielt.

»Sie sind ein Narr.« Thurman schloß die Finger um den Messergriff und straffte sich.

»Sagen Sie mir, für wen Sie arbeiten, und vielleicht lasse ich Sie dann am Leben.«

»Sie sind wirklich ein Idiot. Wer, glauben Sie, hat denn in der Bibliothek das Licht angemacht, um Ihnen das Leben zu retten?«

»Und warum haben Sie diese Mühe auf sich genommen?«

»Weil wir Sie brauchten«, antwortete Thurman, griff die Leine und streckte die Rechte mit dem Messer aus.

McCracken hatte so etwas geahnt und riß hart an der Leine, gerade als der große Mann zustechen wollte. Thurman verlor das Gleichgewicht, und sein Stoß ging ins Leere.

Im selben Moment, als Thurman an ihm vorbeiflog, holte Blaine mit seinem Messer aus und verletzte den Mann an der Seite. Thurman konnte gerade noch rechtzeitig ausweichen, um die Klinge daran zu hindern, in sein Fleisch einzudringen.

Er drehte sich rasch herum und versuchte, McCracken mit einem Ruck an dem Riemen zu täuschen. Aber Blaine vereitelte das Vorhaben mit einem gezielten Tritt unter Thurmans Kinn. McCracken setzte sofort mit erhobener Klinge nach. Doch Thurman lernte schnell und nutzte die Leine, um den Stich abzuwehren. Gleichzeitig wickelte er den Riemen um Blaines Arm. Er zog hart daran und ergriff die Gelegenheit zum Stoß. McCracken konnte nur den Arm hochreißen, um die Waffe abzuwehren, und erhielt einen tiefen Schnitt unterhalb des Ellenbogens.

Thurman zog sich grinsend ein paar Schritte zurück. »In den letzten Jahren habe ich ein wenig dazugelernt.«

Blaine verzog schmerzerfüllt das Gesicht und versuchte abzuschätzen, wie weit er den verletzten Arm noch einsetzen konnte. Thurman erkannte die Schwäche seines Gegners sofort. Er hatte nun zwei Möglichkeiten: Entweder versuchte er, den Kampf jetzt sofort endgültig zu beenden, oder er verlängerte die Auseinandersetzung, bis McCracken ihm eine eindeutigere Chance bot. Blaine vermutete, daß Thurman sich für letzteres entscheiden würde.

»Was meinen Sie damit, daß Sie mich gebraucht haben?«

»Sie sollten für uns den Jungen finden, nachdem er abgehauen war.«

Jetzt wurde McCracken einiges klar. »Sie waren diejenigen, die die Operation Offspring weiter...«

Thurman griff wieder an. McCracken wich ihm rückwärts aus und zog sich bei jeder Attacke weiter zurück, bis die Flammen an seinem Rücken brannten.

»Wo steckt der Junge, McCracken? Geben Sie ihn uns, und Sie können Ihrer Wege ziehen.«

Thurman versuchte, ihn wie einen Fisch an der Angel einzuholen, zog ihn mit dem Riemen zu sich heran und forderte ihn gleichzeitig auf, seinerseits anzugreifen.

McCracken schluckte schließlich den Köder und ließ sein Messer vorschnellen. Thurman nutzte den Riemen, um die Klinge zu umschlingen, und ruckte dann daran. Das Messer wurde aus Blaines Hand gerissen, schlidderte über den Boden und landete am Rand des Flammenrings.

»Ich werde ihn auch so finden«, höhnte Thurman.

Und damit stürzte er sich auf McCracken. Blaine wartete, bis die Messerspitze fast seinen Bauch erreicht hatte, und ließ sich dann zur Seite fallen. Thurmans Klinge traf nur Luft, wo sich vorher noch sein Gegner befunden hatte. Statt ihn zu stoppen, zerrte McCracken an dem Riemen, der fest um sein Handgelenk gewickelt war, und schleuderte Thurman gegen die Flammen.

Blaine hörte die furchtbaren Schreie des Mannes, als er in die Feuerwand fiel. Sein Messer hatte Thurman unter dem entsetzlichen Schmerz völlig vergessen, der die Minuten auf Stundenlänge dehnte. Er brüllte immer noch und bedeckte mit beiden Händen die Augen, als McCracken ihn mit einer Hand aus dem Flammenring zog und mit der anderen sein Messer aufhob. Thurman rollte noch über den Boden, als Blain ihm sein Messer über die rechte Gesichtshälfte zog in einem Schnitt, der fast genau so verlief wie die Narbe auf der linken Seite.

»Jetzt passen sie wieder zueinander«, höhnte McCracken.

Thurman, der sich aufgerichtet hatte, ließ den Unterkiefer nach unten fallen und wollte gerade schreien, als Blaine ihm die Beine wegtrat und ihm das Messer an die Kehle setzte.

»Dreckskerl!« krächzte Thurman, während das Blut aus

der Wunde schoß. McCracken drückte ihm die Messerspitze fester gegen den Hals.

»Leben oder sterben, Sie haben die freie Wahl. Für wen arbeiten Sie? Wer hat die ganzen Jahre über die Operation Offspring am laufen gehalten?«

»Fahren Sie zur Hölle!«

Die Klinge fuhr seitwärts nach unten und drang tief in das Fleisch von Thurmans Oberarm ein. Thurman schrie wieder auf.

»Für wen?« fuhr Blaine ihn an.

»Sie können mich mal! Sie hätten schon in Kuba sterben sollen. Ich habe ihm gesagt, ich könne das sehr gut allein erledigen.«

McCrackens Magen zog sich zusammen. »Was wissen Sie über Kuba?«

Thurman hätte jetzt gelächelt, wenn die Schmerzen nicht so groß gewesen wären. »Ich bin nicht ganz so blöd, wie ich aussehe.«

»Himmel noch mal! Sie haben alles arrangiert, um mich dorthin zu locken! Und mir dann die Miliz auf den Hals gehetzt, damit Harry mich retten konnte. Und Sie haben mich auch darauf angesetzt, Marokow zu erledigen. Er hat für Sie gearbeitet!«

»Und Sie haben es verquasselt und den ganzen schönen Plan vermasselt.«

Dann erinnerte sich Blaine an das Bild, das Marokow ihm in der Buena-Vista-Bar gezeigt hatte, bevor es dort zu der Schießerei gekommen war.

›Sie haben einen Job für mich. Es geht um diesen Mann hier. Ich glaube, Sie kennen ihn‹, hatte der Russe ihm erklärt.

»Sieht mir ganz so aus, Thurman, als hätten Sie auch was vermasselt«, knurrte McCracken. »Marokow war nämlich in Cardenas, um einen Auftrag auszuführen: Sie zu erledigen.«

»Sie spinnen!«

»Er hat mir ein Bild von Ihnen gezeigt. Hat ganz so ausgesehen, als hätte sich jemand gesagt, der Mann ist nicht mehr tragbar. Ich schätze, Sie haben in diesem Moment, in dem wir so nett miteinander plaudern, gerade noch Galgenfrist. Oder stehen Sie immer noch auf der Abschußliste?«

Wut breitete sich auf Thurmans Zügen aus und verdrängte den schmerzerfüllten Ausdruck. »Dieser Scheißkerl!«

»Wer?«

»Der fette Mann.«

»Livingstone Crum? Arbeiten Sie für den? Steckt er hinter allem?«

Thurman machte sich nicht die Mühe zu nicken.

»Dann hat die Firma diesen kleinen Privat-Club also doch nicht ausgeschaltet«, sagte Blaine. »Die ganze schlechte Presse wegen dieser Strahlungstests an den geistig Behinderten hat wohl nicht gereicht. Was haben Sie vermasselt, Thurman? Warum ist der fette Mann sauer auf Sie?«

»Wegen Joshua Wolfe«, antwortete Thurman plötzlich ganz ruhig. »Die ganze Operation unterstand mir. Ich war die einzige Verbindung zu dem Jungen.«

»Was denn für eine Operation?«

»Es war nicht der Junge, der die siebzehnhundert Menschen in der Einkaufspassage im Cambridge getötet hat … Das waren wir.«

Kapitel 37

»Wir haben jede seiner Bewegungen überwacht«, fuhr Thurman fort. Er schien stolz auf seine Tat zu sein und wollte, daß McCracken alles darüber erfuhr. »Und wir haben uns seine Forschungen gründlich angesehen. Unsere Wissenschaftler sind dann darauf gestoßen, wie einfach es ist, CLAIR in einen Killer zu verwandeln. Soweit ich weiß, muß die Formel dafür nur ein bißchen verändert werden – so wenig, daß man es kaum bemerkt.«

»Der fette Mann und Sie sind wirklich aus demselben Holz geschnitzt.«

»Hören Sie, wir hatten keine Ahnung, daß Joshua CLAIR im Einkaufszentrum testen wollte.«

Die Flammen brannten immer noch, und ihr Ring zog sich immer enger um die beiden Männer zusammen. Doch keiner von beiden schien es zu bemerken.

»Aber Sie haben ihn auch nicht aufgehalten«, beschuldigte McCracken ihn.

»Unsere Männer haben ihn in dem Einkaufszentrum verloren. Und sie waren immer noch im Gebäude, als ...«

»Also war auch niemand da, der ihm folgen konnte, als er davongelaufen ist. Dabei brauchten Sie ihn dringend, um für Sie die Formel zu reproduzieren.«

»Und wer wäre besser in der Lage gewesen, ihn für uns zu finden, als Blaine McCracken.«

»Deswegen brauchten Sie Harry Lime. Mir ist nicht der geringste Verdacht gekommen, dabei hätte ich es mir von Anfang an denken können ...« Blaine schwieg für einen Moment. Alles paßte jetzt zusammen. »Ich glaube, Sie können sich glücklich schätzen, daß der Junge entkommen konnte. Sonst wären Sie wohl längst erledigt worden. Sie waren für den fetten Mann nicht länger nützlich, bis

Joshua dann verschwand, und er sich wieder an Sie wenden mußte.«

»Der Mistkerl hat mir von Ihnen und Marokow erzählt. Er ließ mich das Ganze inszenieren.«

»Sie haben sich zum Idioten machen lassen, wie immer.«

Thurman verzog das Gesicht zu einer schmerzvollen Grimasse. »Ich denke, ich werde ihn dieses Mal überraschen.«

»Dazu sind Sie nicht der richtige Mann, mein Lieber. Crum verspeist so was wie Sie zum Frühstück, vielleicht sogar buchstäblich. Überlassen Sie ihn lieber mir.«

Aus der Freitagnacht war Samstagmorgen geworden, als Erich Haslanger endlich die Computeranalysen der Verbindung abschließen konnte, die Joshua in den Labors von Gruppe Sechs hergestellt hatte. Er hatte schnell festgestellt, daß die Substanz als solche ebenso harmlos wie unidentifizierbar war. Daraus ließ sich ableiten, daß es sich bei der Verbindung um einen Aktivator handeln mußte, den der Junge mit seiner ursprünglichen CLAIR-Formel zu mixen beabsichtigte. Aber wenn er ihn nicht dazu gebrauchen wollte, die Formel wieder herzustellen, wozu denn dann?

Selbst die Haslanger zur Verfügung stehenden Supercomputer, die in einer Sekunde eine Million Befehle verarbeiten konnten, brauchten für die Diagnose einige Zeit. Schließlich stand ihnen kaum Material zur Verfügung, auf dem sie aufbauen konnten, und auch analytische Proben waren nicht vorhanden. Es gab nur zwei Formeln, von denen keine vollständig war. Haslanger zwang sich zur Geduld. Er wußte, was es bedeutete, darauf zu warten, daß eine Nacht zu Ende ging und der Morgen kam, um ihn davon abzuhalten, in einen Schlaf zu fallen, aus dem er nie mehr erwachen würde.

Denn dann würden die Geister ihn bedrängen.

In den Träumen war alles noch schlimmer als in der Wirklichkeit; denn in der Traumwelt waren die Subjekte groß geworden und nicht mehr nur angelieferte Bündel von verformten Körpern und totem Fleisch oder von unidentifizierbaren Haufen, denen es irgendwie gelungen war, so lange am Leben zu bleiben, bis er ihr kurzes Dasein gnädig beendete.

In seinen Träumen sah er diese Kreaturen als ausgewachsene Wesen, deren zusätzliche oder fehlende Gliedmaßen, deren Verunstaltungen und Mutationen grotesk übersteigert waren.

Sie streckten ihre verwachsenen Hände nach ihm aus und hielten ihn in ihrer Traumwelt fest. Als er es vor Jahren zum letzten Mal gewagt hatte einzuschlafen, waren sie ihm gefährlich nahe gekommen. Beim nächsten Mal würden sie ihn bestimmt erwischen, und dann würde er bis in alle Ewigkeit ihr Gefangener bleiben – um nie wieder zu erwachen.

Letzte Nacht wäre er beinahe eingenickt. Er spürte, wie er wegdämmerte. Der Schein der Computermonitore war das einzige Licht im Raum, und die Tabletten wirkten noch nicht. Er konnte sich erst im letzten Moment wachreißen, als er sich schon auf dem Weg hinab in die Dunkelheit befunden hatte. Haslanger war davon überzeugt, Kratzer und andere Male auf seinem Körper zu haben – an den Stellen, an denen die Geister versucht hatten, ihn in ihr Reich hinabzuziehen.

Er war so entsetzt gewesen, daß er für einige Zeit nicht zu Atem gekommen war und sein Herz wie verrückt geschlagen hatte.

Jetzt, am Samstagvormittag, hörte er eine Signalfolge, die anzeigte, daß der Computer das Programm abgeschlossen hatte. Er konzentrierte seinen Blick auf den Bildschirm und las die endgültigen Ergebnisse ab. Eine beißende Furcht, schlimmer noch als die, die sein gerade noch gestopptes Abgleiten in den Schlaf ausgelöst hatte, durchfuhr ihn. Haslanger ging die Programmfolge durch und hoffte, daß sich irgendwo ein Fehler eingeschlichen hatte.

Aber das Programm war einwandfrei gelaufen. Haslanger checkte alles ein weiteres Mal. Und ein drittes Mal.

Danach sprang er so abrupt auf, daß sein Schreibtischstuhl umstürzte.

Haslanger stürmte aus dem Büro. Der Flur war so hell beleuchtet, daß es ihm in den Augen weh tat. Er warf einen Blick auf seine Uhr und stellte fest, daß er die Nacht hinter sich gebracht hatte und es auf Mittag anging. Aber die Leere im Korridor vermittelte ihm das Gefühl, eingeschlafen und in sein ewiges Gefängnis gelangt zu sein. Die Geister rotteten sich sicher schon zusammen und würden jeden Moment aus einer Tür treten.

Doch dann hörte er hinter der nächsten Biegung Schritte und Stimmen. Ein paar Arbeiter grüßten ihn, aber er rannte nur immer schneller und erreichte schließlich atemlos das Büro von Colonel Fuchs.

»Die Geister waren uns freundlich gesonnen, Blainey«, sagte Wareagle, als sie bewacht und gedeckt von den verbliebenen Sioux-Kriegern durch das Tal der Toten zurückkehrten.

»Dein Volk hat heute ein paar gute Männer verloren, Indianer«, entgegnete McCracken in entschuldigendem Ton.

»Der Häuptling hat das in seiner Vision vorausgesehen, Blainey. Er wird über die Verluste genauso traurig sein wie wir. Traurig, aber nicht überrascht.«

Als sie das Dorf erreichten, erwarteten sie, dort Silver Cloud mit seinem wissenden Halblächeln auf den Lippen anzutreffen. Der alte Mann stand tatsächlich da, aber er lächelte nicht, und er war auch nicht allein.

Sam Belamo stand neben ihm, sein staubbedeckter Wagen war am Straßenrand abgestellt.

»Wir haben ein ziemliches Problem, Boss.«

»Wir waren bereits eine Stunde unterwegs«, erklärte Belamo mit glasigen Augen, »und ich hielt an einer Raststätte an, um etwas zu essen zu besorgen. Ich habe den Wagen die ganze Zeit über nicht aus den Augen gelassen. Der Junge saß die ganze Zeit über auf seinem Sitz, bis ich vor der Kasse stand und bezahlte. Ich ging zum Wagen zurück, öffnete die Tür und wachte erst zwei Stunden später wieder auf.«

»GL-12.«

»Hä?«

»Ein Schlafgas, das Gruppe Sechs entwickelt hat. Joshua muß etwas davon herausgeschmuggelt haben. Das hat dich umgehauen, Sal. Er hat das Gas im Wagen ausströmen lassen und ist abgehauen, bevor du zurück warst.«

»Scheiße! Aber warum, Boss? Ich meine, wir stehen doch auf seiner Seite, oder? Was hat der Bengel bloß vor?«

»Das weiß ich nicht, Sal.«

»Aber ich«, sagte Susan Lyle, die langsam aus dem Wagen stieg.

»Was sagen Sie da?« entfuhr es Fuchs.

Haslanger lief ungeduldig in dem Büro auf und ab. Sein Gesicht war krebsrot. »Wärme. Es hat alles mit Wärme zu tun.«

»Was hat etwas mit Wärme zu tun?«

»Joshua Wolfes Original-Formel für CLAIR. Er hat sie darauf programmiert, temperaturempfindlich zu sein – damit sie unterhalb einer bestimmten Minimaltemperatur nicht mehr existieren kann.«

»Das sagten Sie bereits.«

Haslanger blieb unvermittelt stehen.

»Er kann sie herausnehmen.«

»Was kann er herausnehmen?«

»Die Temperaturempfindlichkeit, den Defensivmechanismus. Und zwar mit der Substanz, die Joshua in unseren Labors erzeugt hat. Wir haben gedacht, daß er an dem Problem des Organismus arbeitet, Sauerstoff-Stickstoff-Verbindungen zu erkennen ... na ja, daß er die Programmierung spezifizieren wollte, damit CLAIR nur noch die entsprechenden Moleküle in vergifteter Luft angreift und die im menschlichen Blut ignoriert.«

»Aber das hat er wohl nicht getan.«

»Nein. Aufgrund der ursprünglichen Programmierung hätte CLAIR eigentlich beim Eintritt in einen menschlichen Körper sterben müssen. Der Junge hat darüber nachgedacht und die Theorie entwickelt, daß bestimmte Aminosäuren in den äußeren Hautschichten die Temperaturempfindlichkeit neutralisiert haben – und damit lag er richtig. Die Substanz, die er in unseren Einrichtungen entwickelt hat, ist dazu gedacht, diese Aminosäuren auf einem extrem konzentrierten Level zu synthetisieren. Sobald man die Substanz mit dem ursprünglichen CLAIR mischt, wird der Defensivmechanismus ausgeschaltet, der damals in Cambridge den Organismus daran gehindert hat, sich über die Einkaufspassage hinaus zu verbreiten.«

»Wollen Sie damit etwa sagen ...«

»Wenn Joshua die neue Substanz und CLAIR miteinander verbindet und den daraus entstandenen neuen Organismus freisetzt, kann nichts mehr ihn aufhalten – dann breitet er sich ungehemmt aus.«

Fuchs erhob sich langsam von seinem Schreibtisch. »Und in diesem Fall ...«

» ...könnte Joshua Wolfe die gesamte Menschheit auslöschen«, beendete Haslanger den Satz.

»Alles menschliche und auch alles tierische Leben?« entfuhr es McCracken, der nicht glauben konnte, was Susan Lyle ihm da gerade erklärte.

Susan nickte. »Das hat er mir gestern nacht alles erzählt, aber da war mir noch nicht klar, daß er damit Ernst machen könnte, daß er den modifizierten Organismus wirklich freisetzen will! Anscheinend hat es für ihn damit eine ganz besondere Bewandtnis ...«

»Welche?«

»Die ›Feuer der Mitternacht‹. Das ist der Titel des ersten Gedichtes, das er je geschrieben hat. Es drückt seine Frustration darüber aus, so anders als alle anderen zu sein und nirgendwo richtig dazuzugehören. Schon damals hatte sich eine mächtige Wut in ihm zusammengeballt – und die scheint nun überzukochen.

Joshua hat es satt. Er will jetzt nur noch dafür sorgen, daß ihn alle anderen in Ruhe lassen.«

»Indem er damit droht, die ganze Menschheit zu vernichten ...«

»Er glaubt, das sei die einzige Möglichkeit, sich all die Gruppen Sechs dieser Welt vom Hals zu schaffen. Mittlerweile ist ihm alles egal ... Er hat das Desaster in der Einkaufspassage in Cambridge nicht verkraftet, und daraus ist mittlerweile eine totale Antihaltung erwachsen ...«

»Aber ist ist gar nicht dafür verantwortlich.«

»Wie bitte?«

»Eine Splittergruppe der CIA, die ihn die ganze Zeit überwacht hat, hat an seiner Formel herumgepfuscht. Sie sind die wahren Mörder.«

»Aber das weiß Joshua nicht, oder?«

»Nein, wir müssen es ihm sagen. Wenn das, was Sie gerade erzählt haben, stimmt, muß er irgendwo ein zweites Fläschchen mit Original-CLAIR versteckt haben, richtig?«

Susan nickte langsam.

»Disney World, Doktor.«

»Wie?« Haslanger hatte Mühe, sich aus der Stumpfheit zu befreien, die ihn befallen hatte, nachdem er sein Büro wieder betreten hatte. Er hatte die Lichter ausgelassen, so als wollte er den Schlaf herausfordern, ihn endlich zu holen. Dieses Schicksal erschien ihm immer noch erstrebenswerter als das, was Joshua Wolfe über die Menschheit bringen wollte.

Er fühlte sich besiegt und kam sich wie ein Trottel vor. Die ganze Zeit über hatten Fuchs und er versucht, den Jungen zu täuschen und ihn für sie arbeiten zu lassen; dabei hatte Joshua von Anfang an sie hinters Licht geführt. Und Haslanger war in seinem Stolz auf das, was er geschaffen hatte, darauf hereingefallen.

Haslanger wußte, daß er erledigt war; und auch, daß es für ihn keinen Ort mehr gab, an den er noch gehen konnte.

»Die Männer, die Sinclair in Orlando eingesetzt hat, haben gemeldet, daß Joshua Wolfe sich im Magic Kingdom in Disney World aufgehalten hat, bevor er von seinem Hotel aus in unsere Datenbanken eingedrungen ist«, fuhr Colonel Fuchs nach einem Moment fort.

»Und dort befindet sich der Rest von CLAIR.«

»Ein interessantes Versteck, finden Sie nicht? Trotz allem dürfen wir jetzt wieder etwas Hoffnung schöpfen.«

»Hoffnung?«

»Ihre Entdeckung dessen, wozu der Junge fähig ist, ändert nichts daran, daß die Gruppe Sechs um jeden Preis erhalten werden muß. Und dazu ist es unabdingbar, das restliche CLAIR zu finden. Ich werde sofort General Starr Bescheid geben. Sicher wird er uns die erforderliche Anzahl von Männern zur Verfügung stellen.«

»Sie werden es niemals finden.«

Fuchs sah ihn im Halbdunkel befremdlich an. »Ich habe auch gar nicht vor, CLAIR zu finden. Ich habe vielmehr vor, den Jungen zu finden und uns von ihm zu dem Organismus führen zu lassen. Ich meine, Doktor, dank Ihnen wissen wir jetzt genau, was der Bengel vorhat. Alles was wir tun müssen, ist warten.«

»McCracken wird ihn sicher begleiten ... oder ihm dichtauf folgen.«

»Großartig. Dann nehmen wir genug Schützen mit, um auch noch ihn ein für allemal auszuschalten, nicht wahr?«

»Warum haben Sie mir das nicht vorher gesagt?« wollte McCracken wissen.

»Weil ich befürchtete, damit alle Ängste und Sorgen zu bestätigen, die Joshua bereits bei Ihnen ausgelöst hat. Und wovon Ihr indianischer Freund überzeugt ist.«

»Aber der Junge hat doch gar nichts getan. So viel steht ja jetzt fest.«

»Damals wußten Sie das aber noch nicht. Wenn ich Ihnen gesagt hätte, daß er noch ein zweites Fläschchen besitzt und was er damit vorhat ...«

»Was dann?«

»Ich hatte Angst, Sie würden ihn dann umbringen.«

»Für was für ein Scheusal halten Sie mich eigentlich?«

»Für jemanden, der glaubt, immer das Richtige zu tun.«

»Unschuldige zu töten ist niemals richtig.«

»Aber bis heute morgen wußten Sie nicht, daß Joshua unschuldig ist. Und alle waren sie wegen der schlimmen Dinge hinter ihm her, die man ihm unterstellt hat. Sie und Ihre Leute von der einen Seite und die Gruppe Sechs von der anderen. Doch wie steht es mit den schönen und wunderbaren Dingen, zu denen er auch in der Lage ist?«

»Sie meinen, wenn er auf Ihrer Seite steht und nicht mehr für Gruppe Sechs arbeiten muß?«

»Unter anderem.« Susan senkte den Blick.

»Und wenn Sie von ihm bekommen haben, was Sie wollen, taucht ein anderer auf und fordert sein Recht, nicht wahr? Das Problem heißt doch, daß wir früher oder später wieder dort stehen, wo wir angefangen haben: bei der Gruppe Sechs oder einer anderen Truppe, die Joshua so oder noch schlimmer mißbrauchen will.«

»Wir alle wollen doch etwas von ihm«, erwiderte sie leise. »Sogar Sie.«

»Im Moment will ich den Jungen nur daran hindern, zwei Reagenzgläser zusammenzuschütten. Und ihn wissen lassen, daß er nicht an dem Tod all der Menschen in Cambridge schuld ist.«

»Und wie wollen Sie das erreichen?«

McCracken zuckte die Achseln. »Tja, Dr. Lyle, es schadet bestimmt nicht, wenn wir uns erst einmal nach Disney World begeben.«

»Bedauerlich, Mr. Thurman, höchst bedauerlich«, jammerte Livingstone Crum, als der Agent ihn über sein Handy aus dem Tal der Toten anrief.

»Blasen Sie alles ab. Die Sache ist gelaufen.«

»Und das haben wir zu einem nicht unbeträchtlichen Teil Ihnen zu verdanken.«

»Wir können die Schuldfrage später noch klären. Jetzt ist es erst einmal wichtiger, alles abzubrechen. Das bezieht auch Mount Jackson mit ein. Stellen Sie die Operation ein, und rufen Sie das Team zurück.«

»Ich fürchte, dafür ist es leider schon etwas zu spät.«

V

MITTERNACHT

Disney World; Samstagmorgen, 6 Uhr

Kapitel 38

›For he's a jolly good fellow, for he's a jolly good fellow.
For he's a jolly good fellow, that nobody can deny ...‹

Der Gesang hallte noch in Turk Wills' Ohren wider, als der Kuchen hereingetragen wurde. Zwei Männer mußten das gute Stück tragen. Die Torte war deutlich größer als die, die man ihm bei seinem Abschied als Captain der Florida Highway Patrol vor zwölf Jahren gebacken hatte. Damals war er zweiundvierzig gewesen, und da er der erste Schwarze in der Geschichte dieser ruhmvollen Truppe gewesen war, der es hinauf zum Rang eines Captains geschafft hatte, war es nicht leicht gewesen, ihn wieder loszuwerden. Doch dann hatte Wills den Fehler begangen, gegen den ausdrücklichen Befehl seiner Vorgesetzten die Ermittlungen in einem Fall fortzusetzen, bei dem es um den Mißbrauch von Regierungsbesitz ging. Als die Beweise dann für eine Anklageerhebung nicht ausreichten, mußte einer als Prügelknabe herhalten – und das war dann Turk Wills gewesen.

Eins stand jedoch fest: Diesmal wollten deutlich mehr Menschen ein Stück Kuchen abhaben als damals bei seinem Abschied von der Highway Patrol. Als Chef des Sicherheitsdienstes vom Magic Kingdom in Disney World unterstanden Wills an die fünfhundert Mitarbeiter.

»Eine Rede! – Eine Rede! – Eine Rede!« rief die Menge, die sich jetzt in die Kommandozentrale drängte, im Chor. Turk trat an die Torte, um die Kerzen auszublasen.

Es war schon seltsam, in den Ruhestand zu treten, wenn man bereits in Florida arbeitete. Wo jeder, der es sich leisten konnte, von zu Hause wegzog, um auf dieser Halbinsel seinen Lebensabend zu verbringen, wo sollte sich dann jemand zur Ruhe setzen, der sein halbes Leben hier gelebt und gearbeitet hatte? Wills wollte natürlich, wie jeder andere in seiner Situation auch, von nun an mehr Zeit mit seiner Familie verbringen, aber die Enkel hatten lautstark protestiert, als er verkündete, bei Disney World aufzuhören. Sie fürchteten um ihre Sonderbehandlung, hatten Angst, keine Backstage-Pässe mehr zu bekommen und nicht mehr durch die unterirdischen Tunnel streifen zu können. Sie waren noch zu klein, um Turks Erklärung zu verstehen. Wie hätte er ihnen beibringen können, daß Disney Worlds größte Probleme heutzutage Kreditkartendiebstahl und -fälschungen waren, und daß es andere Leute gab, die diese Probleme besser lösen konnten? Turk war immer Straßen-Cop geblieben, und irgendwelche Kleinkriminellen dingfest zu machen, in deren Unterhosen etliche gestohlene Plastikkarten geschoben waren, hatte für ihn schon lange an Reiz verloren. Außerdem war er heute bereits vierundfünfzig – höchste Zeit also, seinen Platz für die nachfolgende Generation zu räumen.

Beim Kerzenausblasen fiel sein Blick auf die gläserne Trennscheibe. Für einen Mann seines Alters besaß er immer noch einen straffen und muskulösen Körper, und mit seiner Figur hätte er in der Ersten Football-Liga gut einen Offensive-Player abgeben können. Das war auch früher einmal sein Traum gewesen, bis er sich im ersten Jahr an der Clemson High School das Knie unrettbar verletzt hatte. Wills betrieb in seiner Freizeit viel Fitneß-Training, und es freute ihn immer wieder, daß er aus einiger Entfernung zehn oder fünfzehn Jahre jünger aussah. In der letzten Zeit hatte er sogar häufiger daran gedacht, sich das Haar wieder wachsen zu lassen. Eine ziemliche Veränderung, da er sich seit seiner High-School-Zeit täglich den Schädel kahlrasierte.

Turk war es hier in Disney World nicht schlecht ergangen, aber er war froh, jetzt damit aufhören zu können, bevor der Park Nummer Vier offiziell eröffnet wurde. So wurde die Anlage von allen genannt, seit vor drei Jahren die Bauarbeiten auf der Osceola-Seite von Disneys dreiundvierzig Quadratmeilen großem Besitz begonnen hatten. Selbst die Bauarbeiter hatten nicht gewußt, was sie dort errichteten. Jede neue Konstruktionszeichnung, die Turk zu sehen bekommen hatte, hatte ihn noch ratloser als vorher zurückgelassen. Erst vor vier Monaten hatte er erfahren, worum es hier ging, und zwar auf einer Repräsentanten-Betriebsversammlung – was bei Disney World soviel bedeutete, daß jeder vom Gehwegfeger an aufwärts daran teilnahm.

Park Nummer Vier stand unter dem Thema Safari, und hier sollte der größte und bestausgestattete Zoo der Welt entstehen. Ein geschlossener Zug würde sich über und vorbei an den Disney-Versionen von afrikanischer Steppe, den Dschungeln am Kongo und am Amazonas bewegen – und natürlich an den anderen brillant reproduzierten Regionen, die den lebenden Tiere im Disney-Zoo ein gewohntes Zuhause bieten sollten.

Die Besucher konnten dann die Tiere ungehindert von Wällen, Gittern oder Zäunen aus einem Waggon aus betrachten. Daneben gäbe es für die Kleinen auch ein Dutzend Streichelzoos. An anderen Stellen würden sich Schimpansen mit Besuchern in Zeichensprache unterhalten – natürlich mit der Vermittlung eines Übersetzers –, und darüber hinaus sollte hier die weltgrößte Reptilien- und Vogelschau zu besichtigen sein.

Safariland sollte der größte Themenpark von Disney werden, in seiner Fläche so gigantisch wie Epcot und MGM zusammengenommen.

Laut Plan wollte man den Park im Sommer eröffnen, und bislang hatten Disney-Projekte stets pünktlich begonnen.

Doch nicht in diesem Fall.

Nie zuvor hatte man lebende Tiere ins Disney-Angebot aufgenommen, und ihre Versorgung und Pflege waren zusammen mit unerwarteten logistischen Problemen verantwortlich dafür, daß die Eröffnung erst einmal auf unbestimmte Zeit verschoben worden war. Hinzu kamen erhebliche Schwierigkeiten bei der bedeutendsten und sicher attraktivsten Schau in Safariland:

Dinoworld.

Ursprünglich war vorgesehen gewesen, eine Art Jurassic Park mit Roboter-Sauriern zu schaffen, die genauso realistisch agieren sollten wie die in dem erfolgreichen Film. Die Software bereitete allerdings zahlreiche Probleme. Die Programme, die für den Bewegungsablauf der Urwelttiere geschrieben worden waren, erwiesen sich als die kompliziertesten überhaupt. Von Anfang an waren die besten Computer dafür erforderlich, die man erwerben konnte. Doch selbst dann kam es in den Programmen immer wieder zu Fehlschaltungen, und ständig brach bei den Robotertieren die Mechanik zusammen.

Da nun der Safaripark und Dinoworld nicht wie geplant eröffnet werden konnten, hatte man zu einem Kompromiß finden müssen, damit die Sommergäste, die sich schon lange im voraus Karten besorgt hatten, nicht enttäuscht wurden. Am Nationalfeiertag, den 4. Juli, würden zwei der beliebtesten Saurier – ein Tyrannosaurus Rex und ein Stegosaurus – zur Vorführung fertig sein.

Wills hatte sich an die Geschäftsleitung gewandt und gefragt, ob man sich dort überhaupt eine Vorstellung darüber machte, was das für die Kontrolle über die Besucherscharen bedeuten würde. Sie antworteten ihm, daß das allein sein Problem sei, das letzte, mit dem er fertig werden müsse, bevor er zurücktrat. Und so kam es, daß Turk nicht nur für hunderttausend Touristen, Paraden und das traditionelle Feuerwerk, sondern auch für zwei Saurier die Verantwortung hatte, die an diesem Tag offiziell der Welt vorgestellt werden würden.

Als er die letzte Kerze auf dem Riesenkuchen erreichte, hielt er für einen Moment inne. Erst jetzt fiel ihm auf, daß man in der Mitte der Torte mit Zuckerguß einen Tyrannosaurus nachgebildet hatte. Seine Miene verdüsterte sich, und alle anderen lachten oder grinsten.

»Also, wenn ich mich nicht verrechnet habe«, begann er theatralisch, »dann haben wir heute den 3. Juli, woraus geschlossen werden darf, daß ich morgen meinen letzten Arbeitstag antrete und euch Blödmänner und, Verzeihung, ich möchte nicht sexistisch werden, Blödfrauen mit all den Problemen allein lassen kann, die diese Maschinen …«

»Turk«, rief einer seiner Assistenten von der Tür zum eigentlichen Büro.

»Du unterbrichst meine Rede, Freundchen!«

»Tut mir leid. Da ist ein wichtiger Anruf.«

»Von der Hauptverwaltung?«

»Nein, Sir«, antwortete der junge Mann mit fassungsloser Miene, »aus Washington.«

»Sie?« fragte Haslanger ungläubig und erhob sich.

Fuchs straffte seine Gestalt. »Wissen Sie vielleicht einen Besseren, der bei dieser Geschichte die Fäden in der Hand halten sollte? Sie selbst kommen dafür ja wohl kaum in Frage.«

»Sicher, ich nicht.«

»Natürlich nicht. Um die Mission zu leiten, müßten Sie schließlich den Schoß von Gruppe Sechs verlassen, und das steht ja wohl kaum zu erwarten, oder?«

Haslanger schwieg.

»Sie wären gut beraten, das während meiner Abwesenheit nicht zu vergessen. Ihre Leistungen, wenn man sie so nennen darf, haben in der letzten Zeit doch arg zu wünschen übriggelassen. Der Fehlschlag mit dem GL-12, dann Ihr Blendstrahl und gar nicht erst zu reden davon, wie sie CLAIR vermurkst haben.«

»Ich habe es vermurkst?«

»Der Junge war Ihre Schöpfung. Und deshalb hätten Sie

in der Lage sein müssen, ihn auch unter Kontrolle zu halten. Doch statt dessen hat er mit Ihrer Erlaubnis getan und gelassen, was immer er wollte. Und dann hat er sich nur wieder einfangen lassen, weil er an die Technologie wollte, die wir besitzen. Es wäre doch wirklich furchtbar, wenn er aus Disney World entwischen könnte, und das mit der einzigen noch vorhandenen CLAIR-Probe. Ich meine, das wäre für uns beide furchtbar, nicht wahr?«

»Wohl eher für die ganze Welt.«

»Dann sollten Sie besser darum beten, daß ich Erfolg habe. Und noch etwas, Doktor. Wenn ich nicht mehr für die Gruppe Sechs tätig sein kann, aus welchen Gründen auch immer, sollten Sie sich dringend Gedanken um Ihre eigene Zukunft machen. Möglicherweise ist mein Nachfolger nicht ganz so nachsichtig wie ich, wenn es um Ihre Eigenarten und Spleens geht. Aber wir wollen nicht vom Thema abkommen. Glücklicherweise hat General Starr mich mit ausreichend Personal ausgestattet, um das zu erledigen, was getan werden muß.«

Ein breites Lächeln umspielte die Lippen des Colonels. »Ich darf Ihnen gestehen, daß ich mich schon darauf freue.«

Haslanger wirkte besorgt. »Aber was ist mit McCracken? Er wird natürlich auch dort sein und sicher ebenso viel wissen wie wir.«

»Das will ich auch gar nicht abstreiten, und aus genau diesem Grund möchte ich, daß Sie Krill aktivieren. Ich halte es für das beste, wenn er mich in den Süden begleitet.«

»Disney World?« fragte der Mann am anderen Ende der Leitung ungläubig, was trotz der schlechten Verbindung deutlich herauszuhören war.

»General Starr hat eine halbe Armee dorthin beordert, die Fuchs zur Verfügung stehen soll«, erklärte Thurman ihm. Normalerweise hätte er eine solche Nachricht nicht aus einer öffentlichen Telefonzelle übermitteln dürfen, aber die Umstände ließen ihm keine andere Wahl.

»Aber Sie sind nicht dabei, oder?«

»Ich habe mir gedacht, es wäre an der Zeit, mir einen kleinen Urlaub zu gönnen.«

»Und warum rufen Sie mich dann an?«

»Weil ich dachte, Sie sollten Bescheid wissen. McCracken wird Hilfe benötigen.«

»Und Sie glauben, *ich* könnte etwas für ihn tun?«

»Ich weiß, daß Sie es zumindest versuchen werden.«

»Kann ich dabei auf Sie zählen?«

»Wie gesagt, ich nehme mir ein paar Tage frei.«

»Damit bleibt mir nicht mehr viel.«

»Immer noch mehr, als McCracken momentan zur Verfügung steht.«

Haslanger sah Krill über seinen Schreibtisch an. In dem Büro herrschte Halbdunkel.

»Der Colonel wünscht, daß du ihn nach Disney World begleitest. Er weiß, daß er dich braucht, um die Angelegenheit zu jedermanns Zufriedenheit zu Ende zu bringen.«

Im trüben Licht glitzerten die Augen der Kreatur, und die Schatten vergrößerten ihren ohnehin schon mißgestalteten Körper auf noch groteskere Weise.

»Ich will auch, daß du dorthin gehst«, fuhr Haslanger fort, »und zwar zu unser beider Wohl. Fuchs hat zuviel Zeit darauf verwendet, alles mögliche über mich in Erfahrung zu bringen. Ich möchte sogar annehmen, daß er der einzige ist, der alles weiß, und wenn die Geschichte schiefgeht – und davon bin ich eigentlich ziemlich überzeugt –, bin höchstwahrscheinlich ich es, der den Sündenbock spielen darf. Daran hege ich keinen Zweifel. Schließlich weiß ich, wie der Colonel arbeitet.«

Haslanger erhob sich. »Aber auch ein Fuchs kann

geschlagen werden. Wir beide, du und ich, können uns von ihm befreien – vorausgesetzt, er kehrt von dieser Mission nicht zurück, und ebenso vorausgesetzt, Joshua Wolfe und sein verdammtes Gift werden vernichtet.«

»Er macht dir angst«, stellte Krill mit einer Stimme fest, die in der Dunkelheit wie ein leiser Windhauch klang.

»Wer, der Colonel? Wohl kaum.«

»Ich meinte auch den Jungen. Er macht dir angst, weil du weißt, daß er viel klüger ist als du. Du verlangst von mir, ihn umzubringen, weil er inzwischen mehr als nur eine Bedrohung für Gruppe Sechs geworden ist. – Der Schöpfer hat Angst, von seiner eigenen Schöpfung vernichtet zu werden.«

Haslanger ließ sich wieder am Schreibtisch nieder und zwang sich dazu, durch die Dunkelheit zu starren, bis er das verformte Gesicht und den klobigen Schädel besser ausmachen konnte. »Ja, ich habe Angst, und die solltest du auch haben. Wenn es Fuchs gelingt, Disney World mit der Substanz des Jungen zu verlassen, bin ich die längste Zeit für ihn von Wichtigkeit gewesen – und damit braucht er dich dann auch nicht mehr.

Versteh doch, sie müssen alle sterben, jeder in diesem Vergnügungspark. Fuchs wird dafür verantwortlich gemacht werden, und wir sind gerettet – genauso wie Gruppe Sechs. Washington schickt dann einen anderen Administrator, der die Gruppe leiten soll, und der wird wohl kaum etwas von dem wissen, was Fuchs über dich und mich herausgefunden hat.

Sag mir, daß du das auch so siehst. Sag mir, daß du dich meiner Sichtweise anschließt.«

Krill nickte.

»Sehr gut«, meinte Haslanger deutlich ruhiger. Er stand wieder auf und trat an den verschlossenen Schrank, hinter dessen Türen sich eine Sammlung seiner Schöpfungen befand.

»Ich erkläre dir jetzt, wie du vorgehen wirst ...«

»Ich habe herausgefunden, warum Sie Schwierigkeiten hatten, Ihren Freund zu erreichen«, sagte Sal mit grimmiger Miene zu Susan, als er zu dem Wagen zurückkehrte, mit dem sie den ersten Teil der Reise nach Florida zurücklegen wollten. Belamo hatte bereits ein Privatflugzeug gechartert, mit dem der Großteil der Strecke bewältigt werden sollte. Wenn alles nach Plan verlief, würden sie früh am Sonntagmorgen in Orlando eintreffen.

»Sein Name ist Dr. Killebrew.«

»Sein Name war Dr. Killebrew. Er wurde bei der Explosion geröstet, die die gesamte SKZ-Anlage im Mount Jackson zerstört hat.«

Susans Magen krampfte sich zusammen. »Großer Gott …«

»Es kommt noch schlimmer. Soweit ich in Erfahrung bringen konnte, planen gewisse Stellen, Ihnen die Schuld an der ganzen Sache in die Schuhe zu schieben. Sie behaupten, Sie hätten den Verstand verloren, und nennen Sie eine Verräterin.«

»Willkommen im Club«, brummte McCracken vom Rücksitz.

»Damit kommen sie niemals durch!« empörte sich Susan.

»Doch, das werden sie«, versicherte Blaine ihr. »Sie sind zu einer bequemen Zielscheibe geworden, und jeder, der Dreck am Stecken hat, kann Sie zum Sündenbock machen. Man wird einfach behaupten, Sie hätten sich mit den falschen Leuten bei Gruppe Sechs eingelassen und denen dann geholfen, die Anlagen in dem Berg zu vernichten, ehe Sie nach Westen geflohen seien.«

»Wovon reden Sie denn da?«

»Sag es ihr, Sal«, forderte McCracken seinen Kumpel auf, ohne den Blick von Susan zu wenden.

»Tja, man wird Sie wohl als Komplizin ansehen. Die Hauptschuld kriegen der Boss, der Indianer und meine Wenigkeit ab.«

»Soll das vielleicht heißen, wir können in Disney World niemanden um Hilfe bitten?« fragte sie ungläubig.

Blaine nickte mehrmals langsam: »An so etwas habe ich mich längst gewöhnt.«

»Ich werde mich aber nicht damit abfinden. Hören Sie, es geht doch immer noch darum, Josh und die zweite CLAIR-Ampulle zu finden.« Sie schüttelte den Kopf. »Killebrew hat mit dem Organismus einige enorm wichtige Experimente durchgeführt. Er hat bestimmt versucht, mich zu erreichen, hat sicher jede Möglichkeit dazu genutzt.«

»Mittlerweile dürfte jeder, der in der Lage ist, ein paar Knöpfe zu drücken, Ihren Anrufbeantworter abgehört haben«, entgegnete Belamo.

Susan drehte sich zu McCracken um. »Ich habe einen zweiten Anrufbeantworter eingerichtet, wie Sie es mir geraten haben, und Killebrew meine Nummer gegeben.«

»Ich kann mich nicht daran erinnern, Sie aufgefordert zu haben, die Nummer einem anderen als mir zu geben.«

»Sie sind aber nicht der einzige, der in der Lage ist, seinen Kopf zu gebrauchen.«

Sal zog sein Handy aus der Jackentasche. »Ach was, scheiß doch der Hund drauf, wir probieren es einfach.«

Den Behörden in Arkansas blieb keine andere Wahl, als das Feuer ausbrennen zu lassen, das nach einer Serie von Explosionen durch die Anlagen des SKZ im Mount Jackson wütete. Zwölf Stunden vergingen, ehe die ersten Rettungstrupps mit ihren Hubschraubern näher heranfliegen konnten.

Die erste Überprüfung der Lage ergab, daß man kaum darauf hoffen durfte, jemanden lebend aus diesem Inferno zu retten. Genaueres ließ sich jedoch erst nach einer gründlicheren Untersuchung sagen. In den Lagerstätten befanden sich einige Proben in ultrasicheren Isoliergehäusen, die man, wenn schon nichts anderes, vielleicht würde bergen können.

Der erste Rettungstrupp konnte nicht näher als eine Meile an die Katastrophenstelle herangeflogen werden, weil die Hitzeentwicklung noch zu stark war. Zehn Männer begannen den gefährlichen Marsch durch die rauchgeschwängerte Luft und bewegten sich nach Norden auf die zertrümmerte Stätte zu.

Susan hielt das Handy noch einige Sekunden an ihr Ohr, nachdem Killebrews Nachricht abgespult war. Sie hätte sie sich noch einmal anhören können, sah dafür aber keine Anlaß. Seine Worte waren klar zu verstehen gewesen, auch wenn Susan sich beharrlich weigerte, sie zu akzeptieren.

»Sie haben eben gesagt, jemand hätte die Anlage in die Luft gejagt«, wandte sie sich dann an Belamo.

»Ja, und er hat gründliche Arbeit geleistet.«

»Ist dabei … ein Feuer ausgebrochen?«

»Als ich davon gehört habe, war es immer noch am Brennen.«

Susan drückte rasch ein paar Tasten und reichte das Handy dann McCracken. »Sie sollten sich das besser mal anhören.«

Die Männer des Rettungstrupps, die durch die dichte Qualmwolke stampften, gelangten in Sichtweite der Überreste der Anlage, als die ersten plötzlich ihre Hände an den Hals rissen. Die Männer hinter ihnen bekamen nichts davon mit, weil der Rauch ihnen jegliche Sicht nahm, und wurden sich der Gefahr erst bewußt, als der erste vor ihnen nach hinten kippte und unter Zuckungen und Krämpfen den Hang hinabrollte.

Die Männer, die die Geräte trugen, konnten nur noch sehen, wie die Leichen ihrer Kameraden immer mehr schrumpften, bevor sie verzweifelt versuchten, zu fliehen.

Einer von ihnen konnte noch sein Walkie-talkie an den Mund bringen und »Mayday!« ausstoßen, ehe er ein Geräusch hörte, das an das Zerknüllen von Papier erinnerte. Voller Entsetzen begriff er, daß das Geräusch aus seinem eigenen Körper drang. Er wollte schreien, aber sein Unterkiefer klappte schlaff nach unten. Der Mann fiel zuckend zu Boden und wand sich mit seinen Kameraden im Tod.

»Wenn Killebrews Berechnungen stimmen, hat das Feuer CLAIR wieder aktiviert«, erklärte Susan, als auch McCracken die Nachricht abgehört hatte. »Mehr noch, der Organismus wird sich diesmal ungehindert ausbreiten.«

»Gibt es denn nichts, womit man ihn aufhalten kann?«

»Wir haben höchstens eine Chance, wenn wir Joshua Wolfe finden können. Er ist der einzige, der weiß, wie CLAIR funktioniert – und vielleicht, wie man ihn stoppen kann.«

»Dann spielt es wohl keine Rolle mehr, ob er in Disney World CLAIR mit dem mischt, was er in den Labors der Gruppe Sechs zusammengebraut hat«, schloß Blaine. »Denn nach Ihren Worten sind die Feuer der Mitternacht bereits ausgebrochen!«

»Und damit bleibt uns nur noch der Junge, um sie zu löschen.«

Kapitel 39

»Mister, ich würde es wirklich begrüßen, wenn jemand mich endlich darüber aufklärte, was hier eigentlich vor sich geht!« schimpfte Turk Wills. Er saß in der Sicherheitszentrale des Magic Kingdom oberhalb einer Eisdiele aus der guten alten Zeit an der Main Street U. S. A. Der 4. Juli war angebrochen, Wills hatte noch nicht gefrühstückt und er mußte sich hier mit einem wortkargen Mann in einem tadellos sitzenden Anzug mit Bügelfalte herumärgern, der so aussah, als hätte er hier nicht das geringste verloren.

»Ich werde mit Colonel angeredet, wenn Ihnen das nichts ausmacht.«

»Und ob es mir etwas ausmacht! Es macht mir sogar eine ganze Menge aus, wenn Typen wie Sie von der Army daherkommen und mir sagen wollen, wie ich meinen Job zu tun habe, ohne daß ich auch nur ein Wort darüber erfahre, worum es hier eigentlich geht!«

Fuchs schabte mit dem Nacken am Kragen. Er fühlte sich in Zivil alles andere als wohl. »Sie haben alles erfahren, was Sie wissen müssen, Mr. Wills. Ich glaube, Washington hat sich in diesem Punkt sehr deutlich ausgedrückt. Haben Sie die Bilder schon verteilt?«

»Klar. Das von dem Jungen, und auch das von ...«

»Konzentrieren Sie sich bitte zuerst auf ihn.«

»Alle meine Leute hier haben die Fotos bekommen. Es wäre sehr nett, wenn ich wenigstens erfahren würde, was an dem Bengel so wichtig ist.«

»Wichtig ist vor allem, daß Ihre Mitarbeiter den Jungen entdecken. Sie dürfen sich ihm aber auf gar keinen Fall nähern. Ist das klar?«

»Sonnenklar. Was hat es denn mit dem Mann auf dem anderen Bild auf sich, diesem Bartträger?«

»Auch in diesem Fall wissen Sie bereits alles, was für Sie von Belang ist.«

»Wenn er in irgendeiner Weise eine Gefahr für den Park darstellt, muß ich das erfahren.«

»Was er darstellt, ist für Sie ohne Bedeutung.«

Damit kehrte der Colonel ihm den Rücken zu und ließ den Blick durch die Sicherheitszentrale wandern, um sich mit der Einrichtung vertraut zu machen. Die gegenüberliegende Wand wurde fast zur Gänze von Fernsehbildschirmen eingenommen. Nur ein Techniker war erforderlich, sie zu bedienen. Dieser brauchte nur ein paar kurze Befehle auf der Konsole einzugeben, um das auf die Monitore zu holen, was die knapp einhundert im Park installierten Kameras zu sehen bekamen. Die um dreihundertsechzig Grad drehbaren Apparate waren auf Dächern, in Bäumen und sogar in den Attraktionen angebracht und vermittelten in ihrer Gesamtheit eine komplette Übersicht über das, was sich außerhalb dieser vier Wände tat.

»Jemand, der einen bedeutend höheren Rang als den eines Colonels hat, hat mich gestern angerufen und mir mitgeteilt, daß Sie und ein paar andere Wichtigtuer hierherkämen«, ließ Wills nicht locker. »Die meisten von ihnen treiben sich seit vergangener Nacht im Park herum, und selbst ein Bettler mit Krückstock würde erkennen, daß sie nach etwas auf der Suche sind. Und allem Anschein nach ist das bis jetzt noch nicht gefunden worden. Ich würde nun gern erfahren, worum es sich dabei handelt und was der Junge damit zu tun hat.«

Fuchs sah ihn lange und streng an. Dann erklärte er so gelassen, daß es schon fast höhnisch wirkte: »Mr. Wills ...«

»Ich werde mit Chief angeredet, wenn Ihnen das nichts ausmacht.«

»Also gut, *Chief* Wills, laut Plan soll das Magic Kingdom in etwa drei Stunden seine Pforten öffnen. Soweit mir bekannt ist, rechnen Sie mit einem Besucherstrom von hunderttausend Menschen. Der beste Weg für Sie, all diese

Leute vor Gefahren zu bewahren und bei Laune zu halten, damit sie mit vollgeknipsten Filmen, total erledigten Kindern und völlig leerer Brieftasche wieder nach Hause fahren können, ist der, einfach so zu verfahren, wie ich es Ihnen gesagt habe.«

Turk starrte auf eines der Schwarzweiß-Fotos, mit denen jeder Diensttuende im Magic Kingdom versorgt worden war und das auch die Männer und Frauen der nächsten Schicht ausgehändigt bekommen würden. »Ich habe einen Enkel, der in seinem Alter sein dürfte.«

»Wie schön für Sie«, sagte Fuchs und wandte seine Aufmerksamkeit dann dem zu, was sich auf den vielen Bildschirmen tat. »Erledigen Sie bitte nur Ihre Arbeit, Mr. …äh, Chief Wills, und …« Er verstummte von einem Moment auf den anderen, als sein Blick auf den Monitor im Zentrum fiel. Seine Augen wurden groß. »Sind das … sind das wirklich Dinosaurier?«

»Klar«, grinste Turk. »Hier in Disney World haben wir halt immer ein oder zwei Überraschungen auf Lager.«

»Sieht gut aus, Stacy«, lobte einer ihrer Mitarbeiter, als sie gerade einen weiteren Testdurchlauf der Programmierung des Tyrannosaurus Rex abgeschlossen hatte.

Außer Stacy Eagers arbeiteten hier in diesem Raum, den sie Mission Control nannten, noch vier weitere Techniker. Das Zentrum befand sich unterhalb des Magic Kingdom in einem der vielen Gänge. Stacy Eagers und ihre Truppe hatten den Raum so getauft, weil er wie eine verkleinerte Version des NASA-Kontrollzentrums wirkte.

Bildschirme bedeckten die Wände ringsum, und das Licht, das sie ausstrahlten, reichte als Beleuchtung völlig aus, während sie die endlosen Befehle durchführten, die nötig waren, um die Bestien der Urzeit lebendig werden zu lassen.

Und das waren für sie Stacy mittlerweile auch: lebendige Wesen und keine Roboter – Kreaturen aus der Zeit, als es noch keine Menschen gab. Und warum auch nicht? Die Bewegungen, Gesten und überhaupt das ganze Gehabe dieser Tiere war so exakt nachgebildet worden, daß man sie durchaus für lebendig halten konnte.

Stacy Eagers war jetzt dreißig Jahre alt und hatte im zarten Alter von zwölf ihre Karriere als Computerhackerin begonnen, bis sie zu einer der begabtesten Programmiererinnen des Landes herangewachsen war. Sie hatte noch nie eine Beziehung gehabt und konnte sich nicht mehr daran erinnern, wann sie zum letzten Mal mit einem Mann ausgegangen war. Und deswegen war es ihr auch nie in den Sinn gekommen, ihre Brille mit Gläsern so dick wie Colaflaschenböden gegen Kontaktlinsen zu tauschen.

Disney World hatte sich an sie gewandt, nachdem ihre drei Vorgänger darin gescheitert waren, Programme zu schreiben, mit denen die Dinosauriermaschinen zu einem halbwegs realistischen Leben erweckt werden konnten. Hier ging es nicht um Zeichentrick, Disneys Spezialität, sondern um lebensgroße Dinosaurierapparate. Keine Puppen aus Plastik oder Pappe, sondern Wesen mit Stahlskeletten, deren Streben zum Teil einen Durchmesser von zwölf Zentimetern hatten. Hinzu kam modernste Hydrauliktechnik, um Glieder, Augen, Kiefer und Lippen lebensecht bewegen zu können.

Disney wollte mehr kreieren als bloße Animatronik, mit dem vergleichbare Ungeheuer in einem ähnlichen Themenpark im japanischen Osaka und bald auch in der Anlage der konkurrierenden Universal Studios in Kalifornien und in Orlando angetrieben wurden.

Das Problem bestand aber nicht in der Hardware, sondern darin, eine Software zu entwickeln, die mehr aus diesen faszinierenden Maschinen machen sollte.

Und dies war Stacys Aufgabe. Die Techniker von Disney World hatten die Kreaturen so gebaut, daß sie sich nahezu lebensecht bewegen konnten. Stacys Arbeit bestand darin, sie auch dazu zu bringen.

Die Ungeheuer konnten nur laufen, brüllen, sich sonstwie bewegen und aufeinander reagieren, wenn ein Computerprogramm ihnen die entsprechenden Befehle dazu gab. Aber jede einzelne Aktion, sei es nur, den Fuß zu heben oder ein Auge zu öffnen, erforderte Tausende Bits an Information und weitere Hunderte an Befehlen, die alle binnen Millisekunden durchgeführt werden mußten.

Stacy schätzte, daß für dieses Vorhaben sechs Programmierer, die vier Jahre lang rund um die Uhr arbeiten mußten, und drei der millionenschweren Supercomputer erforderlich sein würden.

Nicht gerade das, was die Gewaltigen von Disney World hören wollten. – Bis Stacy ihnen einen Alternativ-Vorschlag unterbreitete:

Künstliche Intelligenz.

Man mußte den Sauriern nur eine Reihe von rudimentären Grundbefehlen eingeben, aus denen sie selbst dann in einer fortschreitenden Evolutionsaktivität eigene weitere entwickelten.

Warum nicht den Maschinen beibringen, wie sie lernen konnten, selbständig etwas zu tun – natürlich nur im Rahmen festgesetzter Parameter? Es war sogar möglich, ihnen ein Gedächtnis einzugeben, damit sie die Sequenzen wiederholten, die beim Publikum am besten ankamen. Vor allem letzteres gefiel der Geschäftsleitung von Disney World ausgezeichnet.

Dafür war zwar immer noch ein Supercomputer erforderlich, aber angesichts der Überlegung, daß er eines Tages in der Lage sein würde, die gesamte geplante dreißigköpfige ›Population‹ von Dinoworld zu steuern, erschien diese Investition als durchaus lohnend.

Stacy war nicht gerade begeistert davon, daß die beiden ersten dieser Wesen schon so früh der Öffentlichkeit vorgestellt werden sollten, vor allem nicht in dem begrenzten

Gelände des Magic Kingdoms. Der Park verfügte nicht über eine ausreichend große offene Fläche, um den Tyrannosaurus und den Stegosaurus effektiv agieren zu lassen. Man mußte sich darauf beschränken, sie nur ein bißchen herumlaufen, brüllen und mit den tückischen kleinen Augen den Zuschauern ins Gesicht blicken zu lassen.

Das Gelände, auf dem die Kreaturen ausgestellt werden sollten, bestand aus einem Grasstreifen am Lagunenufer links von Cinderella's Castle. Zum Zuschauen war dort wenig Platz, aber die Wesen würden ja ohnehin nicht mehr tun, als dort den lieben langen Tag kleine Kunststückchen vorführen. Stacy hatte vor, in regelmäßigen Abständen ein paar einfache Programme ablaufen zu lassen. Mehr war im gegenwärtigen Stadium nicht drin.

Die Monitorreihe direkt über ihrem Kopf erlaubte ihr, jede programmierte Bewegung der Saurier zu verfolgen und entsprechende Regulierungen durchzuführen.

Ein weiteres Paar Bildschirme zeigte die Umgebung aus Sicht der Ungeheuer; hinter ihren Augen waren Minikameras installiert.

»Okay«, sagte Stacy und zoomte auf den T. Rex. »Noch einen Probelauf, dann darf die Welt endlich staunen.«

Der bärtige Mann schob die Frau im Rollstuhl näher an die Absperrung heran, als der Tyrannosaurus das Maul weit öffnete und einen Urzeitschrei ausstieß.

»Haben diese Biester wirklich so ausgesehen?« fragte McCracken.

»Dinosaurier sind zwar nicht mein Fachgebiet, aber ja, ich glaube, sie sind hier ziemlich echt wiedergegeben worden.«

Der Tyrannosaurus ging in die Hocke, reckte den Hals, drehte langsam den Kopf und ließ den Blick über die Zuschauer wandern. Ein paar Kinder fuhren ängstlich zurück, und die umstehenden Erwachsenen lachten. Fünfzehn Meter weiter blickte auf der anderen Seite der Lagune der Stegosaurus von seiner Mahlzeit auf. Täuschend echt hatte er bislang Gras gefressen.

»Wir sollten uns besser den Rest des Parks ansehen«, schlug Blaine vor und rollte Susan von der Absperrung fort. Die freigewordenen Plätze in der ersten Reihe waren binnen Sekunden besetzt.

Offiziell öffnete das Magic Kingdom erst um neun Uhr. Aber die Gäste aus den Disney-Hotels durften schon eine Stunde früher hinein – und ebenso die Behinderten.

McCracken hoffte, der Rollstuhl würde es ihm und Susan ermöglichen, zusammen durch die Anlage zu streifen, ohne Aufsehen zu erregen. Darüber hinaus hatten beide sich getarnt: Susan mit einer Sonnenbrille und einem breiten Hut, den sie sich tief in die Stirn gezogen hatte. Außerdem hatte sie vorhin im Motel, das nur dreißig Autominuten vom Park entfernt lag, ihre Haare gefärbt.

Blaine hatte bei seiner Verkleidung darauf geachtet, so wie die vielen tausend anderen Besucher auszusehen. Deswegen hatte er sich einen Sonnenhut aufgesetzt. Darüber hinaus hatte er jedoch auch seine Körperform verändert. Ein Kopfkissen aus dem Motel verhalf ihm zu einem sichtbaren Bauch, der über den Gürtel hing. Mit Puder und Cremes hatte er seinen Bart grau gefärbt und sich dann von Susan das dichte Haar kurz genug schneiden lassen, um es zurückzukämmen. Zum Schluß hatte er sich eine Sonnenbrille aufgesetzt, deren Besonderheit in einem getönten und einem klaren Glas bestand – so daß jeder, der ihn sah, auf einen Augenfehler schließen würde. Und das dürfte aller Wahrscheinlichkeit nach für seine Feinde ausreichen, keinen zweiten Blick an ihn zu verschwenden.

»Wohin wollen wir jetzt?« fragte Susan, nachdem sie die dichte Menge rings um Dinoworld hinter sich gelassen hatten.

»Wir drehen einfach eine Runde durch den Park. Kann nicht schaden, wenn wir uns mit allem hier vertraut machen.«

McCracken schob sie über die Straße, die links von Cinderella's Castle zum Frontierland führte. Blaine war noch nie im Magic Kingdom gewesen und konnte sich nur ungefähr vorstellen, wie es hier bald zugehen würde, wenn Zehntausende sich auf dem Gelände drängten.

Im Moment wollte er sich darüber jedoch noch nicht den Kopf zerbrechen und konzentrierte sich lieber darauf, sich die Struktur der Anlage einzuprägen.

Das Magic Kingdom war in sieben verschiedene Themenparks aufgeteilt. Sal Belamos Gebiete waren im Norden und Osten, dort, wo Mickey's Starland und Tomorrowland untergebracht waren, während Blaine die übrigen Anlagen im Süden und Westen übernahm. Im Lauf des Tages würden sie tauschen und sich über die Suche nach Joshua Wolfe verständigen.

Auch Johnny Wareagle war mit von der Partie; seine Aufgabe war es, durch die Tunnel und Gänge unterhalb des Magic Kingdoms zu streifen, bis seine Anwesenheit an der Oberfläche erforderlich werden würde. Der Indianer war schon allein durch seine Körpergröße zu auffällig. Keine Verkleidung hätte ihn vor den Blicken von Fuchs' Truppen verbergen können.

Von dem Moment an, in dem McCracken Susan samt Rollstuhl aus der Monorail hob und sie auf die Rampe setzte, über die man Main Street U. S. A. erreichte, konnte er nur noch staunen. Von diesem erhöhten Standpunkt aus überblickte man die gesamte Anlage und die zahllosen Straßen, die das Gelände in alle Richtungen durchzogen.

Auf der einen Seite war dieser Anblick beruhigend, denn selbst die Armee des Colonels würde Mühe haben, ihn hier zu entdecken. Auf der anderen Seite war es für ihn damit natürlich genauso schwer, Joshua Wolfe zu finden.

Ein Barber-Shop-Quartett begrüßte die Neuankömmlinge, und aus der Ferne marschierte eine Kapelle heran.

»Glauben Sie, er ist schon hier?« fragte Susan Blaine, der den Blick hin und her wandern ließ.

»Ich an seiner Stelle würde damit noch warten. Die Menschenmenge ist noch nicht groß genug, um untertauchen zu können.«

»Und wann würden Sie dann kommen?«

»Später am Nachmittag, wenn die Massen hier sind. Vielleicht auch erst am Abend, wenn es schon dunkel ist.«

»Trotzdem wollten Sie aber so früh wie möglich hierher, nicht wahr?«

»Weil der Junge eben nicht ich ist und ich nicht weiß, was in seinem Kopf vorgeht. Außerdem wollte ich mich mit dem Terrain vertraut machen.«

Susan spürte, wie McCrackens Hände sich fester um die Griffe an ihrem Rollstuhl schlossen, als er sie langsam über die gepflegte, saubere Straße schob.

Zwei Männer kamen ihnen entgegen, offensichtlich auf der Suche nach etwas. Sie warfen einen kurzen Blick auf Blaine und Susan, hielten aber keinen Moment inne und liefen weiter.

»Zwei weitere von Fuchs' Männern«, sagte Blaine, als die beiden außer Hörweite waren.

»Wie viele haben Sie bis jetzt gezählt?«

»Zu viele. Unsere Chance, Josh vor ihnen zu finden, ist bestenfalls noch mickrig.«

»Hast du gleich Dienst?«

Wareagle sah den Mann im Cowboykostüm verdutzt an.

»Du bist Indianer-Joe, nicht wahr?« fuhr der Cowboy fort. »Drüben, auf Tom Sawyer's Island. Heute sind wohl lebendige Darsteller angesagt.«

»Ach so«, antwortete Johnny leise. »Ja, klar.«

»Wird bestimmt ein Riesenspaß.«

Der Indianer war an einer Kreuzung der langen und zahlreichen Gänge, die unter dem Magic Kingdom verliefen, auf den Cowboy gestoßen.

In dem Labyrinth von Gängen, das unterhalb der Menschenmengen und der Attraktionen verlief, waren Büros, Vorratsräume und das elektronische Nervenzentrum der Anlage untergebracht. Außerdem konnte man von hier aus rasch zu den beweglichen Teilen aller Geräte und Darbietungen gelangen. Kein Besucher bekam je irgendeine Schaltung oder gar Schmierfett zu sehen, weil die Apparaturen samt und sonders in den Tunneln untergebracht waren. Falls eine Reparatur erforderlich wurde, erledigte man sie sofort und ohne daß oben jemand darauf aufmerksam wurde. Nichts sollte den Strom der Menschen aufhalten, die hierher gekommen waren, um einen wunderbaren Tag zu erleben.

Aus demselben Grund sah man oben auch nur selten Sicherheitspersonal. Wenn Sicherheitskräfte doch einmal schnell zu einem bestimmten Punkt mußten, erreichten sie ihn durch die unterirdische Welt und tauchten wie durch Zauberhand immer rechtzeitig dort auf, wo Ärger zu entstehen drohte.

Im gesamten Park gab es keinen Ort, den man nicht binnen kurzem über das Tunnelsystem erreichen konnte. Oft benutzten ihn auch die Darsteller von Disney-Figuren, um unvermutet vor Kindern aufzutauchen und sie zum Jauchzen zu bringen.

Wareagle hatte in einer dunklen Ecke auf Blaine gewartet, um neue Instruktionen zu erhalten, als eine High-School-Kapelle vorbeikam, die durch die Gänge geführt wurde. Johnny mußte sich ein neues Versteck suchen. Hier unten konnte er sich leicht unsichtbar machen, beispielsweise in Vorrats-, Umkleide-, oder Aufenthaltsräumen oder auch in Besenschränken.

Jeder Gang war genau ausgeschildert, so daß man hier

immer wußte, wo man sich gerade befand und wo man hinkam – sowohl über- als auch unterirdisch. Doch Wareagle hatte nicht darauf geachtet, weil er nur von der Kapelle fortkommen wollte. Und so war er unvermittelt gegen den Cowboy geprallt.

»Tja, ich bin für die erste Stunt-Show im Frontierland eingeteilt«, meinte der Mann. »Ich wünsche dir viel Glück.«

»Dir auch«, sagte der Indianer.

Der Cowboy setzte sich in Bewegung, aber dann schien ihm etwas einzufallen. »Eben bin ich schon mit so einem Riesenkerl zusammengestoßen.«

Johnny lief es kalt den Rücken hinunter, und er mußte unwillkürlich an die monströse Kreatur denken, der Blaine in der New Yorker Stadt-Bibliothek begegnet war – und später noch einmal bei Gruppe Sechs.

»Bei dem hat die Maske wirklich tolle Arbeit geleistet, das kann ich dir sagen. Ich nehme an, er war unterwegs zum Spukhaus. Allerdings wußte ich gar nicht, daß dort auch echte Darsteller auftreten …« Der Mann schien über etwas nachzudenken. »Wenn ich es mir recht überlege … er war eigentlich in der falschen Richtung unterwegs.«

»Wohin ist er denn gelaufen?« wollte Wareagle wissen.

Der Cowboy streckte einen Arm aus. »Da runter, und dann nach rechts. Sag mal, kennst du den vielleicht?«

»Könnte man so sagen.«

Der Mann tippte an seinen Hut. »Dann wünsche ich dir noch einen schönen Tag, Kumpel. Und erschreck mir in deiner Höhle bloß nicht zu viele Kinder.«

»Bestimmt nicht.«

»Einen schönen Vierten Juli.«

Kapitel 40

Joshua Wolfe erreichte das Magic Kingdom bei Einbruch der Dunkelheit. Den letzten Teil der Reise legte er in einem der Pendelbusse zurück, die regelmäßig von den umliegenden Hotels abfuhren. Das Magic Kingdom war der dritte Halt nach den Disney-MGM-Studios und Epcot. Für die Strecke von vier Meilen benötigte der Bummelbus endlos lange vierzig Minuten. Das lag vor allem daran, daß der Verkehr sich hier kilometerlang staute. Das ganze Land schien hierher unterwegs zu sein, und keiner kam mehr vor oder zurück. Die Parkplätze, insbesondere die des Magic Kingdoms, hatten sich in wahre Hindernisparcours verwandelt. Busse waren überall dort abgestellt worden, wo sich noch eine Lücke aufgetan hatte, und die nachfolgenden Fahrzeuge kamen nirgends mehr durch.

Der Fahrer des Pendelbusses gab nochmals die Abfahrtszeiten durch, bat die Passagiere aber um Geduld. Schließlich stehe eine lange Nacht bevor. Jeder, der pünktlich zu Hause sein wolle, riet er den Besuchern, solle die Anlage vor der Parade und dem Feuerwerk verlassen.

Endlich öffnete er die Türen, und die Insassen drängten auf den Mittelgang und schoben sich nach draußen. Joshua bekam in diesem Gedränge Atemnot und einen Anfall von Klaustrophobie. Um sich wieder in den Griff zu bekommen, konzentrierte er sich ganz auf die vor ihm liegende Aufgabe: Er mußte die CLAIR-Ampulle aus dem Versteck holen und dann zusehen, daß er wieder aus dem Park kam. In seiner Hosentasche steckte das Fläschchen mit der Substanz, die er in den Labors von Gruppe Sechs geschaffen hatte. Die würde er mit CLAIR mischen, wenn ihm nichts anderes übrigblieb – wenn man ihn dazu zwang.

Joshua konnte sich später kaum noch daran erinnern,

wie er aus dem Bus gekommen war, die Eintrittskarte vorzeigte, die er sich schon vor einer Woche besorgt hatte, und dann in die Monorail stieg.

Sein Leben schien erst wieder zu beginnen, als die Zugtüren sich vor dem Eingang zum Magic Kingdom öffneten. Dort mußte er nochmals seine Karte vorzeigen, und man entwertete sie. Und schon gelangte er durch das Drehkreuz auf die Main Street U. S. A. Hier hatte man eine altmodische, typisch amerikanische Kleinstadt wiederauferstehen lassen, komplett mit Pferdewagen, Oldtimern und alten Straßenbahnen. In einer von ihnen stand ein Barbershop-Quartett und gab wunderbaren A-cappella-Gesang zum Besten.

Josh bewegte sich weiter durch die simulierte Kleinstadtwelt. Sein Haar war unter einer Baseballkappe verborgen, so daß er sich in nichts von einem ganz normalen Teenager unterschied.

Er schlenderte von einem Haus zum anderen, staunte über die Lichter und die Darbietungen, genoß den Duft von frischem Popcorn und hörte aus der Ferne die Klänge einer Marschkapelle, die sich durch den Park bewegte.

Und dann sah er sie – die Männer. Ungerührt von dem Trubel hatten sie für alles mögliche Augen, nur nicht für die Attraktionen.

Josh spazierte auf den baumbestandenen Park zu und überquerte einen Platz, auf dem Disney-Figuren vor Staunen sprachlose Kinder dazu drängten, sich zusammen mit ihnen ablichten zu lassen.

Eine Gruppe von Jungs, die alle das gleiche dunkelblaue T-Shirt trugen, rückte zu einer Gruppenaufnahme zusammen. Josh näherte sich dem Jungen, der sich vor ihnen aufgebaut hatte und Schwierigkeiten mit seiner Kamera zu haben schien.

»He, soll ich die Aufnahme machen?« bot er sich an. »Dann kannst du mit aufs Bild.«

»Gute Idee, Mann«, strahlte der Junge und nahm die Kamera ab, die ihm um den Hals hing.

Josh hielt die Minolta schußbereit und wartete, bis der Junge einen Platz zwischen seinen Freunden gefunden hatte. Sie kicherten, stießen sich an und schienen keinen Moment stillzustehen. Joshua spürte, wie die Kamera in seinen Händen zitterte. Viel lieber als diese Aufnahme zu machen, hätte er sich selbst als Teil dieser Gruppe ablichten lassen. Er wollte bei ihnen sein, wollte zu jemandem gehören.

»Wir sind soweit, wenn du es bist!« rief einer der jungen Männer.

Josh drückte auf den Auslöser und machte dann noch ein paar Aufnahmen von der Gruppe, bevor er sie ihren Clownereien und Faxen überließ. Die blauen T-Shirts verschwanden bereits in der Menge und verschmolzen mit ihr.

»He, danke, Mann«, sagte der Junge, dem die Minolta gehörte, und nahm sie in Empfang. »Übrigens, ich heiße Andy.«

Er schüttelte ihm die Hand. »Und ich Josh.«

»Hast du keine Kamera dabei? Wie wär's dann, wenn ich eine Aufnahme von dir mache?«

Aber Josh dachte an die Augen von Fuchs' Schergen, die unablässig nach ihm Ausschau hielten.

»Ich glaube, ich habe eine bessere Idee«, entgegnete er.

McCracken begrüßte die hereinbrechende Dunkelheit und ihre kühlere Luft wie einen alten Freund. Die Tagesstunden waren träge zwischen Eistee und Limonade vergangen, während sie die Anlage abgeklappert hatten. Er schob Susans Rollstuhl jetzt zum Splash Mountain Ride am Big Thunder Mountain und verfolgte, wie der endlose Zug von vollbesetzten Waggons die Kuppe erreichte, um dann durch einen künstlichen Wasserfall steil nach unten zu sausen. Jeder Wagen warf eine Wasserwand auf, und die Insassen, die zwei Stunden in der Schlange gestanden hatten, um diese Fahrt endlich machen zu können, schrien vor Begeisterung darüber, naßgespritzt zu werden.

»He, Boss«, machte sich Belamo bemerkbar.

»Ich bin hier, Sal«, entgegnete Blaine. Er tat so, als würde er mit Susan reden, während er in das Mikrofon sprach, das sich unter seinem Bart befand. »Wo steckst du?«

»Ich habe gerade Alien Encounters hinter mir, im, wie heißt das verwünschte Ding noch, im Tomorrowland. Du kannst dir nicht vorstellen, was für einen Scheiß sie da ausstellen!«

»Freut mich, wenn du dich hier so gut amüsierst. Stehen unsere Freunde immer noch Wache?«

»Sie scheinen mir ein wenig nervös zu werden, weil es jetzt dunkel wird.«

Nach zwölf Stunden auf dem Gelände, in denen er sich bestens mit allen Anlagen und Einrichtungen vertraut gemacht hatte, konnte McCracken das Magic Kingdom nur als geschickte Täuschung bezeichnen. Das Terrain wirkte viel größer, als es in Wirklichkeit war, wofür die großzügig angelegten sieben Themenparks verantwortlich waren. Doch wenn man sich die Sache genauer besah, fiel einem auf, daß alle Shows auf das ökonomischste ineinandergefügt waren und so ein verwirrendes Ganzes ergaben, das nur von ausgeklügelter Technik kontrolliert und gesteuert werden konnte.

Blaine mußte die Anlage mehrmals abschreiten, ehe er herausgefunden hatte, welche Straße wohin führte. Doch mittlerweile kannte er sich aus und konnte auch aus dem Gedächtnis sagen, wo sich welches Restaurant, welcher Souvenirladen und welche Attraktion befanden.

Je weiter der Tag fortschritt, desto schwieriger wurde es für sie, sich durch die stetig wachsende Menge zu bewegen. Während der letzten zwei Stunden hatte die Besucherschar eine neue Rekordmarke erreicht, und auf den Straßen ging es manchmal weder vorwärts noch rückwärts.

Blaine sah auf seine Uhr. In gut einer Stunde würde die Spectromagnetic Parade beginnen, und danach stand das traditionelle gigantische Feuerwerk zum 4. Juli an. Der Höhepunkt dieser Veranstaltung würde darin bestehen, daß die amerikanische Flagge durch sorgsam aufeinander abgestimmte Explosionen in Rot, Weiß und Blau am Nachthimmel entstand.

»Die Männer des Colonels suchen doch nicht nur nach dem Jungen, sondern auch nach uns, nicht wahr?« fragte Susan.

»Gut möglich, daß sie uns längst entdeckt haben.«

»Und trotzdem lassen sie uns in Ruhe?«

»Wir sind ja auch ihre Rückversicherung. Fuchs kann sich nicht sicher sein, daß seine Leute Joshua aufspüren. Deshalb hofft er, wir nehmen ihm notfalls diese Arbeit ab. Vergessen Sie nicht, unser Freund hat keine Ahnung, daß der Junge sich von uns abgesetzt hat. Er denkt sicher, wir wären noch zusammen.«

»Wie eine große, glückliche Familie«, bemerkte Susan.

Alles in allem war dieser letzte Arbeitstag der schlimmste in Turks ganzem Leben. Das Magic Kingdom hatte bereits die größte Besucherzahl seiner Geschichte verzeichnet, und immer noch strömten weitere herein. Immer wieder mußte er seine Männer zur Schlichtung brenzliger Situationen ausrücken lassen. Und als wäre das noch nicht genug, mußte er sich auch noch mit diesem Wichtigtuer aus Washington herumschlagen. Am liebsten hätte er dieses Riesenarschloch an dem Draht aufgehängt, der von Cinderella's Castle zu Tinkerbell's Flight verlief – und sei es nur, um festzustellen, ob der Draht das Gewicht dieses Colonels aushielt.

Mr. Washington hatte die ganze Zeit über nur auf die Monitore gestiert. Dem Mann lief der Schweiß übers Gesicht, obwohl die Klimaanlage auf Hochtouren lief. Endlich bequemte er sich, etwas zu sagen, wandte dabei aber den Blick nicht von den Bildschirmen.

»Ich habe Ihnen doch gesagt, daß er erst nach Einbruch der Dämmerung kommen wird. Und dafür sollten Sie Ihre Leute in Alarmbereitschaft halten.«

»In der Anlage befinden sich zur Zeit über hunderttausend Menschen. Meine Mitarbeiter sind schon den ganzen Tag in Alarmbereitschaft.«

Mr. Wichtig drehte sich mit dem Sessel zu ihm um und versuchte seinen Hals zu lockern, der vom langen Starren auf die Monitore ganz steif geworden war. »Es ist nicht so, daß ich kein Verständnis für Ihre Probleme hätte ...«

»Tausend Dank.«

»... nur muß ich Sie daran erinnern, daß die Angelegenheit, die mich hierher geführt hat, die Nationale Sicherheit berührt.«

Der Colonel wollte sich erheben, aber Turk drehte seinen Sessel wieder herum, und beide starrten jetzt auf die Bildschirme. »Sehen Sie das da?« fragte Wills und deutete auf die vier Monitore, die verschiedene Stellen der Main Street U. S. A. zeigten, von ihrem Anfang bis hin zu Cinderella's Castle. »Die Parade stellt sich gerade auf. In knapp einer Stunde drängeln sich hier sechzigtausend Menschen, die den Umzug anschauen wollen. So wie ich die Sache sehe, können da einige Gefahrensituationen entstehen. Da kann alles mögliche passieren. Mir stehen nun zwei Möglichkeiten offen: Entweder ziehe ich alle meine Leute ab und stelle sie Ihrer Suche zur Verfügung, oder ich schicke sie auf die Main Street, damit sie dort die Sechzigtausend vor sich selbst beschützen.« Er drehte den Stuhl des Colonels in seine Richtung und sah dem Mann ins Gesicht. »Wenn ich es recht bedenke, ist mir Option zwei wichtiger.«

»Das kostet Sie Ihren Job«, drohte Fuchs.

»Ach, kommen Sie doch morgen noch einmal vorbei, Mr. Washington, dann dürfen Sie ihn gern haben.«

Die Gruppe Jugendlicher in den blauen T-Shirts gehörte zu einer größeren Tour, die vor zehn Tagen im Nordosten begonnen hatte. Sie hatten historische Städte besichtigt und waren über Philadelphia, Washington, Williamsburg und Gettysburg planmäßig am 4. Juli in Disney World angelangt. Andy, der Junge, der sich und seine Freunde von Josh hatte fotografieren lassen, gab ihm ein blaues T-Shirt, so daß er jetzt zu ihnen gehörte.

Die große Gruppe teilte sich bald in mehrere kleinere auf, und Josh zog bei denen mit, die zum Spukhaus wollten. Doch auf dem Liberty Square sahen sie, wie lang die Schlange vor dem Eingang war, und blieben stehen.

»Scheiße«, murmelte einer von ihnen.

»Wie wäre es dann mit dem Splash Mountain?« fragte ein anderer, der David hieß.

»Ist doch ätzend«, entgegnete einer, der einen Kaugummi im Mund hatte.

»Dann eben Tom Sawyer's Island«, schlug Josh etwas nervös vor, weil ihm bewußt war, wie wenig Zeit ihm noch blieb.

»Und warum?«

»Weil vor dem Boot, das die Leute rüberbringt, keine Schlange wartet. Kommt, ist gleich da drüben, und wenn es dunkel ist, machen sie zu.«

»Warum nicht«, meinte einer. »Ist immer noch besser als gar nichts.«

Josh dankte im stillen dem Himmel und überlegte, was jetzt zu tun war. Er konnte sich an den Fingern abzählen, daß die Männer des Colonels die Boote beobachteten oder selbst mitfuhren. Die Versteckmöglichkeiten in all den Höhlen und Tunneln waren ihnen sicher nicht entgangen. Nur zusammen mit der Gruppe bestand für ihn die Hoffnung, sicher überzusetzen.

Sie betraten das Boot, das den passenden Namen ›Huck Finn‹ trug, und drängten sich an die Reling. Josh blieb in der zweiten Reihe und hielt den Kopf gesenkt. Auch wenn es bald dunkel wurde, wollte er den Männern keine Chance geben, ihn zu entdecken. Der Fährmann, der einen Strohhut trug, gab mehrmals bekannt, daß die Attraktion in zehn Minuten geschlossen würde und die Besucher sich bitte nicht zu lange auf der Insel aufhalten sollten.

Dann rummste das Boot gegen das Dock, und die Passagiere gelangten in eine Hütte, über der ein Schild ›Tante Polly's Restaurant‹ verkündete.

Sie befanden sich hier tatsächlich auf einer richtigen Insel, und dieser Umstand hatte Josh vor ein paar Tagen schon inspiriert. Ihm war gleich klargewesen, daß er hier an den vielen dunklen und feuchten Stellen das geeignete Versteck für sein zweites Fläschchen CLAIR finden würde. Nachdem er sich überall umgesehen hatte, hatte er sich für ›Indianer Joe's Höhle‹ entschieden. Doch dann mußte er feststellen, daß es hier kein perfektes Versteck gab, und so hatte er mit seiner Gürtelschnalle ein Loch in den künstlichen Fels gebrochen. Die Öffnung war groß genug, um die Ampulle hineinzustecken, doch sosehr er auch an dem herausgelösten ›Stein‹ schabte und hackte, er stand immer ein Stück heraus.

Das sollte sich nun als Segen erweisen, weil er die Stelle so im Dunkeln leichter wiederfinden konnte. Und tatsächlich stieß er bald auf sie, nahm das Steinstück aus der Wand und griff in das Loch. Das Fläschchen war noch da, und er ließ es in der anderen Hosentasche verschwinden. In der linken hatte er nun die Substanz, die er in den Labors von Gruppe Sechs zusammengemischt hatte, und in der rechten das Original-CLAIR.

Da er nun hatte, weswegen er hierhergekommen war, konnte er sich daranmachen, das Magic Kingdom wieder zu verlassen. Doch ihm wurde bald klar, daß der Weg hinaus schwieriger war als der hinein. Wenn er noch ungefähr eine Stunde bei seiner Gruppe blieb, würde er in dem allgemeinen Gedränge nach dem Feuerwerk sicher unbemerkt aus dem Park gelangen können.

Er verließ rasch die Höhle, holte die anderen Jugendlichen schnell wieder ein und stellte sich mit ihnen aufs Dock, wo die letzten Besucher dieses Tages darauf warteten, mit der Fähre übergesetzt zu werden. Die Gruppe fand auf dem vorletzten Transport Platz – wieder war es die ›Huck Finn‹. Ein paar Minuten später legte die Fähre an. Die Menge schob Josh an Land und dann weiter auf die Straße, die das ganze Magic Kingdom durchschnitt.

Josh schloß zu seiner Gruppe auf und ließ sich mit den anderen treiben. Sie blieben erst stehen, als ihr Blick auf eine Achterbahn fiel, die hinter Zierpflanzen aufragte.

»Was ist denn das?« wollte einer wissen.

»Die Big Thunder Mountain Railroad«, antwortete David. »Kommt, das sehen wir uns an.«

Und schon wandten sie sich nach rechts zu der Achterbahn. Josh ging mit ihnen, als würde er von ihnen mitgerissen.

Krill warf einen Blick auf die Uhr an der Wand und stellte befriedigt fest, daß es an der Zeit war, aktiv zu werden. Das Feuerwerk, der Höhe- und Schlußpunkt der Spectromagic Parade, würde in knapp einer Stunde stattfinden.

Normalerweise wurden die Raketen von einem turmhohen Gestell abgefeuert, das man hinter Cinderella's Castle auf einer Betonfläche aufgebaut hatte. Doch das heutige Feuerwerk sollte etwas ganz Besonderes werden, und der Platz würde dafür nicht reichen. Also hatte man alles auf eine Barke verfrachtet, die in der Seven Seas

Lagoon zwischen dem Polynesian und dem Grand Floridian Hotel vor Anker lag.

Der Ortswechsel änderte jedoch nichts an der einzigartigen Abschußweise der Raketen. Statt mit Schwarzpulver zündete man bei Disney mit Luftdruck, ein Verfahren, das als pyrotechnische Luftabfeuerung bekannt war. Die Böller selbst wurden elektronisch gezündet, und das Ergebnis dieser Methode entsprach höchsten Sicherheitsstandards und wirkte weitaus spektakulärer, da die Techniker die einzelnen Raketen exakt berechnet explodieren lassen konnten.

Krill hatte mehrere Stunden benötigt, um die drei Raketen auseinanderzunehmen, auf die er in einem kleinen Lagerraum gestoßen war, sie mit den kleinen Nervengasbehältern zu füllen, die Haslanger ihm mitgegeben hatte, und sie dann wieder zu verschließen.

Nun mußte er die drei Raketen nur noch in die Abschußrohre schieben, die auf der Barke montiert waren. Wenn dann das Feuerwerk hochgejagt wurde, würde sich das Nervengas über das gesamte Areal des Magic Kingdom verbreiten. Krill blieb dann eine halbe Stunde, um das Gelände zu verlassen, ehe das Gift ihn erreichte. Fuchs und auch Joshua Wolfe würden dann nie mehr den Weg nach draußen finden. Wenn der Colonel tot war, konnte man ihm alle Schuld in die Schuhe schieben, und Haslanger und Krill wären ihn los. Gruppe Sechs würde bestehen bleiben, und auch wenn sie mit verkleinertem Bestand weitermachen sollte, Haslanger würde in jedem Fall seine Laboratorien und Forschungsstätten behalten können.

Krill besann sich darauf, wie er jetzt vorzugehen hatte. Er mußte die Raketen zur Barke schaffen und auf drei verschiedene Abschußrohre verteilen. Das Feuerwerk wurde von einem Computer gesteuert, dessen Programm zum festgesetzten Zeitpunkt automatisch einsetzte. Kein Techniker würde sich daher auf der Barke befinden. Sobald die

Parade begonnen hatte, würde Krill sich auf den Weg machen.

Er trat leise aus dem Lagerraum. In einer Hand hielt er die Tragetasche mit den drei tödlichen Geschossen. Krill wollte gerade los, als aus dem nächsten Quergang ein Schatten auftauchte. Er schlüpfte sofort wieder in den Raum zurück, ließ die Tür aber einen Spalt weit auf.

Krill machte Johnny Wareagle aus und erstarrte. Er erkannte den Indianer von einer Aufnahme wieder, die sich in McCrackens Akte befunden hatte, und wußte, daß er mit von der Partie gewesen war, als Gruppe Sechs vor ein paar Nächten ihr bislang schlimmstes Debakel erleben mußte.

Krill war davon ausgegangen, daß Wareagle sich oben im Park aufhielt, und hätte ihn nie hier unten erwartet. Der Indianer mußte ihm gefolgt sein. Wenn er ihm jedoch jetzt gegenübertrat, würde das den Erfolg seines Manövers in Gefahr bringen. Deswegen verhielt sich Krill ganz still und wartete, bis Johnny an dem Lagerraum vorbeigelaufen und verschwunden war.

Jetzt schlich Krill aus dem Raum und eilte in der entgegengesetzten Richtung davon. Zu spät fiel ihm ein, daß er vergessen hatte, die Tür hinter sich zu schließen.

»He! Hier bin ich! Hier oben!«

Josh hob wie alle anderen in der Gruppe den Kopf. Sie waren gerade vor der Big Thunder Mountain Railroad angekommen.

»Hier!«

Ein Junge tänzelte über ihnen auf den Gleisen der Achterbahn und winkte. Eine Kamera hing ihm um den Hals, und Josh erkannte Andy.

»Komm sofort runter, du Blödmann!« rief David.

Aber Andy hob die Kamera. »Ich will nur noch ein …«

Der Rest seiner Worte war nicht mehr zu verstehen,

weil in diesem Moment eine Bahn um die Kurve gedonnert kam. Andy verging das Lächeln, und er erstarrte, als die Waggons direkt auf ihn zusausten. Ein dumpfer Knall folgte, und der Junge flog in hohem Bogen durch die Luft. Er kam schwer auf dem Boden auf.

Ein Mädchen in der Nähe fing an zu kreischen.

»O Gott!« stöhnte ein Erwachsener.

Andy rollte auf dem Boden hin und her. Die Wagen waren von dem Aufprall leicht ins Schwanken geraten, blieben aber auf den Gleisen.

»Hilfe!« schrie jemand. »Hol doch jemand Hilfe!«

Josh war Andy am nächsten und sprang sofort durch die Büsche auf den Stöhnenden zu.

»Hilf mir«, murmelte andy. »Bitte, hilf mir ...«

Josh hockte sich neben ihn hin.

Kapitel 41

Das Magic Kingdom reagierte augenblicklich auf den Unfall. Einer der verkleideten Mitarbeiter, der an den Kontrollen der Achterbahn tätig war, drückte gleich den verborgenen Notfallknopf und löste den Alarm aus, der nur in der Sicherheitszentrale gehört werden konnte: ein Summton, der von einem über den Monitoren aufblitzenden Rotlicht begleitet wurde.

Turk sah sofort von der Arbeit auf. »Was, zum Teufel ...«

Er schaltete den betreffenden Bildschirm auf Großformat. »Thunder Mountain Railroad, Sir«, meldete einer seiner Mitarbeiter. »Sieht nach einem Sturz aus.«

»Sofort Sanitäter hinschicken«, befahl Wills und

wandte sich schon an einen anderen Sicherheitsmann: »Verständigen Sie das County-Krankenhaus, daß gleich ein Notfall eingeliefert wird. Vermutlich schwerverletzt. Sie sollen besser einen Rettungshubschrauber hierher schicken, nur für den Fall, daß es kritisch wird.«

Noch während Turk sprach, schoß schon ein Sanitätsfahrzeug aus einer getarnten Garage und bewegte sich mit Sirene und Blaulicht zur Big Thunder Mountain Railroad. Der Wagen kam in der Menge jedoch nur schlecht voran.

Zur selben Zeit rannten weitere Sanitäter zu Fuß durch die unterirdischen Gänge zur Unfallstelle.

Inzwischen hatte Wills sechs verschiedene Ausschnittsvergrößerungen von der Unfallstelle auf seinen Monitoren.

»Ich komme selbst«, verkündete der Sicherheitschef schließlich seinen Mitarbeitern. Auf halbem Weg zur Treppe hielt er inne und drehte sich zu dem Colonel um: »Tut mir leid wegen dieser dummen, kleinen Störung, Sir.«

Doch Fuchs hörte ihm gar nicht zu, sondern starrte aufgeregt auf einen der Bildschirme und ließ einen bestimmten Ausschnitt noch weiter vergrößern.

Andy stöhnte auf, als Josh ihm eine Hand auf die Schulter legte.

»Mein Bein!« jammerte er immerzu. »Mein Bein!«

Josh betrachtete Andys rechtes Bein, das in einem seltsamen Winkel nach innen gebogen war. Blut strömte stoßweise aus der Oberschenkelarterie. Wenn Andy nicht schnellstmöglichst versorgt würde, würde er in einer Minute verbluten.

Josh rief in seinem Gehirn das Wissen ab, das er während seines zweijährigen Medizinstudiums erworben hatte, und handelte ganz instinktiv. Jede Sekunde war kostbar, und so löste er den Gürtel von seiner Jeans, wickelte ihn oberhalb der Wunde um Andys Oberschenkel, zog ihn stramm und verknotete die Enden.

Die ganze Zeit über stöhnte und wimmerte der Junge.

»Damit stoppen wir die Blutung«, erklärte Josh ihm.

Andys T-Shirt war vom Sturz zerfetzt, und Josh riß einen Streifen heraus, den er zusammenballte. Dann fühlte er mit der Hand vorsichtig über die Wunde und entdeckte oberhalb des Knies die Stelle, aus der das Blut zwar deutlich schwächer, aber immer noch regelmäßig floß. Er drückte den Stoffballen darauf und preßte, so fest er konnte.

Josh hörte, wie sich jemand näherte, und dann eine fremde Stimme: »Vorsicht! Gehen Sie bitte beiseite! Machen Sie doch Platz.«

Er drehte sich um und sah zwei Sanitäter, die außer Atem auf ihn zukamen.

»Sublaterale Verletzung der Oberschenkelarterie«, meldete er den beiden, als sie ihn erreichten. »Ich habe das Bein achtzehn Zentimeter über den Knie abgebunden.«

»Himmel!« murmelte einer der Sanitäter.

»Wir übernehmen den Jungen jetzt«, sagte der andere.

Er kniete sich neben Andy hin und ersetzte Joshs Hand an dem Stoffballen durch seine. Josh stand auf und zog sich zurück. Erst jetzt fiel ihm auf, das Blut auf sein T-Shirt gespritzt war und von seiner Rechten tropfte.

Fuchs, der aufgesprungen war und vor der Monitorwand stand, keuchte. Joshua Wolfe war deutlich auf einem der Bildschirme zu erkennen. Im ersten Moment glaubte der Colonel, der Junge habe sich verletzt, aber dann wischte er sich die Rechte am rotbefleckten T-Shirt ab, sah sich nervös um und lief davon.

Fuchs ließ ihn nicht aus dem Blick und sprach in das Mikrofon seines Kopfhörers.

»Ziel lokalisiert! Thunder Mountain Railroad, am

Nordwestende des Parks, im Frontierland. Der Junge trägt ein blaues T-Shirt und eine Baseballkappe.«

Der Colonel erkannte sofort, daß die Stelle perfekt war. Der künstliche Fluß, der Tom Sawyer's Island vom Rest des Parks trennte, hinderte den Jungen daran, nach Norden oder Osten zu fliehen. Im Westen erhob sich die Begrenzungsmauer des Parks, und so konnte Wolfe nur nach Süden in Richtung Frontierland laufen.

»Bilden Sie eine Kette vom südwestlichen Ausläufer des Flusses bis zum Splash Mountain. Einige Männer sollen auf die Dächer der Gebäude im Frontierland. Aber Vorsicht. Es besteht kein Grund zu überstürzten Maßnahmen.« Fuchs atmete tief durch. »Meine Herren, wir haben ihn ... endlich.«

»Ein Unfall«, sagte Susan leise, als der Rettungswagen an Cinderella's Castle auftauchte.

McCracken machte sich jedoch viel mehr Sorgen um die Männer in unauffälligen Straßenanzügen, die plötzlich aus allen Ecken kamen, sich kleine Funkgeräte ans Ohr hielten und auf die Stelle zuliefen, an der sich eine immer größer werdende Menschenmenge versammelte.

Blaine erkannte genug von ihnen wieder, um zu wissen, daß die Armee des Colonels zum Frontierland unterwegs war.

Er stellte sich hinter Susans Rollstuhl, schob ihn an und rief über sein Mikrofon den Indianer.

»Ich bin hier, Blainey«, meldete sich Wareagle aus einem Lagerraum in den unterirdischen Gängen, in dem er sich bereits seit einigen Minuten aufhielt.

»Sal?«

»Allzeit bereit, Boss.«

»Es geht los, Jungs. Wir treffen uns am Eingang vom Frontierland. Und das ein bißchen plötzlich!« Schon drehte er den Rollstuhl nach rechts.

»He, warten Sie mal!« rief Susan und drehte sich zu ihm um. »Das ist die falsche Richtung. Sie schieben mich in die falsche Richtung.«

»Das kommt ganz auf den Blickwinkel an«, entgegnete er und brachte sie zu einem Geländer, von dem aus sie Cinderella's Castle und die Parade sehen konnte. »Gleich geht es da hinten nämlich rund. Und Sie wollen doch wohl nicht mittendrin stecken, wenn wir mit unserer Arbeit beginnen, oder?«

»Aber der Junge!« rief sie ihm hinterher und stieg zur Verwunderung der Umstehenden aus ihrem Rollstuhl.

»Um den kümmere ich mich schon!« antwortete er, ohne sich umzudrehen.

Joshua Wolfe verschwand in der Menge, die sich rings um den Unfall gebildet hatte. Erst auf der Hauptstraße vom Frontierland, wo es an Holzhäusern aus dem Wilden Westen vorbeiging, kam er etwas schneller voran. Aus einem Saloon, der den Namen Mile Ling Bar trug, erklang klimpernde Klaviermusik.

Josh erkannte, daß der Menschenstrom gegen ihn floß, also würde er über kurz oder lang den Beobachtern auffallen. Doch was sollte er tun? Wenn er sich treiben ließ, gelangte er wieder zur Achterbahn zurück und würde dort eine ganze Weile nicht vom Fleck kommen.

Er lief ein Stück weit mit den Massen, bis er an eine Passage gelangte, die aus Frontierland hinausführte.

Aber dieser Weg war versperrt, und Josh entdeckte die Männer, die dort auffällig unauffällig eine Absperrung bildeten …

Josh tauchte wieder in der Menge unter und ließ sich weiter durch das Westernstädtchen treiben. Aber auch hier waren Fuchs' Männer. Ihre Kette war nicht so dicht geschlossen, aber sie hielten eindeutig nach ihm Ausschau.

Josh begriff, daß man ihn kurz nach dem Unfall auf einem der Sicherheitsmonitore entdeckt haben mußte. Ihm blieb nur ein Ausweg. Er mußte in eines der Gebäude, am besten in ein Restaurant, wo er vermutlich auf eine Hintertür stoßen würde. vielleicht hatten die Männer ihren Absperring noch nicht geschlossen – dann konnte er dort durchschlüpfen.

Josh verlangsamte seinen Schritt, entschlossen, sich in das erstbeste Haus zu schleichen.

Fuchs' Augen flogen über die Bildschirme und folgten den Bewegungen seiner Männer durch Frontierland. Plötzlich tauchte ein bekanntes Gesicht auf einem der Monitore auf.

»Gehen Sie noch mal zurück!« befahl er dem Techniker an der Konsole.

»Auf welchem Schirm?«

»Na, auf dem hier!« fuhr der Colonel ihn an. »Langsam, ja, fahren Sie die Kamera ganz langsam ... Da! Halten Sie genau da!«

Er hätte McCracken mit dem Bauch und dem Strohhut nie erkannt, wenn nicht der Indianer an seiner Seite gewesen wäre.

»Achtung! Äußerste Vorsicht! McCracken und der Indianer haben soeben das Frontierland betreten«, warnte er seine Männer.

Blaine und Johnny trafen am Eingang auf Sal Belamo.

»Hier ist einiges los, Boss«, verkündete Sal mit einem Blick auf die Flachdächer und Balkone entlang der Straße.

»Scharfschützen?«

»Wohl eher Beobachter. Wenn jemand den Jungen entdeckt, dann sie.«

»Wirst du mit denen unten allein fertig?«

»Das fragst du noch, Boss?«

McCracken und der Indianer stürmten in eines der Häuser und rannten die Treppe zum ersten Stock hinauf. Die frühere Inspektion der Anlage hatte Blaine gezeigt, daß man von hier auf den Balkon und aufs Dach gelangen konnte. Die Stunt-Cowboys benutzten diesen Aufgang, um die Besucher mit ihren gespielten Prügeleien und Ballereien zu erfreuen. Blaine entdeckte die Tür zu dem Balkon, der fast über die gesamte Straßenlänge verlief, während Wareagle höherstieg.

Ein Mann stand oben, behielt die Straße im Auge und sprach in ein kleines Mikrofon. Er drehte sich um, sah Johnny und wollte zur Waffe greifen. Wareagle sprang auf den Mann zu und schleuderte ihn vom Dach, ehe der von seinem Schießeisen Gebrauch machen konnte.

Der Schütze landete zur Begeisterung der Zuschauer auf dem Boden. Alle glaubten, diese kurze Darbietung sollte für die nächste Stunt-Show werben.

Der Sturz hatte auch die Aufmerksamkeit zweier weiterer Männer auf dem Dach erregt, beide mit Ferngläsern ausgerüstet. Sie kamen jedoch nicht dazu, davon Gebrauch zu machen. Der Indianer war schon über ihnen, packte mit je einer Hand ihre Köpfe und ließ sie gegeneinander krachen.

McCracken entledigte sich vor der Tür schnell seiner lästigen Verkleidung und stürmte dann auf den Balkon. Wie erwartet richteten die hier postierten sechs Männer gerade ihre Waffen nach oben, um auf den Indianer anzulegen. Blaine blieb genug Zeit, seine SIG-Sauer zu entsichern und loszulegen.

Er feuerte unablässig, und als das Magazin leer war, schob er sofort ein neues ein. Die Patronenhülsen flogen durch die Luft, und die Zuschauer unten fingen sie dankbar auf, um sie als Souvenir mit nach Hause zu nehmen.

Während die ersten in der Menge sich zu wundern begannen, warum die ›Darsteller‹ keine Cowboykleidung trugen, richtete Belamo seine 44er Magnum auf eine Gruppe Schützen am Boden, die gerade auf McCracken anlegten.

Sal wollte keine Unschuldigen verletzen, aber die Gegner machten ihm die Sache leicht, weil sie sich mit Ellenbogen und Stößen eine Gasse in der Menge geschaffen hatten, um möglichst rasch voranzukommen.

Belamo hielt den Speedloader zwischen den Zähnen, drückte ab und zog mit der Linken seine kleinere Pistole aus dem Hosenbund. Er setzte sie jedoch erst ein, als die Magnum leer war, und auch das nur, bis er die größere Waffe nachgeladen hatte.

Während oben Johnny vom Dach auf den Balkon sprang, um McCracken zu helfen, eröffnete Sal schon das Feuer auf die nächste Schützengruppe, die heranstürmte.

Der Indianer hielt jetzt ebenfalls eine Waffe in der Hand, eine Desert Eagle Semiautomatic, das von ihm bevorzugte Schnellfeuergewehr. Er schloß sich Blaine an, und gemeinsam gingen die beiden gegen die Männer vor, die jetzt ihr Heil lieber in der Flucht suchten.

»Der Junge, Johnny«, befahl McCracken, während er nachlud. »Geh lieber Joshua suchen!«

Josh erkannte gleich in dem Moment, als die ersten Kugeln flogen, was hier vor sich ging. Er hob den Kopf und sah einen bärtigen Mann, der den Balkon entlanglief. Der Junge hatte gerade auch den Indianer entdeckt, als hinter ihm geschossen wurde. Er fuhr herum und sah Sal Belamo, der aus einer großen Pistole feuerte.

Blaine und seine Freunde waren erneut erschienen, um ihm zu helfen, aber Josh hatte nicht vor, hier herumzustehen und auf seine Rettung zu warten. Er nutzte das allgemeine Chaos, das das Gefecht in den Reihen von

Fuchs' Truppe ausgelöst hatte, und rannte in Richtung Splash Mountain. Dort angekommen, verschwand er im Adventureland.

Der Colonel war außer sich vor Zorn, während er auf die Bildschirme starrte, die in Großaufnahme zeigten, wie McCracken und der Indianer vom Balkon aus nach unten schossen. Ein dritter Mann unterstützte sie und sprang jetzt hinter eine Imbißbude, um nicht von den eigenen Leuten getroffen zu werden.

»Nein!« murmelte Fuchs.

Weitere fünf oder sechs seiner Schützen waren gerade niedergestreckt worden, als die Stimme von Turk Wills aus dem Lautsprecher dröhnte: »Was geht da vor, um Himmels willen?«

»Damit haben Sie nichts am Hut, Chief!«

»Und ob ich das habe! Ich kümmere mich hier um einen Unfall, und im nächsten Moment meldet man mir, daß im Frontierland eine wilde Ballerei im Gange ist, bei der Menschen richtig erschossen werden!«

»Ich habe die Lage vollkommen unter Kontrolle.«

»Ziehen Sie Ihre Leute zurück, Mister, bevor noch ein Unschuldiger getroffen wird.«

»Soll das vielleicht ein Befehl sein?«

»Da haben Sie ausnahmsweise einmal richtig verstanden.«

»Tut mir leid, aber die Befehle gebe ich hier«, entgegnete Fuchs und unterbrach die Verbindung.

Blaine und Johnny sprangen vom Balkon und liefen zu Belamo.

»Der Junge ist da runtergelaufen«, teilte Sal ihnen mit, während er seine Waffe mit einem neuen Magazin bestückte.

Die drei rannten Richtung Adventureland, liefen einen mit Souvenirshops gesäumten Gang entlang und stürmten durch den Eingang. In fünfzig Meter Entfernung machten sie eine Gestalt aus, die gerade in einer Attraktion verschwand. Ohne innezuhalten, liefen sie zu ›Pirates of the Caribbean‹.

Sie kamen hier gut voran, weil in wenigen Minuten die Parade beginnen würde und die meisten Besucher zur Main Street U. S. A. strömten. Nur am Splash Mountain und am Space Mountain herrschte noch Hochbetrieb.

Sie gelangten über eine Rampe zu den Wasserwagen, in denen jeweils sieben Personen Platz hatten. Die drei Männer sprangen jeder für sich in einen Wagen und sahen, daß außer ihren noch zwei weitere besetzt waren.

Blaine konnte erkennen, daß der Junge in dem Wagen direkt vor ihnen nicht Joshua war, und der andere bog gerade um eine Kurve.

McCracken rief sich die Anlage der ›Pirates of the Caribbean‹ ins Gedächtnis zurück. Die Wagen bewegten sich auf Gleisen über einem Wasserkanal, der auf der einen Seite ungefähr anderthalb Meter tief war, ausreichend, um so etwas wie Strömung oder Seegang zu erzeugen. Auf der anderen Seite betrug die Wassertiefe nur dreißig Zentimeter.

Blaine betrachtete die höhlenartigen Tunnel, durch die sie fuhren. Falsche Stalaktiten hingen von der Decke, und an einigen Stellen sammelte sich künstlich erzeugter Nebel. Sie passierten ein Schiffswrack, auf dem ein Skelett hinter dem Steuerrad stand.

»Achtung!« rief jemand aus einem Lautsprecher, und schon ging es steil nach unten. Sie schaukelten auf dem Wasser, ehe sie sich einer Seeschlacht näherten. Ein Kriegsschiff kreuzte vor einem Fort, und beide Seiten beschossen sich aus Kanonen, die Mündungsfeuer und Wasserfontänen täuschend echt nachgeahmt.

»Da ist er, Blainey!« rief Johnny und deutete auf den

zweiten Wagen vor ihnen, der gerade mitten durch die Schlacht fuhr.

Aber McCracken spähte bereits auf die Zinnen des Forts.

»Fuchs' Arschlöcher!« bemerkte Sal, der ebenfalls auf den Wehrgängen Bewegungen ausgemacht hatte, die im Programm nicht vorgesehen waren. Er zog sofort seine Pistole. »Zum Teufel, wie konnten die vor uns hier sein?«

»Der Colonel hat sich die Mitarbeit von Disney World gesichert. Seine Leute dürfen unterirdische Tunnel benutzen, die wir nicht einmal kennen.«

Das Fort war ziemlich groß und nahm die ganze Seite einer künstlichen Bucht ein. Auch wenn die Festung nicht echt war, so bot sie doch den Schützen ausreichend Deckung.

Das Kriegsschiff *Davy Jones* feuerte Salve um Salve auf die Befestigung ab. Ein robotischer Kapitän stand oben auf der Brücke und gab in regelmäßigen Abständen den Befehl zu schießen.

Joshuas Wagen rollte direkt an den Schützen vorbei, die hinter den Zinnen in Stellung gegangen waren.

»Knallt sie ab«, drängte Blaine seine Freunde.

»Feuer!« rief wie zur Bestätigung der Kapitän der *Davy Jones*.

Die Schüsse des Trios gingen im Kanonendonner unter.

»Gib mir Deckung, Blainey!« rief Wareagle, sprang nach links in das seichte Wasser und lief geduckt auf das Schiff zu.

Als die Schützen sich von ihrem Schrecken erholt hatten und auf die Männer unten anlegten, waren die längst alle von Bord gegangen. Belamo und McCracken waren auf die andere Seite gelangt und stellten fest, daß das Schiff nur eine Fassade war, die man lediglich an der den Besuchern zugewandten Seite fertiggebaut hatte. Das Vorderdeck und die Kanonenstände wirkten dennoch täuschend echt. Blaine stieg zur Brücke hinauf, während Johnny und Sal an den Geschützen in Position gingen.

Die Schießerei zwischen beiden Gruppen ging völlig in der elektronischen Kanonade unter – nur flogen nach ihren Treffern Holzsplitter vom Schiff und Betonstückchen vom Festungswall.

Die wenigen Besucher dieser Attraktion bekamen davon kaum etwas mit, und wenn doch, hielten sie das wohl für einen Bestandteil der Show.

Belamo tauchte plötzlich oben neben Blaine auf. »Ich dachte, wäre höchste Zeit, diese Dinger hier einzusetzen«, meinte er und reichte McCracken ein gefülltes 9-mm-Magazin, das in einer Plastiktüte eingewickelt war.

»Splats?«

»Du hast den Nagel auf den Kopf getroffen, Boss.« Sal zwinkerte ihm zu.

Belamo ließ diese Spezialgeschosse von einem Freund anfertigen. In jeder Kugel befand sich eine Kammer, die mit gemahlenem Glas und Pikrinsäure gefüllt war. Sobald sie abgeschossen wurde, zerplatzte die Kammer, und die Säure vermischte sich mit dem Blei. Diese Mixtur verlieh einer normalen Kugel die Aufschlagwucht einer 40-mm-Granate. Das Glas diente nur zur Stabilisierung der Kammer.

»Gib mir eine Minute, damit ich mich hinter sie schleichen kann«, sagte Sal.

»Bis dahin werden sie Verstärkung bekommen haben.«

»Um so besser!« grinste Belamo.

Für Joshua wurde es zu einer Fahrt des Schreckens. Die Schützen im Fort waren ihm schon vor Beginn der Schlacht aufgefallen. Als dann die Kugeln flogen, duckte er sich und blickte nicht zurück, denn er wußte, daß es McCracken war, der das Feuer erwiderte. Er kauerte sich auf den Boden des Wagens und konnte bald nicht mehr unterscheiden, welcher Knall von den falschen Geschützen und welcher von den echten Waffen stammte.

Josh tastete nach den beiden Fläschchen in seinen Hosentaschen.

Er fragte sich, was geschehen würde, wenn er sie gleich hier mischte, um sie dann hochzuhalten, damit der Colonel sie sehen konnte – von wo auch immer er ihn gerade beobachten mochte.

Könnte das seine Fahrkarte in die Freiheit sein? Nein, aller Wahrscheinlichkeit nach nicht. Fuchs würde ihn erschießen lassen, um dann zu fliehen.

Die Wagen bewegten sich weiter durch das Wasser und fuhren nun an einer Stadt vorbei, die von Piraten belagert wurde. Jede der Puppen konnte ein Schütze des Colonels sein …

Der Mann, der aus einem Brunnen kletterte …

Der Gefangene in der Zelle, der einen Hund dazu bringen wollte, ihm die Schlüssel zu besorgen …

Der Händler, der betrunkenen Seeleuten grell geschminkte Frauen zum Kauf anbot …

Auch hier wurde mit Lichteffekten und Geräuschen vom Band eine perfekte Illusion erzeugt. Der Zug rollte näher und unter einer Brücke hindurch, über deren Geländer gerade eine grimmige Gestalt stieg …

Josh ging sofort wieder in Deckung, weil er sich sicher war, jeden Moment erschossen zu werden.

Dann hatte der Waggon die Brücke hinter sich gebracht, und der Junge wagte kaum zu atmen.

Nun ging es auf ein brennendes Gebäude zu, bei dem mehrere Fenster offenstanden. Ragte da nicht ein Waffenlauf heraus? Und dort …

Josh schloß fest die Augen.

»He!« rief jemand.

Zögernd hob er die Lider. Ein Mann hielt den Wagen an einer Anlegestelle fest.

»Wollen Sie nicht aussteigen, junger Freund?«

Josh sprang aus dem Wagen und rannte die Rampe hinauf.

McCracken wartete eine volle Minute, bevor er die Splats auf die Festung verfeuerte. Sie rissen tiefe und breite Löcher in die Fassade und ließen sie als Trümmerhaufen zurück. Betonbrocken landeten im See und warfen noch größere Wasserfontänen auf als die falschen Kanonenkugeln.

Blaine bedachte das Fort mit sechs dieser Geschosse und zielte auf die Stellen, von denen die größten gegnerischen Feuerkonzentrationen gekommen waren.

Als er den Finger vom Abzug nahm, war von den Wachtürmen, dem Wall und den Zinnen so gut wie nichts mehr übrig.

Das Holzgerüst hinter der Fassade ächzte und brach dann ebenfalls zusammen, bis nur noch ein Schuttberg am Wasserrand stand.

Kein Schuß drang mehr aus der Festung, weder echter noch solcher vom Band. Dennoch hörte der Kapitän auf der *Davy Jones* nicht auf, seinen Kanonieren regelmäßig den Feuerbefehl zu geben.

»Boss«, meldete sich Belamo über Funk.

»Sind alle erledigt, Sal?«

»Du kommst besser her und siehst dir das selbst an.«

»Sind sie nun plattgemacht oder nicht?«

»Ich sag' doch, komm besser her.«

»Gute Arbeit«, lobte McCracken, als er sich das Werk seines Freundes besah.

Der Eingang hinter dem Fort, der zu dem System der unterirdischen Gänge führte, war mit Leichen übersät. Blaine zählte mindestens zehn Männer. Die Verstärkung, die nicht mehr zum Einsatz gekommen war.

Aber Sal lachte nicht. »Danke für die Blumen, Boss, aber die waren schon tot, als ich hier angekommen bin.«

McCracken sah seine beiden Freunde an. »Aber wenn du es nicht gewesen bist, wer dann?«

Kapitel 42

»Was soll das heißen, Sie kommen nicht zu ihnen durch?« brüllte Fuchs einen seiner Truppenführer an.

»Der Kontakt ist abgebrochen, Sir.«

»Ich habe vorhin schon zehn Mann als Verstärkung hingeschickt.«

»Sie sind anscheinend nie dort angekommen. Ich habe einer weiteren Gruppe befohlen, dort nachzusehen.«

»Ist wenigstens die Straße abgesperrt?«

»Sobald die Zielpersonen das Areal verlassen, haben wir sie.«

»Sagen Sie Ihren Leuten, sie sollen beim Feuern auf nichts und niemanden mehr Rücksicht nehmen. Und halten Sie mich weiterhin auf dem laufenden.«

Der Colonel hatte gerade die Verbindung unterbrochen, als schon Wills hereingestürmt kam. Er marschierte direkt auf Fuchs zu und packte ihn an den Revers.

»Was zum Teufel ist hier los?«

»Lassen Sie mich los, Chief!«

»Einen Scheiß werde ich tun!«

»Meine Männer sterben da draußen, nicht Ihre. Und derjenige, der dafür verantwortlich ist, ist genau der, hinter dem wir her sind.«

»Der Bärtige?«

»Eben der.«

Turk ließ den Mann los, blieb aber dicht vor ihm stehen. »Und was hat der Junge mit all dem zu tun?«

»Der Bärtige und er gehören zusammen. Mehr brauchen Sie nicht zu erfahren.«

»Ich will aber trotzdem wissen, was hier gespielt wird, Mr. Washington!«

»Mit Washington liegen Sie ganz richtig, Chief. Dies ist nämlich eine Angelegenheit der Regierung, und im Augenblick bin ich hier der Vertreter Washingtons. Und jetzt will ich Ihnen etwas sagen, das Sie sich gefälligst hinter die Ohren schreiben: So schlimm es im Moment auch aussehen mag, es wird noch viel schlimmer, wenn Sie nicht augenblicklich jeden verfügbaren Mann das tun lassen, was ich Ihnen auftrage. Sollten Sie sich noch länger weigern, haben Sie womöglich bald keinen Park mehr, um den Sie sich kümmern können!«

Turk trat ans Fenster und blickte hinaus auf die Main Street U. S. A., wo sich immer mehr Menschen einfanden, um die heutige Spectromagic-Parade mitzuerleben.

»Okay, Mr. Washington, was können meine Mitarbeiter für Sie tun?«

»Willkommen, Ladies und Gentlemen, im Magic Kingdom, und einen fröhlichen Vierten Juli!«

Die Stimme der Jiminy-Cricket-Figur ertönte aus den Lautsprechern, als McCracken, Belamo und Wareagle durch den Ausgang der ›Pirates of the Caribbean‹ traten.

»Bevor die heutige Spectromagic-Parade beginnt, spielen Ihnen erst einige High-School-Kapellen auf ...«

Die drei Männer ließen sich von der Menge mitreißen, die über eine kleinere Straße in Richtung Main Street strömte.

Sie kamen an mehreren Adventureland-Snackbuden vorbei. Die ersten Schützen tauchten am Schweizer Baumhaus auf. Die Männer eröffneten sofort das Feuer aus ihren automatischen Waffen und ballerten in die Richtung des Trios, was das Zeug hielt.

»O Gott!« stöhnte Blaine, als er sich fallen ließ und rings um ihn herum Besucher zusammenklappten. Panik brach in der Menge aus, und die Menschen versuchten, in alle Richtungen davonzukommen.

Nun flogen auch vom anderen Zugang zum Adventureland Kugeln. Blaine ließ rasch den Blick wandern und entdeckte den Jungle Cruise, eine der populärsten Attraktionen des Vergnügungsparks. Das dichte Gebüsch, das ihn umgab, war genau das, was sie jetzt brauchten.

»Gib uns Deckung, Indianer«, raunte er Johnny zu. »Wir treffen uns an der Main Street wieder, wenn die Parade anfängt. Komm, Sal.«

Während Wareagle Dauerfeuer gab, rannten die beiden geduckt auf den Zaun zu und sprangen im Lauf über ihn hinweg. Auf der anderen Seite landeten sie im Unterholz, das zur Amazonas-Abteilung zu gehören schien.

Hier waren typische Dschungellandschaften Südamerikas und Afrikas nachgebildet worden. McCracken setzte sich wieder in Bewegung, und Belamo folgte ihm dichtauf.

Sie hörten dumpfe Geräusche und Schritte. Die Schützen kamen schon hinter ihnen her.

Blaine fühlte sich plötzlich zurückversetzt in den Dschungel von Vietnam. Gleich fühlte er sich wieder in seinem Element. Er gab Sal das Zeichen, allein weiterzugehen. Als Belamo nicht mehr zu sehen war, verkroch McCracken sich zwischen den Blättern und Sträuchern und wartete.

Dem ersten Mann, der vorbeikam, schlug er die Beine weg und zertrümmerte ihm dann mit einem Stein den Hinterkopf.

Blaine schlich weiter durch das Unterholz und kam zu einer Hüte, in der eine automatisierte Gorillafamilie hauste. Er hörte ein Knacken und verbarg sich hinter der Hütte. Neben ihm hing eine Liane herab. McCracken zog sie zu sich heran, so daß sie sich diagonal über den Weg spannte.

Der zweite Schütze, der mit einem Sturmgewehr bewaffnet war, kam näher. Als er die Liane erreichte, sprang Blaine hoch, schlang ihm die Ranke um den Hals und zog fest zu. Das Gesicht des Schützen lief dunkelrot an. McCracken trat auch ihm die Beine weg, und nach einer Weile zuckte der Gegner nicht mehr.

Blaine drang weiter durch das Gebüsch, und nur die Stimmen der Touristenführer störten diese perfekte Illusion eines Dschungels. Blaine spürte, wie sich zwei – nein drei Gegner näherten. Er durfte es nicht riskieren, sie mit seiner Schußwaffe zu erledigen, denn der Lärm würde verraten, wo er zu finden war, und dann wimmelte es hier bald von Fuchs' Schergen.

Er gelangte an den Rand einer Lichtung, auf der ein Forscher von speer- und messerschwingenden Kannibalen überfallen wurde. Die Geräusche hinter Blaine kamen näher, und er schlüpfte in die Kannibalenhöhle. Befriedigt stellte er fest, daß die Waffen der Wilden tatsächlich scharf und spitz waren.

Keinen Moment zu früh, denn nur wenige Sekunden später zeigte sich das feindliche Trio. Die Männer liefen an das Ufer des künstlichen Flusses, um festzustellen, ob ihre Gegner auf dem Weg entkommen wollten.

McCracken wartete, bis sie an ihm vorüber waren, sprang dann mit einem Speer in jeder Hand hoch und schleuderte die Waffen. Der erste Speer bohrte sich in den Hals eines Gegners, der zweite traf einen anderen im Gesicht. Der letzte fuhr voller Panik herum, bevor ein Messer aus seiner Brust ragte und er zum Ufer hinunterrollte. Blaine versteckte die Leiche im Gebüsch, damit die Touristenboote sie nicht entdecken konnten.

Neue Schritte waren zu vernehmen. McCracken ließ

sich in das gut einen Meter tiefe Wasser gleiten, schwamm unter einen Wasserfall, stieg dort wieder an Land und folgte dem Flußlauf, bis er eine Gruppe badender Elefanten erreichte. Zwei Touristenboote näherten sich, und er nahm hinter den animierten Tierfiguren Deckung.

Blaine machte überall an beiden Ufern Schützen aus. Zu viele Gegner, um hier durchbrechen zu können.

Doch was sollte er dann tun?

Das nächste Boot tuckerte heran. Seine Tour neigte sich dem Ende zu, und McCracken entdeckte das Anlegetau, das über der Reling ins Wasser hing. Er atmete tief ein und tauchte, bis er den Kahn erreichte.

Blaine bekam das Seil zu fassen und ließ sich mitziehen. Von Zeit zu Zeit hob er den Kopf aus dem Wasser, um Luft zu holen.

Er blieb in dieser Lage, bis das Boot anlegte und vertäut wurde. Die Passagiere stiegen aus, und McCracken zog sich an Bord. Die Touristen hielten ihn wohl für einen Bestandteil der Show, zumindest sagte keiner ein Wort, nicht einmal der im Safari-Look gekleidete Führer.

»Heute habe ich mir meinen Lohn aber wirklich verdient«, meinte Blaine.

Susan Lyle, die jetzt auf ihren Rollstuhl verzichtete, schob sich durch die Menge und hielt die Augen nach Josh offen. Die Tatsache, daß Fuchs' Männer hier immer noch postiert waren, verriet ihr, daß man den Jungen noch nicht gefunden hatte.

Falls Joshua die zweite Ampulle mittlerweile an sich gebracht hatte, wäre jetzt der richtige Zeitpunkt, Disney World wieder zu verlassen.

Gerade marschierte die zweite High-School-Kapelle über die Main Street. Die Bürgersteige waren so überfüllt, daß Susan kaum vorankam.

»Entschuldigen Sie bitte ... Entschuldigung«, spulte sie unablässig automatisch ab.

Plötzlich entdeckte sie auf der anderen Straßenseite eine vertraute Gestalt in der Menge.

Joshua Wolfe!

Der Junge trug ein blaues T-Shirt, eine Baseballkappe und eine weite Jeans.

Susan schaffte es, sich bis zur Bordsteinkante vorzuarbeiten und sich unter dem Absperrungsseil hindurchzuschieben. Sie ignorierte die Proteste des Disney-Personals und wich gerade noch rechtzeitig der Bläserfraktion der Kapelle aus.

Von dem Jungen war hier nichts mehr zu sehen, aber sie wußte, daß er nicht weit sein konnte.

Kaum aus dem Wasser, versuchte Blaine, Johnny und Sal über Funk zu erreichen. Aber die Nässe schien die empfindlichen Chips beschädigt zu haben, und das Gerät war nutzlos geworden.

McCracken lief durch die Dunkelheit in Richtung Main Street, um dort nach Josh zu suchen. Seine durchnäßten Schuhe quietschten bei jedem Schritt, und mehrere Besucher drehten sich nach ihm um.

Er mußte stehenbleiben und eine High-School-Band vorüberziehen lassen. Dabei machte er eine Frau aus, die sich durch die Menge kämpfte. Sie streckte einen Arm nach einem Jungen in einem blauen T-Shirt aus und legte ihm die Hand auf die Schulter ...

»Josh!«

Susan drehte den Jungen zu sich herum, und ihr Lächeln erstarb. Sie hatte den Falschen erwischt.

Aber er mußte hier irgendwo sein ...

Sie würde nicht aufgeben.

Fünfzig Meter vor ihr kämpfte sich eine Gestalt durch die Menge. Der Mann drehte sich zu ihr um und sah ihr direkt ins Gesicht. Susans Magen zog sich zusammen. Sie fürchtete schon, er würde zu ihr kommen, aber er lächelte nur und verschwand.

Susan gefror das Blut in den Adern. Sie zitterte am ganzen Körper, und beinahe wären ihr die Beine weggesackt, wenn sich nicht zwei starke Hände auf ihre Schultern gelegt und sie festgehalten hätten.

»Kann man von hier die Parade am besten sehen?« grinste McCracken.

Krill hatte die Frau wiedererkannt und kurz überlegt, zu ihr zu gehen, als er hinter ihr McCracken entdeckte. Es hatte keinen Sinn, die Konfrontation mit ihm zu suchen, ehe er seinen Auftrag nicht erledigt hatte. Also lief er weiter.

Er erreichte das Ufer der Seven Seas Lagoon, und das einzige, was ihn – und die drei präparierten Feuerwerkskörper – nun noch von der Barke trennte, waren die Sicherheitsboote, die hier Patrouille fuhren, und an denen konnte er leicht vorbeikommen.

Susan lehnte sich an McCracken.

»Ich habe ihn gesehen – Josh!«

»Wo ist er!«

»Weiß ich nicht. Hier ganz in der Nähe. Ich bin ihm gefolgt und habe ihn verloren. Ich dachte, er wäre hier, und dann sah ich ...« Sie zitterte immer noch.

»Ganz ruhig«, sagte Blaine.

»Krill! Er ist hier!«

McCracken hielt sie fest. Keiner von beiden bemerkte den Mann, der sie beobachtete und dabei in sein Walkietalkie sprach.

blickte von der Konsole auf und wandte sich an den Colonel. »Einer von meinen Leuten hat gerade den Bärtigen ausgemacht.«

»Wo?«

»Auf der Main Street. Eine Frau ist bei ihm. Meinen Sie, er hat sie als Geisel genommen?«

»Sie ist seine Komplizin«, entgegnete Fuchs und versuchte, den Triumph zu unterdrücken, als er sein Sprechgerät an die Lippen hob.

Bevor er seinen Männern neue Befehle geben konnte, fuhr Wills schon fort: »Meine Leute können ihn festnehmen, bevor die große Parade beginnt.«

»Sie haben ja keine Ahnung, mit wem Sie sich da einlassen.«

Wills sah Fuchs mit betont hartem Blick an. »Sie aber anscheinend auch nicht, Mr. Washington. Wenn ich Ihre Leute das übernehmen lasse, habe ich da unten bald das schönste Blutbad.«

»Es würde noch viel schöner, wenn Ihre Kräfte eingreifen.«

»Wollen Sie hier wieder den Obermacker herauskehren?«

»Ich würde Sie ungern wegen schweren Landesverrats unter Anklage stellen, Chief, aber wenn Ihre Dickköpfigkeit dazu führt, daß uns ein gesuchter Verbrecher durch die Lappen geht, bleibt mir leider keine andere Wahl.«

»Lecken Sie mich doch am Arsch!«

»Die ganze Geschichte wird bald ausgestanden sein, Chief, vorausgesetzt, Sie überlassen alles mir.«

Turk wurde an seine Konsole zurückgerufen. Als er die Nachricht gehört hatte, wandte er sich wieder an Fuchs.

»Wir haben einen weiteren Komplizen Ihres Freundes ausgemacht. Einen wahren Riesen, einen Indianer.«

»Alle Mann zur Main Street«, gab der Colonel an seine Truppen durch. »Bereithalten auf mein Signal.«

Blaine bemerkte Johnny erst, als der schon neben ihm stand. Der Indianer machte ein grimmiges Gesicht.

»Sie haben uns, Blainey.«

»Das kommt mir auch so vor. Wie viele sind es?«

»Fünfzig oder sechzig allein in dieser Straße. Und sie bekommen ständig Verstärkung.«

»Auch auf den Dächern?«

Wareagle schaute kurz nach oben. »Ja, und alle in guter Deckung.«

»Wir haben noch ein Problem: Krill ist hier.«

Der Indianer wirkte nicht überrascht. »Ich weiß. Unten habe ich den Lagerraum entdeckt, in dem er sich aufgehalten hat.«

»Susan hat ihn eben gesehen. Er hat sich auf den Ausgang zubewegt. Könnte doch sein, daß er hier irgend etwas deponiert, oder?«

»Sicher, Blainey. Aber nicht unbedingt eine Bombe.« Er blickte bedeutungsvoll zum Himmel.

»Scheiße, doch nicht etwa ...«

»Ich muß ihn aufhalten.«

»Ich gebe dir Deckung, solange es geht ...«

» ...und damit Sie die Darbietung so richtig genießen können«, ertönte es aus den Lautsprechern, »löschen wir jetzt im Magic Kingdom die Lichter!«

Kaum hatte Johnny sich in Bewegung gesetzt, wurde es überall auf der Main Street dunkel.

»... obwohl es nicht nötig sein wird«, sagte Blaine zu sich selbst, als Wareagle in die Dunkelheit eintauchte.

»Was ist den mit den verdammten Lichtern?« schimpfte der Colonel.

»Warten Sie, ich will mal sehen, ob ich da was machen kann«, versprach Turk.

»Mann, dazu haben wir keine Zeit!«

»Es dauert bestimmt nur einen Moment ...«

»Ich habe nicht vor, ihn wieder zu verlieren.«

»Hören Sie, im Dunkeln können Sie doch sowieso nicht ...«

»Alle auf McCracken!« befahl Fuchs über Kopfhörer. »Macht ihn fertig!«

Blaine hatte eine Hand auf Susans Arm gelegt und führte sie von der Main Street in eine Seitenstraße, um von der Menschenmenge fortzukommen.

Doch die Dunkelheit, die ihm relativen Schutz geboten hatte, währte nicht lange. Schon tauchten die ersten Figuren der Parade auf. Sie waren in Neonkostüme gehüllt und bewegten sich in durchsichtigen und erleuchteten Kugeln über die Straße.

Hinter ihnen wurde ein nahezu endloser Zug von Wagen und Disney-Figuren sichtbar, die alle von hellem Spektrallicht bestrahlt wurden.

Als die Mickey-Mouse-Figur auf gleicher Höhe mit McCracken war, machte dieser die ersten drei Schützen aus, die auf ihn zukamen. Und als er sich umdrehte, bemerkte er weitere Männer, die aus der anderen Richtung kamen.

Er zog seine Pistole. »Wenn ich Ihre Schulter drücke, lassen Sie sich sofort auf den Boden fallen.«

»Aber ...«, begann Susan.

»Tun Sie, was ich Ihnen sage.«

Im strahlenden Licht der Parade konnte McCracken auch auf den Dächern Bewegung ausmachen. Fuchs' Schützen waren entlang der ganzen Straßenfront auf den Gebäuden in Stellung gegangen.

Blaines Splats waren im Jungle Cruise naß geworden und jetzt nicht mehr zu gebrauchen. Er mußte sich einer ganzen Armee stellen, lediglich mit einer 9-mm-Pistole bewaffnet.

In diesem Moment zogen Figuren aus der ›Kleinen

Meerjungfrau‹ vorüber und spielten laut Musik aus dem Film. McCracken drückte Susans Schulter, ging in die Hocke und erwartete mit angelegter Waffe die ersten Feinde.

Doch nun tat sich etwas, mit dem er nicht gerechnet hatte. Die oberen Stockwerke der Gebäude an der Straße explodierten eines nach dem anderen und rissen große Lücken in die Reihen der Schützen.

McCracken schloß auf Granatwerferfeuer. Aber wer beschoß die Häuser?

Holzsplitter flogen durch die Luft und regneten auf die Zuschauer und die Teilnehmer der Parade herab. Und mittendrin fingen die Schützen an, aus allen Rohren zu ballern.

Der Umzug kam zum Stehen. Der Wagen der Kleinen Meerjungfrau geriet ins Schleudern, fiel nach links, krachte auf den Bürgersteig und rammte in einen Laden.

Die Schützen schossen wild in die Menge, und die Menschen flohen in alle Richtungen vor den Mündungsfeuern, die die Nacht durchzuckten.

Und währenddessen fuhr der Unbekannte damit fort, Fuchs' Truppe Mann für Mann auszuschalten.

Was zum Teufel passierte hier?

McCracken zog Susan hoch und drängte sie hinter eine Eisdiele, von wo aus sie das Geschehen auf der Main Street verfolgen konnten.

Mitten zwischen den in Panik geratenen Touristen sprangen Fuchs' Männer umher und suchten nach demjenigen, der sie einer nach dem anderen umbrachte. Menschen stolperten, brachen zusammen und wurden von den Nachfolgenden zertrampelt.

Und immer noch krachten Granaten in die Hausattrappen.

McCracken nutzte das Chaos, um die Fensterscheibe der Eisdiele einzuschlagen. Dann hob er Susan hoch und stieg mit ihr ein. Er lief mit ihr hinter die Theke und mußte die ganze Zeit an die zehn toten Schützen denken, auf die Belamo gestoßen war.

»Was ist eigentlich los?« wollte Susan wissen.

»Das weiß ich auch nicht. Bleiben Sie hier!«

Er sprang über den Tresen, lief drei Schritte zum Ausgang und stand unvermittelt vor jemandem, den er nur zu gut kannte.

»Was sagst du dazu, Captain?« grinste Harry Lime.

Kapitel 43

Joshua hatte gehofft, die Spectromagic-Parade würde für genügend Ablenkung sorgen, damit er aus Disney World verschwinden könnte.

Auf der Main Street würde es am dunkelsten werden, wenn die ›Fantasia‹-Abteilung vorüberzog. Ironischerweise setzte gerade die unheimliche Filmmusik ein, als es zu den ersten Explosionen kam.

Wie alle Umstehenden auch wurde Joshua von dem Chaos mit einer Kraft erfaßt, die es mit jedem Tornado aufnehmen konnte. Er krachte in einen Touristen, der seinerseits gegen einen anderen prallte und so die Panik unter den aufgebrachten Eltern vergrößerte, die nach ihren Kindern suchten.

Der große Schauwagen, auf dem der Black Demon zu sehen war, war umgekippt, und Josh stolperte über eine der Schwingen.

Er rappelte sich wieder auf und begriff, daß es unmöglich war, sich zum Haupteingang des Magic Kingdom durchzuschlagen.

Zwei Männer lösten sich aus der durcheinanderrennenden Menge und kamen direkt auf ihn zu. Josh sah ihnen an, daß sie ihn erkannt hatten, drehte sich um und rannte davon.

»Und ich dachte, du wärst tot«, sagte Blaine zu Harry Lime.

»So war das ja auch geplant.«

»Du warst also in Livingstone Crums Truppe, zusammen mit diesem Thurman und den anderen.«

»Ich habe nur meinen Job erledigt, Captain, genau wie du.«

»Eine Menge Leute hat's dabei aber erwischt.«

»Deswegen bin ich hier.«

»Wie bist du darauf gekommen, daß ich Hilfe brauchen könnte?«

»Thurman hat mich angerufen und mir gesagt, daß er dir einen Gefallen schuldet.«

»Und wen hast du mitgebracht?«

»Ein paar von den Typen, die du in Key West an der Bar kennengelernt hast, Captain. Sie sind immer gern dabei, wenn es tüchtig zur Sache geht.«

Etwas krachte vor dem Laden, und die letzten Scherben flogen aus dem Fensterrahmen. McCracken ging sofort in die Hocke und feuerte auf die Schützen, die über die Straße angerannt kamen. Harry nahm seine Maschinenpistole ab und unterstützte Blaine. Ein Granatwerfer hing von Limes anderer Schulter.

»Da dürfen sie sich heute abend aber freuen«, grinste McCracken.

»Ich gehe jetzt da raus!« verkündete Wills und band sich den Pistolengurt um.

»Da können Sie gleich Ihr Testament machen«, verhieß Fuchs ihm mit unbegreiflicher Ruhe.

Turk wirbelte herum und hätte den Mann am liebsten

erschossen. »Sie haben damit gerechnet, stimmt's, Sie Schweinehund!«

»Nein, habe ich nicht, aber ich hätte mich darauf einstellen sollen.« Der Colonel hätte sich denken können, daß McCracken ebenfalls eine Armee ins Feld führen würde. »Das Ganze ist unglücklich gelaufen.«

»Unglücklich? Haben Sie endgültig den Verstand verloren? Sehen Sie sich an, was hier passiert!«

»Das Ziel rechtfertigt auch solche Opfer, Chief, lassen Sie sich dessen versichert sein.«

»Ich weiß nicht, ob ich jemals wieder ein Auge zubekomme.«

Fuchs beendete die Instruktionen an den Rest seiner Truppe und machte sich dann auf den Weg zur Treppe.

»He, wo wollen Sie denn hin, Mr. Washington?«

»Ich gehe da raus, Chief, und begebe mich in einen anderen Teil des Parks. Dort, wo meine Beute schon auf mich wartet.«

»Arschloch!« rief Turk, aber der Colonel hatte den Raum schon verlassen.

Ein einziger Mann hielt Wache, als Krill an der Lagune ankam. Er erledigte ihn ohne großes Aufhebens und setzte sich in eines der Sicherheitsboote, das genauso aussah wie die drei, die die Barke bewachten.

Krill war gerade kurz vor dem ersten Boot, als die ersten Explosionen krachten. Er ignorierte sie, freute sich nur darüber, daß sie es ihm ermöglichten, die Boote eines nach dem anderen unbemerkt zu erreichen und die Wächter auszuschalten.

Er bestieg rasch die Barke und zog die Uhr aus seiner Hosentasche. Noch zwei Minuten, ehe die Raketen gezündet wurden. Er konnte in der Dunkelheit gut sehen, aber was er sah, verwirrte ihn.

Abschußrohre in den verschiedensten Größen waren

hier ordentlich aufgereiht – es mußten mehrere Dutzend sein. Die Disney-Techniker hatten auch den Ladevorgang automatisiert, so daß Hunderte von Feuerwerkskörpern in den Himmel geschickt werden konnten.

Die Frage war nur, welche Rohre zuerst gezündet werden würden.

Krill blieb nichts anderes übrig, als seine Raketen einfach in die Rohre zu schieben, in die sie paßten, und dann von hier zu verschwinden.

Er trat auf die erste Reihe zu, stellte die Tasche mit den Raketen ab und holte die erste heraus. Er wollte sie gerade in ein Abschlußrohr schieben, als er hinter sich ein platschendes Geräusch hörte.

Er drehte sich um und sah den Indianer, der an der Steuerbordseite über die Reling stieg. Der Gegner sprang ihn sofort an, aber die Rakete, die Krill in der Hand gehalten hatte, fand noch ihren Weg ins Rohr.

Josh hörte nicht auf zu rennen, auch als die eingeatmete Luft in seiner Brust zu brennen begann. Aber er lief ohne Ziel und Richtung. Eigentlich wollte er in den Nordwesten der Anlage, doch als er den Liberty Square erreichte, mußte er entdecken, wie verheerend falsch sein Plan gewesen war. Von allen Seiten kamen dort Schützen auf ihn zu.

Ehe sie ihn einkreisen konnten, bog er auf die Rampe ab, die zu dem dreigeschossigen Schaufelraddampfer führte. Als er das Heck erreichte, hörte er schon die schweren Schritte seiner Verfolger auf den Planken. Voller Verzweiflung sprang er ins Wasser und schwamm panikartig davon. Tom Sawyer's Island fiel ihm ins Auge, und er steuerte darauf zu.

Der Junge hatten den halben Weg zur Insel bereits zurückgelegt, als er entdeckt wurde.

»Folgt ihm!« rief Fuchs seinen Männern zu, die ihm die Nachricht übermittelt hatten. »Er darf uns nicht mehr entkommen!«

Die Männer gehorchten sofort. Diejenigen auf dem Schiff sprangen ins Wasser und schwammen Josh hinterher.

Als der Junge die Insel erreichte, hatten die Schützen schon deutlich aufgeholt. Erschöpft stolperte er los. Die Insel bot viele Versteckmöglichkeiten, vor allem in der Mine und in den Höhlen.

Aber genau damit rechneten seine Verfolger. Deshalb lief Josh nach einer kurzen Verschnaufpause weiter und auf die Fußgängerbrücke zu, die diese Insel mit der nächsten verband.

»Subjekt hat die zweite Insel erreicht«, erfuhr Fuchs. »Wir rücken vom Strand aus vor.«

Der Colonel hatte die unterirdischen Gänge längst hinter sich gelassen und eine der Fähren bestiegen, die zu den Inseln übersetzten. Er dachte kurz nach. Auf der zweiten Insel gab es nicht viel, nur eine Menge Unterholz, ein paar Bäume und das Fort Samuel Clemens.

»Keine Aktion, bis ich da bin«, befahl er.

Die Zustände auf der Main Street U. S. A. kamen Harry Lime und seine Kameraden durchaus gelegen. Das Geschiebe und Gedränge der in Panik geratenen Massen behinderte die Truppen von Gruppe Sechs enorm, und sie konnten ihre zahlenmäßige Überlegenheit nicht nutzen.

Captain Jack, Jimmy Beam und Johnny Walker verlegten sich auf die Guerilla-Taktik. Sie schlugen unerwartet zu, um dann blitzschnell zu verschwinden. Währenddessen lockten Papa und Sandmann immer wieder kleinere

Gruppen von Schützen in die Walt Disney Railroad Station oder in die City Hall, um sie dort einzeln zu erledigen.

Der Park leerte sich zusehends, und das Chaos verlagerte sich zu der Monorail-Station, wo alle gleichzeitig in die Züge drängten und es nicht vor und nicht zurück ging.

In der kleinen Eisdiele an der Main Street luden Harry und McCracken ihre Waffen nach.

»Soll ich Ihnen irgend etwas von unterwegs mitbringen?« fragte Blaine Susan mit einem Grinsen.

»Mir würde es schon reichen, wenn Sie in einem Stück zurückkommen.«

»Wenn Sie sich mit so wenig zufriedengeben ...«

»Und bringen Sie Josh mit.«

Lime sprang auf die Straße und feuerte die letzten Geschosse aus seinem Granatwerfer ab. Als die Waffe leer war, ließ er sie fallen und nahm die beiden Maschinenpistolen von der Schulter. McCracken nahm in der Zwischenzeit einem der toten Schützen eine ähnliche Waffe mitsamt zwei Magazinen ab, die er sich in die Tasche stopfte.

Nur an wenigen Stellen brannte wieder Licht, und die Main Street lag weitgehend in trübem Halbdunkel da. Der Rauch von den Explosionen und Schüssen hing schwer in der schwülen Luft. Bis auf die beiden kämpfenden Parteien war das Gelände fast menschenleer. Die Touristen hatten alles zurückgelassen: Souvenirs, Tüten, Rucksäcke und Jacken lagen zwischen Trümmern und Leichen verstreut. McCracken hatte schon ganze Städte vom Kampf zerstört gesehen, aber dieser Anblick hier hatte etwas Unheimliches.

Neue Schüsse empfingen sie von der gegenüberliegenden Straßenseite. Harry und Blaine gaben Dauerfeuer, standen Rücken an Rücken und zertrümmerten das, was von den Scheiben und Fassaden noch übriggeblieben war.

Irgendwann waren Limes Maschinenpistolen leergeschossen, und er hastete zu einer Gruppe Toter, um sich neu zu bewaffnen. Die beiden Männer trafen sich vor dem im alten Stil nachgebildeten Lichtspieltheater wieder.

»Sieht so aus, als könnten meine Jungs sie nicht mehr lange zurückhalten, Captain.«

»Dann sollten wir uns um die Schützen kümmern, die an ihnen vorbeigekommen sind.«

Die ersten Feuerwerkskörper explodierten am Himmel.

Wareagle versuchte, an das Abschußrohr heranzukommen, in dem Krill seine Rakete versenkt hatte. Aber Krill hielt den Indianer nach Kräften zurück, denn er wußte, daß die Zeit für ihn arbeitete. So rangen die beiden Riesen miteinander, stolperten über das Deck und rissen mehrere Reihen der Abschußrohre um, die zu tödlichen Hindernissen wurden. Beide wollten ihre Aufgabe zu Ende bringen: Krill das Laden der beiden anderen Raketen und Johnny die Zerstörung des Rohres, in dem Krills Rakete steckte.

Krill ging plötzlich in die Offensive und versuchte, an Johnnys Hals zu gelangen, um ihm die Luft abzupressen. Der Indianer merkte, daß es ihn schon alle Kräfte kostete, das Monstrum nur abzuwehren.

Plötzlich verzerrten sich die totenkopfähnlichen Züge Krills zu einem häßlichen Grinsen. Er warf den Kopf zurück, ließ ihn wieder vorschnellen und schnappte mit seinen langen Zähnen nach Wareagles Gesicht. Der Indianer zog rasch den Kopf ein, konnte aber nicht verhindern, daß das Ungeheuer ihm ein Stück aus der Wange biß.

Als Krill das Manöver ein zweites Mal versuchte, löste Johnny eine Hand von seinem Gegner und stemmte sie gegen dessen Kinn. Doch dadurch gelang es dem Monster, seine Rechte um Johnnys Hals zu legen. Krills unfaßbar lange Finger hatten keine Mühe, Wareagles muskulösen Hals rundum zu umschließen. Ein weniger starker Mann als Johnny wäre auf der Stelle zusammengebrochen. Aber Wareagles Kehle einzudrücken, erforderte mehr Kraft, als Krill erwartet hatte. Das verblüffte ihn so sehr, daß der Indianer Gelegenheit erhielt, zur Seite zu rucken und sich aus der Umklammerung zu befreien. Er zog die Hand von Krills Kinn, ballte sie zur Faust und ließ sie mit aller Kraft auf dessen Nase krachen.

Krill fuhr ein paar Schritte zurück. Dann stimmte er ein tiefes Knurren an, packte den Indianer wieder mit einer Hand und krümmte die Finger der anderen zu einer Klaue.

Johnny spürte, wie sein Hemd an der Brust aufgerissen wurde und die Fingernägel wie ein Rechen durch sein Fleisch pflügten.

Schon holte der Riese ein zweites Mal aus, und wieder spürte der Indianer die scharfen Krallen. Ein blutiges X zeigte sich jetzt auf seiner Brust. Krill zog ein Bein hoch, zielte auf das X und rammte Johnny sein Knie gegen das Brustbein.

Wieder schlossen sich die langen Finger um Wareagles Hals. Etwas knackte, und ein elektrisches Prickeln wanderte sein Rückgrat hinab. Gleichzeitig verwandelten sich seine Knie in Gummi.

Im nächsten Moment erkannte er, daß seine Füße nicht mehr den Boden berührten, und schon landete er platschend in der Lagune.

Johnny tauchte gleich wieder auf und stellte fest, daß er mehrere Meter von der Barke entfernt war. Oben näherte sich Krill gerade einem Abschußrohr und hielt eine zweite Rakete in der Hand. Mit ein paar kräftigen Zügen schwamm Johnny zu der Barke zurück. Als er sich an der Reling hochziehen wollte, gingen am anderen Ende der Barke die ersten Feuerwerkskörper los.

Das plötzliche helle Licht am Himmel ließ Krill seine Augen mit den Händen bedecken. Die zweite Rakete entglitt seinem Griff und rollte über das Deck davon.

Krill taumelte, und Johnny kletterte im selben Moment, als ein weiteres Dutzend Feuerwerksraketen hochgingen, an Bord.

Blaine schoß, was seine Waffe hergab und versorgte sich immer wieder von den Gefallenen mit neuer Munition. Harry und er liefen im Zickzackkurs über die Main Street auf den Eingang des Magic Kingdoms zu, wo Limes Truppe in Stellung gegangen war.

Der Sandmann sprang plötzlich auf und rannte, in jeder Hand eine spuckende Maschinenpistole, los. McCracken sah, wie immer neue rote Flecke auf seinem Bademantel auftauchten. Er machte kehrt und rannte mit Harry zu der Stelle, wo sich eine Gruppe Schützen verschanzt hatte und den Sandmann in Stücke schoß.

Bevor McCracken sie erreichte, waren schon Jim Beam und Jack Daniels da und überwältigten die Gegner von hinten.

Als der Sandmann zusammenbrach, stürmte Papa aus der City Hall. Kugeln rasten aus mehreren Richtungen auf ihn zu und trafen ihn in der Brust. Im nächsten Moment flog das Gebäude, aus dem er eben gerannt war, in die Luft, und mit ihm ungezählte Männer von der Gruppe Sechs.

»Scheiße!« murmelte Harry, während er sich über Papa beugte.

»Komm weiter«, drängte Blaine.

»Nein, Captain, es ist vorbei.«

»Von wegen, Harry, es hat gerade erst angefangen.«

Während am Himmel Tausende von bunten Lichtern explodierten, schlich Wareagle durch die Reihen der unablässig feuernden Abschußrohre. Er konnte sehen, daß Krill immer noch geblendet über das Deck taumelte. Die Raketen in der der ersten Reihe, die noch nicht abgefeuert waren, mußten die sein, die als Höhepunkt die amerikanische Flagge am Himmel entstehen lassen würden. Das erklärte, warum Krills Ladung noch nicht hochgegangen war.

Das Monster versuchte gerade verzweifelt, sich zu orientieren, als zwei weitere Reihen Raketen gezündet wurden. Krill schrie und kreischte und preßte die dritte Rakete fest an sich, während die zweite gefährlich nahe an die Reling rollte.

Der Indianer brauchte nicht zu befürchten, von ihm bemerkt zu werden.

Als Krill sich gerade über ein Rohr beugte, um die letzte Rakete darin zu plazieren, sprang Johnny ihn mit aller verbliebener Kraft von hinten an. Der Schmerz in seinem Rücken war unerträglich, und er brauchte ein paar Sekunden, um wieder zu Atem zu kommen.

Krill fiel nach vorn und krachte inmitten der feuernden Abschußrohre auf den Boden. Die Rakete fiel ihm aus der Hand und rollte ins Wasser.

Johnny griff nach dem Rohr, in dem Krill seine erste Ladung versenkt hatte, und riß es aus seiner Verankerung. Mit einer letzten gewaltigen Anstrengung stieß der Indianer das Rohr mitsamt Vorrichtung über die Reling in die Lagune.

Aber das Monster hatte sich wieder aufgerappelt und Johnny trotz des blendenden Lichts erspäht. Brüllend stürzte es sich auf ihn. Die Männer rangen miteinander, und obwohl Krill kaum etwas sehen konnte, mußte Wareagle ein paar wuchtige Schläge einstecken.

Jetzt erwachten auch die Rohre zum Leben, deren Raketen die ›Stars & Stripes‹ formen sollten. Ohne Pause wurden ein Feuerwerkskörper nach dem anderen abgefeuert.

Krill schlug nur noch blindlings um sich. Dennoch wurde Wareagle viel zu oft getroffen. Als ihm eine Faust an den Hals fuhr, knickten seine Beine ein, und er landete auf den Deckbrettern.

Das Monster tastete nach seinem Gegner und bekam Johnnys Zopf zu fassen. Er riß den Indianer daran hoch und schlug wie auf einen Sandsack auf ihn ein.

Wareagle konnte sich nicht anders wehren, als sich mit der Brust gegen die Kreatur zu werfen. Krill taumelte tatsächlich zurück, direkt auf das Meer von glühenden Funken zu.

Er wollte sich sofort wieder auf den Indianer werfen, aber seine Füße rutschten auf dem feuchten Deck aus, und er kippte mit rudernden Armen nach hinten.

Die grelle Weiße verschluckte ihn. Seine Augen explodierten vor Schmerz, und die Hitze brannte in seinem Körper. Er stolperte blind in die Rohrreihen, die ihre Raketen gleichzeitig auf ihn schossen und ihn in grelles, zuckendes buntes Licht hüllten.

Johnny schleppte sich ein Stück weg und verfolgte, was sich jetzt tat.

Krills Körper fing Feuer, und ständig explodierten weitere Raketen um ihn herum. Er versuchte, die Reling zu erreichen, um sich ins Wasser zu stürzen. Doch nur seine Hände erreichten das Ziel, dann zuckte die Kreatur noch einige Male und lag endlich still.

Der Gestank von verbranntem Fleisch drang dem Indianer in die Nase, während er sich aufzurichten versuchte.

Die US-Flagge am Himmel wies einige Löcher und Lücken auf.

Belamo gelangte endlich aus dem Jungle Cruise und wollte für einen Moment verschnaufen, als er von der panikerfüllten Menge erfaßt wurde, die zu den Ausgängen stürmte.

Sal verlor bei dem Gerangel seine Waffe und spürte, wie er buchstäblich davongetragen wurde. Seine Füße berührten kaum mehr den Boden. Dann blieb eines seiner Beine irgendwo hängen, und er schlug lang hin. Er kauerte sich in einer Ecke zusammen und wartete, bis die Menge über ihn hinweggerast war.

Seine Erleichterung darüber, daß diese Katastrophe ausgestanden war, währte nicht lange. Als er aufstehen wollte, knickte sein Bein einfach weg.

»Scheiße«, fluchte er leise. In diesem Zustand war er McCracken keine Hilfe, ganz abgesehen davon, daß er irgendwo seine Waffe verloren hatte.

Er überlegte fieberhaft, was er tun sollte. Langsam drehte er sich um und sah plötzlich dem Tyrannosaurus Rex in die Augen.

»Warum nicht?« grinste er. »Verdammt, warum nicht?«

Die Lichter der unvollendeten Flagge am Himmel erstarben langsam und übergaben das Fort Samuel Clemens wieder der Dunkelheit der Nacht. Joshua hockte auf einer Rampe und starrte nach oben.

Er hatte die Ampulle mit CLAIR auf den Knien. Er atmete tief durch und nahm das Fläschchen mit der Substanz, die er bei Gruppe Sechs geschaffen hatte.

Josh öffnete beide, und schüttete etwas von der Substanz zu CLAIR dazu. Der Pegel näherte sich gefährlich der Öffnung des Fläschchens.

Josh wußte, daß der chemische Prozeß ein paar Minuten dauern würde. Er drehte den Deckel auf die Ampulle mit der Mixtur, aber nur so lose, daß er ihn mit einem Finger wieder entfernen konnte.

Warum eigentlich noch warten? fragte er sich. Sein Leben war ohnehin so gut wie vorbei. Er war Gefangener von Männern wie Fuchs, die erst Ruhe geben würden, wenn sie diese tödliche Waffe in ihren Händen hielten.

Ja, natürlich, er könnte dem Colonel das Fläschchen überlassen, aber würde das die Welt verändern? Vielleicht war die Menschheit besser dran, wenn dieses Gift über sie käme.

»Josh! Können Sie mich hören?«

Das war Fuchs. Er mußte ganz in der Nähe sein.

»Hauen Sie ab!« rief Josh zurück.

»Ich weiß, was Sie denken, und es tut mir ehrlich leid, daß alles so kommen mußte. Das, was Sie uns geben können, ist so phantastisch, daß wir wohl ein wenig über die Stränge geschlagen haben.

Passen Sie auf, ich mache Ihnen einen Vorschlag. Wir verhandeln von neuem, und von nun an soll es keine Drohungen und kein Ultimatum mehr geben.

Also, Sie kehren zu uns zurück und können in unseren Labors an allen Projekten arbeiten, die Ihnen am Herzen liegen. Wenn Sie uns bei unserer Arbeit helfen wollen, schön. Wenn nicht, werde ich auch diese Entscheidung akzeptieren.«

»Ich habe die beiden Substanzen miteinander vermischt, Colonel.«

»Mein Sohn ...«

»Ich bin nicht Ihr Sohn. Vielleicht der von Haslanger, aber bestimmt nicht Ihrer.«

»Josh, beruhigen Sie sich doch bitte. Ich weiß, daß Sie mich hassen, aber das, was Sie da beabsichtigen, ist schlimmer als alles, was ich je verbrechen könnte. Wenn Sie das Gift wirklich freisetzen, was wären Sie dann?«

»Genau so ein Stück Scheiße wie Sie.«

»Die Welt braucht die Gruppe Sechs, Josh. Das mag zwar dem einen oder anderen Unbehagen bereiten, aber an der Tatsache läßt sich nichts ändern. Ich habe die Welt nicht geschaffen, aber ich kann versuchen, sie zu einem besseren Ort zu machen. Mit Ihrer Hilfe. Kommen Sie zu uns, und finden Sie heraus, wie man das wieder richten kann, was außer Kontrolle geraten ist. Na, ist das keine Herausforderung für Sie?«

»Scheren Sie sich zum Teufel!«

»Glauben Sie wirklich, einfach aufzugeben, wäre die Antwort? Behalten Sie die Formel für sich, solange Sie mir nicht vertrauen können, aber kehren Sie zu uns zurück. Es gibt einfach keine Alternative.«

»Sie scheinen eins vergessen zu haben.«

»Ich möchte zu Ihnen kommen, damit wir uns von Angesicht zu Angesicht unterhalten können.«

»Denken Sie nicht einmal im Traum daran.«

»Ich gebe Ihnen ein paar Minuten Bedenkzeit. Beruhigen Sie sich bitte.«

»Und ich gebe Ihnen zehn Minuten. Sollten Sie und Ihre Männer dann immer noch hier sein, lasse ich CLAIR frei.«

Fuchs hielt sein Walkie-talkie an den Mund. »Haben Sie ihn im Visier?«

»Ja, Sir«, antwortete einer der drei Scharfschützen, die in den Bäumen positioniert waren, die über das Fort hinausragten. »Aber er hält ein Fläschchen in der Hand. Wenn wir auf ihn feuern ...«

»Mist!«

»Er kann nirgendwo hin, Sir.«

»Wenn ich ihn nicht überreden kann, dann vielleicht jemand anderer ...«, lächelte Fuchs.

Im Kontrollraum von Dinoworld wurde eine Party gefeiert. Stacy Eagers konnte es immer noch nicht fassen, wie glatt alles gelaufen war. In den letzten zwölf Stunden war es zu keiner einzigen Panne gekommen, und die Touristen schienen die beiden Saurier bereits in ihr Herz geschlossen zu haben. In dem unterirdischen Raum hatten Stacy und ihre Mitarbeiter nichts von dem Chaos über ihren Köpfen mitbekommen. Sie prosteten sich gerade zum wiederholten Male zu, als ein Fremder hereinkam – ein nicht besonders großer, aber kräftiger Mann mit einer gebogenen Nase und vernarbten Ohren.

»Wenn Sie mich fragen«, sagte er, »dann kann man

Ihnen gar nicht genug bezahlen. Sie haben einfach großartige Arbeit geleistet.«

»Wie sind Sie hier hereingekommen?« wollte Stacy wissen.«

»Ich habe mit dem Wächter ein Spielchen gemacht, und da hat er das an mich verloren.« Belamo zeigte die Pistole, die er in der Hand hielt.

Stacy war schlagartig nüchtern. »Was hat das zu bedeuten?«

»Wie heißen Sie?«

»Stacy Eagers.«

»Fein, mein Name ist Sal, und ich bin in einer Rettungsmission hier.«

»Hier unten muß niemand gerettet werden.« Sal zeigte an die Decke. »Da oben schon.«

Kapitel 44

Die Gruppe-Sechs-Truppen hatten sich nach den schweren Verlusten etwas zurückgezogen, und so konnten McCracken und Harry Lime relativ gefahrlos zu Captain Jack, Johnny Walker und Jimmy Beam gelangen.

»Das schaffst du jetzt alleine, Captain«, meinte Harry durch zusammengepreßte Lippen. »Laßt mich nach dem Jungen suchen.«

»Das ist nicht dein Stil, Harry.«

»Ich hatte noch nie Stil, das weißt du doch. Laß mich wenigstens zurück zu der Frau gehen.«

»Das hier ist jetzt mein Spiel.«

»Nein, Captain, ich habe dieses Schlamassel mit verursacht, also werde ich auch beim Aufräumen helfen.«

»Dann komm mit zu dem Laden, in dem wir uns getroffen haben. Dort teilen wir uns auf und suchen getrennt nach Joshua.«

Das Feuerwerk war vorbei, und nun war aus der Ferne das Heulen von Sirenen zu hören. Die Polizei und die Feuerwehr von Orlando hatten inzwischen sicher starke Kräfte mobil gemacht, um diese Chaos hier anzugehen.

McCracken fragte sich, ob Wareagle Erfolg gehabt hatte. Aber die Lücken in der Fahne am Himmel reichten ihm als Antwort. Das konnte nur das Werk des Indianers sein.

Was aus dem Jungen geworden war, konnte Blaine nur vermuten. Ob er es nun geschafft hatte zu fliehen oder von Fuchs aufgegriffen worden war, die Chancen, den CLAIR-Ausbruch zu stoppen, waren gleich Null.

McCracken stieg durch das zerschossene Fenster der Eisdiele. »Da bin ich wieder, heil und in einem Stück.«

Von Susan war nichts zu sehen. Blaine drehte sich langsam herum.

»McCracken!« rief jemand von der anderen Straßenseite. »Wir haben sie!«

Blaine drückte sich an die Wand neben dem Fenster und spähte hinaus. Susan stand dort zwischen zwei Männern. Der eine hielt sie fest, während der andere eine Pistole an ihre Schläfe richtete.

»Wir werden der Frau nichts tun. Wir werden Ihnen nichts tun. Colonel Fuchs wünscht, mit Ihnen zu sprechen. Kommen Sie unbewaffnet und mit erhobenen Händen heraus.«

McCracken dachte rasch nach. Wenn sie ihn einfach nur umlegen wollten, hätten sie das leicht versuchen können, als er hierher zurückgekehrt war. Anscheinend wollte Fuchs also wirklich etwas von ihm. Und wenn er nicht herauskäme, würden sie Susan sicher töten, auch wenn er vielleicht einige von ihnen umlegen könnte. Aber da war auch noch Harry ...

»Wir warten!«

»Was will der Colonel denn?« rief Blaine laut, daß auch Harry draußen ihn hören mußte.

»Er möchte, daß Sie sich mit jemandem unterhalten.«

»Mit wem?«

»Mit dem Jungen. Bevor es zu spät ist.«

»Also gut, ich komme heraus.«

Der kleine Mann humpelte in den Kontrollraum. Er besah sich die Anlage und schien etwas davon zu verstehen. Sonderbarerweise verspürte Stacy keine wirkliche Angst vor ihm.

Das Dumme war nur, daß von der Partystimmung nichts übriggeblieben war.

»Was genau wollen Sie von uns?«

»Das habe ich doch schon gesagt: Ihre Hilfe. Haben Sie denn nicht mitbekommen, was oben passiert ist?«

Als Stacy den Kopf schüttelte, fuhr er fort: »Vertrauen Sie mir einfach. Heute ist Ihre große Chance gekommen, zur Heldin zu werden.«

Er stellte sich an eine Konsole. »Was können diese Ungeheuer alles? Ich habe gesehen, wie sie laufen und sich bewegen.«

»Alles.«

»Was?«

»Sie können alles. Ihre Verbindungsglieder sind voll beweglich, und sie können laufen, schreien ... genau wie ihre Vorbilder.«

»Interessant. Dann beweisen Sie es mir.« Sal ließ die Pistole sinken. Irgendwie hatte er das Gefühl, daß diese Frau das tun würde, was er von ihr verlangte.

Sieben Männer hielten McCracken mit ihren Waffen in Schach, während ein achter ihn abtastete.

Dann befahl der Führer der Gruppe ihm, loszugehen,

und er trat zu Susan. Die beiden Männer ließen sie frei, und sie fiel ihm zitternd in die Arme.

»Es tut mir so leid, alles ist meine Schuld«, jammerte sie.

»Nein, ich hätte damit rechnen müssen, daß ...«

»Gehen Sie weiter«, befahl der Trupp-Führer, und zwei M-16 wurden auf sie gerichtet. Bevor sie gehorchen konnten, pfiffen aus allen Richtungen Kugeln, und Blaine warf sich mit Susan auf den Boden. Rings um sie herum fielen die Schützen im Feuer von Harry und seiner Truppe.

Dann griff das Quartett an.

Noch nicht, Harry! schrie McCracken in Gedanken und suchte nach einer Waffe. Er bekam eine zu fassen, als Captain Jack, Johnny Walker und Jim Beam im Kugelhagel zusammenbrachen.

Als auch Lime zu Boden sank, sprang McCracken auf und rannte zu seinem Freund.

»Schätze, Captain, diesmal habe ich es endgültig vermasselt. Sag bitte dem Jungen nicht, daß ich hiergewesen bin ... daß ich an dieser Geschichte beteiligt war.«

Blaine nickte und hielt seine Hand. Ein Ruck ging durch Harrys Körper. »Kümmer dich um ihn, Captain, egal was auch passiert, versprich mir das ...«

Lime war tot.

Die Schützen kamen aus ihren Verstecken auf die Straße und führten McCracken zu Susan zurück. Dann marschierten sie mit ihnen an Cinderella's Castle und Dinoworld vorbei. Niemand bemerkte, daß der Tyrannosaurus Rex näher am Zaun stand.

»Scheiße!« fluchte Belamo, als er auf dem Bildschirm sah, wie McCracken von mehreren Bewaffneten abgeführt wurde. »Ich möchte sehen, wohin sie ihn bringen.«

Stacy drehte den Kopf des Tyrannosaurus Rex und ließ ihn ein paar Schritte laufen. Dank der in seinen Augen installierten Kameras konnte Sal erkennen, wie die Schützen mit Blaine ein Boot bestiegen und zu einer Insel übersetzten.

»Wo wollen sie hin?«

»Zu Tom Sawyer's Island.«

Belamo überlegte kurz und nickte dann in Richtung des Sauriers. Kann der Knabe auch schwimmen?«

»Wie nett, daß Sie sich uns angeschlossen haben«, begrüßte Fuchs Blaine.

»Ist der Junge da drin?« fragte McCracken und deutete mit dem Kinn auf Fort Samuel Clemens.

»Er ist leider etwas uneinsichtig. Er will nicht herauskommen. Und er ist bereit, etwas wirklich Dummes zu tun, wenn wir es nicht richtig anstellen.«

»Warum soll ich ihn daran hindern?«

»Weil es sicher nicht in Ihrem Sinne sein dürfte, wenn die gesamte Menschheit ausgelöscht wird.«

»Was wollen Sie von mir, Colonel?«

»Liegt das denn nicht auf der Hand? Sie sollen mir den Jungen bringen.«

»Damit er in Ihren Besitz gelangt.«

»Ich würde lieber sagen, damit er mir als Ressource zur Verfügung steht. Im Grunde wollen wir beide doch dasselbe.«

»Möglich.«

»Mir geht es um die Interessen unseres Landes.«

»Mir auch.«

»Joshua Wolfe kann uns in dieser Angelegenheit helfen.«

»Das ist nicht Ihre Angelegenheit.«

»Trotz aller Mißverständnisse kämpfen wir beide doch für die gleichen Ziele, und oft genug haben wir schon auf derselben Seite gestanden. Reden Sie ihm den Unsinn aus, das Gift freizusetzen, McCracken, und bringen Sie ihn her zu mir.«

»Sie scheinen nicht zu wissen, was hier wirklich gespielt wird, Colonel. Josh hat das CLAIR, hinter dem Sie her sind, nicht erzeugt. Dieses ›Verdienst‹ kommt einer kleinen Gruppe innerhalb der CIA zu, die von einem gewissen Livingstone Crum angeführt wird. Klingelt's da bei Ihnen?«

Fuchs' Kinnlade sackte nach unten.

»Crum hat sich um die Operation Offspring gekümmert, als Haslanger damit aufgehört hat. Sie haben den Jungen sein ganzes Leben lang überwacht, und als Josh etwas entdeckt hatte, was sie interessierte, haben sie sofort zugeschlagen. Crums Leute haben am ursprünglichen CLAIR manipuliert. Und siebzehnhundert Menschen umgebracht. Also sollten Sie besser hinter denen her sein.«

»Ich bin aber hinter der Formel her, und die hat der Junge. Ich kann Crum ja ein Dankesschreiben schicken.«

»Sie begreifen immer noch nicht, Colonel. Der fette Mann hat versucht, seine Spuren zu verwischen, und dabei ist ihm ein Mißgeschick unterlaufen. CLAIR ist reaktiviert, Fuchs, und breitet sich bereits aus. Joshua ist der einzige, der es aufhalten kann.«

Fuchs besah sich interessiert die Umgebung. »Ich freue mich darauf, das überwachen zu dürfen, wenn Sie mir den Jungen erst einmal gebracht haben.«

»Das soll ich Ihnen glauben?«

Fuchs besah sich die Runde seiner Männer, die das ganze Gelände abgeriegelt hatten, und lächelte zufrieden. »Ich schätze, Sie haben keine Wahl.«

»Ich bin's, Blaine McCracken«, rief er laut, als er das Forttor erreichte. »Ich komme jetzt herein.«

Als der Junge schwieg, betrat McCracken das Fort. Ihm war klar, daß Fuchs ihn nicht lebend davonkommen lassen würde. Aber er konnte Zeit gewinnen, wenn er sich mit dem Jungen unterhielt. Irgendwo mußte Sal und der Indianer stecken, und früher oder später würden sie hier sein.

»Josh?«

»Hier oben.«

Blaine sah sich um und entdeckte ihn auf der Rampe. »Das ist aber sehr unvorsichtig von dir.«

»Na und? Sollen sie mich doch erschießen. Ich habe das hier.« Er hielt das Fläschchen hoch. »Ein Fingerdruck genügt, und er ist offen.«

»Darf ich zu dir heraufkommen?«

»Sie tun es doch sowieso.«

»Er steigt die Leiter hinauf«, meldete der Scharfschütze. »Ich habe ihn im Visier.«

»Beide müssen erledigt werden«, gab der Colonel zurück. »Aber erst, wenn wir das Zeug haben.«

Josh hatte die Knie angezogen. Er zitterte, weil seine Kleidung noch von der Flußdurchquerung naß war.

»Sie sollten besser wieder gehen«, sagte er, jetzt etwas nachgiebiger.

»Ich sitze hier genauso fest wie du.«

»Fuchs hat Sie geschickt.«

»Stimmt.«

»Er ist ein Arschloch.«

»Stimmt auch.«

Der Junge lächelte fast, riß sich aber zusammen.

»Du hast niemanden umgebracht, Josh.«

Der Junge drehte den Kopf und sah ihn an.

»Es war nicht dein CLAIR, das du in der Einkaufspassage in Cambridge freigesetzt hast. Jemand hat die Formel verändert, derselbe, der hinter den Machern steht. Du hast die Grundlage für eine Waffe geliefert, hinter der sie her waren.«

»Das glaube ich nicht!«

»Denk doch mal nach. Du hast so viele Tests durchgeführt und alle Daten überprüft. Alles sah gut und in Ordnung aus, und trotzdem sind siebzehnhundert Menschen gestorben.«

»Weil ich irgendwo einen Fehler gemacht habe!«

»Höchstens den, der mir auch immer wieder unterläuft: nämlich den Menschen helfen zu wollen, ohne dabei auf sich selbst zu achten.«

»Ist das wahr ... ich habe niemanden getötet?«

»Höchstens fast, als du Sal und Susan mit GL-12 betäubt hast, aber das dürfte nicht einmal als Mordversuch zu werten sein.«

»Wow!«

»Aber es gibt noch eine Menge, was du jetzt tun mußt, Junge ...«

»Was treiben die denn da so lange?« wollte der Colonel wissen.

»Sie unterhalten sich immer noch.«

»Können Sie das Fläschchen sehen?«

»Der Junge hält es weiterhin in der Hand.«

»Lassen Sie es nicht aus den Augen, verstanden? Lassen Sie es unter keinen Umständen aus den Augen!«

McCracken erzählte dem Jungen, was sich am Mount Jackson getan hatte.

»Gab es Tote?« wollte Josh wissen.

»Vermutlich. Aber darüber wird nicht berichtet.«

»Wenn ein Wind aufkommt, breitet CLAIR sich aus. Aber um diese Jahreszeit drehen die Winde sich meist im Kreis. Das gibt uns etwas Zeit.«

»Kannst du es aufhalten?«

»Das kommt darauf an, ob wir dort hinkommen, bevor CLAIR die Berge verlassen hat.«

»Und wenn wir zu spät kommen?«

»Dann ist es für uns alle zu spät.«

»Stacy, ich glaube ich habe mich verliebt.«

Belamo verfolgte fasziniert, wie der Saurier über die Straße stampfte, die zum Wasser führte. Das mechanische Ungeheuer wirkte nicht im mindesten unbeholfen, und seine Bewegungen waren alles andere als abgehackt. Knapp zehn Meter erhob es sich vom Boden, und sein mächtiger Schwanz schlug von links nach rechts.

»Er bewegt den Schwanz von selbst, um sein Gleichgewicht zu behalten«, erklärte Stacy.

»Genauso wie mit dem richtigen ...«

Obwohl der Tyranno beim Gehen den Kopf auf und nieder schwang, sorgten die dort installierten Stabilisatoren dafür, daß das Bild der Kameras nicht wackelte.

»Es geht jetzt etwas langsamer voran«, verkündete Stacy. »Wenn es uneben ist, muß ihm jeder Befehl einzeln gegeben werden.«

»Sie kommen raus«, schnarrte die Stimme des Scharfschützen durch das Walkie-talkie.

»Können Sie das Fläschchen noch sehen?« fragte der Colonel.

»Nein. Aber ich habe ihn immer noch im Visier.«

»Wo ist die Ampulle?«

»Nicht zu sehen. Haben wir Feuerbefehl?«

»Nein. Zuerst müssen wir uns das Fläschchen sichern.«

Das Forttor öffnete sich ein Stück, und McCracken erschien mit dem Jungen. Josh hielt etwas in der Hand, das wie die Ampulle aussah.

»Wie schön, McCracken, wenn man miterlebt, wieviel Vertrauen es noch in der Welt gibt.«

»Ziehen Sie sich mit Ihren Leuten zurück.«

»Erst wenn Sie mir die Ampulle ausgehändigt haben.«

»Das kann ich leider nicht, weil ich sie nämlich nicht bei mir habe.« Er warf einen kurzen Blick hinauf in die Bäume. »War wirklich nicht schwer, die Herrschaften da oben zu täuschen. Das Fläschchen befindet sich immer noch im Fort. Wir haben es versteckt und mit einer Art Zünder versehen. Der Deckel liegt nur lose auf. Ich würde Ihnen nicht raten, Ihre Männer hineinzuschicken und danach suchen zu lassen. Eine falsche Bewegung, und ...«

»Was wollen Sie damit erreichen?« Fuchs wirkte verunsichert.

»Daß Sie die Frau und den Jungen freilassen. Sobald sie sich mit dem Indianer außerhalb des Parks befinden, verrate ich Ihnen, wo sich die Ampulle befindet.«

»Und wie soll sie diesen Indianer finden?«

»Keine Bange, er wird sie finden.«

»Sie bluffen. Ich werde Sie beide jetzt durchsuchen lassen.«

»Nur zu.«

Fuchs winkte ein paar seiner Männer heran. Der eine richtete seine Pistole auf McCracken, während der andere anfing, ihn abzuklopfen. Während der zweite sich bückte, um an Blaines Beine zu gelangen, öffnete sich seine Jacke. McCracken entdeckte sofort, daß der Mann vergessen hatte, vor der Durchsuchung seine Waffe abzulegen.

»Was zum Himmeldonnerwetter geht hier vor?« Alle Augen blickten zum Rand der kleinen Lichtung. Dort stand Turk Wills, bedrohlich ruhig und mit einem Revolver in der Hand.

»Sie sind entschieden zu weit gegangen, Mr. Washington.«

Der Colonel schwieg. Niemand rührte sich.

McCracken nutzte die Chance sofort. Er schnappte nach der Pistole des Mannes vor sich, drückte ab, noch bevor er die Pistole ganz aus dem Holster hatte, und erledigte mit der zweiten Kugel den Schützen, der ihn in Schach halten sollte. Danach waren die vier an der Reihe, die Susan bewachten.

Fuchs sollte der nächste sein, doch der hatte sich schon

mit einem Sprung in Sicherheit gebracht und kroch davon.

»He!« rief Turk, als er bemerkte, daß niemand ihm mehr Aufmerksamkeit schenkte.

»Legt alle um!« brüllte der Colonel in sein Walkie-talkie.

Eine Kugel fuhr Wills ins Bein, und er kippte zur Seite.

Blaine nahm sich die Scharfschützen in den Bäumen vor. Doch kaum hatte er auf den ersten angelegt, als er erstarrte.

Gut zwanzig Meter vor ihm war ein Tyrannosaurus Rex aufgetaucht, der zwei dicht beieinander stehende Baumstämme mit seinem Riesenmaul gepackt hatte und sie heftig durchschüttelte. McCracken beobachtete, wie zwei Schützen sich nicht mehr halten konnten und fünfzehn Meter tief fielen.

Er stieß Susan zu Boden, sprintete zu Josh und warf sich mit ihm hinter einen Fels. Und das keinen Moment zu früh, denn schon feuerten Fuchs' Leute aus allen Rohren.

Blaine gab ihnen Kontra, bis sein Magazin leer war. Ganz in der Nähe lag das Sturmgewehr eines gefallenen Schützen. McCracken wollte es an sich bringen, überlegte es sich aber doch anders, als der Saurier auf die Lichtung stapfte.

»Das glaubt mir kein Mensch!« freute sich Belamo. »Hol mich der Teufel, das glaubt mir keiner!«

Stacy bewegte den Dino so, daß er mit seinem mächtigen Leib McCracken Deckung gab. Der Saurier brüllte und drehte den Kopf, als suche er eine neue Beute.

Überall sprangen Schützen hoch und suchten das Weite. McCracken schnappte sich ein Sturmgewehr und feuerte auf die, die es sich noch zu überlegen schienen.

Sal verfolgte gebannt, was die Kameras des T. Rex auf die Bildschirme zauberten.

»Halt!« rief er plötzlich. »Zurückfahren!«

Der Colonel hatte sich in eine Position gebracht, von der aus er McCracken bequem erledigen konnte, ohne daß dieser ihn bemerkte.

»Du Drecksack!« wütete Belamo, schob Stacy von den Kontrollen fort und machte sich selbst daran, den Saurier zu dirigieren. Immerhin hatte er genau hingesehen, welche Befehle die Programmiererin für welche Bewegung eingegeben hatte.

Fuchs war so damit beschäftigt, Blaine für den todsicheren Schuß ins Visier zu bekommen, daß er das Ungeheuer erst bemerkte, als sein Maul sich über ihn senkte und zuschnappte.

»Oh!« entfuhr es Sal. Er drückte einige Tasten, und der Tyrannosaurus hob mitsamt der Beute den Kopf und schüttelte ihn heftig von links nach rechts.

Von Fuchs waren nur noch die Beine zu sehen, die noch ein paar Momente strampelten und dann schlaff herabhingen.

»Ich fürchte, da hat sich was verklemmt«, sagte Belamo, weil der Saurier immer noch den Kopf hin und her bewegte, obwohl Sal mehrmals den Stopp-Befehl eingegeben hatte.

EPILOG

Am nächsten Tag ergaben die Tests, die Susan durchführen ließ, daß das ausgetretene CLAIR das Ozark-Gebirge noch nicht verlassen hatte.

Joshua wußte genau, was jetzt zu tun war. Zuerst sollte flüssiger Sauerstoff über dem infizierten Gebiet abgeregnet werden. Die deutlich wärmere Temperatur in den Bergen ließ eine Dampfwolke entstehen, die das tödliche CLAIR einschloß und erstarren ließ.

Damit besaßen Josh, Susan und die Techniker vom SKZ ausreichend Zeit, das Enzym zu entwickeln, mit dem die Gen-Mutationen zerstört werden konnten.

Fünf Tage nach der Explosion, bei der alle Anlagen im Mount Jackson zerstört worden waren, war das Ausgetretene CLAIR neutralisiert.

»Du scheinst nicht sehr zufrieden zu sein«, meinte McCracken, nachdem er Johnny von der Rettungsaktion berichtet hatte.

Wareagle hatte sich von Will Darkfeather verarzten lassen. Die Halskrause, die seinen ausgerenkten Nacken stützen sollte, hatte er bereits wieder abgelegt. Ein dicker Verband verbarg die Wunde, die Krill ihm in die Brust gerissen hatte.

Etwas weiter die Reservatsstraße hinunter sah sich Joshua Wolfe sein neues Heim an. Blaine spürte, daß der Junge jetzt für eine Weile allein bleiben wollte. Gruppe Sechs würde nicht die letzte Organisation gewesen sein, die ein besonderes Interesse an ihm entwickelte.

»Ich bin der Überzeugung, daß wir in unserem Sinne gehandelt haben, Blainey, so wie wir es immer tun. Aber irgendwie habe ich das dumme Gefühl, daß wir es diesmal später vielleicht bereuen könnten.«

»Häuptling Silver Cloud hat keine Bedenken geäußert. Und Will Darkfeather freut sich schon auf seinen neuen Auszubildenden.«

»Beide haben sich nicht dagegen ausgesprochen, weil ihnen die Alternative klar war. Wir wissen doch alle, daß der Junge eine instabile Persönlichkeit besitzt. Im Moment hat er deinem Plan zugestimmt, aber wie lange wird das anhalten? Irgendwann könnte er es sich anders überlegen und davonlaufen. Und vielleicht sind es dann nicht wir, die ihn als erste finden.«

»Er wird nicht davonlaufen.«

»Wie kannst du da so sicher sein?«

»Ich hoffe es nur. Dieser Ort hier ist die einzige Chance, die Joshua bleibt.«

»Bei all den Schlachten, die wir geschlagen haben, haben wir nie ein so ungutes Gefühl zurückbehalten. Und ich möchte nicht die Kämpfe führen, die dem Jungen bevorstehen. Wenn wir ihn noch einmal suchen und finden müssen, wird es bestimmt kein so gutes Ende nehmen wie diesmal.«

Joshua trat aus dem Haus und schien sehr beschäftigt zu sein. »Dies ist jetzt seine Heimat, Johnny. Er wird nicht von hier weggehen.«

»Solange niemand kommt, um ihn zu holen.«

»Wird bestimmt nicht einfach«, erklärte der Junge Blaine zum Abschied, »alles aufzugeben und zurückzulassen. Die Bücher, die Computer und so weiter. Ich kann mich nicht erinnern, daß es jemals in meinem Leben eine Zeit gegeben hat, in der das nicht mein ganzes Dasein bestimmt hat.«

»Gott sei Dank habe ich nie vor einer solchen Entscheidung gestanden.«

Joshua hielt sich erst einen Tag hier auf, und schon hatte sein Gesicht Farbe bekommen. Auch die ständige

Nervosität war weitgehend von ihm abgefallen. Er machte den Eindruck, als würde er bald das Lächeln lernen.

»Wenn ich nur etwas mehr Zeit gehabt hätte, wäre es mir wahrscheinlich gelungen, die Luftverschmutzung zu besiegen. Und das wäre erst der Anfang gewesen.«

»Und die Katastrophe in Cambridge zeigt dir, wie nah Gut und Böse beieinander liegen. Die Grenze zwischen beiden ist sehr schmal. Und es wird immer jemanden geben, der genau beobachtet, ob du sie überschreitest; denn wenn du das tust, haben sie dich.«

»Ist das bei Ihnen auch so gewesen?«

»Ja.«

»Aber Sie haben sich davon befreit.«

»Sagen wir, ich bin einfach etwas pfiffiger als die auf der anderen Seite gewesen.«

»Vielleicht gelingt mir das auch eines Tages.«

»Aber du hast ihnen viel mehr zu bieten als ich. Die anderen geben niemals auf, denn es ist ihr Lebenszweck, ständig weiter Tod und Vernichtung zu entwickeln. Du kannst ihnen nur entrinnen, wenn du dich hier versteckt hältst. Natürlich wirst du hier nicht der sein, der du werden willst, aber das Leben an diesem Ort ist immer noch besser, als zu ihrem Werkzeug zu werden.«

Der Junge senkte den Kopf. »Ich glaube, ich schulde Ihnen eine ganze Menge.«

»Ich weiß, daß es so für ihn am besten ist«, sagte Susan, als sie von dem Reservat fortfuhren, »aber trotzdem ...«

»Sie bedauern, daß er Ihnen jetzt nicht mehr helfen kann, den Krebs zu besiegen.«

»Ach, ich weiß auch nicht ... Es kommt mir nur wie eine Verschwendung vor ...«

»Die Alternative lautet, daß Sal, Johnny und ich bis an unser Lebensende nichts anderes mehr tun können, als den Jungen zu schützen. Und selbst dann können wir nicht sicher sein, ob es nicht doch jemandem eines Tages gelingt, ihn zu entführen.«

»Ist er hier denn soviel sicherer?«

»Zumindest kann man einen Feind schon von sehr weit kommen sehen.«

Die beiden schwiegen für einen Moment.

»Joshua ist anders als wir alle. Er will die Welt bessermachen und läuft dabei Gefahr, ausgenutzt und manipuliert zu werden. Vielleicht ist er mir darin doch etwas ähnlich, und möglicherweise habe ich mich im Spiegel gesehen. Was meinen Sie dazu?«

»Psychologie ist nicht mein Fachgebiet.«

»Meins auch nicht. Damit reduziert sich alles auf die Chancen. Wie viele erhält man in seinem Leben? Ich glaube, ich habe eine ganze Menge bekommen. Und deshalb habe ich mir gedacht, der Junge verdient auch eine – mehr noch, er soll etwas haben, das mir fehlt.«

»Ein Zuhause.«

»Einen Ort, an den man sich zurückziehen kann, wenn alle Arbeit getan ist.«

»Für Sie ist aber nie alle Arbeit getan, nicht wahr?«

»So bin ich nun einmal, und so hat es das Leben wohl auch für mich vorgesehen.«

»Macht Ihnen das was aus?«

»Nein.«

»Mich würde das krank machen. Ich bin nämlich nicht auf einer Straße gefangen, die ich immer weitergehen muß. Ich kann aussteigen, kann die nächste Abfahrt nehmen. Vielleicht finde ich ja eines Tages ein Heilmittel gegen den Krebs. Aber Sie und Josh müssen ständig weiterziehen.«

»Wenn es anders wäre, würde es mir bestimmt keinen Spaß mehr machen.«

»Auf Josh wartet aber noch eine Straßensperre …«

»Haslanger.«

»Ja. Er ist der einzige, der noch über ihn Bescheid weiß.«

»Da gibt es leider noch einen, um den wir uns kümmern müssen.«

Livingstone Crum schaltete seinen Kassettenrecorder ein, damit sein neues Rezept der Nachwelt erhalten blieb. Es war ihm zu lästig, alles aufzuschreiben.

»Heute beginne ich meine eigene Version von Braciolette Ripiene«, sprach er in das Mikrofon und listete die Zutaten auf, die auf seiner Küchenanrichte aufgereiht standen: »Zwölf kleine Scheiben Kalbfleisch vom Bein, zwölf dünne Scheiben mageren Schinken, drei Eßlöffel Ananasstückchen, eine Tasse kleingehackte Petersilie ...«

Der fette Mann hielt plötzlich inne und drehte sich um. Ein kleiner, dunkler Mann mit einer gebogenen Nase war unvermittelt in der Küche erschienen, bediente sich mit einer Hand großzügig aus den Schälchen Crums und richtete mit der anderen eine Pistole auf ihn.

»Und zwei Kugeln in den Kopf«, beendete Sal Belamo das Rezept.

Alles in allem hätte es für Erich Haslanger nicht besser ausgehen können. Die Katastrophe im Magic Kingdom war voll und ganz Colonel Fuchs angelastet worden. Man hatte Haslanger sogar belobigt, und damit war Gruppe Sechs gerettet. Er würde weiter dabeisein, weil das Land ihn brauchte, und insbesondere General Starr.

Haslanger hatte bereits die Akte zerstört, die Fuchs über ihn angelegt hatte, und nun war seine Vergangenheit nicht mehr existent. Der neue Chef, der an die Stelle des Colonels treten würde, hatte keinerlei Anlaß, dumme Fragen zu stellen.

Eines Tages würde auch Joshua Wolfe zu ihm zurückkehren. Möglicherweise mußte Haslanger ein wenig nachhelfen, aber im Lauf der Zeit würde der Junge immer mehr begreifen, wohin er in Wahrheit gehörte.

Haslanger füllte seinen Becher mit Wasser und ließ sich am Schreibtisch nieder. Für eine Weile waren alle Projekte von Gruppe Sechs eingestellt – so lange, bis die Untersuchungen über die Ereignisse im Magic Kingdom abgeschlossen waren. Natürlich würde dabei nichts herauskommen, weil Starr persönlich die Untersuchungen leitete.

Haslanger nahm einen tiefen Schluck, dann noch einen und seufzte anhaltend. Merkwürdigerweise vermißte er Krill, gestand sich aber ein, daß damit eine weitere Verbindung zu seiner Vergangenheit gekappt war.

Er ertappte sich dabei, wie seine Lider schwer wurden. Er zuckte hoch und zwang sich wachzubleiben. Wie jemand, der nachts alleine eine lange, dunkle Straße entlangfuhr. Da passierte es wieder.

Haslanger riß die Schreibtischschublade auf und suchte nach seinen Pillen.

So müde war er wirklich schon lange nicht mehr gewesen. Die Schatten ragten wie eine riesige Meereswelle hinter ihm auf.

Alle Glieder waren schwer wie Blei. Es gelang ihm nur mit Mühe, das Pillenfläschchen zu öffnen. Doch seine Hand, die das Wasserglas nehmen wollte, hielt auf halbem Wege inne.

Plötzlich begriff er …

…GL-12.

Das Telefon auf seinem Schreibtisch läutete. Er nahm schwerfällig ab und beglückwünschte sich, weil der Anrufer ihm das Leben retten würde.

»Helfen Sie mir!« rief er in die Sprechmuschel.

»Angenehme Träume, Doktor«, entgegnete McCracken.

Der Hörer glitt Haslanger aus der Hand. Er schob sich aus dem Sitz und taumelte auf die Tür zu.

Schon nach ein paar Schritten knickten seine Beine ein.

Er brach auf dem Boden zusammen, und die schwarze Woge überspülte ihn. Er schaffte es nicht, an die Oberfläche zurückzukommen, und irgendwann war die Oberfläche verschwunden.

Erich Haslanger war eingeschlafen.

ENDE